"Başka bir şey Azra Kohen... Başka bir enerji... Başka bir kafa... Başka bir bakış açısı... İleri, çok ileri... Bilgili, donanımlı, hızlı, zeki... Fişek gibi bir kadın... Resmen nehirler gibi akıyor, çağlıyor... Ağzınız açık kalıyor! O bilgi âşığı bir öğrenci, o bir modern zaman filozofu..."

—Ayşe Arman

"Okuduğum en etkileyici kitaplardan biri bu seri. Sağlam bir kurgusu var. Olayların peşine takıyor sizi, bırakamıyorsunuz. Her birkaç sayfada bir... ve öğrendiğin gerçek bilimsel araştırmalara dayanan... ve popüler olmayan bilgiler... değişim yaratıyor... Azra, yaşam enerjisini bütün renkleriyle yansıtan ışıklı bir kişilik, çok etkileyici."

—Güneri Cıvaoğlu

"Bir yayıncılık fenomeni... Yüksek enerjili, hiperaktif ve meraklı."

—Gülenay Börekçi

"Gerçekten bizi tokatlayan, bizi sarsan, içimizde güzel duygular uyandıran ve düşünmemizi sağlayan önemli bir yazar. Fi, Çi, Pi *okuyanı değiştiren yenileyen bir seri,* Aeden *ise acayip bir hikaye, herkesin mutlaka okuması gereken bir kitap!"*

—Doğa Rutkay

"Eşsiz bir hikaye ile yola çıkarak, Türkiye'de en çok satan kitaplarının yazarının bir kadın olması kesinlikle gurur verici. Azra Kohen bilgilendiriyor, öğretiyor, aydınlatıyor!"

—Sanem Oktar, KAGİDER Başkanı

"Kelimelerindeki parıltılar bende mutluluk oldu, ümit oldu, kilitlediğim ne varsa serbest bırakmayı istedim. Damarlarıma zerk edilen duyguyu fark ettim. Daha kana karışmamış olabilir ama yüreğime doğru gelen akışı hissedebiliyorum. Merakın ışıltısını, sorunun değerini hatırlatan kadın: Azra Kohen."

—İpek Kigan, *Hillsider Magazine*

"Hayata farklı bir çerçeveden bakabilen, edindiği bilgileri müthiş bir kurguyla harmanlayarak kitaplarını okutan bir kadın."

—Klivya Armağanlıyan, *Paros Dergisi*

"Azra Kohen kaleminin tüm kuvvetiyle hayatımızı altüst edip bizi kendimize getiriyor."

—Ayşe Berna Erten, *Originel*

"Kitaplarıyla akıllara kazınan, insanlara farkındalık kazandıran ve yaşadığı çevreye son derece duyarlı."

—Gülçün İşler Fırat, *Şamdan*

"Azra Kohen bize öyle bir kötülük yaptı ki hazırlıklı olun! Onun kitaplarını okuduktan sonra hiçbir kitap size aynı keyfi vermeyecek."

—Ankara Kitap Kulübü

"Yazdığı her kelime ile fark yaratıyor Azra Kohen! Azra'nın söyledikleri gerçekten gönüllere ulaşıyor. Seri okuyanı silkeliyor, kendine getiriyor. Yeniden doğuş yolculuğu gibi."

—Dr. Fatoş Karahasan

"Fi-Çi-Pi *üçlemesiyle yeri yerinden oynattı adeta. Öyle bir yazıyor ki gerçek de onun yazdıklarında, kurgu da, geçmiş de onda, gelecek de. Toplumsal meselelere farklı bakış açısı, duruşu, tavrı, kısacası her şeyiyle farklı. Kitaplarını okumalısınız."*

—Buket Aydın, *Milliyet*

"Okuyanlar okumayanlara öneriyor... Fi *felsefi cümlelerle örülmüş kocaman etkili bir kitap! Bazı kitaplar vardır ve onları okuma zamanı...* Fi *de hayatınızda bir açılıma ihtiyacınız varsa elinizden düşüremeyeceğiniz çok etkileyici bir kitap..."*

—Sonat Bahar, *Sabah Kitap*

"Her defasında onun bir sonraki kitabını heyecanla bekleyen biri olarak kitaplarına ve ona hayran kalmamak elde değil!"

—Ahmet Arslaner, *Megalife*

"Çok şaşırtan, harekete geçiren, hiç bitmesin dedirten bir seri bu. Kitap bitmesin diye kendinize kota koyarak okuyorsunuz ve bittiğinizde hayata bakışınız tamamen değişiyor, daha bir güzelleşiyor. Fark yatıyor her cümlesiyle."

—Tamara Pur, *Şalom*

"Peşinden koştuğu farkındalığa ulaşan Azra Kohen geniş kitleler tarafından baş tacı edilmiş bir isim. Edebiyat dünyasının yeni fenomeni!"

—Dilara Tahmaz, *Bugün*

"Birçok yeteneği var, on parmağında on marifeti olan bir cevher Azra Kohen. Bir aşk romanı gibi başlayan kitap ilerleyen sayfalarda kedimize ayna tutmamızı sağlıyor. Gerçekten de son zamanlarda okuduğum en iyi kitap!"

—Edda Sönmez, *Sözcü*

"Okuyanı etkisine öyle bir alıyor ki dünyanız, kitabı okuduğunuz süre boyunca Azra Kohen'in yarattığı evrene dönüşüyor. Klişelere kaçtığı anlarda bile aslında iyi ve de doğru bir klişenin hiçbir zaman zararlı olmadığını gözler önüne seriyor. Sizi koca bir labirentin içine çekip tüm önyargılarınızı sıfırlayana, maddiyatı tamamen kenara atmadan maneviyata bakana ve kendinize dönene kadar size çıkış yoluna dair en ufak bir ipucu vermiyor."

—Cansu Uras, *Ranini TV*

"Harekete geçmemiz için öyküsünün içine gizlediği bir kılavuz sunuyor... satır aralarına gizlenmiş detayları görebilenler bunun bir farkındalık kitabı olduğunu anlayacak."

—Yaprak Çetinkaya, *Pozitif*

EVEREST
1764

AKİLAH

AZRA KOHEN

Fİ

Φ

1,618...

§

Yayın No **1764**
Türkçe Edebiyat **691**

Fi
Azra Kohen

Kapak tasarımı: Everest Grafik
Sayfa tasarımı: M. Aslıhan Özçelik

1. Basım: Temmuz 2018

ISBN: 978 - 605 - 185 - 279 - 9
Sertifika No: 10905

Baskı ve Cilt: Melisa Matbaacılık
Matbaa Sertifika No: 12088
Çiftehavuzlar Yolu Acar Sanayi Sitesi No: 8
Bayrampaşa/İstanbul
Tel: (0212) 674 97 23 Faks: (0212) 674 97 29

EVEREST YAYINLARI
Ticarethane Sokak No: 15 Cağaloğlu/İSTANBUL
Tel: (0212) 513 34 20-21 Faks: (0212) 512 33 76
e-posta: info@everestyayinlari.com
www.everestyayinlari.com
www.twitter.com/everestkitap
www.facebook.com/everestyayinlari
www.instagram.com/everestyayinlari

Everest, Alfa Yayınları'nın tescilli markasıdır.

Fİ

Φ

1,618...

Eşim Sadok,

Bende yarattığın duyguyu anlatmaya kelimeler yetmez ama yine de ifade etmeye çalışacağım:

Varlığın, gerçek insanın bir gün bu gezegende var olabileceğinin kanıtı bana. Seni biliyorum ve hep bileceğim. Bana ilham verdiğin için, beni görür görmez bildiğin için, sabrın, anlayışın, inancın için minnettarım. Deneyimlediğim en doyurucu şeysin sen. Hayatı benimle deneyimlemeyi seçtiğin için tüm güzel enerjilere şükürler olsun! Sen olmadan ben olmazdım.

Bana ilham verdiği için oğluma,
Benim kadar inandığı için sevgili Güneş'e,
Benim kadar sevdiği için Hülya'ya,
Benimle olduğu için Nathalie'ye,
Benimle koşturduğu için Olivya'ya,
Bana dikkat ettiği için Ayşedül'e,
Benimle yansıdığı için 19 arkadaşıma ve
Beni hep toprakladığı için Dilek'e teşekkür ederim, varlığınız fark yarattı, mutluluk verdi.

Bu kitap herkes için yazılmadı. Farkındalığın ne kadar önemli olduğunu, Hiçbir şeyin göründüğü gibi olmadığını,

Doğduğumuz andan itibaren olmamız gerekenden uzaklaştırılarak prototip bir toplum yaratığına dönüştürülmek için işkencelere maruz kaldığımızı,

Bu insansı hayvanın 'kişi' olabilmek için varlığı adına yapması gereken en önemli şeyin, kendini gündelik yaşamdan koruyarak bireyselliğini keşfetmesi gerektiğini,

Kutsal 'merak'ımızın kendi potansiyelimiz dışında her yere yöneltilerek zehirlendiğini,

Asıl değerli olanın bizim için önemsizleştirilmeye çalışıldığını fark etmiş ya da fark etmeye hazır herkes için yazıldı, gerisiyse hikâye.

Akilah

Karakter Künyesi

ADA - Tüm yaylı çalgıları çalabilen yetenekli bir müzik öğrencisi. Konservatuvarda Deniz'in öğrencisi.

ALİ - Can Manay'ın özel şoförü.

BİLGE - Üniversitede psikoloji bölümünde Can Manay'ın öğrencisi. Otistik abisi Doğru ile yaşıyor.

CAN MANAY - Psikolog, TV'de program yapımcısı ve moderatör. Ülkenin en hatırı sayılır kişilerinden biri.

DENİZ - Çok yetenekli bir müzisyen ve konservatuvarda öğretim görevlisi.

DOĞRU - Bilge'nin otistik abisi.

DURU - Konservatuvarda öğrenci bir balerin.

ETİ - Can Manay'ın mentoru.

GÖKSEL - Konservatuvarda öğrenci bir balet.

KAYA - Can Manay'ın yardımcısı.

ÖZGE - Magazin basınında çalışan bir gazeteci.

SADIK - Medya patronu.

Tanrı, çatlama cesaretini gösteren her tohumda,
gördüğünün ötesini hissetmek için acıyı göze alan her ruhta,
deneme cesaretini gösteren her düşüncede var olur.
Korkusuzca ve doğallıkla kendini deneyimler.

Φ

1. BÖLÜM

-1-

Sadece eksikliklerimizde eşitiz.

Otuzlarının başındayken olayı çözmüştü Can Manay, dünya bir pazardı ve herkesten alabileceği bir şey mutlaka vardı. İşin sırrı doğru insandan doğru şeyi istemekti ve tabii karşılığında da fazlasını vermemek: Alışveriş. Hastalarının çoğu bu alışverişte yollarını şaşırmış, beklentilere girmiş, alışverişte olduklarını unutup kendilerinden fazlasıyla vermeyi seçmiş kişilerdi. Can Manay içinse hayat, bu alışverişe kafası basanlar için yaşanası, geri kalanlar içinse acınası bir durumdu.

Konforlu ve lüks aracının arka koltuğuna kaykılmış, karşı şeritte ağır bir şekilde akan trafiğe bakarken ev bakmaya gidiyor olma fikri içini rahatlattı, nihayet sadece birkaç saatliğine ve birkaç pozisyon için yatağına sokmak istediği kadınlarla, onları kendi hayatına sokmadan yapabilecekti alışverişini. Asistanı Kaya'nın bulduğu dört evi görmek üzere yoldaydılar.

Arabası ışıklarda durduğunda, karşıdan karşıya geçmek üzere olan lise öğrencileri onu fark edip hemen arabaya koştular. Çığlık çığlığa Can Manay'dan imza almak, onunla bir kelime etmek isteyen gençler arabanın camına vururken, suratında her zamanki yarım tebessümden oluşan maskesiyle istifini bozmadan oturdu Can. Araba kızlardan uzaklaşırken, duygularını dış dünyadan korumak için geliştirdiği profesyonel yarım gülümsemesini yüzünden sildi. On bir yıl geçmiş olmasına rağmen, kendisini bu dünyaya yabancı hissetmesine neden olan bu aşırı ilgi tarzına hâlâ alışamamıştı. Kendi kendine, "Ne tuhaf!" diye düşünürken gözleri dikiz aynasına kaydı, Ali'yle göz göze geldiler. Ali anlayışlı bir gülümsemeyle, "Çok seviyorlar sizi. Gençler ve merak ediyorlar," dedi, gençlerin saçma hallerini hafifletmeye çalışıyordu.

Can, "Bizi içimizdeki Tanrı'ya yaklaştıran şeyle, diğer insanlardan ayıran şey aynı: Merakımız... Potansiyelimiz merakımızdan doğuyor. Sonunda merak ettiğimiz şeylere dönüşüyoruz. Neyi, niye merak ettiğimiz, kimliğimizi oluşturuyor. Beni sevmiyorlar, sadece merak ediyorlar. Ama onlarınki, merkezinden sapmış, sapkın bir merak o kadar! Değersiz, sadece televizyondayım diye!" dedi.

Ali, "Televizyon, bugünlerde olunabilecek en güçlü yer. Tanrılar yeryüzüne inseydi yaşamayı seçecekleri tek yer televizyon olurdu, izlenecek kadar yakın, ulaşılamayacak kadar uzak. Şöhret bir Tanrı'ya hayat veren ilk şey, ikincisiyse insanlarda uyandırdığı inanç. Sizde ikisi de var, üstelik insan olmanıza rağmen," dedi gülerek. Ali'nin gülüşüne yarım gülümsemesiyle karşılık verdi Can Manay ama bu seferki içtendi.

Ali devam etti. "Onlara daha iyi, daha değerli bir yaşantının var olduğunu gösteriyorsunuz. İzlenmeye değer bir yaşantının. Güzel bir olasılık sunuyorsunuz, kendileri deneyimlememiş olsalar da o olasılığın bir parçası olmak istiyorlar, sizi izleyerek, fırsat bulurlarsa camınıza vurarak, herhangi bir şekilde dikkatinizi çekerek... Sizin olabildiğiniz şey onlara ilham veriyor."

Can zekâsına saygı duyduğu şoförünü kurcaladı. "Sen bi romantiksin Ali, neyin ilhamıymış bu?!" Cevaplamasına izin vermeden, "Bir şey verdiğim falan yok! Kansere çare bulsaydım, demiri ilk işleyen adam olsaydım, yani, gerçek bir şey yapmış olsaydım böyle mi karşılayacaklardı beni!.. Tabii ki hayır. Adımı zorla öğreneceklerdi, sınavda bin kere sorulsa bile... İlham falan, bunlar ağır gelir bu küçük beyinlere, fark edilmek istiyorlar. Fark edilmiş biri tarafından fark edilmek! Varoluşlarının başka birileri tarafından onaylanmasını istiyorlar. Bunlar sadece, gündelik yaşantının kısır tohumları," dedi ve koltukta Ali'yi daha rahat göreceği bir pozisyonda kaykılıp devam etti. "Eski bir Tibet hikâyesi var, çok hoşuma gider."

Ali dinlemeye hazırdı, Can anlattı. "Bir gün bir Tanrı, gezegenin en yüksek dağında oturmuş düşünüyormuş. Yanına hınzır arkadaşı gelinceye kadar aklı elindeki tohumlardaymış. Arkadaşı, 'Onlar ne?' diye sormuş. Bizim Tanrı, 'Tohum,' demiş. Hınzır arkadaşı, 'Ne tohumu?' demiş, bizimkisi, 'Benim potansiyelimin tohumu... İçimde o kadar olasılıklıyım ki, her bir ihtimalimi bu tohumların her birine yükledim, olgunlaştıklarında onlara bakarak kendimi deneyimleyeceğim,' diye açıklamış. Hınzır olan, 'Tanrı tohumu! Bu hiç de akıllıca bir fikir değil dostum,' demiş. Bizimkisi, 'Bir Tanrı'nın kendini deneyimlemesinden daha akıllıca ne olabilir ki?' diye cevap vermiş. Hınzırsa, 'O tohumlar olgunlaşıp asla senin potansiyeline erişemezler!' diye çıkışmış. Bizimkisi, 'Niye bu kadar kesinsin?' dediğinde, hınzır Tanrı, 'Bu tohumlar, olmalarını istediğin şey olabilmek için sürekli gelişmeliler. Gelişmenin kendisinden başka bir nedene sahip olmayan bu şeyler nasıl senin olasılıklarına dönüşsünler, onlar için amaç ne? Motivasyonları ne?' diye sorgulamış ve gülerek, 'Senin tohumların başarabileceklerini sanmıyorum,' demiş. Bizimkisi açıklamış: 'Onları bir seraya koyacağım ve merakla besleyeceğim.' Hınzır Tanrı, 'Neyin merakıyla?!' diye sormuş, bizimkisi yine açıklamış: 'Kendi potansiyellerinin merakı.'

Tohumların yaratıcısı, yarattığı şeyin bir gün kendi potansiyelini dolduracak farkındalıkta, Tanrısal bir şeye dönüşeceğini savunurken, diğeri bu tohumların ancak, beslenme zincirinde yeri olabilecek basit tohumlar olacağını, içlerindeki potansiyele rağmen asla Tanrısallaşamayacaklarını savunup durmuş. İki Tanrı arasındaki sohbet birkaç dakika sonra iddiaya, birkaç yüzyıl sonraysa oyuna dönüşmüş. Tasarımcı Tanrı tohumları seraya yerleştirmiş ve onları 'merakla' beslemiş..."

Can Manay'ın kısa sessizliği ve aldığı derin nefes, Ali'ye hikâyenin bittiğini anlattı. Ali konuşmakta tereddüt ederek dikiz aynasından ona baktı. Can dışarıyı seyrediyordu. Ali, "Tohumlara n'olmuş?" diye sordu. Can tebessümle, "İş iddiaya binince, hınzır Tanrı gündelik yaşantıyı yaratmış. Meraklarını, yaşamın gündelik ihtiyaçlarından arındırmayı başaranlar, neden olmasın, başarmış olabilirler," dedi, gülümsedi ve tamamen camdan dışarı dönerek konuyu kapattı.

Ali düşündü. "Evet, bilincimiz gündelik yaşantının yapılması gerekenlerinin kuşatmasındaydı, her an bir şeylerin peşinden gidiyorduk, çalışmazsak değersizdik, hayatı anlamlandırmak için sürekli çalışıyor, çalışmadığımızda da kendimizi uyuşturmak için diğerleriyle buluşuyor, sosyalleşiyor ve merakımızı her an diğerlerine vererek potansiyelimizi kurban ediyorduk. Bir filmde izlediğimiz suni bir karakter kendi potansiyelimizden daha ilgi çekici gelebiliyordu bize.

İçi boşaltılmış, gereksizleştirilmiş merakımız, kendimiz dışında her şeyin peşinden gitmeye hazırdı. Yapmamız gerektiğini düşündüğümüz, inandırıldığımız şeyleri ve yapacak başka bir işimiz olmadığı zamanlarda yapmayı seçtiğimiz şeyleri düşününce içi sıkılıyordu insanın... İnsanlık boktan bir durumdaydı... Açlık, kazalar, hastalıklar ve ölümler yüzünden değil! Üzerinde çalışmak için geldiğimiz kimlik bilincimizin, bir köşeye itilip tüm anlamsız şeylerin merak edilir hale getirilmesindendi. Kaybolmuştuk. Kendi dünyamızda, kendimize yabancı ve gündelik yaşantının buyurduklarına teslimdik." Ali'nin düşünceleri Can'ın konuşmasıyla kesildi.

Can durakta otobüs bekleyen bir grup insana bakıp, "Besin zincirindeki yerlerini almayı bekliyorlar," dedi kendi kendine.

Ali, duraktaki insan topluluğuna baktı, hissettiği acımasız ayrımcılıktan rahatsız, hemen gaza basıp önündeki aracı solladı.

Can'ın zekâsına, fikrine çok saygısı vardı ama şartlarını bilmediği insanlar hakkında bu kadar kesin ve keskin yargıları olması Ali'de hep kendini kendine yabancılaştıran bir duygu yaratmıştı. Aslında hissettiği rahatsızlık Can'ın böyle olmasından değil, zamanla kendisinin Can'a hak verir hale gelmeye başlamasındandı. O durakta bekleyenlerden birinin Can Manay'ın hayatını tamamen değiştirecek güçte olduğundan habersiz yollarına devam ettiler.

Sokağın köşesinde Kaya'nın arabasını görünce, bakacakları eve vardıklarını anladılar. Kaya evin önünde onları bekliyordu. Ev sıradan bir yerdeydi, aslında konumu tam Can'ın istediği gibiydi, güvenlik elemanlarının, hizmetçilerin ya da ev içi çalışanlarının fazla olmadığı bir bölge. Magazin basını için tüm malzeme onlardan çıkardı. Can Manay dersini uzun zaman önce almıştı, özel hayatını o kadar gizli tutuyordu ki, bazen kendisi bile unutabiliyordu özel hayatında kimlerin olduğunu.

Evin bahçesini dışarıdan görmek imkânsızdı. Büyük, demir kapı sokaktan koridor şeklinde uzanan ve yukarı çıkan bir merdivene açılıyor, yukarı çıkıldıktan sonra, ancak bahçeye geçiliyor ve biraz yürüyüp evin giriş kapısına varılıyordu. Ev bahçenin tam ortasındaydı. Can daha kapıya varmadan vazgeçmişti evin içini görmekten, evin iki yanında bulunan villalarla dip dibe oluşu onu rahatsız etmişti. Dış cephe korunaklıydı ama bahçenin ıssızlığı, komşu bahçelerden demir parmaklıklar ve bu parmaklıkları saran sarmaşıklarla ayrılsa bile yetersizdi.

Bu evin birazdan tüm hayatını etkileyeceğinden habersiz, buraya gelerek vakit harcadığı için önce kendine, sonra asistanı Kaya'ya kızdı. Hiç durmadan konuşan ve evin özelliklerini abartan emlakçı kapıyı açarken, Can tokatlayıp susturmak istedi adamı. Emlakçı konuşa konuşa içeri girerken, Can harcadığı bu gereksiz zamanı sadece özel zafer anlarında içtiği iki sigarasından bir tanesine adamaya karar verdi. Ev bakmaya sonunda vakit ayırması neredeyse zafer sayılırdı. Kaya'ya emlakçıyı takip etmesini işaret edip sıkıntıyla sigarasını yaktı.

Aç karnına sigaradan alınan ilk nefes, sonrasında bir yumruk gibi inecek ağırlığa rağmen, keyif vericiydi. Can nefesi içine çekerken yan bahçeden gelen müziği fark etti. Daha önce hiç dinlemediğinden emin olduğu bu güzel müziğin ne olduğunu merak etti. Saatine baktı, beklemekten sıkılmıştı, müziğe doğru ilerledi. Demir parmaklıkları saran sarmaşıklar yüzünden hiçbir şey göremiyordu. Sarmaşıklarda bir açıklık bulana kadar demir parmaklık boyunca bahçenin derinliğine yürüdü. Bir an yaprakların arasından bir şeyin geçtiğini görür gibi oldu ama bakmak için bir boşluk bulduğunda bahçede kimseyi göremedi.

Sigarasından bir nefes daha alıp çıkış kapısına doğru ilerlerken hâlâ çalan müziği dinliyordu. Müzik gerçekten o kadar hoşuna gitmişti ki, bahçede birilerini görürse, müziğin ne olduğunu sormaya karar verdi. Son bir kez bakmak üzere yavaşladığında onu gördü. Görüntü çok net değildi, titreyen yaprakların arasındaki küçük bir delikten bakabiliyordu. Müziğin etkisi miydi, aç karnına içtiği sigaranın mı, yoksa 'O'nun mu... Hiçbir zaman bilemeyecekti, ne hissettiğini anlamak için beyni salisenin bin katı hızla tüm iç dosyaları karıştırmaya başlamıştı, aklına tek bir kelime geldi: Vurulmak... Sarsılmıştı.

Düşünürken, daha doğrusu onu izlerken, nefesini tuttuğunu fark etti, gecikmişlikle derin bir iç çekti. Elinden sigarası düştü önce, elleri sarmaşıklarla sarmalanmış demiri kavradı, etrafta ona bakan insanların olabileceğini düşündü bir an ama umursamadı, umursayamadı. İzlemekte olduğu şeyi son saniyesine kadar izleyecekti, bu bir seçim değildi, sadece başka çaresi yoktu.

Bir kütüğün üstünde, tek bacağının üzerinde bir heykel gibi dimdik duran kız diğer bacağını oldukça yavaş ama hiç titretmeden 180 derecelik bir açıyla havaya kaldırmıştı. Yerçekimine dayanamayan elbisesi, havada duran bacağından aşağıya kaydı, mükemmel bacak ortaya çıktı. Olması gerektiği kadar kaslı, sağlam, uzun, kadınsı, mükemmel... Fi*. Üzerindeki hafifçe içini gösteren beyaz elbisesi, Tanrısal vücudu, berrak teni ve uçuşan saçlarıyla kız sanki gerçeklik dışıydı.

Aniden hareketlenen müziğin ritmiyle bacağını yarım indirip hızla 360 derece döndü. Bacaklarını bitiştirip o muhteşem vücudunu belinden öne katladı, dümdüz gerdiği bacaklarının üzerinden başı ayaklarına değecek kadar eğildi, kollarını iki yana açıp tek bir hamleyle havada takla atarak kütüğün üzerinden toprağa indi. Bacaklarını iki yana açıp poposunu kütüğe koydu, Can'ın nasıl yapabildiğini asla anlayamayacağı bir hareketle aniden ellerinin üzerinde amuda kalktı ve elbisesi yerçekiminin etkisiyle iyice açılmadan hemen önce ayaklarının üzerinde dikildi yeniden...

Can hayatında ikinci defa hissettiği, kendi kontrolü dışındaki bu duyguyla yeniden zehirlenmişti. Bu muhteşem yaratık sadece kendine özgü görüntüsüyle tek başına bir mitoloji karakteri gibiydi. Hissettiği âcizlik, kendi varoluşunun yetersizliği o kadar ağırdı ki, bu his fiziksel acıya dönüşmeye başlamıştı bile. Nefes darlığı çekiyordu, kesik kesik ciğerlerine gelen hava, içinde patlayan duyguya yetmiyordu. Sanki boğulmak üzereydi, huzur içinde.

Sarmaşıkların arasında bulduğu demiri sıkan ellerinin acısı ve alamadığı nefesin yetersizliği bir süre sonra onu kendine getirdi, nerede olduğunu hatırladı. Kendini, hipnotize eden bu seyirden koparmak için, içinde kalan son gücü de kullanarak kafasını çevirdi, sırtını demire döndü ve ancak yaslanabildi. Onu izlemeye devam etmenin iyi bir fikir olmadığını artık biliyordu ama, tüm bedeni onu görebilmek için daha iyi bir yer bulmasını haykırıyordu! Hızla eve doğru ilerlerken, açık kapıdan girip Kaya ve emlakçıya, nefesini ve içinde patlayan duyguyu kontrol altına

---

* Fi, bir bütünün parçaları arasında gözlemlenen, uyum açısından en yetkin boyutları verdiği düşünülen geometrik ve sayısal bir oran bağıntısıdır. Eski Mısırlılar ve Yunanlılar tarafından keşfedilmiş, mimaride ve sanatta kullanılmıştır. İrrasyonel bir sayıdır ve ondalık sistemde yazılışı; 1,618033988749894...'tür. Göze güzel gelen orantıyı temsil ettiği düşünülür.

almaya çalışarak, "Evi yalnız gezmem lazım, çıkın!" diye emretti. Adamlar çıkar çıkmaz süratle kapıyı kapatıp merdivenlerden yukarı fırladı. Bahçeden gelen müzik hâlâ çalıyor muydu yoksa kendi kulaklarında mı tınılanıyordu, emin değildi.

Üst kattaki ilk kapının banyoya ait olduğunu anlayınca hemen yandaki odaya daldı. Bu küçük odanın penceresi kızın dans ettiği bahçeyi üstten gören bir pozisyondaydı. Gizlenerek kızı tekrar izlemeye başladı.

Kız kütüğün üstünden inmeden Can'ın hayatında izlediği, izleyebileceği en güzel şeyi yapmaya devam ediyordu. Çıplak ayakları, porselen teni ve kusursuz orantısıyla Can'ı büyülemişti. Pantolonunun içinde sertleştiğini hissederken bu hisle savaşmadı, durumdan keyif almaya karar verip tüm dikkatini kıza teslim etti. Çok uzun süredir ilk defa böylesine bir doğallıkla sertleşmişti. Bir an, mastürbasyon yapmak bile aklından geçti ama yapmamaya karar verdi. Duruma çok karşı olmasına rağmen, o an kızla sevişebilmek için ciddi para verebileceğini düşündü. Ama böylesi bir yaratık satın alınamazdı, böylesini ancak kazanmanız gerekirdi.

Müziğin bitmesi ve uzun boylu adamın kızın yanına gelip onu kollarına alması öylesine ani olmuştu ki, Can tam anlamıyla ihanete uğramış hissetti. Dehşet içindeydi. Bu adam da kimdi?! Nasıl böyle özensizce dokunabilirdi ona?! Aşağıdan Kaya'nın kendisine seslendiğini duysa da umursamadı, dikkati hâlâ bahçedeydi. Kaya yine seslendiğinde, Can toparlanıp sinirle, "Ne!" diye haykırdı.

Kaya bir anlık sessizlikten sonra yukarıya doğru ilerlediğini anlatan ayak seslerinin eşliğinde, "İyi misin?" diye sordu. Can net bir şekilde dışarıda beklemesini buyurdu. Kapının tekrar kapandığını duyduğunda hemen bahçeye döndü ama kimse yoktu. Kız gitmişti.

- 2 -

Gereğinden fazla olduğunu düşündü Kaya; Can'la geçen 12 yıl. Fazla uzundu. Onun bütün saçmalıklarına rağmen adım adım yükselişini seyretmek için çok uzun bir zaman. Ne zaman ayrılmak istese, Can'ın ikinci adam olmakla ilgili tutkulu konuşmasını dinlemiş ve her seferinde derinden etkilenmişti. Okulu birincilikle bitirdiği zamanı hatırladı, ne kadar da geçmişte kalmıştı... İyi bir psikolog olabilmek için, umutla gelmişti Can'a. Koca Can Manay, o zaman küçük bir kliniği ve sadık hastaları olan sıradan bir psikologdan başka bir şey değildi. Şimdi her şey nasıl da değişmişti, televizyon programıyla birlikte sanki Tanrı'ya dönüşmüştü. Onun Tanrılaşabilmesi için gündelik yaşamını taşımak zorunda kaldığı, bağımlılık yaratan yaramaz bir Tanrı. Can Manay'ın yaramazlıklarının tek tanığıydı, o kadar yalnızdı ki bu tanıklık durumu, onu zamanla nerdeyse bir suç ortağına dönüştürmüştü.

Şimdi sokakta durmuş, bu aptal emlakçıyla sohbet etmek zorundaydı Can'ı beklerken. Can önce evin içine bile girmek istememişti, şimdiyse çıkmıyordu. O söz konusu olunca her an her şey değişebilirdi. Yine ne peşinde diye düşündü, sonra hemen, aslında hiç bilmek istemediğine karar verdi. Can bahçe kapısından çıktığında emlakçı Kaya'ya çevreyi anlatıyordu. Can kısa keserek lafa girdi: "Evi alıyoruz."

Kaya şoke olmuştu, emlakçı da bu kadar şanslı olduğuna inanamayarak avını korkutmak istemeyen bir tilki gibi, "Özür dilerim Can Bey, ev satılık değil kiralık ama sizin için elimden geleni yapıcam," diye düzeltti. Can arabaya doğru ilerlerken umursamadan, "Her neyse işte!" diye homurdandı. İstediği şeyleri elde etmek Can Manay için asla sorun olmamıştı, şimdiye kadar. Arabaya binmek üzereyken emlakçıya dönüp sanki o an aklına gelmiş gibi, "Yalnız... Bahçe komşularla iç içe, komşular kim?" diye sordu. Emlakçı rahatlamış, "Sağ tarafınızda emekli bir albay ve ailesi var. Soldaki evdeyse Deniz Beyler oturuyor," diye açıklarken Can aradığı bilgiyi almaya çalışarak emlakçının lafına girdi: "Yalnız mı yaşıyor?"

Emlakçı, "Nişanlısıyla. Aslında satılık ev arıyorsanız onlarınki satılık," dedi. Can, "Şimdi görebilir miyim evi?" diye atıldı. Cevabı duymak için geçen saliseler Can'ı o kadar heyecanlandırdı ki, ikinci sigarasını da yakmaya karar verdi. Emlakçı şansına inanamamış, Can Manay'a belki de bir ev satmanın umuduyla, "Hemen bir sorayım Can Bey, eğer Duru Hanımlar evdeyse..." diye kekeledi. Can'ın ağzına sıkıştırdığı sigarası kızın adını öğrenmesiyle birlikte öylece asılı kaldı. 'Duru...' Bu ismi yüksek sesle tekrarlamamak için kendini tuttu. İsmi içinden tekrarlarken emlakçı telefon etmeye koyulmuştu bile.

Can içindeki heyecanı kontrol altına almaya çalışırken, çok uzun süredir ilk defa, nasıl göründüğünü merak etti. Birazdan 'O'nu görecekti. Kaya'ya evin lavabosunu kullanacağını, haber gelince kendisini aramasını söylerken, Kaya'nın ne olduğunu anlamaya çalışan soru işaretleriyle dolu surat ifadesine aldırmadan eve tekrar geri döndü. Yukarı çıktı, odanın penceresinden bahçeye baktı, kimse yoktu. Kafasını kaldırdığında karşı evin üst katında telefonla konuşurken kendisine bakan genç adamı fark etti. Kızı öpen adamdı bu: Deniz. Önce telaşlandı, acaba ne kadar zamandır adam ordaydı, adamın suratındaki gülümsemeyi, eliyle kendisini selamlamasını görünce rahatladı.

Fi'ye oldukça uygun, orantılı bir yüzü vardı ve elindeki telefonla büyük ihtimalle emlakçıyla konuşuyordu. Can, adamın selamına başıyla hafifçe karşılık verip odadan çıktı, lavaboya girdi. Kalbi patlayacak gibi göğsüne vuruyordu. Bir daha böylesine yoğun hissedebileceğini hiç düşünmemişti, bunu bir daha hissetmemek için, hiç inanmadığı Tanrı'ya bile uzun süre dua etmişti. Ama şimdi, kendisine korku veren, özlediği bu şeyi hissediyordu. Şükürler olsundu.

- 3 -

Karşılaşmadan 2 saat önce Duru...

Duru'nun beyaz, pürüzsüz teni, içinde uyuduğu kırmızı desenli çarşafın ortasında nerdeyse parlıyordu. Böylesine pürüzsüz bir ten nasıl olur da var olabilir diye düşündü Deniz, boxerını çıkarmadan önce. Yavaşça yatağa yanaştı, içinde var olan tüm hücreler yatakta uyuyan şeyin güzelliğiyle büyülenmiş, özsularını ona vermek için hazırdılar. Duru'ya sahip olalı üç yıl olmuştu ve Deniz hâlâ ilk günkü kadar heyecanla yaklaşıyordu ona, aynı doyumsuzlukla dokunuyor, aynı arsızlıkla istiyor, asla doymuyordu. Deniz'in doyamadığı tek kadındı ve de ilk. Libidosunun yüksekliği tekeşlilik hayatında her zaman problem olmuştu Deniz'e, ta ki Duru'yla tanışana kadar. Deniz, keşfetmenin verdiği heyecanı seviyordu ve keşif sonrası süregelen ilişkilerde tüm arzusu kayboluyordu. Duru'ylaysa tam tersiydi, onu aldıkça daha da çok istiyordu. Artık tedavisi olmayan bir bağımlıydı. Tek çare doyana, bıkana ya da ölene kadar Duru'ya akmaktı.

Duru nerdeyse her sabah olduğu gibi uyandırıldı. Başlarda bu ona biraz sıra dışı gelmiş olsa da zamanla alışmıştı Deniz'in kendisini içine girerek uyandırmasına. Tek problem sürtünmeden ileri gelen acıydı. Deniz'in hoşlandığı kadar hoşlanmıyordu böyle uyandırılmaktan ama bunu dile getirecek kadar da rahatsız değildi. Zaten ortalara doğru o da zevk alıyordu, asla şikâyet edemezdi durumdan, Deniz gibi bir sevgilisi olması bile büyük şanstı. Deniz, göğüslerini emmeye başladığında Duru gerçek aşkı bulmuş olduğunu düşünerek ela gözlerini açtı, hem de ilk seferinde, şanslıydı, galiba.

- 4 -

O sabah erkenden Can Manay...

Rüzgâr Can'ın yüzünü hafifçe okşadığında, beyaz, büyük ve birkaç saat önceki sevişmeden eser kalmamış kadar temiz görünen yatağının ortasında tek başına uyuyordu Can. Yanağında hissettiği esintiye gözlerini açtı. Belirgin, nadiren insanlaşan, koyu kahverengi gözler... Yeni uyanan bir adamdan çok, mikroskopla inceleme yapan bir bilimadamının arayışıyla esintinin kaynağını tespit etti. Kaynak, aralık bırakılan pencereydi. Esinti, metresi yüzlerce dolar olan ipek ama yine de erkeksi perdelerin arasından sızarak Can'ın köşeli, uzun, gamzeli, sıradan ama izlenesi yüzüne dokunabilmişti.

Bir atletin çevikliğinde, tek hamlede yataktan kalktı, tereddütsüz camı kapattı ve yatak odasının nerdeyse ortasında bulunan 1700'lerden kalma antik küvetin yanında, pencerenin niye açık olduğunu düşündü bir an. Çıplak, kısa ama atletik vücudunu saran beyaz pijamasıyla, görkemli beyaz yatağından kopmuş güzel bir parça gibiydi. İlham verici dekorasyon dergilerine yakışacak bu görüntüyü, sadece Can'ın can sıkıcı sabah ereksiyonu ve suratındaki ifade bozabilirdi.

Yatağa oturdu, beyin hücrelerinin organize bir şekilde çalışması için kendisine izin verirken sanki aklına o an gelmiş gibi, saati kapatmak üzere sağ elini kaldırdığında alarm sabahın 6'sını göstererek çalmaya başlamıştı bile. Saniyelerle geç kalmış olmasına rağmen bir hamleyle saati kapattı, hemen hazırlanmak üzere ayağa fırladı. Küveti geçip, küvetten daha antik lavabonun yine antik çeşmesini açıp suratını yıkadı. Böylesine modern dizayn edilmiş yatak odasına tamamen zıt bu küveti Avusturya'daki bir açık artırmadan iki yıl önce almıştı. Küveti, o zaman yaşadığı evine adapte ettirmeye kalktıysa da, en sonunda küvete yakışacak büyüklükte bir yatak odası olan, ki bu yaklaşık 100 metrekarelik açık bir yatak odası demekti, bir ev almış ve evi kendi tarzında modern ama bu antik küveti kucaklayacak şekilde dizayn etmişti.

Küveti almasındaki aynı nedenle döşemişti Can evini. Fi oranı. Küvetin ayaklarının gövdesine, yüksekliğinin uzunluğuna oranı da Fi sayısını veriyordu, insana güzel gelen her şey gibi. Can'ın Fi takıntısı güzellik arayışını bilimsel olarak devam ettirmeye karar vermesiyle ortaya çıkmıştı. Güzellikten başka hiçbir zaafı yoktu Can Manay'ın. Tek zaafının nedenlerini araştırırken Fi oranıyla karşılaşmış, bu oranın evrendeki güzel olarak addedilen her şeyde bulunduğunu görüp önceleri takıntı haline getirmişti. 10 yıl sonra nihayet Fi'yi uyguladığı bir yaşam tarzı içindeydi. Etrafında gördüğü her şeyin 1,618... oranıyla şekillenmesine dikkat etmişti. Fi oranına uymayan tek şeyse kendisiydi. Kısa vücudu, vücuduna oranla büyük olan kafası neyse ki geniş omuzları tarafından kamufle edilebiliyordu. Hiçbir zaman kendisini güzel bulmamıştı, bulamazdı, bunun için fazla zekiydi. Olanı olduğu gibi görmek için yaratılmıştı sanki. Güzelliğe olan bu takıntısı kendisini analiz etmesine neden olmuş, kendisiyle uğraşması psikoloji okumasıyla pekişmiş ve ona nihayetinde ülkenin en önemli adamlarından biri olmaya giden tüm kapıları açmıştı.

Can kendisini çirkin bulmasına karşın, birlikte olmak isteyip de olmadığı hiç kimse olmamıştı, olamazdı. Çirkinliği nerdeyse bir avantajdı, onu insanlaştıran bir avantaj. Onu sadece görüp aurası içinde kaybolmamak imkânsızdı, hele sizinle konuşmasına izin verirseniz artık onundunuz. Komik olan, etrafında onu çirkin bulan bir tek kendisi vardı.

Lavabonun hemen altındaki çekmeceden çıkardığı sıvıyla gargara yapıp ağzını çalkaladı. Yüzünü yıkadı. Suratını beyaz havluyla kurularken dönüp odanın ortasında duran küvete baktı, henüz hiç kullanmadığı bu küvet için koca bir ev yaptırdığını düşününce kendi kendine gülümsedi. Havluyu küvete atıp salona doğru ilerledi.

Koridordan geçerken duvardaki merkezi müzik sistemine bastı, Petite Fleur çalmaya başladı. Yıllardır her sabah bu müzikle kahvesini içer ve hazırlanırdı. Petite Fleur'ün, çalan bu versiyonu, ünlü klarnetçi Gerry Murphy tarafından Can için özel hazırlanmıştı. Can'ın sahip olduğu birçok şey gibi bu da başka hiçbir yerde yoktu.

Müziğin ritmine uyarak attığı adımlarla koridor boyunca yürüdü, salona geldiğinde tüm neşesi bir anda yok oldu. Gördüğü şeyden rahatsız olmuştu. Soğukkanlılığını koruyarak tamamen profesyonel bir şekilde ifadesini toparladı, duvardaki diğer bir monitörden önce müziği kapattı.

Müziğin kapandığını duyan Zeynep, ana sayfasında kendisiyle ilgili "Zey Milano'yu fethetti!" başlığı bulunan gazeteyi indirdi. Can şaşkınlığı üzerinden atıp karşısındaki sanki birkaç saat önce seviştiği kadın değilmişçesine, toplantı salonunu terk eden biri edasıyla hesap sordu, "Günaydın?!" derken.

Zey elindeki gazeteyi katlayıp cinselliğinin ve Fi'sinin tamamen farkında gerinirken, "Sana günaydın! Biliyorsun, ben zaten hiç uyuyamıyorum," diye pişkin cevap verdi.

Can, mutfağa doğru ilerlerken, aynı televizyon programında yaptığı gibi, umursamazlığını saklayan bir profesyonellikle, "Şeker gibi aldığın zayıflama haplarından kurtulsan uyku sorunun kalmayacak," diye mırıldandı. Duyulup duyulmaması umurunda değildi. O an tek istediği evinde yalnız olmaktı.

Zey elindeki gazeteyi bırakırken, kinaye ile gülümseyerek, "Şişmanlayıp 80 kilo olunca sen mi bakacaksın bana?!" diyerek kıkırdadı. Can, Zey'e cevap vermedi. Kendine kahve doldururken, bu kadınla yattığına pişmandı. Gece çekici gelen şeyler güneşle birlikte nasıl da bu kadar adileşebiliyordu. Zey ayağa kalkıp elindeki gazeteyi masanın üstüne koyarken, ölümcül olmasa da çok güçlü olan tek silahını, güzel vücudunu göstermekten memnundu. Hatlarını ortaya çıkartan bir profesyonellikle yine gerinirken, "Belki de bakarsın ben haplarla birlikte modelliği bırakırım, zekâsını senden alan ama bana benzeyen çok güzel çocuklarımız olur," dedi.

Can kahvesi elinde, Zey'in masaya bıraktığı gazeteyi aldı. İçeriye doğru yoluna devam ederken ciddi, didaktik ama sertliğini kamufle eden net bir tonda Zey'e, "Ya tam tersi olursa! Böyle bir riski asla alamayız,"* diyerek haddini bildirdi.

Can salonun sonundan koridora giriyordu ki dayanamayıp durdu, kibarlık yapmak için oldukça yaşlıydı artık. Sakin bir şekilde dönüp, "Anlaşmamızı unutma, güneş doğmadan!" diye hatırlattı. Zey alışık olduğu bu istenmezliğin kendinde yarattığı hayal kırıklığını kamufle etmek amacıyla Can'ın özel imzalı futbol formasını güzel vücudundan çıkarırken, "Biliyoruz! Güneş doğmadan yok olurum bir dahaki sefere! Puf!" dedi alaycı bir şekilde. Can suratında bayat gülümsemeyle kafasını sallayıp yürürken karar verdi. Zey'i uzun bir süre görmeyecekti ve bu tip ziyaretçileri için başka bir ev bulmanın zamanı çoktan gelmişti.

- 5 -

Dudakları daha dolgun olsaydı, burnu daha ince ve biraz kalkık, saçları en az üç kat daha gür olsaydı, gözünün altındaki torbalar ve morluk hiç olmasaydı, kafatası yuvarlak olsaydı... İşte o zaman kendisi olabilirdi. Uygun ışıkta, doğru makyaj ve saçla bu efektlerin hepsini verebilecek kadar tecrübelenmişti artık ama hayatı boyunca hiçbir zaman sadece suratını yıkayıp sokağa çıkamamıştı. Asla o kadar özgür olmamıştı. Kendisi olabilmek için hep takması gereken maskeleri vardı. Tanrı göz altı kapatıcısını bulan adamı kutsasın diye düşündü Aylin, ya da kadını. Güzel olmak ne kadar da pahalıydı. Akşamüstü Can Manay'la yapacağı röportaja hazırlanmak için bir servet harcamıştı. İlk defa canlı

* George Bernard Shaw'dan alıntıdır.

görecekti adamı. Çok beğendiği, daha doğrusu etkilendiği biriydi. Daha önce röportaj yaptığı dört kişiyle ilişkisi olmuştu, Can'la böyle bir şey olabilme olasılığının düşüncesi bile hayat veriyordu ona. Can'ı arkasına geçmiş içine girerken hayal etti. Kendini onun üstünde hayal etmek istedi ama büyüklükleri birbirinden farklı, çirkin göğüsleri onu üstte olmayı gerektiren her türlü pozisyondan alıkoyuyordu. İyi gününde, doğru zamanlamayla, doğru sohbette, oldukça etkileyici bir kadın olabilirdi. Kuaför saçını bitirdiğinde saate baktı. Acaba Özge dosyayı tamamlamış mıydı?

Derginin kuaföründen çıkıp kendi ofisine varması dört dakikasını aldı. Alışmak için sabahtan giydiği yeni ayakkabıları ayağını biraz sıkıyordu ama öğleye kadar onlar da açılırlardı. Ofise girdiğinde onları açması için Özge'ye giydirmeye karar verdi. Kız tuhaftı, kontrol edilmesi zordu ama gördüğü en iyi asistandı. Kendi pozisyonunu korumak için yakında onu işten çıkarmak zorunda olması ne kötüydü ama böyle giderse Özge'nin çalışkanlığı ve Aylin'in başarısındaki büyük payı dikkat çekmeye başlayacaktı.

Çok işine yarasa da, buraya onsuz gelmişti ve gideceği yere de onsuz gidebilirdi. Randevusuna, pardon, röportajına gitmek için altı saati vardı. Ve Özge her şeyi zaten hazırlamıştı. O sadece, Can'ın karşısına geçip tüm cazibesiyle gözlerinin içine bakıp sorularını soracaktı.

Özge'nin masası boştu. "Acaba nerede?" diye düşünürken elinde kâğıtlarla Özge belirdi kapıda. Hiç uğraşsız bu kadar güzel olmak zorunda mıydı! Özge çatık kaşları ve alaycı gülümsemesiyle, "Şunu dinle," dedi. En kötüsü de bu gülümsemesiydi; aşağılayan, tiksinen, karşısındakini küçülten bir ifade. Elindeki kâğıttan ifadesini değiştirmeden okudu: "Psikologluktan artakalan zamanlarınızı marangoz atölyenizde geçirdiğinizi okudum, çok iyi bir marangozmuşsunuz aynı zamanda. Peki bunlardan hangisi Can Manay?"

Özge elindeki kâğıdı sallarken gerçek olamayacak kadar ciddi bir merakla, "Ya böyle bir soru mu olur Aylin!" dedi ve suratındaki tiksinti alaya dönüşürken, "Ne demek hangisi Can Manay! Kim böyle geyik bir soruya cevap verir ki, daha da önemlisi kim böyle bir sorunun cevabını duymak ister? Geçelim bu soruyu! Ya da al şurdan bir mektup açacağı, sapla sırtıma!" diye söylendi. Aylin masaya baktı, bilgisayarın yanında duran makası gördü, eline alıp kaldırırken, gülmeden, "Makas olur mu?!" dedi.

Aylin elindeki makası masanın üstüne atıp bilgisayarına dönerken sorunun sorulacağını anlayan Özge teslim olmadı. "Kanıtım var diyorum ya! Tüm bilgiler eşleşiyor. Ana-baba adı, doğum tarihi, yeri... Bu adam akıl hastanesinde yatmış diyorum. Belki isim benzerliğidir ama bu bile haber olabilir. Düşünebiliyor musun, Can Manay'ın tüm ailesiyle isim benzerliği olan biri! Bu imkânsız! Bundan büyük haber mi olur! Soralım gitsin. Patlatalım bombayı!" diye ısrar etti.

Aylin dinlemekten sıkılmıştı bu zırvalıkları. Bu kız nerde duracağını hiç bilmiyordu, bir kanalın eski yayın yönetmeniyle ilgili hazırladıkları röportajda Özge'ye uyup sorduğu acayip sorularla az daha işinden oluyordu, yayın yönetmeninin homoseksüel olduğu ortaya çıkınca, adamın medya patronu arkadaşı dergiyi kapatmakla tehdit etmişti. Büyük olay olmuştu. Aylin suçu o zamanki birinci asistanına atıp onu kurban etmek zorunda kalmış, o dönemde Özge'ye çok kızmış ama bu kadar ince detay bilgiye ulaşabilmiş olmasından da etkilenmişti. Politik ilişkilerden hiç anlamayan bu kız, işini çok iyi yapıyordu ama coşturmak tehlikeliydi, deneyimlemişti. Aylin çok işi varmış edasında, "Özge! Bırak dosyayı şuraya! Benim dediğim haliyle. Gerisine karışma!" dedi konunun kapanmasını umarak.

Özge teslim olmamıştı ama dosyayı masaya bıraktı. Kapıdan çıkmak üzereyken, Aylin, ayakkabılarını giymesi gerektiği konusunda ikna edici olduğunu düşündüğü bir konuşma yapmaya başladı. Özge'nin suratında genelde var olan tiksinti ifadesine şimdi inanamama da eklenmişti.

Aylin'in suratındaki abartılı makyaja, saçına ve ayaklarını deforme etme pahasına giymeye alıştığı o komik ayakkabılarına bakınca, bu kadının doğmadan önce aldırılması gereken bir canlı olduğunu düşündü. Neyin, nerde, nasıl giyilmesi gerektiği konusunda kendine söylenen saçmalıklara inanmış, sürekli giydiği yüksek topuklu ayakkabılarının üzerinde vücudunu dik tutamadan yürüme zorluğu çeke çeke var olmaya çalışan garip bir mutanttı bu Özge'ye göre. Ama neydi?..

İnsansı uzuvlara sahip bir şey... Zavallı bir şey... Çok yüce bir şeyin gölgesi gibi ama yamuk bir şey... Çok büyük bir gücü indirgeyip kontrol altına alabilmek için, toplum tarafından özellikle yaratılan bir şey... "Sahte kadın!" Bu şey mide bulandırıcıydı ve etrafta bunlardan binlerce vardı. Kadında var olması gereken her şey, bu mutanta, aşağılanarak yüklenmişti. Bu gezegenin gördüğü en üstün yaratık, nasıl olmuştu da bacağının arasındaki delikle anılan ve o deliği doldurmak için şekilden şekile girmeye razı bir şeye dönüşmüştü. İçinde hissettiği acıma Özge'yi öfkelendirdi, kendi potansiyelini bir kara deliğe döndürmüş ve ifade ettiği tüm anlamları yutup yok eden bir şey haline gelmiş bu imajdan nefret ediyordu. Nefreti bu sahte kadınların arasındaki yalnızlığını hatırlattı, yalnızlığı mide bulantısına dönüştü.

Aylin hâlâ konuşmasına devam ederken Özge artık onu dinlemiyor, sadece varoluş şeklini hayretle inceliyordu. Ne kadar nedensizdi. Kendi nedensizliği içinde kaybolan birinden daha kötüsü, varoluşun bir nedeni olduğunu bile fark etmemiş olandı. Aylin elindeki ayakkabıları uzattığında, Özge konuşma sırasının kendisine geldiğini anladı. Ağzından çıkacak kelimeyi sadece "hayır"la sınırlandıramayacağını, içindeki öfkenin kelimelere yükleneceğini biliyordu, konuşmak yerine kısacık güldü ve Aylin daha bu gülüşün olumlu bir cevap olup olmadığına karar veremeden, Özge dönüp odadan çıktı. O ayakkabıları asla giymeyecekti.

- 6 -

Karşılaşmadan 5,5 saat önce Bilge...

Kafasını yastığının altına sokarak uykusunu dış dünyadan korumaya çalışan Bilge, her zamanki uğultuyla uyanmak üzereydi. Ama uğultu her zamankinden daha yakın gelen bir şiddetteydi. Yastığının altında saatinin henüz çalmamış olduğunu düşündü, uyanmak için daha vakti vardı. Uğultuya rağmen tekrar uyumaya karar verdi. Alışıktı uykuda düşünmeye, plan yapmaya, hatta karar vermeye. Yıllardır derin uykuya dalamamıştı, onun dünyası hiç durmuyordu, diğer insanlar gibi uyumuyordu, annesi kendini öldürdüğünden beri. Uykusuzluğunun annesinin kendini öldürmüş olmasıyla ilgili olmasını çok isterdi ama değildi, sorun uğultuydu. Belirsiz aralıklarla bazen gece, bazen sabah başlayan, ara ara kesilse de aslında hiç bitmeyen uğultu. Uğultu uykusunun, uyanışının bir parçası olmuştu. Ama bu sefer çok yakından geliyordu. Uğultu odasındaydı! Bir sorun vardı, hemen uyanmalıydı!

Yastığının altından kafasını çıkardı. Güneş ışığını yasakladığı odasının karanlığında uğultuyu aradı. Doğru, kapının yanında duran küçük komodinin üzerine tünemiş her zamanki gibi transta, "2 üssü 43,112,609-1; 2 üssü 43,112,609-1; 2 üssü 43,112,609-1..." diye mırıldanıyordu. Ama bu seferki mırıldanışları daha da düzenliydi. Karanlığın içinde Doğru'yu görmeye çalıştı. Mırıldandığı rakamların düzenine dikkat etti, dinledi. "2 üssü 43,112,609-1; 2 üssü 43,112,609-1; 2 üssü 43,112,609-1..." Hiç bu kadar anlaşılır olmamıştı rakamlar. Doğru, komodinin üzerine tünediği yerde, dünyanın en büyük asal sayısını mırıldanıyordu, aylardır bulmaya çalıştığı sayıyı bulmuştu. Saat 7'de çalmaya başladığında Bilge kalkalı iki saati geçmişti. İlk ders Can Manay'ındı, geç kalırsa giremezdi. Okul için hazırlanmalıydı.

- 7-

Can Manay aşağıya indiğinde, emlakçı ve Kaya yan evin kapısında onu bekliyorlardı. Can adım adım yaklaşırken birkaç saniye sonra Duru'yu görebilmenin heyecanı içinde büyüdü, ta ki kapıda tek başına beliren Deniz'le tanıştırılana kadar. Uzun boylu, geniş omuzlu, gür saçlarının altından yeşilin sarısında bakan gözleriyle görkemli biriydi Deniz. Daha kötüsü, sadece güzellik değildi onu farklı kılan! Can, bu genç adamın yanında kendi gerçekliğinin yıkıcılığını hissetti. Herkesi etkileyen karizması sanki yok olmuş, kısa boylu, koca kafalı, kara bir adam oluvermişti Can Manay.

Deniz'in güçlü elleri, sakince sıktılar Can Manay'ın kısa, kalın ve ısrarlı parmaklarını ve bahçeyi göstererek onu içeri davet ettiler. Can Manay bahçeye geçerken kendini yorgun ve en kötüsü de yenilmiş hissediyordu. Rakibinin yaydığı enerji karşısında, daha savaşmadan savaşı kaybetmiş biri gibiydi. Bahçe kapısından içeri girerken rahatsızlık vermek istemediğine dair birkaç kelime geveleyerek merdivenleri çıkmaya başladı. Adamla arasındaki boy farkını kamufle etmek için dört beş basamak geriden takip ederken, artık buraya gelmenin kötü bir fikir olduğunu biliyordu.

Bu evin bahçesi de diğeriyle aynıydı. Merdivenlerden bahçeye çıktığında yere atılmış bir çift sandalet gördü; Duru'nun sandaletleriydi bunlar. Natürel deriden yapılmış, parmak arası, topuksuz... Yere düşmüş küçük bir saç tokası... Bu da Duru'ya ait olmalıydı.

Ancak evin önüne geldiğinde içeriden gelen müzik sesini duyabildi. Duru'nun dans ettiği müzik değildi bu ama en az onun kadar güzeldi. Deniz'e müziğin ne olduğunu sorduğunda adam sadece sırıtıp, "Eski bir şey," dedi. Bu eski şeyin, sadece evde dinlemek için Deniz tarafından iki sene önce yapılan orijinal bir parça olduğunu ancak yıllar sonra öğrenebilecekti. Her an Duru'yla karşılaşabileceğinin beklentisinde, temkinli, sadece Deniz'in duyabileceği yükseklikte sordu: "Evli misiniz?"

Deniz, "Üzereyiz," diye cevap verdi. Can içinde hissettiği gerilimi azaltmak için konuyu değiştirip evin fiyatını sorduğunda, Deniz, iki sene önce Duru'nun annesini kaybettiklerinde İsviçre'ye taşınmayı planladıklarını, satılık ilanının o dönemde verildiğini ama şimdi artık Duru'nun mezun olmasını beklediklerini, satışı askıya aldıklarını anlattı. Can hiç düşünmeden aklına gelen ilk soruyu sordu: "Ne zaman mezun olacak?"

Deniz, evi hemen satın almak isteyen birinin ilgisi olarak algıladığı bu soruya, "Bu sene," diye cevap verdi. Duru'ya duyduğu merak tarafından tamamen ele geçirilen Can Manay'sa hiddetli bir endişe duydu. Daha bir kere bile yakından görmediği bu kadının varlığının, beklentisini karşılayacak güçte olmamasını ne kadar da çok istediğini fark etti. İçinde büyüyen bu duyguların hiç tanımadığı bir kadına karşı hissedildiğini düşündüğünde, yıllar önce yaşadıklarını kendisine hatırlatan ve kalbinin en karanlık yerine gömdüğü korku uyandı içinde. Bu korku, ehlileştiremediği tutkusunun korkusuydu.

Hayatında sadece bir defa gerçekleşebilecek ve zaten çoktan gerçekleşmiş bir mucizenin ikinci kere peşine düşecek kadar budala biri miydi? Sorguladı. İçinde uyanan her şeyi geldikleri yere gömüp hemen bu bahçeden çıkmalıydı. Kendisine tedaviye gelen, her şeye sahip oldukları halde hevesleri kaçmış salaklardan biri gibi hissediyordu şimdi. Karşısında duran Deniz'e baktı dikkatle, biraz daha burada dikilirse durumun bu adam tarafından da sorgulanacağını düşündü. Sonuçta güzel bir kız görmüştü bahçede, büyüleyici bir şeydi ama hayat aslında sihre izin vermeyecek şekilde tasarlanmıştı. Uzaktan bizi büyüleyen şeyler, yaklaştıkça sihirlerini kaybederlerdi. Başlatmak üzere olduğu şeyi fark etti, silkelendi.

Deniz'e, evi yeniden satışa koyduklarında irtibata geçeceklerini söyleyerek konuyu kapattı. Bahçeden çıkmak üzere merdivenlere doğru aceleyle yöneldiğinde kendini hafiflemiş bile hissediyordu, ta ki duyduğu ses onu durdurana kadar.

Duru, Can Manay'ı geçirmek üzere olan Deniz'e seslenmişti. Deniz'in adına değer katan bir sesleniști bu. Narin ama ince olmayan bir ses. Kendinden eminliği kulaktan kalbe geçen, dinlemeye değer bir ses. Can Manay, Deniz'le birlikte Duru'ya döndüğünde, Duru yedi metre ileride, bahçedeki bir grup insana aldırış etmeden anahtarlarının nerede olduğunu soruyordu Deniz'e. Sesindeki sabırsızlık, teninin parlaklığına hizmet eden bir güçteydi. İstediğinin hemen yapılması gereken bir varlıktı bu. Kendi varlığının içinde dolu, mutlu, sadece kendisi olarak anlamlı bir ruh diye düşündü Can, kendisine bir an bile bakmayan Duru'nun teninde gözlerini gezdirirken. Duru'nun ıslak saçları geriye doğru taranmıştı ve üzerindeki siyah body, altındaki etek, eteğin altından çıkan gri tayt kızın bir balerin olduğunu anlatıyordu. Can, nasıl olup da böylesi etkili bir şeyi daha önce etrafta görmemiş olduğuna şaşırdı.

Deniz anahtarların yerini söyler söylemez Duru aceleyle içeri girdi. Can merdivenlerin başında kaskatı kesilmiş vücudunu hareket ettirmek için kendini zorlaşa da dönemedi, kendini tutmasa koşup kızın peşinden eve girebilirdi. Sadece gördüğü şeyin gerçek olup olmadığını anlamak istiyordu. Aklı ona artık yoluna koyulması gerektiğini söylerken, merakı ona keşfetmesini buyuruyordu. Ne Deniz'in kendisinden özür dileyen kelimelerini duydu ne de adamın Duru'nun ardından içeriye girdiğini anladı. Öylece orada dikildi. Kaya'nın elini, kolunda hissedince ancak âna dönebilmişti ki, Duru tek başına kapıdan çıktı.

Duru, Can Manay'a yaklaşana kadar, elindeki eskitme süveteri bir hamlede üzerine geçirip uzun, ıslak saçlarını bileğindeki lastik tokayla bir hamlede topuza dönüştürdü. Süveteri üzerine giyerken kızın beyaz koltuk altları Can Manay'ın beynine anbean kazındı. Teni, kokusu, hissettirdiği duygu... Varlığıyla ilham veren bir yaratıktı bu. Can Manay'ın yanından geçerken sadece bir an baktı Can'ın suratına, gözlerine bile değil. Can'ın bakışları Duru'nun ilgisizliğine çarpıp geri döndüler. Duru merdivenlerde duran beylere, "Günaydın," dedi ve hissettirdiği duygulardan habersiz, umursamaz, okuluna gitmek üzere bahçeden çıktı, gitti.

- 8-

Her şeyin bir bedeli vardı. Özge, ayakkabıyı giymemesinin de bir bedeli olacağını düşünmüştü ama hayatını tamamen değiştirebilecek bir olaylar zincirinin başı olabileceği aklına bile gelmemişti.

Ayakkabı olayından sonra hiç konuşmamışlardı. Aylin parmaklarıyla işaret ederek bir kere printerdan çıktı aldırmış ve bir de yemek siparişini ödetmişti Özge'ye. Olsun, böylesi daha kolaydı Özge için, Aylin'e karşı nerdeyse hiçbir duygusu yoktu, birazcık borçlu hissettiği atom büyüklüğünde bir yer dışında.

Özge'nin hazırladığı sorular yüzünden bir kanalın yayın yönetmeninin skandalı patlayınca, Aylin çok büyük bir krizin ortasında kalmasına rağmen Özge'yi koruma altına almıştı. O dönemde kesin işten atılacağını düşünen Özge, Aylin'in neden kendisini koruduğunu hiçbir zaman anlayamadı ve işte bu duygu, ona karşı borçlu hissettiği atom büyüklüğündeki yerin merkeziydi. Gerçi ne zaman bu titreşimleri yeşertmeyi düşünse, hep Aylin'in nedensiz bir başka yanıyla karşılaşmış ve en sonunda pes edip Aylin'i beyninde "Bir kez işimi kurtaran zayıf karakterli, düşük kıçlı sahte kadın" olarak kodlamıştı. Aylin şimdi onu işten çıkartsa hiç alınmazdı. İkisi farklı gezegenlerin yaratıklarıydılar. Aynı şeylerle beslenmiyor, aynı şekilde algılamıyorlardı. "Hayat işte," diye düşündü Özge. Karnı acıkmıştı, yemek siparişi vermek üzere günlük gelen mönülere bakarken tam karar vermişti ki telefon çaldı.

Haber, yazıişlerinden gelmişti. Şok içinde dinledi olanları Özge. Aylin, yola çıkmadan önce, yangın merdivenlerinde sigara içmeye karar vermiş, birkaç saat sonra Can Manay'la tanışacak olmasının diğer insanlar üzerinde yarattığı kıskançlığı deneyimleyip tatmin olmak için her zamanki deneklerinden birini, ev hanımı ablasını aramıştı. Telefon konuşması sırasında, sağ ayağını vuran yeni ayakkabısını bir an için çıkartmak isteyince, ayakkabısının topuğu yangın merdiveninin çelik ızgarasına takılmış ve Aylin dengesini kaybedip yangın merdiveninden yuvarlanmıştı. Kolu ve ayak bileği kırılmıştı, şimdi hastaneye doğru yoldaydı. Özge, eşyalarını çantasına tıkıp hastaneye gitmek üzere hemen hazırlandı, tek yapması gereken telefonu kapatmaktı. Oysa yazıişlerinin planı farklıydı.

Can Manay'la röportaja Özge gidecekti. Yerine tekrar otururken röportaj için zaten hazır olduğunu düşündü. Tek yapması gereken telefonu kapatıp yemek ısmarlamak ve kendi sorularını yanına almaktı.

- 9-

Duru ayakkabısının kurdelesinin son halkasını da bileğine dolayıp bağladı, doğrulduğunda belindeki ağrıyı artık hissetmediğini düşündü. Bugünkü provayı daha kısa tutmaya karar verdi. Gösteriden önce kendini gereksiz zorlamak istemiyordu. Hareketlerin son bir kere üzerinden geçecek ve kendinden emin olacaktı. Başlamadan önce boğazının kuruduğunu hissetti, su içmek istedi.

Çantasından suyunu alırken Can Manay'ın kartı düştü. Bu sabah ne garipti. Çok ukala bir tipti bu Can Manay. Buz gibi dikilmişti merdivenlerde. Evi alamıyor diye bozulmuş gibiydi. Ne tuhaf bir şeydi okula giderken kapının önünde Can Manay'ı görmek, ilginçti aslında, bir de bu kadar kıçı kalkmamış olsa daha enteresan olabilirdi. Neden bu kadar tapıyorlardı adama anlayamıyordu, hele yakından öyle suratsız görünce adam iyice anlamsızlaştı kafasında. En garibi de Duru arabasına binip uzaklaşacakken emlakçının Can Manay'ın kartını kendisine getirmesiydi. Yoksa o emlakçı değil miydi? Her neyse, adamın bir şeyiydi işte, belki de yardımcısı. Çantasının içine attığı kartı aldı eline, dikkatle baktı, Can Manay'ın adının altında Çözüm Uzmanı yazıyordu. Tuhaf adamdı bu Can Manay, herkesin tapındığı tuhaf bir erkek. Can Manay'ı hiç beğenmediğine karar verdi. Adam televizyonda göründüğünden daha çirkindi, daha kısa. Bücür.

- 10 -

Karşılaşmadan 7 saat önce Özge...

Telefonun alarmı saat 7'yi göstererek çalmaya başladı. Özge uyandı. Üzerindeki kolun kime ait olduğunu hatırlamaya çalışarak kolun sahibine baktı, rahatladı. Uyandığında kafasının karışık olmasından, en önemlisi ilk defa gittiği bir yerde uyanmaktan nefret ediyordu. Dirseklerinin üzerinde doğrularak etrafına baktı. Oda bir üniversitelinin odasına benziyordu. Kitap ve DVD'ler her tarafa dağılmıştı, kimin kitap okumak ve müzik dinlemek için bu kadar vakti olabilirdi ki. Daha bu odaya girdiğinde bu gecenin kendisi için sıradan, partneri içinse asla unutulmayacak bir ilk olduğunu anlamıştı ama yapacak daha iyi bir şeyi olmadığından kalmıştı. Vasat bir ilk sevişmenin ardından partneri tarafından başlatılan orta seviyedeki ikinci sevişmeyle ve üzerine Özge'nin yanında sarılı olarak getirdiği jointle* geceyi bitirmişlerdi. Sevişmeye başladıklarında partneri inlemeye başlamış, bu sahte inlemeleri anında anlayan Özge durup kıza bunu yapmaması gerektiğini hissettirmişti. Sonuçta bir kadını sahteliğe inandırmak, bir erkeği inandırmaktan daima çok daha fazla zekâ,

* Esrarla sarılan sigara.

enerji ve deneyim isteyen bir şeydi. Bu sahtelik bir kere kırıldı mı, ilk sevişmeden sonrası kolaydı.

Kadınlar ilk defa bir kadınla seviştiklerinde önce çok utanırlar ama samimiyeti gerçekten hissettikten sonra sahteliği bırakıp belki de hayatlarında ilk defa gerçekten sevişirlerdi. Toplumun yüzyıllardır beyinlerine koyduğu kodlamayı, utangaçlıklarını kırdıkları anda kendilerini bulabilmek için bir şansları olurdu. Kişilerin birbirleri üzerinde yarattığı etkinin var olmadığı, tamamen fiziksel hazzın kontrolünde, gerçek, yalın bir sevişmeydi bu. Çoğuyla yaşamıştı bunu Özge.

Artık klişe, yumuşak porno kıvamında sevişmeye alışmış kadınları ya da azgınca inleyen sahtecileri anında tanır olmuştu. Kendilerine bile doğruyu söyleyemeyecek kadar bulanık, erkek yerine koydukları kuklaların isteklerini yerine getirerek tatmin arayan zavallılardı bunlar. Hissetmedikleri halde inleyen, almadıkları halde zevk içinde görünen kuklalar. Neyi neden yaptıklarının farkında olmadan seyrettikleri çeşitli erotik, pornografik görüntüleri kafalarında birleştirip içlerinde olmayan kadını yaratıyorlardı, her taraftaydılar ve tüm sahtelikleriyle bir sürü örneği kombine ederek oluşturuyorlardı kendilerini. Özge'nin özellikle, henüz deforme olmamış tecrübesizleri, utangaçları, hatta çirkinleri seçmesinin nedeniydi bu sahtelik. En azından bunlarda o kadar da derine işlememişti.

Kadınları tercih etmesinin nedeniyse, kadınları çekici bulması değildi, erkeksizlikti. Lezbiyen doğmamıştı o, ihtiyaçları karşılanmayan gerçek bir kadının yapması gerekeni yapmış, kendi erkeğini kendi içinde yaratmıştı. Güzel bir kadın olduğundan, onun için çok kolay olmuştu her zaman erkeklerden istediğini almak ve çok olmasa da, yeterli deneyimin ardından karar vermişti; değeceğinden ancak yüzde yüz emin olduğu zaman aralayacaktı bacaklarını bir erkeğe. Seyrettiği pornolardan bile tiksinir olmuştu, fokusu, çükünün bir deliğe girip çıkması olan adamlardan. Toplum tarafından yetiştirilen erkek gerçeğini görmüştü net bir şekilde. İhtirassız iktidarsızlar.

Yanında çıplak uyuyan kızı uyandırmadan kalkmak istedi ama ilk defacılar her zaman anında uyanırlardı. Yaşadıkları deneyimin şokuyla ya konuşmak isterler ya daha fazlasını isterler ya da daha fazlasının kendilerinden istenmesini isterlerdi. Kızın hangisini istediği, gelecekteki cinsel tercihini de etkileyecekti. Özge kalktı, sandalyenin üzerine bıraktığı çamaşırlarını giymeye başladı. Yataktaki kızın adı neydi diye düşünürken kız daha fazlasını isteyerek uyandı. Oynaşacak vakti yoktu, Aylin'in Can Manay'la yapacağı röportajla ilgili son hazırlıkları bitirmesi gerekiyordu. Giyindi, adını hatırlamadığı kızı alnından ve elinden öptü, bir prens gibi saygıyla çıktı odadan.

- 11 -

2003 yılında bulunan, o dönemin en büyük asal sayısı için 200 binden fazla bilgisayar kullanılmıştı ve bu sayıyı hiç boşluk bırakmadan bilgisayar ekranında yazmaya kalksak 2390 ekran sayfasına ihtiyacımız olurdu, bu da çıktı almak için beş top kâğıt demekti. Beş top kâğıda sığabilen 6 milyon 320 bin 430 basamaklı en büyük asal sayı... Nasıl olur da Doğru, kafasından yaptığı işlemlerle ve odasının duvarına aldığı notlarla 20 milyon basamaklı bir asal sayı bulmuş olabilirdi, hem daha kendi düğmelerini bile doğru düzgün ilikleyemezken! Bilge'nin kafası karmakarışıktı, Electronic Frontier Foundation isimli bir vakıf, 10 milyon haneli Mersenne Asal Sayısı'nı bulana 100 bin dolar ödül vereceğini açıklamıştı. Acaba Doğru'nun 20 milyon basamaklı asal sayısına 200 bin verirler miydi? 100 bin dolar bile çok iyiydi. Alacakları parayla neler yapabileceklerini düşünürken aklına babası geldi, içi karardı yine, düşünmekten vazgeçti.

Okulun kapısına geldiklerinde Doğru'ya döndü, sakin bir şekilde eline dokundu. Doğru dokunulmayı sevmiyordu, bu yüzden hep okula yürümek zorunda kalıyorlardı. Otobüs ya da metro Doğru için çok kalabalıktı, yürümek en iyisi ama en yorucusuydu.

Doğru'nun okuluna ulaşmak tam 1 saat 20 dakika sürüyordu, alacakları yeni araba sayesinde artık her şey çok daha kolaylaşacaktı. Bilge kendini evrenin bir köşesinde kapana kısılmış, çektiği açlığa rağmen bir türlü ölmeyen bir fare gibi hissediyordu ama şimdi her şey değişebilirdi. Saat 9'a geliyordu, Can Manay'ın dersine yetişmesi imkânsızdı ama pes etmeyecekti, çünkü her zamanki gibi, savaşmaktan başka yapacak hiçbir şeyi yoktu. Varoluşuna lanet ederek yola koyuldu.

Okula vardığında saat çoktan 10'u geçmişti. Koridorda Murat'ı görene kadar derse giremeyeceğinden emindi. Çünkü bu derse asla geç girilemezdi. Sınıf kapısının önünde duran Murat telefonla konuşuyordu. Gülümserken sağlam, beyaz dişleri çok sağlıklı parlıyor, yanağında çizgi oluşturan gamzeleri onu eşsizleştiriyordu. Bir erkeğin bu kadar güzel olması adaletsizlik diye düşündü Bilge. Büyük adaletsizlik. Dikleşti, nefesini tutarak Murat'ın yanına geldi. Murat, Bilge'yi fark etmedi bile. Telefonda dinlediği şeye gülüyordu. Bilge sessizce Murat'ın telefonu kapatmasını bekledi bir süre. Murat en sonunda telefonu kapattığında Bilge parmağını hafifçe Murat'ın omzuna tıklattı. Murat hissetmedi bile, koridordan gelen bir arkadaşını görmüş, kendisine yaklaşan çocuğa akşamki maçı seyredip seyretmediğini soruyordu. Bilge bir daha tıkladı omzuna, Murat yine Bilge'yi fark etmeyince Murat'a seslendi bu sefer ama Murat çoktan yürüyüp arkadaşına doğru gitmişti. Murat, Bilge'yi fark etmezdi hiç ama Bilge, Murat'ı görmese bile aynı binada olup olmadıklarını hep bilirdi, hissederdi. Bazen onun yanı başında görünmez bir şekilde, sadece onu izleyerek yaşamak için neler feda edebileceğini hesaplayarak uykuya dalardı. Murat'ın fantezisi hep kafasındaydı, seneler sonra, Murat'ın ölümünü izledikten sonra bile. Murat'ın ardından bakakaldığının fark edilmemesi için hemen döndü ve sınıfa girdi.

Can Manay ilk defa derse geç kalmıştı. Şansı dönmüş gibiydi. Sırada ne vardı? Bir piyango bileti almalıydı, hemen. Amfide her zamanki yerine ilerlerken sıranın başında Betül ve Didem'i gördü, fark edilmemeyi dileyerek hemen yanındaki sıraya çöktü ama çok geçti. Didem ve Betül onu fark etmişlerdi. Bir alacaklı gibi Bilge'nin başında dikildiklerinde Betül, "Canım benim sabahtan beri seni bekliyoruz, nerde kaldın?" diye yapmacık bir samimiyetle girdi lafa. Bilge, çantasından kitaplarını çıkarırken oyalanarak, "İşlerim vardı," diye açıkladı. Bu kızlarla samimi bir şekilde sohbet etmeye çalışmayı bırakalı epey olmuştu, kendisine sorulan soruya ne zaman içtenlikle cevap vermeye kalksa iki saniye sonra pişman edici bir umursamazlık buluyordu karşısında. Didem, "Bizimkileri bitirdin mi?" diye çıkıştığında, sesindeki hesap soran ton fark edilmeyecek gibi değildi. Bilge hiç konuşmadan çantasından çıkardığı hafıza çubuğunu Betül'e uzatırken, "Sadece bir tanesini... Diğerini yapabileceğimden emin değilim," diye mırıldandı. Didem duyduklarından hoşnutsuz, ekşimiş bir ifadeyle Bilge'nin elindeki çubuğu alıp dik dik baktı, Bilge fırtınanın geldiğini anladı. Didem, "Bu ne şimdi! Sadece bir hafta kaldı ve şimdi mi söylüyorsun yapamayacağını!" diye nefes almadan Bilge'ye hesap sorarken Bilge sakince, "Bana üç gün önce söylediniz ve ben yapabildiğimi yaptım. Diğerini yetiştiremiyorum çünkü kendiminkini de yapmam lazım," diyerek Didem'in lafını böldü. Betül yapmacıklıkta hayat bulan sevimliliğini takınarak, "Ama canım, bak bir taneyi üç günde yapmışsın, yedi gün daha var, yetiştirirsin," diye iknaya çalıştı. Bilge konunun uzamasını istemiyordu çünkü gerçekten ekstra bir ödev konusu daha bulmak için enerjisi yoktu. Sakince, "Yapmam gereken başka şeyler de var, yetiştirebilseydim yapardım ama..." diye açıklamaya çalışırken Didem iyice öfkelenmişti, bu sümüklü kendini kim zannediyordu! Ona selam vererek bile ona iyilik yapmışlardı ve bu kız kalkmış onları hayal kırıklığına uğratabilme cesaretini göstermişti. Didem bu sümsük kıza haddini bildirmeye karar verdi, "Sen bi söz verdin, hem de bana! Ya sözünü onurlu bi insan gibi tutarsın ya da sonuçlarına katlanırsın. Ama sana yemin ediyorum ki..." diye ağzından tükürükler çıkararak öfkeyle konuşmasına devam ederken Murat gelip Didem'e yanaştı. Didem, Bilge'nin suratına eğildi, "Bu durumun sonuçları hiç katlanmak isteyebileceğin cinsten olmaz!" deyip son sözünü de söyledi. Bu kızın çok fazla film seyrettiğini düşündü Bilge, hayatında yaşadığı onca şeyden sonra daha kendi ödevini hazırlamaktan âciz bir salağın tehditlerine hiç aldırmazdı aslında, şu destansı şanssızlığı ve başında dikilen Murat'ın varlığı olmasa.

Murat'ın varlığıyla, Bilge için iyice ağırlaşan durum, bir saatli bomba etkisindeydi şimdi. Bilge çantasının içine girip kaybolmayı hayal ederken kitaplarını çıkartmaya devam etti. Murat elini Didem'in omzuna atarken, "N'aber Bilge?" dedi. Bilge kafasını kaldırıp tereddütle gülümsedi, birazdan içine düşeceği durumu engelleyebilmek için ne yapması gerektiğini düşünürken, "İyiyim," diye mırıldandı. Dua etmekten başka yapabileceği hiçbir şey yoktu, keşke girişte sesini duyurabilseydi Murat'a, omzuna daha sert vursaydı diye düşündü. İçinde kitap kalmayan çantasını karıştırırken Murat'ın konuya girmemesi için dua etmeye başlamıştı bile. Ama Murat yine de konuya girdi: "Alayım mı benim ödevi?"

Bilge, Didem'in o an üzerine atlayacağını düşündüğü için tetikte, cevap veremedi, ta ki Didem'in histerik kahkahasını duyana kadar. Didem abartılı bir gülüşle Murat'a, "Klinik psikoloji vaka incelemesi değil bu... Di mi?" diye sordu.

Murat, olanlardan habersiz ve eğlenen bir ifadeyle, "Ne bileyim ben işte, Fatih Hoca'nın ödevi, neyse o. N'oldu ki?" dedi. Bilge temkinli, CD'yi çıkardı ve Murat'a uzattı. Murat yerine Didem CD'yi kaptığında, "Seninki üç gün sonraymış aşkım, bu benimki," diye açıkladı Murat'a. Murat anlamamıştı, aslında önemsemiyordu da. "N'oluyo ya?" diyerek sırıttı.

Betül'ün ortamı yumuşatmaya çalışan yavşakça girişimi Didem tarafından yarıda kesildi. Didem, Bilge'yle aralarında yanlış anlaşılma olduğunu, Bilge'nin Murat'ın ödeviyle kendi ödevini karıştırdığını anlatıp Bilge'ye parayı bir saat içinde havale edeceğini söyledi. Murat'ı dudaklarından, kısa demek için uzun, uzun demek için kısa olacak bir süreliğine öptü ve konuyu profesyonellere yakışan bir soğukkanlılıkla kapattı. Onun için hiçbir sorun kalmamıştı, ödevini almıştı. Murat, Bilge'ye teşekkür etti ve sevgilisi Didem'i yanına alarak kendi arkadaş gruplarına doğru ilerlediler. Bilge, Murat için ekstra özenle yaptığı ödevin Didem tarafından kullanılmasından iyice sıkılmıştı. Niye bu kadar şanssızdı? Bugün kesinlikle artık piyango falan almayacaktı.

- 12 -

Can'ın dersi ilk defa iptal edilmişti, hem de ödev teslim gününde. Asistanı da gelmemişti bugün. Ödevler direkt kendisine ya da asistanına teslim edilmeliydi. Can Manay her zaman okuldan bağımsız bir şekilde, istediği gibi düzenlerdi derslerini. Bu konuda başarılıydı da, kurduğu sistem hiç aksamazdı, aksamamıştı, en azından bugüne kadar.

Çantasına ancak sığdırabildiği ödevlerle, çölü geçen biri gibi öğrenci işlerine vardı Bilge, yorgun ve bıkkın. Her ödev haftasında, okul numarasına göre belirlenen kişi, hafta boyunca ödevleri toplayıp Can Manay'a elden teslim etmeliydi. Nerdeyse bir yıldır sıranın kendisine gelmesini bekleyip heyecanlanmıştı ama şimdi dosyaları teslim alacak kimse yoktu. Klişe diye düşündü içinden, kendi hayatının klişesi. Öğrenci işlerinde sıra ona geldiğinde omzundaki ağırlık parmak uçlarına kan gitmesini engellemeye başlamıştı bile. Ödevlerden şişmiş çantasını öğrenci işleri bankosunun üzerine koydu. "Ödev teslim günü bugün," diye açıkladı karşısındaki kadına. Sürdüğü rujunu dişlerine de bulaştırmış olan memure elindeki kâğıtları eşleştirip zımbalarken Bilge'ye dikkat etmeden, "Kaçıncı sınıf?" diye sordu. Bilge, "Üç," dedi. Kadın hâlâ Bilge'ye bakmıyordu. "Doğru yerdesin o zaman," dedi. Bilge, "Biliyorum ama Can Manay bugün gelmedi," diye açıklarken kadın zımbalamayı bıraktı, yangın alarmını duyduğundan şüphelenen bir sağır gibi dikkat kesilip, "Can Manay'ın öğrencisi misin?" diye sordu. Bilge, "Evet," dedi. Kadın, "Ödevleri sadece ona ya da asistanına bırakabilirsin," diye açıkladı stresle. Bilge, "Biliyorum ama yoklar, size bıraksam ve yarın..." diye açıklayacaktı ki, kadın cümlenin gerisinin kendi mesleki hayatı için tehlikeli olabileceğini bildiğinden Bilge'nin lafına girdi. "Bize bırakamazsın! Bekle."

Kadın seri bir şekilde şefinin odasına girdi. Camdan ikisinin konuşmasını izleyen Bilge, şefin kafasını hayır anlamında sallamasından cevabı anlamıştı bile. Kadın geri geldiğinde, cevabı dinlemeye bile gerek duymadan, "Peki n'apabilirim?" diye sordu. Kadın yerine otururken Bilge'nin anlayışlı tavrından memnun, "Can Manay'ın kesin bilgilendirmesi var, ödevler ya ona ya da asistanına teslim edilecek. Şefim, Manay'ın asistanını arıyor," diye açıkladı.

Bilge camlı odada telefonla konuşan şefe baktı, kadın önündeki kâğıda not almaktaydı. Bilge'nin önünde, zımbalama işine geri dönen memurenin telefonu çaldı. Memure telefonu eline aldı ve ses çıkarmadan hemen yazdı. Telefonu kapattı. Kadının durumu açıklaması toplamda 25 saniyesini almıştı.

Her zaman, her şey Can Manay'ın istediği şekilde organize edilmeliydi. Ödevler atölyesine götürülecekti. Tüm sorumluluk o hafta ödevleri toplamayla yükümlü öğrenciye aitti. Ödevlerin başına bir şey gelmemeliydi. Bilge şimdi kalkıp onun atölyesine gitmek zorunda olduğunu anlayınca gerildi.

Niye bu kadar şanssızdı? Bu okula dereceyle girmişti. Keşke psikolojiyi değil de, öğretmenliği seçseydi. Keşke arabası olsaydı diye düşündü, keşke Doğru'nun bulduğu rakam doğru çıksaydı. Electronic Frontier Vakfi'nı aramalıydı ama beklemek zorundaydı, çünkü vakfın bulunduğu ülkeyle burası arasında sekiz saat fark vardı.

- 13 -

Can'ın genelde hoşuna giden pozisyon o anki psikolojisine hiç de uygun değildi. Kucağında tüm marifetlerini sergileyip inleyerek, rolünü çok iyi oynayan Cansu'ya baktı. Kız ileri geri oynattığı kalçasıyla aynı ritimde, vajinal kaslarını sıkıp gevşeterek nerdeyse Can'ı sağıyordu. Bunu yapabilen çok az kadın vardı Can'ın tanıdığı ve Cansu aralarında en iyisiydi. Can kimsenin yüzünü görmek istemiyordu, daha doğrusu Can'ın görmek istediği tek yüz şu an onunla değildi ve bir alternatifini bile düşünmek sertleşen erkekliğindeki kan basıncının azalmasına yetiyordu. Cansu'yu bir hamlede çevirdi, arkasına geçti, içine girdi ve kızın onu sağmasını bekledi. Kız yine aynı ritim ve profesyonellikle başladı sağmaya. Can tüm konsantrasyonunu penisinde hissettiği bu ritimli masaja vermek istiyordu. O anda istediği tek bir vajina vardı kendisine bu duyguyu en yüksek seviyede yaşatabilecek: Duru. Gözlerini kapadı. Duru'yla birlikte olduğunu düşündü. Düşüncesi bile kan basıncının erkekliğini yırtacak kadar artmasına neden oldu. O kızı istiyordu, Duru'nun tek bacağını sakince kaldırıp 180 derecelik açıyla yukarıda tutmasını düşündü, ne kadar da esnekti. Onunla sevişmek ne kadar keyifli olurdu. Seni bacaklarının arasına alır, yavaşça içine çekerdi. Bacaklarının arasında olmak istiyordu.

Göğüslerini düşünmek istedi ama onları görmemişti, henüz. Hafif transparan kıyafetinin altında belli belirsiz sallandıklarına dikkat etmişti ama görmemişti, düşünemedi. Ve ereksiyonuna geri döndü. Gözlerini açtı. Önünde, arkasını dönmüş inleyenin Duru olduğunu düşündü, kendini aşan bir arzuyla, erkekliğini sağan popoyu avuçladı, sıktı ve sağma işlemine o da katıldı. Cansu'nun ritmine uygun bir şekilde, avuçladığı popoyu kendisine çekip ittirmeye başladı. Daha da sertleşti, hem hareketleri hem penisi. Duru'nun yüzünü düşündü. Arkası dönük bir şekilde onun içinde gidip gelirken Duru'nun kafasını çevirip ona, kendisini daha sert becermesi için baktığını düşündü ve patladı. Boşalmıştı, artık bomboştu.

Seks ne acayip bir şeydi, insanı sonradan tiksindiren bir trans hali gibi, kendinizi ritme kaptırdığınızda sizin kontrolünüzden çıkan ama boşalmanızla birlikte tamamen yok olan bir duygu. Hiçbir şey bu kadar yoğunlukta var olup sonraki bir saniye bu kadar net yok olamazdı insan hayatında, cinsel dürtüler dışında. Duşunu alırken Can'ın aklında sadece rahatlamışlık vardı artık. Savaşı bitmişti. Uzun süredir ilk defa başka bir kadını düşünürken boşalmıştı. Şimdi boşalınca, ne kadar da anlamsız geldi iki dakika önce yaşadığı yoğun duygular. Ne önemi vardı Duru'nun, alt tarafı balerin bir kızdı. Bahçede onu gördüğünde hayatının tüm kontrolünü yitirmişti, kız nerdeyse suratına bile bakmamıştı. Ardından kartvizitini göndermesi de tam bir salaklıktı. Niye kendini salak gibi hissedeceği durumların içine soksundu ki?! Bu oyunları çoktan aştığına karar verdi. Tüm günü altüst olmuştu bu aptal kız yüzünden, tüm işlerini iptal edip Cansu'yla buluşmuştu atölyede, bir kadını sokmak isteyeceği son yerde. Bir de az kalsın alacaktı o köhne evi! Hem de ne için? Bir balerin kız için! Ama o an, durum çok ciddi ve acilmiş gibi gelmişti Can'a. Şimdiyse fırtına dinmişti artık. Bir sürü güzel kız vardı etrafta. Duşun altında suyun yüzünü ısıtmasını hissetti. Tüm bunlar bir evin bahçesinde dans eden basit bir kız için miydi?.. Bacaklarını kolaylıkla ayırabilen, yumuşak ama seri hareketlerle durduğu noktada 360 derece dönüp eriyormuşçasına yere inen ve taşıyormuşçasına yükselen bir vücut, beyaz yarı transparan kıyafet içinde Duru. Uçuşan saçları. Kusursuz bir ten. Çıplak ayakları. Can yine sertleşmişti. Çok çok uzun süredir bu da ilk defa başına geliyordu. Acaba Cansu gitmiş miydi? Kıza hemen gitmesi için gereken talimatı vermişti ama şimdi duştan koşarak çıksa belki Cansu'yu kapıda yakalayabilirdi. Duru'yla, pardon, Cansu'yla bir kez daha sevişmeliydi. Hızla duştan fırladı.

- 14 -

Bir buçuk saat süren tıkış pıkış otobüs yolculuğundan sonra Bilge nihayet sanayi sitesindeydi. Elindeki adres kâğıdına baktı: 4. bölüm 2. parsel. Adresten çok bir tarlanın koordinatlarına benziyordu, atölyenin enlem ve boylamını alıp coğrafi bir hesapla yerini tespit etmek daha kolay olurdu diye düşünürken, iki büyük gökdelenin arasında kalmış küçük bir bahçede güneşlenen bir inek ve dört beş tane köpek görüp durdu. Etrafına bakındı, insanlar sanki Bilge'nin gördüğü şeyi görmüyorlarmış gibi sakin ve ilgisiz, kendi yollarına devam ediyorlardı. Manzara çok ilginçti. Yerde yatıp geviş getiren bir inek, tekerlekleri olmayan bir araba ve beş köpek, döküntü bir evin önündeki küçük bahçede, kendi evlerindeydiler. Bu evse gökdelenlerin arasındaki tek evdi. Bahçenin etrafı gökdelenlerle çevrili olsa da öyle acayip konumlanmıştı ki, hâlâ güneş görebiliyordu. "Birini mi arıyosun?" diyen ses arkasından geldiğinde irkildi.

Çingeneler Zamanı'ndan* kaçıp sanki Bilge'yle konuşmak için bu sanayi sitesine gelen kadın, bahçesine bakan kızı, "Avukat mısın yoksa?" diye sorguladı. Bilge şaşkın, "Yok, avukat değilim, şu adresi bulmaya çalışıyorum," diye cevap verdi. Tek istediği yoluna devam etmekti, daha doğrusu yolunu bulabilmek. Kadın

---

* 1988 yapımı Emir Kusturica filmi.

Bilge'nin elindeki kâğıda bakmadan, "Oku bakim nereymiş?" diye sordu. Bilge kadının tuhaf kıyafetine bakmamaya özen göstererek saygıyla, "4. bölüm 2. parsel... Sanayi Sitesi," dedi.

Kadın evinin bahçesine girince tüm köpekler onu selamlamak için ayaklandılar, inek bile. Köpeklere elindeki torbadan mama döken kadın, tavuklarına yem saçan birine benziyordu. Bilge, kadının kendisine cevap vermeyeceğini düşünmeye başladığında, kadın, "Zor işin, bayaa yürücen. İn burdan aşa, yokuşu çıkmaya başlayınca sola dön, dümdüz git. Solda yol bitince tekerlekçi var, ordan yukarı sola doğru tırman, hah işte orası 4. bölüm. Orda okursun binaların üzerinde kaçıncı parsel olduklarını," diye açıkladı.

Bilge'nin kafası karışmıştı ama konuyu daha uzatmak istemedi. Teşekkür edip tariften kafasında kalanlar kadarıyla yürüdü. Yokuşu indi, sola döndü, yürüdü. Tam kaybolduğunu düşünürken solda değil ama sağda lastikçiyi gördü. Ve hemen yukarıya uzanan yolu takip etti. 2. parsele vardığında kafası yine karışmıştı. Hangisi Can Manay'ın atölyesiydi? Etrafta sorabileceği kimse de yoktu, ayrıca sorulması zor bir adresti bu. Önünden geçtiği oto tamir atölyelerinden birine girip ünlü psikolog Can Manay'ın atölyesi hangisi diyemezdi ki. Ödevler omzunu kopartmak üzereydi sanki, parmak uçları iyice uyuşmuştu, ağlamak istedi.

300 metre ilerde bekleyen taksiyi gördü, morali düzeldi. Taksiciler her yeri iyi bilirlerdi. Taksiye doğru hızla yürümeye başladı ama taksinin durduğu yerin önündeki kapıdan çıkan kız da hızla taksiye yönelmişti. Kız taksiye binmeden yetişmeliydi. Adımlarını hızlandırdı, nerdeyse koşmaya başladı. Yetişmesi imkânsızdı, kız taksinin kapısındaydı, binmek üzereydi ki durdu. Kızın biraz önce çıktığı binanın kapısından biri kıza seslenmişti. Kız dönüp şoföre bir şeyler söyledi. Taksi gaza basıp gitti, kızsa çıktığı kapıdan geri girmek üzereydi. Bilge nefes nefese son bir gayretle bari kıza sorabilmek için koştu. Kızın ünlü dansöz, dizi oyuncusu, sunucu Cansu Kınay olduğunu fark edince yavaşladı.

Durdu. Cansu Kınay içeri girdiğinde, Bilge tamamen bitikti. Önünde durduğu duvara yaslandı. Çantasındaki ödevlerin ağırlığı onu yere çekiyordu. Boynundaki ve omzundaki ağrıyı rahatlatmak için çantayı sağ omzundan sola geçirdi ve işte tam o sıra gördü. Can Manay'ın derste yüzlerce kere tekrarladığı sözler, Bilge'nin yaslandığı duvara, atölyenin kapısının üstündeki metal plakaya yazılmıştı.

"Çatlama cesaretini gösteren tohumlar adına!"

Can Manay, hep çatlama cesaretini gösteren tohumların ancak filize dönüşebileceğinden bahsedip dururdu ve ancak bazı filizlerin de, tohum veren ulu ağaçlara... Bilge kayıt edercesine dinlemeye alışmıştı, dinlediği fikirdeki anlamı onaylamak gibi bir isteği olmamıştı hiç, belki de hayatı boyunca kimse fikirlerine değer vermediği ya da sormadığı içindi. Şimdi ilk defa bu cümlenin anlamını düşündü. Çatlama cesaretini göstermek... Çatlamak için cesaret değil aslında enerjiye ihtiyaç olduğunu düşündü. Can Manay'ın cesaretsizlik olarak gördüğü şey Bilge için hayat koşullarıydı, doğduğundan beri peşini bırakmayan koşullar. Ama şanslı insanların, şanssızlıkları cesaretsizlik ya da aptallık ya da korkaklık olarak görmesini anlayabiliyordu, çünkü dışarıdan öyle gözüküyordu. Can Manay gibileri, zekâlarına şanslarıyla gerçeklik verirlerdi. Bilge'de hiç olmayan bir şeydi şans, imrendiği ve anlayamadığı bir şey.

Bir an kendine geldi, Can Manay'ın atölyesine ulaşmıştı ama içeride Cansu Kınay varken nasıl kapıyı çalacaktı? Aman Allahım diye düşündü, Cansu Kınay içerideydi! Daha da kötüsü, ya Can Manay'ın Cansu Kınay'la gizli bir ilişkisi varsa! Bilge yine yanlış zamanda yanlış yerdeydi. Kapıyı çalacak, ödevleri teslim edecek ve hemen çekip gidecekti aslında. Ama bu durumda en iyisi biraz beklemekti. Önce kendine biraz çekidüzen vermeliydi. Ağır çantasını indirip koşuşturmacada dağılan saçlarını topladı. Çantanın ağırlığıyla kırışan kıyafetini düzeltti...

- 15 -

Can, Cansu'ya yetişmişti. Onu içeri alır almaz biraz önceki pozisyona çevirdi kızı, kıyafetlerini çıkarmasına bile izin vermedi. Arkasına geçti, öne eğdi ve sert bir şekilde kızın içine girdi. Hazırlıksız yakalanmanın verdiği rahatsızlıkla vajinal kaslarını gevşetmeye çalışan Cansu sürtünmeden hissettiği acıyı minimuma indirmek için bildiği her şeyi yaptı. Ama acısı hafiflemedi. Cansu durumu yumuşatıp biraz zaman kazanmak istediyse de Can çoktan başlamıştı gidip gelmeye. Can'la daha önce onlarca kere sevişmişti ama hiç böyle bir şey yaşamamıştı, şimdi daha bir kabaydı, daha bir hayvani, daha bir arzulu, daha bir erkek. Poposunu avuçladığı yer hâlâ yanıyordu ve Can bir hayvan gibi tüm gücüyle içinde gidip geliyordu. Öylesine derine ittiriyordu ki, Cansu'nun sürtünmeden yanan vajinal kasları ittirmenin şiddetiyle iyice geriliyor, daralıyordu. Cansu, Can'ın işini hızlandırıp çektiği acıya olabildiğince çabuk son verebilmek adına, motivasyon için inlemeye başladığında, artık boşalsa diye düşünüyordu ama Can sanki daha yeni başlamıştı. Cansu üzerine eğildiği masanın uçlarını eliyle tutup biraz vücudunu masadan kaldırmak üzere hamle yaptı ama Can hemen onu boynundan tutup masaya yapıştırdı, poposunun dışarı çıkık şekilde durması için sert bir hareketle Cansu'yu kendine çekti. Can'ın eli Cansu'nun boynundan saçlarına kaydı, saçlarını kavrayıp sanki Cansu'nun vajinasından çıkmamak için savaş veriyormuşçasına asıldı saçlarına kızın içinde gidip gelirken. Cansu'nun şimdi saç kökleri acıyordu ama vajinası rahatlamıştı, Cansu hayatında daha önce hiç olmadığı kadar ıslanmıştı, zevk alıyordu. Can onu ilk defa böyle beceriyordu. Cansu boşaldığında, Can içinde gidip gelirken tüm vücut ağırlığını onun üzerine bıraktı, kulağının dibinde hayvan gibi solurken mırıldandı. Cansu ilkinde anlamadı, yaşadığı orgazmdan kendine geldiğinde Can'ın bir daha mırıldanmasını bekledi. Can'ın gelmesine yardım etmek için inleyip, kalçasını oynatmaya, onu sağmaya başladı. Can kavgaya sessizce hazırlanan bir hayvan gibi sakin, yine inledi. "Duru," Cansu oynattığı kalçasını hemen durdurdu. Can'ın dur dediğini sanmıştı. Can boşalırken sokak kapısı çaldı. On dakika sanki bir saat gibi gelmişti Cansu'ya, her şey bittiğinde Can yine bomboştu, hiçbir şeyin bir anlamı yoktu. Hazırlanmak için yukarı banyosuna çıkarken, Cansu'ya gitmeden kapıya bakmasını mırıldandı.

- 16 -

Duru çalışmasını bitirmiş, terli vücudunun üzerine her zamanki kazağını geçirmişti, bu kız hiç yıkanmazdı çalışmalardan sonra. Duru ne kadar terlese de hiç koktuğuna tanık olmamıştı Ada. Onda bulduğu milyonlarca kusursuzluktan biriydi bu. Onu ilk gördüğü günü hatırladı. Hayat ne tuhaftı. Hep en korktuğumuz şeyleri karşımıza çıkarır, sonra suratımıza yapıştırırdı. Ada zayıf, uzun vücuduyla hiçbir zaman güzel hissetmemişti kendini. Uzun parmakları neredeyse güzeldi ama keman çalmaktan nasırlaşmış, kemikli boğumları iyice ortaya çıkmıştı. Eğer bir film kahramanına dönüşse ET'ye dönüşebileceğini düşünürdü hep. Sonuçta ikisi de kendilerini evden çok uzakta hissediyorlardı bu dünyada. Duru'yu izlediği küçük camdaki yansımasına baktı, kendinden çok sıkılmıştı. Ne zaman Duru'yu izlese bu duyguyla sarılır ve boğulurdu.

Duru'nun güzelliği değildi onu etkileyen, hatta belki de Ada bu gezegendeki tek insandı Duru'yu o kadar da güzel bulmayan. Ama Duru güzeldi, sadece güzel. Ada'nın kıskandığı tek bir şey vardı Duru'da: Deniz. Var olduğundan beri duyduğu en etkileyici sesleri çıkararak Ada'nın ruhuna sahip olan, Ada'ya müziği öğreten, daha doğrusu hatırlatan adamdı Deniz. Bu adam, Ada'ya konuşmayı öğretmişti. Kemanıyla konuşmayı öğrettiği günden beri aslında Ada'ya sahipti, hiç bilmese de, hiç umursamasa da...

Onu tanıdığında hayatında ilk defa kendisine dokunulmasını istemişti Ada, sınıfın en arkasında sessizce otursa da, onun gözlerine hiç bakmasa da, herkes onun etrafına toplandığında o hiç yaklaşmasa da, Deniz onu yeteneğinden dolayı kutladığında soğuk dursa da, Deniz onun ilkiydi. İlk aşkı. Kapının camındaki görüntüsünde kendine geldi, karşısında Duru vardı şimdi. Duru'nun kapıdan çıkabilmesi için hemen kenara çekilmeliydi. Duru yüzünde kocaman bir gülümsemeyle kapıyı açıp prova odasından çıktı, Ada'yı gördüğüne sevinmişti. Sevgiyle, "Özür dilerim Ada, umarım fazla uzun tutmadım çalışmamı. Ne kadar zamandır bekliyorsun?" dedi. Ada utancından zaten öne doğru eğilme eğilimindeki vücudunu iyice büktü, bakışlarını her zamanki gibi Duru'dan kaçırırken, "Ben şimdi geldim, önemli değil," diye sakince cevap verdi.

Ada konuyu kısa kesip içeri girmek istiyordu ama Duru kapıda durmuş hâlâ onunla konuşuyordu: "Deniz son yaptığın parçadan çok bahsediyor. Yarınki provanızda ben de gelip dinlemek istiyorum. Bana hep bu kız tam sana göre, birlikte çalışmalısınız diyor," dediğinde Ada kendisine hiç sempatik gelmeyen bu öneriyi anlamadı. Sorgularcasına, "Nasıl birlikte çalışabiliriz?" dedi. Duru gülüp Ada'nın yanağından makas aldı. Ada, ne kadar da yumuşak elleri var diye düşünürken Duru heyecanla, "Şu senin yeni parçanı bu yılki gösteriye adapte etmek istiyor Deniz ve benim de koreografisini yapmamı," diye açıklayıp göz kırptı.

Ada daraldı. Aynı ortamda olmaya üç dakikadan bile fazla dayanamadığı Duru'nun yanında, Deniz için bestelediği parçayı çalmak, hele bir de onunla günlerce çalışmak... "İmkânsız" diye tekrarladı içinden sessizce. Duru, Ada'nın kriptonitiydi,* onun yanında olmak belki hemen öldürmezdi ama sonunda mutlaka tüm gücünü alır, süründürerek yok edebilirdi. Kendi düşünceleri arasında kaybolan Ada, Duru'nun içtenlikle hoşça kal demesiyle kendine geldi. O giderken prova odasına girdi. Aslında prova

* Süpermen'e zarar verebilen tek radyoaktif element.

yapmaya hiç niyeti yoktu, prova listesinde adı bile yoktu ama kapıda Duru'ya yakalanınca rolünü oynamıştı. Başka nasıl açıklayabilirdi prova kapısının camından onu izlemesini.

- 17 -

10 saat önce Ada...

Boş çölün sonunda birbirinden daracık bir vadiyle ayrılan iki koca dağ o kadar görkemliydi ki, Ada kendini küçücük bir karınca gibi hissetti. Üzerinde tutunmaya çalıştığı atın hızı iyice artmıştı. Dağların büyüklüğü karşısında hissettiği şaşkınlık kovalandığını anladığında korkuya dönüştü. Üzerindeki kıyafetlerin ağırlığı sanki atın daha da hızlı koşmasını engelliyordu ve hemen peşinde olan atlılar nerdeyse yetişmek üzereydiler. Ada önce başında sarılı olan büyük örtüyü açıp attı, ardından sırtındaki pelerinin bağını boynundan çözdü ve geriye uçan pelerinin kendisine yaklaşmakta olan atlı adamlardan birinin suratına yapıştığını gördü. Pelerin adamı sarmalamış, içine almış ve sonra sanki içinde kimse yokmuş gibi yığılıp yerde kalmıştı, resmen yutmuştu adamı. Ada hemen üstünde başka kıyafetler var mı diye baktı, vardı. Üstündeki kalın gömleği çıkardı telaşla ve arkasına dönüp kendisine yaklaşmakta olan diğer atlıya denk gelecek şekilde rüzgâra bıraktı. Gömlek adama dolanır dolanmaz adam yok oldu ve gömlek yere düşerken ne adamdan ne de attan biz iz kaldı. Arkada en az 20 atlı daha vardı ve Ada nerdeyse çıplaktı. Dağlara baktığında, iki dağ arasındaki yarığa girmesi gerektiğini biliyordu ve işte tam o sırada dağlar hareket etmeye başladı. Birbirlerine yaklaşıyorlardı. Atın üstünde hızla vadiye yaklaştıkça dağlar da iyice birbirlerine yaklaştı. Acele edip dağlar yarığı tamamen kapatmadan yetişmeliydi. Peki ya sonrası? İki dağın arasında sıkışacak mıydı? Hayır!

Uyandı. Bu rüyayı son üç yıldır görüyordu. Neyse ki dağlar kapanmadan yine vadiye varabildi. Onlarca kere gördüğü bu rüyada ancak ikinci kere vadiye varabilmişti. Saate bakmadan yataktan kalktı, gözlerini ovuşturup masanın üstünde duran kemanını aldı eline, odanın ortasında duran küçük tabureye oturdu. Bu rüyayla birlikte aklına gelen bestesinin üstünde çalışmaya başladı. Bu besteyi ilk olarak bu rüyada duymuştu. Tuhaf bir müzikti bu, üç yıldır bu müziği belki de başka yerde duymuş olabileceğini ve bilinçaltının ona oyun oynadığını düşünüp durmuş, sonra da bu konuda danışabileceği en iyi uzmana, konservatuvardaki öğretmeni Deniz'e danışmıştı. Deniz, Ada'nın bestesini dinledikten sonra ona müziğin "Ambitious Lovers" adlı bir grubun "It Only Has To Happen Once" adlı bir parçasına benzediğini söylemişti. Ada bu parçayı dinlediğinde benzerliğe şaşırmıştı çünkü daha önce bir kez bile bu parçayı duymadığına yemin edebilirdi. Garip olan, bu parça Deniz'in favori parçalarından biriydi. Bunu öğrendiğinde daha doğal ne olabilir diye düşünmüştü Ada, ikisi sanki aynı ruhun parçasıydılar. Belki Duru olmasa Deniz de bunu hissedebilirdi. Ada parçayı mükemmelleştirmek için bu rüyayı her gördüğünün sabahı kalkar kalkmaz çalışırdı. Parçanın mükemmel halini dinlediğinde, Deniz'in ne hissedeceğini düşünmek bile motivasyonların en büyüğüydü.

-18-

On beş dakikadır oturduğu yerden hiç kalkmamış, hatta belki gizli bir kameradan gözetleniyordur diye kafasını bile oynatmamıştı Bilge. Bir marangoz atölyesinden çok marangoz atölyesi sergisine benzeyen yerde, bir damla toz ya da talaştan eser yoktu. Ağaçların parçalanıp, oyularak şekil alıp birer mobilya haline geldiği yerin burası olduğunu düşünmek çok aptalca olurdu, aletlerden başka burada odun bile yoktu. Can Manay'ın tuhaf yöntemlerin adamı olduğunun da farkındaydı. Belki başka bir odadaki bir sistemden kendisini gözetliyor ve hareketlerini tahlil ediyor olabilir diye düşünürken en doğru şeyin hiç kıpırdamamak, yani kendisiyle ilgili hiçbir veri vermemek olduğuna karar vermişti. Can hazırlanmış, saçları ıslak ama düzgün bir biçimde merdivenlerden inerken telefonuyla şoförüne kendisini hemen alması için talimatta bulunuyordu, oldukça şıktı. Bilge, saygısını göstermek için ödevlerden şişmiş çantasını da omuzlayıp ayağa kalktı. Can biraz önce Cansu'yu becerdiği masanın hemen yanında ayakta kendisini bekleyen kızı görünce şaşırdı. Bu kız da kimdi ve ne zamandır kendi özel eşyalarının arasındaydı? O kocaman şişmiş çantanın içindeki şey bari tehlikeli ya da manyakça bir şey olmasaydı. Kaşlarını çatıp, "Sen de kimsin?" diye sorguladı.

Can Manay'la göz göze gelmemeye dikkat ederek, "Özür dilerim hocam, ben Bilge Görgün. Cansu Hanım beni içeri aldı. Size ödevleri getirdim," dedi bir asker saygısıyla. Konuşurken omzundaki çantanın içindeki ödevleri masanın üstüne koymaya başladı. "Sizi böyle rahatsız etmek istemezdim hocam ama..." diye açıklamaya devam ederken Can nefret ettiği bu kelimeyi duymaktan sıkılmış halde, "Hoca camide olur, ben hoca değilim. Bana Can Bey de. Kaç kere söyleyeceğim bunu!" diye homurdandı. Bilge iyice kızarmış suratını gizlemek için kafasını hiç kaldırmadan çantasındaki son ödev tomarını da çıkarıp, "Özür dilerim Can Bey... Öğrenci işleri teslim almadı ödevleri, asistanınız da okulda yoktu bugün, bu adresi verdiler, ben getirmek zorunda kaldım," diye açıkladı.

Kız elindeki son ödevi de koyup kafası önünde durdu. Çantasını düzeltiyor gibiydi ama Can çoktan anlamıştı, kız utancından oyalanıyordu. Çok uzun zaman olmuştu, bu yaşta, onun sınıfında olup da böylesine utangaç birini görmeyeli. Kız birazcık daha güzel olsa, nerdeyse Can'ın ilgisini çekebilirdi. Biraz rahatsız etmek için sessizce kıza baktı. Kız kafası önünde, görevini en sonunda yerine getirebilmiş olmanın rahatlığı ve Can'ın ona konuşmadan bakmasının verdiği rahatsızlık arasında duruyordu. Can sessizliği sürdürmeye karar verdi. Kızla oynamak hoşuna gitmişti. Kız kafasını kaldırıp Can'ın gitmemiş olduğundan emin oldu, o hâlâ karşısında dikilmiş kendisine bakıyordu ve konuşmuyordu. Bilge yine yok olmak istedi. Çantasına sıkı sıkı sarıldı neredeyse, kafasını kaldırıp dilinin yetişebileceği hızda konuştu. Konuşurken sokak kapısına doğru geri geri yol da almaya başlamıştı. "Tekrar kusura bakmayın Can Bey, sizi rahatsız etmek istemedim ama ödevleri teslim etmem şarttı bugün. Şartları siz koyuyorsunuz, ben sadece uydum. İyi günler-akşamlar," dedi ve döndü kapıyı hızla açtı, tam dışarı çıkıp bu lanet olası sessizlikten ve Can Manay'ın her yeri dolduran varlığından kurtulacaktı ki, Can sakince, "Dur," diye buyurdu.

Bilge durdu ama Can'a dönüp dönmemekte tereddüt etti, karar vermeden beş saniye bekledi, sonunda Can Manay'a döndü. Can konuşurken cebinden bir sigara çıkardı. Bugün bu üçüncü sigarasıydı. Normalde asla ikiyi geçmezdi ama bugün istisnai bir gündü, yaşadığı onca yüklü duygudan sonra kendini cehennemin kapısından dönmüş gibi hissediyordu. Yıllar önce içinde saplantı yaratan ve tüm hayatını altüst eden her şey sanki bugün Duru'nun bedeninde kendisine sunulmuştu. O bedene yaklaşmak çok tehlikeliydi, Cansu'yu kullanarak kendisine yaptığı terapi sayesinde o etkiden nihayet kurtulmuştu. Bu kurtuluş bir zafer sayılırdı ve Can üçüncü sigarayı yaktı.

Bilge ilk defa görmüştü Can Manay'ı sigara içerken, haberi bile yoktu sigara içtiğinden. Önce hayal kırıklığı hissetti içinde, bu, sigara içmeyecek kadar kendine değer veren bir varlık olmalıydı ama değildi. Rahatladı, alt tarafı karşısında zaafları olan bir insan vardı, sigara bile içecek kadar zaafları vardı bu adamın. Can sigarasından nefes alırken, "Adın neydi?" dedi. Bilge hemen saygıyla, "Bilge Görgün," diye cevap verdi.

Can sigarasından aldığı dumanı dışarı salarken, "Bilge Görgün, geçen dönem tezin neydi?" diye sordu. Dikkat çekecek kadar güzel olmayan öğrencilerini ancak ödevlerinden hatırlayabiliyordu.

Bilge şimdi mahvolduğunu düşündü, çünkü geçen dönem kendisine verilen tezi elinden geldiğince iyi hazırlamıştı ama Can Manay çalışmayı beğenmeyip Bilge'ye başka bir tez ödevi daha verdirtmişti. Birincisini hatırlatmadan ikinci ödevden bahsetmeye karar verdi. "Bağımlılıklar üzerineydi. Obsesif bağımlılık ve bağımlılığın kendisini yenilemesi," dedi sesindeki titremeyi kontrol altına almaya çalışarak.

Can şaşırdı. Kızı, daha doğrusu ödevi hatırladı. İlk verdiği ödev o kadar iyi olmuştu ki, kızın ödevi başka birisine yaptırdığından şüphelenmiş, ödevin iptalini isteyip kıza yeni ödev vermişti. Ama yeni ödev de bir önceki kadar iyi hazırlanmıştı. Normalde istediğinden 350 kelime daha kısaydı ama bu bile hoşuna gitmişti Can'ın, canı sıkılmadan incelemişti ödevi ve kızın kıçını kaldırmamak için de B- vermişti. Ödevi yapanın çirkin bir kız olduğunu Kaya'dan öğrendiğinde kıza ilgisini kaybetmişti ama şimdi kız karşısındaydı. Durum komik, kızsa çok tuhaftı. Peki çirkin miydi?.. Can düşünürken kız saygıyla, "Can Bey, bir saat içinde okuldan abimi almak zorundayım. İzin verirseniz ben çıkayım," dedi. Can sigarasından bir fırt daha çekerken gayriihtiyari sordu: "Nereye gidiyorsun?"

Bilge kısaca gideceği bölgeyi söyledi. Can hiç düşünmeden, "Biz bırakırız seni. Gel," dedi ve Bilge'yi geçip kapıya doğru giderken elinde yarısı içilmiş sigarayı, sanki kül tablasına bırakır gibi Bilge'nin eline tutuşturdu. Eline ilk defa sigara alan Bilge, itiraz bile etmeyi düşünemeden, hâlâ yanan sigarayı aldı, ne yapacağını bilemeden Can'ı takip etti. Dışarıya çıktıklarında kapının önünde Can'ın arabası bekliyordu. Bilge, Can'ın sigarasını yere atmak isteseydi yere atacağını ama onun yerine kendisine verdiğini düşünerek ne yapacağını bilemeyen bir acemilikle sigarayı elinde söndürmeye çalıştı, sağ işaretparmağı yandı. İzmariti hızla çantasının içine attı. Arabaya bindiklerinde, sigaranın söndüğünden bile emin olamadı. Ama arabada yangın çıkmadığı sürece önemi yoktu.

Can Manay'ın arabasında olduğuna, onunla yan yana oturduğuna inanamıyordu. Davranışlarına dikkat etmeliydi, garip yöntemleri vardı Can Manay'ın, bu da onlardan biri olabilirdi, hiç konuşmamak en iyisiydi. Başparmağını yanan parmağının üstünde gezdirdi, canının acıması hoşuna gitmişti. Annesinin ölümünden beri sanki ilk defa fiziksel bir şeyler hissetmişti, acı bile olsa yaşadığını hissetmeye değerdi.

-19-

Özge, röportaj için stüdyoya erken geldi. Her pazartesi yayımlanan program için kanal hiç cimrilik yapmamıştı. Çok lüks dizayn edilmiş stüdyonun hemen arka tarafında yer alan geniş odalar, katılımcıların hazırlanması için zekice tasarlanmıştı. Hepsi ortak bir alana açılıyor ve ortak alanda yer alan açık büfe tüm ihtişamıyla iştah açıyordu. Bu bölüme girebilmek için 15 dakika kartının onaylanmasını beklemişti Özge. Sahte giriş kartları nedeniyle güvenlik tedbiri artırılmıştı. Tabii, iki sene önce programa katılan, o dönemin yetenek yarışmalarından birinde birinci olmuş Ali Uçar'ın, programda geçirdiği sinir krizi sonrası, bu odalardan birinde bileklerini kırık cam bardakla kesmesinin de güvenliğin artmasında etkisi olmuştu. Adam ölmemişti ama artık stüdyoda sadece plastik bardak kullanılıyordu. Bu skandal sadece güvenliği değil, programın reytingini de etkilemişti, o günden beri program ülkenin en iddialı programıydı ve nerdeyse herkes izlerdi. Çünkü türünün tek örneğiydi. Özge'nin orijinal olan her şeye saygısı vardı. Can Manay'ı tanımasa da sadece bu yüzden saygı duyuyordu. Onunla ilgili araştırmasında oldukça derine inmiş ve buldukları karşısında heyecana kapılarak ilk defa daha da derine inmekten çekinmişti. Sonuç olarak Can Manay da etrafındaki herkes gibi söylediği kişi değildi, herkesin bir maskesi vardı ama onunki sanki sıkıntıdan, amaçsızlıktan değil, bir tehlikeyi örtbas etmek için takılmıştı. Bu adamda çok garip, topluma yansıttığı karaktere uymayacak ilkellikte bir şeyler olduğunu hissediyordu.

Aylin'in kırılan bileği, belki de Özge'ye evrenden bir işaretti. Bu maskeli pisliklerden biri olmamaya yemin etmişti, onlar gibi dönüşmemesi için yapabileceği tek bir şey vardı: savaşmak. Onlarla savaşarak kendini ancak koruyabilirdi. Dedesinin öğrettiği gibi en iyi savunma saldırı değil miydi?..

Lanet olası stüdyo her köşesiyle çok ilgi çekiciydi. Binaya girdiğinden beri tek bir salakla ve hatta çirkinle karşılaşmamıştı. Ne biçim bir yerdi burası, herkes sanki tek tek, özenle seçilmişti. Burada çalışmak nasıl olurdu diye düşündü. Kesinlikle güzeldi. Silkelendi. Bu röportaj zor geçecekti, Can Manay onu etkilemeye başlamıştı. Yaptığı her işi en iyi şekilde yapabilen biri vardı karşısında. İyi bir psikolog, üniversitede hoca, çok iyi bir şovmen... Böyle bir adamdan normal olması beklenemezdi, beklenmemeliydi. Yararlı bir adamdı. Canlı yayında, ünlülerle yaptığı terapi üzerine kurulmuş olan Vizyon Terapi, işin magazinsel yanını alıp felsefi bir şey haline getirmeyi başarabilmiş, varoluşa dair düşündürerek topluma kendi sorularını sordurmayı nerdeyse öğretmiş bir programdı. Can Manay, bu ülkede bunu yapabilen, çirkinlikten yarar oluşturabilen tek kişiydi. Geçmişini kurcalayıp adama saldırmak çok ilgi çekebilirdi ama uzun vadede kime ne yararı olacaktı diye düşünürken Can Manay'ın kulisinin önüne geldiğinde kapının üzerinde metal plaka üzerine zarifçe yazılmış yazıyı okudu.

"Çatlama cesaretini gösteren tohumlar adına!"

Özge gardını indirdi. Hayatında ilk defa birine yakınlık hissetmişti. Yazının ne demek istediğini çok iyi biliyordu, her an deneyimliyordu. Uzun uzun düşündü. İlk defa kendi araştırmalarına değinmeden Aylin'in tarzında boş ama hoş bir röportaj yapmak istedi, bulduklarına rağmen. Belki, bu adam savaşılacak değil sadece dinlenecek biriydi. Can Manay'ı daha iyi anlama isteğiyle içeri girmek üzereydi ki programın hosteslerinden biri gelip kendisini açık büfeye yönlendirdi. Can Manay henüz hazır değildi, kendisine haber verilecekti.

-20-

Trafik her zamanki kadar yoğundu. Arabada sessizlik hâkimdi. Can, Ali'den her zamankini koymasını istediğinde Bilge ilk defa duyduğu bu müzikten hoşlanıp hoşlanmadığına karar vermeye çalışırken, Can ondan önce davrandı, "Şarkı nasıl? Beğendin mi Bilge Görgün?" diye sorarak.

Bilge bir tuzağa düşme olasılığının tüm farkındalığıyla hızla düşündü. Cevap verirken kararlı ama çekingendi. Aklına ilk gelen şeyi söyledi. "Daha bitmedi ki."

Can yüksek müzikten Bilge'nin ne dediğini anlamamıştı. Bu kadar alçak sesle cevap vermesi sinir bozucu gelmişti. Onu iğnelercesine, "Eğer fısıldayacaksan konuşmamızın anlamı yok!.." diye hırladı.

Bilge kendine kızdı, niye alçak sesle konuşuyordu ki! Salisenin binde biri kadar bir hızla cevabının bir hata olabileceğini düşündü ama aslında Can'ın bitmemiş bir şarkı hakkında böylesine aceleci sorusunun aptalca olduğuna karar verdi. Doğduğu günden beri onu asla yarı yolda bırakmayan mantığını dinlemeye karar verdi. Can'a yüksek sesle, "Eğer izin verirseniz şarkıyı dinlemek istiyorum! Ancak ondan sonra sizi cevaplayabilirim. Yoksa söylediğim her şey gerçek bir cevaptan çok, cevabını bilmediğim bir soruyu cevaplamaya çalışmak olurdu ki bu benim asla yapmadığım bir şeydir, yapamadığım," dedi.

Sakin bir şekilde arabayı kullanan Ali, kızdaki çıkışa inanamamıştı. Can Manay'ın kadınlarına, hatta kızlarına alışıktı ama şimdiye kadar kimsenin onunla böyle net bir şekilde, hele böylesine anlamsız bir konuda konuştuğunu duymamıştı. İşin komiği kız tamamen mantıklıydı. Ali yıllardır ilk defa, konuşan kızın kim olduğunu görmek için dikiz aynasından baktı. Kız kafasını cama çevirmiş dışarı bakıyordu, bakımsız ama ilgi çekici bir yanı vardı.

Kızın güzel olup olmadığını düşünürken Can ile dikiz aynasında göz göze geldi ve dikkatini hemen yola çevirdi.

Ali'yi ilk defa yanındaki kızlardan birine bakarken gören Can, kızı düşündü. Kuzu görünümünde bir panterdi bu. Başta kızla biraz eğlenmeye karar vermişti ama bu tiplerin ne kadar tehlikeli olduğunu biliyordu. Az bulunur bu tür, deforme olmuş duygusallıklarının yüreklerinde bıraktığı açığı, sürekli kontrol altında tuttukları mantıklarıyla pansuman ederek hissettikleri acıyı dindirmeye çalışan bir kategoriye aitti. Acaba ne gelmişti bu kızın başına diye düşündü. Zamanında bu türden biriyle beş ay çıkmıştı, kızın bulunduğu durumları daima en kontrollü şekilde analiz edebilme yeteneği Can'ı hayran bırakmış ve Can dört ay bu analiz zincirinin içinde kaybolmuştu. Bu kayboluş sadece dört ay sürmüş olsa da, onun en uzun ilişkisiydi. İlişki Can'ın kızı kategorize edebilmesiyle kendi sonunu getirmişti. Can'ın ilişkileri, merakının bittiği yerde biterdi. İlişkisinin beş ay sürmesinin aslında ikinci bir sebebi vardı. Kız onun hastasıydı ve ilişkisinin ortaya çıkması skandalına karşılık Can'ın gerekli önlemeleri alması için bir aya daha ihtiyacı olmuştu.

Bilge'nin cevabını düşündü. Aynı bir robot gibi "Yapamam" demişti. Aynı, programının dışına çıkması imkânsız bir robot gibi. Kızı kimin ya da neyin programladığını düşündü. Hangi olay kızı bu hale getirmişti. Bu kadar katı, bu kadar net. Hayattan... Deneyimden bu kadar korkan. Merak etti, merak etmenin tehlikeli olduğunu bile bile. Can, Bilge'yle müzik bitene kadar hiç konuşmadı. Müzik bittiğinde kıza bakmadan, "Demek asla cevabını bilmediğin soruları cevaplamazsın?" dedi.

Bilge, Can Manay'ın kendisiyle konuştuğundan emin olmak için, birkaç saniye bekledikten sonra ancak emin olup, "Cevaplarını bilebilmek, bilmiyorsam da cevaplamamak için elimden geleni yaparım," diye açıkladı.

Can, Bilge'ye baktı. Dikkat çekmek için ukalalık yapmaya çalışan salak bir kız mı yoksa samimiyetle saçmalayan biri mi olduğuna karar veremedi. İçinden geçeni yüksek sesle ifade etmeye başladığında hâlâ kıza bakıyordu. "Doğruyu bilmek adına deneyimi feda etmek... Bilgi, korkak beyinlerde deneyimi öldüren bir zehir gibi yayılır, eğer sürekli bilgiye dayalı hareket etmeye önem verirsen asla özgürleşemezsin, özgürleşemezsen deneyimleyemezsin, deneyimleyemezsen değişemezsin, değişemezsen asla senleşemezsin. Ama bilgi sürekli değişir ve ancak deneyim seni güncelleyebilir," dedi.

Kız hiç etkilenmemişçesine bir an bile duraksamadan, arenaya atlayan genç bir gladyatör gibi, "Bu kim olduğunuza göre değişir. Sizin bu denkleminiz bende işlemez. Bu size sıkıcı gelebilir ama ben benleşmekle ilgilenmiyorum, içimdeki potansiyeli keşfetmek için burdayım. Kim olduğumla ilgili çok net bir 'fikrim' var zaten. Bu, sınırlarını bildiğim bir fikir. Benim benleşmekten başka seçeneğim olmadı. Özgürlük fazlaca abartılmış bir yanılsamadan başka bir şey değil aslında. Bir bedenin içinde var olan ve zamana tâbi yaşayan bir yaratık nasıl özgür olabileceğini sanır ki?!" diyerek konuya girdi.

Can meydan okudu. "Öyleyse bize kendinle ilgili şu çok net fikri anlat. Bakalım duymaya değer mi?"

Bilge'nin boş bakışlarına karşılık Can, "Şu sınırlarını bildiğin fikri duymak istiyorum. Anlat," diye yineledi.

Bilge ne diyeceğini bilemeden duraksadı. Hayatında ilk defa biri onun kim olduğuyla ilgilenmişti ama daha ötesi, ilgilenen Can Manay'dı. Duymaya değer mi diye meydan okuyordu. Fikri beğenmezse Bilge'nin hayatını zorlaştırabilirdi. Ama karşısındaki kim olursa olsun kendi yaradılış fikri savunmaya değerdi.

Can Manay acımasız biri olabilirdi ama kesinlikle salak değildi, o kadar da çekinmemesi gerektiğine karar verdi Bilge. Sonuçta kendi yerinde kim olursa olsun zor aşardı karşısına çıkan engelleri ama o aşmıştı. Bilge, "Öncelikle ben doğruyu bilmek adına deneyimi feda etmiyorum, doğru olmayan deneyimi reddediyorum," dedi ama Can kaşlarını kaldırıp lafa daldı, "Vouv! Doğru olmayan deneyim?! Bana göre tüm deneyimler kutsaldır ama sen bir deneyimin doğru olmadığını onu deneyimlemeden nasıl bilebilirsin? Bazı deneyimler kısa vadede çok yanlış görünebilir ama uzun vadede sana büyük katkısı olabilir, yani senin şu olduğunu zannettiğin 'fikri' daha da etkileyici hale getirebilir."

Bilge kendini tam istediği gibi ifade edememenin verdiği sıkıntıyı hissetti ama başlamıştı bir kere, devam edecekti. "Her deneyim bizi daha etkileyici hale getirebilir ama konumuz etkileyici olmak değil! Di mi? En azından benim konum değil. Ben kendim olmaktan bahsediyorum. Her şeye rağmen, kendi kapasiteni tamamlayarak olman gereken şey olabilmekten. Hayatta herkesin çok iyi yaptığı bir şey olduğuna inanıyorum. Tek bir şey. Bu öyle bir şey ki, doğduğunuz andan itibaren içinizde olan, sizinle gelişen ya da kuruyan bir özellik. Doğallıkla mükemmel yapabildiğiniz bir şey. Kimisi en iyi pastayı yapabilir, kimisi en iyi su pompasını, kimisi en iyi beyin ameliyatını yapabilir, kimisi de en iyi dansı... Her birimizin farklı konularda en iyi şekilde yapabildiği bu bir tek şey, aslında kimliğimizin merkezidir. Ve biz bu merkezi keşfetmek yerine seyrettiğimiz filmlerin, okuduğumuz hikâyelerin, başarı öykülerinin ya da etrafımızda bize ne yapmamız gerektiğini söyleyenlerin, aldığımız eğitimin etkisiyle kendi merkezimizden uzaklaşıp bize koyulan hedefe yöneliyoruz. Aslında bizim olmayan ama bir şekilde yönlendirildiğimiz bu hedefe ulaşmak için sürekli değişiyoruz kendimizden uzaklaşarak. Bu değişimi de bize ait olmayan deneyimlerle ediniyoruz. Hedefim sadelik. Benleşmek dediniz, ancak deneyimlerinizdeki sadelik sizi benleştirebilir. Yoksa benleşmek yerine başkalaşırsınız."

Can'ı kastederek devam etti Bilge. "Kendinizi düşünün... Gerçi siz iyi bir örnek değilsiniz, çünkü belki de en iyi yaptığınız şeyi zaten yapıyorsunuz," diyerek kendini düzeltti. Başarısız bir örneğin ardından en yakınındaki olasılığa sarıldı. "Ama bir düşünün, mesela şoförünüzü..." Bilge izin istercesine Ali'ye seslendi. "Pardon, size birkaç soru sorabilir miyim?"

Ali dikiz aynasından Can'a baktı. Ali'nin yerine Bilge'yi, "Sorabilirsin," diyerek Can cevapladı.

Bilge ateşli bir şekilde devam ederken Ali'ye, "İsminizi öğrenebilir miyim?" dedi. Ali kısaca söyledi. Bilge, "Ali Bey, bu dünyaya bir şeyi en iyi şekilde yapabilmek için gönderilmiş olsaydınız neyi en iyi şekilde yapabilirdiniz?" diye sordu.

Ali düşündü. Soru basit algılanan ama cevap vermek için üzerine ciddi düşünülmesi gereken bir soruydu. Böyle bir soruyu öylesine cevaplayamazdı. Sıkılarak, "Bilmiyorum. Hiç düşünmedim," dedi. Bilge heyecanla, "İşte! Ben de bundan bahsediyorum! Bu soruyu istediğinize sorun, çok azından cevap alabilirsiniz. İnsanlar kendilerinden o kadar uzaklaşmış ki, buraya neden geldiklerinin bile farkında değiller. Hele bir de ait olmadıkları bir eğitim alsınlar, üniversitede falan... İyice kafa karışıyor. Kendileri olmadıkları için sürekli değişip başka birisi olmaya çalışıyorlar ama hayat hepimizden daha akıllı, başkası olmamıza da izin vermiyor. Sürekli şekil değiştiren yaratıklar haline geliyoruz, ta ki kendimize geri dönene... Ya da ölene kadar," dedi.

Bilge Ali'ye hitaben, "Eğitim önemli diyorlar ya, hani herkes eğitilmeli falan. Bence senelerce eğitim adı altında işkenceye maruz kalıyoruz. Yanlış eğitim alınmadığı sürece daima bir umut var. Sizin için hâlâ bir umut var Ali Bey," dedi.

Ali kendisiyle konuşan kızı gözlerini yoldan ayırmadan, özellikle dikiz aynasına bakmamaya gayret göstererek dinlemişti. Kızın lafı bitince tam Can konuşmaya başlayacaktı ki, Ali kendini tutamayıp kıza cevap verdi. Amacı Can'ı susturmak değildi ama kendini ifade etmesi şart gibi hissetti. "Ben üniversite mezunuyum. Hatta hâlâ bir eğitim alıyorum," diye açıkladı.

Bilge'nin Can'a kaymak üzere olan dikkati hemen Ali'ye döndü. "Ne eğitimi?" diye sordu. Ali, "Mastır," diye cevapladı. Bilge, "Üniversitede ne okudunuz?" diye sordu. Ali, "Ziraat mühendisliği," dedi. Bilge kendi tezini ispatlamak istercesine, "Peki niye şoförlük yerine ziraat mühendisliği yapmıyorsunuz?" diyerek devam etti.

Ali konuşmaya devam etmek istiyordu ama Can'a da saygısızlık yapmak istemiyordu. Dikiz aynasından Can'a baktı. Can, "Devam et," diyerek onayladığında Ali gözünü yoldan ayırmadan, "İki sebepten dolayı. Birincisi, bu iş daha fazla kazandırıyor," dedi. Bilge sabırsızca, "İşte! Bu da bahsettiğim etkenlerden biri: Para! Para uğruna asıl olduğumuz kişiyi feda ediyoruz. Bizi sistemin parçası olmazsak açlıktan ölebileceğimize inandırıyorlar," diyerek lafa girdi.

Ali'nin gözü ara ara Can'daydı, kızla konuşmak istiyordu ama bunun Can'ı rahatsız etmemesi de önemliydi. Bilge'nin cümlesini düzeltti. "Tam olarak öyle değil. Birini, özellikle de kendimi feda etmiş değilim, çünkü ziraat mühendisliğini ileride kendi çiftliğim olsun diye okudum. İyi bir toprak için para biriktirmem, iyi bir çiftlik için de kendimi daha fazla eğitmem lazım. Şoförlük bana bu iki ihtiyacı da karşılayacak zaman, para ve Can Bey'le olmak da denge veriyor. Sistemle ilgili düşüncenizeyse katılıyorum," dedi.

Bilge adamın samimi ve zarif konuşmasına şaşırmıştı. Bir an durakladıktan sonra istemdışı bir şekilde, oturduğu yerden bir gıdım öne gelerek Ali'yi daha iyi görüp dinlemeye çalışırken, "Mastır'ı niye yapıyorsunuz?" diye sordu. Ali, "Organik tarım yapabilmek için alınması gereken bir sürü sertifikalı eğitim var ve oldukça pahalı. Mastır bu programlarda almam gereken tüm bilgiyi bana veriyor, üstelik bursla," diye açıkladı.

Bilge ilgili, "Ne zaman karar verdiniz bunu yapmak istediğinize? Yani çiftçiliğe?" dedi, sakinleşmişti.

Ali, "Hiç düşünmedim. Toprakta yetişen bir şeyi seyretmeyi severdim hep, sonra onu yemeyi. Kendimi bildim bileli. Ama bu öyle söylenmesi havalı bir şey olmadığından bu konuda çok konuşmuyorum," dedi gülümseyerek.

İkisi konuşmaya devam ederken Can ilgiyle iki genç insanın adım adım bağ kurmasını izledi. Ali'yi ilk defa bir kızla sohbet ederken görüyordu. Daha önce onu bir kadını azarlarken görmüştü, kucağında taşırken de ama sohbet ilk defaydı. Bilge'ye baktı, kızda insanı deşifre eden bir şey vardı. Konuşma ihtiyacı hissettiren bir şey. Tanıdığı bir şey. Can'ın kendisinde de olan bir şey. Kız Can'a dönüp konuşmaya başladığında Can kızla ilgili teşhisini koyamadan düşünceleri dağıldı.

Bilge, "Yanlış anlaşılmasın, ben kişinin kendi potansiyelini doldurması için sadece tek bir yöntem vardır demiyorum ama sürekli bir değişim özdeki kimliği yok eder, kendi farkındalığında olan bir bilinç ise, kimliğini kendi potansiyeli içinde deneyimlemek için var olur. Yani, ancak özde kim olduğunu bilen biri potansiyelini doldurabilir," dedi.

Kız Can'ın suratında, anlaşıldığına dair bir işaret, mimik aradı. Bulamasa da, "Bazıları değişerek oluşur, çünkü varoluşlarının nedenini bilmezler ya da umursamazlar, ya da ne bileyim değişimi deneyimlemeyi severler, bazıları da gelişerek, çünkü ne olduklarını bilirler, meseleyse, 'ne kadar' olabilecekleridir. Ben ne olduğumu biliyorum, ne kadar olabileceğimi merak ediyorum," dedi.

Aslında Can kızın uzun cümleleri arasında kaybolmuştu ama son cümleyi düşündü. "Ben ne olduğumu biliyorum, ne kadar olabileceğimi merak ediyorum." İşte buydu ikisinde de olan şey.

Ne olduğunu bilmek. İkisi de kim olduğunun bilincinde, kendi benliklerine saplanmış egosantrik kişiliklerdi. Tek farkları birinin kendi benliğine olan yolculuğunda daha şanslı olmasıydı.

Can şansı yüzünden kızı ilk defa kıskandı. Kız ne olursa olsun kendine ihanet etmeden var olacaktı. O ise defalarca ihanet etmişti kendine, hem de seve seve. Ne olduğunu bildiği halde olmadığı şeyi olmayı seçmişti. Bu düşünce ağır geldi Can'a.

Bilge, Can'ın yüzünde aniden oluşan durağanlığı fark etmişti. Bu bir duyguydu. Can'ın gözlerindeki ukalalık kaybolmuştu, bu öyle bir görüntüydü ki şu an Can Manay'ın fotoğrafını çekseler bu adamın o olduğuna kimse inanmazdı, o ukalalık onun özüydü. Gözlerinden dünyaya yansıyan özü şimdi artık yoktu. Bilge duraksadı ama durmadı çünkü edeceği son bir cümlesi vardı.

"İşte bu süreç kişinin kendine ihanet etme süreci. Kendine ihanet eden, yüzyıllar boyunca ihanet etmiş bir insanlık. Ben bunun bir parçası olmayacağım. Çünkü ben kendi varoluş fikrimi geliştirmeyi tercih edenlerdenim, her cevapta değiştirmeyi değil," dedi.

"Kendine ihanet eden, yüzyıllar boyunca ihanet etmiş bir insanlık." Kız sanki Can'ın beynini okumuştu. Tanıdığı yüzlerce insan arasından, onlarca zeki kişi arasından bu öğrenci bozması, kim olduğu belli olmayan kız onun düşüncesine çok yaklaşmıştı. Can etrafa savurduğu her samimiyetsiz gülüşte, içinden gelmediği halde yaptığı her iltifatta ihanet etmişti kendine, bile bile, bazen isteyerek. İhanetinin bedeli hep istediği bir şeylere sahip olmasıyla sonuçlanmıştı, önce istediği iş, sonra televizyon programı, muayenehane, kadınlar... Ama şimdi asıl bedeli görüyordu. Kendisi sanki hiç yoktu. Bu tiksindirici bir duyguydu. Kıza yarım tebessüm edip kafasını cama çevirdi. Özündeki ukalalık, maskesi, gözlerine geri gelene kadar öyle duracaktı. Kafasını oynatmadan camın yansımasından yanında oturan kızı görmeye çalıştı.

Son cümlesiyle birlikte Bilge rahatlamıştı, sessizlik olunca, konuşmanın hararetiyle öne gelen vücudunu geriye yasladı.

Arabadaki sessizlikte Ali dikiz aynasından Can'a baktı. Kendi köşesinde oturmuş düşüncelere dalan Can'a alışık değildi. Şah mat diye düşündü. İlk defa biri Can Manay'a haddini bildirmişti, hem de böyle bir konuda. Hem de bir kız çocuğu. Can'ı severdi, daha da çok saygı duyardı ama bunu izlemek Ali'nin derinlerde bir yerde hoşuna gitmişti. Kız kimdi acaba? Can'ın haline bakılırsa daha yeni sevişmişti. Ali bunca yıldan sonra Can'ı çok iyi analiz eder olmuştu, ne zaman acıktığını, ne zaman sigara içtiğini ya da seviştiğini ona bir bakışta söyleyebilirdi. Birkaç saat önce seviştiğinden de emindi. Kızla sevişmemiş olmasını istedi. Kız özeldi. Belki Can için değil ama bir gün birileri için çok özel olacağı kesindi. Ali, kızın bir açıdan güzel de olduğuna karar verdi ama bu zaten pek de önemli değildi. Güzellik de aynı özgürlük gibi bir yanılsamaydı.

Can'ın duyguları yavaşça geri geldi. Camdaki yansımasından Bilge'ye bakmaya çalıştı, öfke hissediyordu şimdi. Kızgınlığı kızın söylediklerinden değildi, kızın söyledikleri mantıklıydı. Sorulara cevap verme zorunluluğunda olan garip bir dünyaydı burası ve özellikle basit şeylerin cevabını hemen vermek gerekirdi. Hemen verilebilen akıllı cevaplar sizin zekânızı gösterirdi. Belki de buydu ana sorun en basit söylemiyle, deneyimlemeden varsayımda bulunmak. Önyargılarımızın tamamı, yanlış kararlarımızın birçoğu bu kaynaktan geliyordu. Can'ın sürekli kullandığı bu kaynak, ona o güne kadar sahip olduğu tüm gücü vermişti. Deneyimlemeden bulunduğu varsayımlarla insanlara teşhisler koymuş, onları işine geldiği gibi yönlendirmişti. Umursamadıkça daha da başarılı olmuştu. Sonrasınıysa kimse incelememişti, Can dışında. Sonrasında hep bir çöküş vardı diğerleri için, sekiz hastası intihar etmişti, gerisi Can'ın yazdığı reçetelere bağımlıydı. Ama Can hep bir numaraydı, ülkenin en güçlü adamlarından biriydi. Kendisi dışında kimse bunu değiştiremezdi. Halbuki deneyimlemeden sonuca varmasa belki her şey daha kolay olacaktı. Bugün balerin kızı düşünerek nasıl da abartmıştı. Bu da bir varsayımdı. Kızın ona büyük zevk vereceği varsayımı. Kızla birlikte olsa ve kızdan hiç zevk alamasa ne komik olurdu. Kız salak çıksa, ağır psikolojik problemleri olsa, Can'a musallat olsa... O boktan evi de boşu boşuna almış olurdu. Evden tamamen uzaklaşmaya karar vermekle iyi yapmıştı. Kıza kartını göndermişti, acaba kızın arama ihtimali var mıydı? Erkek arkadaşı da bayağı yakışıklıydı. Kız çok güzeldi, Duru... Güzel bir isimdi, kıza yakışan bir isim... Ama ten uyumu dışarıdan bilinemezdi. Bilge'yi düşündü, belki bu kız ona herkesten daha büyük zevk verebilirdi ama ona dokunmak bile istemezken nasıl zevk alabilirdi? Beyni düşünceden düşünceye atlarken kendine şaşırdı. Tüm dengesini kaybetmek üzere olan bir terazi gibi hissetti, eşit aralıklarla iki yana sallanıyordu ama sonunda ağırlık kazanacak, tek bir tarafta duracaktı. Dengesizdi. Daha da kötüsü hayatının 20 yılını dengesini bulmaya adamış, sadece zamanını değil bir sürü insanı da bu yolda harcamıştı. Gerçek Can Manay'a yaptıklarını düşündü, yıllar geçmişti ama düşüncesi bile hâlâ çok keskindi. İlk onu harcamıştı bugün kurabildiği düzen uğruna. Onunla tanışmaları, dostlukları... Beyninde hiç gitmek istemediği karanlık bir yerdeydi onunla olan anıları, gidilmemesi, düşünülmemesi gereken yerde. Kimsenin bilmemesi gereken bir yerde. Kafasını kaldırıp arabanın camındaki yansımasına baktı. Değdiğini düşünmese nerdeyse Can Manay için ağlayacaktı ama değmişti, pişman değildi. Can, Bilge'nin sesiyle kendine geldi.

Bilge, "Parçayı beğendim. Adı ne?" diye soruyordu, rahatsız edici sessizliği bölmek istediği belliydi.

Can'ın öfkesi kabardı. Sıçayım parçaya diye düşündü. Tüm dengesi kaybolmuştu bu kız yüzünden. Haklı ya da haksız kimse ona böylesine cüretle hayat dersi veremezdi, hele kendisinden ders alan biri asla. Kızı yolun üstündeki metro istasyonunda indirdi. Bir gün, yaşamının, bir daha suratını görmemek üzere hayatından çıkarırcasına arabasından indirdiği bu kıza bağlı olacağını biri ona söylese dalga geçerdi. Hayatın da kendini anlatmak için her zaman garip yöntemleri vardı, aynı Can Manay gibi.

-21-

Can Manay'ın gecikiyor olması Özge'nin işine gelmişti, açık büfenin bereketinden dilediğince yararlanabilmişti. Can Manay'ın geldiğini ve 10 dakika içinde kendisini kabul edeceğini uzun boylu, uzun bacaklı, çok güzel bir kız bildirmişti kendisine. Kızın arkasından bakarken bir gün bu kızın çok ünlü olacağına bahse girebilirdi, tabii kızı kendisinin ünlü edeceğini hiç düşünmemişti.

Özge tuvalete gidip elini yüzünü yıkadı. Pürüzsüz cildi, kısa kesilmiş saçları ve dolgun dudakları kendi renginde mükemmeldi. Tırnakları her zaman kısacıktı. Kumral saçları, bronz tenine rağmen, parlayan yeşil gözleriyle kafa karıştıran bir kadındı. Arkadan bakıldığında esmer, önden bakıldığında sarışın etkisi yapardı. O, erkek konforlarına sahip güzel bir kadındı, güzelliğini hiç önemsememiş, önemsetmemiş güzel bir kadın. Güzelliği, ilk görüşte çok çarpıcı bir etki yaratmasına rağmen, hemen sonrasında Özge'nin cinsiyetsizliğinden kaynaklanan silik bir his bırakırdı akılda. İncelendiğinde oldukça güzel olan bu kadın ikinci bakışta sanki kadın bile değildi.

Podyumdaymış edasıyla yürüyen kızı takip etti. Sol tarafta bulunan büyük stüdyonun yanından geçerlerken, Can Manay'ın stüdyonun ortasında durmuş, kulağındaki intercomla* ekibine bağırmasını fark etti, durdu. Bunu canlı olarak izlemek istiyordu. Can, sahnenin tepesindeki ışıklara tırmanmış teknisyenin duyması için yüksek sesle, "Çak bi tane daha aydınger. Yumuşat şunu. Aydınlatma istemiyorum ben şovumda, rahatlatma istiyorum! Işık dediğin dinlendirmeli. Herkesin en güzel haliyle hissetmesini istiyoruz burda, sivilcelerini görüp siyah noktalarını saymak değil!" diyerek direktifler veriyordu.

* Kulaklık ve mikrofondan oluşan dahili iletişim sistemi.

Özge'nin peşinden gelmediğini fark eden kız geri dönüp onu telaşla uyardı. Can Manay odasına gelmeden hazır bir şekilde odada olmalıydılar, röportaj için ayrılan süre elde olmayan nedenlerden dolayı iyice kısalmıştı. Can Bey röportajdan çıkıp hemen programa katılmalıydı. Gecikemezdi, program canlı yayındı. Can Manay stüdyoda etrafa emirler yağdırırken Özge ve kız onun kulisine geldi. Elindeki dijital kartla kapıyı açan kız Özge'yi içeri soktu, iyi günler diledi ve kapıyı çekip gitti.

Kapının kapanmasının ardından Özge hemen elini kapı koluna uzattı, odada kilitli olup olmadığını görmek istiyordu. Kilitli değildi. Odada yalnız olduğunu düşünürken arkasından gelen sesle irkildi.

Ses, "Aylin Hanım?" diye hitap etmişti. Dönüp odaya baktı. Can Manay'ın asistanı Kaya selamlaşmak üzere ona doğru yürüyordu. Kaya'yla daha önce tanışmamışlardı hiç ama Özge basından biliyordu onu. Tokalaşırlarken, "Ben Özge, Aylin Hanım bir kaza geçirdi, yerine ben geldim," diyerek düzeltti.

Kaya, Özge'nin elini bırakmakta üç saniye gecikti. Bu Özge'nin başına çok sık gelen bir hareketti. Erkekler onunla tanıştıklarında önce hep ona bir kadına yaklaştıkları gibi yaklaşırlar, sonra geri çevrilince ona âşık olurlar, aşklarına da karşılık görmeyince ondan nefret ederlerdi. Bunu çok deneyimlemişti, artık ne yapılması gerektiğini de iyi biliyordu. Sakince Kaya'nın elini bırakmasını bekledi, cinsiyetsizliğinin hissedilmesi bir süre sonra yeterli olacaktı.

Kaya, "Çok geçmiş olsun. Önemli değildir umarım?" diye sordu, aslında cevapla ilgilenmiyordu. Özge'ye yol verip onu odanın iç bölümüne doğru yöneltti. Sakince odanın içine doğru ilerlerken, "Önemli değil, düştü ama iyileşecek," diye kısaca açıkladı Özge.

Bakışlarını kendi kıçında yakalamamak için yavaşça Kaya'ya döndü, Kaya'nın kendisine oturması gereken koltuğu göstermesini bekledi, oturdu. Kaya karşısına geçip oturduğu koltuğa öyle bir yerleşti ki, sanki Özge röportajı onunla yapacağını düşünüp içinden eğlendi. Bu tipler kendi çekiciliklerinin öylesine farkında olurlardı ki, karşılarındakiyle flört etmek sanki kadınlara gösterdikleri bir lütuftu. Bunda, Can Manay'ın uzun yıllar asistanı olmasının da etkisi olmalıydı. Can Manay'ın artıkları hep Kaya'ya kalmıştı ve Özge'nin artık olarak gördüğü bu kadın kitlesi sonuçta modellerden, oyunculardan oluşan oldukça şaşaalı bir kitleydi. Can Manay'la olmak için Kaya'ya yaklaşan ve Can Manay'ın ilgilenmediği modeller, oyuncular... Etrafındakilerin cüceliğini kendi devliği sanan salaklar her yerdeydi. Kaya bir aslanın ardında gezip artıklarından beslenen bir sırtlan misali yaşıyordu hayatını sanki, görkemli bir sırtlan. Aksi takdirde nasıl bir adam 10 yılı aşkın bir zamandır bir erkeğin asistanlığını yapabilirdi! Kaya'nın ne kadar maaş aldığını merak ederken, "Siz Can Bey'le mi çalışıyorsunuz?" diye sordu.

Kaya, "Evet, 12 yıldır. Asistan olmak için çok uzun bir zaman ama etrafa bakınca yapılacak daha iyi ve doğrusunu söylemek gerekirse daha eğlenceli bir şey de bulamıyorum," diye açıkladı. Cevabın tuhaf hissettiren gerçekliği sıkıcıydı.

Kaya, "Gurur duyduğumu sanıyor insanlar ama bazen hayat sizi kontrolünüz dışında yerlere götürebiliyor ve orada tıkanıp kalıyorsunuz. Aslında psikoloğum ben," diye konuşmaya devam ederken, Özge adamın ani samimiyetine şaşırdı. Kaya, "Kendi muayenehanemi açmayı düşünüyorum... Bir şey içer misin?" diye sorduğunda Özge hâlâ muayenehaneyi düşünüyordu, kendine yalan söyleyen birinin konuyu hemen geçiştirebilmesi yine hayret uyandırmıştı. "Sağ olun, bir saattir sizin açık büfenin başındayım. Yeterince yedim ve içtim," diye cevap verdi.

Kaya, "Can birazdan burda olur, yapman gereken bir hazırlık varsa o gelmeden yap istersen. Odaya girdiği gibi başlamak isteyecektir, çok vaktin yok," diye net bir şekilde ama nazikçe açıkladı.

Özge komutu almış tazı gibi atağa kalkıp hazırlanmaya başladı.

Çantasından kayıt cihazını çıkardı, not defteri, kalem, iPad, küçük bir el kamerası. Hepsini masanın üzerine dizdi, çalışır duruma getirdi. O hazırlanırken Kaya bilgisayarın başında kendi işini yapıyordu. Özge röportaja hazır, beklemeye başladı. Odaya girdiğinden beri ilk defa odayı inceledi. Oda iki bölümden oluşuyordu. Giriş bir Japon paravanla sanki odadan ayrılmıştı, odaya girmek için kapıdan girmek yeterli değildi, Japon paravanı da geçmek gerekiyordu. Paravanın açıldığı bölüm, ortasında modern krem rengi köşeli bir koltuğun bulunduğu büyük beyaz bir odaydı. Koltuk duvara yaslanmamış, odanın tam ortasına L biçiminde konuşlandırılmıştı. Koltuğun ortasında bulunan sehpa bir sürü küçük, gizli çekmecesi bulunan, büyük kare bir sandığa benziyordu. Özge tüm çekmecelerin içinde ne olabileceğini merak etti. Koltuklu beyaz bölümden geçince antik çalışma masası ve önünde tahta benzeyen iki deri koltuğun bulunduğu ikinci bölüm de şaşırtıcıydı. Bu kadar beyaz, bu kadar modern döşenmiş bu odada, bu kahverengi deri koltuklar ve bu venge rengi antik masa Baba filminin setinden alınmış gibi abartılı duruyordu. Özge oturduğu koltuğu dikkatle inceledi, içinde küçücük kalmıştı. Kaya'nın masası hemen büyük antik masanın tam karşısında, sanki görünmesin diye köşeye gizlenmişçesine banyo kapısının yanındaydı. On iki yıldır orda mıydı acaba diye düşündü Özge. Adam son derece ilgisiz kendi işine bakmaktaydı. Özge, Kaya'nın masasının bulunduğu bölümün tavanındaki kamerayı henüz fark etmişti, başka nerelerde var diye bakamadan Can Manay tüm karizmasıyla içeri girdi.

-22-

Doğru, tıraşlamaktan küçülmüş kurşunkalemle, elindeki küçük not defterine durmaksızın yazmaktaydı. Okulun danışmasına yakın yerde bulunan bekleme koltuğundaki hali, orada çalışanlara önceleri ilginç geldiyse de, zamanla Doğru'nun oradaki varlığına alışmışlardı. Önceleri sorumsuzlukla suçladıkları kardeşinin hayat hikâyesini öğrendiklerinde, Bilge'ye karşı içlerindeki gıcıklığın yerini acıma ve takdir duygusu almıştı.

Kaleminin ucunun iyice körelmesiyle rakamlar okunamaz olunca, cebinden hızla çıkardığı kalemtıraşla kalemi yine açtı Doğru. Çöpü kalemtıraşla birlikte cebine koyup yazmaya devam etti. O kadar meşguldü ki, Bilge'nin kapıdan girdiğini bile fark etmemişti. Danışmadaki memura ve güvenlik görevlisine selam veren Bilge, tecrübeli bir şekilde ve hiç ses çıkarmadan belirli bir mesafede Doğru'nun oturduğu koltuğa oturdu. Doğru, konsantre olduğunda seslenilmekten, dokunulmaktan, herhangi bir şekilde uyarılmaktan hoşlanmıyordu. Onun o konsantrasyondan çıkıp sizi kendiliğinden fark etmesini beklemeniz gerekirdi. Normalde Bilge'ye çok sıkıcı gelen bu durum o an çok iyi gelmişti. Hem aniden Can Manay'ın arabasından indirilmesinin stresi, hem de metro durağından sonraki otobüs durağına kadar yürümesi onu tüketmişti. Çok yorgundu.

Doğru ve Bilge engelliler okulunun girişindeki koltukta öylece oturdular. O an oradan buhar olup kaybolsalar kimse onların yokluğunu fark etmezdi. Kimse onları aramazdı, özlemezdi. Bilge kendini çok yalnız hissetti, uzun süredir ilk defa annesini özledi. Düşüncesini düzeltti. Annesini değil, anneyi özlemişti, bir anneye sahip olmanın nasıl bir şey olduğunu hiç bilememişti, annesi olmadığından değil, hep annesine annelik yapmak zorunda kaldığından. Çocukluğunda bir kez, bir akşam yemeği için evine gittiği ilkokuldan arkadaşını düşündü. Onun ailesiyle yediği akşam yemeği, bir aileyle yediği tek yemekti. O anısı, zor zamanlarda düşündüğü en sıcak fantezisiydi. Sıcak koltuğa yaslandı, başını koltuğa dayayıp o akşam yemeğini düşünmeye başladı. Yedikleri bamyanın tadı hâlâ damağındaydı, hiç bamya sevmemesine rağmen, o tat kendisini aileye sahip hissettiği en yakın duyguydu. Doğru, kendisini fark ettiğinde köşedeki lokantaya gidip bamya yemeye karar vermişti bile. Cebindeki parasını hesapladı, yeterdi.

Artık kendisini hayata bağlayan başka bir duyguya ihtiyacı vardı, zorunluluklar ve acıdan başka.

-23-

"Hazır mıyız!" Bu, bir sorudan çok emirdi. Can insanı hipnotize eden tüm enerjisiyle odayı doldurduğunda tek bir şeyle ilgiliydi. Can Manay'a hazır mıydılar?

Özge çok nadir hissettiği bir heyecan duydu. Karşısında gerçek biri vardı. Görebiliyor, damarlarındaki ritimde hissedebiliyordu. Kısa boylu, asimetrik ifadeli, güzel ya da çirkin diye nitelendirilmekten tamamıyla uzak biri, bir enerji, Tanrı'ya yakın bir şey. Can Manay. Nihayet tanışmaya değecek biri diye düşündü. Adamdan aldığı enerjiyi kafatasının, kulaklarının arkasında kalan iki çıkıntısında hissediyordu. Ondan çiftleşmek isteyeceği biri olarak hiç etkilenmemişti, düşüncesi bile küçültücüydü, o tanımak isteyeceği biriydi.

İçindeki savaşçı başta nasıl da karşı çıkmıştı bu duygusuna, az kalsın savaş açacaktı bu adama. Onunla ilgili topladığı tüm bilgileri unutmak istedi ve o an unuttu da. Etrafını böylesine dolduran bir adam yüceltilmeliydi, o da bugünden itibaren bu amaca hizmet edecekti. Bu kendisiyle aynı malzemeden yapılmış biriydi. Maskeleri olsa da, o maskeler, Özge'nin yıllar boyunca savaşmaya yemin ettiği kişilerden, şeylerden korunmak içindi, bunu hissedebiliyordu.

Özge kendisinin de tanımaya değer biri olduğunu ifade eden cinsiyetsiz bir vücut hareketiyle, tokalaşmak üzere Can Manay'a doğru atıldı. Sıkı, güçlü, tereddütsüz, emin bir şekilde tokalaştılar. Aynı anda elleri birbirinden ayrıldı. İnsanlık onların tokalaştığı gibi çiftleşebilseydi, savaşlara gerek kalmazdı.

Röportajla ilgili hazırlıkların tamamlanmış olduğunu gören Can, rahatlamış bir şekilde sıktı kızın elini. Yarım saat içinde bitirmeliydi bu işi. Kendisi gibi kısa boylu kızın tek ayırt edici özelliği parlayan gözleriydi. Esmer suratında yeşil bir taş gibi parlayan iki göz. Ama rengi değildi kızın gözlerindeki enteresanlık, bakışlarındaki onaylamaydı. Can anladı, kız sıradan bir hayranıydı. Röportaj kolay olacaktı. Herkes yerine geçince Can fotoğrafçısını çağırttı. Her zaman kendi fotoğrafçısıyla çalışırdı. Nihat ülkenin en iyi fotoğrafçılarındandı ama Can'ın onu seçmesinin asıl nedeni bu değildi, Nihat'ın samimiyetiydi. Can'daki kusurları ustalıkla saklarken sanki sadece ikisinin bildiği bir sırrı koruyordu.

Can kendisini sanki olduğundan daha iri göstermek üzere dizayn edilmiş koltuğuna kurulurken, "Başlayabiliriz," dedi. Özge kayıt cihazını açarken, "Daha sonra deşifre* için gerekli," diye açıkladı. Can bildiğini ifade eder şekilde kafasını yavaşça sallarken, "Masanın üstüne koyabilirsiniz. Yalnız, gerekli gördüğümde kapatırım," dedi.

Özge saygıyla onaylarken sorularını eline aldı. Bir an soruya baktı, asla kendisinin sormayacağını düşündüğü soruyu soracaktı. Sanki Aylin oradaymış gibi uyumlu davranacak, skandalsız bu röportajı sonlandıracaktı. Soruyu yemek istemediği bir şeyi yutarcasına yavaşça sordu.

"İlk soru: Psikologluktan artakalan zamanlarınızı marangoz atölyenizde geçirdiğinizi okuduk, profesyonel bir marangozmuşsunuz aynı zamanda. Peki bunlardan hangisi Can Manay?"

* Kaydedilen konuşmanın dinlenerek yazıya dökülmesi.

Can ve Kaya birbirlerine baktılar, odadaki sessizlik tam rahatsız edici olmak üzereydi ki kahkahanın önce hangisinden geldiğini algılayamadı Özge ama bayağı gülüyorlardı işte. Nihat'ın da onlara katılmasıyla Özge iyice yalnız hissetti kendini. Kahkahaları tam abartılı olmaya kayacaktı ki Can Manay, "Nerden bulursunuz bu soruları ya! Bir insanın hobisi varsa karakter bölünmesi mi yaşıyordur? Neyse, ben cevap vereyim. Her ikisi de, hatta geriye kalan hobilerimi de hesaplarsak diyebiliriz ki hepsi. Hepsi benim," dedi.

Özge suratındaki kırık gülümsemeyi düzeltmeye çalışarak devam etti. Utanmıştı. Can haklıydı, böyle aptal bir soru asla sorulmamalıydı, en azından soran kendisi olmamalıydı. Keşke Aylin yapsaydı röportajı diye düşündü. En azından bu soruyu sona koyabilirdi ama listedeki diğer soruların da bundan pek farkı yoktu. Küçük düşmüşlüğünü yenmeye çalışarak konuştu. "Bu sezon programınızın biteceğiyle ilgili söylentiler var. Bunlar ne kadar doğru?" Can kuru cevap verirken eline telefonunu aldı, "Doğru değil, sadece daha genişletilmiş bir formatla devam edeceğiz programa," dedi. Nihat çoktan çekimini bitirmişti. Onları hiç bölmeden, köşesinde oturan Kaya'ya eliyle sessiz selam verip çıktı. Özge selam vermek istediyse de Can'ın devam hareketiyle genzini temizleyerek röportajı sürdürdü. Garip bir şekilde heyecanı geçmemişti.

"Bu genişletilmiş formatın şimdikinden farkı ne olacak?" diye sorduğunda, Can bakışları elindeki telefonda, kafasını kaldırmadan dümdüz, "Bu bir sürpriz. Yayında görürsünüz," diye cevap verdi.

Özge, Can'daki kuruluğa rağmen yılmadan devam etti. "Eğer psikolog olmasaydınız ne olmak isterdiniz, ne yapardınız?" diye sordu. Can iyice sıkılmıştı, bakışını mesajlarını okuduğu telefonundan alıp dümdüz Özge'ye bakarken, "Daha önce belki 2864 kere sorulmuş bu soruyu sormadığınızı varsayıyorum. Tabii eğer başka soracak sorunuz varsa..." dedi ve dik bir şekilde bakmaya devam etti.

Özge'nin nabzı hızlanmıştı, Can Manay onun resmen salak biri olduğunu düşünüyordu. Bu düşünceyi adamın sadece laflarında değil, bakışlarında da net bir şekilde görebiliyordu. Elindeki kâğıda baktı, hızlıca düzgün ya da daha önce sorulmamış bir soru bulmaya çalıştı. En sondan bir önceki soruyu sordu. "İlk aşk... Aslında... Küçük bir anket yaptık ve izleyicilerinizin, hayranlarınızın en çok merak ettiği şeyleri öğrendik. Sorular şöyle: Kendinizle ilgili en çok sevdiğiniz üç şey nedir?"

Can, bakışı tekrar telefonuna dönerken, ilgisiz olduğunu belli eden vücut diliyle, "Zekâm, olduğum kişi, yaptıklarım. Başka soru var mı? Anketten," dedi.

Özge devam etti, röportaj kötü gidiyordu ve iyice telaşlanmıştı. "Peki en beğenmediğiniz üç şey?" diye sordu. Can telefonunda birilerine mesaj çekerken kafasını hiç kaldırmadan omuzlarını silkti, "Yok," dedi. Ama kızın sessizlik içinde hâlâ cevap beklediğini anlayınca, kafasını kaldırıp kıza baktı. "Beğenmediğim şeyler üzerinde çalışarak bugünlere geldim ve pek bir şey kalmadı. Ama illa bir cevap vermem gerekirse, fazla sabırlı olmamı beğenmiyorum, aptal insanların aptallıklarıyla vaktimi almalarına hâlâ izin verebiliyor olmayı hiç beğenmiyorum..." derken elindeki telefona çevirdi bakışlarını.

İki saniye sessizlik oldu, tam Özge konuşacaktı ki Can, "Bu iki etti. Siz üç istediniz. Sizin için ben bu iki şeyi birleştireyim. Yani, işlerini kötü yapan insanların vaktimden çalmalarına karşı gösterdiğim sabrı beğenmiyorum," dedi, bakışları hâlâ telefonundaydı.

Özge mesajı çok iyi almıştı, Can resmen ona saldırıyordu ama yılmayacaktı. Bir an kendi durumunu adama açıklamak, soruların aslında Aylin'e ait olduğunu anlatmak, ona sığınmak istedi ama yapması gereken bir işi vardı ve böyle mızıklanmak onun gibi birine yakışmazdı, zaten Can gibi bir adam da böyle bir mızıklanmaya katlanmazdı. Kendi istediği gibi olmasa da bu röportajı yapmak için oradaydı. Bir an içinden Can Manay'a haddini bildirmeyi de düşündü, yaptığı araştırmalardan iki soru sorsa bu işi bitirirdi ama çoktan karar vermişti bunu yapmayacağına. Can Manay onu ne kadar aşağılarsa aşağılasın, kendini ispatlamak için bel altına vurmayacaktı. Listelerde yer almayan ve aslında hep Can Manay'a sormak istediği soruyu sordu. "İlaçla tedavi hakkında ne düşünüyorsunuz?"

Can, önyargıyla kıza baktı. Bir an bekledikten sonra, "Bu soru mu şimdi?!" dedi.

Kız sabırla açıkladı, kendisine karşı olan önyargıya rağmen duruşunu korumada kararlıydı. "Psikolojik rahatsızlıkları olan kişiler üzerinde yapılan ilaçla tedavi hakkında ne düşünüyorsunuz? Sizce işe yarıyor mu? Kapalı bir kutu olan beyne bu şekilde dışarıdan kimyasallarla müdahale etmeyi doğru buluyor musunuz?" diye açıkladı.

Can telefonunu masanın üzerine bıraktı. Dikkati kızdaydı şimdi, kızın sorusu beklemediği gereklilikte bir soruydu. Ciddi şekilde cevaplamaya değerdi, yazılı olarak yayımlanacaktı cevabı ve sonradan pişman olacağı bir umursamazlıkla cevaplamak istemiyordu soruyu. İyi bir cevap vermek için hızla düşüncelerini organize etti. Dikkatli bir şekilde, "Beyin sandığınız kadar da kapalı bir kutu değil aslında. İlaçla tedavi kişinin rahatsızlığının boyutuna ve ilacın ne olduğuna göre değişir. Kendini biraz rahatsız hisseden herkese ilaç verelim demiyorum, zaten böyle bir toplumda yaşamaya çalışmak yeterince rahatsızlık verici, o yüzden ufak tefek rahatsızlıklarımızın olması aslında sağlıklı ama öyle vakalar var ki, psikolojik bozuklukları zamanla büyük fiziksel hastalıkları tetikleyebiliyor ve işte bu kişilerde, o büyük hastalıkları engellemek adına, kişinin psikolojik tedavisinde biraz zaman kazanmak için semptom giderici olarak ilaç gerekli olabiliyor. Tabii çok dikkatli olmak kaydıyla," diye açıkladı.

Özge sonunda karşısındaki kişinin seviyesine uygun bir soru sorabildiği için biraz rahatlamıştı ama yine de biraz daha zamanı vardı ve başka sorular da sormalıydı. Elindeki aptal listeyi tamamen kafasından attı. Aklına gelen sorularla devam edecekti. Can Manay'a sorabileceği, adamı allak bullak edebilecek bir sürü sorusu vardı ama sormayacaktı çünkü kendisi bilmese de adamın nedenleri olduğuna inanmayı seçmişti. Kararlı bir şekilde devam etti. "Bazı kişilerin hayatın gündelik sıkıntılarından kurtulmak için ve sadece ihtiyacını hissettikleri ilaçları almak adına psikiyatrları ziyaret etmelerine ne diyorsunuz?" diye sordu. Can, "Tabii, öylesi de vardır ama bana gelenler arasında değil. Benim yaptığım iş aslında foseptik çukurunu temizleyen bir işçininkinden çok farklı değil.

İşçi vücuduyla pisliğin içine girip belli aletlerle o çukuru boşaltıyor, bense aklımla, tekniğimle insan zihninin en temizlenmemiş, bazen yıllarca pisliklerin yığıldığı yerlerine girip temizliğimi yapmaya çalışıyorum. İşçinin aletleri olduğu gibi, benim de yöntemlerim, bazen de ilaçlarım var. Bazen bilincin öyle bir yerini aydınlatıyorsunuz ki, kişinin hayatı boyunca kendisine acı veren her şeyi yığıp kapısını da kapattığı bir yer burası. Oraya girdiğinizde bazı ilaçların yardımı olmadan devam edemezsiniz temizliğe, orada yıllarca kilitli kalmış o pisliğin tüm bilince yayılma riski var. İlaçlar süreci yavaşlatarak bu riski minimuma indirmede işe yarayabiliyor. Bazı yaşanmışlıklar yaşamın kendisine aykırı olabilir. Bunları hatırlayıp gündelik hayatınızın parçası haline getirerek yaşamak çok ağır hatta bazen imkânsız olabilir. Ya onları beyninizde hiç uğramadığınız bir yere gömeceksiniz ya da adım adım sistemli bir şekilde temizliğe gireceksiniz. Ben ancak böylelerinde ilaç kullanımını onaylarım. Reçete yazdırmak için kimse bana gelemez," dedi.

Özge hemen, "Bu konuyla ilgili bir başarı öykünüz var mı? Yani çok iyi bir şekilde temizlediğiniz bir beyin mesela?" diye sordu. Can kızın acemiliğine iyice kızmıştı. "Size kalkıp hastalarımın psikolojik hikâyelerini anlatacağımı düşünmediniz herhalde!" dedi ve sonra Kaya'ya dönüp sabırsız bir şekilde, "Ne kadar var daha bu saçmalığın bitmesine?" diye sordu.

Kaya eliyle yedi dakika daha olduğunu gösterdi. Can kendi saatine baktı. Patek Philippe marka saati 11 yıl önce bir hastasının eşi tarafından kendisine hediye edilmişti. Hediyeleri asla kabul etmezdi, hele hastası intihar ettiği için eşi tarafından kendisine verilen bir hediyeyi asla! Ama bunu etmişti. Kim değeri bir milyon doların üzerinde olan bir saati geri çevirebilirdi ki! Saat, saati kendisine hediye eden adamla aralarındaki gizli bir anlaşmanın imzası gibiydi. Can saati koluna takınca tüm kapılar açılmaya başlamış, televizyondan teklif gelmiş ve yaptığı programla ünlenmişti. İntihar eden kadını düşündü. Kadını kendisine gönderen, kadının boşanmak üzere olduğu eşiydi. 10 yıldır bu programı yapıyordu ama ne gariptir ki kanalın sahibi olan bu adamla bir kez bile bir araya gelmemişlerdi. Saat sanki kolunda bir mühürdü ve neredeyse 6 olmuştu. Bu aptal röportajı bitirip daha önemli işlerine geçmeliydi. "Size daha fazla zaman ayıramam, son sorunuzu sorun ve gidin lütfen," dedi Özge'ye.

Özge, kanının bir anda yüzüne hücum ettiğini hissetti. Can Manay'ın kendisine bu kadar acımasız ve öfkeli yaklaşımı çok abartılıydı. Niye benim sadece işimi yapmaya çalıştığımı göremiyor, niye bu kadar yargılayıcı? Hayır, aslında yargılayıcı değil aşağılayıcı, diye düşündü. Kızmıştı. Bu adama gösterdiği bunca inceliğe, bunca kayırmaya rağmen adam her fırsatta onu aşağılamıştı. Özge'nin onca alttan almasını aptallık sanmıştı Can Manay! Asıl aptal olan kendisiydi. Özge kendi hayatını tamamen değiştireceğinden habersiz, sadece adama göründüğünden çok daha zeki, değerli biri olduğunu ispat etmek istercesine bir refleksle son sorusunu sordu. "Sizin tedavinizde ilaç kullanılmış mıydı?"

Can kızın ne demek istediğini anlayamadı. Kaya da Can da kıza dikkatlice baktı. Kız, birkaç saniye bekleyip yaratmak istediği etkiyi yarattığından emin olduktan sonra, "Bundan 21 yıl önce Ruh ve Sinir Hastalıkları Hastanesi'nde üç yıl yattığınıza dair bir belge bulduk. O dönemde aldığınız tedavide kullanılan ilaçlar sizin temizlenmenizde yararlı olabildiler mi?" dedi.

Özge'nin suratında istemdışı da olsa, küçük bir tebessüm belirdi ve yeşil gözleri parladı. Can'ın bir anlık sessizliği, Kaya'nın kafasını bilgisayardan kaldırıp ona odaklanmasına neden oldu. Daha önce asla Can'ın suratında görmediği bir ifadeye bakıyordu şimdi, bu ifade öylesine güçlüydü ki adını koymak kolay olmadı ve Kaya ilk aklına gelen kelimeyi düşündü: korku. Sadece birkaç saniye sürmesine rağmen Can'ın bakışlarında korku vardı. Kaya kızın sorusunu dinlememişti ama aklında 21 yıl önce bir akıl hastanesiyle ilgili bir şeyler kalmıştı. Kızdan soruyu tekrarlamasını istememek için zor tuttu kendisini.

Özge sorusunun yarattığı etkiyi gözlerini kırpmadan Can Manay'ın suratında izledi. Birkaç saniye sürmüş olsa da adam sarsılmıştı. Can Manay'ın sakince ayağa kalkıp gerinmesi, ardından esnemesi ve de halüsinatif sorularla kaybedecek vakti olmadığını söyleyip odadan çıkması sanki bir saniye sürmüştü. Can Manay'ın ardından şaşkınlıkla bakakalan Özge, Kaya'nın da aynı şaşkınlıkla oturduğu yerden kapıya baktığını görünce rahatladı. Odadaki şaşkın sessizlik Kaya'nın titreyen telefonuna cevap vermesiyle bozuldu. Kaya telefondaki kişiyle hiç konuşmadı, sadece dinledi ve kapattı.

Özge'yle konuşurken saygılı ve mesafeliydi. "Eşyalarınızı toplayıp gidebilirsiniz artık... Lütfen. Programa hazırlanmamız gerekiyor," dedi.

Özge hemen yerinden kalktı, artık burada istenmeyen biri olduğunun çok farkında ama sakince, eşyalarını toplamaya başladı. En azından Can Manay'ın artık kendi zekâsıyla ilgili şüphe duymayacağını düşünerek rahatlamaya çalıştı. Masanın üzerindeki kayıt cihazını almak için masaya döndüğünde, cihazı göremedi. Odanın diğer köşesinde, kapının yanında duran Kaya elindeki cihazı ceketinin içcebine koyarken, "Bunu biz deşifre edip size göndereceğiz Özge Hanım," diye açıkladı.

Özge inanamayarak kaşlarını kaldırdı, tam konuşacaktı ki açılan kapıdan iki güvenlik görevlisi, kendisine çıkışa kadar refakat etmek için kibarca içeri girdi. Özge odadan çıkarken sakince Kaya'ya, "Kaya Bey, kayıt cihazını göndermezseniz röportajı bu haftaya yetiştiremeyiz, en geç yarın akşama kadar elimizde olmalı," diye açıkladı.

Kaya tamam anlamında başını sallarken, "Merak etmeyin, ben söz veriyorum, yarın öğlen sizde olacak. Can biraz gergindi bugün, siz kusura bakmayın," dedi ve merakına yenilip, "Son soru neydi?" diye sordu. Özge suratında beliren gülümsemeyi gizlemeden önce yanındaki güvenlik görevlilerine baktı ve sonra, "Vaktiniz olduğunda dinlersiniz," deyip kapıdan çıktı. Suratındaki gülümseme aslında korumaya çalıştığı bir maskeydi, içindeki yıkılmışlığı gizleyen bir maske. Can Manay'ın binasından güvenlik görevlileriyle uğurlanıyordu, neyse ki adamlar epey kibardılar. İlk defa birine yaranmak istemiş ve berbat etmişti her şeyi. Stüdyonun arkasından ana çıkış kapısına doğru ilerlerken o güzel ortama son bir kez baktı. Hep çalışmak istediği tarzda bir yerdi burası ama asla çalışamayacağı. Ağlamamak için kendini dik tutarak ilerledi koridorda. Çıkış kapısı özgürlüğe açılan kapı gibi geldi ona, çıktı gitti. Biraz önce yaşadığı psikolojiyi bir daha hayatı boyunca yaşamamayı dileyerek ve kendini yenilmiş hissederek uzaklaştı binadan.

-24-

Duru kulisteki aynada yansımasına bakarken saçının biraz abartılı olduğunu düşündü ama güzel görünüyordu. Kafasının tepesinde gergin bir şekilde toplanan saçı gözlerini yukarıya doğru çekmiş ve yüzündeki kusursuz ifadeyi daha da inanılmaz kılmıştı. Oldukça gür gözüken saç önce tepede atkuyruğu şeklinde toplanmış, sonra Duru'nun beline kadar kalın bir örgüyle inmişti. Saçın toplandığı yeri çevreleyen kalın, tek sıra örgü zaten kocaman olan saçı iyice abartılı bir şekilde sarmıştı. Duru, başta ağır gözüken bu saçla dans etmenin kendisini zorlayacağını düşünüp kuaföre itiraz etmişti ama adam sadece denemek için onu ikna etmişti. Bu kadar görkemli bir görüntüye rağmen aslında saç kafasında hiç de ağırlık yapmıyordu.

Avucuna sıktığı nemlendiriciyi iki elinin arasında ovuşturarak iyice ısıttı ve kollarından omuzlarına doğru dairesel hareketlerle masaj yaparak sürdü vücuduna. Tamamen çıplaktı. Makyajını yapmadan önce daima vücudunu nemlendirir, sonra makyajını yapar ve sonra havluyla fazla nemlenmiş tenini kurular, en sonunda da dans ettiği partnerinin elinden kaymamak için vücudunun her yerine pudra sürerdi. Zaten beyaz olan bebeksi teni pudranın içine kattığı ve ancak ışık oyunlarında fark edilen simle iyice parlak hale gelirdi. Giyinme odasının kapısı çaldığında her zamanki sırayla hazırlanmaya başlamıştı. Çıplak olduğu için kapısını daima kilitli tutardı, buralarda âdet kapıyı birkaç kere tıklatıp içeriden ses gelmeden içeri dalmaktı. Bunu kötü iki deneyimle öğrenmiş ve dersini almıştı Duru. Üzerine bornozunu geçirip yakasını iyice kapatarak kapıyı açtı.

Deniz, Duru'nun kreminin kokusunu içine çekerek girdi odaya. Kocaman sarıldı sevdiği kadına. Duru'nun makyajsız, taze yüzünü öptü. Elindeki yemek paketini sehpanın üzerine koyarken Duru kapıyı kilitlemişti bile. Deniz, "Bak tam sevdiğin gibi, içine bol maydonoz da koydurdum," diyerek açtı paketi. Duru hevesle sehpaya yaklaştı. Çocukluğundan beri yemeyi en çok sevdiği kelle söğüş* hazır onu bekliyordu. Tadı eşsizdi. Kokusu, görüntüsü, hatta paketiyle bile Deniz'in midesini kaldıran bu küçük dürüm,

* Maydonoz, kimyon ve kuzu beyninin mikserden geçirilip ince bir dürüme sürülmesi ve dürümün içine kuzu kellesinin yağsız kısımlarının söğüş şeklinde kesilmesiyle yapılan bir dürüm çeşidi.

onun için ne kadar tiksinti vericiyse, Duru için o kadar lezizdi. Deniz, Duru'yla geçirdiği bunca zamanda alışmıştı sevdiği kadının bunu yemesine. Duru'nun onca ısrarına rağmen hiç tadına bakmamıştı, asla da bakamazdı. Duru iştahla dürümünü yerken Deniz cebinden çıkardığı jointi yakmak için çakmağını aradı. Duru lokmasını bitirmeden, "Sakın benim yanımda içme! Evet Deniz, zaten küçücük oda, bir kokusunu alırlarsa mahvolurum," diyerek itiraz etti. Deniz çakmağını aramaya devam ederken, "Bu çok hafif be Duru, birkaç fırt alıp söndürcem," diye itiraza itirazla karşılık verince Duru elindeki dürümü sehpanın üstüne koyup ayağa kalktı. "Yok yok! Aklından bile geçirme Deniz, ben çok ciddiyim. Kafam yerinde olsun istiyorum gösteriden önce. Lütfen! Hem senin yapacak bir sürü işin yok mu?! Bak bir saate kadar başlıycak gösteri, sakın geç kalayım deme, git işlerini hallet. Bu sefer gerçekten kırılıcam! Beni seyretmeye bile gelmiyorsun artık!" dedi.

Tartışmayı kazanamayacağını anlayan Deniz, kaykıldığı yerden kalktı. Duru haklıydı hep geç kalıyordu kızın gösterilerine. Önemli işlerini hemen halledip dönmeye karar verdi. Torbacısına uğrayacaktı, nasılsa orada biraz takılırdı. Duru'yu öptü ve gitti.

Duru odasında yalnızdı yine, üzerindeki bornozu çıkartırken huzur buldu. Çıplak bir şekilde bir yandan dürümünü yiyip bir yandan da güzel vücudunu kremlemeye devam etti.

-25-

"Siz neyi hissetmeye karar verirseniz, onu deneyimlersiniz. Evren içinizde var olan tüm isteklere cevap vermek için dizayn edildi. Olayları akışına bırakmayın, sadece isteyin ama neyi istediğinize dikkat edin çünkü yeterince isterseniz..."

Can cümlenin ortasında sustuğunda, izleyicilerin sözünü tamamlamasını bekledi. Stüdyodaki izleyiciler bağırarak, "...mutlaka sizin olur!" dediler.

Can Manay suratında kocaman bir gülümsemeyle stüdyodan çıkarken Bilge kanalı değiştirdi. Bu haftaki programda Can Manay o kadar da etkileyici değildi. Ondaki enerji düşüklüğüne kendisinin neden olabileceğini düşündü. Ne yaptığını bilmiyordu ama keşke ödevleri bırakıp arabaya binmeden hemen çıkmış olsaydı Can Manay'ın atölyesinden, iyice içi karardı. Suçlu hissediyordu.

İnsanlarda kızgınlık uyandıran bir varoluşu vardı, buna emindi ve durumu yumuşatmak için ne yaparsa yapsın daima kötü şeyler oluyordu. Keşke hiç konuşmasaydı, hiç çenesini açmasa belki rahatsızlık vermeden yaşayabilirdi bu dünyada. Neden insanlar ona tahammül edemiyorlardı? Nasıl bakacaktı şimdi Can Manay'ın suratına? Bölümünü değiştirip yatay geçiş yapmayı düşündü, yarın bunu soruşturacaktı. Saatine baktı, neyse ki Electronic Frontier Vakfı'nı aramasına pek bir şey kalmamıştı.

Apartmandan gelen sesi duyduğunda hemen dikkat kesildi. Kapının önünde biri vardı ve bu babası olmalıydı. Küçücük salondaki masada sofra kurulmuştu ve Bilge tek hamlede kalkarak mutfağa geçti, babası hayattan bıkkın bir şekilde içeri girerken Bilge elinde ekmek sepeti ve suyla mutfaktan çıkmıştı. Babasını görünce durgun, "Hoş geldin baba, yemek hazır," dedi.

Babası Bilge'nin suratına bile bakmadan ayakkabılarını kapının ağzında çıkarırken kafasını salladı. Kuru bir sesle, "Aç değilim Bilge, yatıcam," diye cevap verdi.

Bilge her zaman duymaya alışık olduğu bu cümleye tepki vermeden elindekileri masaya koydu ve Doğru'yu çağırmaya odasına yönelirken, zayıf, kısa, çelimsiz babasının uyumak üzere kendi odasına geçmesini izledi. Yerçekimine, hayata yenik düşmüş zavallı bir adamdı bu. Hayatı boyunca karın tokluğuna çalışmış, yanlış kadınla evlenmiş ve asla kimlik bilinci olmamıştı

Osman'ın. Karısının ölümünden sonra iki çocuğa bakmak ona kalmış olsa da, işin aslı, karısının ölümü hayatını kolaylaştırmıştı. Zor bir kadındı Bilge'nin annesi. Babası ise belediyede üst düzey bir memurdu ve hayata yenilmişliğini çoktan kabul etmiş bir esir gibi günlerini geçiriyordu. Varlığı ya da yokluğu birdi Bilge için. Onu sevmediği ya da ona kızgın olduğu için değil, kendi varoluşu bu adamdan kaynaklandığı için, uzun koridorda ardından bakarken kendisine bir babaya mal olan bu adamın hiç var olmamasını diledi. Çünkü seçme şansı olsaydı, hiç var olmamayı tercih ederdi.

-26-

Can stüdyonun arka kapısında kendisini bekleyen aracına bindiğinde, Ali kapıları kilitleyip hemen harekete geçti. Program çok iyi geçmemişti ama ülkede bunu eleştirecek kadar kafası çalışan pek de kimse yoktu, nasılsa reytingler hep aynıydı. Ne olursa olsun yine birinci çıkacaktı. Kendi küçük göletinde şişman bir balıktı o, şişmanlığı aslında yalnızlığını temsil ediyordu, rakipsizliğini de. Bu sıkıcı günü bitirmek için sabırsızlandı ama önce yapması gereken son bir şey daha vardı. Eskinin ünlü baleti, günün ünlü dizi oyuncusu Kağan'ın dans okulu açılışına katılmalıydı, söz vermişti. Açılışa katılacağı her yerde bildirilmişti, şimdi gitmese olmazdı. Bu meslekte öğrendiği en önemli şey, sözünde durmanın değeriydi, karşındaki kim olursa olsun. Davetin sonuna kadar beklemek zorunda değildi, kokteyle katılacak, belki açılış için hazırlanan küçük gösteriyi seyredecek ve evine dönecekti. Plan gayet netti. Tek sorun açılışa götürmeyi önceden planladığı kızı şimdi görmek bile istememesiydi. Sıla Anlam, dönemin en ünlü oyuncularından biri haline gelmişti, çok küçük memeleri ve çıplak olduğunda kendisini koca kafalı gösterecek kadar dar omuzları vardı. Can Sıla'yla yatmamıştı henüz. Kız çok istekliydi ama Can kızın muhteşem tenine ve güzel yüzüne rağmen vücut orantısızlığından rahatsız olmuş, kız hiçbir zaman içine girecek kadar çekici gelmemişti ona. Çünkü Fi'si yoktu. Şimdi gözlerinin içine umutla bakan birini değil, onun yerine daha hafif, daha kolay kurtulacağı birini tercih ediyordu yanında ya da hiç kimseyi. Pozitif ya da negatif, cinsellikten tamamen uzak bir bilinçteydi. Sıla'ya mesaj attı, gecikme bahanesiyle onu alamayacağını, orada buluşmaları gerektiğini bildirdi. En azından araba yolculuğu tamamen kendine kalmıştı, kaykılıp biraz kafasını dinleyebilirdi.

Başını konforlu koltuğun derisine dayadı, önünden geçtikleri binalara, şehrin karanlığında parlayan, ışıklarla suni bir hayat verilmiş vitrinlere, otobüs durağında bekleyen kendini unutmuşlara baktı. Niye çalışıyorlardı tüm bu insanlar, bir amaçları var mıydı hiç? Nereye gidiyorlardı bu saatte? Kendi varoluşlarından habersiz para adına köleleştirilmiş aptallar sürüsü diye düşündü. Hepsi yok olsa Can rahatlardı ama o zaman ayak işlerini yapacak başkaları lazımdı. En azından o kendini kurtarmıştı. Çok çalışmış ama kendini, tüm bedellere rağmen o aptallar sürüsünden ayırmıştı. Röportajı düşündü, yeşil gözlü kızı kim göndermişti acaba? Kocaman yeşil gözleri samimiyetle bakmıştı Can'a, ne kadar da yanılmıştı.

Kız hayranı filan çıkmamıştı. Bilgiyi nerden almıştı ve ne kadar biliyordu? Kızın elindeki saatli bombayı patlamadan imha etmeliydi. Yorgundu. Bu gece buna kafa yormayacak ama yarın ilk iş konunun özüne inip temizleyecekti.

"Ali! Kağan'a haber ver, yaklaştığımızda arabaya yer açtırsın. Sen de hazırda bekle. Kokteylden sonra sessizce uzayacağım ben, gösteriye kalmayacağım," dediğinde Ali evet anlamında kafasını salladı. Yollarına sessizce devam ettiler.

Kokteylin yapıldığı binaya vardıklarında her şey onlar için hazırdı. Kağan kendi açılışının sansasyon yapabilmesi için elinden geleni yapmıştı. Sıra sıra dizilen paparazziler ve magazin fotoğrafçıları kolaylıkla işlerini yapabilsinler diye gerekli her şey düşünülmüş, arabalarıyla binaya yaklaşan ünlülerin inişleri sanki bir ödül törenine geliyorlarmış edasıyla abartılarak süslenmişti.

Ülkenin ünlüleri, alaturka abartının görgüsüzlükle buluştuğu yerde parlıyorlardı. Arabadan inmeden önce etrafına bakındı, kendisinden beş dakika önce gelmiş, gazetecilere poz veren İrem'i gördü. Ne komik, resmen fahişelik yapmış biri 10 yıl sonra ülkenin en örnek gösterilen, akıllı kadını diye yutturulmuştu halka, halk da yutmuştu. İrem Billur'un hemen ardından gelen Harika Fors ise çıkan porno kayıtları sonucu tecavüze uğrayan masum kızı oynamış ve toplum içindeki bu rolüyle çok da başarılı olmuştu, hatta ünlü bir yönetmenle evlenmiş ve çocuk bile yapabilmişti.

İkisiyle de yatmıştı Can, çok istediğinden değil, cahilliğinden.

İrem yatakta ne kadar iyi olduğunu anlatıp durarak Can'ı epey uzun zaman motive etmişti. O geceden Can'ın İrem'le ilgili hatırladığı tek şey İrem eğildiğinde sallanan göbeği ve kendisini nasıl becermesi gerektiği konusunda sürekli komutlar veren sesiydi. Harika ise bir gece ansızın Can'ın evine gelmiş ve bir sinir krizi geçiriyormuşçasına yardım isteme bahanesiyle kendisini ona vermişti. Böyle aptal oyunlardan hiç hoşlanmayan Can, sonrasında oturduğu evden taşınıp bugünkü evine yerleşmişti. Bu nerdeyse yedi sene önce olmuştu, o zamanlar çok toydu, şimdiyse kimse kapısına ondan habersiz gelemezdi. Bu ülkenin sevilen ünlülerini düşününce midesi bulandı, kendisi de onlardan biriydi maalesef, hatta en sevileni. Şimdi gövde gösterme sırası ondaydı.

Herkesten daha ünlü, herkesten daha önemli hissederek arabadan indi, yere serilen aptal kırmızı halıyı yürüdü. Kokteyl tam bir şov şeklinde hazırlanmıştı, açık büfe, bir kokteyle yakışmayacak ölçüde iştah açıcıydı. Her şey çok kaliteli ve güzeldi ama bir eksiklik vardı: samimiyet. Oraya gelen kimsenin umurunda değildi bu dans okulu, herkes kendini göstermeye gelmişti, hatta orada bulunanların çoğunun davetin neyle ilgili olduğunu bilmediklerine karar verdi Can, haklıydı da. Gösterinin başlamasına daha vardı, insanlar gösteri salonunda yerlerini alırken onun planı yavaşça arabasına uzamaktı.

"İyice yaşlandın artık sen!" dedi arkasından bir ses. Konuşan İrem'di. Cazibeli, sıcak ama eski etkisini kaybetmiş bir kadındı. Eski çekiciliğinin hatırına cilveli, "Ya görmüyosun ya da görüp selam vermiyosun. Hangisi daha kötü?! Cevap verme, soru değil bu," dedi kıkırdayarak.

Can gülümsedi. Uzun zaman olmuştu kendi yaşında bir kadınla konuşmayalı. İrem'le ilgili yargılarını kontrol altına alarak gülümserken, "İkisi de değil, senin bana gelmeni bekledim. Güzel görünüyorsun," dedi.

İrem kendine edilen iltifatın acınası bir duygudan geldiğini hemen anlamıştı. Yaşlanmaya başladığını anladığından beri sığındığı dobra kadın imajını takınıp, "Kes palavrayı! Yaşlanıyoruz. Seni görünce rahatladım, sen de epey çökmüşsün. Bu geceki programın da kötüydü. N'oluyo? Andropoz mu?" dedi intikam alırcasına.

Can sessiz kaldı, ağzını açarsa karşısındakini parçalayacak kelimelerin kaçmasından korkarak sustu. Elindeki içkiden bir yudum alırken İrem, "Üç yıldır menopozdayım, artık kimse başrol teklif etmiyor, anne rolleri geliyor hep ya da falan yarışmaya jüri üyesi. Şunlara bak!" diyerek o sırada içeri yeni girmiş Sıla'yı gösterdi ve "Bak! Bir zamanlar bendim o kapıdan böyle havalı giren. Dünya benim etrafımda dönüyordu. Bana bakıp da beni becermek istemeyecek bir tek kişi tanımadım. Ama şimdi çoğu zaman fark edilmiyorum bile. Yarın ölsem sanki hiç yaşamamışım gibi olur diye düşünüyorum. Offf... Seni görmem lazım, gelip seninle konuşmam lazım. Terapi falan, önümüzdeki hafta gelicem sana, çok sağlıksız bi karı oldum. En az senin kadar! Sen nasılsın?" dedi.

Can içkisinden son yudumu da aldı. Elindeki bardağı yanında duran masaya koyarken sırıttı. İrem'in sorusuna, "Bunlar için çok yorgun ve umursamaz," diyerek cevap verdi, iki adım attı, durdu, arkasında kalan İrem'e dönüp son samimi sözlerini söyledi: "Sen artık yaşlandığın için değil, çok vajina merkezci çıkarcı bi orospu olduğun için böylesin. Sakın beni görmeye gelme, senin problemlerinin bi çaresi yok. Sadece iyice bi düzülmek istiyosun ve ben bunu sana veremem."

İrem ile ilk sert konuşması değildi bu, maalesef son da olmayacaktı. Can, Sıla'nın yanına giderken rahatlamıştı, Sıla'dan niye hoşlandığını hatırlatmıştı İrem ona. Sıla temizdi. Elli yaşına geldiğinde yaşındaymış gibi davranan bir kadın olmayacaktı. Hiçbir zaman para karşılığı yatmamıştı, yatamayacak kadar da sevgi doluydu kalbi. Kendini seven bir kalp asla vücudunu satamazdı.

Can'ın kendisine yaklaştığını fark eden Sıla, etraflarındaki gazetecilere rağmen onu coşkuyla karşıladı. Can da içten bir gülümsemeyle karşılık verdi kızın sevgisine. Şimdi daha da rahatlamıştı, kendini güvende hissediyordu. Sıla, Can'ın gözlerinin içine bakıp konuşurken, etraflarındaki gazetecilerin flaşları ışık efekti yapmaktaydı. Can içinden yarınki gazetelerde kendisi ve Sıla'yla ilgili çıkacak dedikoduları hesapladı, umursamadı. Sıla iki eliyle Can'ın sağ elini tutarken, "Nasılsın?" diye sordu. Etraftaki kameraların farkında, biraz gergin ama rahat olmaya çalışarak, "İyiyim. Ya sen?" diye cevap verdi. Sıla samimiyetle, "Emin misin? Seni seyrettim, programda biraz sıkıntılı gibiydin," diye ısrar edince Can kızı gazetecilerin giremeyeceği bölüme doğru yönlendirirken bu kadar deşifre olmaktan sıkılmış, "Yoo, programda teknik arızalar vardı onlarla uğraşmaktan konsantrasyonum bozuldu. Boş ver şimdi bunları. Çok güzel görünüyorsun. Güneyde neler yaptın anlat bakalım," dedi.

Sıla, güneydeki dizisinin çekiminde yaşadığı komiklikleri anlattı neşeyle, Can da profesyonel dinleme moduna geçti. Gösterinin anonsuna kadar Can'ın yeni program formatı, Sıla'ya gelen yeni dizi ve film teklifleri üzerine samimiyetle sohbet ettiler.

Can hafiflemişti. Sıla'nın yanında kendini yine Can Manay, hem de en iyi versiyonuyla Can Manay gibi hissediyordu. Sıla'nın yargısız dostluğu ona kendisini, her zaman olmak istediği kendisini hatırlatmıştı. Birlikte dandik gösteriyi seyretmek üzere salona geçerken, Can iyice kendine gelmişti artık, karizmasıyla etrafını yine doldurmaya hazırdı.

Oldukça tuhaf olan gösteri salonunda, özellikle onlar için ayrılan en güzel yere geçtiler. Salon daha önce hiç görmediği bir şekilde tasarlanmıştı. Tam bir daireden oluşuyor, koltuklar, ortada yüksekte duran sahnenin etrafında dönüyordu. Can ve Sıla, sahnenin tam önündeki ilk çemberde oturuyorlardı. Can psikolojik olarak rahatladığı için normalde kendisine çok tuhaf gelecek bu yerden de memnun kalmıştı ama eğer bir saat önceki modunda olsa burası ona tuzak gibi gelirdi, kalkıp fark edilmeden kaçamayacağı, tam ortada bir tuzak. Ama şimdi keyifli gelmişti. Niye bu kadar umutsuz hissettiğini hatırlamaya çalıştı. Aklına röportaj geldi hemen ama kim dinlerdi ki o kompleksli kızı, nasılsa yarın bir yolunu bulup dindirecekti oradaki kanamayı. Ne tuhaf bir gündü bu.

Öğrencisi Bilge'yi düşündü, kıza niye kızdığını bile hatırlamıyordu şimdi. Belki kızı asistanı olarak alabilirdi, Kaya çok eskimişti, yenilenmeliydi. Aklına başka bir düşünce gelmedi. Sıla'ya baktı, ona güveniyordu. İlk defa o an bu kızla daha ciddi şeyler yaşayabileceğini düşündü. Aslında ciddi bir şeyler yaşamaya karar verirse bunun özel olmasını istediğini anladı. Keşke Sıla bakire olsa diye düşündü. Kızlık zarına falan taktığından değil ama daha önce hiçbir bakireyle birlikte olamamıştı ve Sıla'nın bakire olma olasılığı bile tahrik ediciydi. Kızın tuhaf vücudunu bile güzel kılabilecek çekicilikte bir düşünceydi bu.

Salonun ışıkları karardığında artık herkes yerine oturmuştu.

Öylesine karanlıktı ki, gözlerini kocaman açmasına rağmen hiçbir şey göremez olmuştu Sıla. Can Manay'ın yanında oturduğuna inanamıyordu, keşke elimi tutsa diye düşündü. Onun koluna değen kolunu hissediyordu tüm vücudunda. Çok uzun zamandır birbirlerinden hoşlanıyorlardı, hatta üç ay önce az kalsın birlikte bile olacaklardı. Çok güzel bir geceydi, saatlerce öpüşmüşlerdi. Sıla hayatında ilk defa kendini kadın gibi hissetmiş, erkeğinin üstüne çıkıp gözlerinin içine bakarak onunla sevişmek istemişti, aynı bir kez birlikte olduğu o yeşil gözlü kızın kendisine gösterdiği gibi. Can onu öperken yavaşça soymuştu, belki de problem buydu. Çok küçük memeleri vardı ve uzun saçları olmasa çıplakken onu bir erkek çocuğundan ayırmak nerdeyse imkânsızdı. Aslında bu durum Can Manay'a kadar hep kendisini çok seksi hissetmesine neden olmuştu çünkü Can'dan önceki tüm sevgilileri ondan en az 15 yaş büyüktüler ve böylesine çocuk görünümlü bir kadınla birlikte olmalarının bilinçaltında bir nedeni vardı. Hepsi de Sıla'daki o küçük çocuğu becermekten hoşlanan tiplerdi ve hepsi de onunla anal seks yapmak istemişlerdi. Can Manay ise tamamen farklıydı onlardan, bir kadına kadın gibi davranmayı bilen biriydi, erkekti. Çocuk becerme duygusuyla tahrik olan sapık biri değildi. Bu durum Sıla'ya ne kadar çekici geldiyse de biliyordu ki, Can gibi bir erkek için yuvarlak bir kalça ve memeler lazımdı. Bir erkeği özde tahrik eden en doğal şeylerdi bunlar, Sıla'nın her şeyi vardı ama bunlara sahip değildi. Üç ay boyunca doktor doktor gezip memelerini yaptırmak için fikir aldı. Tek bir şartı vardı; doğal görünmeleri ve bu da imkânsızdı. Vücudu o kadar zayıf ve memeleri o kadar etsizdi ki içlerine konulacak herhangi suni bir şey asla doğal duramazdı. Sevişirken bildiği tek bir tahrik hamlesi vardı; çocuksu yanını öne çıkarmak ama bu da asla Can Manay'ı etkilemeyecek bir şeydi. Aylardır Can Manay'a duyduğu umutsuz hisleriyle yaşıyordu, sanki kendisini kabul etmesini dilercesine erkeğinin kapısında bekleyen biriydi o. Ve şimdi kolu koluna değerken, bu kapkaranlık salonda gözlerini iyice kapatıp tüm enerjisiyle diledi, Can Manay'ın kendisine deli gibi âşık olmasını.

Işıklar karanlıktan loş bir aydınlığa doğru aktığında, Can yanında gözleri sımsıkı kapanmış Sıla'ya baktı. Kızın niye gözlerini kapadığını anlayamamıştı. "Sıla? İyi misin?" diye sordu. Can'ın koluna dokunduğunu ve kendisiyle konuştuğunu anlayan Sıla bir an bu ilgiden dolayı çok iyi hissetmiş olsa da, sorunun meraktan sorulduğunu anlayıp cevabı düşündü. Can, "N'oldu? Yoksa karanlıktan mı rahatsız oldun?" diye tahminde bulunduğunda, Sıla bu tahminin kendi imajına uygun olduğunu düşünüp ürkek kafasını salladı, tek istediği Can Manay'dan hak ettiği ve aslında geri kalan herkesin ona vermek için yarıştığı ilgiyi görmekti. Önlerindeki sahne müziğin başlamasıyla birlikte alçalırken, Can kızın elini avuçlarının arasına aldı, ovuşturdu. Sıla çok mutluydu. Aklı evlendiklerinde gazetelerde çıkacak manşetlerdeyken bakışları başlamak üzere olan dans gösterisindeydi.

-27-

Sahnenin müzikle birlikte alçalması etkileyici olmuştu Özge için. İzleyicilerin tam ortasına yerleştirilen sahne alçaldıkça, içinde bulundukları salon antik bir tiyatronun modernize edilmiş halini temsil ediyordu. Enteresandı. Kağan gibi bir adamdan hiç beklemediği zekâda bir dizayndı bu. Acaba kim yapmıştı? Daha önemlisi kaça mal olmuştu böyle bir sahneyi yapmak ve Kağan gibi biri nerden bulmuştu böyle bir parayı ya da bulduysa da nasıl böylesine hoş bir şeyi yaratmak için harcamayı düşünebilmişti? Adam çaptan düşmüş bir baletken, erkek oyuncu yokluğu nedeniyle televizyon dizilerinde jön olarak rol almaya başlamış ve çok da tutulmuştu. Aralıklı olarak boyattığı aptal saçları olmasa, çok daha da tutulabilirdi ama aldığı bale eğitimi onda kadınsı bir taraf bırakmıştı. Bu kadınsı taraf Özge'yi tiksindirirken, ülkenin hayatları boyunca orgazmdan uzak yaşamış kadınları için hiçbir sorun teşkil etmemişti. Kağan'ın dizileri, boyanmış saçlarına, alınmış kaşlarına rağmen hep seyredilmişti. Adam ibne değildi, daha da kötüsüydü, kadınları çekici bulan kadınsı bir adamdı sadece. Feminen.

Özge bulunduğu yerden Can Manay ve Sıla Anlam'a baktı, Can Manay'ın içeri girdiğini gördüğünden beri diken üstündeydi. Birkaç saat önceki fiyasko röportajın etkisi hâlâ üzerindeydi. Fark edilmemek için kendisine verilen yere oturamamıştı bile, yer Can Manay'ın tam karşısındaydı ve hele şimdi sahne de alçaldığına göre oraya oturmamakla çok doğru bir şey yaptığını düşündü. Yoksa kabak gibi tam karşısında oturacaktı, onunla göz göze gelmeyi bile göze alamazdı. Hayatında ilk defa böyle hissetmişti kendisini: Haksız. Can Manay'a o kadar da aptal olmadığını göstermek için belden aşağı vuran bir boksör gibi hissediyordu. Hayatında ilk defa vicdanı rahatsızdı. Çıkış kapısının yanında ayakta gösteriyi seyredecek ve en ufak bir fark edilme olasılığında ortamdan uzayacaktı. Değişik senaryolarla Can Manay'ın kendisini görse nasıl bir tepki verebileceğini düşündü. Senaryolar çoğaldıkça trajikliklerini kaybetmeden komikleşmeye de başladılar. Can Manay'ın kendisine tokat attığını hayal ederken aklı salona geri döndü çünkü müziğin sesi yükselmiş ve gösteri başlamıştı.

-28-

Deniz hâlâ ortalarda yoktu. Belki izleyicilerin arasında olabileceğini düşünüp rahatlamaya çalıştı Duru. İyice esnemişti, performansının mükemmel olması için tüm hazırlıkları yerine getirmişti ve şimdi sadece sakin olup kendini müziğe bırakması yeterli olacaktı. Sahnenin alçaldığının işareti geldiğinde kendisini sahne arkasından seyircilerin tam ortasına bırakacak mekanizmayı sıkıca kavradı. Sahne yönetmeninin ikinci işaretini dikkatle bekledi.

İşaret verildiğinde hiç tereddüt etmeden havada asılı olan ipin üzerinden kayarak sahnenin tam ortasına geldi ve mekanizmayı bıraktı. Seyircilerin üstünden kayarcasına uçarken, üzerindeki siyah pelerin ve kafasına geçirdiği kapüşonuyla bir balerinden çok çizgi romandan fırlamış bir süper kahramana benziyordu. Sahnenin ortasına inişi de bu imajı şiddetle doğrulamıştı. Matrix filmindeki Neo'nun uçmadan önceki hali gibi sahnenin tam ortasında, üstündeki siyah pelerinin içine gizlenerek üç saniye bekledi.

-29-

Siyah bir örtünün içinde sahneye sanki havadan konmuşçasına inen şey Can'ı şaşırttı. Bu giriş geri kalan her şeyi gölgede bırakmıştı. Çok güzel olduğu için değil böylesine bir mekândan asla beklenmeyecek bir şekilde yapıldığı için etkileyiciydi. Dansçının kullandığı mekanizmayı anlamaya çalıştı Can. Sahnenin arkasından, seyircilerin üstünden uzanan ipe dikkatle baktı. Sahnenin ortasında örtünün altında bekleyen dansçı örtüsüyle birlikte tuhaf şovuna başladığında Can hâlâ mekanizmayı inceliyordu.

Sıla, Can'ın dikkatinin başka tarafta olduğunu görünce koluyla onu dürttü. Can dürtme sonunda hemen Sıla'ya döndü. Kızın güzel suratı kendisine gülerken, gözlerinin içi sıcacık parlamaktaydı. Sıla'nın küçük kemikli eli Can'ın kolu üzerinde kaldı. Sıla'da diğer kadınlarda olmayan bir şey vardı. Can'ın kendi kızında olmasını isteyeceği bir şey, bir sevimlilik ve koşulsuz sevginin göstergesi bir ifade. Can'ın gözlerinin içine dalan bakışıyla Sıla'nın yanakları kızardı ve güzel profilini Can'a sunmak için bakışını gösteriye çevirdi. Can yarım ağızla sırıtarak, Sıla'dan çocuk yapma olasılığı düşüncesiyle bakışlarını Sıla'nın profilinden alıp dans gösterisini izlemeye başladığında huzurluydu.

İçi kırmızı, dışı siyah satenden büyük örtünün altındaki dansçının kadın mı erkek mi olduğu belli değildi ama usta bir dansçı olduğu kesindi çünkü attığı taklalara ve dönüşlerine rağmen kendini göstermemeyi başarabilmişti. Dansı, bir ustanın aikido ve diğer tüm Uzakdoğu sporlarını karıştırarak oluşturduğu bir göz keyfi gibiydi. O kocaman örtünün altında kendini göstermeden ustalıkla dönüyor, örtüyü bir hareketle çevirip kırmızı kısmını üste çıkarıyor ve sanki bir alevin içinde dans ediyormuşçasına pelerinin altında zıplıyor, yuvarlanıyordu. Sahnenin belirli köşelerinden verilen havanın önünde belirli açılarla duruyor ve örtüyü şekilden şekile sokarken kendini göstermemeyi yine başarıyordu. Bu dans Can'da, örtünün altında sanki ortaya çıkmaya çalışan bir evren varmış duygusu uyandırdı. Kırmızı parlak örtüyle savaşan, sevişen bir evren, insan. Dans çok ilgi çekiciydi. Dansçı, bir anda örtüyü havaya atmış, havada dönen örtü tüm büyüklüğüyle paraşüt gibi açılmış ve izleyiciler ilk defa örtünün altındakini birkaç saniyeliğine olsa da görebilmişlerdi. Diğerleri için birkaç saniye içinde geçen bu hareket, ölene kadar Can Manay'ın beynine kazındı. Havada açılan örtünün altındaki saçları tek kalın bir örgü şeklinde boynundan beline dolanmış dansçı bir kızdı. Ama bu kadar müzik, ışık ve örtünün etkisiyle kızın kendisinde uyandırdığı tanıdıklık hissinden Can emin olamadı. Anlam veremediği şey; kalbinin bayağı hızlı çarpmaya başladığı ve bütün tüylerinin elektriklenmesiydi. Örtü kızın üstüne tekrar indiğinde Can'da tek bir duygu vardı, şu kahrolası örtüyü alıp kızın üstünden atmak.

Kız örtüyü aniden ters çevirip siyah tarafını üste getirmiş ve sanki yok olmuşçasına yere kapaklanmıştı. Tam bu anda müzik durdu. Hayır, aslında müzik durmamış, sadece iki saniyelik bir sessizlik olmuştu. İzleyiciler dansçının örtünün altında olup olmadığından emin olmak için hafif doğrulup sahneye kilitlendiler. Örtü, sahnenin zemininde sanki öylesine atılı duruyordu. Sahneye en yakın kısımda oturan Can bile, kızın örtünün altında olduğunu anlayabilmek için dikkatlice baktı. Sessizlik kalp atışına benzeyen bir ritimle bozuldu ve müziğin yine başlamasıyla örtü aniden canlandı. Dansçı kız bir dönüşte örtüden sıyrıldığında, Can diyaframının altından midesine yumruk gibi akan ılık bir hisle kaplandı.

Yere akarcasına inen örtü, dansçı kızın ayaklarının dibine yığılırken, kız tek bacağının üzerinde bir heykel gibi dimdik durup diğer bacağını olabildiğince ağır bir hareketle, hiç sarsmadan, 180 derecelik bir açıyla havaya kaldırdı. Bir an böyle durdu. Sadece güzelliğiyle izleyicileri titretmiyor aynı zamanda suratındaki ifadeyle de orada bulunan herkese sanki meydan okuyordu. Can havada duran bacaktan alamadı bakışlarını; olması gerektiği kadar kaslı, sağlam, uzun, kadınsı, Fi ve mükemmeldi. Olmaması gerektiği kadar gerçekti. Uzun süredir nefesini tuttuğunu fark ettiğinde nerdeyse bayılmak üzereydi, hemen derin bir nefes alırken başına bunun geldiğine inanamıyordu, dansçı Duru'ydu. Bu sabah, Duru'yu ilk gördüğü andan itibaren, her hareketi hafızasına kazınmış olan bu dansı, sanki koreografisini kendisi hazırlamışçasına bilerek izledi Can.

Kızın üzerinde hafif iç gösteren elbisesi yerine, vücuduna yapışan ve ışık hareketleriyle belli belirsiz parlayan bir tulum tayt vardı. Hareket ettikçe parlayan parıltılar olmasa, kızın çıplak olduğu düşünülebilirdi. Duru aniden hareketlenen müziğin ritmiyle bacağını yarım indirip olduğu yerde ustaca ve oldukça hızla 360 derece döndü. Bacaklarını bitişik yan yana koydu, belinden vücudunu kırarak başını ayaklarına değdirdi, kollarını iki yana açtı, bulunduğu noktadan hiç kaymadan kolları iki yana açık tek bir hamleyle takla attı. Olduğu yerde bacaklarını iki yana açtı, poposunun üzerinde dönerek ellerinin üzerinde amuda kalktı, sadece bir an ve hemen ayaklarını indirip ayağa fırladı...

Mantığı kaçmasını söylerken geri kalan her şeyiyle baktığı şeye ait oldu Can. Bu duyguyla savaşmak için çok geçti artık. Madem yenemiyordu, o zaman kölesi olurdu. İçindeki tutku yanında getirdiği korkuya ağır basmış ve Can'ı teslim almıştı.

Ne olacağı umurunda bile değildi, tek bildiği, istediği, ait olduğunu hissettiği şeye, Duru'ya sahip olmaktı.

Teslim oldukça Duru'yu, dansını, müziği, o atmosferi tamamen içine çekti. Nefesi rahatladı. Bekâretin bir orgazm anıyla bozulması gibiydi...

-30-

Özge o kadar odaklanmıştı ki gösteriye, gözleri kırpılmadıkları için sulanmıştı. Dansçı kız, daha önce hiç şahit olmadığı bir enerjiye sahipti ve kızın enerjisi salondaki herkesi nerdeyse esir almıştı. İzleyenlere baktı Özge. İlk defa bir bütünlük hissetti o an oradaki insanlar arasında, hepsinin ortak bir duyguda buluştuğu bir andı sanki bu, bir mucizenin hayat buluşu gibi izliyorlardı gösteriyi. Yanında dikildiği kapıya yasladı vücudunu, böylesine yoğun duygulardan sonra aslında oturmaya ihtiyacı vardı. Can Manay'a baktı, hipnotize olmuş gibi izliyordu dansı. Can Manay'ın tam karşısında, kendine ayrılmış yer, salondaki tek boş yerdi. Aslında yerine oturmuş olsa böyle bir gösteriden sonra Can Manay'la ne göz göze gelmesinin ne de konuşmasının bir tehdit oluşturmayacağını düşündü. Burnuna gelen yoğun esrar kokusuna kadar beyni, yerinde oturuyor olsa olabilecek değişik olay zincirleri üzerinde dolanıp durdu. Koku çok ağırdı, biri yanında joint içiyormuşçasına değil, sanki ot bahçesinde dolandığı için üzerine sinmişçesine yoğun, tütünle karışmış bir kokuydu bu. Kaynağını anlamak için hemen kafasını arkaya çevirdi ve orada, hemen kendi durduğu kapının dışında, ayakta duran, uzun boylu, oldukça yakışıklı ve suratında kendi karizmasına yakışmayacak gevşeklikte bir ifade olan adamı gördü. Belli ki adamın kafası bi dünyaydı. Özge rahatlamak için kendisinin de bazı geceler başvurduğu bu seremoninin, günlük yaşama böylesine umursamazca ya da dikkatsizce taşındığında sonucun ne kadar da yıkıcı olduğunu düşündü.

Gözleri kısılmış, suratında kendi ruhuna ait olmayan bir ifadeyle gösteriye bakan adam, Özge'nin kendisini inceleyen bakışlarının ancak çok sonra farkına varabilmişti. Göz göze geldiklerinde Özge kafasını gösteriye çevirdi. Adam gelip konuşmadan Özge'nin tam yanında durdu. İkisi yan yana gösteriyi izlemeye başladılar. Bir süre sonra nedendir bilinmez, Özge bir an kafasını yanında dikilen adama çevirdiğinde adam da aynı anda ona baktı. İki saniye daha göz göze geldiler ve Özge hemen bakışını gösteriye çevirdi. Adamsa Özge'ye bakmaya devam etti. İçtiği şey yüzünden, adamın algılamasının garip olabileceğini bilen Özge, adamın yakın mesafeden kendisine bu şekilde bakmasından rahatsız olmadı, tek istediği bundan daha fazla muhatap olmamaktı ki adam konuştu: "Ne kadar yeşil?! Okyanusun dibinde yaşayıp sadece çok karanlık olduğunda parlayan küçük yırtıcı bir balık gibi, yeşil ve parlak," dedi.

Özge adama bakmadı. Kafası iyiyken insanların böyle anlamsız konularda saatlerce felsefe yaptığını iyi bilirdi. Kendisi de yapardı ama o sırada kafası iyi değildi ve bu aptalca konulara girmeye hiç gerek yoktu. Bu saatte stoned* olmuş bir salakla sohbet etmeyecek kadar zekâya saygısı vardı. Adam kısa bir sessizlikten sonra sahnedeki dansçıya bakarak, "Çok güzel yaa! Ha?! Çok güzel di mi? Hareket etmek için yaratılmış," dedi.

Özge'ye döndü, kızın gözlerini görebilmek için başını Özge'nin önüne uzattı. Seyrettiği sahneyle bakışının arasına adamın kafası girince Özge irkildi, adam kafasını biraz daha yaklaştırsa kendisini öpmeye çalıştığını düşünebilirdi Özge ama adam hemen kafasını geri çekti ve "Çok yeşil. Ölürken hatırlanacak kadar yeşil gözler," deyip kendi kendine güldü.

Özge kendisiyle tekrar konuşacağından emin olduğu adamı, sahnede dans eden kızı gösterip, "Şışt!" yaparak susturdu. Adam

* Esrar içildikten sonra girilen psikolojik hal, taşlaşmak.

şaşkınlık içinde, sanki dans gösterisini o an yeniden fark etmişçesine sustu. Bakışları Duru'nun dansına dalarken ikisi sessiz, yan yana gösteriyi izlediler, gelecekte birbirlerinin hayatlarını kurtaracaklarından habersiz...

-31-

Attığı son saltoyu da tamamlayınca, başladığı aynı duruşla bitirdi dansını Duru. Suratında ne yaptığını çok iyi bilen ve yaptığı şeyi çok iyi yapan birinin ifadesi, gücü vardı. Sahnenin tepesindeki ipin yeterince kendisine yaklaşmasını bekledi ve ip inmesi gereken seviyeye indiğinde, durduğu yerden tek bir hamleyle sıçrayıp ipi yakaladı ve sahneye geldiği gibi ipten kayarak kayboldu. Çıkışı bir süper kahramanın çevikliğinde ama bir balerinin zarafetindeydi.

Duru'nun aniden gidişiyle irkilen Can, önce doğruldu hemen sonrasında da kendi kolu üzerinde Sıla'nın elini hissetti. Gösteri süresince kaybettiği zaman ve mekân algısı aniden geri gelmişti. Sarsılmıştı ama belli etmemesi gerektiğini düşünecek kadar da kendindeydi. Kendisine soran gözlerle bakan Sıla'ya döndü aniden. Tek istediği, etrafındaki herkesten kurtulmak ve kendisini yoğun bir şekilde çeken ışığa, Duru'ya ulaşmaktı.

Can'daki kopukluk çok rahatsız edici gelmişti Sıla'ya. Can'ın suratındaki ifade, gözlerindeki bakış bile bir farklıydı şimdi, uzaktı. Ne olduğunu anlayamamanın verdiği paranoyaklıkla Can'ın gözlerine bakarken, "İyi misin?" dedi içtenlikle.

Can yavaşça kolunu Sıla'dan kurtarırken mesafeli, "Nedir senin bu 'iyi misin' merakın?! Tabii iyiyim. Biraz yorgunum sadece ve galiba midem bozuldu," diye homurdandı yerinden kalkarken, nerdeyse gitmeye hazırdı. Sıla'nın suratındaki şaşkınlığı görünce tepkisindeki tuhaflığı kamufle etmeye çalışan bir sırıtışla, "Geldiğin için memnun oldum. Seni görmek her zamanki gibi güzel... Bir ara ayarla da yemeğe çıkalım," dedi.

Gecenin devamıyla ilgili farklı planları olan Sıla'nın şoke olmuş haline aldırmadan kızın elini aldı, hızla öptü ve suratındaki tuhaf sırıtışla oradan ve kızdan uzaklaştı. Tek bir kelime etmeye fırsat bulamadan Can Manay'ın ardından bakakaldı Sıla. Peşinden gidip ne olduğunu sormak için ayağa kalktı ama Can öylesine hızla ve seri bir şekilde yürüyüp salondan çıkmıştı ki peşinden gidebilmek için koşmak gerekecekti, vazgeçti. Hemen telefonunu aldı ve Can'ı aradı.

Çok güzel başlayan gecenin neden böyle aniden bittiğini anlayamıyordu. Can'ın dansı seyredişi tuhaftı, sanki hipnotize olmuş gibiydi. Dansçı kızı düşündü, az kalsın kıskanabilirdi onu ama sonuçta kendisi de ülkenin en güzel kadınlarından biriydi, hatta en güzeli. Can'ın güzelliğe olan takıntısı Sıla'yı hem rahatsız eden hem de çok rahatlatan bir özelliğiydi. Rahatsızdı çünkü Can güzellik karşısında teslim olan bir adamdı, rahattı çünkü kendisi çok güzeldi. Hem de diğerlerinden oldukça farklı şekilde masum, taze, temiz bir güzel. Sonsuza kadar bakire kalması gereken kutsal bir kız güzelliği vardı, diğerlerinin asla sahip olamayacağı masumane bir seksilikle yaklaşırdı beğendiği erkeğe ve daima elde ederdi. Biraz boyu kısaydı, belki göğüsleri de küçüktü ama o hep herkesin âşık olduğu biri olmuştu. Kendisini basit bir dansçı kızla kıyaslamayacak kadar da başarılıydı. Can Manay, uzun süredir başlamasını istediği ve bir türlü başlamayan bir hikâye gibiydi Sıla için. Bu gece başlamasına ramak kalmış bir hikâye. Kafasından bu düşünceler geçerken Can'ın telefonu çalıyor ama kimse cevap vermiyordu. Can Manay'ın telefonu uzun çalmalardan sonra telesekretere bağlandığında, Sıla rolüne bürünüp notunu bıraktı. Öyle hissetmemesine rağmen sesi neşeli ve istekli çıkmaktaydı. Kıkırdayarak, "Can'cım, iyi misin diye sormuyorum ama seni bu gece görmeyi çok istiyorum, sana bu akşam özel bir sürprizim vardı. Lütfen beni ara, saat kaç olursa olsun," dedi.

Telefonu kapattığında rolü bitmişti. Salon nerdeyse boşalmıştı, koltuğa bıraktı kendini. Bu gece Can'ın kendisini aramasını beklemekten başka yapacak hiçbir şeyi kalmamıştı. Şaşkınlığının yerini öfkeye bırakmasından önce durumu iyice kavramak istiyordu.

-32-

Etrafındaki tüm sesler uğultu halinde geliyordu kulağına. Salondan çıkmak için ilerlerken yanından geçtiği insanların suratına bakmamaya dikkat eden Can hayatında belki de ilk defa hiç kimsenin onu tanımamasını istedi. Bir sonraki adımının ne olacağını hiç düşünmeden, beyninden tamamen bağımsızmışçasına içgüdülerinin onu götürdüğü yere doğru gitmekteydi. İzledikleri şeyin etkisiyle uyuşmuş insanların arasından kayarcasına sıyrılıp salonun çıkış kapısına vardığında, o an salondan çıkan ilk ve tek kişiydi. Kapıdan çıkıp Duru'ya doğru bir adım daha yaklaştığını hissederken durdu, çalan telefonunun telesekretere düşmesi için bir tuşa bastı. Arayan Sıla'ydı, biraz önce yanında otururken sığındığı, hatta içinde evlenebilme düşüncesi uyandıran bu kız şimdi geçmişte kalmış eski bir hikâyeydi. Sahne arkasına geçen kapıya varmıştı. Onu gören güvenlik görevlileri saygıyla selamlayıp kenara çekilirken, omzuna konan el onu yavaşça durdurdu.

Suratındaki tuhaf gülümseme olmasa adamı daha kolay tanıyabilirdi Can ama o kaykılmış gülümsemeye rağmen yakışıklı olan adamı tanıdı. Deniz, "Merhaba Can Bey! Deniz ben, hatırladınız mı?" dediğinde Can elini tokalaşmak için uzatırken, "Tabii. Nasılsın?" diye cevap verdi.

Adam suratına asılmış gülümsemesi ve kısılmış gözleriyle çok da iyi görünmemesine rağmen iyi olduğunu söyledi. Evle ilgili konuşmaya başladığında Can'ı tek rahatsız eden şey sadece alıkonulmak değil, aynı zamanda Deniz'in uzun ve kemikli eli içinde kaybolan elinin terlemeye başlamasıydı. Elini çekmek için yaptığı ilk küçük hamle işe yaramayınca ikinci hamleyi yapmadan bir süre beklemeye karar verdi Can. Adamın normal olmadığını ne kadar zamanda anladığını bilmiyordu ama Deniz'in kafası iyiydi ve tokalaşmak için uzattığı eliyle Can'ın elini iyice kavramış, şimdi de diğer elini Can'ın elinin üstüne koyarak Can'ın kendisine göre oldukça küçük olan elini nerdeyse avuçlarının içine hapsetmişti. Eli Deniz'in avuçlarının içinde öylece duran Can, güvenlik görevlilerinin bakışını fark edince kararlı bir hamleyle elini nihayet çekti. Deniz, Can'ın elinin avuçlarının içinden kayarcasına çıkmasına rağmen hareketin sertliğinden hiç etkilenmedi ve kullandığı uyuşturucunun verdiği umursamaz tavırla konuşmasına devam etti. Evin bulunduğu çevreden ve bahçedeki çimenlerde mantar olduğundan, bahçıvana çok para verdiklerinden ama bir türlü yemyeşil çimene sahip olamadıklarından bahsedip durdu.

Konuları çok sıkıcı bulan Can, adamı kapasitesinin binde biriyle dinlerken Deniz'in güzel suratındaki Fi'yi inceledi. Duru'nun bu yüzde, bu adamda bulduğu, beğendiği her neyse mahvetmeye hazırdı ve neyi mahvetmesi gerektiğini araştıran gözlerle tekrar taradı Deniz'i. Düz uzun kaşları altında tam ne renk olduğu anlaşılmayan sarılı ela gözleri, Deniz'in şu aptal haliyle bile oldukça etkileyiciydi. Bu ülkeye ait olmayan, güzel insanların geldiği bir yerden gelmiş gibiydi. Bu uzun boylu, sivri burunlu, düz kaşlı, siyah parlak saçlı adam Can'ın henüz sahip olmadığı her şeye sahipti. En önemlisi de Duru'ya. Adamın o anki halinin, Deniz'in var olabilecek en kötü versiyonu olduğunu düşündü. Aptal bir ifade, kaykılmış bir gülümseme, kısılarak kendi çukurlarında kaybolmuş gözler. Ne kullandığını merak etti. Kokuya bakılırsa esrar gibi bir şeydi. Deniz'in gevezeliğini dümdüz keserken tereddüt etmeden, "Kaç senedir oturuyosun o evde?" diye sordu. Deniz gevezeliğinin üst boyutlarında hemen cevap verdi soruya: "İki senedir oturuyorum. Eskiden dubleks, tripleks evler bana çok çekici gelirdi ama şimdi içinde yaşamaya başlayınca..."

Can, Deniz'in anlattığı, anlatacağı saçmalıklarla ilgilenmiyordu. Tek istediği Duru hakkında biraz daha bilgi edinmekti. Sohbeti kendisine yarayacak hale getirebilmek için oyalanmadan, "Evi yeni aldın o zaman?" diyerek Deniz'in sözünü yine kesti. Deniz kafasını toparlamaya çalışarak seri olmayan bir şekilde, "Aaa. Yok. Öyle değil. Ev Duru'nun zaten. Ona kaldı," diye cevap verdi.

Can şimdi daha da şaşırmıştı. Ev Duru'nundu ve Deniz'le yaşıyordu. Bu adam esrarkeş bir serseriden başka bir şey değildi o zaman. Duru'nun böyle bir adamla ne işi vardı? Adamın hali utanç vericiydi. Nasıl olur da Duru kadar güzel bir yaratık böyle bir parazitle birlikte olabilirdi? Tamam, adam yakışıklıydı, çok yakışıklıydı ama üç sene böyle bir etkiyi azaltmaya yetecek kadar uzundu. Niye adamın yakışıklılığı Duru'nun gözünde sıfırlanmamıştı? Duru'yu bu adama bağlayanın ne olduğunu çok merak etti. Duru'yu kendi kafasında gereğinden fazla büyüttüğünü düşündü. Sonunda o da bir sürü sorunu olan sıradan bir kadındı, altın orana oldukça uygun bir şekilde yaratılmış sıradan biri. Bu duygu onu biraz rahatlatmış ama meraklandırmıştı da. Kızdaki problemin ne olduğunu düşünmeye başladığında, "Duru'yla nasıl tanıştınız?" diye sordu Deniz'e.

Deniz suratındaki gevşemiş gülümsemeyi genişleterek konuşurken cebinden çıkardığı sigara paketinin içinden bir sigara çekti, "İkimizin farklı hikâyesi var aslında. Uzun hikâye. Saçlarını hiç boyadın mı Can?" dedi.

Deniz, yakmadan elinde tuttuğu sigarayı nefes çekmek için ağzına götürdüğünde Can adamın aptal sorusuna, "Hayır. Boyatmadım. Boyatmıyorum," diye cevap verdi. Deniz eliyle

Can'ın saçına dokunarak, "Bak buralardaki renklendirme o kadar simetrik ki inanılamaz. Sanki yaptırmışsın gibi," dedi.

Can saçını gerçekten de başkasına boyatmamıştı, kendi geliştirdiği özel bir teknikle arada sırada kendisi boyardı. Deniz'in saçına dokunmasından rahatsız, kafasını yana çekerken, "İnanılamaz ha! Yaradılışın kendisinden daha organize ve simetrik ne olabilir ki!" diye cevap verdi. Bu patavatsız durumun dışarıdan nasıl gözüktüğünü düşündü. Deniz, "Doğrudur," deyip sırıttı ve kendisinden beklenmeyen bir ataklıkla, "Senle laflamayı çok isterim ama şimdi Duru'yu almam lazım, yoksa 'nık nık'" deyip anlamsız sohbetlerini aniden kesti.

Deniz lafını bitirirken sol elini, karşısında duran Can'ın sağ omzuna attı. Can'ı omzundan sıkı sıkı tutup hafifçe salladı. Sonra eliyle yanağını avuçlayıp bir babanın oğluna yaptığı sıcaklıkta, küçük küçük yanağına vurdu. Omzundan yakalanmış, sallanmış, suratı mıncıklanmış Can güvenlik görevlilerinin bakışları altında ezildiğini hissetti ama kendisini aşağılamak için yapılmamış bu harekete nasıl karşılık verebilirdi? Deniz yoluna devam ederken yapabileceği tek zeki hamleyi tasarladı kafasında. "Deniz!" diye seslendi önce, Deniz güvenlikçileri geçerken dönüp Can'a baktı. Can babacan bir tavırla, sakin ve ancak güvenlikçilerin duyabileceği kadar yüksek bir sesle, "Böyle devam etmez be oğlum! Şu haline bak," dedi.

Can, kendisini şaşkınca dinleyen Deniz'e yaklaştı. "Ayakta bile duramıyorsun. Ne aldın sen böyle? Senin dışında herkes kafanın iyi olduğunun farkında. Duru'yu almadan önce biraz toparla kendini, berbat görünüyorsun," dedi.

Can lafını bitirdiğinde kendisine bakakalan şaşkın Deniz'i kapı ağzında bırakıp arkasını dönüp gitti. Duru ile tanışmasının daha uygun bir zamanda olmasına karar verdi. Cebindeki telefonu çıkardı, Kaya'ya mesaj attı.

"Evi al."

2. BÖLÜM

- 1 -

2 ay sonra Özge...

İki ay. Aşağılanmış, küçümsenmiş, kabul edilmemiş, en kötüsü de çok kötü bir şekilde kovulmuştu... Boğaz'ın iki yakasını birbirine bağlayan köprünün üstünden geçerken, bu köprüden daha önce atlamış insanları düşündü Özge. Kendini asan, bileklerini kesen, beynini dağıtan zavallı insanları... Üç ay önce çok anlamsız gelen bu düşünce, şimdi kendi beyin hücrelerinde sinsice dolaşmaktaydı. Yapacağından değildi tabii ki ama yapanları anlamaya başlamıştı, bu bile çok rahatsız ediciydi. İki sene önce gazetede okuduğu bir haber geldi aklına. Kadının biri iki kutu ilaç içmiş, bileklerini kesmiş ve en sonunda da kendini vurmuştu. Ölmek için yapılması gereken ne varsa yapmıştı kadın ama hâlâ hayattaydı, hem de kendisini vurmasından on altı saat sonra bulunmasına rağmen. Haberi detaylarıyla hatırlamaya çalıştı. Kurşun ağzından girmiş, beyinciğe ya da ana damarlardan birine değmeden enseden çıkmıştı. Kadın niye ölmek istemişti? Bundan bahsedilmemişti. Kadının intihar girişimi çok ısrarcı olmasına rağmen, hayatta kalabilmesi büyük haber olmuştu ama neden yaptığı hiç sorgulanmamıştı. Bu yüzyılda insanlar motivasyonlarla değil olaylarla ilgilenmeyi seçiyorlardı, işte bu bile dünyanın kendi çevresinde döndüğünün bir kanıtıydı. Dönüp duran, kendini tekrarlayan bir düzen içinde kaybolmuş ruhlar.

Başka bir aktarmaya bineceği durağa yaklaştığını fark ettiğinde kendine geldi. Gideceği televizyon kanalına ulaşması için üç aktarma daha değiştirmesi gerekecekti. İki ay boyunca tek tek, işten ayrılınca başvurmayı düşündüğü her yere başvurmuştu. Kovulma şokunu atlattıktan bir saat sonra hissettiği özgürlük geldi aklına, kendini ne kadar güçlü ve yeniliklere açık hissetmişti. İlk başvurusunu yapmak için, en iyi dergiler arasında nasıl da zorlanarak seçim yaptığını düşündü. O zaman emindi hemen kabul edileceğine. Daha önce kendisiyle çalışabileceklerini belirtmiş iki üç kurumun kapısı şimdi duvar olmuştu. Kimse onunla çalışmak istemiyordu. Aylin'in ayakkabılarını giymediği için kendisine kızdığını biliyordu, hatta bileğinin kırılmasından kendisini sorumlu tutabileceği de gelmişti aklına ama onu ertesi gün işten çıkaracak kadar, hem de yerine bakacak kimse olmadığı halde bu kadar hızlı ve net bir şekilde onu kovacak kadar kendisinden nefret edebileceğini hesaplamamıştı. Can Manay'la yaptığı tatsız röportaj da vardı, adamı epey kızdırmıştı ama ne olursa olsun, bir asistanı kafaya takıp saçmalayacak biri değildi Can Manay. Bilge biriydi. Aylin'in telefonlarına cevap bile vermemesi her şeyi açıklıyordu aslında. Onu hastanede ziyaret ettiği geceyi düşününce tüyleri ürperdi, Aylin'in ikiyüzlülüğü, iki aya rağmen hâlâ hayret vericiydi. O gece nasıl da her şey yolunda gözüküyordu.

İki saat boyunca hastanede, yanında oturup Aylin'in gevezeliğini dinlemiş, ona açılışı, dans gösterisini, sahnenin nasıl dizayn edildiğini, Can Manay'ın Sıla'yla oynaşmasını anlatmıştı, röportajla ilgili kısımları sansürleyerek.

Ertesi gün işe gittiğindeyse binaya girememişti bile. Önce kartının bozulduğunu düşünmüş, yan kapıdan girmek istemişti. Ne salaklık diye düşündü. Kendini düşürdüğü durumu canlandırdı kafasında. Vücudundaki tüyler acı ile kalkınca o anı düşünmekten vazgeçti. Nasıl olsa olup bitmişti artık, geriye dönüş yoktu. Ama böylesine aşağılayıcı bir hareketi hak etmemişti, kimse böylesini hak edemezdi, tabii binayı yakmaya ya da birilerini vurmaya falan kalkışmadıysalar. Aylin'i iki kere aramış ama ulaşamamıştı. Durumu daha üst düzeydeki insan kaynakları müdürüne anlatmaya çalışmış, adamı aramış, adam telefonda ona yerini, haddini bilmekle ilgili nutuk çektikten sonra bir daha firmayı aramaması konusunda onu şiddetle uyarıp tazminatını alacağını garantileyerek telefonu kapatmıştı. Sanki bir anda herkes nefret eder olmuştu kendisinden.

Her zaman istenen biriydi. Hiç çaba göstermemesine rağmen sevilmiş, desteklenmişti. Yolunun açık olduğunu düşündüğü sırada kendini çıkmaz sokakta bulması inanılamaz gelmişti başta ama her gün yeni bir iş görüşmesi umuduyla geçen iki aydan sonra, şimdi biliyordu bu sokağın çıkmaz olduğunu ve gidecek başka yeri kalmamıştı. Başta gözde magazinlere başvurmuş, cevap olumsuz olunca şaşkınlıkla da olsa küçük ölçekli dergilere gitmiş, oralardan da iş çıkmayınca televizyon kanallarına CV'sini göndermişti. Hiç kimse, hiçbir kurum ilgilenmemişti onunla, görüşmeye bile çağırmamışlardı. İşten çıkarılmasından iki ay sonra, ilk defa bir görüşmeye çağrılmıştı. İşsizdi. Yorgundu. Mutsuzdu ve en sonunda umutsuzdu da. Belki hayatını sonlandırmayı düşünecek kadar umutsuz değildi ama sonlandıranların psikolojilerini anlayacak kadar mutsuzdu.

-2-

2 ay sonra Bilge...

Bir saattir sıranın kendisine gelmesini bekliyordu Bilge. Yapması gerekenleri kafasında sıraladı. Araca bin, emniyet kemerini tak, aynaları düzelt, vitesi boşa al, ayağını frene koy, kontağı çevir, vitesi tak, aynadan dışarıyı kontrol et... Kendi adını duyunca düşünceleri dağıldı. Yaşadığı ülkede yaklaşık 20 milyon kişi bu sınava girmiş ve başarmıştı, kendisinden çok daha az zeki

20 milyon kişiyi düşündü, onlar yaptıysa o kesin yapacaktı. Sonra yaşadığı ülkenin nüfusunu düşündü. Yaklaşık 74 milyon kadardı. Ülkenin yaklaşık yüzde 40'a yakınının ehliyeti vardı. Araca doğru ilerlerken iyice rahatlamıştı. Geçirdiği altı trafik kazasına rağmen araba kullanmaya artık hazırdı. Doğru'nun kazandığı parayla nasılsa orta ölçekli sağlam bir araba alabileceklerdi.

-3-

2 ay sonra Deniz & Ada...

Konservatuvarın salonunda yaklaşık 200 kişi olmasına rağmen, Ada sanki tek başınaydı Deniz'i izlerken. Bütün öğrenciler, sahnede sanki kendi kendine konuşurmuşçasına, elindeki enstrümanın nasıl tutulması gerektiğini anlatan, bu tutuşun herkes tarafından kendi başına keşfetmesi gereken bir yöntemle gerçekleşmesinin önemini vurgulayan, kuralları yıkmakla uğraşmak yerine kendi kurallarını geliştirmekten bahseden ve kendinden örnekler vermek için elindeki akustik gitardan 18 notalık bir parça çalan, sonra gitarı yavaşça kenara bırakıp önündeki piyanoda aynı notaları çalarken yine aynı doğallıkla konuşan öğretmenleri Deniz'i izliyordu. Hayran, bağlı, anlayan, dinleyen, duyan, algılayan, daha fazlasını isteyen 200 kişi ve Ada.

İki haftada bir, Deniz tarafından verilen seminerde hep farklı bir konu işlenirdi. Seminerler iki yıl önce başladığında salon öylesine tıklım tıklım dolmuştu ki, bazen dersi alan öğrencilere yer kalmadığı olmuştu. Yönetimin sadece öğrencilere özel olması için karar çıkarmasıyla bu sorun önceleri çözülmüş ama Deniz'in derslerini seçen öğrencilerdeki yoğun artış, salonda yine de yer kalmamasıyla sonuçlanmıştı. Deniz çareyi haftalık seminerlere katılmak isteyen öğrencileri ikiye ayırmakta bulmuştu. Bir hafta birinci grupla, diğer hafta ikinci grupla aynı konulardan sohbet ediyorlardı ama yine de tek bir grubun katılım sayısı minimum 200 kişiydi.

Deniz istese öğrencileri organize edip okulu ele geçirebilir diye düşündü Ada. Deniz istese her şeyi yapabilirdi aslında. Onu diğer bütün müzik hocalarından, müzisyenlerden, hatta insanlardan ayıran özelliği daha doğrusu özellikleri o kadar etkileyiciydi ki, okulun tüm öğrencileri ve Deniz'i tanıyan herkes onun bir saatli bomba gibi patlayıp ait olduğu tahta oturmasını bekliyorlardı. Onu tanıyanlar inanılamayacak bir yetenekle karşı karşıya olduklarını hemen anlamışlar ve onun, adım adım, kendisi olması için sadece bekliyorlardı. İşin komiği Deniz'i tanıyan pek fazla kişi yoktu. İnsanlarla tanışmayı sevmezdi o. Ada, kendisine müzikle konuşmayı öğreten bu Tanrı adama âşıktı. Onu, bir varlığın bir diğer varlığı en karşılıksız ve yargısız şekilde sevebileceği kadar korkusuzca seviyordu, sahiplenmeden, uzaktan, sadece varoluşuna şahit olup böyle bir varlığın var olmasından dolayı mutluluk duyarak. Bağımlı olmadan bağlanmıştı. Sahiplenmeden aitti.

Okulun sene sonu yaklaşıyordu ve Deniz'in yönetime uyguladığı yoğun baskı sayesinde, mezuniyet gösterisinde hemen hemen her öğrenciye bir iş verilmişti. Besteler yapılmış, orkestra hazırlanmış, bale ve dans bölümünden öğrencilerle organize bir şekilde gruplar oluşturulmuş ve gerçek bir konservatuvara yakışacak biçimde mezuniyet gösterisi hazırlanmıştı. Çoğu gibi Ada'nın da besteleri vardı bu gösteride. Bu sene öğrenciler, mezuniyet balosuna sadece dans edip içki içmeye değil, aynı bir şovda çalışıyorlarmışçasına gösterideki kendi bölümlerini canlandırmaya geleceklerdi.

Konservatuvarın müdürü Mustafa Bey, önceleri böyle bir organizasyonun bırakın kendi okullarını, herhangi bir okulda düzenlenemeyeceğini vurgulayarak şiddetle karşı çıkmıştı. Günün sonunda durumun sadece karmaşaya neden olacak bir olaylar zinciri haline geleceğine ve mezuniyet gecesini mahvedeceğine inanıyordu ama Deniz tek bir hamleyle ona yanıldığını gösterdi. Ne mi yaptı? Tek bir mesaj atarak okula kayıtlı tüm öğrencileri bir saat içinde okulun arka bahçesinde topladı. Aynı, beynin hücrelerine sinyal göndermesi gibi bağlantılıydı Deniz öğrencileriyle. Mustafa Bey yorgun geçen günün ardından bu toplanıştan habersiz arka bahçeye çağrıldığında anlamıştı, ya Deniz'e yardım edecek ya da okulunda isyan çıkan ilk konservatuvar olarak tarihe geçecekti. Tüm sorumluluğu ona yükleyen 22 sayfadan oluşan bir sözleşme imzalatarak Deniz'in teklifini kabul etti.

İlk prova, sözleşmenin imzalanmasından sekiz gün sonra yapıldığında, Mustafa Bey bunun bir mucize olduğuna yemin edip dururken, Deniz sadece gülümseyerek, "Çocuklara tamamen istedikleri gibi var olmaları için bir gece veriyoruz, mucize değil tamamen doğal," demişti.

Gösterinin ana teması varoluştu. Tema, Mustafa Bey'e hiçbir şey ifade etmemişti. Varoluş saçmalığı yüzyıllardır o kadar kurcalanmıştı ki, artık bu kelime içi tamamen boşaltılmış, anlamsız, ifadesiz bir ses haline gelmişti. Çareyi temanın sunumunu ilk önce Duru'ya yaptırmakta bulan Deniz, Duru'nun güzelliği sayesinde Mustafa Bey'in anlamasını sağlamıştı.

Mezuniyet gösterisi, bir kadın ve bir erkek öğrencinin Âdem ve Havva olarak başlattıkları dansla açılacak, aynı Âdem ve Havva'nın çoğalması gibi sahnedeki öğrenci sayısı artarken hazırlanan koreografi, dünyadaki genel kitle tarafından kabul edilen, dünyanın kısa tarihini yansıtacaktı. Müzikler yarı özgün olup, öğrencilerin ilham aldıkları eski besteleri değiştirip revize etmelerine de izin verilecekti. Mustafa Bey aslında çok da detaya girmek istemiyordu, ne kadar az bilirse o kadar az sorumlu olurdu. Sonuçta tüm okulun, öğrenciler, hocalar dahil herkesin istediği şeydi bu. Sunum süresince Duru'nun güzelliğine bakıp tebessüm etti.

Sunum fikri, bir şan öğrencisinden çıkmış ve hocalar tarafından beğenilip geliştirilmişti. Sunumda okulun tüm hocaları,

Deniz'in ekstra yetenekli olarak işaretlediği sekiz öğrencisi ve Ada vardı. Ada ile birlikte dokuz müzik öğrencisi, gösterinin müziklerini organize etmek için gruplara ayrılan öğrencilerin başına geçeceklerdi. Aynı sınıflandırma dans bölümü için de yapılmıştı. Her şey doğallıkla, çok hızlı bir şekilde organize edilmişti. Görevlerini çok iyi bilen, kodlanmış bir arı kolonisi gibiydiler. Kurulan düzene kimse itiraz etmemiş, değişiklik istememişti. Hayatın, bu gösterinin gerçekleşmesini istediğini düşündü Ada, gösterinin gerçekleşmesi için sanki gezegenler bile aynı hizaya gelmiş gibiydi.

Bugün, Deniz'in seminerinin sonunda, müzik ve dans grubu koordinatörleri grup başlarıyla bir araya gelecek ve gösteriyle ilgili prova öncesi toplantı yapacaklardı. Ada toplantıda Deniz'le birlikte olacağı için seviniyordu ama Duru'nun da onlarla birlikte olacağı düşüncesi ona kendini çok küçük ve âciz hissettiriyordu. Güzelliğin gücünü küçümseyemeyecek kadar Duru'nun etkisini biliyor ve hissettiği çaresizlikten nefret ediyordu.

Deniz'in aniden yükselen sesiyle irkildi, seminer bitmek üzere olmalıydı. Deniz, "Hiç kimse ama hiç kimse, sizin üzerinizde ne hak iddia ederse etsin, size ne vermiş olursa olsun! Bu, ilham bile olsa, ki ilham bir insanın diğerine verebileceği en kutsal şeydir! Asla! Ama asla! Kimsenin size kim olduğunuzu söylemesine ya da hatırlatmasına izin vermeyin. Dünya saçmalıklarla doldurulmuş güzel bir yer. Bir sürü saçmalığın arasından kendi gerçekliğinizi bulmak, gerekirse de yaratmak için burdasınız. Şimdi, hiç kimse olmamış olmanın verdiği hafifliği yaşayın, var olun! İleride, etrafınızdaki insanlar sizden birisi olmanızı beklediklerini, sanki onlara borcunuz varmış gibi açıkça ifade etmeye başladıklarında, seçiminizi iyi yaptığınızdan emin olun! Kendinizi seçin! Kendiniz olun! Ne pahasına olursa olsun," dedi ve kalkıp gitti. Sahneyi terk ederken salondan tek bir ses, ifade, alkış çıkmadı. Deniz geldiği sessizlikle çıkıp gitmişti. Seminerlere ilk başladığında istediği üç şeyden biriydi bu, konuşmaların ya da herhangi bir şeyin alkışlanmaması. "Alkış, ona ihtiyaç duyanlar için yaratılmıştır, bizim burda sessizliğe ihtiyacımız var ve tabii bir de müziğe, geri kalan her şey dışarıda kalabilir," demişti.

-4-

2 ay sonra Can Manay...

Bina yığınları arasında da olsa, her kafasını çevirdiğinde Boğaz'ı görebilmek iyi geliyordu Can'a. 180 derecelik bir açıyla şehrin tepelerini ve denizini kucaklayan bu manzara neden olmuştu burayı satın almasına.

Burayı ilk kiraladığı gün çok tereddüt etmişti. Kirası yüksekti, üstelik de dolar üzerinden. Doların hızlı yükselişi Can'ın hesaplarını iyice karıştırmıştı. O zamanlar büyük bahçe içinde dört katlı bir binadan ibaret olan bu yerde şimdi, birbirlerinin çatıları üstüne kaydırılarak basamak gibi yükselen 10 kat vardı. Her katta, bir alttaki katın çatısını kaplayan yeşil bahçeleriyle bu 10 katlı, 10 bahçeli güzel yapı tamamıyla Can Manay'ın kliniğine aitti. Diğer binaların arasında sanki huzurun bulunabileceği tek yer gibi duruyordu.

Can, Meral Hanım'ın sorusuyla şimdiye döndü. "Evet, şimdi ben ne yapabilirim ki?" diye ağlanıyordu kadın oturduğu büyük deri koltuğun içinde kaybolurcasına.

Bakışlarını manzaradan alıp Meral Hanım'a verdiğinde, seansın bitmesine 16 dakika kaldığını gördü. Bu zaman dilimini kendi adına en pragmatik şekilde doldurabilmek için şimdi en bağlantılı soruyu sormalıydı. Bu sorunun cevabı Meral Hanım'ın gelecek seansa koşarak gelmesine yetecek kadar beynindeki bazı hücreleri harekete geçirmeli, kafasını Can'ın bir sonraki seansta çözebileceği kadar karıştırmalıydı. Can terapi işini kendince çok iyi çözmüştü. Zekâsıyla ziyaretçilerinde bağımlılık yaratarak, onların belirli problemlerini çözmek için değil, hayatları boyunca üzerlerindeki basıncı alan bir supap gibi çalışmayı öğrenmiş ve ziyaretçilerinde sürekli bir ihtiyaç yaratmıştı. Bir çığ gibi Meral Hanım'ın içinde büyüyeceğinden emin olduğu soruyu sakince sordu. "Eğer sen baban olsaydın, böyle bir durumda oğluna ne yapardın?"

Meral Hanım 60'larında, cinsel arzusunu kaybetmiş olmasına rağmen yine de süslü, bakımlı, botokslu bir kadındı. Ülkenin en zengin ailelerinden birinin dördüncü kızıydı ve yine çok zengin bir ailenin ikinci oğlu olan kocasıyla yaklaşık 30 senedir evliydi. Bu evlilikten üç çocuğu vardı ve bugün Can Manay'a seansa gelmesinin nedeni, büyük oğlunun üniversite için gittiği Amerika'da model bir sevgili edinmiş olması ve bu sevgili yüzünden harcamalarının aniden artması, bu artış nedeniyle annesiyle kavga etmiş olması, bu kavgada Meral Hanım'ın oğlunu artık ona bir kuruş bile vermemekle tehdit etmiş olması, çocuğun da Meral Hanım'a hakaretleri sıralamasıydı.

Can yaklaşık bir saattir 'o dedi, ben dedim, babası dedi'yi dinlemekten sıkılmış, Meral Hanım'ın gözyaşlarının başlamasına yaklaşık üç dakika kala duruma el atmaya karar vermiş, kendi keşfettiği ve yine kendi uygulamalarında klasikleşen yöntemiyle Meral Hanım'ı oltaya takılan bir balık gibi yavaş yavaş çekerek tam da şu an bulundukları noktaya getirmişti. Can'ın sorusu sıradan bir soru olmasına rağmen Meral Hanım'ın hayat deneyimi açısından çok şey ifade ediyordu.

Meral Hanım'ın babası çok güçlü bir adamdı, şimdilerde yaşlanmıştı ama her zaman korkulan bir güç gibi yükselmişti kızları üzerinde. İsviçre'de üniversite okuduğu yıllarda Meral, kendisinden 10 yaş büyük bir sanat eleştirmenine âşık olmuş ve bu aşkın bedelini babasına ağır ödemek zorunda kalmıştı. Aşkı için direndiği iki yıl boyunca, ailesinden gelen düzenli para akışı kesilmiş, İsviçre'de sevgilisiyle oturmaya başladığı tek odalı stüdyoda, resmen kaderine terk edilmişti. İki yıl süren sefaletten, iki kürtajdan sonra, üniversiteyi bırakmak zorunda kalmış ve en sonunda da sevgilisi tarafından da terk edilip eve dönmüştü. Ama işkence orada bitmemişti. Babası onu bir daha eve kabul etmemiş, üç yıl anneannesinin yanında annesinden aldığı gizli destekle geçinen Meral Hanım en sonunda ailede sır olarak saklanan bu durumu, babasının uygun gördüğü bir damatla evlenerek ancak maziye gömebilmişti. O dönemlerde çok önemli olan kızlık zarını ise düğün alışverişi için annesiyle birlikte gittikleri İtalya'da diktirerek kafalarda oluşabilecek tüm şüpheleri nihayet engellemişlerdi. Meral'e tüm yaşadıklarından daha da yıkıcı gelen, babasının sevgisizliğinden çok, aslında babasının kendisini pek de umursamadığını keşfetmiş olmasıydı. Bu deneyim Meral'e gerçekte kim olduğunu anlatmıştı, doğması hiç istenmemiş dördüncü kızıydı ailenin.

Yıllardır babasından nefret etmesine rağmen çocukları olduktan sonra, paranın değerini iyice kavramış ve sahip olduklarına hep şükretmişti. Ama asla babasını affetmeyen, sevgisiz bu his, içinde öylesine kök salıp kocaman bir ağaca dönüşmüştü ki, bu ağaç nefretini beslerken ona da yaşam enerjisi vermeye devam ediyordu. Nefretle seven bir kadındı Meral Hanım. Kısa bir sessizlikten sonra Meral Hanım'ın kararlı sesi odada yükseldi: "Babamın bana yaptığını, bırakın kendi oğluma, bir başkasınınkine bile yapmayı düşünemem. Onca varlık içinde çektiğim yokluğu bir ben bilirim."

Seansın bitmesine beş dakika vardı. Niye Zeynep santralden yapması gereken aramayı geciktirmişti ki! Seans planladığı gibi gidiyordu ve Meral Hanım'ın konuyu derinleştirmesine izin veremezdi, lafa girdi. "Şimdi hemen cevap verme buna, eve git. Bugün bunu hiç düşünme, yarın sabah kahveni içerken, eğer İsviçre'de kalmış olsaydın ne olurdu diye bir düşün. Oğluna destek verirsen olabilecekleri, bu akıntının seni, aileni nereye götürebileceğini düşün. Ama kimseyle konuşma, etkilenmeni istemiyorum bu evrede. Sadece düşün. Cevabı benimle paylaşmak istediğinde randevu al." Meral Hanım tekrar konuyu açmak istediğinde, Can üç dakika ileri alınmış saati göstererek noktayı koydu. "Seansımız bitti zaten, istesem de konuşamam."

Meral Hanım toparlanmaya başladığında 45 saniye daha geçmişti ve Can bir kere bile onun odadaki varlığını onaylayan bir bakış atmamıştı. Gayet meşgul bir şekilde bilgisayarın başında kendi işlerine dönerken, kahrolası Zeynep'in niye kendisini hâlâ aramadığı düşüncesi iyice içinde büyüdü. Seansın derinliği ne kadar olursa olsun, sekreteri Zeynep'in bir sonraki seansı hatırlatmak için seans bitiminde Can'ı santralden araması, odadaki yoğunluğu, gerginliği azaltan ve herkesi günlük yaşama döndüren bir unsurdu. Hatırlatma aramasını hemen hemen hiç aksatmayan Zeynep şimdi niye aramamıştı? Çok meşgul görünmeye çaba harcayarak, Meral Hanım'ın yoluna koyulmasını bekleyen Can, dışarıdan gelen patırtıyla ayağa kalktı. Gürültü şiddetliydi ve bu binaya ait olması gereken hiçbir şeye benzemiyordu. Can, Meral Hanım'ın tek hamlede önüne geçip odadan dışarı çıktığında, sekreter masasının önünde yerde dağılmış arşiv dosyalarını, yan devrilmiş evrak arabasını ve kapının önünde geçişi engellemek amacıyla duran Zeynep'i, Zeynep'in önünde barikat yapmış iki güvenlik görevlisini ve onların karşısında öfkeyle dikilmiş Veli'yi gördü.

Can'ı görmesiyle birlikte, öfkeli yüzüne yayılan rahatlama Veli'yi kızgın bir boğadan küçük bir buzağıya çevirdi aniden. Can'ın önünde duran güvenlik görevlilerinin arasından, neşeyle Can'ı selamlarken Veli çok içtendi. "Can'cım ya, nerdesin sen? Arkadaşlar yanlış anladılar, heyecanlanıp masaları falan devirdiler," dedi.

Veli'nin, Can Manay'ı selamlama atılımını engellemek isteyen güvenlik görevlilerinin bu karışıklığı açıklama çabaları, Zeynep'in daha önce bir kez şahit olduğu şaşırtıcı bir olayı yeniden yaşadığını belirtecek kadar şaşırmamış ifadesi ve Can'ın herkesi sakinleştiren talimatları o an birbirine karıştı. Güvenlik görevlileri Can Manay'ın talimatıyla katı terk ederken, odadan şaşkın şaşkın çıkan Meral Hanım, daha önce birçok davetten tanıdığı Veli'yi görmezden gelerek Can ile vedalaştı. Veli de cep telefonunun arkasına saklanıp kadının bir an önce resimden çıkmasını bekledi. Ortamın boşalması ve Zeynep'in masasına dönmesiyle suratındaki samimi gülümsemeyi askıya alan Can, Veli'yi emirle içeri davet etti. Can'ın odasına giren Veli, heyecanla konuşmaya başladığında Can'ın dişlerini gıcırdattığını fark etmemişti bile.

Veli, "Ödümü kopardın abi ya! Kendimi hazırlamıştım bugün seni görecem diye," dediğinde Can otomotize bir ses tonuyla, "Veli, konuşmuştuk seninle, arada böyle zamanlar olacak demiştik," diye cevap verdi. Can kapıyı kapattığında odada artık yalnızdılar. Sırtı Can'a dönük, odanın kucakladığı manzaranın tadını çıkaran Veli, sanki dışarıda hiçbir şey olmamış gibi heyecanla, "Neyse ya boş verelim, şimdi sen asıl benim başıma neler geldi bir bilsen," diyerek konuya girdi.

Veli konuşarak kendini koltuğa bırakırken, Can dikkatlice ve tüm ciddiyetiyle kıpırdamadan Veli'yi izledi. Sakin olabilmek için belirli bir sürenin geçmesini bekliyordu.

Veli, "Acayip günler geçiriyorum Can, çok acayip! Bahsettiğim Ukraynalı kızla lobide buluştuk, tam o anda Naz'ın kuzeniyle karşılaşmaz mıyız! Hemen bir şeyler uydurdum kurtardım paçayı ama nereye kadar böyle devam eder bilmiyorum. Bu evlilik işi giderek daha da büyüyor içimde, düşününce nefes alamaz oluyorum. Bir yandan babam habire ne kadar memnun olduğundan bahsedip bana mesajlar gönderiyor," diyerek konuşmaya devam etti. Can kurbanını soğukkanlılıkla öldürmeye hazırlanan bir yılan gibi kendi terapi koltuğuna sokulurken, Veli ses tonunu değiştirip babasının konuşmasını taklit etmeye başlamıştı. "'Karın, çocukların olunca gerçek erkek olacaksın! Naz'ı buldun adam olmaya başladın, bu gidişle seni şirkete bile ortak yapacağız desene ha ha ha ha!!!' Nedir abi ya bu böyle?! Böyle baskı mı olur boğuluyorum ya! Bir yandan Natalia aklımdan çıkmıyor.

Gazetede falan resimlerini görüyorum sürekli, canım sıkılıyor. Ne biçim bir hayat!" derken Can yeteri kadar dinlemişti, şimdi sıra kendisindeydi. Net, mesafesiz, haddini bildiren bir tavırla, "Neden burdasın?" diye sordu.

Veli, Can'ın tepkisi karşısında şaşkın, cevap veremeden bakakaldı. "Ben senin annen miyim? Annen miyim ben senin! Cevap ver bana!" diye devam etti Can ve şimdi sesinde öfke vardı. Veli şaşkın, kaykıldığı yerden doğruldu. Biraz önce güvenlik görevlilerinin yanında diklenen adamdan eser kalmamıştı, azar işiten küçük bir çocuğa dönmüştü. Can'ın nerdeyse iki katı cüssesindeydi ama yanında öyle ezilip büzülmüştü ki, bir cüce gibi görünüyordu. Can, Veli'nin zavallılığını algılayıp derin bir nefes aldı, duvara bitişik sandalyeyi Veli'nin yanına çekip oturdu. Veli'nin nerdeyse yarısı kadar olmasına rağmen gücünün, etkisinin farkında, sakin ve didaktik bir tonda, "Veli bak, burası bir işyeri. Farkında mısın kendini nasıl bir duruma düşürdüğünün..." derken Veli, Can'ın kendisiyle sakin konuşmaya başlamasından dolayı rahatlamış, kendini koltukta yine geriye bırakıp asi bir çocuk gibi, "Benim hiç umurumda değil diğerlerinin ne düşündüğü! Keyifleri bilir..." diye mızıldandı ama Can, "Benim ne düşündüğüm de mi önemli değil?!" deyince Veli endişeyle öne geldi yine, "Can, biliyorsun bir tek sen varsın beni anlayan, gerçekten tanıyan. Bana bir soru sordun, annen miyim diye, biliyosun... Sen annemden bile daha yakınsın bana. Hele benim annemden, sekreter Zeynep bile daha yakın! Nasıl bir çocukluk geçirdiğimi biliyosun, sen kendin söyledin ki..." diye açıklamaya çalıştı. Can elini Veli'nin boynuna atıp Veli'yi boynundan bir baba gibi tuttu. Kendi babasından daha fazla sevdiği Can Manay tarafından sıklıkla yapılan bu hareket karşısında Veli gardını iyice indirdi. Bir köpek yavrusunun, kendini ağzıyla ensesinden tutan annesine teslim etmesi gibi teslim etti kendini. Can, Veli'nin gözlerinin içine bakarak, "Bak oğlum, böyle yaşanmaz, artık çocuk değilsin. Unut eski yaşadıklarını ve kendi sorumluluğunu al! Vakti çoktan geldi. Her sıkıştığında burayı basamazsın böyle," dedi ve Veli'yi bırakıp sandalyesine yaslandı.

Veli hiç kıpırdayamadı bile, sanki vücudu katılaşmıştı. Can, "Beni zor durumda bırakıyorsun... Yaptığımız terapinin sana yeni bir bağımlılık yaratmaktan başka hiçbir işe yaramadığını gösteriyorsun bana, seni kabul ederek sana zarar verdiğimi düşünmeye başladım," dediğinde Veli duyduklarının üzerinde yarattığı korkuyla lafa girme teşebbüsünde bulundu ama Can eliyle yaptığı bir işaretle onu konuşturmadan tane tane vurgulayarak "Beni, senden uzaklaşmaya zorluyorsun Veli," dedi. Veli daha fazla tutamadı kendini, "Ama Can, böyle düşünme ya! Sen tüm hayatım boyunca bana en faydası dokunmuş insansın. Bu terapi olmasa ben çoktan bitmiştim! Senin sayende kurtuldum kokainden. Sen olmasan..." diye ağlamamak için kendini zor tutan bir tonda açıklamaya çalıştı. Can ayağa kalkıp Veli'nin lafını kesti hemen. "Ben olmasam! İyi düşün bunu o zaman. Ben... olmasam... hayatın nasıl olurdu. Soru değil bu, cevap verme, düşün! Veli çok az kaldı senin hayatından çıkmama. Beni sen itiyorsun, canın istediğinde basamazsın benim ofisimi, stüdyomu!" dedi. Veli erimiş bir sabun gibi yapışmıştı koltuğa. Can, "Şimdi kalk bakalım," dediğinde Veli itaat etmeye hazır olduğunu ispatlarcasına hemen kalktı, konuşmak için tam ağzını açmıştı ki Can, "Sana verilen saatte seansa gel, o zaman tüm bunları konuşuruz ama sana son kez söylüyorum: Kendini kontrol et ve sana verilen zamanı bekle!" dedi.

Veli kafasını tamam anlamında salladı, rahatlamıştı. Durumun ciddiyetini yeni anlamış bir salak gibiydi ve bir o kadar da üzgündü. Can onunla birlikte kapıya ilerlerken Veli'nin sırtını sıvazlayarak, "Giderken özür dile herkesten, özellikle güvenliğe uğra, güzel konuş çocuklarla," diye emretti.

Veli, "Tamam. Ne zaman göreceğim seni Can?" dedi ısrarcılığını kontrol altına almaya çalışarak. Can, "Ne zamana verdiler gelecek randevuyu?" diye sordu. Veli, "Perşembeye," diye cevapladı. Can, "Perşembeye o zaman," dediğinde Veli kafasını sakince sallayarak onayladı ve Can'a samimiyetle sarılırken, "Kusura bakma, bir anlık delilik işte... Sağ ol," dedi.

Can gülümsemeden sırtını yine sıvazladı ve geri çekilip yanağına sempatiyle küçük bir tokat kondurdu, Veli süt dökmüş kedi gibi sakince odadan çıktı. Can kapıyı kapattığında, Veli bilgisayar başında oturan Zeynep'e, "Kusura bakmayın Zeynep Hanım, bir anlık patlama yaşadım, siz alışıksınızdır böyle durumlara," derken 11 yaşındaki bir çocuk gibiydi.

Zeynep mesafeli, otoriter bir ifadeyle gülümsemeden, "Aslına bakarsanız ikinci defa oluyor," diye çıkıştı. Veli utanmıştı, bu çok nadir bir duyguydu, sırıtmaya çalışsa da yanaklarının ağırlığını kaldıramayacak kadar garip hissediyordu. Numara yapmanın yararı yoktu, normalde suratına bile bakmayacağı bu sekreter bozuntusu kadın karşısında ezikti. Zeynep ona, Can ile randevuları veren kişiydi. Kadın Can Manay'ın programını istediği gibi yöneten, manipüle edebilen bir şeytandı. "Neyse ben sizi daha fazla meşgul etmeyeyim, iyi günler," deyip yoluna koyulmuştu ki, Zeynep, "Veli Bey?.. Faturayı babanızın ofisine mi gönderelim yine?" diyerek durdurdu onu. Veli şaşırmıştı. "Fatura?" diye sorduğunda Zeynep, "Bugünün faturası," dedi kısaca. Veli yine de anlamamıştı çünkü bugün Can'la seans bile yapmamışlardı ve bu şeytan kadın ona fatura mı kesmişti! Ödeyeceği parayı umursadığından değil ama enayi yerine konulmaya tahammülü olmadığından, "Benim seansım perşembeymiş, bugün..." diye itiraz edecekti ki, Zeynep zırvalıklara vakti olmayan ve kendini çok haklı hisseden biri gibi kuru, emrivaki ve net, "Bu kapıdan girip Can Manay'ın zamanını aldığınız her saniyenin bir bedeli var Veli Bey. Faturaya kırılan dosya arabasını ve vazoyu da ekledim. Babanızın ofisine mi?" diye tekrarladı. Veli, "...Tabii, ofise göndermeniz yeterli olur. İyi günler," dedi, dönüp asansöre doğru ilerledi. Zeynep hâlâ iyi günler dememişti. Veli üç adım sonra geriye dönüp Zeynep'e, kendisine iyi günler bile demeyen bu aşağılık kadına baktığında kavga çıkarmaya hazırdı ama Zeynep kafasını önündeki kâğıtlardan hiç kaldırmadan mırıldandı. "İyi günler."

-5-

2 ay sonra Duru...

Gergin atkuyruğu saçları, kıyafeti ve makyajsız suratıyla yaramaz bir kız çocuğu gibiydi Duru. Üstündeki tişört Deniz'e aitti, tişörtün kollarını, yakasını kesmiş ve boyunu kısaltıp kendisine özel, bol ve içinde hareket etmesi kolay, kısa bir bluz haline getirmişti. Deniz, çok sevdiği tişörtünü çekmecede bu şekilde bulunca önce çok kızmış, Duru'nun hemen onu çıplak vücuduna geçirmesiyle öfkesi şehvete dönüşmüştü. Bu yırtık krem rengi tişört, altına giydiği dar, siyah dans atleti ve diz altındaki taytının üstüne giydiği düşük belli bol eteğiyle bir bütündü. Bu kıyafet Duru'nun içinin dışıydı, kendi kurallarını koyan, sade ama tamamıyla kendine özgü bir dış.

Kendi üstünlüğünün farkında, etrafındaki diğer dansçıların ve yönetmen ekibinin gözlerini üstünde hissederek attığı emin adımlarla sahneye doğru ilerledi. Birazdan başlayacak prova, Devlet Opera ve Balesi Genel Müdürlüğü'nün eğitime katkı adına, devlet konservatuvarının son sınıf öğrencileriyle düzenlediği bir gösteriyle ilgiliydi. Bu prova yüzünden Deniz'in oluşturduğu grupla olan okul provasını kaçırıyordu, sıkkındı ama yine de prestij için buradaydı. Gerçi Devlet Opera ve Balesi her anlamda politik olarak işletilen bir kurum haline gelmiş ve yaratıcılığı nerdeyse tükenmişti. Kontrol edilemez herkesi, kısacası yeteneklileri dışarıda tutmaya çalışan bir ekip vardı içeride, kendi yerlerinden memnun, konumlarının sağlamlığı için savaşmaya, hatta devletin opera ve balesini yok etmeye hazır bir ekipti bu. Eski genel müdür yaratıcı ve çok başarılı bir adam, müzisyen, sanatçı, orkestra şefi olmasına rağmen, değişen hükümetin baskısı altında ezilmiş ve iyi çalışamaz hale gelince onurlu bir şekilde istifa etmişti. Yeni genel müdür, kurumun hademesinden müdürlerine kadar tüm kadrosunu adım adım değiştirmiş ve kurumu, atamasını yapan hükümeti destekleyenlerle doldurmuştu. Kadrolaşma operasyonunda, işini iyi yapanlara değil fanatik emir kullarına yer verilmişti. Zoraki katıldığı bu gösterinin provasına enerjisinin yüzde 10'uyla gelen Duru, görüntüsünün gücünün farkında sahneye çıkarken sahnedeki dokuz kişi arasında Göksel'i görünce irkildi. Şimdi sadece sıkkın değil, aynı zamanda kızgındı da.

Göksel'in de ekipte olduğunu görene kadar bu zoraki görev tüm bıktırıcılığına rağmen çekilir gelmişti ama Göksel'le aynı ekipte olmak, onunla herhangi bir konuda bir şeyi paylaşmak, bu bir sahne bile olsa, çok zorlayıcıydı. Göksel, kimseyle sosyalleşmeyen, içine kapanık, öfkeli, anlaşılmaz bir dans öğrencisiydi. Bir baletin olmaması gereken kadar iriyarı vücudu ve kırık burnuyla Picasso'nun resimlerinden fırlamıştı. Duru'dan bir alt sınıfta olmasına rağmen iki kere aynı gösteride rol almışlardı. Duru, Göksel'i okulun sene sonu gösterisine almaması için Deniz'e çok ısrar etmişti. Ama tuhaf karakterine rağmen Göksel okulun en iyi dansçılarındandı ve tabii ki de gösteride mutlaka yeri olacaktı. En azından Göksel'in de Deniz'in provalarını kaçırıyor olması memnuniyet vericiydi.

Aralarındaki problem iki sene önce başlamıştı. Erkeksi enerjisiyle garip bir çekiciliğe sahip olan Göksel, Duru için, kalbi buz gibi soğuk ve duygusuz biriydi. Kimseyle konuşmaz, selamlaşmazdı. Bir gün Duru, Göksel'in bu asosyal durumuna üzülüp, bahçedeki duvarda tek başına oturmuş sandviçini yiyen çocuğun yanına gidip onunla arkadaşça konuşmak istemişti ama aralarında geçen kısa sohbet Duru'nun Göksel'i tokatlamasıyla bitmişti. O günden beri de Göksel, Duru'nun tek hoşlanmadığı insandı, varlığına bile katlanamadığı iğrenç bir enerjisi vardı. Duru'nun böyle hissetmesinde o gün Göksel'in kendisiyle ilgili söylediklerinin çok büyük etkisi olmuştu tabii. Duru'nun sempatik bir tavırla yanına gelip kendisiyle arkadaşlık kurmaya çalışmasından rahatsız olan Göksel, ona aralarında olabilecek tek ilişkinin; Duru'nun, erkekliğinin üstüne oturması olabileceğini ve buna çok da istekli olmadığını net bir şekilde söylemiş, tek avantajı diğerlerinden fiziksel olarak daha güzel olan bir kadının kendisine hiçbir zaman çekici gelmediğini anlatmış, Duru'yu enerjisini etrafındakilerin bakışlarından alan bir parazite benzetmiş ve Duru'nun kendi duvarından inip defolmasını söylemişti. Duydukları karşısında önce sarsılan Duru, gözyaşlarını tutmuş ve oturduğu duvarın üstünden Göksel'e tekme tokat girişmişti. Duru şanslıydı ki bu deli zırvası çocuk ona karşılık vermemişti çünkü Duru'ya atacağı tek bir yumruk bile çok yıkıcı olabilirdi.

Kendi varlığından başka kimseninkini önemsememek. Hayatının ilk üç yılında yaşadığı travmalar beynine kazınan Göksel, Duru'nun sahneye geldiğini fark etse de umursamadı. İnsanlarla gerilimli ilişkiler içinde olmak ona çok doğal gelen, alışık olduğu bir durumdu. İki yıl önce kendisine acıdığı için yanına gelen bu salak kıza, dürüstçe aralarındaki durumun hangi şartlarla var olabileceğini ve bu şartların da kendisinin ilgisini hiçbir şekilde çekmediğini çünkü Duru'nun olduğu kişiyi hiçbir anlamda çekici bulmadığını anlatmaya çalışmış ve sadece anlaşılmak adına yaptığı bu davranış sonunda kızın saldırısına uğramıştı. Kıza karşı özellikle bir gıcığı yoktu aslında ama o gün Duru, yanına sanki kendisine bir iyilik yapıyormuş gibi gelmiş ve Göksel de kendisine acıyan herkese yaptığı gibi bu kıza da haddini bildirmişti. Duru kendisine saldırırken sadece elindeki sandviçin zarar görmemesine dikkat etmiş, insanların kızı oradan götürmelerini bekleyip sandviçinin geri kalanını sonunda yiyebilmişti. O gün o sandviç, 20 saattir ağzına koyduğu tek yemekti. Yemek yemek gibi birincil ihtiyaçlarını karşılamakta zorluk çeken insanların, arkadaşlık etmek gibi lüks ihtiyaçlar peşinde avanaklık edenlere toleranslarının olmadığını iyi bilirdi

Göksel. Yetimhanede büyümüştü. Ailesini hiçbir zaman tanımamış, hiç sevilmemiş ve kendini korumayı öğrenene kadar da hem psikolojik hem fiziksel, sürekli tacize uğramış bir çocuktu. Henüz 12 yaşındayken bir kişiyi beş yerinden bıçaklamıştı ama ölüp ölmediğini hâlâ bilmiyordu, o andan aklında kalan tek şey adamdan akan kovalarca kan ve kendi kesilen elinin çok acıdığıydı. Elindeki izler Göksel'e hep hayatta kalmanın bedelini hatırlattılar, ne zaman olsa ödemeye hazır olması gereken bedeli.

Göksel'in dans etmesi tamamen tesadüfi gelişmişti. Bir eğitim vakfı, sokakta akrobatik hareketler yaparak para toplamaya çalışan Göksel'e burs vermiş ve onu vakfın çocuk yurduna yerleştirmişti. Bu vakıf sayesinde Göksel'in ilk defa tek başına uyuduğu bir yatağı ve daha önce kimsenin kullanmadığı temiz çarşafları olmuştu. Akrobasi yeteneği ve dayanıklı vücudu dışında hiçbir yeteneği olmayan bu çocuk, vakfın himayesinde okumuş, girdiği üniversite sınavlarını da kazanamayınca vakıf onu son bir umutla konservatuvar sınavlarına sokmuştu. Göksel'in sosyal yeteneklerinin çok zayıf olması her zaman bir problem olmuştu ama onun hikâyesini dinleyen herkes yardıma hazırdı ve Göksel nihayet konservatuvarın dans bölümüne başladığında artık sokakta bir gün açlıktan ölme olasılığı kalmadığını biliyordu.

Devlet Opera ve Balesi'nin gösterileri için sürekli seçmelere katılıyor ve hep de seçiliyordu. Bunu sevdiğinden değil, kendisine ödenen paraya ihtiyacı olduğundan yapıyordu. Okulun ilk döneminde morarmış bir göz ya da açılmış bir kaşla okula gelmesi, onu diğer öğrenciler arasında otomatikman popüler ve kızların gözdesi yapsa da, ikinci dönemin başında, cinsiyetsiz enerjisi herkesi hayal kırıklığına uğratmıştı.

Periyodik aralıklarla moraran yüzünün ardındaki sır perdesinin, bir öğrencinin şahitliğinde aydınlanmasıyla iyice imajı zedelenmişti Göksel'in. Gelir sağlamak için köhne bir pavyonda koruma olarak çalışıyordu. Sürekli girmek zorunda kaldığı kavgalar, günlük yaşantısını sürdürmesini engelleyecek hale gelmişti.

Gelirini, Devlet Opera ve Balesi'ndeki gösterilere katılarak telafi etmek daha az kazandırsa da daha kolaydı. Dans, öğrendikçe sevdiği bir şeydi. Ona kolay geliyor ve daha da önemlisi müzikle birlikte kendi varoluşunu unutabiliyordu.

Duru, Göksel'le mesafesini koruyarak sahnenin öbür köşesinde provanın başlamasını bekledi. Ekibin bildiği kadarıyla, kurumun sunmak istediği gösteri Shakespeare'in Bir Yaz Gecesi Rüyası adlı eserinden esinlenilen bir oyundu, adı Yaz Geceleri olarak değiştirilmişti. Bilmedikleriyse, oyunun, yönetimin politik görüşleri doğrultusunda sansürlenerek değiştirilmiş ve gösteri kostümlerinin mutaassıp bir şekilde tasarlanmış olmasıydı. Uzun lafın kısası kızlar şalvar, erkekler de fes giyiyorlardı. Duru gösterinin yeni koreografisini öğrenmek için hazırken, birden ekibin geri kalan kısmı gösteri salonuna doluşmaya başladı. Toplamda 39 kişilik ekibin 28'i salonun oturma bölümündeydi. Duyuru yapmak için sahneye çıkan yeni sahne yönetmeni Kerim Kışıla, kendisine abartılı bir saygıyla verilen mikrofona konuşurken Duru kulaklarına inanamadı. "Devlet Opera ve Balesi'nin çalışanları! Yaz Geceleri adlı gösterinin yeni yönetmeni olarak kulağıma gelen bazı laflardan duyduğum rahatsızlığı sizlerle paylaşmak için burdayım. Bazıları devletimizin opera ve balesi hakkında uygunsuz şekilde konuşmaktaymış, bazıları şikâyetçiymiş alay etmekteymişler! Bu bazıları sanmasınlar ki isimleri bilinmez," dedi kendisini dinleyen topluluğa tek tek bakarak. Cebinden çıkardığı listeyi sallarken, "Bu kurumun çatısı altında olan ve bu çatı altında kalmak isteyen herkes şunu iyi bilsin. Artık burası sahipsiz bir yer değil. Bu listedeki isimler, her ne kadar kendilerini çok akıllı zannetseler de gözümüz üstlerinde! Ya kendilerine gelip hak yolunda işlerine devam edecekler ya da çekip gidecekler! Şimdi size bu isimleri açıklamayacağım, bu kişilere bir şans daha vermeye karar verdik ve gözümüz üstlerinde, dikkatle onların kendilerini düzeltmelerini bekliyor olacağız!" diye devam etti.

Duru, etrafına bakınıp ekibin diğer üyelerinin suratındaki duyguyu tahlil etti, kimisi bıkkınlıkla konuşmanın bitmesini bekliyor, kimisi korkuyla dinliyordu. Ne olduğunu anlamaya çalışıyorlardı. Ne zamandır böylesine bir rejimle yönetilir olmuştu bir sanat kurumu?! Kerim Kışıla denen adam, ülkenin bir zamanlar ünlü komedyenlerinden birinin oğluydu, hani bazı insanların nasıl ve neden ünlü olduğunu düşünürsünüz ve onları geri kalandan ayıran hiçbir özellikleri olmadığını, hatta iticilikleri olduğunu görürsünüz ya... Ama yine de bir şekilde ünlü olmuşlar ve para kazanıyorlardır... İşte bu adam da tam böyle bir adamdı. Bilmeyen için başarısı tamamen bir muamma, bir gazdı. Adam, tüm tehditkâr enerjisiyle, dansçılara ayaklarını denk almalarını söyleyip çekip gitti.

Ardından okunmaya başlayan başka bir liste ile roller dağıtıldı, kostüm provası için beşer beşer ayrılan gruplara saatler verildi. Bu çalışma sistemini anlamaya çalışan Duru, bunun sistemsizlikten kaynaklanan bir sistem olduğunu düşündü. Her şey beceriksizce ama sanki çok büyük bir dikkatle yapılıyormuş gibiydi. Kurum adına çalışanlara baktı; hepsi kendilerini aşırı ciddiye alan beceriksiz insanlardı.

İsviçre'den döneli sadece bir hafta olmuştu ve şimdiden ülke Duru'ya dar gelmeye başlamıştı. Değişik ülkelerden karma dansçılarla oluşturulmuş dans grubu son 10 yılın en iyi performansını gerçekleştirmişti tüm Avrupa'da. Her biri kendi ülkelerine dönen dansçıların çoğu Duru gibi yaşadıkları yoğun iki ayın özlemini çekmekteydi belki ama hiçbiri onun şu anki psikolojisinde olamazdı diye düşündü. Şimdi, sahnede dikilirken, yurtdışında yaşamaktan başka seçenekleri kalmamış gibi hissediyordu.

Kostüm odasına girdiğinde hissettiği şok korkuya dönüştü çünkü dansçılar için hazırlanan kostümler profesyonel bir dans gösterisinin kostümlerinden çok, okul müsameresi için hazırlanmış uydurma kostümleri andırıyorlardı. Dansçılar kostümleri denedikçe, bazıları şokta ama işin ciddiyetinin farkında kızmaya, bazıları işin dalgasında eğlenmeye başladılar. Duru, gördüğü şeyin ne anlama geldiğini anlamadan o kostümleri giymemeye karar verdi. Eline alıp inceledi, nefret etti. Suratındaki tiksinme öylesine belirgindi ki, bir arkadaşı sessizce onu uyardı. Baskı şimdiden işe yaramaya başlamıştı. Morali çok bozulmuştu, soyunma odasına girip köşede duran çantasına eşyalarını tıkıp bir an önce binadan uzaklaşmak istedi. Koşmadan, hızlı adımlarla binadan çıkarken Deniz'i aramak istedi ama arayamazdı. Deniz, eski müdürün istifasından beri Duru'yu defalarca uyarmış, çökmekte olan bir kurumun parçası olmaya kalkışmanın çok yıkıcı bir şey olduğunu anlatmıştı.

Şimdi Deniz'i araması gece boyunca onun nutuklarından birini dinlemesine yol açabilirdi. Ayrıca kostümlerin kötü olması gösterinin de kötü olacağı anlamına gelmiyordu diye düşündü ama kimi kandırıyordu, Devlet Opera ve Balesi'nin artık hiç şansı yoktu.

İçeride sıkıyönetim ilan edilmişti bile. Dayanamadı, Deniz'i aradı. Telefon dört çalıştan sonra açıldı. Genelde telefon konuşmalarını çok kısa tutan Deniz açar açmaz, "Önemli mi Duru, bir şeyin tam ortasındayım," diyerek konuya girdi.

Okula gitmek üzere dolmuşa binmek için hızlı hızlı yürüyen Duru'nun, Deniz'in sesini duyunca tüm gardı bir anda indi. Adımlarını yavaşlatmadan dolmuş durağının arkasındaki parka dalarak, içini döktü. "Önemli. Çok moralim bozuk! Kültür merkezinden çıktım şimdi, önce bir adam sahneye çıkıp resmen bizi tehdit etti," dedi.

Deniz, "Kim?" diye sorduğunda Duru, "Bilmiyorum, hani bir komedyen vardı ya, salak bir oğlu vardı dizilerde oynayan, izleyip dalga geçtiğimiz adam," dedi. Deniz anlamıştı Duru'nun kimden bahsettiğini. "Onun ne işi vardı sahnede?" diye sordu. Duru, "Onu atamışlar galiba yönetmen olarak," diye mızıldandı.

Deniz, "Ne dedi?" diye sordu.

Duru, "Bir liste çıkardı cebinden, kurum hakkında konuşanların isimleri burada, son şans veriyorum falan dedi ama beni sıkan bu değil. Konuşma sonrası bize birer dosya verdiler, eve getirdiğimde görürsün, içinde dans hareketleri yazılı olarak var! Yazılı olarak Deniz, bir hareketi okudum dört defa, anlamadım, sonra öğrendim ki grand allegroymuş, anadilde yazacaklar diye dans hareketinin adını bile yazmamışlar!" dedi isyanla. Deniz sakin, "Merak etme, ilk provada saçmaladıklarını anlarlar," demişti ki Duru olayın ciddiyetini anlatmak için lafa daldı, "Bu da değil, kostümleri görmen lazım Deniz, yakardın hepsini, sanki ilkokul müsameresine çıkıcaz. İğrenç. Daha kötüsü şalvar, fes falan ya!" dedi. Deniz, "Bir Yaz Gecesi Rüyası mı?" diye emin olmak için sorduğunda Duru, "Yaz Geceleri diye değiştirmişler!" diye cevap verdi.

Duru'nun hızlı yürümekten dolayı nefes nefese kalan sesi iyice titremeye başladı, etrafında insanlar olmasa öfkeyle ağlamak istiyordu. Sesindeki titremeyi hemen alan Deniz beklemeden, "Duru! Sen şimdi niye kendine dert ediniyorsun bunu? Çıkarsın gösteriden olur biter, zaten çok az kaldı gitmemize," diye sakinleştirmek istedi onu ama Duru, "Anlamıyosun di mi Deniz! Çok değer verdiğim bir şeyi yağmalıyorlar!" diye haykırdı. Deniz kendi sessizliğinin Duru'yu yalnız bırakmasını istemedi, söyleyebileceği çok fazla şeyi olmasa da, söylediklerine kendisi de inanmasa da, "Duru! Bir şeyin daha güzel olabilmesi için önce yıkılması gerekebilir. Bırak başarısız olsunlar, çekip giderler," diye konuşurken Duru, "Yağmacılar mı çekip giderler! Taş üstünde taş bırakmayana kadar gitmezler, önce Refik Bey'i mahvettiler, şimdi de sahneyi!" diye çıkıştı. Deniz'in yapacak bir sürü işi vardı ve daha önce ciddi şekilde uyardığı bir konuyu Duru'nun ancak görebiliyor olması sinir bozucuydu. Kendi haklılığını söylemekten çekinmeden, "Refik Bey istifa ettiğinde size, organize olun hep birlikte istifa edin, duruma müdahale edin demiştim ama yapmadınız! Şimdi..." diye sinirle konuşurken Duru teslimiyetle patladı. "Neyi durdurucaz Deniz, ben orda bile çalışmıyorum, herkes sözleşmeli! Refik Bey kovulmadı ki, kendisi gitti. İstifa etseler n'olacaktı, ülkede dansçı mı yok! Onların canına minnet. Saçma sapan konuşuyorsun, ordan konuşması kolay!"

Deniz kendi sinirine hâkim olması gerektiğini biliyordu, alttan alma sırası kendinindi bu sefer ve "Duru, sakin ol. Sinirlisin biliyorum ama kendini sıyır bu duygudan. Orda dans etmesen n'olur?! Sen bana yalvarmıyor muydun Avrupa'da turnelere katılalım, İsviçre'de yaşayalım diye. Şimdi niye bir anda değerli oldu burası!" dedi. Duru sakinleşti, eliyle akan burnunu sildi, ilerdeki duvarın üstüne oturup önünden geçenlerin duymayacağı kısıklıkta, "Sonuçta ben, kendimi hep bu sahnede baş dansçı olarak hayal ettim. Avrupa'ya gidişim böyle olmalıydı. İyi bir gösteride keşfedilecek kadar değerli bir dansçıyım ben. Tek bir gösteri yeterliydi bunun için. Burası çok istendiğim, beğenildiğim bir yerdi. Bana ihtiyaçları vardı. Ama şimdi işgal edildi ve yeni gelenlerin bırak beni, danstan bile haberleri yok. Nasıl kızmayayım?" dedi.

Deniz konunun kendiliğinden buraya gelmesine dayanamadı, içindekini söylemezse kendine ihanet etmiş olacaktı, "Kendine kız böyle hissettiğin için! Sen bir sanatçısın Duru. Henüz bunun ne olduğunu anlamasan da bir sanatçısın. Öyle doğdun. Sanat, kişinin kendi ihtiyacı için yaptığı bir şey, kendisinin ifadesi. Eğer sen diğerlerinin ihtiyacı olmayı bir halt sanıp kendi sanatını kullandırmaya başlarsan köleleşirsin. Kendini değil, istenileni ifade edersin. Hiç farkında olmadan girdiğin bu kölelik, seni öyle bir gecede ele geçirmez, önce sana ün vererek sahip olduğunu sandığın her şeyi olduklarından çok daha değerliymiş gibi algılamanı sağlar. Ün kişiyi uyuşturur, kendi gerçekliğinden uzaklaştırır, zaten doğallıkla yapabildiği bir şeye, sanki kendi üstünlüğünün mazeretiymiş gibi yaklaşmasına neden olur, böylece kendine yabancılaştırır, sonra hemen ardından, o ünü korumak için, kendine değil diğerlerine hoş geleni yapmaya çalışırsın, işte bu, kendi özgürlüğünü teslim edip kimliğinden vazgeçmendir Duru," dedi.

Duru bu zor zamanında Deniz'in hâlâ kendisine ders vermesine öfkelenmişti. "İnan Deniz şimdi bunları dinleyecek psikolojide değilim," diyerek çıkıştı ama Deniz, "Tam tersi, asıl şimdi anlamalısın. Dinle!" diye tekrar susturdu onu. "Kendi yeteneğine âşık biri, o yeteneği beslemek için daima diğerlerine ihtiyaç duyar. Diğerlerine ihtiyaç duyan bir budala asla kendisi olamaz! Sen ne kadar güzel olduğunu ya da ne kadar güzel dans ettiğini göstermek için değil, bir hikâyeyi anlatmak için sahnedesin. Eğer bunu anlamazsan, izleyenler sana bakınca dansın hikâyesini değil, çok güzel bir kadının ahenkli hareketlerini görürler. Ne anlattığınla değil, sadece güzelliğinle ilgilenirler ve sen gerçekte asla sen olarak var olamazsın. Güzelliğin söndüğünde ışığını kaybedersin. Kendi gerçeğine in Duru. Senin kimseye ihtiyacın yok, ne beğenilmeye ne alkışlanmaya, ne de devlet konservatuvarına! Tek gerçek bu."

Duru duyduklarını anlamaya çalışıyor ama mantığına sığdıramıyordu. Deniz'in kendi dansına karşı sürdürdüğü bu savaşa başta şiddetle karşı çıkmış, Deniz'i kıskançlıkla suçlamıştı. Ama yıllar içinde, kendisi ettiği danstan önce gelince ve kendisini izleyenlerin koreografinin hikâyesinden bir şey anlamadıklarını çünkü hipnotize olmuş bir şekilde kendisine kilitlendiklerini gördüğünde Deniz'e hak vermeye başlamıştı. Ama şimdi, içi bu kadar sıkılırken konunun yine buraya gelmesi, tüm bunları Deniz'den dinlemek ağır geliyor ve aldığı darbenin üstüne bir de Deniz'den darbe aldığını hissediyordu. İsyan ederek Deniz'in sözünü kesti, "Tek gerçek mi! Bu yüzden mi hâlâ benim gösterilerden kazandıklarımla geçinmek zorundayız! Alalım eşyalarımızı gidelim bir ormana, ağaçların arasında ben dans ederim, sen de müziğini yaparsın. Beni alkışlayacaklar olmasa ne değeri var, ben dünyanın en muhteşem dansçısı olsam ama kimse bilmese ne değeri var! Belki bu dediklerini sen uygulayabilirsin çünkü ben varım ama ben, ben nasıl uygulayacağım! Kim geçindirecek beni? Bana moral vermek için konuşurken içimi nasıl dağladığını görmüyor musun!" diye haykırdı. Yoldan geçenlerin kendisine baktığını görünce susmak zorunda kaldı.

Deniz, uzun süre yol almaya çalıştığı bir nehrin içinde akıntıya kapılıp ilk başladığı noktaya gelmiş biri gibi hissetti. Telefonda Duru'nun parçalanan ruhunu dinliyordu, üzgündü. Sessizlik olduğunda, "Duyuyorum," diyebildi sadece.

Duru, Deniz'in sesini duyduğunda kendine geldi. Ne söylediğini, ne kadardır söylemeye devam ettiğini hızlıca ölçmeye çalıştı ama içindeki tek his ona böyle bir ölçüm için geç olduğunu söylüyordu. Üç salise süren suskunluğu devam ettirirse söyledikleri sanki son sözleriymiş gibi olur ve yıkıcı etkileri öldürücü dozuna ulaşabilirdi, sesine heyecan yükleyip aynı doğallıkta konuşmaya çalışırken, "Ben, bana mutluluk veren şeyi yapıyorum Deniz, aynı seninle konuştuğumuz gibi. Bana insanların önünde dans etmek mutluluk veriyor diye beni bir anda basit bir teşhirciye dönüştürüp yeteneğimi de sıradanlaştıramazsın ki!" dedi.

Deniz, üzgündü, tartışmayı çoktan kaybettiğini hissediyordu. Haksız olduğundan değil, Duru henüz onu anlamaya hazır olmadığı için. Son bir enerjiyle özetledi. "Benim demek istediğim... Yeteneğin varlığına hizmet etmeli, varlığın yeteneğine değil. Varlığın yeteneğine hizmet eder hale gelirse, kendi ışığında kaybolur, özünle birleşemezsin. Hayatı yaşayamazsın, yeteneği tarafından zehirlenmiş bir kukla gibi dans eder durursun. Aldığın alkışlar sana güç vermemeli. Gücün içinden gelmeli, kendini bilmekten gelmeli. Bir gün o alkışları alamazsan o zaman var olmazsın, üstelik aslında sana hiçbir katkıları olmadığı halde alkışlar nefesin olur. Kendin için dans et diyorum, alkışlar için değil." Duru sakinlemişti, Deniz'le uzlaşmak istiyordu. "Ben zaten kendim için dans ediyorum Deniz... Bazense senin için. Tek istediğim bazen ihtiyacım olduğunda sadece bana teselli vermek için orda ol, dinle yeter. Her şey bir derse dönüşmek zorunda mı?" dedi.

Deniz, "Ama her şey zaten bir ders Duru, bunu sen de biliyorsun," dediğinde, Duru biraz önce kullandığı kelimeler sonrasında sabırlı olması gerektiğini düşündü içinden ve "Biliyorum ama bazen sadece seninle dertleşmeye ihtiyacım var, bırak ben derslerimi kendim alayım, bana dost ol, öğretmen değil," dedi içindeki sevgiyi sesine taşıyarak.

Deniz, daha fazla uzatmasının anlamsız olduğunu biliyordu, "Hadi yanıma gel artık da sana kocaman bir sarılayım. Kimi istersen de döverim!" dedi.

Duru kıkırdayarak telefonu kapatırken sanki hiçbir şey olmamış gibi içi boşalmıştı ama sözleri Deniz'in içinde yankılanıyordu. "Belki bu dediklerini sen uygulayabilirsin çünkü ben varım ama ben, ben nasıl uygulayacağım! Kim geçindirecek beni?"

Deniz kafasında Duru'nun sesini kısıp yankılanan tüm kelimeleri, duymamak ve en derinlere gömmek için büyük çaba gösterdi. Kafası sessizleşmişti ama aşka vurulan darbe, balta gibi inip ilişkiyi kesmez, tohum gibi ekilip zamanı geldiğinde ilişkinin tüm pürüzsüzlüğünü bozacak şekilde yırtıp çıkardı yüzeyi. Deniz o gün kendisine ekilen tohumu ne kadar derine gömmüş ve beslememek için ne kadar gayret edecek olursa olsun, o tohum kök salıp yeşerecek kadar güçlüydü.

-6-

Ehliyet sınavı iyi geçmişti. Kendi arabasını kullanmasına hiçbir engel kalmamıştı. Ehliyeti çıkar çıkmaz belgeleri tamamlayıp aracı teslim alacaktı. Doğru'nun bulduğu en büyük asal sayı sayesinde hayatları bayağı toparlanmıştı. Borçlarını ödemişler, babasının dişlerini yaptırmışlar, evlerini boyatmışlar, yeni bir banyo yaptırmışlar, Doğru'nun odasını yenilemişler, bilgisayar almışlardı. Paranın yarısına yakını hâlâ hesapta durmaktaydı. Ev alamayacak kadar küçük, çarçur edemeyecekleri kadar büyük bir miktardı bu. Alacakları küçük bir arabadan sonra, zor günler için bankada duracaktı.

Bina yığınları arasında, her katında bahçesiyle, kat kat yeşillenmiş 10 katlı binaya yaklaştığında, Bilge kendisini çok iyi hissediyordu. Bu sefer hayatın gerçekten yüzüne gülmeye başladığını düşününce içini bir anda korku sardı. Ne zaman böyle düşünse sonrasının hüsran olduğunu hatırladı. Kafasındaki mutlu düşünceleri temizleyip kendine geldi, her an kötü bir şey olabilir moduna geçti. Ama içinde hissettiği mutluluk engellenemezdi, çünkü kendisini iyi hissetmesinin nedeni tüm bunlardan çok, Can Manay'ın asistan seçmeleri için kendisine yapılan davetti. Sınıftan dört kişi davet edilmişti. Daha önce efsane olarak duyduğu ve her zaman başkalarının başına gelen bu muhteşem olay şimdi onun başına gelmişti.

Önce bir yanlışlık olduğuna emindi, adam nerdeyse arabadan atmıştı kendisini ama Can Manay'ın ofisinden okula gelen ve bizzat kendisine teslim edilen davetiyenin üzerinde resmen adı yazıyordu.

Durumu kafasında sorguladıkça düşünceleri içinde kayboldu, kayboldukça o gece arabadaki sohbetlerini kelime kelime hatırlamak istedi. Belki Can Manay arabadaki kızın kendisi olduğunu bilmeyerek göndertmişti davetiyeyi. Bir süre sonra hiçbirinin önemi yoktu, ne olursa ya da ne olmuş olursa olsun asistanlık seçimi için geleneksel olarak yapılan sınava girecekti. Sınavlara alışık olan Bilge rahattı, bilgiyle sınanmak onun için kolaydı. Başka koşullarda olsa çok gerilebilirdi ama herhangi bir konuda, herhangi bir sınav onun ustalığını sergileyebileceği, kendini özgür hissettiği yegâne ortamdı. Sınava girecek ve her zamanki gibi herkesi geride bırakacaktı, buna emindi ama ya mülakat yapılırsa işte o zaman olmazdı! Soruları cevaplamakta çok iyi olan zekâsı, işin içine ikinci şahıslar girdiğinde gerilemekteydi. Ama hayat yüzüne gülmeye başlamıştı, hissediyordu, bu sefer mülakat falan olmayacak, hiçbir terslik çıkmayacaktı, inşallah.

Güvenlikten geçip asansörlere doğru ilerlerken elindeki ziyaretçi kartına baktı, çok yakında bu kart yerine kendine ait bir giriş kartı olabilirdi. Veli asansörden hızla çıkıp ona çarparak yanından geçtiğinde kartıyla birlikte elinde tuttuğu defterleri de yere saçıldı. Veli, kızın eşyalarının yere saçılmasına aldırış etmeden yoluna devam ederken, o sırada Can Manay'ın özel asansöründen inmiş olan Ali, Bilge'ye yardım etmek için hemen fırladı.

Birlikte Bilge'nin eşyalarını topladılar. Eşyalarını toplamasına yardım eden kişinin aylar önce arabasına bindiği Can Manay'ın şoförü olduğunu anlamamıştı Bilge, ayağa kalkıp minnetle teşekkür etti. Ali elinde kalan son kalemi de Bilge'ye verip tokalaşmak üzere elini uzatırken, "Merhaba... Ali," diyerek kendini tanıttı. Bilge, "Çok teşekkür ederim... Bir anda asansörden fırladı, kusura bakmayın," diye açıkladı. Ali, Bilge'yi hemen tanımıştı. Can Manay'a diklenen birini, özellikle de böylesine genç bir kızı unutmak mümkün değildi. "Hiç önemli değil. Nasılsınız Bilge Hanım?" diyerek onu tanıdığını hatırlattı.

Kendisine adıyla hitap edilmesine şaşırdı Bilge. Siyah kısacık kesilmiş saçları adama bir şoförden çok asker ya da özel koruma imajı veriyordu. Tanımadığı biriyle, tanışıyorlarmış gibi yapmaya çalışmanın tereddüdüyle, "Sağ olun iyiyim..." dedi. Ali hiç alınmadan, "Henüz tanıştırılmamıştık. Ben Can Bey'in şoförüyüm, bir keresinde sizi de..." diye açıklamaya girdi ama Bilge hatırladı. "Evet o gün. Siz kullanıyordunuz arabayı, kusura bakmayın suratınızı net görememiştim," diyerek özür diledi. Ali, "Yok, önemli değil. Sınav için mi geldiniz?" derken dürüstlüğün bir kadına ancak bu kadar yakışabileceğini düşündü.

Bilge adamın detayları iyi bilmesine şaşırmıştı, konuyu en kibar şekilde kapatıp yoluna devam etmek için, "Ben biraz geç kalıyorum galiba, size iyi günler," diyerek asansöre doğru telaşla ilerledi.

Ali, kızın hızlı adımlarla yanından uzaklaşmasını tebessümle izledi. Bilge asansöre doğru ilerlerken izlendiğini hissetti.

İstatistiksel olarak hiç başına gelmeyen bu durum şaşırtıcıydı. Hissinin doğruluğunu anlamak için omzunun üstünden çaktırmadan baktı ve Ali'nin durduğu noktadan kendisini izlediğini gördü. Hemen kafasını önüne çevirip kapısı açılan asansöre bindi, düğmeye bastı. Asansöre binince normalde herkesin yaptığı gibi yüzünü asansör kapılarına çevirmek yerine, Ali'yle bir kez daha göz göze gelmemek için asansörün köşesinde yüzü dönük bir şekilde bekledi. Asansörün kapılarının kapanmak üzere olduğundan emin olunca rahatlayıp kapıya döndü. Kapıların kapanmasına sadece 10 santimlik bir aralık vardı ki, o aralıktan Ali'yle göz göze geldiler, kapı Bilge'ye çok yavaş, Ali'yeyse çok hızlı gelecek şekilde kapandı.

Erkeklerle olan karşılaşmaları, hangi nedenle olursa olsun, bir rahatsızlık hissiyle devam ederdi. Bu bazen bilet gişesinde biletçi, bazen ekmek aldığı bakkal, bazen en tuhaf şekilde çekiciliğe sahip olduğunu düşündüğü sınıf arkadaşı Murat olurdu. Hepsinde de ortak hissettiği bir şey vardı: kendi çirkinliği. Göz göze geldiği her erkekte kendi çirkinliğiyle yüzleşirdi sanki Bilge.

Asansör kata vardığında, koridorun sonunda Zeynep'in oturduğu sekreter masasını gördü. Sakin adımlarla, heyecanını gizleyerek ilerledi. Aslında hissettiği heyecan değil, işlerin sürekli ters gitmesine alışık olmaktan kaynaklanan bir korkuydu. Beyaz koridor, gizli ışık kaynaklarıyla yumuşak bir şekilde aydınlatılmış ve duvarlar ünlü fotoğrafçıların orijinal fotoğraflarıyla donatılmıştı. Attığı her adımda buraya ait olmak istedi, çünkü böyle bir yerin parçası olmanın kendisinde uyandırdığı duygu çok güçlüydü: Ana rahmine dönmek gibi, güvenli.

Fotoğraflardan birinin önünde durdu. Beyaz kocaman bir insan eli üzerinde, neye ait olduğu anlaşılmayan, oldukça küçük ve etsiz küçük parmaklardan oluşan siyah bir el vardı. Bu rahatsız edici fotoğrafın altındaki plakanın üzerinde şöyle yazıyordu: 'Nisan 1980. Uganda, Karamoja Bölgesi. Açlıktan ölmek üzere olan bir çocuk ve misyoner.' Bu görüntü başka birini sarsabilirdi ama Bilge hayatın gerçekleriyle haşır neşir büyümüştü, kendi başına da gelebilecek bir şeyin başkasına olduğunu görmek artık ona üzüntü veremez olmuştu.

Dikkati fotoğraftan duvarın dokusuna kaydı, içindeki isteğe teslim olup gayriihtiyari duvara dokundu. Duvarın yüzeyindeki yarım dairesel izler pürüzlü gözükse de, dokunduğunda duvar pürüzsüzdü. Duvarın nasıl yapıldığını çok merak etti, buna duvar demek haksızlık olurdu çünkü bir ışık kümesinin olağanüstü şekilde sertleşmesi gibi duruyordu. Parmak uçlarında hissettiği duvarı avuç içinde de hissetmeye başladığında kendisiyle konuşan Zeynep'in sesiyle irkilip elini duvardan hızla çekti.

Zeynep, "Pardon! Yardımcı olabilir miyim?" demişti ilgiyle. Bilge açıklamaya çalışırken, dışarıdan nasıl görünebileceğinin farkındalığında Zeynep'e telaşla anlattı. "Özür dilerim, fotoğraflara dokunmadım, ben sadece duvarın dokusuna..."

Etrafında psikolojik olarak dengesiz birçok tip olmasına alışkın Zeynep, kim olduğunu bilmediği, duvarı okşayan bu kızın kendisine hızla yaklaşmasından tedirgin, gardını almıştı bile. Bilge yarattığı etkiyi fark eder etmez, durup bulunduğu noktadan kıpırdamadan, "...bakıyordum... İçmimari hobim var da... Kusura bakmayın sizi tedirgin etmek istemezdim," dedi ve bekledi.

Kızın durup normal bir şekilde kendisiyle iletişime geçtiğini gören Zeynep rahatlamış, "Buyrun, ben Zeynep," dedi. Elini ilk uzatan Bilge olmuştu, tokalaşırlarken suratındaki kocaman, içten gülümsemeyle, "Ben Can Bey'in öğrencisi Bilge, asistanlık sınavı için davet edildim," diye cevap verdi sempatik gözükmek ne kadar da zor diye düşünürken.

Cümlesini bitirmesine yakın, Zeynep'in suratındaki gülümsemenin nasıl solup anlamsız bir boşluğa dönüştüğünü ve elini sıkıca saran elin nasıl gevşeyip çekildiğini hissetti Bilge.

Sıklıkla Can Manay hastası kızların asistanlık kamuflesiyle Can'a yaklaşabilmek için yaptıkları girişimlerine maruz kalan Zeynep, seneler sonra bu durumla ilgili tavrını, kendine göre en pragmatik şekilde geliştirmeyi başarmıştı. Sınavlara gelen kızlara direkt mesafe koyuyor ve onlarla hiçbir duygusal kontağa geçmiyordu. Dünyayı anaç bir tavırla algılamaya yatkın hali, Can Manay'ın yanında geçirdiği uzun seneler sonunda, karşılaştığı birçok lunatik,* sahte insan sayesinde eğitilmiş, insanların nasıl tehlikeli yaratıklar olabileceğini anlayıp kendi anaçlığını sadece kendi çocuklarına göstermeye karar vermişti, tabii bir de Can Manay'a. Can, Zeynep'in hayatında tanıdığı en değerli, adaletli ve iyi insandı. Zeynep onu her türlü tehlikeden, özellikle de histerik kızlardan korumayı kendine görev edinmişti.

Bilge için Zeynep'in enerjisindeki tüm değişim bir anda olmuş, Zeynep arkasını dönüp kendi masasına doğru ilerlerken Bilge'ye emirler yağdırırcasına hızla, "Soyadın ne? Sana verilen davetiyeyi bana vermen gerekiyor. Bir form dolduracaksın. Sınav demek yanlış olur aslında. Soruları cevaplamak için sadece 15 dakikan var," diyerek konuşmaya başlamıştı. Sınavın içeriğiyle ilgili en ufak bir fikri olmayan Bilge, "On beş dakika mı? Kaç soru var?" diye sordu sesindeki saygılı tonun anlaşılmasına özen göstererek.

Zeynep masasına varmıştı, cevap vermek yerine Bilge'ye dönüp diklenerek, "Burası yıllardır kendi kalitesiyle örnek oluşturmuş bir kurum. Burada sadece Can Manay'ın ziyaretçilerini karşılamıyor aynı zamanda Can Manay'ın tüm işlerine destek veriyoruz. Az zamanda çok iş yapıyoruz, soru sormuyoruz," dedi.

Bilge sessizce dinlerken, Zeynep bir an bekledi. Kızın saygılı, ifadesiz, kendini teslim etmiş hali Zeynep'i sakinleştirdi, en azından bu ukala değildi ve hatta korkmuş görünüyordu şimdilik. Dönüp masasına oturdu. Bilge'nin suratına dikkatlice baktı.

Bilge, karşısındaki kızgın kadının psikolojisini, motivasyonunu analiz etmeye çalışırken çantasından çıkardığı davetiyeyi Zeynep'e uzattı. Zeynep, kızın durumu hemen kavramış hali, kabullenici yaklaşımı karşısında sempati duymuş olsa da belli

---

* Psikolojik dengesizlikleri olan kişi.

etmedi, davetiyeyi tek bir hamleyle alıp kızın soru dosyasını verdi. Bilge kendisine gösterilen odaya elinde sorularla girdiğinde her şeyin ne kadar çabuk geliştiğini düşününce çok daraldı. Asansörle yukarı çıkarken Can Manay'ın kendisini karşılayacağını ya da en azından görüşeceklerini düşünmüştü. Eğer kendisinin davet edilmesinde bir yanlışlık yapılmışsa, daha da rezil duruma düşmeden durumun aydınlığa kavuşacağını ummuştu. Bir an bu yanlış anlaşılma olasılığını Zeynep'e anlatmak geçti aklından ama nasıl ifade edilirdi ki bu kadar karmaşık bir şey? Edilemezdi. Zeynep'i böylesine sertleştiren şeyin ne olduğunu düşündü, belki de kadın hep böyle sertti. Ama Bilge'yi ilk gördüğünde suratındaki doğal gülümseme, sempatisi gelişmiş bir insana ait bir gülümseme gibiydi, asistanlık sınavı için geldiğini duyduğunda aniden soğumuş, sertleşmişti. Düşüncelerini aceleyle toparlayıp önündeki kâğıda baktı.

İlk sayfada sadece iki soru vardı. Sayfa sorularla ikiye bölünmüş, cevabın yazılması için sorular arasına dev boşluklar bırakılmıştı. İkinci sayfada da iki soru aynı şekilde yerleştirilmişti ve son sayfada tek bir soru vardı. Kısıtlı olan zamanını iyi ayarlayabilmek için soruların adedine dikkat eden Bilge sadece beş soru olduğunu görünce rahatladı ve ilk olarak önünde açık duran son sayfadaki tek soruyu okudu. Koca sayfada 11 punto büyüklüğünde sadece 'Sen kimsin?' yazıyordu.

Hemen diğer soruları da görmek için sayfayı çevirdi. Birinci sayfadaki ilk soru 'Kendinizi 5 kelimeyle tanımlayın'dı. Beş kelime için yarım sayfa. Kim kendini beş kelimeyle tanımlayabilirdi ki? Beş sıfat yazabilirdin ama tanımlamak için yetmezdi. Beş kelimeden oluşan bir cümle kurabilirdin ama yine yeterli olmazdı. Beş kelime. Bu soruya geri dönmek üzere vakit kaybetmeden ikinci soruya geçti.

İkinci soru 'Tek bir kitap okuma hakkınız olsaydı şimdiye kadar okuduğunuz kitaplar arasından hangi kitabı okumayı tercih ederdiniz?'di. Sayfanın ortasından başlıyor ve iki satırda sona eriyordu. Bilge'nin buna cevabı hazırdı. Tereddüt etmeden yazdı: Ayn Rand'dan Hayatın Kaynağı.

Yazısının kocaman sayfada, sorunun altında nasıl da kaybolduğunu görünce rahatsız oldu. Çantasından çıkardığı silgiyle cevabını silip, cevap için ayrılan kısmı dolduracak kadar büyük, dev bir yazıyla cevabını tekrar yazdı.

Arka sayfaya geçti. Üçüncü soru 'Şu ana kadar deneyimlediğiniz en değerli duygu nedir?' diye devam ediyordu. Bir an kafasını kâğıttan kaldırıp içinde bulunduğu odaya bakan Bilge, odada kamera olup olmadığını merak etti ama eğer varsa kameranın varlığından haberdar olduğunun anlaşılmaması için etrafa bakınmaktan hemen vazgeçti. Sorunun cevabını, bir önceki sayfadaki gibi cevap için ayrılacak yere kocaman yazdı: EMİN OLMAK.

Dördüncü soru gerçekten tuhaftı. 'Neandertaller ile Homo sapiensler arasında olduğu söylenen kayıp halka sizce ne olabilir?' Bilim dünyasınca onlarca yıldır tartışılan böyle bir soruya elinde hiçbir veri olmadan cevap vermesi kendini aşağılamasıyla eşdeğerdi Bilge için. Bu konuda bilgisi olmadığından değil, soru, sanki soruyu cevaplayan kişinin kesin bir cevabı olması zorunluymuşçasına net bir şekilde sorulduğundan hadsizdi. Bu hadsizliğe katılmak Bilge için aşağılayıcı olurdu. Sıkılıp arka sayfayı çevirdi, sıra gelmişti son sayfaya. 'Sen kimsin?' Bilge bu sefer sayfayı doldurmak istemedi, kendi adının dev bir şekilde sayfada gözükmesi Can Manay'a Bilge'nin arabadan indirdiği kız olduğunu iyice hatırlatabilirdi. Sorunun altına adını ve soyadını yazarken kalbi ağrıdı Bilge'nin. Keşke başka biri olabilseydi diye düşündü, diledi.

Başta boş bıraktığı birinci soruya geri döndü, tekrar okudu. 'Kendinizi 5 kelimeyle tanımlayın.' Sorulara cevap verirken tek yapabileceğinin kendisine samimi olmak olduğunu düşündü. Evet samimi olmalıydı. Yine sayfanın cevap için ayrılmış bölümünü tamamen dolduracak şekilde beş kelimeyi yazdı: BEŞ KELİMEYLE TANIMLANAMAYAN İÇERİKTE BİRİ.

Boşta kalan dördüncü soruya geri döndü. 'Neandertaller ile Homo sapiensler arasında olduğu söylenen kayıp halka sizce nedir?' Zaman nerdeyse bitmek üzereydi. Cevap alanını dolduracak şekilde yazdı: BÖYLE BİR HALKA HİÇ VAR OLMAMIŞTIR!

Bilge ünlemini koyduğunda salonun kapısı açılmış ve Zeynep gözlüklerinin üstünden bakıp cevap kâğıdını almak için elini uzatmıştı. Bilge sakince ayağa kalkıp kâğıtları Zeynep'e verdi. Zeynep duygusuz, "Beni takip et," diyerek odadan çıktı.

Zeynep uzun koridorda kafası elindeki kâğıtta yürürken, masasının önünde sinirli olduğu vücut hareketlerinden belli olan genç bir kız, suratındaki öfkeli ifadeyle Zeynep'i beklemekteydi. Kızın elinde, Bilge'ye verilen dosyanın aynısı vardı. Zeynep kıza hiç bakmadan masasına otururken didaktik bir şekilde, "Biraz önce çıktığım odada soruları cevaplayabilirsin, 15 dakikan var," dediğinde kız öfkeli bir şekilde kaşlarını çattı ve sert adımlarla odaya doğru ilerleyip Bilge'nin yanından tüm hiddetiyle geçerken Bilge kızı tanıdı. Bölüme birincilikle giren Dilek Ayhan. Kızı tanıması biraz zaman almıştı çünkü normalde sürekli toplu olan saçları fönlenmiş, rengi değişmiş, kalın kaşları alınmış ve kıza makyaj yapılmıştı. Anlaşılan, Bilge odadayken burada Zeynep'le Dilek arasında bir şeyler olmuştu. Durumun kendisi açısından nasıl da uygun bir atmosfer yarattığını düşünen Bilge, masanın önünde, kendisine ne yapılması gerektiğinin söylenmesini bekledi. Bilge'nin cevaplarını okuyan Zeynep kafasını kaldırdığında hemen sordu. "Niye böyle büyük büyük yazdın?"

Bilge değerlendirmenin Can Manay tarafından yapılacağını düşünmüştü. Şimdi yapacağı açıklamayla Zeynep tarafından yargılanmayı istemiyordu ama yaptığı şeyi de açıklaması gerekiyordu. Dikkat çekmeye çalışan bir ukala gibi görünmek istemiyordu. Yavaş, tane tane, saygılı konuştu. "Kâğıt yapımı için her yıl ortalama 4 milyar ağaç kesiliyor. Dünyanın en hızlı büyüyen ağacı olan Paulownia, Çin'de yetişiyor ve ancak beş seneden sonra kesilecek büyüklüğe gelebiliyor, en verimli kesim yaşı ise 11-18 yıl sonrası. Ben, dünyanın en büyük ve birinci sorununun yanlış ağaç tüketimi olduğunu düşünüyorum ve beş soru için üç kâğıt harcanması bana çok anlamsız geldi, oradaki boşluğu anlamlandırabilmek için büyük yazarak doldurmak zorunda hissettim, amacım rahatsızlık vermek değildi," dedi.

Zeynep gıcık olmakla anlamak arasında gidip geldi. Can'dan çok alışıktı böyle hazırcevaplıklara. Kızın bilgisini kullanma şeklinden etkilenmişti, yüzeyini kazıyıp altından çıkanı görmek istedi. "Niye psikoloji okuyorsun?" diye sordu.

Bilge tereddütsüz, "İhtiyaçtan," diye cevap verdi. Zeynep, "İhtiyaçtan mı? Ne demek şimdi bu?" diyerek cevap bekledi.

Bilge sakin bir şekilde, ukala gözükmemeye özen göstererek, "Hayat koşullarım psikoloji bilimini benim için bir ihtiyaç haline getirdi. Otistik bir kardeşim var, şizofren bir annem vardı. Şizofreni kalıtımsaldır da, psikolojinin geleceğimi kendi kontrolümde tutabilmek için bir ihtiyaç olduğunu düşünüyorum. Umarım yanılmam," diye cevap verdi.

Hem kızın açıksözlülüğü, hem içinde bulunduğu ağır koşullar, hem de ihtiyacını bu kadar net açıklaması etkileyiciydi. Kızı, ilk defa görmüş gibi süzdü. Can'ın bu kızda ne bulduğunu aradı, neden davet göndermişti? Sessiz, robotumsu bir hali vardı kızın, kendisine samimi biri gibi duruyordu. Az bulunan bu kalite, böylesine deforme olmuş bir dünyada zor koşullarda çok işe yarayabilirdi. Kıza oturması için karşısındaki koltuğu gösterirken ses tonunda artık sempati vardı, "Ne içersin? Ben bitki çayı alıyorum," dedi.

Bilge koltuğa otururken saygıyla, "Teşekkür ederim, ben içmeyeceğim. Bana prosedürle ilgili biraz bilgi verir misiniz?" diye sordu.

Zeynep kızın mesafeli halini itici bulduysa da, bu halin kendi patronluğunu sürekli hatırlatması gerekmeyecek bir koşul doğurmasından memnun kalabileceğine karar verdi. Can'ın yılmadan yaptığı, kendi öğrencileri arasından asistan bulma girişimi şimdiye kadar hiç sonuç vermemiş, tüm iş yine yadigâr asistanı Kaya'ya kalmıştı. Şimdiye kadar gelenler arasından Can bazılarıyla birlikte olup sonra onları işten çıkartmış, bazılarıysa Can'ın kendileriyle asla birlikte olmayacağını anlayıp işten çıkmışlardı. İki senedir de Can herhangi bir çağrı yapmamıştı. Bu sefer dört kişi çağırmıştı ve şimdiye kadar gelen üç kişiden ancak bu kızda ışıltı vardı, diğer ikisi abaza asistan psikolojisinde iki kız çocuğuydu. Telefonla kendi bitki çayının siparişini verdi ve direkt konuya girdi. "Mülakatı benimle yapacaksın. Sana sorularım olacak. Hazır mısın?" dedi.

Bilge bir an iki zıt duygu arasında kayboldu, endişe ve rahatlama aynı anda doğdu içine. Mülakatta olma düşüncesi endişe vericiydi çünkü hayatı boyunca bire bir ilişki içinde yapılan hiçbir şeyde başarılı olmamıştı. Başka birinin dahil olduğu her durum zaten bir mülakat gibiydi Bilge için. Mülakatı Zeynep'le yapma düşüncesiyse rahatlatıcıydı. Yaptığı kısa analiz sonunda, önemli olduğu halde kendisini olduğundan daha da önemli göstermek için bu kadar kasan bir kadının arkadaşa ihtiyacı olduğunu düşünmüş, kendisinin asla böyle bir ihtiyacı karşılamayacağını bildiği için zekâya saygısı olan bu kadına dürüst ve samimi davranmanın Zeynep için değerli olabileceğini analiz etmişti ve öyle de yaptı. Sohbeti zekâsıyla kamçılayıp dürüstlüğüyle evcilleştirecek, mütevazılığıyla besleyecekti. Sakince, "Eğer cevaplarını biliyorsam..." diye yanıt verdi Zeynep'e.

Zeynep gözlüklerini çıkardı. Sandalyesinde geriye kaykıldı. Önünde açık duran Bilge'nin dosyasına bir an bakıp sakin bir tonda, "Gelecekte ne yapmak istiyorsun, planların nedir?" dedi.

Bilge düşünmeden, "Bu benim günbegün karar verdiğim bir şey. Henüz geleceğimi en iyi şekilde değerlendirmek için kendimle ilgili yeterli olgunluğa sahip olduğumu sanmıyorum. O yüzden de buradayım," diye cevap verdi.

Kızın dürüstlüğü Zeynep'i duraklatmıştı, ofisin bir parçası olmak istediğini belirten yağcı bir konuşma beklerken, kendi kararsızlığının felsefesini yapan bir kız çocuğu vardı karşısında ama dürüstlük gibi gözüken her şeyin sorgulanması gerektiğini hayat çoktan öğretmişti Zeynep'e ve "Senin bakış açınla bakarsak keşif için buradasın. Sana nasıl güvenebiliriz ki? Güvenemezsek nasıl sorumluluk verebiliriz!" diye sordu.

Bilge soğukkanlı ve kelimeleri tane tane vurgulayarak, "Bana güvenmenizi beklemiyorum, sizin bana güvenmek gibi bir beklentiniz olmamalı. Ben, bana uygun olduğunu düşündüğüm bu kapıdan geçmek istiyorum, ancak geçtikten sonra içeriğini görüp devam etmek isteyip istemediğime karar verebilirim. Sizinle burda oturup mülakat oyunu oynayabilecek kadar toplumun kurduğu sisteme ait olmayı isterdim ama değilim. Ben sistemin bir şekilde dışarıda bıraktığı, sistemin geneli tarafından deneyimlenmemiş birçok çöküşü yaşamış bir kazazedeyim. Sürekli hazır olmasaydım, hayatın benim için planladıklarından sağ çıkamazdım," dedi Bilge'nin konuşması devam ederken, soruları cevaplamak için odaya girmiş olan Dilek'in on beş dakikasının dolduğunu gösteren alarm çalmaya başladı. Zeynep alarmı bir hamlede susturup devam etmesi için Bilge'ye baktı. Bilge bakıştaki dikkati, ilgiyi anlayıp saygıyla devam etti. "Bana sormak istediklerinizden önce, kendinize sormanız gereken iki soru olduğunu düşünüyorum... 1-Benim kadar zeki birine gerçekten ihtiyacınız var mı? 2-Benim kadar dürüst birini kaldırabilir misiniz? Size asla yalan söylemem, bazen çok duymak isteseniz bile."

Can'ın neden kızı çağırdığını anlamıştı. Karşısındaki şey, atomu parçalayacak bir teknoloji gibiydi ama illa da patlaması gerekmiyordu. Annesiz, yalnız bir insan bebeği kendi yolunu bularak gelmişti buraya. Eğer iyi bir oyuncu değilse, kız şimdiye kadar gördüğü en iyi asistan adayıydı. Düz, duygusuz, cinsiyetsiz ama kadın, dürüst, zeki... Bu aday, olması gerektiğinden çok daha ötede, tehlikeli seviyede iyi görünüyordu. Çünkü adanmaya hazırdı. Her birimizin içinde fırsat kollayan bir delilik olduğunun farkındaydı Zeynep. Önce kızın içindeki deliliğin ne kadar kontrollü olduğunu anlamalı ve bunu en uzman şekilde yaptırmalıydı. En azından Can'ın bununla yatmayacağı kesindi, sonunda kendisi dışında da bir kadın, kız bile olsa, etrafta olacaktı. Can'ın yıllardır inisiyatif kullanmasıyla ilgili attığı nutukları dinlemeye karar verdi. Kıza mülakatın bir parçası olduğunu uydurarak, onu karakter analizi için Eti'nin asistanına gönderdi. Oradan nasılsa hiçbir şey deşifre olmadan, özüne inmeden çıkamazdı. Bilge'yi işe almadan önce, onun zekâsıyla zehirlenmemiş biri olduğundan emin olmalıydı.

-7-

Kaçırılan iki otobüs ve üç saate yakın trafikte süren yolculuktan sonra, Özge şehrin dışında sadece fabrikaların ve yaşayacak yere paraları yetmeyen insanların, tuğlaları çamurla harmanlayarak yaptıkları, eve benzeyen yaşam yerlerinin bulunduğu yere varmıştı. Erken gelmişti, görüşmeye girmesine 40 dakikaya yakın bir zaman vardı. Otobüsten indiği durakta etrafına bakındı. Üçüncü Dünya Savaşı'ndan sonra kendini yeniden toparlamaya çalışan insanlığın resmi gibiydi burası. Paranın olmadığı, devletin var olmadığı, sadece hayatta kalmaya çalışanlar tarafından sığınılmış bir yer.

Verilen tarifte bu durakta inmeli ve 100 metre sağa yürüdükten sonra hemen sağda bölgenin tek, çok katlı binasını fark etmeliydi. Bulunduğu yerden sağa baktı. Gecekondulardan uzakta, boş bir arazinin ortasında etrafı demir parmaklıklarla çevrilmiş gri binayı gördü. Duraktan binaya uzanan yol topraktı, otobüsün geçtiği yol dışında her yer topraktı. Binanın çevresi bozkır, kurak bir araziydi ve hiç kimse tarafından dokunulmamış, tek bir ev bile yapılmamıştı. Etrafı gecekondularla sarılı, fakirliğin kâbesi gibi tek başına bir boşluğun içindeydi bina ve tepesinde logosu parlamaktaydı. Logoyu küçülten, aşağılayan bir görüntüydü bu. Görüşmeye gideceği dergi, haftalık televizyon programını küçük magazin haberleriyle birleştirip kablolu televizyon müşterilerinin evlerine gönderen bir yayın akışı dergisiydi. İki aylık kahrolası bir psikolojiden sonra Özge için bu bile hiç yoktan iyiydi. Nasıl olmuştu da CV'sini gönderdiği kimse onunla görüşmemişti!

Özge biraz yürüdükten sonra durdu, böylesi bir yerde ne iş yapabilirdi? Her gün buraya gidip gelmesi bile imkânsızdı. Her şey bir anda nasıl da terse dönmüştü! Dağ başında iş arayan biri haline gelmişti. Muhtaçtı ve muhtaç hissettiği için de güçsüz. Güçsüz hissetmekten nefret etti. Dolan gözlerindeki yaş bedeninden kaçarcasına hiç iz bırakmadan, kirpiklerine bile bulaşmadan aktı.

Şimdi olduğu yere çökse ve orda kalsa kimse fark etmezdi. Kendi kendine hayatla konuştu. "Bunun ne anlamı olabilir ki?"

Çantayı ağrıyan omzundan indirip sapını avuçlarıyla iyice kavrayıp yere değdirmeden ama sanki sürüklüyormuşçasına bıkkınlıkla tekrar binaya doğru yürümeye başladı. Adımları toprağın tozunu kaldırıyor ve kurak arazide iz bırakıyordu. Gözleri kendi adımlarındaydı. Sanki her bir adımın atıldığından emin olmak istermiş gibi ayaklarına bakarak ilerledi ve kendiyle konuştu. "Hadi. Hadi... Ağzına sıçayım. Hadi!"

Adımları hızlandı. Daha önce çok bulunmuştu varoşlarda ama böyle bir yerde iş görüşmesine gitmek yeni bir bakış açısı getirmişti Özge'nin hayatına. Düşüşler böyle başlardı, önce hiçbir zaman ait olmayacağını bildiğin bir yerde çalışırsın, sonra hiçbir zaman yaşamayacağına emin olduğun o eve taşınırsın, sonra da hiçbir zaman evlenmeyeceğini düşündüğün biriyle evlenirsin. Lanetlenmenin üç temel ilkesiydi bu: Köle ol, hapsol ve kaybol.

İçini yakan duyguyu anlamaya çalıştı. Acımaydı. Resmen kendine acımaya başlamıştı. Arkadaşlarına nutuk atarkenki hallerini düşündü. Ne kadar görkemliydi her zaman, herkes nasıl da güçlü, yıkılmaz sanırdı Özge'yi. Onu tanıyanların gözünde o her zaman, hiçbir şeye ihtiyacı olmayan, kendiyle bütün, üstün biriydi. Şimdi görseler onun bu zavallı durumunu, nasıl açıklayabilirdi? Durdu, bu iş görüşmesinin ona göre olmadığını düşündü. Ne işi vardı bu lanetli yerde? Çirkin binaya baktı. Kendini buraya ait hissetmiyordu ve asla da hissetmeyecekti. Eğer hayat onu bu binada çalışmak zorunda bırakırsa günün birinde, bu binayı sadece yıkmak için burada olduğunu biliyordu. Ait olmadığı bu yerin kendisine bulaşmasından tedirgin durdu, geri döndü. Otobüs durağına geri yürürken görüşmeye gitmekten vazgeçmişti.

Durakta kendisinden başka kimse yoktu. Hava sıcaktı ama açık bozkır arazide esen rüzgâr kuru sıcaklığı hafifletiyordu, rüzgârın kaldırdığı toz gerçekten çok rahatsız ediciydi. Yaklaşık 15 dakika geçti. Durağın etrafında dolanıp otobüs saatlerinin yazılı olduğu herhangi bir şey aradı, bulamadı. Bulsaydı şaşıracaktı. Otobüsleri yoğunlukla kullanan insan kalabalıkları o kadar köleleştirilmişlerdi ki, durakta saatlerce beklemek onlar için artık yorucu işlerinden uzakta birazcık dinlenmek, hayal kurabilmek için kendilerine ayırdıkları zaman anlamına gelir olmuştu. Kimsenin beklemekle ilgili bir şikâyeti yoktu bu ülkede. Rasgele duraklara gidip, şanslarına dua edip, otobüslerinin gelmesini bekleyen sürüler aynı zamanda bu ülkeyi yönetenleri de seçiyorlardı. Hiçbir beklentileri olmadan. Ama Özge sürüden ayrılalı çok olmuştu. Geri dönmeye de hiç niyeti yoktu. Uzaklara, otobüsün gelmesi gereken yola baktı. Göz alabildiğince uzakta bile otobüsten eser yoktu. Saatine baktı, henüz görüşmeye geç kalmamıştı, yarım saatten az vakti vardı. Dönüp demir parmaklıklı binaya baktı ve iş görüşmesine gitmek üzere tekrar toprak yola koyuldu. Sonuçta aptal durakta toz yutmaktan iyiydi.

Adımlarıyla kaldırdığı toza aldırmadan hızlı hızlı yürüdü. Etrafta kimsenin olmaması cazip geldi ona çünkü içinde bir yerlerde, aslında burada bulunmaktan çok, kendisini tanıyanların onu böyle görebilme ihtimali yakmıştı canını. Özge öylesine iyi çizmişti ki kendi kusursuzluğunu, sonunda imajına âşık biri olmuştu.

Hayatı boyunca hiç makyaj yapmaya, kuaföre gitmeye gerek duymayan Özge, güzel olmak için hiç saatlerce zaman harcamamıştı ama bugün tüm bunları yapanları iyi anlamıştı. Yetersizlik hissi insana tuhaf şeyler yaptıran hatta tuhaf şeyleri ihtiyaç olarak algılatabilen bir histi. Çoğu insan aslında özlemini çektiği şeyin zenginliğindeymiş gibi davranıyordu. Bu durum herkeste farklıydı. Saçları olmayan adamlar peruk takmaya karar verirlerse seçtikleri perukla saç zengini olarak geziyorlar, memeleri küçük olan bazı kadınlar taktıkları dolgulu sutyenlerle ortalıkta göğüslerini gere gere dolanıyorlar, dişleri bozuk olanlar dişlerini gözleri kamaştıracak kadar beyaz ve büyük yaptırabiliyorlar ya da burunlarından memnun olmayanlar burunlarını abartılı küçültüyorlar, dudaklarını dolduranlar patlatırcasına şişiriyorlardı... Herkes eksikliğini çektiği şeyi neden abartıyor diye düşündü Özge. Hayat gibi diğer şeyler de dozajında güzeldi.

Belki de umudun var olmasına neden olan bir yoldu bu. Peki ya psikolojik eksiklik içinde olanlar, onlar nasıl gizliyorlardı eksikliklerini? Hiç sevilmemiş olanlar çok mu seviyorlar ya da çok seviyormuş gibi mi yapıyorlardı? Kendilerine kızanlar diğerlerini hep af mı ediyorlardı? Kendi güçsüzlükleri içinde var olmaya çalışanlar sürekli gövde gösterisiyle etrafa meydan okuyup saldırıyorlar mıydı?

İnsanlar kendilerini daha değerli kılmak için her şeyi yapabiliyorlardı. Kendisini düşündü. İki ay boyunca bir görüşme yapabilmek için elinden gelenin en iyisini yapmıştı ama sonuç değişmemişti, şimdi çölde iş arayan biri gibiydi. Kendi eksiklikleri neydi ve neyi gizlemek için ne yapıyordu? Neden sürekli kendisini güçlü, hiçbir şeye ve kimseye ihtiyacı olmayan biri gibi gösteriyordu? Bu iki ayda hayat ona neyi anlatmaya çalışıyordu? Hayatları boyunca işsiz kalan insanlar vardı, sakat olanlar, hasta olanlar, çocuklarını kaybedenler... Özge kendini bunlarla bir tutmaya başladığını fark etti. Kendisini köprüden atlamak üzereyken gazeteciler tarafından kolundan yakalanan ve soru sorulan biri gibi hayal etti. Gazeteci ağlayan gözlerle soruyordu. "Niye canına kıymak istiyorsun?" Özge de ağlamaktan şişmiş kırmızı gözler ve mağrur bir bakışla cevap veriyordu kendisini çeken canlı yayın kameralarına. "İki aydır işsizim ve benim gibi zeki, yetenekli, nerdeyse kusursuz biri bile iki aydır işsizse bitmiştir bu dünya!"

Kendi kendine güldü, kendi şımarıkça acısı komik gelmişti. Rahatladı. Kendisini lanetlenmiş bile hissetse, aslında durumunun o kadar da kötü olmadığına karar verdi. Hayat ona bir şeyler anlatmaya çalışıyordu. Özge henüz anlamıyordu neler olduğunu ama bugünden bir yıl sonra, geriye dönüp baktığında bugünün hayatının en önemli, verimli, değerli günü olduğunu düşünecekti. O binaya gitmek verdiği en iyi karar olacaktı hatta belki insanlığı bile etkileyecekti.

Bir metre ötesinden hızla geçen süleymancık Özge'yi o ana geri getirdi. Hayvanın çevik ve hızlı bir şekilde koşmasına baktı bir an ve süleymancığı geçerse bu lanetin kırılacağını tuttu içinden. Elindeki çantayı sırtına atıp, 200 beygirlik bir at arabasının aniden kalkması gibi tüm gücüyle koştu. Koştu. Süleymancıkla arasında kol uzantısı kadar mesafe vardı şimdi, durmadı daha da hızlandı.

Takip edildiğini anlayan süleymancık aniden durup küçük bir taşın gölgesine girdiğinde, Özge onu geçmiş ve laneti kırmıştı bile. Koşması hafifleyerek devam etti, binanın demir parmaklıklı girişine varmasına dört metre kala, biraz önce kendi yürüdüğü toprak yoldan şimdi üç büyük tır binaya doğru gelmekteydi. Acele etse iyi olurdu, tırların kaldırdığı toz bulutunun içinde kalmak istemiyordu. Çevik bir şekilde demir kapıdan içeri girip bahçe içindeki güvenlik kulübesinin yanından geçerken artık biliyordu, kendine acımak ona göre değildi. Biraz önce ağladığı için biraz aşağılanmış hissediyordu kendini ama artık geçmişti.

Uyanmıştı. Binanın bahçesi kutularla doluydu. Yaklaşan güvenlik görevlisinin konuşmasına fırsat vermeden Özge, "İyi günler. İş görüşmesi için geldim. Giriş ne taraftan acaba?" diyerek lafa girdi.

Güvenlik görevlisi onu yan tarafta olan girişe yöneltti. Binanın içi de dışı gibi kutularla doluydu. Her yer bomboştu, sadece kutular vardı. Güvenlik görevlisinin bir yorumuna kadar binaya yeni mi taşınıyorlardı, binadan mı taşınıyorlardı anlayamadı. Ahmet Bey'le görüşmek üzere asansöre giderken yanında ona yolu gösteren güvenlikçiye soracaktı ki, güvenlikçi Özge'den önce davrandı ve taşınmanın çok uzun sürdüğünü, derginin kapandığı günden beri, bir aydır, kutulamanın ancak bugün bittiğini ve nihayet bugün binanın tamamen boşaltılacağını, binada altı güvenlik görevlisinden başka kimse olmadığını anlattı. Özge görüşmeyi yapacağı Ahmet Bey'in güvenlik görevlisi olup olmadığını soramadan asansöre bindiğinde kafası iyice karışmıştı. Kendisine söylenildiği gibi binanın en üst katına, beşinci kata çıktı. Asansör kapısı açıldığında Özge'yi 1,90 boylarında, çok geniş omuzlu bir dev adam karşıladı, bu Ahmet'ti ve koridorun sonundaki odaya kadar ona eşlik etti. Aralarında geçen kısa sohbetten Özge'nin anladığı tek şey, Sadık Bey bir süre sonra gelecekti. Sadık Bey de kimdi? Özge iki aylık kendi psikolojik savaşının etkisiyle ve görüşmeye geldiği derginin kapandığının bilgisiyle fazla soru soramadı. Toprak yolda binaya doğru ilerlerken olayları akışına bırakmaya karar vermiş ve bugünlük hayata teslim olmuştu. Bu boş binada tecavüze falan uğramadığı takdirde olayları akışına bırakmaya razıydı.

Koridorun sonundaki oda binanın ön cephesine bakıyordu ve odada yaklaşık 15 kişinin rahatlıkla sığabileceği büyüklükte bir toplantı masası ve bu masanın iki ayrı ucuna konumlandırılmış sadece iki ofis sandalyesi vardı. Özge önce kapıya yakın olduğu için duvar tarafındaki koltuğa oturdu. Kendisiyle görüşmeye gelecek adamın uzakta, tam karşısındaki koltuğa oturmasının ne kadar da komik olabileceğini düşündü. İlk 10 dakika, sanki her an kapıdan biri girebilirmiş gibi geçti ama kimse girmedi. 15 dakikanın ardından Özge yerinden kalkıp pencereye doğru yürüdü ve yaklaşık 20 dakika boyunca kutuların, binanın önünde yan yana dizilmiş tırlara yüklenmesini izledi. Nakliye ekibi oldukça profesyonel görünüyordu. Üç tırın içinden toplamda 16 kişi inmişti.

Özge rakamı çok iyi biliyordu çünkü tek tek saymıştı taşımacıları.

16 taşımacı ve 5 güvenlik görevlisi. Altıncı güvenlikçinin, bulunduğu odanın kapısının önünde nöbette beklediğini hayal etti. Burada saldırıya uğrasa nerden kendine bir kaçış yolu bulacağını düşündü. Eline alabileceği sivri bir cisim olup olmadığına baktı, kafasını cama yapıştırıp pencereleri kırarak, pervazın dışına çıkıp tutunabileceği detaylara baktı. Sonra ne yapacaktı? Bozkır, boş araziye kurtarın beni diye bağıracak mıydı? En azından taşımacılar kendisine yardım edebilirlerdi.

Tam kapıya doğru ilerleyecekti ki, otobüs yolundan binaya doğru uzanan toprak yola sapan son model, lüks siyah bir 4x4 dikkatini çekti. Cip, tozu dumana katışından anlaşıldığı kadarıyla saatte 140-160 gibi bir hızla binaya yaklaşmaktaydı ve hemen vardı.

Özge pencereden biraz uzaklaşmıştı, cama yapışmış merakla dışarı bakarken görünmek istemiyordu ama hâlâ manzaraya hâkim bir konumdaydı. Binanın demir parmaklıkları hareket edip açıldığında, demir parmaklık gibi görülen şeyin aslında kocaman demir sürgülü bir kapı olduğunu yeni anladı. Araç önce bahçenin içine girdi, Özge araçtan inecekleri görmek için cama biraz daha yaklaşıp dikkatle baktı. Ama hiç kimse inmedi, araç bahçede öylece duruyordu. Sonra yeniden harekete geçip binanın içine girdi ve gözden kayboldu. Aracın binaya girdiği yolu düşünen Özge, kendisinin de geçmiş olduğu o yolda kapalı bir garaj olup olmadığını hatırlamaya çalıştı ama görmemişti. Camdaki yansımasından kendine baktı, yanaklarını çimdikleyerek hafif kızarmalarını sağladı, üstünü düzeltti ama ayakkabıları feci durumdaydı. Toz topraktan ne renk oldukları bile belli değildi, duman rengiydiler şimdi. Çantasından ıslak mendil çıkarıp temizlemeyi düşündü ama ancak bol suyla yıkanırsa çıkardı bu kadar toprak, aksi takdirde iyice çamura dönebilirdi durum. Riske girmedi. Masanın pencereye yakın olan tarafındaki sandalyeye oturdu. Yarım saattir adamın gelmesini bekliyordu, adam geç kalmıştı ve bir şeylerle oyalanır gibi yapmak istedi. Çantasında Go oyunuyla ilgili hiç okumadığı küçük bir kitap vardı, kitabı çıkarıp sanki okuyormuş gibi yapacaktı ki kapı açıldı.

Ahmet Bey, kendisi kadar uzun ama kendisinden ve birçok insandan çok daha yakışıklı bir adamı, Sadık Bey'i içeri buyur etti saygıyla. Özge, adamın güzelliği karşısında küçük çapta bir şaşkınlık yaşasa da hiç belli etmedi. Bu kadar süre bekletilmekten sabrı kalmamış biri gibi görünmek o an için çok kolay ve yerinde geldi, hiç gülümsemeden ayağa kalktı. Ciddi, etkilenmemiş, profesyonel ve net bir ses tonuyla sorarcasına tokalaşmak üzere elini uzatırken, "Sadık Bey?" dedi.

Sadık Bey de sempatik, gevşek bir ses tonuyla sanki sevimli bir çocukla tokalaşan bir öğretmen gibi hemen elini uzattı, Özge'nin sorusunu onaylayan bir tarzda, "Merhaba Özge Hanım," dedi.

Adamın el sıkışı sertti, tokalaşmaktan çok ele kendini hissettiren bir vurgudaydı, tam kıvamında sıkı ve tam zamanında elden ayrılan. Belli ki şirketin üst düzey yöneticilerinden biriydi ama en üst düzeyde de değildi herhalde çünkü buraya kadar kendisiyle görüşmeye gelmişti ya da gönderilmişti. Özge kaybedecek hiçbir şeyi olmayan bir psikoloji içindeydi ve gelişmiş analiz yeteneği ona bu adamın yakışıklılığının ötesinde, istediği birçok şeyi elde etmiş, keyif almaktan hoşlanan, çapkın ama prensipli biri olduğunu söylüyordu. Böyleleriyle kaliteli iletişim kurmanın tek yolu onlarla aranıza mesafe koymak olurdu, mesafe koymazsanız sizi bir hamlede kendi kümesi içine alır ve kapsardı. Siz daha ne olduğunu anlamadan ast üst ilişkisi içinde en alt basamakta bulurdunuz kendinizi. Özge bunu iyi biliyordu çünkü kendisi de böyle biriydi. Toplumsal katmanlar açısından düşünürsek daha yolun başındaydı ama fırsatını bulduğu anda çevresindekileri kapsamak bir içgüdüydü onda. O yüzden adamdaki hissi tanımıştı. Kendi üstünlüğünün farkında olup, farkındalığının farkında olan herkeste ama yaşadığı toplumda çok az insanda olan bir şeydi bu. Bu adam tanıdığı herkesten dahaydı, en azından şimdilik. Daha yakışıklıydı, daha uzundu, daha kendine güveniyordu, Özge'yi kendisini en kötü hissettiği anda yakalamıştı. Geriye iki soru kalıyordu: Ne istiyordu ve kimdi?

Beyninde davranış stratejisi geliştirmek için bin düşünce arasında hızla dolanan Özge yine aynı kararı verdi. En kaba haliyle tamamen kendisi olacak ve bugünü, bu toplantı ya da ayakkabıları dahil her şeyi gerçekten akışına bırakacaktı. Oturup soru sormadan, adamın kendisini niye buraya çağırdığını dinleyecekti.

Adam masanın diğer ucundaki sandalyeye doğru giderken, Özge adamın oraya oturmasının gerçekten de komik olacağını düşündü bir kere daha ama adam sandalyeyi tek eliyle, sanki bardak tutuyormuş gibi kaldırıp Özge'nin yanına getirdi. 1,80 civarındaki boyu ve giydiği şık beyaz gömleğinin altında beliren kaslı vücudu, kolları dirseklerinin hemen altında özensizce kıvrılmış gömleğe sinir bozucu bir güzellik veriyordu. Adam sandalyeyi seri bir hamlede koydu, oturdu ve bir ayağının ayak bileğini, diğer ayağının dizkapağının üstüne koyarak geriye kaykıldı. Sağ eli kendi halinde masanın üstündeydi ve yüzükparmağı kendisinden başka kimsenin fark edemeyeceği yavaşlıkta yaptığı küçük hareketlerle masanın yüzeyi üstünde küçük daireler çiziyordu. Adam dümdüz bir ifadeyle Özge'nin gözlerinin içine bakarken hiç konuşmadı. İfadesinden, bakışlarından kendini tehdit edilmiş hisseden Özge geri adım atmadı, takınabileceği en ciddi ifadeyi takınıp adamın suratına bakarak konuşmasını bekledi. Üç saniye daha geçti, adam konuşmadı.

Özge daha fazla beklemenin kendisini güçsüzleştireceğini hissetti, tam soracaktı ki adam sanki akşam haberlerinden bahsediyormuşçasına duygusuz bir ses tonuyla, "Şimdiye kadar neler yaptın, anlatsana... Kendinden bahset. Ne yapmak istiyorsun?" dedi.

Özge hemen oyuna katıldı, sanki önemli bir şeyden konuşuyormuşçasına ciddi bir şekilde ve yüksek sesle soruyu tekrarlarken alaycılığını gizlemeden, "Şimdiye kadar neler yaptım?.. Yapmak istediğim şeylerden henüz hiçbirini yapmadım, o yüzden anlatmaya değecek pek bir şey yok bu konuda. Kendimden bahsetmem gerekirse, 25 yaşındayım, felsefe okudum, inandığım bir din ya da ideoloji yok ama bir yaratıcının olduğuna inanıyorum tabii onun cennette yaşamadığını düşünüyorum... Eğer tehdit altında kalırsam kolaylıkla birini öldürebilirim, ha bi de Zimri'liyim. 'Ne yapmak istiyorum'a gelince, kapatılmış bir dergiye alınmak üzere beni iş görüşmesine davet eden biri olarak fazla soru sorduğunuzu düşünüyorum ve beni buraya niye çağırdığınızı bilmek istiyorum, şimdilik," dedi ve kendini Can Manay gibi hissetti, adamın tarzı sanki bulaşıcıydı.

Sadık'ın suratında hiçbir kası oynamamıştı, Özge'nin konuşmasını dinlerken hiçbir yorum yapmamış, hiçbir mimiğini kullanmamıştı. Ama suratındaki ifade, gözlerinin içinden odaya yaydığı keskin gülümseme hissiyle dünyanın en soyulmaz bankasını sadece spor olsun diye soyan adamın ifadesiydi. Özge yıllar sonra o ifadenin aradığını bulan bir adamın ifadesi olduğunu anlayacaktı ama bugün tek görebildiği belli belirsiz ukala bir bakış ve dudağının kenarında milimetrik beliren, tebessüme benzeyen ama asla harekete dönüşmeyen bir şeydi.

Sadık masanın üstünde daireler çizdiği parmağına baktı, parmaklarını birkaç kez tıplattı ve masaya bakarak sakin, "Zimri'nin neresindensin?" diye sordu.

Özge birkaç saniye önce yaptığı abartılmış ukalalıktaki konuşmanın, adam tarafından bir sohbet başlangıcı olarak alınmasına şaşırmıştı ama ifadesini hiç bozmadan, karşısındakinin kendisine bir cevap borçlu olduğunun bilinciyle yine alaycı bir ifadeyle, "Her yerinden," diye cevap verdi.

Adam bakışlarını Özge'ye doğrulttuğunda, çıkık kaşları altında derin iki çukura benzeyen kahverengi gözleri iyice kısılmış ve dudağının kenarında var olduğu sanılan gülümseme nihayet adrese ulaşmıştı. Birkaç saniye Özge'ye baktıktan sonra, "Sen niye burdasın? Neden geldin?" diye sordu.

Özge kaşlarını çatıp kendisine sorulan sorunun abesliğini abartılı bir şekilde karşı tarafa aktarmak istercesine şaşırarak, "İş görüşmesine çağrıldım ve geldim... Kapanmış bir derginin iş görüşmesine," dedi.

Sadık tek bir hamleyle oturduğu yerden kalkıp pencereye doğru gittiğinde, adamın vücut hareketlerinin odada yarattığı dalga Özge'de çok güçlü olmayan ama yine de var olan bir tahrik hissi uyandırdı. Özge adamın arkasından hafifçe kafasını çevirip baktığında, pencerede arkası Özge'ye dönük duran adam, işçileri seyrediyordu. İstemdışı da olsa, adamın uzun bacaklarına ve takım elbisesinin pantolonundan beliren sporcu poposuna dikkatle baktı, penisi olsa o an sertleşirdi. Hemen kafasını önüne çevirdi. Normalde herhangi bir görüşmede kendisi tarafından yaratılan bu enerjinin şimdi hiç tanımadığı bu adam tarafından kendisine saldırgan ve umursamaz bir şekilde yönlendirildiğini hissediyordu. Enerji saldırgandı çünkü adamın gözlerindeki fetih naraları ancak bir aptalın anlayamayacağı kadar güçlüydü; umursamazdı çünkü karşısına çıkan şeye sahip olmak dışında verdiği duygu ya da hasar adamın umurunda bile değildi. Adamdaki bu hal, bir üstünlük duygusuyla karşısındakine istediği an sahip olabileceğini bilme haliydi. Özge bu duyguyu da iyi biliyordu çünkü o da kendi üstünlüğünün farkında bir fetihçiydi. Ne kadar istendiği ya da sevildiği hiç umurunda olmayan, sadece kendi istekleri üzerine yoğunlaşan bencil, tek taraflı, sadece alan, hiç vermeyen bir fetihçiydi. Kendi kendine gülümseyip bu adamın tuzağına düşürdüğü kadınları düşündü, sonra kendi sahip olduğu kadınları düşündü. Kendisini adamla kıyasladı. Kendisiyle birlikte olmuş biri, yaşadığı cinsel doyumdan sonra bu adamla birlikte olsa acaba hangisinin daha etkileyici olduğunu düşünürdü? Saniyeler içinde ürettiği düşünceler Özge'yi karşısındaki erkeğin güzelliğinden etkilenmiş bir kadın modundan çıkarıp, rakibini tartan bir savaşçı moduna geçirmişti. Adamın arkadan gelen sesi artık etkisi çoktan geçmiş bir müzik gibi geldi Özge'ye.

Sadık, "Seni bu kadar tehlikeli yapanın ne olduğunu görebiliyorum ama bu kadar basit olamaz," dediğinde, Özge önce Sadık'ın dediklerinden hiçbir şey anlamadı. Gerçekten ne demek istediğini daha iyi anlayabilmek için tekrar ona döndüğünde, Sadık sırtını cama dönmüş, pencerenin önündeki ısıtma ızgaralarına poposunu dayayıp oturmuş, Özge'ye bakmaktaydı. Göğsünde kavuşturduğu kolları, üzerindeki gömleği öylesine etkili bir biçimde germişti ki, adamın çıplak olmasından daha çekici, insanda üzerindeki gömleği yırtarak çıkarma isteği uyandıran bir etki bırakabilirdi ama Özge'de değil. Özge bu adam gibilerini, dünyada çok fazla sayıda olmasalar da, iyi bilirdi, çünkü kendini iyi tanırdı. Gayriihtiyari yapılmış gibi duran bu duruşlar, bu bakışlar Özge'ye karşısındakinin fiziksel olarak çok iyi yapılanmış bir insanoğlundan ibaret olduğunu hatırlattı. O yapıya ulaşabilmek için saatlerini koşarak, terleyerek, kendi kaslarına eziyet ederek harcayan ilkel bir insandı bu. Basit bir Michelin Man.*

Şaşkınlığını hiç gizlemeden çattığı kaşlarıyla hesap sorarcasına, "Ne tehlikesi?!" diye sordu Özge.

Sadık, aynı derinlikte Özge'nin gözlerine bakmaya devam ederken kafasını hafif sağa yatırıp sakin gülümsedi. Özge sabırsızlanmıştı, artık bilmek istiyordu. "Açık açık bana neden bahsettiğinizi anlatacak mısınız? Yoksa beni buraya gövde gösterinizi

* Bir lastik markasının reklam figürü.

izlemem için mi çağırdınız?! Çölün ortasında terk edilmek üzere olan bu yere!" dedi.

Özge meydan okurcasına diklenmiş, öne gelerek direkt adama konuşmuştu. Oturduğu yerden öne doğru eğilen Sadık, Özge'nin güzel yüzünden şimdi sadece 20 cm uzaktaydı. Taptaze sabun kokuyordu kız. Dümdüz baktı kızın gözlerinin içine. Hayatında gördüğü en güzel gözler değildi belki bunlar ama en gerçek gözlerdi. Korkusuz, meydan okurcasına hesap sorarak bakıyorlardı kendisine. Hayatında ilk defa istemesinin sahip olmak için yeterli olmadığını bilerek bakıyordu bir kadının yüzüne. Bu kadını bu kadar özel yapan neydi diye düşündü istemdışı.

Bu genç kadın, Can Manay'ın tüm basın kuruluşlarına ültimatom göndermesine neden olacak kadar tehlikeli ne yapmıştı ya da ne yapabilirdi? Kız zekiydi, oyunu kendi kurallarına çevirerek oynamayı iyi biliyordu, cesurdu ve umurunda bile değildi ya da umurunda değilmiş gibi görünmeyi iyi beceriyordu. En tehlikelisi de buydu, umurunda bile olmaması. Umursamaz bir insan asla elde edilemezdi. Ağzından çıkacak herhangi konu dışı bir cümlenin kızın odayı terk etmesine yol açacağını hissediyordu Sadık, kız buraya ait değildi ve kendisine ne teklif edilirse edilsin asla ait olamazdı da. En iyisi fazla bulandırmadan dümdüz konuya girmekti. Sadık, "Seni Can Manay için tehlikeli yapan şey ne, bunu bilmek istiyorum. Bana tüm hikâyeyi katıksız anlattığın takdirde, sana şimdi nakit 10 bin dolar vermeyi planlıyorum," dedi.

-8-

Kadın olmak. Bir zekâya verilebilecek en eşsiz destek, büyük bir üstünlük. Bu üstünlük, annelik içgüdüsü ya da anne olabilme zırvalıklarından dolayı değil, içindeki zehre, ondan panzehir yaratabilecek kadar sahip olmakla alakalı bir güç diye düşünürken karşısındaki kadının zavallılığı midesini bulandırdı. Lafın gelişi değildi bu bulanma, ağzına gelen kusmuk tadı Eti'yi öylesine rahatsız etti ki, 35 yıllık deneyimi olmasa masasının üstüne tükürebilirdi. Kendi zavallılığını deneyimlemekten bıkmayan salaklar arasında geçen 35 yıldan sonra kusmuğunu yutmak ilk öğrendiği şeylerden biri olmuştu. Eti 30 yıldır otoimmün hastasıydı. Sinirlendiği ya da herhangi bir duygusal yoğunluk yaşadığında kullandığı ilaçların da etkisiyle, kusması bir refleks haline gelmişti. Şimdi karşısındaki bu salağı dinlemek, 50 dakikasına 927 dolar alıyor olsa da, çok zor gelmeye başlamıştı. Can'ın bir kazığı daha diye düşündü.

Can Manay, yıllardır uygun gördüğü hastaları ayda bir kere düzenli olarak Eti'ye gönderir ve her bir hasta için de 927 dolar öderdi. Eti, Can'ın önceleri bunu teşhis konusundaki uzmanlığından yararlanmak için yaptığını düşünmüş ama Can, Eti'nin fikirlerini bir tek kendisiyle paylaşması için hep pasif ama özde agresif bir baskı uyguladığında, bu hasta trafiğinin altında başka bir neden aramıştı. Hastaları Eti'ye ihtiyacı olduğu için göndermiyordu, ayda Eti'ye kazandırdığı 8300 dolara yakın para, aralarındaki gizli anlaşmanın kontrol altında tutulabilmesi için dizayn edilmiş bir sistemin basit bir sonucuydu. Paranın miktarı değildi anlaşmayı sağlayan, rakamların simgelediği şeydi. Eti, bu oldukça sempatik olabilen, karizmatik yaratığın istediği oyunu oynamasına hep izin vermişti ne de olsa Can Manay kendi elleriyle yarattığı bir canavardı, yavrusu sayılırdı.

Eti'nin teşhis konusundaki uzmanlığı 14 yıl önce koyduğu bir teşhisle psikoloji literatürünü de etkilemişti. Bulduğu şey, ters düz edilmiş bir insan yüzü kalıbı fotoğrafının, kalıbın düz haliyle yan yana konulduğunda, ancak şizofren biri tarafından, hangisinin kalıbın ters hali olduğunun hemen ayırt edilmesi ve bir resmin aynada ters çevrilmiş kopyasının, onlarca resim arasında bile olsa, yine şizofrenler tarafından hemen bulunabilmesiyle ilgiliydi. Sağlıklı birinin yapamayacağı bir seçimdi bu. Ne komiktir ki, bir şizofren sağlıklı birinden çok daha net bir şekilde orijinali görebiliyordu. Bu buluşu yaptığında çalışma hayatının ortalarına yaklaşmış olsa da daha çok gençti. Can Manay'la tanışmaları da bu buluş aracılığıyla olmuştu, hatta Can Manay bu buluşu yapabilmesinin ana nedeniydi.

Eti'nin gözleri masasının üstünde duran oğlunun resmine gitti, bir an geçmişi hatırladı. Hatıralar, midesindeki tüm asidin yemek borusuna hücum etmesiyle kesildi, koltuğundan fırlayıp lavaboya yetişmesi saniyeler kadar sürse de, sıvıyı olması gereken yerde tutma savaşı o anı çok uzun yaşamasına neden olmuştu. İlk gelen safrayı lavabosuna çıkardıktan sonra, durumu ancak biraz daha kontrol altına alıp tuvaletin içine kusmaya devam etti. Her öğürmesinin sonuncu olması umuduyla 20 dakika boyunca kustu. Her doğrulma hareketi bir sonraki öğürmeyle bölünüyor ve Eti'nin kendisine yapması gereken adrenalin iğnesine ulaşmasını engelliyordu. Midesinde çıkartacak bir şey kalmayınca, kusma kasılmalar olarak devam etti, iki büklüm de olsa lavabosunun yanında duran adrenalin iğne kutusunu açıp iğnesini yapabildi. Otuz saniyenin geçmesini bekledi. Önce tıkanan kulakları açıldı, sonra diyaframına kasılmalar sonucu oturan yumruk yok oldu. Hastasının gittiğini biliyordu, kadın birkaç kez Eti'ye telaşla seslenmiş, sonra asistanı tarafından odası boşaltılmıştı. Aynada allak bullak olmuş suratına baktı, akan makyajını yıkadı. Şimdi yapılacak tek şey biraz uzanmaktı.

Odasına geri döndüğünde hedefi uzanma koltuğuydu, Can'ın kendi sandalyesinde oturmuş beklemesinden hiç tedirgin olmadan uzanma koltuğuna bıraktı kendini. Bir süre hiç konuşmadı, söylenecek bir şey de yoktu zaten, giderek sıklaşan tipik krizlerden biriydi bu. Biraz kendine zaman verip çektiği acıyı önemsiz gösterecek bir ses tonuyla, "Hayırdır?" diye sorabildi.

Can sessiz, koltukta kendine gelmeye çalışan Eti'ye bakıyor, sessizliğinin onu rahatlatmasını istiyordu. Can'ın hâlâ konuşmaması, Eti'yi kendi acı gerçeğinden çıkarıp Can'ın odadaki varlığının bilincine iyice getirdi. Merakla yineledi Eti. "Bu sefer n'oldu?.. İyi misin?"

Can kaşları çatık, Tanrısının ölümlü olduğunu keşfeden ve bu yüzden acı çeken bir kul gibi, "Sen iyi misin?" diye sordu. Kendi karakterine ters düşen bir önemseme vardı sesinde.

Eti kafasını Can'ın saçmaladığını anlatan bir ifadeyle sağdan sola sallayıp konuşurken bu zamansız ziyarete içinden küfrediyordu. Can'ın ziyaretleri hep zamansız olmuştu, her şeyi gibi, hayatına girmesi bile. Eti, "Tam göründüğüm gibiyim, benimle ilgili söylenecek çok bi'şey yok. Konuyu uzatıp canımı sıkma. Kendi derdimin yanında bir de seni rahatlatmakla uğraşmam gerekiyormuş psikolojisine sokup kendi ağırlığını benim üzerime koyma. Ya bana bi çare bul ya da hafiflemem için hafif ol! Şimdi söyle neden burdasın!" dedi.

Can, ne zaman otoriteyi özlese, Eti'yi görmeye gelirdi. Eti'nin her şeye cevabı olan, saçmalamaktan uzak, duygusallığı bir alışkanlık değil de kalbin ihtiyacı gibi dozajında yaşayan tavrı Can'ı her zaman çok etkilemişti. Can'ın tanıdığı en sağlıklı insandı bu kadın, en azından psikolojik olarak. Can'ı gerçekten tanıyan tek insandı. Can, "Konuşabilecek misin?" diyerek emin olmak istedi. Can'ın kendisine yakışmayan bu incelikli, tedirgin hali Eti'yi iyice çileden çıkardı, "Ya sen soru sormadan konuşabilecek misin acaba?!" dedi.

Can, Eti'nin her türlü durumda konuyu kısa kesip sadede gelmesine alışmıştı, her zaman mantıklı, her zaman güvenilir ve daima dürüst biriyle konuşmak için hayatında gelebileceği tek yerdi burası. Saçma ön sevişmelerden uzak, hemen olaya girmek için tasarlanmış bir yer gibiydi. Yüzyıllar boyunca kafamıza kazınmış 'acını paylaşıyorum' saçmalıklarına gerek yoktu bu odada. Bu oda, Can'ın aitlik duygusunu deneyimlediği tek yerdi. Can, "Bu akşam yemeğe geliyor bana ve bunu düşündüğüm zaman bile geriliyorum," dedi. Eti hafife aldığını göstermek için, "Neydi... Doğa... Du..." derken Can hemen, "Duru," diyerek düzeltti onu.

Eti şimdi kendini daha iyi hissediyordu ve hafif doğrulup arkasındaki yastığı düzelterek, "Duru. Erkek arkadaşıyla mı geliyor yine?" diye sordu.

Can, Eti'nin kullandığı kelimeye takılmıştı, "Yine?! Daha önce gelemedi..." diye açıklarken Eti, "Partiye gelmemiş miydi?" diye kesti Can'ın lafını. Can kafasını hayır anlamında sallarken sıkılmıştı oturmaktan, tek hamlede kalkıp masanın önüne geçerken, Eti "Şimdi anlaşıldı niye beni aramadığın," dedi.

Can poposuyla masaya yaslanırken, "Niyeymiş?" diye sordu. Eti kaşlarını kaldırıp çok tahmin edilebilir bir davranışı analiz eden bir gülümsemeyle, "Kızı görmüş olsaydın, etkisi geçti ya da arttı diye arardın ama anlatacak bir şeyin yokmuş ki aramadın. Devam et," dedi.

Can, "Ne anlatayım ki? Bu akşam geliyor, geliyorlar. Birlikte yemek yiyeceğiz. Ben birkaç kişiyi daha davet ettim," derken Eti, "Hâlâ mastürbasyon yapıyor musun onu düşünerek?" diye Can'ın lafını kesti.

Can evet anlamında sakince başını salladı. Eti vücuduyla Can'ı daha net görmek için yavaşça ona dönüp kurcaladı. "Niye gelmemiş ilk davete?" Can heyecanla, "Burda değildi, İsviçre merkezli bi Avrupa turnesine gitti. Söylüyorum sana, yakında çok ünlü olacak. Off başka kimseye benzemiyor," dedi elleriyle saçlarını karıştırırken.

Eti, Can'ın derinlerindeki huzursuzluk kırıntılarını gördü. "Ya nişanlısı?" diye hatırlattığında, Can tatsız bir anıyı hatırlamışçasına, "O! Tam salak! Keş," dedi.

Eti sorusunun anlaşılmadığını anlayıp cümlesini vurgulayarak, "O davete niye gelmedi?" dedi.

Can, "Ha o geldi, hatta çok da eğlendi. Davetlilerden birkaç kişi bunu tanıdı, eski hocaları mıymış neymiş, kızlar sürekli etrafında falan. Suratına bile bakmadım. Benim evime gelmiş bir de çağırdığım kızlarla oynaştı, neyse... Saçmalıyorum biliyorum ama kontrolüm dışında, kafamdan çıkaramıyorum bu kızı, acayip bir duygu," dedi.

Eti'nin şüpheleri iyice kabarmıştı, renk vermeden, Can'ın atlayacağını bildiği bir cümle kurdu, "Bize en çekici gelen şeyler aslında en kontrol edemediklerimizdir." Can tam da Eti'nin düşündüğü gibi lafa dalıp, "Bu zırvaları biliyorum, bana gelenlere ben de yaptım yıllarca bir sürü felsefe ama Eti, ait olduğunu hissettiğin hatta bildiğin birini görünce sarsılıyorsun," dedi. Konuşması biter bitmez ağzından çıkanların Eti'de kendi geçmişleriyle ilgili anlamlar oluşturabileceği geldi aklına. Endişeyle ona döndüğünde, Eti ifadesiz kendisini dinlemekteydi.

Can, "Sen ne düşünüyorsun, delirdiğimi mi?" diye sorduğunda, Eti ciddi bir ses tonuyla, "Zaten delisin," dedi. Can alınmamıştı çünkü doğruluk payı vardı söylenende, zaten istediği hayatı kurma gücü olanlar arasında kim deli değildi ki. "Cidden ne düşünüyorsun?" diye ısrar etti, felsefe yapmaya hali yoktu.

Eti tüm dikkati Can'ın vücut dilinde, "Hayatında bir kez gördüğün bir kız..." derken Can, "İki kez!" diyerek düzeltti. Eti konuyu hafifletmenin iyi olacağına karar vermişti bile. "Neyse, iki kez gördüğün ve hiç konuşmadığın, yani gerçekliğini hiç deneyimlemediğin bir kadın bu ve seni tahrik ediyor... Bu gayet mantıklı Can... Eğer hayatının sonuna kadar onu düşünüp mastürbasyon yapmak istiyorsan sana tavsiyem kızla hiç tanışmaman. Çünkü onunla yaptığın ilk sohbetin hemen ardından tüm çekiciliği gidebilir, doğal olarak ya da..." derken Can sabırsızca yine lafa girdi. "Bu benden daha büyük bir duygu Eti, öyle sadece sikmek istediğim bi kız değil bu. Ne bileyim ben, çocuklarımı doğursun falan istiyorum... Belki. Bilmiyorum ama yoğun bi şey."

Eti, bu Duru gerçeğini Can'da sıradanlaştırmaya çalışırcasına, "Kızı sadece iki kere gördün, ikisinde de acayip kostüm ve makyaj içinde hayal ötesi bir yerdeydi," derken, Can kendi durumunun ciddiyetini anlatmak istercesine lafa girerek, "İlk gördüğümde muhtemelen yataktan yeni kalkmıştı," dedi.

Eti, "Her neyse, sonuçta kadınları görmeye alışık olduğun bir halin ötesindeydi bu kız ve şimdi sana bir masal kahramanı gibi geliyor. Üstüne bir de koşullar bir anda senin alışık olmadığın şekilde kızı ulaşılmaz yaptı, kız hem nişanlı ya da daha kötüsü kısa zamanda ünlü de olabilir... Yani, kendini öyle bir psikolojinin içine sürüklüyorsun ki, görmüyor musun, hiç tanımadığın ve tanısan sana aslında ne hissettireceğini bilmediğin birinden bahsediyoruz burda, onu hayatının merkezine koyan bir durum yaratıyorsun beyninde..." derken Can kendini tutamadı, olayın doğasının Eti tarafından algılanması onun için çok önemliydi ve "Ben anlıyorum durumu böyle görmeni ama Eti benden bahsediyoruz burda, lütfen bir an dur, kendi profesyonel deneyimlerinden çıkıp beni sana gelen salaklarla karıştırma! Ben ya ben! Böyle hisseden benim. Bir başkası olsa ben de senin gibi düşünürdüm ama konu benim!" dedi tedirginlikle.

Eti içinde hissettiği onaylamanın Can tarafından anlaşılmaması için bir an sessiz kaldı. Can bir süre sonra tedirgin gözlerle Eti'ye bakarak, "Kendimi daha fazla kaptırmadan önce mantıklı düşünmek istiyorum, belki uzun bi tatile çıksam..." diye konuşmaya başlamıştı ki, Eti sakince lafa girdi: "Birbirimizi kandırmayalım, tatile çıkmayacağını ikimiz de gayet iyi biliyoruz. Kendini daha fazla kaptırmadan önce bence de mantıklı düşünmeliydin! Evi satın almadan önce, evde davet verip kızı çağırmadan önce, yine bu akşamı organize etmeden önce, yaptığın mastürbasyonlarla kızı beyninde asla ayrılmayacağı bir yere kazımadan önce..." Sessizlikte birbirlerinin gözlerinin içine baktılar. Eti derin bir nefes aldıktan sonra nerdeyse mırıldanan bir tonda, "Bu akşam soğukkanlı ol... Bi sakinleştirici al, hafifle ve dinle. Bu gece sadece dinle. Bırak onlar anlatsınlar sen dinle, dinlemek en iyi korunmadır, saklanmadır, bu gece tek ihtiyacın olan şey dinlemek!" dedi.

Can, Eti'nin her kelimesini onaylayan bir ifadeyle bakıyordu ama bu Eti'nin içinde hissettiği endişeyi dindirmedi. Gözlerini kırpmadan kuşkuyla Can'ın gözlerinin içinde cevap aradı, bulamayınca Can'ı sarsacak cümleyi söyledi. "Can, bir an durdum, kendi profesyonel deneyimimden çıkıp seni bana gelen tüm salaklardan ayırdım ve böyle hisseden sen olduğun için söylemek zorunda hissediyorum kendimi: Dikkatli ol... Geçmişe dönmeyelim."

Can sarsılmıştı, sarsılması duyduklarından ya da eskiden olanları hatırlamaktan değil, tanıştıkları uzun yıllar boyunca Eti'nin ilk defa kendisine 'geçmişi' şimdi hatırlatıyor olmasındandı.

-9-

Özge toprak yolda hızlı adımlarla yürüyordu, tırların bıraktığı derin tekerlek izlerini bir süre takip ettikten sonra kestirmeden durağa doğru yönelmişti. Kızgındı, hayır, öfkeliydi. Otobüse binecek, doğru Can Manay'ın stüdyosuna gidecek, onunla yüzleşene kadar dışarıda bekleyecek, eğer ulaşamazsa kliniğine gidecek ve orada binanın önünde bekleyecek ve gerekirse dışarıdan ona bağıracak, meydan okuyacaktı! Polise gidecek, savcılığa gidecekti! Can Manay'ın yaptığı haksızlığı anlatacaktı. Kimsenin, hayatını mahvetmesine seyirci kalmayacak, karşısında ülkenin, hatta dünyanın bile en güçlü insanı olsa kendi hakları adına onunla savaşmanın yolunu bulacaktı. Ama nasıl ispatlayacaktı, Can Manay'ı neyle suçlayacaktı? Kimi şahit gösterecekti? Lanet olsun bu dünyanın nesi vardı! Can Manay'ın kendisini işten attırdığına inanamadı. Tekrar tekrar röportajı düşündü, acaba bu adam gıcık olduğu herkese mi yapıyordu bunu? Bunu hak etmiyordu!

Sadık'ın arabasının ne kadar zamandır onu takip etmekte olduğunu bilmiyordu ve yanından geçip gittiği durağın nerdeyse 500 metre geride kaldığını fark ettiğinde aklındaki son düşünce, bu ülkeden gitmekti. Can Manay gibi bir devle savaşmanın hiçbir yolu olamazdı, kabul etmek istemese de biliyordu. Can kendisi gibi devlerin arasında kendi üstünlüğünü korumaya adanmış bir sistemin en gelişmiş parçasıydı ve eğer birilerini etrafta görmek istemiyorsa, o kişi etrafta görünmezdi. Özge mahvolduğunu düşünürken yanında onu takip eden arabanın şoförü ikinci kere, "Özge Hanım lütfen! Arabaya biner misiniz?" diye seslendi.

Özge'nin öfkesi hissettiği tüm duygulardan daha baskındı ve Sadık'a ne anlatması gerektiğini de bilmiyordu aslında. Can Manay'la toplamda yarım saat geçirmişti, kendisine böylesine cephe aldıracak ne yapmıştı, düşündü... Akıl hastanesinde yatmasıyla ilgili olmalıydı ama emin olamadı çünkü birçok şey olabilirdi. Can Manay prensipleri olan bir adamdı, kızı çok beceriksiz bulmuş ve aşağılamıştı. Belki böylesine beceriksiz birinin sektörde çalışmasına karşıydı ama bu kadar basit olamazdı. Sadık gibi, ciplerde özel şoförle gezen bir adamın kendisiyle görüşmeye gönderilmesinin daha anlamlı bir nedeni olmalıydı. Can Manay'ın hastanede yattığına dair bir belge bulmuştu ama hikâyenin gerisi yoktu. Doğru olup olmadığından bile emin değildi. On bin dolar, tek cümlelik bir hikâye için iyi paraydı ama aceleci davranmak yerine durumu sakinleştiğinde değerlendirmeliydi. Öfkeden patlamak üzereydi.

Özge, Sadık'ın oturduğu koltuğun camına yürüdü, bekledi. Sadık camı açmadı, onun yerine kapıyı açtı. Arabaya binmesi bekleniyordu kendisinden ama öfkesi öylesine sarmıştı ki bedenini, daha sonradan kendisini deli gibi gösterecek bir olaya meydan vermemek için binmemesi gerektiğini biliyordu. Hareket etmeliydi, durursa patlayabilirdi. Zaten karşısındaki adamın kendisiyle ilgilendiği, bir iş falan teklif ettiği de yoktu, tek istedikleri bilgiydi.

Özge durumu biraz abartıp pazarlığını güçlendirmeye karar verdi.

Açtığı kapıdan Özge'nin arabaya binmeyeceğini anlayan Sadık, tek bir hamlede araçtan indi. Kızdaki öfke, Can Manay'la bu kız arasında geçen olayı ya da konuyu daha da merak etmesine yol açmıştı. Kızın iki aydır iş aradığını ve Can Manay'ın ültimatomu yüzünden kimsenin kızı görüşmeye bile çağırmadığını biliyordu. Sadık birçok başka derginin yanında Krem De La Krem'in de sahibiydi. Derginin genel yayın yönetmeni, Can Manay'ın ültimatomuyla ilgili kendisine bu bilgiyi aktardığında hemen kızla görüşmek istemişti ama önce Can'ın ricasına uyarak kızı işten çıkartıp beklemeye karar vermişti.

Kızın olayın ciddiyeti içinde daha da umutsuzluğa düşmesi için iki ay beklemişti. Buluşma yerini özellikle seçmiş, şehrin dışında ulaşımı oldukça meşakkatli olan bu yerin kızı final bıkkınlığına getireceğini, derginin kapandığı haberini o anda almanın verdiği yorgunluğun kızı kendisine açılmakta kıvama getireceğini ve teklif ettiği 10 bin doların o anda kız için yeterli olacağını düşünmüştü. Yanılmıştı. Kız Sadık'ın teklifini duyar duymaz ayağa fırlamış, on saniyelik bir süre odayı bir uçtan bir uca adımlayıp sonra Sadık'ın gözlerinin içine bakarak ne istediğini söylemişti.

"Sizi buraya gönderen kişilere söyleyin, elimde dünyayı durduracak bilgiler var. Ama bunu tek bir şartla açıklarım. Bana kendi dergimi çıkarmam için küçük bir yatırım yapacaklar. Haftalık bir dergi olacak bu. Çok fazla bir şey istemiyorum, bu kapanan derginin malzemelerinden bazılarını bir ay ödünç verseler ve dört senyör art direktör maaşı, bana yeter. Bana bir ay süre verecekler, çıkardığım dergi birinci ayın sonunda ülkenin en çok satılan dergisi olmazsa, hayatımın sonuna kadar ücretsiz çalışacağıma dair ne istiyorlarsa imzalarım ve Can Manay'la ilgili ne biliyorsam anlatırım ama eğer birinci ayın sonunda dergim en çok satılan dergi olursa, yaptıkları yatırımın karşılığında dergimin yüzde 10'unu onlara veririm ve yine Can Manay'la ilgili bildiklerimi anlatırım, hatta dahasını da öğrenirim," demişti.

Sadık gecekondulara doğru uzanan yolda hızlı hızlı yürüyen Özge'ye zorlanmadan attığı büyük adımlarla yetişti. Özge, gözü yerde adım adım ilerlerken, öfkesini dizginlemeye çalışarak, "Teklifim hâlâ aynı. Size tüm detaylarıyla ne olduğunu anlatırım ama dördüncü sayıda. Her hafta bir sayı ve eğer birinci ayın sonunda ülkenin en çok satan magazin dergisi olmazsam dergiyi anında kapatabilirsiniz," dedi.

Sadık kızın kararlılığından etkilenmişti ama istediği şeyi gerçekleştirmenin imkânsızlığının da farkındaydı. Ülkede işler, güç sahibi kişilerin birbirlerinin açıklarını kullanarak, ki bu; açıkları örtbas etmelerine yardım ederek ya da halka deşifre olmalarını sağlayarak iki yönlü de olabilen bir durumdu, kendi pozisyonlarını güçlendirmeleri üzerine kurulmuş bir sistemle yürüyordu. Bu sisteme çomak sokmaya çalışan herkes, anında sistem tarafından imha edilirdi. Sistemi çok iyi biliyordu çünkü kurucularından biriydi. Sadık, Can Manay'la ilgili değerli bir bilgiye sahip olmasının gelecekte epey yararını göreceğini düşünerek çağırmıştı kızı görüşmeye ama basit bir bimbo* yerine Özge gibi türünün tek örneği bir şey çıkınca karşısına kafası karışmıştı. Kızın kalitesi, Can Manay'ın üzerinde baskı yaratan bu bilgi her neyse, düşündüğünden daha değerli olabileceğini anlatıyordu. Batmak üzere olan güneşin hâlâ etkili sıcaklığına, etrafın dayanılmaz çirkinliğine, adımlarını yeryüzünü parçalarcasına vuran kızın öfkesine rağmen bugünün güzel bir gün olduğunu düşündü Sadık. Kızın yanında huzurlu hissetmişti kendini. Çocukluğunun geçtiği bu yerde, belki de hayatında ilk defa huzurla yürüdü.

En akıllıcası direkt konuya girmekti. Sadık, "Bu teklifin değerlendirilebilmesi için öncelikle Can Manay'la ilgili konuyu benimle paylaşman gerek. Senin yerinde olsam konuyu bu kadar uzatıp savaşa dönüştürmeden, kısa bir sohbet için alacağım 10 bin doları düşünürüm," dedi sakince ama kız suratında aniden beliren tiksinti ifadesiyle durup Sadık'a döndü, lafını kesip, "Ama

* Çekici ama aptal kadın.

benim yerimde değilsiniz! Durumu sizin anlayacağınız seviyeye indirerek anlatayım. Benim elimde sizin patronlarınızın çok işine yarayacak bilgiler var. Bu bilgileri seve seve paylaşmaya da hazırım ama karşılığında küçük bir yatırım ve bir ay süre istiyorum. 10 bin dolar sizde kalabilir. Şimdi gidin bunu iletin ve şunu da ekleyin lütfen, sizden başka konuyla ilgilenenler de var. Başka teklifler de aldım. Ha bir de, ne zaman senlibenli olacak kadar samimi olduk?" dedi.

Sadık kıza tek kelimeyle hayran kalmıştı. Başka kimsenin konuyla ilgilenmediğini biliyordu, kızın işsizlikten çok umutsuz bir vaziyette olduğunu biliyordu, kızın işini kaybetmesinin nedeninin Can Manay olduğunu bilmediğini bilmiyordu ama onu da yaklaşık bir saat önce kızın suratındaki şok ifadesinden ve şimdiki öfkesinden anlamıştı. Kızın konuya adapte olup kendi yararına olacak bir çözüm üretmesi ortalama yarım saatten az sürmüştü, hem de Sadık'a haddini bildirecek bir üslupta. Sadık tutamadığı bir tebessümle konuştuğunda kelimelerine yansıyan şefkat Özge'yi çileden çıkarmaya yetecek seviyeye ulaşmıştı. "Özge Hanım, sizin için en doğrusunu göremeyecek kadar öfkelisiniz. Şimdi parayı alın, eve gidin, biraz kendinize gelince beni arayın o zaman sohbetimize..." derken Özge hiddetle lafa daldı, "Sen kendini ne sanıyorsun ya! Şu aptal, daracık gömleğini çıkar da adama benze. O para da sende kalsın, harçlık yap! Sadaka mı veriyorsun?" dedi.

Özge çileden çıkmıştı çünkü Sadık'ın sesindeki şefkat Özge'nin algılamasına acıma duygusuyla karışık alay olarak varmıştı. Kız tereddüt etmeden, "Kimsin ki sen?" diyerek yine diklendi. Sadık anlayışlı ve anlaşılmak istenen sakin bir tonda, "Sadık Murat Kolhan," diye cevap verdi.

Özge sanki savaşa hazırlanırken karşı cephede bir arkadaşını görmüş gibi kalakaldı. Adam S. Murat Kolhan'dı. Ülkenin en iyi iki televizyon kanalının ve dört gazetesinin tek sahibi. Krem De La Krem'in, adından başka hiçbir şeyi bilinmeyen patronu.

Her şeye sahip olan, her şeye hakkı olan adam. Herkes adını bilir ama kendisini tanımazlardı çünkü şimdiye kadar hiçbir gazetede tek bir resmi bile çıkmamıştı. Hakkında çıkan bir sürü dedikodu kulaktan kulağa sektörde çalışanlar arasında dönse de, hiçbir yerde Murat Kolhan'la ilgili herhangi bir habere rastlayamazdınız. Zenginliği tamamıyla kendisine aitti, ne babasının işini devralmış ne de köklü bir aileden gelmişti. Tek başına bir orduydu bu adam.

Özge daha önce hakkında birçok şey duyduğu bu adamla bu seviyede bir görüşme yaptığına, diklendiğine, meydan okuduğuna çok utandı. Utancını hareketleriyle belli etmek istedi ama bunun aptal, ezik bir kadın gibi görünmeden nasıl yapılacağını bilmediğinden belli edemedi. Sadık'ın karşısında kafası karışmış, suratında kendini aşağılayan, kendine kızan bir ifadeyle donakalmıştı. Can Manay'dan sonra Murat Kolhan'la böyle bir durum gerçekten de ülkeyi terk etmesine yol açabilirdi. Sırada ne vardı? Başbakan mı?!

Özge'nin başı dönüyordu, tansiyonu düşmüştü, hava çok sıcaktı. Kendi saygısızlığının verdiği suçluluk duygusu öfkesini dindirmiş, hatta âcizlik duygusu içinde yükselmişti. Evren onunla dalga geçiyordu. Susuzluktan kurumuş bir sesle, "Özür dilerim... Dilerseniz artık arabaya binebiliriz Sadık Bey," dedi.

Sadık kendi adını söylediğinden beri kızın suratında, ruh halinde, bakışlarında olan değişimi izlemenin verdiği keyifle Özge'nin suratına dalmıştı. Kızın öfkesi, fütursuzluğu garip bir şekilde tahrik ediciydi ve şimdi Sadık'ın kim olduğunu öğrendiğinde yelkenleri suya indirmesi hayal kırıcı bir durumdu. Özge arabaya binmeyi teklif ettiğinde Sadık'ın aklı kızın küçük ama oldukça etli ve çıkık dudaklarındaydı, bu nedenle kelimeleri iki saniye geriden algılamış ve cevap vermekte iki saniye gecikmişti. Bu gecikme aşağılık duygusuyla kavrulan Özge'ye, sanki bir daha görüşülmek istenmeyen bir insana verilen tepki gibi gelmişti. Neyse ki, işte tam o an Sadık onu arabaya buyur etti.

-10-

Duru nihayet okula varabilmişti. Prova salonuna yaklaştıkça konservatuvarın boşalan koridorlarında yankılanan müzik Duru'yu kendine getirdi. İçinde biriken umutsuzluk ve günün yorgunluğu artık tamamen geçmiş gibiydi. Devlet balesini, hayallerini kurduğu antik sahneyi unutmuştu şimdi. Ait olduğu yerde hissetmenin verdiği hafiflikle sorgulamadan müziğe doğru yürüdü. Profesyonel ses izolasyonunu bile aşan müzik, bu gücünü içindeki davul baslara ve baslarla yarışırcasına akan viyolonsele, salonun açık olan kapısına ve tabii okulun boş olmasına borçluydu. Prova salonuna yaklaştıkça müzik güçlendi, önce viyolonsel daha şiddetle akmaya başladı, sonra araya sıkıştırılan çanlar referans noktasını verdi ve notalar davulun ritmiyle öyle bir noktaya çıktı ki, Duru prova odasının kapısı önünde adımlarını durdurup müziğe teslim oldu. Gözlerini kapadı, önce kafasıyla tuttuğu yumuşak ritim tüm vücuduna yayıldı, kendini ritme teslim edip etrafındaki dünyayı tamamen unutması sadece birkaç saniye sürmüştü. Elleri boşalmış, eşyaları yere yığılmıştı, boynundaki küçük çantadan da bir hamlede kurtuldu. Müzik ele geçirdiği bu güzel bedende tüm varlığıyla aktı, boşalmış koridorda dans eden Duru, okulda kalan birkaç öğrencinin, bir hademenin ve elektrikçinin kendi etrafında toplandığını fark etmedi ya da umursamadı bile. Müzik onu ele geçirmişti ve tek çare dans etmekti.

Viyolonselin agresif ritmine eşlik edecek hızda dönmeye başladığında yukarı sıçrayıp sol ayağını havada sabitlemesi ve tüm vücudunu havadaki sol ayağının etrafında döndürmesiyle Duru izlenmeye değerdi. Müzik aniden durduğunda, Duru ipleri aniden kesilmiş bir kukla gibi yere bıraktı kendini. Bu sert düşüş, etrafında Duru'yu seyredenleri alarma geçirecek kadar sert, Duru'nun herhangi bir kasını incitmeyecek kadar da yumuşaktı. Duru çevik bir şekilde ayağa kalkıp hiç konuşmadan suratında kocaman bir gülümsemeyle eşyalarını topladı. Kendisini izleyen küçük grubun alkışıyla salona doğru ilerlerken bir an geri döndü, eğilip selam verdi. Acaba müzik neden kesilmişti?

Deniz, sahnedeki küçük orkestranın önünde, dizlerinin üstüne çökmüş, yere dizdiği nota kâğıtlarına Ada'yla birlikte müziği notalıyordu. Ada notaları sırasıyla söyleyip Deniz'in yazmasına yardım ederken, küçük orkestranın diğer üyeleri de kendi önlerindeki kâğıtlarda aynı düzeltmeleri yapıyorlardı. Duru'nun salona girdiğini kimse fark etmedi, herkes yaratmakla meşguldü.

Duru merakla, "Deniz! N'oldu, niye durdunuz?" diye sorduğunda, Deniz onu hemen, "Şışşşttt!" diyerek susturdu.

Ada dışında herkes Duru'ya bakmadan işine devam etti, Deniz kafasını bile kaldırmamıştı. Duru, Deniz'in bu hallerine alışıktı ve beklemesi gerektiğini çoktan öğrenmiş biri olarak sahneye doğru ilerledi ama çok da yaklaşmadan durdu. Elindeki eşyalarını seyirci koltuklarından birinin üstüne yığıp kendisi de hemen yanındaki koltuğa oturdu, sessizce izlemeye koyuldu. Müziğin yeniden başlaması için sabırsızlanıyordu.

Ada, kendilerini izleyen Duru'ya, istemdışı iki kere bakmıştı, her defasında da bir daha bakmamak için kendini disipline etmeye çalışmış ama bakışları kendi kontrolü dışında Duru'ya kaymıştı. Bunu engellemek için sırtını Duru'ya dönüp Deniz'in arkasına geçti ve yerde dizili olan kâğıtlara verdi dikkatini. İşleri nerdeyse bitmek üzereydi. Toplantı da, ilk prova da iyi geçmişti. Duru'nun yokluğu Ada'yı rahatlatmış ve Deniz'le olan doğal iletişimini sağlamlaştırmıştı. Keşke Duru biraz daha geç kalsaydı diye düşündü. Keşke Duru hiç gelmeseydi...

Deniz, gösterinin açılış sahnesi için Ada'nın bestelediği parçayı çok beğenmiş ama bestenin uzun olması nedeniyle bu parçayı gösterinin başka yerinde kullanmak üzere ayarlama yapmıştı. Şimdi düzeltilen notalar bu ayarlamanın son safhasıydı. Ada bu gelişmeden memnundu, gösterinin girişi için başka bir parçası daha vardı. Aslında bir yıl önce yazdığı bu parçayı, Duru'nun dansıyla yapılmak istenen açılışta kullanmak resmen işkenceydi.

Kendisi için çok özel bu parçayı Duru'yla paylaşmak istemiyordu. Bunu bu şekilde açıklayamayacağı için, Duru'nun yokluğunu fırsat bilip dansçılar yerine müzisyenlerin ve ışık oyunlarının kullanıldığı açılış sahnesi fikrini toplantıda herkesle paylaştı. Fikir güzeldi, en önemlisi müzik muhteşemdi. Bu girişi onaylamak için iki saat sonra, hava kararınca, ekibinin tamamı yeni sahnenin önünde buluşacaklardı.

Duru dışında herkesin haberi vardı bu plandan, giriş sahnesindeki kendi dansının büyük olasılıkla iptal edileceğini duyunca, Duru'nun ne hissedeceğini, tepkisini düşünmek Deniz'e çok can sıkıcı geliyordu, daha da kötüsü bugün böyle bir konuyu açmak için olabilecek en kötü gündü. Sabırsızlıkla arkada bekleyen Duru, Deniz ve Ada'nın notalarla ilgili kendi aralarında konuşmalarını fırsat bilerek onlara, "Bir daha çalacak mısınız?" diye seslendi.

Deniz, "Evet," diye cevaplarken, müziğini Duru'nun sahiplenici etkisinden koruma içgüdüsüyle Ada, "Hayır," diye cevap vermişti. Deniz ve Ada çelişki içinde birbirlerine baktılar. Deniz sakince, başta Ada'ya ve orkestranın diğer üyelerine, "Çalmak ister misiniz?" diye sordu.

Orkestradakiler tabii ki de çalmak istiyorlardı ve Ada istemeyerek de olsa başıyla onaylayıp yerdeki kâğıtları sıraladı ve viyolonseli bırakıp kemanının başına geçti.

Sahnede çöktüğü yerden kalkmayan Deniz, müzik başlamak üzereyken arkadaki koltuklardan birinde oturan Duru'ya dönüp göz kırptı. Sadece dudaklarını kullanarak sessiz bir şekilde, "İyi misin?" diye sordu.

Duru, kocaman parlak gülümsemesiyle başını evet anlamında sallayarak cevap verdi Deniz'e. Deniz gülümsedi ve yüksek sesle Duru'ya açıkladı. "İki saat sonra, güneş inince sahneyi denemek için genel prova yapacağız."

Duru ve Deniz arasındaki enerjiyi kendi damarlarında dahi hissedebilen Ada, müziğe başladığında başta birkaç kez yarım notaya basınca, gözlerini kapayıp Duru'nun varlığını kafasından silmeye çalıştı ve elindeki kemana adapte olarak müziğine devam etti. Ama düzeltilen notalar orkestranın diğer üyelerinde farklılık gösterdiği için müzik istenilen akıcılıkta değildi ve Deniz eliyle durmalarını işaret ettiğinde hepsi telaşla kendi kâğıtlarını birbirleriyle kıyaslamaya başladılar.

İki saat sonra yapılacak prova için hazırlanması gerektiğini düşünen Duru, kendisini durduran Deniz'in acilen kendisine bir açıklama yapmasını beklerken bir terslik olduğunu anlamıştı ama kendi dans sahnesinin kaldırıldığı aklına bile gelmedi.

-11-

Binanın yan cephesini komple kaplayan kendi yüzünü gördüğünde hâlâ Eti'nin söylediklerini düşünüyordu. Kendi resimlerini gazetelerde, dergilerde, internette, billboardlarda görmeye alışıktı Can ama koca bir binanın dev cephesinin kaplanması bir ilkti, onu ezen, sıkıcı bir etki kapladı içini. Modern çağın Tanrısıydı o, insanların taptığı, dua ettiği, cevaplar beklediği, her gün görmek, dinlemek istediği bir Tanrı. İnsanların kendisine inanmalarıyla var olmuş, hayranlıklarıyla güç kazanmış, kendisini izlemek için duydukları istekle Tanrılaşmıştı. Bu bina kaplamasıyla da şimdi sanki putu bile yapılmıştı. Ama Tanrılar, putları yapıldıktan kısa bir süre sonra yok olurlardı ya da yok olmalarına yakın putları yapılırdı, putları sanki halk onları hatırlasın diye arkalarında bıraktıkları bir hatıraydı. Can, şoförü Ali'den otobanın kenarında durmasını istedi. Arabadan inip araladığı kapının arasında dikilip dikkatle kendi resmini inceledi.

Yeni programının yeni formatı Can'ın imajına da yansımıştı. Saçları daha önce hiç izin vermediği kadar uzamış, ensesine inmiş, sürekli giydiği siyah takım yerini sadece siyah gömleğe bırakmıştı. Neredeyse gözlerini kırpmadan aralıksız resme bakıyordu, hoşuna gitmeyen şeyin ne olduğunu kelimelere dökmeden önce bulmak istiyordu. Ama bulamadı. Her şey çok iyi düşünülerek yapılmış, en kaliteli şekilde basılmış, beğenilecek bir cephe kaplamasıydı bu.

Can'ın kendi resmini incelemesini bekleyen Ali ve Kaya sessizce arabanın yanında yolun kenarında durdular. Yanlarından süratle geçen araçlar rahatsız edici bir rüzgâr yaratsa da Can'ın incelemeyi bitirmesini beklemek zorundaydılar. Nasılsa stüdyoya varmalarına sadece iki dakika kalmıştı. Kaya, Can'ın suratında bir ipucu ararken Ali, Can gibi resme bakmaktaydı. Can incelemesini bitirdikten sonra soran gözlerle Kaya'ya baktı. Kaya kendisinden yorum beklendiğini anlar anlamaz, "Bence çok kaliteli olmuş, yeni logo da çok güzel. Saçların, gömlek falan her şey kendini gösteriyor," dedi.

Can, bakışları hâlâ resimde olan Ali'ye dönerken, "Ali?" diye seslendi. Ali sakince Can'a baktı. Kaşlarını kaldırdı, kafasını hafifçe sağ yana eğdi, dudaklarını kıvırdı. Kafası önünde tekrar arabaya binerken Can, Kaya'ya, "Hemen ara, indirsinler bunu," diye emretti. Can da tek hamlede arabaya binerken, Kaya bıkkınlık dolu bir ifadeyle onları takip etti. Arabaya bindiklerinde Kaya, "Anlamıyorum, n'oldu şimdi? Artık Ali mi karar veriyor neyin bizim için doğru olduğuna?" dedi. Kaya, Ali'ye samimi bir tonda, "Yanlış anlama Ali, sonuçta senin işin araba kullanmak di mi, sanat yönetmenliği değil," dedi. Ali tebessüm edip kafasını sallarken Kaya da Can'a dönüp, "Bana ne olduğunu anlatır mısın?" diye sordu.

Cevap bekleyerek Can'a baktı dik dik. Can Manay'ın hayatını yaşıyordu, hem de sadece yorucu, bıktırıcı taraflarını. Can Manay rahat yaşasın diye tüm bu amelelik işleri Kaya'nındı, yoğun tempo içinde bir de yetmiyormuş gibi yarışmanın yeni formatı, bu resim ve bu yeni imaj için uykusuz dört gece geçirmiş, bir ay boyunca onlarca kez ayarlamalar yapmıştı ve şimdi Can'ın saçma kaprisine pabuç bırakmayacaktı. Bakışları akan yolda olan Can, Kaya'ya hiç bakmadan, "Eğer sen o resme bakıp gerçekten beni görebildiysen ya benim kendimle ilgili ciddi bir yanılsamam var ya da sen beni henüz görememişsin," diye cevap verdi. Araç stüdyonun otoparkına girerken Can inmeye hazırlanarak, "Şimdi hangisinin doğru olduğunu düşünmek için erken ama..." derken Kaya hiddetle lafa girdi. Can'ın büyük ama boş laflarına katlanamayacak kadar yorgundu. "O fotoğraf senin istediğin şekilde çekildi, hazırlandı. Provaları gördün, onayladın ve şimdi mi yabancılaştın?!.. 12 yıl! 12 yıl Can!! Seni, bildiğin herkesten daha iyi tanımak, bilmek için gayet yeterli bir zaman. Gece uyurken ne giydiğini, kiminle olduğunu, sabah ne yediğini, neye kızdığını, ne istediğini..." derken araba durmuş, Ali arabadan inmişti. Can arabadan inmeden önce Kaya'ya dönüp kendi öfkesini dindirmeye çalışarak lafını kesti. "Ne istediğimi!.. Evet Kaya, benim neler yaptığımı bilmek için 12 yıl yeterli olabilir ama bu zamanın benim ne olmak istediğimi bilmek için yeterli olmadığını gösterdin bana. Önemli olan ne yaptığım, günlerimi nasıl geçirdiğim, kim olduğum değil Kaya! Anlamıyor musun? Önemli olan kendimi nasıl şekillendirmek istediğim. 12 yılda benim ne kadar değiştiğimi düşün ve bu değişimleri nasıl kendi bünyeme aldığımı, hazmettiğimi, kendimi yeniden oluştururken beni yaşlandıracak her şeyden nasıl arındığımı düşün. Başladığım noktayı ve geldiğim noktayı düşün. O resim, benim daha önce olmadığım bi halimi yansıtıyor ama bu, beni yansıttığı anlamına gelmez. Ben, eğer illa dev bir resimde kendimi görmem gerekirse, gelecekte olmak istediğim kişiyi görmek isterim orda ve o adam kesinlikle ben değilim! Seninle bunu tartıştığıma bile inanamıyorum, seçimlerimizi ve tepkilerimizi otomatiğe aldığımızda çökeriz Kaya. Senden resmin kalitesi hakkında yorum yapmanı istemedim ya da sanat yönetmeninin ustalığı! Senden bana bakmanı istedim, o resimde beni görüp görmediğine bakmanı!" dedi ve arabadan indi.

Can arabadan indiğinde gardını indirmiş Kaya, Can'ın ne demek istediğini anlamıştı. Can Manay'ın işlerini organize etmek, bitiş tarihlerine yetiştirmek o kadar hayatını kaplamıştı ki, cümlenin içindeki öznenin yerini eylemin almasına izin vermeye başlamıştı. Yapmış olması, zamanla ne yaptığından daha önemli hale gelmişti. Resim güzeldi ama biraz fazla kendini satan bir havası vardı. Fazla gösterişli, fazla jön, kısa boylu adamların kendilerini uzun göstermek için giydikleri gizli topuğun bakmasını bilen biri tarafından keşfedilmesi gibi resmin etkisi, zekâyla parlayan herhangi bir gözde biraz yavandı.

Kaya arabadan yenilgiyle indiğinde garajın köşesinde Ali'nin durduğunu gördü. Can'a düşündüğünü söylediği için, daha doğrusu garip dudak kıvırması için Ali'ye kızgın değildi. Ali kendi basitliği içinde her zaman samimi olan biriydi, kimse için yalan söylemez ya da kimseyle yarışmazdı. Yerini, haddini bilen enerjisi, Ali'yi kolay anlaşılır biri yapıyordu. Kaya yine de, "Yanlış anlamadın di mi?" diye sordu. Ali samimiyetle kafasını hayır anlamında yavaşça salladı, Kaya'nın gözlerine samimiyetle bakarak, "Yok! Çok koşturuyorsun. Can bu! Fotoğraf sanki yeni başlayacak bir dizinin fragmanı gibiydi, gerçek durmuyordu. Can'ın tek istediği gerçek olmak. Sordu, söyledim," dedi. Kaya düşünceli kafasını salladı, sol elini yumruk yapıp dostça Ali'nin sol omzuna dokundurdu, ilerleyip stüdyoya girerken Ali, "Nihat'a çektirmeliydiniz," diye ekledi.

Kaya kafasını sallamasa da Ali'yi içinden onayladı. Nihat'a çektirselerdi sonuç böyle olmazdı ama iş aceleye gelmişti ve Nihat yurtdışında bir çekimdeydi. Olan olmuştu artık, Kaya stüdyodan içeri girdiğinde etraf her zamanki gibiydi, insanlar koşuşturmadan huzurla işlerini yapıyorlardı. Stüdyonun ortasından Can'ın sesi geliyordu. Kaya sesi takip ederek Can'a yaklaştığında konuşmasını duydu. Can, "Yarın sezonun son bölümü... Ve formatın da sonu! Burda olan herkes, birkaç kişi dışında uzun süredir benimle. Yarın kiminle devam edeceğimizin kararının verileceği gün," derken tüm stüdyo sessizlik içinde Can Manay'ın konuşmasını dinliyordu.

Can'ın sesi stüdyoda yankılanmaya başladığında çalışanlar önce konuşmanın bir prova olduğunu sanmış ama konuşmanın kendilerine hitaben olduğunu anladıkça işlerini bırakıp stüdyodaki sahnenin etrafında toplanmışlardı. Can sakin, kendi kendine konuşan bir üslupla, "...Bir şeye nasıl başladığınız değil ama nasıl bitirdiğiniz... itibarınızı oluşturur. Televizyon dünyasında, isterseniz bin tane ödülünüz, milyonlarca hayranınız olsun, son işinizin son dakikası olarak akıllarda kalırsınız hep... İmajınız, son yaptığınız işin son bölümünde, sonunda yatar! Yarın işimizin son noktası! Kim olduğumuz, neyi ne kadar iyi yaptığımız bundan önceki 260 bölümle değil, yarın yapacağımız son bölümle hatırlanacak.

Geçen hafta kötü bir haftaydı, ben kendimi kendi programımda gibi hissedemedim, her şey kopuktu ve buranın beyni olarak, sizin aranızdaki kopukluk benim iyi işleyememememe neden oldu! Yarın gece, ölürken gözümüzün önünden geçtiğinde bize mutluluk verecek kadar başarılı bir gece olmalı! Yarın gece bu programla bir dönemi bitirirken, kendi küllerimizden doğmamızı bekleyen milyonlarca kişiye umut vaat eden bir gece olmalı. Yarın gece, programın son bölümünü değil, bir sonraki sezonun sanki ilk bölümünü vermeliyiz izleyicilerimize! Yarın gece çalışma hayatınızdaki en başarılı, en heyecan verici gece olmalı! Yarın gece, maaşımızın gelecek sezonda iki katına çıkmasının nedeni olmalı! Ve yarın gece, bu ülkeye program nasıl yapılırmış gösterdiğimiz gece olmalı!" dedi sesinin giderek yükselen tonuyla.

Kaya durduğu yerden Can'ı dinleyenleri izledi. Can'ın konuşması ilgi çekici değildi, çünkü Kaya daha önce aynı konuşmayı iki kere daha duymuştu ve işin aslı, insanın içine işlemeyi bilen Can Manay bugün iyi gününde değil gibiydi ama etrafında toplanan insanlar etkilenmişlerdi. Bunca zaman sonra Kaya, Can Manay'ın artık ne kadar tahmin edilebilir, kendi sıradışılığında eşsiz olsa da, yine de sıradan olduğunu düşündü. Son zamanlarda ufak tefek problemler çıkar olmuştu Kaya'nın işinde, yoğunluğu kontrol edilemez bir zincirleme reaksiyon şeklinde, işlerini bazen tam istediği gibi yerine getirememesine neden oluyordu ama işin aslı, Kaya'nın Can Manay'la ilişkisinden alabileceği, onu motive eden hiçbir şey kalmamış olmasıydı. Eskiden Can Manay'ın sağ kolu olmanın faydaları şimdi Kaya için sadece modası geçmiş bir kıyafetten farksızdı. Can'ın sessizce kendisine pasladığı modeller, bazen bir trafik cezasını engellemek için bile olsa, gittiği her yerde kolayca kullandığı Can'ın ismi, bir genel müdüre eşdeğer aldığı maaşı, magazin basınında sürekli çıkan havalı resimleri... Artık hiçbir şey ifade etmiyordu. Hayat Kaya'ya kısır geliyor, değişik kadınlarla yaşadığı fanteziler evinde geçirdiği yalnız gecelerin ıssızlığını almıyor, en yakın dostları kurdukları aile ve çocuklarla donanırken Kaya sahip olduğu bu anlamsız işe hayatını vermiş gibi hissediyordu. Ruhu artık doymuyordu.

-12-

Arabanın taze serinliği Özge'nin zonklayan beynine ve kuruyan boğazına iyi gelmişti. İç döşemesinin krem rengi derisi ve konforlu koltuğu çölden nihayet vahaya varmış bir insanın yaşayabileceği cinsten bir huzur yaratmıştı ama kendisini düşürdüğü küçültücü durumun yıkıcı etkisi hâlâ bedenindeydi. Başı ağrıyor ve kalbi ritmi bozuk bir şekilde atıyordu. Bir süre hiç konuşamadan sessizce yol aldılar. Özge oturduğu koltuğun camından dışarı bakarken sanki kendisini içine düşürdüğü utanç verici durumdan saklanıyor gibiydi. Sadık ise gayet sakin, gözü yolda öylece oturmaktaydı. İlk konuşan Özge oldu. "Böyle bir yanlış anlaşılmaya meydan verdiğim için üzgünüm. Saygısızlık ettiğimi düşünmenizi asla istemem," dedi nerdeyse fısıldayarak.

Sadık kızdaki ani davranış değişikliğini izliyordu. Biraz önce kendisine meydan okuyan çöl kaplanı şimdi ev kedisine dönüşmek üzereydi ve çok alışık olduğu bu durum her zaman can sıkıcı olmuştu. Adı zamanla, ona her kapıyı açan, herkesi teslim alan bir parolaya dönüşmüştü. Adı kendi varoluşunun önüne geçen herkes gibi Murat Kolhan da çok yalnızdı. Etrafında yalakalardan ya da hayranlardan başka kimse yoktu. Kıza cevap verdiğinde biraz önce hissettiği heyecanın içinde nasıl da yok olduğunu fark etti. "Önemli olan birbirimizi anlamamız, sizi dinliyorum," dedi.

Özge kafasını sallayıp onaylarken yutkundu. Yapması gereken konuşma için güç toplamaya çalışıyordu. Bir daha yutkunup boğazını temizledi. Şoförün konuşulanları duyduğunun farkındalığıyla isim kullanmayarak konuya girdi. "Bahsi geçen kişiyle ilgili sizinle bildiklerimi paylaşmak isterim ama anlamadığım bazı şeyler var, sizinle tüm açıklığıyla konuşmak istiyorum," dedi.

Sadık, başını bir kez sallayarak onayladı. Özge onayı alınca, vücuduyla Sadık'a dönüp şoförün duymasından tedirgin bir şekilde, "Onun korktuğu kişi ben değilim, yani onunla kişisel bir ilişkim falan olmadı ama benim bildiğim, daha doğrusu bulduğum bir şey var. Büyük bir şey. Dergi beni onunla röportaja gönderdiğinde aslında hiç açmak istemediğim bazı konuları bir şekilde açmak zorunda kaldım ve görmeliydiniz, gerçekten sarsıldı," dedi. Özge iyice heyecanlanmıştı, aklına yeni gelmiş gibi kendini koltukta yine geriye bırakıp yüksek sesle, "İnanamıyorum bana böylesine savaş açtığına!.." diyerek aklından o an geçenleri söyledi. Sonra yine nerede olduğunu hatırlayıp Sadık'a döndü. Kafasındakileri toparlamaya çalışarak, "Her neyse, pardon... Konu şu, bulduğum şey güçlü ama bilginin derinlerine inip daha detaylı, çok daha güçlü bir şekilde size sunmak isterim ve bunu yapabilmek için en az iki üç haftaya ihtiyacım var," derken Sadık kızın sürekli vücut dilini, ellerini kullandığı hareketli konuşmasını dinliyordu. Sakince lafa girdi. "Benden daha da detaylı bir araştırma yapabileceğini düşünmen naiflik değil mi Özge Hanım?"

Özge tereddüt etmeden, "Hayır, hiç öyle düşünmeyin. Duyulmaz mı sanıyorsunuz siz etrafta onunla ilgili sorular sormaya başlayınca?" diye itiraz etti. Kız haklıydı ama Sadık gülerek, "Soruları benim soracağımı kim söyledi? Benim de elçilerim var," dedi.

Özge geri adım atmadan, "Tamam işte! Benden daha iyisini bulamazsınız. Tek istediğim, toplamda 30 bin dolar. Kısa bir sohbet için bana vermek istediğinizin belki üç katı ama ayrıca ülkenin en çok satacak dergisinin yüzde 20'sine de sahip olacaksınız..." dedi.

Özge konuşmasının heyecanından sıyrılıp Sadık'ın suratındaki tebessümlü bakışı gördü. Kendisinin bu işi beceremeyeceğini ama hayal kurmasının çok sempatik bir durum olduğunu söyleyen bir tebessüm ve eğlenen bir bakıştı bu. Özge'nin asla hak etmediği, katlanamayacağı haksız bir bakıştı. İçinde yükselen çığlık, Özge'nin burun deliklerinden hava olarak çıktı, gözlerinin derinliğinde beliren ifadeye yansıdı, bu ifade kararlılıktı. Özge içindeki tüm heyecanı topluiğnenin başı büyüklüğünde ama bir kara deliğin ağırlığında oluncaya kadar bastırdı, sol bacağını oturduğu koltuğun üzerine çekti, kıvırıp tüm vücuduyla Sadık'a döndü. Anlaşılmak istiyordu. Sadık kızın bu hareketine dikkatle bakıp vücuduyla cevap verdi, vücudunun belinden yukarısını kıza döndürüp sağ kolunu, yaslandıkları koltuğun üzerine koydu. Şimdi yarım parantez şeklinde kızı kapsamış olsa da, Özge'nin dikkati tamamen kendi düşündüklerindeydi.

Özge ellerini burnunun ucunda bir Budist gibi birleştirdi, üç saniyelik beklemeden sonra elini indirip tane tane, dikkatle, "Murat Sadık Bey. Yaklaşık iki sene önce Krem De La Krem, Kanal E'nin eski yayın yönetmeni Ruha Mahsun'la ilgili bir röportaj hazırlamıştı, belki hatırlarsınız. Kesin hatırlarsınız! Röportajın sorularını ben hazırlamıştım ve Aylin Karasu'yu sorması için ikna etmiştim. Hani günün sonunda adamın gey olduğu ortaya çıkmıştı, çok büyük olay olmuştu, az kalsın Krem De La Krem kapanıyordu. Hatırladınız mı?" dedi.

Sadık olayı hatırlamıştı. Kaşlarını kaldırıp aklından geçen düşünceyi yeniden onayladı: Bu kız işin politikasından hiç anlamayan bir amatördü. Sadık, konuyla ilgili hiçbir yorumda bulunmadan kafasını durumu hatırladığını belli edecek şekilde salladı. Özge tane tane konuşmasına devam etti. "Şimdi siz bana, eğer içinizde birazcık dürüstlük ya da önemseme kalmış olsaydı, benim gizli ilişkilerden, dengelerden ya da sektör politikasından anlamayan biri olduğumu söylerdiniz ve yanılmış olurdunuz çünkü anlıyorum," dedi.

Sadık kafasından geçirdiklerinin kız tarafından direkt kendisine söylenmesine şaşırmıştı ama bir an bile bunu Özge'ye hissettirmedi.

Özge yeşil bir alev gibi yanan gözlerini Sadık'ın çatık kaşları altında parlayan gözlerinden ayırmadan, her kelimenin üstüne basarak, "Ben Ruha Mahsun'un işinin bittiğini, iyi bir haber için harcanabilir olduğunu zaten hesaplamıştım," derken Sadık sakince lafa girdi, "Az kalsın dergiyi kapatıyordum. Hesabını daha iyi yapmayı öğrenmelisin," dedi.

Özge gözlerini kırpmadan, "Ama kapatmadınız ve ben niye kapatmak zorunda kalacağınızı da hesaplamıştım çünkü Ruha Mahsun'un dışişleri bakanıyla dört yıldır bir ilişkisi olduğunu da biliyordum. Daha da ötesi, kapatmak için size baskı yapılsa da, dışişleri bakanıyla ilgili rüşvet skandalının dört gün sonra manşette çıkacağını da haber bölümündeki arkadaşımdan öğrenmiştim... Baskının yapıldıktan dört gün sonra kalkacağını ve baskıcıların tamamen geri çekileceğini de hesaplamıştım. Görmüyor musunuz! Ben keşfedilmemiş bir altın madeniyim ve tam avucunuzun içinde 30 bin dolarla bir ay parlatılmayı bekliyorum. Size çok para kazandırırım ve daha da iyisi bir sürü politik güç. Gücünüze güç katarım. Anlamıyor musunuz?! Bunu gerçekleştirmek için her şeyi yapmaya hazırım. Siz sadece adını koyun," dedi.

Sadık sarsılmıştı, hem duyduklarından hem de kendisinden bir nefes uzaklığında duran Özge'nin içine akan ışığından. Tereddütsüz bir istekle Özge'ye doğru uzandı ve koltuğun üzerinde duran koluyla onu tamamen kendine çekip kapsayarak dudaklarını dudaklarına yapıştırdı. Bir an içinde olan bu hareket Sadık'ın bedenindeki anı durdurdu, ta ki boyun atardamarının üzerine şiddetli bir hızla aldığı darbeye kadar.

Özge kendisini kapsamaya kalkan herifi hemen geri itti, kendinden uzaklaştırdı. Bunun, içinde patlayan tiksintiyle karışık öfkeyi dindireceğini düşünmüş olsa da, dindirmedi. Hiç düşünmeden havaya kalkan eli Sadık'ın suratına tüm hiddetiyle patladığında, Özge ancak kendine gelebildi. Tokadın şokuyla şoförün arabayı durdurması ve Özge'nin kapıdan fırlarcasına çıkması an kadar sürse de, yediği tokadın etkisi Sadık'ın beyninde uzun süre yankılanacaktı.

-13-

Arkasına ormanı almış, topraktan fışkırıyormuşçasına tasarlanmış açık hava sahnesinin gece karanlığı her gök gürlediğinde aydınlanıyor ve zemininde birikmiş suya vuran damlalar net bir şekilde görülüyordu. Deniz, bu dekorasyonu gerçekleştirebilmek için içmimar dahil birçok sahne yönetmeniyle görüşmüş, her birinden aldığı fiyatlar karşılayabileceğinden yüksek çıkınca çareyi radikal bir yöntemde bulmuştu. Sahneyi konservatuvarın el sanatları bölümündeki öğrencilerle birlikte tasarlamışlar ve yapımında hurdacılardan ya da civardan topladıkları, kendi evlerinden getirdikleri malzemeleri kullanmışlardı. Sahne tasarlanmaya başladığında tam bir çöp yığınıydı ama doğru ışık ve su işin içine dahil edilince sonuç inandırıcı olmuştu. Kendi orijinalliğiyle büyüleyici, yamalı, her parçası başka bir şeye ait, eşi benzeri olmayan bir sahneydi bu.

İki su baskını, dört elektrik kaçağından sonra sahne ve dekorun tamamlanması toplamda 2 ay 12 gün sürmüştü. Su efekti yüzünden okulun maun sahnesini kullanamamışlardı, zaten tüm bu gösteri ve izleyiciler nasıl olsa bu küçük salona sığamazlardı. Sahneyi okulun koruya bakan büyük arka bahçesine inşa etmeye karar vermişlerdi. Deniz, insanların inandırıldıklarında nasıl da mucizevi yaratıklar olduklarını aynı bir mucizeyi izler gibi izlemişti. Mutluydu. Öğrencilerse istedikleri her şeyi gerçekleştirebilecekleri inancıyla Tanrılar gibi özgürdüler.

Sahne bitmişti. Yapımı görüldüğünden çok daha basit olmuştu. Yağmur efekti için başta denedikleri dört yöntem sonuç vermemiş, hatta felaketlere neden olmuştu ama beşinci yöntem uygulaması işlemişti. Çözüm, çalışmalara kendince destek vermeye çalışan okulun hademelerinden gelmişti, Deniz fikrin altı hademeden hangisinden çıktığını hatırlamıyordu şimdi ama ikinci su baskınının olduğu gecenin sabahı bir mucize gerçekleşmişti. Hademeler kendi aralarında yağmur sorununu, dört metreye dört metre iki çıtayı artı şeklinde tavana sabitleyip sağlamlaştırarak ve bu dev artının üstüne bir bahçe hortumunu spiral şeklinde dolayıp hortumun üstüne onar santimetrelik aralıklarla delikler açarak çözmüşlerdi. Sonuç muhteşemdi. Üzerinde dans edilecek, suya dayanıklı sahneyi yapmak da kolay olmamıştı ama yine de başardılar. Heykel bölümündeki bir öğrenci haftanın dört günü bir şirkete bağlı olarak epoksi yer kaplamasında çalışmaktaydı ve hammaddenin Deniz'in kendi cebinden verdiği parayla alınmasıyla birlikte epoksi sahne tüm tesisatıyla hazırdı. Dansçılar ayaklarına geçirecekleri ve kaya tırmanışçılarının kullandığı bir malzemeden yapılan özel çoraplar sayesinde kaymadan gösterilerini yapabileceklerdi. Sahneyi ve provayı gören bir ses sistemi şirketi geceye hemen sponsor oldu.

Toplantıda, gösterinin zaman akışı finalize edilerek girişteki Duru'nun dansı oybirliğiyle kaldırılmıştı. Konu kendisine, özellikle de dans edişine gelince, herkesin izlemekte gönüllü olduğu

Duru, kendi açılış sahnesinin iptalini duyunca ihanete uğradığını hissetmiş, iki müzik öğrencisinin önünde Deniz'e bağırıp çağırıp çekip gitmişti. İlk defa başına gelen bu iptalin nedenlerinin şahsi olduğunu o an için anlamasa da, sonraları Ada'nın etkisini anlayacak ve onu epey sorumlu tutacaktı.

Deniz, aklı Duru'da olmasına rağmen işini iyi yapan herkes gibi, kafasını toplayıp gösteriye konsantre olmaya çalıştı. Başta çok zorlansa da, hazırlıklardan sonra Ada'nın müziğinin başlamasıyla tüm düşünceleri kendinden alınmıştı, artık sadece müzik vardı.

Sahneye, senkronize ritimde, yükselen bir tempoyla çalan beş parlak davul çıktı, omuzlarına astıkları davulu çalanlar, siyah sahnenin karanlığında ve giydikleri kapüşonlu siyah plastik yağmurluğun korumasında neredeyse görünmez olmuşlardı. Üzerlerine çiseleyen yağmur sanki havada asılı duran davulları okşuyor, davula vuran sopalar hiçbir ele ait değillermişçesine havada ritim tutuyorlardı.

Önce tek sıra halinde yan yana duran davullar ritimle birlikte, kendilerinden birer adım açıklıkta bir üçgen oluşturdular. Üçgenin en ön, uç noktasında duran Orkun, grubun başı olarak hem müziğin ritmini kontrolde tutuyor hem de diğer enstrümanlara girmeleri için referans noktası veriyordu. İlk referansla birlikte sahnenin arkasında davulcuların oluşturduğu üçgenin son noktası olarak iki keman sahnede belirdi. Müzik, davulların ve kemanların ahenginde yükselen ritmiyle devam etti. Ada'nın kemanı yoktan var olurcasına sahnede, Orkun'un tam yanında üçüncü keman olarak belirdi.

Aslında davulcuların girişinden bile önce, kendi siyah yağmurluğunun içinde görünmez bir şekilde arkası seyircilere dönük yere çökmüş duran Ada, sıra kendisine gelince ayağa kalkıp yağmurluğunun içinden akan bir hareketle çıkardığı kemanını seyirciye dönüp çalmaya başlamıştı. Sahnede parlayan beş davul ve üç keman ve sahnenin sol arka köşesinde aynı şekilde kamufle edilmiş piyanonun beyaz tuşları havada asılıymışçasına akıtıyorlardı müziklerini. Müziğin yükselen ritmi, Ada'nın kemanında da en yüksek oktava ulaştı.

Sahne tamamıyla müziğe aitti, aynı Ada'nın olmasını istediği gibi, kendisine ait bu anda Duru'ya asla yer yoktu ve onu kendi anlarından uzak tutmanın tek yolu Duru'nun güzelliğinden daha baskın müzikler yaratmak, kendini yaratmaktı. Bu Ada için yeni keşfedilmiş bir yol ve sadece bir başlangıçtı. Bir gün uluslararası üne sahip olduğunda, başarısının arkasında yatan en büyük motivasyonun Duru olduğunun farkına varacak ve kendiyle yüzleşecekti. Karşılarında eksik hissettiklerimiz çalışkanlar için aslında en büyük motivasyon değil miydi?

Yaklaşık altı dakika süren müzik bittiğinde, dinleyenler alkışlayamadılar bile. Deniz, tamamıyla müziğin büyüsüne kapılmıştı. Koordinatörler dağılmadan önce son bir kere toplanıp sahnenin görsel kısmını daha da güçlendirmenin yollarını konuşmuşlar, müziğin etkisine teslim olup en sadesinde karar kılmışlardı. Deniz, evin yolunu tutana kadar ne Duru'yu ne de aralarında geçen şiddetli tartışmayı düşündü. Düşündüğündeyse dinlediği müziğin etkisiyle Duru'nun şımarıklık yaptığına karar vermişti bile, böyle bir müzik, tam Ada'nın söylediği gibi, sadece enstrümanlarla tek başına var olmalıydı, geriye kalan her şey, herkes fazlalıktı. Tek sorun bunu Duru'nun anlamasını sağlamaktı. Müziği Duru'ya dinletmeliydi.

-14-

Saatlerce yürümüştü, sakinleşemiyordu. Kendini ihanete uğramış hissediyordu, ona yabancı olmayan bu iğrenç duygu onu yine yakalamıştı. Deniz, kendini en güvende hissettiği, sığındığı adamdı. Birliktelikleri boyunca her ne olursa olsun hep yanında olacağından emin olduğu tek kişiydi ama şimdi o da diğerleri gibi onu yalnız bırakmıştı. Artık öfkeden kudurmak üzereydi. Babasının ölmüş olmasına, annesini kendisinden uzaklaştıran üvey babasının annesine olan aşkına, önce yatılı okula sonra babaannesine göndererek kendisinden kurtulan annesine duyduğu öfke hayatı boyunca hissettiği yalnızlığın bir ürünüydü. Şimdi aynı öfke, asla ihanete uğramayacağına emin olduğu Deniz'in boktan bir müzik için kendisini yalnız bırakmasınaydı, hem de kendini zaten yaralı hissettiği böyle bir günde. Tek istediği şey sadakatle sahip çıkılmak olan bu güzel yaratık, içindeki yalnızlık hissinin ağırlığıyla yorgun yürüdü eve.

Eve vardığında Deniz çoktandır evdeydi. İçindeki öfke Deniz'in canını yakmak istiyordu, aynı onun yaptığı gibi ona ait olan, değer verdiği bir şeyi onun elinden almak istedi. Kendisiyle konuşmaya çalışan Deniz'e aldırış etmeden doğru stüdyoya indi, Deniz'in beste kutusunu açtı, besteler yazılı peçete ve kâğıtlarla dolu olan kutudan, onun paylaşmakta en çok zorlandığını bildiği peçeteyi buldu ve Deniz'in şaşkın bakışları arasında, itiraz bile etmesine meydan vermeden peçeteyi ağzına tıktı, çiğnedi ve yuttu. Deniz'in konuşma çabalarını reddedip böyle bir ihaneti hiçbir şeyin haklı çıkaramayacağını haykırarak yukarı odasına gitti.

Deniz üzgün, Duru nefret doluydu. Sadece Duru'ya dinletmek için Ada'ya ikinci kere çaldırdığı ve telefonuna kaydettiği müziği yatak odasındaki komodinin üzerine koyarak, "Tek istediğim dinlemen," dedi odadan çıkarken. Müziği dinlediğinde yapılan bu değişikliğin nasıl da yerinde olduğunu Duru'nun da anlayacağını düşünmüştü. Bugün, ilişkilerindeki yepyeni bir dönemin ilk günüydü.

Telefon, komodinin üzerinde beklerken Duru soyundu, duş aldı, duştan çıktığında hâlâ siniri geçmemişti. Nasıl geçebilirdi ki! Resmen ihanete uğramıştı. Yokluğunda onun hakkını korumak yerine, Deniz onu düşünmemişti bile. Saçlarının suyunu havluyla alırken düşünmeye başladı. İlişkilerinin başından beri garip bir bencilliği vardı Deniz'in, onun tarafından hiç sevilmediğini düşünmemişti Duru ama Deniz'in tercihinde daima ikinci sırada geldiğini de biliyordu. Özellikle de şimdi. İlk sıra daima müziğindi. Başta bundan rahatsızlık duymayan Duru, Deniz'in bu özelliğinden hep iyi bir şeylerin çıkacağını hayal etmişti, satış rekorları kıran bir albüm gibi bir şeyin... Ama yıllar içinde, Deniz'in yaratmak için bu kadar istekli atan kalbinde, yarattığını paylaşmak için hiç yer olmadığını anlamıştı. Çok büyük paralar kazanabilecek bu kabiliyetin günbegün kendini esrara vermesini, kafası dumanlı bir şekilde aynı koltuğun aynı köşesinde, aynı surat ifadesiyle oturmasını, anlamsız bakışları içinde kaybolmasını izler olmuştu. Bunu hiç sorgulamamıştı şimdiye kadar. Şimdiyse kendini Deniz'le garip bir bekleyişin içinde hissediyordu ilk defa.

Dişlerini fırçalarken telefonu eline aldı. Kayıt, dinlemeye hazır ekranda duruyordu, umursamazca düğmeye basıp müziği başlattı. Ağzındaki diş fırçasının kulaklarında hışırtılı yankılanması müziği duymasını engelleyince, müziği durdurdu. Dişlerini fırçalamayı aheste aheste bitirip ağzını çalkaladı. Çıplak vücuduna beyaz elbisesini geçirdi, saçlarını kuruttu. Bugün kendini iyi hissetmiyordu ama evde kalmak da istemiyordu. Can Manay'ı antipatik bulsa da, davetine gitmek hiç yoktan daha iyi olacaktı, aslında davete çağrılmaları bile garipti. Odadan çıkarken, bir tuşa basarak, daha önce başlattığı müziği kaldığı yerden devam ettirdi. Biraz daha sakinleşmişti şimdi. Müzik, telefonun düşük kaliteli hoparlöründen cızırtılı çıkmasına rağmen, Duru çalan yaylıların gücünü hissedebiliyordu, ayakta öylece durup dinledi. Bu müzik, bugün koridorda dinlediğinden daha farklıydı. Kısa, tek dozluk bir müzikti ve vücutta doping etkisi yaratıyordu. Tüyleri diken diken eden, tam vücutta akacakken bitiveren bir etkiydi bu. Orgazm olmak üzere olan bir kadının kendisini tutup orgazmını geciktirmesi gibi bir etkiydi, bittiğinde bile keyif veren bir etki.

Duru hemen odaya geri döndü, elektronik eşyaların parçalarını koydukları ikinci çekmeceyi açtı, karman çorman çekmecenin içinden kulaklığını bulup çıkardı. Dolana dolana düğüm olmuş kulaklığı açmak için uğraşmadı bile, ucunu hemen telefona takıp kulaklığı kulaklarına geçirdi. Müziği başlattığında, kaydın yine kalitesizliği kendini çok belli etmesine rağmen müzik tüm güzelliğiyle, eşsizliğiyle kulaklarında yankılanmaya başladı. Duru dinledi müziği, daha fazla da dinleyebilirdi ama önce Deniz'le konuşması gerekiyordu.

-15-

Salon dar geliyordu Deniz'e, uzun süredir bahçeden bir bölüm alarak salonu genişletmeyi konuşuyorlardı Duru'yla ama salonun Deniz'e dar gelmesinin nedeni küçük olması değil, ahşap sehpanın çekmecesiydi. Özellikle bugün asla açmaması gereken tek şeydi, çünkü o çekmece Deniz'in zulasıydı. Belirli yönlerini yontmak istediği bu dünyadan saklandığı yerdi orası. İçinden çıkardığı ince bir kâğıt içine koyduğu tütün ve esrar karışımıyla, Deniz'i istediği yere gönderebilen, götürebilen, saklayabilen tek şeydi. Müzik içini ne kadar uyandırıyorsa, o çekmecenin içeriği o kadar dindiriyordu. O çekmece olmasa, uykusuzluğun kâbusunda kaybolurdu Deniz. Hiç kapatamadığı beyni isyan eder, düşünceleri kendi varlığına savaş açar ve belki de kendini imha ederdi. Sürekli patlayan bir volkanın kendi lavında boğulması gibi, Deniz de kendi yeteneğinin şiddetinde huzursuzdu. O çekmece, Deniz'in tek huzur bulduğu yerdi. Herkes müzikle huzur bulduğunu varsayıyor, yüceltiyordu onu ama işin aslı müzik ona ait olan bir şey değildi, hiç olmamıştı, olmayacaktı da. Müzik, içinden aktığında acıtan, onu zorlayan, yaratması için onu kamçılayan bir güçtü sadece. Kendi kontrolü dışında bir güç. İstediği zaman geliyor, Deniz'e ait, önemsediği her şeyi yıkarcasına, önemsizleştirircesine Deniz'in içinden dünyaya akıyordu. Müzik geldiğinde geri kalan her şey beklemek zorunda kalıyordu. Deniz sadece kanaldı müziğe, bomboş bir kanal. Müzik olmadan belki acısı dinebilirdi ama boşluğun anlamsızlığı her acıdan daha fazla yıkardı ruhunu. Ne müzikle ne de müziksiz huzur vardı ona, huzursuzluğu yaratıcılığını besliyor, üretmesini sağlıyor ama aynı zamanda onu yaratırken eritiyordu. Kendi ateşinde yanıyordu Deniz. Etrafındaki yapmacık toplumun sahteliği bu ateşi daha da körüklüyordu.

İçinden akan, kontrol edemediği bu güç herkesin iştahını kabartsa da, Deniz yaratırken ölüyordu. Onun için, müziğin dünyasında yaratabilmek için yitmek gerekiyordu. Yaptığı her bestede, yazdığı her şarkıda, çaldığı her notada kendisinden bir parça bırakarak azalıyor, tam bitti derken müzik tüm bencilliğiyle yeniden içine akıyordu. Yıllardır bu böyleydi. Kontrol edemediği bu duygu bir sancı gibi gelip notalara döküldüğünde, bazen bir peçete, bazen de kendi vücudunun bir parçası, notaları yazması için ona hizmet ediyordu. Enstrümanlarından birinin başında sabahladığı ya da içinden boşalttığı müziği teslim etmenin yorgunluğuyla sızıp kaldığı çok oluyordu. Birkaç öğrencisi ve bazen de Duru dışında kimsenin kulağına değmemiş onlarca bestesi vardı Deniz'in. Asla kaydedilmemiş, bazen bir iki kez, bazense hiç çalınmamış, yazıldıkları yerde bekleyen parçalar, Deniz'in ruhunun parçalarıydı.

İşte o çekmece bu ruhun acısını dindiren tek çareyi saklıyordu içinde. İnce sarılmış, küçük bir joint, yanardağın anlık da olsa soğumasına, patlamaların durmasına yetebiliyordu.

Koltukta kaykılmış Duru'yu beklerken, önünde duran çekmeceyi açıp ince bir tane sarmamak için kendisiyle savaştı. Duru'ya söz vermişti davetlerden önce asla içmeyeceğine ve şimdi bir davete gitmek üzereydiler, üstelik Duru ile böylesine gergin bir günde ona verdiği sözü esnetemezdi de. Hemen, hızlıca bir tane sardığını ve onu çaktırmadan içtiğini düşündü ve hemen ardından Duru'nun kokuyu aldıktan ya da Deniz'in suratındaki kaykılmayı yakaladıktan sonra çıldırmış hali geldi aklına, oturduğu yerden kendisiyle savaşırcasına fırlayıp çekmeceden uzaklaştı, bahçeye çıktı. Bu davet de nerden çıkmıştı şimdi! Duru'yu beklemek bu yüzden zor geliyordu ona, o çekmece ve kendisi, temassız çok uzun süre yalnız kalabilen bir ikili değildi.

Bahçede etrafına bakındı, bakımsız, yer yer kurumuş çimenlerin arasında küçük yoncalar çıkmış yabani otlar bahçenin yeşilliğini çoğaltırken, aslında estetiğini de bozmaya başlamışlardı. Uzun süredir sulanmamıştı bahçe, Deniz köşedeki hortumu alıp kafasından uzaklaştırmak istediği dünyayı sulamaya başladı. Bahçenin köşesinde duran salkımsöğüt, kışın budanmadığından fazlasıyla dallanmıştı. Bir bahçe aynı anda nasıl olur da hem bu kadar güzel hem de bu kadar çirkin görünebilir diye düşündü. Elindeki hortumun ağzını sıkıp salkımsöğüde yağmur yağdırır gibi suyu havaya tuttu. Ağacın gövdesini yıkadı suyla. Bahçeyi çevreleyen demir parmaklıklara sarılmış sarmaşıkları suladı, yağmurladı, yıkadı. Deniz daha önce de bahçe sulamıştı, belki 10 yıl önce ve şimdi bunu yapmaktan çok hoşlandığını anladı. Çıplak ayakları ıslak çimenin üstünde, kendi ağırlıklarıyla toprağa değdiğinde ayaklarına bulaşan çamura baktı, huzur buldu. İlk defa böyle bir şeyden huzur bulduğunu düşünüp gülümsedi. Suratındaki huzurlu gülümsemeyle elindeki hortumu ayaklarına tuttuğu sırada Duru hışımla salondan bahçeye fırladı ve direkt, "Deniz!" diye seslendi.

Deniz irkilip hemen kafasını kaldırdı. Duru, "İnanamıyorum sana! N'apıyosun!" diyerek Deniz'in suratındaki huzura saldırdı, çünkü Deniz'de böyle bir gülümseme ancak çekmecenin yardımıyla olabilirdi diye düşünmüştü.

Deniz, Duru'yu anlamaya çalışırken aceleyle ona doğru gitti. Elindeki hortum ayağına dolandı ve tökezledi ama bu gidişini engellemedi. Duru'nun yanına vardığında artık suratındaki gülümseme yerini korkuya bırakmıştı. Yine ne yaptım diye düşünürken Duru kızgınlığıyla onu aydınlattı. "Ben bıktım ya! Bıktım böyle yaşamaktan, senin kendini ota çevirmenden, keşsin sen ve tutamıyorsun kendini!" derken Deniz, "Duru!" diyerek açıklamak için onu susturmaya çalıştı ama Duru, "Niye tutamıyorsun, aptal mısın? Niye?" diye çıkışmaya devam etti sinirle. Deniz bu sefer daha şiddetli bir şekilde, "Duru!" dediğinde kızgın Duru, "Ne Duru'su!" diye haykırdı.

Duru, Deniz'in suratındaki ifadenin haksızlığa uğrayan birine ait olduğunu gördüğünde çatık kaşları gevşedi ve sustu. Yanlış anladığını fark etti, Deniz kendindeydi. Deniz, elindeki hortumu yere bırakıp çeşmeyi kapattı. Hiç konuşmadan terliklerini ıslak ayaklarına geçirip salona girdiğinde, bahçede gerisinde duran Duru yumuşamış sesiyle, "Konuşmamız lazım," diye seslendi ardından.

Deniz, sessizce Duru'ya döndü, bekledi. Ortamın kendisi tarafından gerilmiş enerjisinden rahatsız olan Duru, sakin ve umursayan bir şekilde, "Özür dilerim. Ben o kadar alıştım ki sadece bu lanet şeyi kullandığında suratında bir gülümseme görmeye, yine içtiğini sandım. Affedersin," diye konuşurken salona girip koltuğa oturdu.

Deniz hiçbir şey söylemeden Duru'nun devam etmesini bekledi.

Üç saniye sessiz kalan Duru, Deniz'in konuşmayacağını anlayınca, "Müziği dinledim..." dedi, Deniz hâlâ sessizdi. Duru, "... Ve sana bir şey sormak istiyorum," diye devam etti.

Deniz hâlâ sessizdi.

Duru en tatlı sesiyle, "Sen o müziği dinlerken ne hayal ettin? Kafanda ne canlandı?" dedi ve Deniz'in cevabını tatlılıkla bekledi.

Deniz kızgındı, Duru'nun bu şekilde sürekli saldırı halinde olmasından yorgundu. Ama söylediklerinde haklı olmadığını düşünse anında verirdi tepkisini. Duru'ya hak veriyordu içinden, sessiz, kırılmış, yorgun bir hak. Tartışmak istemiyordu. Duru'nun sorusunu düşündü, tatlı sesine karşılık samimiyetle, "Yaptığımız sahneyi," diye mırıldandı. Duru cevabı düşündü ve hemen, "Peki o sahnede ne var?" diye sordu. Deniz kafasındaki resmi kelimelere dökerken sakindi, "Sadece sahne... Tek başına, yaptığımız haliyle," dedi. Duru kendisine anlatılan resmi iyi anladığından emin olmak için, "Ne yani bu müzik ve o sahne, o kadar mı?" diye sordu.

Deniz bir an daha düşündü ve "Evet," dedi kararlı bir şekilde. Duru duyduğu cevabı anlamaya çalışarak, "Arka bahçeye yaptığınız sahne ve üstünde ne vardı?" dedi yine.

Deniz, "Sadece sahne, insansız, hiçbir şeysiz o sahne," diye açıkladığında, Duru, "Müzik nerden geliyordu peki?" diye sordu. Deniz, "Onu düşünmedim," dedi net bir ifadeyle. Duru aldığı cevaptan hoşnut olmadığına nihayet karar vermişti, "Ben ne düşündüm biliyor musun?" diye sordu Deniz'e. Deniz evet anlamında kafasını salladı ve "Kendini dans ederken," dedi kısaca.

Duru, Deniz'i gerçekten anlamak istiyordu. Deniz'in cevabı doğruydu ama cevabı verirkenki hali öylesine ekşimişti ki, Duru itiraz ederken bu ifadeyi hak etmediğini düşündü. "Bunun neresi kötü Deniz?" dedi sesini kontrol etmekte zorlanarak.

Deniz, "Sen hiç o sahneyi düşündün mü Duru?" diye sordu gayet sakin.

Duru, "Hangi anlamda?" dediğinde Deniz, "Hiç o sahneye alıcı gözüyle baktın mı? Detaylarına dikkat ettin mi?" diyerek açıkladı.

Duru, "Tabii ki ettim," dedi.

Deniz, "Öyle mi? Peki bana söyleyebilir misin, sahneyi karşına aldığında sahnenin sol üst köşesinde ne var?" diye sordu Duru'yu sınarcasına.

Duru düşündü, aklına birçok şey geliyordu. Sahnenin üst sol köşesinde öğrencilerin her birinin kendi yaptığı bir sürü materyal sahne duvarına eklenmişti, bu materyallerin her biri enstrüman artıklarından yapılmıştı galiba. Kendinden emin, "Bir sürü enstrüman parçası," dedi.

Deniz, "Enstrüman parçası?!" diyerek Duru'nun eminliğini sorguladığında Duru, "Evet, öğrencilerin kendi elleriyle yaptığı bir sürü parça, ıvır zıvır şeyler," diye açıkladı.

Deniz içinde hissettiği öfkeyi suratına bilinçli yaydığı alaycı gülümsemeyle dindirmeye çalışırken, "Duru! O sahnenin her köşesinde çocukların yaptığı ıvır zıvırlar var ve bu ıvır zıvırlara belirli bir uzaklıktan bakıldığında hepsi birleşip birtakım sembolleri oluşturuyorlar. Günlerimiz, gecelerimiz geçti o sahneyi yaparken ve çoğunda sen de benim yanımdaydın. Ordaydın! Şimdi bana söyle, o sahnenin sol üst köşesinde ne var?" dedi, yaşadığı hayal kırıklığının son kırıntısı da sesine geçtiğinde, "Lütfen söyle," diye tekrarladı.

Duru'nun aklına parça parça duvara monte edilen şeyler geliyordu ama hepsini birleştirip büyük resmi göremiyordu. Büyük bir resmin olması bile şimdi şaşırtıcı gelmişti. Aklını kullanarak bu şekli tahmin edebileceğini düşündü. Bu bir dans, müzik sahnesiydi. Şekil neyle ilgiliydi? Düşündükçe kafası karıştı, kafası karıştıkça zaman geçti, kendi konusundan uzaklaştırıldığını hissederek huzursuzlandı. Deniz'in sesindeki hayal kırıklığını hafifletmek için hafife alan bir tonda, "Ne olduğunun ne önemi var, ne alakası var?" diye çıkıştı.

Deniz sakin ama ciddi baktı bir süre Duru'nun güzel ama ifadesiz suratına, sonra Duru'nun anlamasını gerçekten istediği için yargısız ve sakince, "O duvardaki objeler, o sahnenin ruhunu yansıtıyor. Bizim müziğimiz, bizim dansımız için bizim kendi ellerimizle yaptığımız sahnenin ruhunu. Önemi yok, anlamı var. Hiçbir şeyin önemi yok. Sen görmediğin, anlamını bilmediğin bir şeye sahip olmak istiyorsun, farkında bile değilsin!" dedi.

Duru bu noktadan geri adım atmamaya karar vermişti. "Sahip olmak! Ben sadece dans etmekten bahsediyorum, senin tuhaf felsefelerinle konuyu dağıtman hiçbir şeyi haklı çıkarmaz," diye çıkıştı.

Deniz umutsuzluk içinde, "Ben konuyu dağıtmıyorum Duru, sana anlatmaya çalışıyorum. Biz bu gösteriyi kendimizi göstermek için değil, ifade etmek için, kendimize ait bir şey yaratabilmek için yapıyoruz Duru. Yapmak eğlenceli olduğu için değil, kendi sınırlarımızı zorlamak, dünyaya bizden bir reaksiyon bırakmak için yapıyoruz. En azından, o sahnede ne şekil olduğunu bilen herkes, bu yüzden bir bütünün parçası. Her birimiz bir parçayız, hiçbir şeye sahip olmayan ama neye ait olduğunu bilen, aitliğine tâbi, bütünü oluşturmak için bir araya gelen parçalar. Ama sen Duru, sen bütünü görmüyorsun bile, senin için sadece sen varsın ve kendini o kadar önemsiyorsun ki bu bütünün içinde değilsen ne kadar anlamsız olabileceğini görmüyorsun. Ait olmak için değil, sahip olmak için savaşıyorsun, asla sana ait olmayacak bir şeye sahip olmak için," dedi.

Duru'nun inatçı suratı, öfkenin duygularla karıştığı bir ifadede sessizce isyan etti, "Beni yanlış yargılıyorsun. Çok yanlış yargılıyorsun," diye.

Deniz, Duru'ya zarar vermek istemiyordu. Sözlerinin ne kadar ağır olabileceğini biliyordu, çünkü inanarak konuşuyordu. Tek istediği Duru'nun kendisini anlamasıydı. "Seni yargılamıyorum Duru, seni sadece anlıyorum," dedi inatlaşmadan ve sonra Duru'ya yaklaştı, suratında empatiyle karışık sevgi vardı. Koltukta oturan kızın önünde çöktü, ellerini kızın dizlerine koydu. Duru'nun buğulanmış gözleri karmaşa içinde kısılmıştı. Deniz kendisinin çok iyi bildiği, deneyimlediği bu konuyu Duru'nun anlaması için kendi egosunu ezip tane tane, "Yetenek öyle bir şey ki, eğer onu bir amaca yöneltmezsen kendini kurban etmek zorunda kalabilirsin. İçinde kimseye anlatamadığın bir ıstıraba döner. Her şey, yapabildiğini fark etmenle ve bunu diğerlerine de göstermek istemenle başlar. Sonra bir anda kendi yeteneğinin kurbanı olur, sadece onu göstermek için ona hizmet ederken bulabilirsin kendini. Sen çok yeteneklisin Duru ama amacın yok," derken Duru inatla, "Var!" diyerek itiraz etti. Deniz sakinliğinden bir şey kaybetmeden, "Amacın ne? En büyük sahnede dans etmek mi? Dans etmek amacın olamaz Duru, o yaptığın şeyin kendisi. Yeteneğinin kendisi amacın olamaz! Yeteneğini deneyimlemek de amacın olamaz," dedi. Duru sulanan burnunu eliyle hızla sıyırıp içine akan gözyaşlarının burun deliklerinden gelmesini engellerken, "Geliştirmek... Amacım geliştirmek," dedi. Deniz sabırlıydı, "Peki nasıl geliştireceksin? Yeteneğine ancak bir amaca hizmet etmeyi öğretirsen onu geliştirebilirsin. Onu bir şeyin parçası haline getirebiliyorsan, başka şeylerle birleştirebiliyorsan, böylece büyütebilirsin. Amacın ne Duru? Sadece dans etmek olamaz," dedi.

Duru bir süre sessiz kalmıştı, gözyaşlarıyla ıslanan suratını sildiğinde kendini yenilmiş hissediyordu. Hiç hoşuna gitmeyen bu duygu onu kamçılamaya başladığında, Deniz konuşmasına, "Deneyim vardığımız yer değil, gittiğimiz yoldur. Bunu sen de biliyorsun... Yolda yaşadıklarımız, karşımıza çıkan şeyler bize dokunur, zorlar, bozar, rahatlatır ve bizi değiştirir. Eğer yolculuğu yaşayıp ona dikkat edersek ancak o zaman gelişebiliriz. Kendimize gösterdiğimiz özendir bu dikkat, değişirken diğerlerini tatmin edecek, eğlendirecek herhangi bir şeye değil kendimize dönüşmemizi sağlar. Dikkat Duru. O sahne, hazırladığımız gösteri için bir yol, ifade ettiğimiz şeyin rahmi. O gece her birimiz o sahneden doğacağız. Kendi ellerimizle, hayallerimizle yarattığımız o sahneden. Her köşesinde var olduğumuz o sahneden. Senin bir kez bile dikkatlice bakmadığın bir sahne bu Duru ve sen o sahneden ilk doğan olmak istiyorsun. Bunu hak ediyor musun? Hayat bir savaş. Kendin olabilme, kendini bulabilme savaşı! Doğmak yetmiyor, kendini bulmak için savaşmak gerekiyor Duru. Senin savaşın ne? Kimin için, ne için savaştığını biliyor musun? Kendini bulmak için savaşabilecek misin?"

Deniz, Duru'nun güzel yüzünden akan yaşları eliyle sildi. Ona mendil getirmek için yerinden kalkıp arkasını döndüğünde, aşağılandığını düşünen Duru'nun hesap soran sesi onu durdurdu. "Senin savaşın ne Deniz?"

Duru şimdi ayağa kalkmış, hesap sorarcasına Deniz'in suratına bakmaktaydı. Hayatında kâğıt parçalarına yazdığı notalar dışında başka hiçbir şeyi olmayan bu adamın daha fazla kafasını karıştırmasına, kendisini allak bullak etmesine izin veremezdi. Suratındaki yaşlar silinmiş, yerine, babasından daha güçlü olduğunu keşfetmiş bir aslanın ifadesi gelmişti. Cevap bekliyordu. "Sen ne olmak istiyorsun! Felsefe yapan bir müzik öğretmeni mi?" diyerek yineledi soruyu.

Deniz, karşısında asla kontrol edilemeyeceğini bildiği bir enerji gördü. Kontrol altına girmektense kendini yakmayı seçecek bir enerjiydi bu. Daha önce de Duru'nun bu enerjisiyle karşılaşmıştı ama sadece o dans ederken. Şimdi o enerji karşısına dikilmiş, inançsızca, küçümsercesine ona hesap soruyordu. Biraz önce ağlayan küçük kıza ne olmuştu? Az kalsın Deniz'i anlamak üzere olan o kız gitmiş, yerine yenilmezliğini haykırırcasına cevap bekleyen bu şey gelmişti. Deniz cevap vermek için ağzını açtı ama karşısındaki şeyin onu anlamaya hiç niyeti yoktu ve kafasındaki düşünceler, bu kadının itiraz dolu enerjisini bastırmak için çok güçsüz geldi. Deniz ağzını konuşmadan kapadı. Bu hareketi, bir yenilmişlik işareti olarak gören Duru öfkelendi. Demagojiyle kendi ruhunu zehirleyen, kendine kendisini sorgulatan bu adam şimdi ona cevap bile veremiyordu. Kendisini anlamsız hissettirmiş, dansını olabilecek en alt seviyeye indirgeyerek kelimeleriyle amaçsızlaştırmıştı ama şimdi kendi savaşıyla, varoluşuyla, hatta anlamsızlığıyla ilgili söyleyecek tek kelimesi yoktu bu adamın. Kendine kızdı Duru, Deniz'in manipülasyonlarıyla kafasını hatta ruhunu bu kadar karıştırmasından ve Duru'yu kendine yabancılaştırmasından bıkmıştı. Yalnızdı, öfkeliydi. Duru'ya ait olan giriş sahnesini ona vermemek için belki de sadece erkeksi bir kıskançlıkla yapıyordu tüm bunları. Duru neden izin veriyordu buna? Deniz'in üzerine yürürken suratındaki ifade, gönüllü fahişelik yapan birini küçümseyen bir rahibeninki gibi acımasız ve temsil ettiği şeyden tamamen uzaktı. Duru, "Cevabın yok di mi? Ben o salak küçük kız değilim Deniz. Büyüyorum. Sen istesen de istemesen de, izin versen de vermesen de dansımla gelişiyorum da. Evet sadece dans etmek için ediyorum ve evet başka hiçbir amacım yok. Senin belki gizli bir amacın var, söyleyemediğine göre! Ama amacın var da n'oldu! Ben ilerlerken sen yerinde sayıyorsun, geriliyorsun. Zora geldin mi sarıyorsun bi'tane, kayboluyorsun. Bense en azından yüzleşiyorum, savaşmaya devam ediyorum. Sakın bana kendin olmaktan falan bahsedeyim deme! Hele savaşmaktan asla!" diye haykırdı.

Deniz bahçenin sokağa açılan kapısından çıktığında, Duru iyice kızgındı, Deniz'i takip etti. Deniz dayanamadı, "Yeter be Duru! Küçücük beyninle kendini bu kadar küçültme! Benim savaşlarımı, nedenlerimi anlayamayacak kadar kendine saplanmış duruyorsun sen. İçimde taşıdığım şeyi kontrol etmeyi öğrenmeye çalıştığımı görmüyor musun!" dedi ve bahçe kapısından sokağa attı kendini. Duru küçümseyen bayağı bir alaycılıkla, "Kendini o kadar da önemseme Deniz, alt tarafı iki nota yazıyorsun!" diye haykırdı.

Deniz, kendini gerçekten Duru'ya ait hissetmese o an, tereddütsüz çıkıp giderdi Duru'nun hayatından. Ama âşıktı bu kadına. Müziğin kendi ruhunu kullanması gibi, o da Duru'yu kullanarak kalıyordu hayatta. Enerjisini ondan alıyor, onunla bu dünyayı yaşanır kılıyordu. Müziğin kendisine verdiği yıkımı o da sevgisiyle Duru'ya vermişti bu üç yılda. Şimdi ondaki hırçınlığı, kızgınlığı gördüğünde hak ettiğini biliyordu. Yıllardır Duru'yu deneyimlemeden anlamaya zorluyor, bu zorlama kızı yıpratıyordu, doğasını bozuyor ve deforme ediyordu. Duru sadece dans etmek istiyordu, Deniz ise sadece dans etmenin onu köleleştireceğini düşünüp hep anlatmaya çalışmıştı ama şimdi Duru'nun öfkeli, korkusuz ve savaşçı, güzel yüzüne baktığında karar verdi. Duru zaten savaşıyordu, aralıksız olarak Deniz'le savaşan zavallı küçük bir kızdı. Deniz ilk defa, kendisine zarar vermeden, yitmeden, sadece müzik yapamadığı için, sadece dans edebilen Duru'yu kıskandığını hissetti. Yorgundu. Tek istediği kendi keşfettiği bu düşünceden uzaklaşıp konuyu değiştirmek, biraz nefes almaktı. Bu düşünce Pandora'nın Kutusu'nun anahtarıydı onun için.

-16-

Can eve taşınalı bir hafta olmuştu. Evi satın aldıktan sonra evin planlaması dahil, eski eve ait her şeyi tamamen değiştirmişti. Evi dizayn ettirirken bir konuda çok dikkatli olmuştu ki bu, yan bahçeyi birçok açıdan görebilen, uzaktan kumandalı güvenlik sistemiydi. Bu sistemin merkezi Can'ın sadece yatak odasından geçişi bulunan küçük bir odadaydı. Evin yeniden inşası yaklaşık iki ay sürmüştü. Duru'yu görmekteki arzusu o kadar büyüktü ki, sonraları sosyetede bir akım haline gelecek bir gelenek bile başlatmıştı bu arada. Ev inşaat halindeyken, evin duvarlarının yıkıldığı günün gecesi, şantiye halindeki evde çok başarılı bir parti vermişti. Duru'nun turnede olduğunu davete yalnız gelen Deniz'den öğrendiğinde yaşadığı hüsran, kimsenin göremeyeceği kadar derinde bir yerde oluşan bir fırtına olsa da görülmeye değerdi. O gece kendi partisinden ilk ayrılan o olmuştu, bu da bir ilkti Can için. Bir süre sahilde tek başına yürümüştü, işin komik yanı, evine varana kadar gece sokakta kendini tanıyan bir kişiye bile rastlamamıştı ilk defa. Hüzünlü ama güzel bir geceydi.

O gecenin anısıyla hafif gülümseyerek asma kat şeklinde yeniden dizayn ettirdiği yatak odasının merdivenlerinden aşağıya inerken, önünde 180 derecelik açıyla bahçeyi kucaklayan salona baktı. Ev güzel olmuştu. Her köşesi Fi'ye uygundu. Bahçenin Japon tarzındaki peyzajı, evi bulunduğu çevreden tamamen koparan bir etki yaratıyordu. Bu salonda bir kere oturduktan sonra yerinizden kalkmak epey zorlayıcı olabilirdi, çünkü her şey geleni o evde tutmak üzerine tasarlanmıştı. Bahçe, salonun sanki perdesiydi. Huzur dolu orta büyüklükteki salon, umut vaat eden bahçeyle sevişiyordu. Bahçe dış dünyayı tamamen dışarıda bırakarak evi sarıyordu.

Evin yerleri gerçek tikten yapılmış, tatlı, orijinal bir kahverengiydi. Tik ağacının doğal rengi korunmuş, üzerine sadece koruma amaçlı ince bir vernik atılmıştı. Yerlerin tek, düz parça halinde döşenmesine önem vermişti Can çünkü kesik kesik kısa parkeler, yukarıdan bakıldığında evdeki Fi dengesini bozabilen bir görüntü oluşturabilirdi. Bu evde kaldığı gecelerin sabahında, yatak odasından çıktığında salonun kuşbakışı görüntüsü, güne başlamasını kolaylaştıracaktı.

Bu tatlı kahverengi zeminin üstüne konulmuş krem rengi, geniş köşe koltuk ve hemen karşısında duran turuncu ikili koltuk, olabilecekleri en huzurlu yerde duruyor gibiydiler. Ortada duran büyük kare sehpanın üzerinde kitaplar vardı, Can'ın çoktan okuyup bitirdiği ama önemsediği insanların okumasını istediği 12 kitap.

Evin bahçeye açılan cam kapıları tavandan yere kadar dizayn edilmiş, yansımayan camlar özellikle seçilmişti. Dışarıda hava durumu ne olursa olsun camdan kendi yansımanızı görmek yerine net bir şekilde bahçeyi izleyebilirdiniz. Bahçeye açılan bu cam cephe istendiğinde katlanarak üst üste biniyor ve bir köşede toplanabiliyordu. Evi bahçeyle birleştirmek için tek yapmanız gereken bir tuşa basmaktı, başka bir tuş da camların ışık geçirmez bir şekilde perde görevi görmesine yarıyordu. Can evi hiç pazarlık dahi yapmadan 400 bine satın almıştı, bugün satsa, içindeki tüm teknolojiyle birlikte ev en az üç milyon ederdi. Can Manay'ın böyle bir ev yaptırması bölgede bulunan diğer evlere de yaramıştı, her birinin değeri katlanmıştı. Can Manay'a komşu olmanın değeri büyüktü.

Merkezi müzik sistemini ayarladı, kaynağı belli olmayan müzik evin her yerinde akıyordu. Hizmetlilerden biri, Can Manay'ın kendilerine önceden verdiği programı uygulayarak sessizce, evin belirli köşelerine özenle konulmuş modern mumları yakmaya başlamıştı. Mumlar Can'ın detoks için gittiği Japonya'da bir feng shui ustasına özel olarak yaptırılmış ve bulundukları noktalarda enerji akışını kolaylaştırmak için yine feng shui'ye uygun konulmuşlardı. Her bir mumluk verimli bir ışık kaynağı olarak parlıyordu, her birinin fonksiyonu vardı.

Yaklaşık iki senedir oturduğu asıl evinin yapımında, bundan çok daha fazla para, zaman ve emek harcamıştı Can ama burası çok daha kendisine ait geliyordu şimdi. Bu evi ilk gördüğü zamanı düşündü. Kapının girişinden, bahçenin düzenine kadar her şey tamamen değişmişti. Komple yıkılan üst kat yarım asma kat şeklinde tek bir oda, odaya ait büyük banyo ve güvenlik merkezinin bulunduğu gizli bölümden oluşuyordu. Girişte ise büyük bir mutfak, kocaman bir salon ve misafir banyosu yer almaktaydı. Evde Can'dan başka kimseye yer yoktu.

Zil çaldığında Can, son sürat üst kata çıkıp güvenlik merkezinin bulunduğu odaya daldı. Hizmetli kapıyı açarken Can kameralara bağlı dört monitörden bahçe girişini buldu. Gelen Şadiye Reha'ydı. Ülkenin en hatırı sayılır, belki de en sevilen bestecisi, söz yazarı, şarkıcısı, kısacası starıydı bu kadın. Yaklaşık 30 yıldır yükseldiği yerde parlamaya devam eden, kimsenin dil uzatamadığı biriydi. Kadınlığıyla değil, yardım ettiği genç yeteneklerin başarısıyla iyice rüştünü ispatlamıştı. Can'ın halk tarafından bir melek edasıyla anılan bu kokain bağımlısı, erkek delisi, lunatik kadını bu gece davet etmesinin nedeni, Şadiye'nin 60'larında bir kadın olarak asla diğer bir kadını tehdit etmemesi, anaç enerjisi ve herkes ama herkes tarafından sevilmesiydi. Davetlere geç gelmesi ya da hiç gelememesiyle tanınan bu sözde değerli kişinin Can Manay'ın evine gelen ilk kişi olması tesadüf değildi. Şadiye, yaklaşık beş yıldır Can'ın klinikten de müşterisiydi. Beş yıllık bir manipülasyonun ardından, Can istediğinde istediği her şeyi, istediği şekilde yaptırabilecek kadar bu kadına sahipti. Can istemiş ve Şadiye tam zamanında gelmişti, hatta Can'ı bir sosyal ortamda görebilmekten dolayı çok da heyecanlıydı. Bahçenin büyüleyici ışıklandırmasıyla yarattığı atmosfere ilhamla bakan Şadiye, Can'ın merdivenlerden indiğini fark ettiği anda coşkuyla onu, "Can'cım! Bu ne güzel, ne doyurucu bir ev!" diyerek selamladı. Sarıldılar. Şadiye sarılmayı ve ağlamayı çok seven dokunmatik bir kadındı.

Can sarılmayı kısa kesmek için kendini geri çekerken, "Sağ ol Şadiye. İyi ki geldin!" dedi ve Şadiye'yi omuzlarından tutup süzerken Şadiye, "E nihayet klinik dışında da görüşebildik!" diye karşılık verdi. Can'ın süzmesi bitmişti ve "Zayıflamışsın sen," diye iltifat olduğu çok belli bir tarzda konuştu Şadiye'ye. Kendi şişmanlığına ve aptalca yaptırdığı botokslara her zaman bir bahanesi olan Şadiye, bir bahane daha üretmekte gecikmeden, "E biliyorsun glanlerim* şişmişti, aslında zayıflamadım, şişliklerim iniyor zamanla," dedi.

Şadiye evi kastederek, "Arabayla gelirken kendi kendime, yav bu Can nerden buldu burayı diye düşünüyordum ama bahçeye girince nutkum tutuldu, resmen imzanı atmışsın buraya da. Çok güzel, çok beğendim," dedi.

Can, "Evin ilk konuğu sensin Şadiye, diğerleri de birazdan gelirler ama bu kapıdan ilk giren sen olasın istedim," dedi. Can söylediklerinde samimiydi, Şadiye'nin gerçekten de ilk konuk olmasını istemişti çünkü Şadiye'nin üzerindeki deneyimi ona, Şadiye'nin ortama zor ısınan manik karakterinin nasıl ehlileştirilmesi gerektiğini öğretmişti. Şadiye'nin anaç tavrı aslında sadece tombulluğundan gelen, kendini kamufle etmek için kullandığı bir şeydi, özünde var olmayan ama çevresindekilerin ona yakıştırdığı bir şey, imaj. Şadiye kendi içinde, güzel kızlara savaş açan bir karakterdi. Güzel gördüğü bir şeye samimiyetle yaklaşır,

* Vücudun çeşitli yerlerinde bulunan bezimsi dokular.

sevgiyle onu en ince detayına kadar inceler ve zayıf noktasını bulduğu anda kendi üstünlüğünü göstermek için pasif bir şekilde saldırırdı. Şadiye'nin tehlikelerinden uzak durmanın tek yolu ya çirkin bir kadın olmak ya da sürekli olarak ona muhtaç olmaktı. Şadiye'nin Duru'dan sonra ortama girip Can'ın tüm dikkatinin Duru'da olduğunu keşfetmesi an meselesi olurdu ve Can böyle bir durumu ortadan kaldırmak için önce Şadiye'yi karşılamayı istemiş, ona koşulsuz vereceği yarım saatin gecenin geri kalanı açısından stratejik önemini iyi hesaplamıştı.

Şadiye ilgiyle, "Kimler katılacak bize?" diye sordu. Ne de olsa ilk defa Can Manay'la sosyalleşecekti ve bu özel geceye katılacaklar önemli olabilirdi. Can koltuğa yerleşirken, "Pek fazla kişi değil. Sen, ben, Nihat, Aysun ve belki iki komşum," diye cevap verdi.

Şadiye, "Bizim Nihat?" diye sorduğunda Can evet anlamında başını sallayarak onayladı. Şadiye sevinmişti, "Aa ne güzel. Hiç aklıma gelmezdi senin kendi ortamında Nihat'la bir araya geleceğin. Enteresan bir gece bu," dedi.

Şadiye haklıydı, Can, Nihat'la normalde hiç kendi ortamında bir araya gelmemişti, Nihat ülkenin en ünlü gey şarkıcılarından biriydi.

Çok eğlenceli olan bu adam, aynı zamanda çok popüler bir yarışma programının da sunucusuydu. Yakın ilişkilerde güvenilmez olan Nihat, böyle bir davette Can'a çok uygun bir isim gibi gelmişti. Ortamda eğlenceli bir gey olması herkesi hafifletebilir, Can'ın Duru'yla daha rahat sohbet edebilmesi için fırsatlar yaratabilirdi, çünkü Nihat dize gelmez bir güzel erkek hastasıydı ve Deniz'i görür görmez tüm konsantresi ona kayacak ve şovmen kişiliğiyle onun etrafında dolanıp duracaktı. Aysun ise sosyetenin en çok tercih ettiği estetisyendi. Yaptığı işi en iyi şekilde yapan, müşterilerine uyguladığı teknikler kimse tarafından anlaşılmayan çok profesyonel ve güzel bir kadındı. Aysun dört yıllık evliliğinden yeni boşanmıştı, tehdit etmeyen güzelliği ve flörtlere açık haliyle böyle bir dişinin de ortamda olması çok yerinde bir karar gibi gelmişti. Belki gecenin sonunda Deniz'le aralarında bir elektriklenme bile olabilirdi. Aysun, Duru'dan daha güzel değildi ama etkileyici, sempatik, ifade gücü yüksek, en önemlisi de, bir esrar içicisiydi. En azından joint konusunda Deniz'le ortak bir yanları vardı ve bu bile Can için umut vaat ediciydi. Can sohbeti devam ettirmek amacıyla, "Aslına bakarsan benim de ama senin Nihat'ı sevdiğini biliyorum ve evimde eğlenmek istedim bu gece," dedi. Şadiye oturduğu yere iyice yayılırken, "Aysun kim?" diye sorduğunda Can kısaca, "Aysun Demir," diye cevap verdi.

Şadiye ismi tanımıştı ama hiç renk vermedi çünkü daha üç gün önce Aysun Demir'e suratındaki kırışıklıklara kolajen enjekte etmesi için iki bin ödemişti. Sosyal bir ortamda bir arada olmak biraz garip olacaktı ama neyse ki kadın profesyonel biriydi.

Şadiye'nin yarım saat ardından Aysun geldi. Aysun, Şadiye gibi egosu yüksek kadınlara diğer erkeklerin yanında nasıl davranması gerektiğini çok iyi öğrenmişti. Sürekli dinler, asla kendinden bahsetmez, karşısındaki kişi dünyanın en ilginç kişisiymiş gibi davranırdı, tüm iyi doktorlar gibi.

Aysun ve Şadiye sokakta mendil satan çocuklar hakkında içleri acıyormuşçasına sohbet ederlerken Can onları izledi. Oynadıkları sohbet oyununun farkında iki insan, gerçekte umurlarında bile olmayan bir konuda birbirlerine ne kadar iyi kalpli olduklarını ispatlarcasına konuşuyorlardı, ikisinin de bir tek çocuğa bile yardım etmişliği yoktu. Gerçi Şadiye iki defa sokak çocukları ve hayvanları yararına verilen konserlerde şarkı söylemişti ama bunu problemin çözümüne katkıda bulunmak için değil, o dönemin gerektirdiği bir hareket olduğu için yapmıştı. Birinci konseri, kendisinden 15 yaş küçük, âşık olduğu müzik süpervizörü ile birlikte çalışabilmek için fırsat yaratmak adına, diğeriniyse yine platonik olarak takıntılı olduğu bir arkadaşının erkek arkadaşına ne kadar iyi kalpli olduğunu göstermek için yapmıştı.

Nihat'ın gelmesi, sönmek üzere olan kadın sohbetini tam kıvamına getirmişti. Nihat'la birlikte konuya erkekler, aşk, fanteziler girmiş, konu sokak çocuklarından şehvet için sokağa düşen aşk kadınlarına geçmişti. Sohbet oldukça hoş ve tamamıyla boştu. Can suratına yapıştırdığı gülümsemeyle hiç yorum yapmadan, sadece yaydığı pozitif enerjiyle sohbeti motive ediyordu. Açık büfe olarak dizayn edilen akşam yemeği çoktan kurulmuş, yemek için Japon mutfağı, özellikle deniz mahsulleri tercih edilmişti. Duru'nun kapıdan girdiğini her düşündüğünde kalp atışları hızlanan Can tam sabırsızlanmaya başlayacaktı ki, kapı çaldı. İçinden, yerinden fırlayıp kapıya koşmak geldiyse de, sakin yerinde oturdu ve hizmetlilerden birinin kapıyı açmasını bekledi. Deniz kapıdan yalnız başına girdiğinde ayağa kalktı ve Deniz açıklama yaparken sokak kapısı tamamen kapanana kadar Duru'nun o kapıdan girmesini bekledi ama Duru yine gelmemişti.

-17-

Uçabilseydi o an uçardı Duru, bir daha geri gelip gelmeyeceğine dair tek bir ipucu bırakmadan Deniz'i cezalandırırcasına yanından uçup kaybolurdu. Uçamadı, onun yerine koştu. Deniz'in kendisine çevirdiği sırtına iki tane çaktı tüm gücüyle ve Can Manay'ın kapısı onlara açılırken, Duru koşarak Deniz'den uzaklaştı. Darbelere tepkisiz, alışık Deniz, Duru'nun ardından sadece baktı, birçok kere yaşadığı bu sinirli terk edilişlere artık alışıktı. Suratındaki ifadeyi toparlayıp Can Manay'ın bahçesine girdi.

Duru, ayağındaki sandaletlerin içine giren toprağa rağmen hızını kesmeden koşmaya devam etti. Koşması ince, narin, güzel bir balerinden çok, yaramaz, belalı bir çocuğun koşması gibiydi. Sokağın bittiği yerde, her zaman inmeyi düşündüğü ama o ana kadar hiç inmediği merdivenlere tereddütsüz daldı ve gecekondular arasında akan bir ırmak gibi aşağıya inen merdivenden atlaya atlaya inmeye başladı. Keşke uçabilseydi.

Merdivenler bittiğinde Duru sanki ülke değiştirmiş gibiydi. Birbiri üstüne yığılmış evlerin her biri nerdeyse tek odadan oluşmaktaydı ve her birinin kapısının önünde üçer beşer ayakkabı yığılıydı. Oturduğu yarı lüks semtin hemen alt yamacı, hayatta kalmak için çalışan insanların yaşadığı bir gecekondu bölgesiydi burası. Üzerindeki uçuşan elbisesi, parmakarası sandaletleriyle Duru'nun bir uzaylıdan farkı yoktu burada yaşayanlar için ama şanslıydı çünkü herkes evinde o akşamki diziyle uyuşturuluyordu.

Önünde sağdan sola uzanan dar bir toprak yol vardı. Sanki ilk defa keşfedilecek bir gezegene gelmişçesine önündeki toprak yola tereddütlü, küçük bir adım attı. Kafasını sağa çevirdiğinde yolun başında, kendisine doğru gelmek üzere olan serseri görünümlü üç genç olduğunu gördü ve hızlı adımlarla sola doğru yürümeye başladı. Gittikçe daralan toprak yol bir evin bahçesine bağlanıyordu ve yürüdükçe fark etti ki orda bitiyordu. Arkasından gelen adamların yaklaşmasından rahatsız olan Duru belindeki şalı kafasına ve boynuna dolayarak açıkta kalan omuzlarını ve kafasını örttü ama yine de kolları açıkta kalıyordu. Küçük, kerpiçten evin bahçesine kadar gelmişti ve adamlar da nerdeyse 20 metre gerideydiler, gidecek bir yeri kalmamıştı, tek katlı evin içinde ışık vardı ve geriden gelen adamlar eğer daha da yaklaşırlarsa Duru koşup kapıyı çalacaktı. Duru adımlarını küçültüp adamların birbirine yapışmışçasına konumlandırılmış evlerden birinin içine girmesini bekledi ama adamlar hâlâ ona doğru gelmekteydiler. Duru şimdi, çıkmaz olduğuna emin olduğu sokağın dibindeydi ve beş metre ötedeki evin kapısına kararlı bir şekilde gidip hızla vurmaya başladı çünkü kapıda zil falan yoktu. Adamlar, Duru'nun kapıyı çaldığını fark etmiş olmalıydılar ama hâlâ yaklaşıyorlardı. Kapı açılmamıştı ve adamlar kapının önünde Duru'nun yanına gelip durdular. Duru kafasını hiç çevirmeden kapıyı çalmaya devam etti. Yanında duran genç adam merakla, "Hayırdır bacım?

Kime baktın?" dedi. Duru kapıyı çalmaya devam ederken adama bakmadan, kararlı, "Sana ne!" diye cevap verdi hemen.

Duru'nun güzelliği karşısında iyice kibarlaşan, bükülen genç şaşırmıştı. Kibarlığına kibarlık katıp, "Benim ananem oturur burda," dedi. Duru'nun cevap vermesine fırsat olmadan kapıyı 80 yaşlarında, gencin anneannesi açtı. Yaşlı kadının varlığından ve evin içinden sokağa akan ışıktan cesaret alan Duru, boynundaki şalını bir anda sağlamlaştırıp tabana kuvvet koşmaya başladığında zavallı gençler kızın ardından bakakaldılar. İki ay içinde Duru'nun o mahallede bıraktığı iz bir efsane gibi dillerden dillere dolanarak, bir huri kızının nur yağdırmak üzere mahalleye geldiğini anlatan bir hikâyeye dönüşmüştü. Ninenin büyük katkısı olmuştu hikâyede.

Tüm hızıyla ikişer üçer çıkarken merdivenleri, gecenin karanlığından beyaz bir gölge gibi hızla geçip gitmişti. Merdivenlerin tepesine çıktığında birkaç adım sonra yine kendi sokağındaydı. Arkasından gelen var mı diye baktı. Merdivenler bomboştu. Sokağın sonlarındaki kendi evine baktı. Aptal Deniz, Can Manay'ın davetindeydi, Duru'nun peşinden bile gelmemişti. Ya tecavüze falan uğrasaydı, o zaman gösterirdi Deniz'e gününü. Kendi düşüncesinin tuhaflığına şaşırdı, Deniz'i cezalandırma isteğinin ne kadar da büyük olabildiğini düşündü. Yavaş yavaş kendi evine doğru yürürken kafasında hafif geriye kaymış şalını düzeltmedi bile. Yorgunluğu öfkesini de dindirmişti. Belki de haklıydı Deniz, Duru'nun bu koşup kaçmaları durmalıydı artık. Öfkelendiğinde kelimeleri kullanmak yerine Deniz'e vurmaya alışmıştı Duru. Bunu içindeki şiddet eğilimi yüzünden değil, Deniz'in çoğu zaman esrardan uyuşmuş beynine bir şeyler sokmanın imkânsızlığından bir alışkanlık haline getirmişti. Şimdilerdeyse Deniz uyuşmamış olsa bile, Duru kızdığında Deniz'e birkaç tane patlatıyor ve her zamanki gibi koşup gidiyordu. İlk başlarda saatlerce Duru'nun peşinden giden, onu yakalayıp sakinleştirmeye çalışan Deniz, Duru'nun peşinde koştuğu günlerden birinde Duru'yu bulamayınca motoruyla onu aramaya çıktığında aceleden ve dikkatsizlikten bir kediyi ezmişti ve o gün son olmuştu Duru'yu kovalaması. Artık Duru'nun öfke anında kendisine vurmasına izin veriyor ve bir saat içinde sakinleşip eve dönmesini bekliyordu. Onun peşinden koşma alışkanlığının gitmesi kolay olmamıştı, önce gizlice takip ediyordu Duru'yu ama sonraları Duru'nun temkinli bir şekilde fazla uzaklaşmadığına emin olunca tamamen bırakmıştı peşini. Beklemek en doğrusuydu, çünkü kovalananlar hep kaçıyorlardı.

Kendi evinin önüne gelen Duru anahtarsızdı, Deniz içeride güzel yemekler yiyip güzel modellerle sohbet ederken kendisinin sokakta kaldığını düşünmek Duru'yu daha da kızdırdı. Niye koşmadan önce Deniz'in elinden anahtarı almadığına kızdı. Kapıyı çalıp anahtarı isteyebilirdi ama kendisini küçük duruma düşürmek istemiyordu. Evin bahçeye açılan kapısının açık olduğunu düşündü. Sokak kapısından tırmanıp bahçeye girebilirse eve girebilirdi. Ama kapıyı çevreleyen taş duvar çok yüksekti, kapının demirlerine tutunarak tırmansa bile kapının yukarısı duvarla devam ediyordu ve o duvara tırmanması çok zordu. İki denemesi de evin önündeki yoldan geçen arabalar yüzünden yarıda kaldı.

Duru, Can Manay'ın kapısını çaldığında artık iyice yorulmuştu, tek istediği güzel bir yemek yiyip sakin bir gece geçirmekti. Deniz'le hesaplaşmayı biraz erteleyebilirdi.

-18-

Duru ile geçireceği ilk gecenin, gelecek gecelere gebelik yapması açısından, stratejik olarak en uygun şekilde dizayn edilmesi için gereken tüm özeni gösteren Can, şimdi Duru'suz, bu yemekte kendini köşeye sıkıştırılmış bir çita gibi hissediyordu. Çok hızlı olmasına rağmen durdurulmuş bir hayvan gibi.

Kapı tekrar çaldığında, Can daveti kısa kesmek için kafasında kurduğu planlardan hangisinin en hızlı sonuç verebileceğini düşünüyor, Deniz ise Şadiye tarafından sıkı markaja alınmış olmasına rağmen daha önce kendisine bin kere yaklaşmaya çalışmış bu kadını umursamazca inceliyor, Nihat ve Aysun'sa hadlerini bilen kişiler olarak Şadiye'nin tek kişilik şovunda izleyici rolünü üstlenmiş her söylenene ya gülüyor ya tebessüm ediyorlardı. Can koltukta oturmuş her şeyin kontrolünden çıkışını izlerken içinde patlamak üzere olan duygularla kara deliğe dönüşmek üzere olan bir atom gibiydi. Sanki orada değildi, henüz davetliler Can'dan yayılan bu duygunun adını koymamış olsalar da Can Manay'ın ortamdaki yokluğu tüm sıkıcılığıyla hissediliyordu.

Can, nihayet çalan kapıyla birlikte, Deniz içeri girdiğinden beri ilk defa hayat belirtisi göstererek ayağa kalktı ve yüksek sesle biraz müzik dinlemenin iyi olacağını ilan etti. Gelenin Duru olma ihtimaline karşılık bir iş üstündeymiş gibi görünmenin doğru olacağını düşünmüş, içinde ilk defa hissettiği acemiliği böylece kamufle etmek istemişti. Duru olmama ihtimalindeyse hissedeceği final hayal kırıklığının diğerlerince anlaşılmaması için yine kamufleye ihtiyacı vardı.

Kapıya bakan hizmetli gelenin Duru Hanım olduğunu bildirdiğinde, Can sanki hiç umurunda değilmiş gibi, müzik sistemiyle uğraşmaktaydı. Kalbindeki kas dokusu tüm coşkusuyla pompaladığı kanı damarlara gönderirken hafif kasılmıştı. Tüm dikkati kapıdan giren Duru'da olsa da, Can'a bakan kimse o gece Duru'nun içeri girdiğini Can'ın fark ettiğini bile söyleyemezdi, en başta da Duru'nun kendisi.

O gece Duru, taze bir nefes gibi önce Can'ın evine, sonra da hiç çıkmamak üzere aklına girdi.

Kafasını yarım örten krem rengi şalı, solmuş, makyajsız yüzü, tozlu çıplak ayaklarıyla Can'ın hayatında gördüğü en canlı, en gerçek, en güzel yaratıktı bu.

-19-

Duru kapıdan girdiğinde, Deniz soğukkanlı ama rahatlamış bir enerjiyle onu kapıda karşıladı ama ne onu öpmek ne de ona dokunmak için bir çaba sarf etti. Duru'yla geçen onca zamandan sonra, şimdi ona sevgi göstermek ya da ondan şefkat istemek gibi bir hatanın, aç bir leoparla aynı kafeste kalmak gibi bir etkisi olduğunu biliyordu. En doğrusu, Duru'nun sakinleşmesini ve kendi isteğiyle yakınlaşmasını beklemekti. Nasılsa sakinlediğinde, abartılı duygularının her birinin yerine sevgi ve pişmanlık gelecek ve bunu iyi bir sevişme takip edecekti. Duru, Deniz'i görmezden gelerek kapıdan geçti, suratında samimi bir gülümsemeyle insanlarla tokalaşmaya başladı. İlk yanına gelen Nihat, "Ay sen de kimsin! Esmeralda, Quasimodo* biraz önce çıktı," diyerek hemen espriyle, Duru'nun güzelliğinden kaynaklanan gergin enerjiyi yumuşattı. Duru şalının yarı düşmüş bir şekilde hâlâ kafasında olduğunu anlayıp tek hamleyle şalı kafasından çıkarırken espriye sempatiyle ve bir erkeğe yakışan düzlükte, "Yok onu aramıyorum, onunla işim çoktan bitti," dedi gülümseyerek ve kendini tanıttı: "Merhaba, ben Duru."

Normalde kendisini Deniz'in nişanlısı olarak tanıtırdı ama Deniz'e olan kızgınlığından dolayı bu gece sadece kendi adını söylemek yeterliydi. Şadiye bu genç, güzel ve kahrolası kadının kim olduğunu anlayamadı. Duru, Aysun'la tokalaşırken, Şadiye de Duru'dan hoşlanıp hoşlanmayacağını hesaplıyordu. Kız çok güzeldi ama model olmadığı kesindi, model ya da oyuncu olsa piyasaya çoktan düşerdi, böyle bir güzellik uzun süre saklı kalamazdı. Şadiye böyle bir kadının kesinlikle birilerine ait olduğunu bilirdi, bu kadar güzel bir kadın ya sahiplenilir ya da yok edilirdi. Toplum güzelliği ödüllendirmek üzere değil, lanetleyip yok etmek üzere, çirkin insanlar tarafından kurulmuş bir sitemle

* Paris'teki Notre Dame Katedrali'nde yaşayan kambur zangoç.

yönetiliyordu ve insana ilham veren her şey gibi güzellik de, kontrol altına alınması gereken bir tehlikeydi. Kızın Deniz'le bir ilgisi yok gibiydi, Can Manay da kızın gelişini pek umursamamıştı, kız onun olsa en azından karşılardı diye düşündü. Odada Deniz ve Can dışındaki herkes kızın kim olduğunu düşünürken, Deniz, "Duru benim nişanlım," diyerek konuya açıklık getirdi, Şadiye'nin kafasında dolanan düşmanca düşünceyi hissetmiş ve Duru'yu koruma altına almıştı.

Şadiye duyduğundan hoşlanmasa da ayağa kalkıp sevgiyle, "Merhaba Duru," diyerek karşıladı onu, ne de olsa Deniz'in nişanlısıydı.

Duru, karşısında Şadiye Reha'yı görmekten anlık da olsa şaşkındı. Deniz'in bu kadından nasıl tiksindiğini bilirdi. Şadiye nerdeyse iki senedir, Deniz'in kendi bestelerinden oluşan bir albüm yapması için birçok aracı koymuş ama bir türlü Deniz'i ikna edememişti. Bu gece Şadiye Reha'yla geçecek bir akşam yemeği Deniz için yeterince sıkıcı olacaktı ve bu durum Duru'ya oldukça eğlenceli geldi. Ve Can Manay'ın neden kendilerini yemeğe çağırdığını da anlamış oldu. Bu yemeği Şadiye Reha'nın ayarlattığından emindi. Neşeyle, keyfi yerine o an gelmiş biri olarak Şadiye Reha'ya, "Merhaba Şadiye Hanım. Ne güzel ya, Deniz sizi çok sever, en büyük hayranlarınızdandır," diyerek onu selamladı. Duru'nun kelimelerindeki tahriği duyan Deniz sırıtırken Duru'ya meydan okuyarak bakıyordu. Şadiye gözleri parlayarak, "Ne güzel, ben de uzun zamandır takip ediyorum Deniz'i, çok güzel bir tesadüf oldu bu, bi akşam bana da gelin," dedi.

Can, Şadiye'nin Deniz'i gördüğünde ne kadar da sevindiğine dikkat etmişti, herifin yakışıklılığına yormuştu bu ilgiyi, sohbetlerine katılmasa da konuşurlarken habire Şadiye'nin Deniz'e albüm çıkarmak için tam zamanı olduğunu söylediğini duymuştu, önemsememişti, aklı Duru'nun yokluğundaydı ve Duru'nun varlığı dışında hiçbir şey önemli değildi ve sohbetleri dinlememişti bile ama şimdi Şadiye Reha'nın, Duru ve Deniz'i evine, her yeniyetme sanatçının davet edilmek için ölüp bittiği yere davet ettiğini duyduğunda silkelendi, kendi dikkatinin ötesinde bir durum vardı burada. Deniz'e baktı, Deniz'in umursamaz tavrı bu odadaki tüm dengeleri altüst eden bir enerji yayıyordu, bu ne olduğu belli olmayan öğretmen müsveddesi sanki gerçek bir stardı ve ülkenin en tutulan sanatçısı Şadiye ise ona yaklaşmak isteyen basit bir hayran! Can'ın aniden artan farkındalığı Duru'nun selamlaşmak için kendisine yaklaşmasıyla bölündü.

Duru'nun tüm vücudunda su gibi akan pürüzsüz teni... Şalını omuzlarından indirmesiyle, bu tenden odaya yayılan yoğun tazelik kokusu, bir çiçeğin meyveye dönüştüğü anı hissettirircesine Can'ın içine aktı. Can, eli Duru'nun eline dokunurken o ana teslim oldu.

Duru, etkisinin farkında olmayan, çocuksu, sakin bir enerjiyle Can'la tokalaşmaya hazırdı. Can kendisine uzanan bu ince kemikli, beyaz, pürüzsüz eli kendi elinin içine alırken yine kalbi tüm kan basıncını altüst edercesine hızlanmıştı. Duru'nun uzun ve narin parmakları önce Can'ın kalın avucunun içini, sonra da kalbinde bir eksikliği doldurdu bir anlık da olsa. Can, kendi elini Duru'nun elinden zamanında çekebilmek için kendi kendine 'elini çek, elini çek' diye telkinde bulunsa da, tokalaşmanın bitimi Duru'nun elini önce çekmesi ve Can'ın gecikmesiyle olmuştu.

Duru, "Nasılsınız?" diye kibarca sorduğunda, kızın suratına bakmamak için kendisiyle savaşan Can'ın surat kasları gevşedi, zaman ağır ağır akarken Can, Duru'nun dudaklarında hayat bulan soruyu dinledi. Kendisinden yayılan enerjiyi engellemek için, bakışlarını kızın bakmaya doyamadığı suratından uzaklaştırıp sorusuna kısa bir tebessüm ve baş hareketiyle iyiyim dercesine cevap verdi. O an Duru'ya tamamen saplanmaması için dikkatini hemen başka bir şeye yöneltmesi gerekti. Şadiye'ye dönüp, "Şadiye, nerden tanışıyorsunuz siz?" diye sordu.

Can öylesine doğal bir şekilde tepki vermişti ki Duru'ya, Duru dahil odadaki kimsenin, bırakın Can Manay'ın Duru'ya saplandığını, kızı fark ettiğini bile anlaması imkânsızdı. Böylesine güzel bir kıza, Can Manay tarafından sanki hiç yokmuş gibi davranılması da enteresandı ama Deniz'in varlığı bu duruma açıklık getiriyordu, çünkü Can Manay'ı birazcık tanıyan herkesin bildiği gibi, Can asla evli ya da ciddi ilişkide birinin peşine düşmezdi, tabii kadınlar kendiliğinden gelirlerse durum değişebilirdi.

Şadiye içkisinin tazelenmesini hizmetliye işaret ederken, "Valla, nerdeyse iki yıl oldu, di mi Denizcim?" diyerek hemen konuya atladı. Deniz küçücük bir tebessümle onayladı. Konudan sıkılmıştı. Şadiye, "Ben Deniz'i bizim Mehtap'tan tanıyorum, Mehtap'ın albümünü yaparken stüdyoda başımızı ütülemişti, bi hocam var benim şöyle yetenekli böyle yetenekli diye. O dönemde birlikte çalışmak için Deniz'e ulaşmıştık ama sen galiba bi yurtdışına falan mı çıkmıştın ne, çalışamamıştık, di mi Denizcim?" dedi.

Deniz onayladı yine, Şadiye hararetli bir şekilde anlatırken Duru'nun eğlenen bakışları Deniz'in sıkılmış bakışlarıyla buluştu ve ikisi arasındaki sözsüz iletişime şahit olan Can, hiç beklemediği ve nedenini anlamlandıramadığı bir şekilde, bu adamın Şadiye Reha'dan hoşlanmadığını o an anladı. Şadiye hikâyesini anlatmaya devam ederken Can, Deniz'e istemdışı bir şekilde dikkatlice baktı. Bu Tanrı görünümlü adamın ne gibi marifetleri olduğunu düşündü.

Şadiye güzel erkek hastası hatta sadece erkek hastası bir kadındı ama evine sadece üzerinden ciddi paralar kazanabileceği kişileri, kız arkadaşlarıyla birlikte davet ederdi.

Şadiye, "Sonra uzun bir süre haber alamadım, bir kere konservatuvarda karşılaştık ve şimdi de burda. Çok iyi oldu di mi Denizcim?" diye devam ederken Deniz içindeki sıkkınlığı saklamakta zorluk çekiyordu artık. Her "Denizciğim" kelimesi zihnine sanki bir kamçı gibi iniyordu. Şadiye'yle ilgili her şey, özellikle de her cümlesinin sonunda Deniz'den onay istemesi Deniz'i rahatsız ediyordu. Can Manay'ın kendisini niye yemeğe çağırdığını şimdi anlamıştı ve biraz kızgındı da. Kendini Şadiye Reha'ya peşkeş çekilmek için davet edilen bir salak gibi hissediyordu. Can onları ikinci defa davet ettiğinde altından böyle bir şey çıkacağını anlamalıydı ama bu tip kurnaz insan ilişkileri için Deniz fazla dikkatsizdi. Şimdi koca Can Manay'ın sanki olup bitenden hiç haberi yokmuşçasına bu senaryoyu oynadığını gördüğünde oturduğu yerden kalkıp gitmek istedi ama gitmeyecekti. Duru'nun keyfi yerinde görünüyordu, yaşadıkları gerilimin üstüne bir gerilim daha katmak istemedi Deniz. Kendisini salak yerine koyan bu gerçek aptallarla ne yaparlarsa yapsınlar asla müziğini paylaşmayacaktı. Bu düşünce onu rahatlattı, suratına yayılan alaycı gülümseme Şadiye'nin sorusuna gecikmiş bir cevap gibi algılansa da Deniz umursamadı, davet edilmeyi beklemeden kalkıp açık büfenin başına geçti. Bundan sonrasında incelik yapmaya gerek yoktu artık, zaten bu eve bir daha gelmeyi de düşünmüyordu.

Can bu genç adamın kimliğini beyninde sorgularken, Deniz'in davetsiz bir şekilde kalkıp yemek masasının başına geçmesi ve eliyle, masanın üzerine özenle dizilmiş yemeklerden istediğinin tadına bakması hayret vericiydi. Bu kapıdan, ezik, davet edildiği için bile minnettar olması gereken, yakışıklılığından başka hiçbir şeyi olmayan bir serseri olarak girmişti ama şimdi sanki her şeye sahipti. Deniz'in elini kullandığını gören Şadiye, kocaman vücudunu yerinden kaldırıp Deniz'e yetişmek istercesine masaya giderken tüm hayranlığı sesinin tonuna yansımıştı, "Ben de bayılırım elimle yemeye, çok doğal gelir di mi Denizcim?" derken.

Deniz hiç cevap vermeden masadaki suşilerden attı ağzına, Şadiye de aynı Deniz gibi, eliyle masadaki yemeklerin tadına bakmaya başladı. Nihat ve Aysun da masaya yaklaştılar ve sırayla ellerine aldıkları tabakları, servis kaşıklarıyla doldurdular. Can masasını ele geçiren Deniz'e hayretle bakarken, bu adamın sahip olduğu her şeye gıpta ettiğini düşündü. Bu duygusunun, Şadiye'nin ortama yayılan enerjisinden kaynaklanan, sadece psikolojik bir duygu olduğuna karar vermek istedi ama bu adamı bu kadar saygıdeğer yapan şeyi merak ediyordu ve salak zannettiği Deniz'i zamanla tanıyınca nedenlerini de tek tek anlayacaktı. Aklına aniden Duru geldi ve Duru'nun daha önce bulunduğu yere baktığında kız orda yoktu. Bir anlık telaş yaşasa da Duru Japon bahçesindeydi. Sandaletlerini çıkarmış, yalınayak çimenlerin üzerinde durup sağ ayağının parmak ucuyla kum bahçesinin ucundan kuma dokunmaktaydı. Suratındaki ifade yaramazlık yaptığının farkında ama çok keyif alan bir çocuğunki kadar doğaldı. Hiç dekoltesi olmamasına rağmen memelerinin armudi şekli elbisenin profiline öyle yakışmıştı ki, Can o memeleri avucunda tuttuğunu, onlarca kere öptüğünü düşündü. Sertleşmeye başlamıştı bile ve Duru'ya bakmaya devam etmesinin iyi bir fikir olmadığına karar verdi. Başını yemek masasına doğru çevirdiğinde elindeki yemeği ağzına tıkarken kendisine dikkatle bakan Deniz'le göz göze geldi. Duru'nun kendisinde bıraktığı etkinin Deniz tarafından fark edilip edilmediğine karar veremedi, telaşlandı ve işini şansa bırakmamak için kendisine dik dik bakan Deniz'e, "Doğa mıydı nişanlının adı?" dedi. Deniz aynı diklikte yanlışlığı, "Duru!" diyerek düzeltirken Can Manay'ın neden Duru'ya baktığını sorguluyordu. Can yapay bir endişeyle, "Kusura bakma, bahçe daha yeni yapıldı, yalınayak gezmesi güvenli midir bilmiyorum, elektrik hattı döşediler ve kaçak olabilir," diyerek bakışını kamufle etti.

Deniz'in bahçeye fırlaması ve Duru'yu tek, ani bir hamlede kendine çekip bahçeden çıkarması o kadar kısa ve doğal oldu ki, Can hem Deniz'in çevikliğine, hızına hem de bir olasılık bile olsa Duru'yu asla şansa bırakmayacağını gösteren kararlılığına tanık oldu... şaşırdı. Can'ın yakalanma psikolojisiyle yarattığı bu senaryo bir anda ona çok önemli bir şeyi hatırlattı. İnsan psikolojisiyle oynadığı bunca yıl içinde kadınlar ve erkekler hakkında öğrendiği çok net bir şeydi bu: Koruyan biri, koruduğu şey için savaşmaya da hazırdır. Bu adam elindekinin değerini bilen bir erkekti ve Duru için savaşmaya da hazır olacaktı.

Duru, aniden içeri alınmasının açıklamasını soğuk bir ifadeyle Deniz'den kısaca dinledi, Deniz'in kollarından kurtulup gözlerinin içine içine bakarak inatla, adım adım yine bahçeye çıktı, yerde bıraktığı terlikleri sakince alıp giydi ve yavaşça içeri girdi. Can, sırtını diğerlerine dönüp sanki elindeki kabloyla uğraşıyormuşçasına izlemişti ve aralarındaki agresif enerjiyi hemen hissetmişti. Duru'nun meydan okuyan enerjisindeki kadını görmüş ve bu kadın karşısında çaresiz Deniz'in nasıl da teslim olduğunu fark etmişti. O an Deniz'in yerinde olmak, o an gidip Duru'yu almak ve o an aralarında geçen ne olmuş olursa olsun onu üst kattaki yatak odasına çıkarmak ve o an üstündeki beyaz elbisesinin kapalı yakasını yırtmak, memelerini avuçlarında hissederken eteğini parçalarcasına kaldırıp ağzını Duru'nun kadınlığına dayayıp tatmak, sonra onu çevirip içine girerken ensesini, boynunu koklamak için birçok şeyi feda etmeye hazır hissetti kendini.

Zamanı durdurmuşçasına, bir anda kafasından geçen bu hızlı düşünce onu sarstı, ereksiyon olmaya hazır zonklayan erkekliği, Deniz'in yanından geçip tekrardan masaya doğru gitmesinin farkındalığıyla kendine geldi ve küçüldü. Kan basıncının normale dönmesini sağlamak için iki yıl önce sokakta gördüğü, zehirlenip öldürülmüş bir anne köpekten süt içmeye çalışan yavruları düşündü Can, kendine geldi. Duru, salonun öbür ucunda Aysun ve Nihat'la sohbet etmeye başlamıştı, Deniz masada tıkınırken ondan yüz bulamayan Şadiye, hâlâ onunla iletişim kurmaya çalışıyordu.

Can durduğu yerden dikkatle Duru'ya baktı, o sırada Eti'nin sözleri kulaklarında çınladı: "Geçmişe geri dönmeyelim." Odaya gidip iki dakika kafasını toparlamalı, bu gecenin devamını yeni bir stratejiyle planlamalıydı. Deniz sandığı gibi ve sandığı kadar boş değildi, doluluğu konusunda da çok emin değildi ama Can herhangi bir konuda rakibini küçümsememeyi çoktan öğrenmişti. Bu gece, hem Duru'yu gerçekten isteyip istemediğini hem de Deniz'i bu kadar özel yapan şeyin ne olduğunu anlaması için tek fırsatıydı. Lavaboya gitti. Bu gece ya bir savaşın başlangıcı olacaktı ya da hoş bir gönül kaymasının sonu.

- 20 -

Tırnak etiyle tırnak arasında bir milimlik boşluk bırakarak Doğru'nun tırnaklarını kesmeye devam etti Bilge, aynı annesinin söylediği gibi. Tırnak kesmeyi öğrendiği günden beri, hem kendinin hem de Doğru'nun tırnaklarını o kesiyordu. Annesi bunalımından dolayı kendisini odaya kapattığından, aniden çıkıp gittiğinden, günlerce geri dönmediğinden ya da akşama kadar uyuduğundan, Doğru'nun bakımı, beslenmesi, temizlenmesi... Her şey en başından beri Bilge'nin işi haline gelmişti. Asla şikâyet etmedi Bilge. Annesi intihar ettiğinde hayatlarında hiçbir şey değişmemişti. Bilge çocukluğundan itibaren, kendi küçük cüssesiyle her şeyi en iyi şekilde yapabilmek için yöntemler geliştirmiş, zekâsını pratik bir şekilde kullanmayı öğrenmesi Doğru'nun sayesinde başlamıştı. Kısıtlı imkânlarına rağmen, kardeşine sahip olması gereken her şeyi verme isteği, Bilge'yi güdümlü bir füze gibi hedefe kilitlenen biri haline getirmişti. Zorlukların üstesinden gelmek, krizlere çözüm bulmak en iyi yaptığı şeydi. İçinde bulunduğu döngüden çıkmak için ne yapması gerektiğini kendini bildi bileli yapayalnız düşünmüş, çözümleri beyninde sıralamış, elemiş, uygulamayı planlamıştı, bu düşünce sisteminin bir ürünüydü psikoloji okuma kararı. Üniversite sınavlarına tek başına çalışarak girmiş, burslu olarak psikolojiyi kazanmış ve devletin Doğru için verdiği cüzi bir miktar aylık sayesinde, hiç kimseden hiçbir yardım almadan, birincil ihtiyaçlarını minimumda da olsa hep karşılayabilmişti. Doğru'nun asal sayıdan kazandığı para epey işlerine yarayacaktı, en azından ehliyetini alır almaz sahip olacakları yeni araba sayesinde Doğru'yla yapmak zorunda kaldıkları uzun yürüyüşlerden kurtulabileceklerdi.

Son tırnağı da kestiğinde, bornozu içinde sessizce oturmuş televizyon seyreden Doğru sabırsızca, tırnakları kesilmiş ellerini detaylı bir şekilde inceledi. Her bir tırnağa tek tek bakarken, "Bu sefer 6360 dakikada uzadılar," dedi.

Bilge tırnak makasını kutusuna yerleştirip, kesilmiş tırnakları peçeteye toplarken, "Evet Doğru, beslenmemize göre tırnaklarımız daha hızlı ya da yavaş uzayabilirler," diye açıkladı.

Doğru incelemesine devam ederken, bilgisayar gibi didaktik bir şekilde, "D vitamini. Güneşten aldığım D vitamini de var," dedi.

Bilge alışık olduğu bu bilgi transferini yadırgamadan, "Evet, D vitamini de var... Çok geç oldu Doğru, şimdi uyumalısın ki beyin hücrelerin kendi enerjilerini daha verimli bir şekilde üretebilsinler," dedi.

Doğru, kendi mantık dünyasında yaşayan her organizma gibi mantığına hitap eden şekilde ikna olabilirken, en basit açıklamalar kaybolmasına yol açabiliyordu. Bilge çocukluklarından beri Doğru'ya vücutsal fonksiyonlarla ilgili açıklama yapmak zorunda kaldığı için biyoloji, kimya, astronomi gibi konularda çok geniş bir genel kültüre sahip olmuştu. Yapılan yanlış ya da uydurma bir açıklama hemen Doğru'nun mantığı tarafından tespit ediliyor ve Doğru'nun soru yağmuru altında açıklamadaki mantıksızlığı temizlemek epey vakit alabiliyordu. Tek bir çare vardı: Her zaman doğruyu söylemek. Doğru'nun uygulayabilmesi için, nedenlendirilmesi gereken komutlar, zamanla Bilge'nin bilgisinin kaynağı olmuştu. Doğru'ya, "Yatağına git, yorgunsun," dese duyacağı tek şey, "Neden?" olurdu. Komut vermek yerine bilgi vermek en kolayıydı. Doğru tıpış tıpış odasına giderken, Bilge de etrafı toplayarak onu takip etti.

Ev boyatıldığı halde, Doğru, rakamlarla dolu kendi duvarlarının ellenmesine izin vermemiş, boyatılması için çeşitli nedenler ileri süren Bilge, Doğru'nun mantığını bu konuda ikna edememişti. Estetik kaygılardan tamamen uzak çalışan bu mantıkta sadece fonksiyonlara yer vardı. İyi, kötü, güzel, çirkin gibi olgular asla Doğru'nun algılamasında yeri olamayan kavramlardı. Doğru'nun mobilyaları değişirken odanın duvarları Doğru'nun karaladığı şekliyle kalmıştı.

Bilge, Doğru'yu sakince soydu ve kendini adamış birinin, bir görevi yerine getirmesi gibi özenle ona pijamalarını giydirdi. Sessizlik içinde, dikkati duvarlardaki sayılara takılan Doğru, tam sayıları tekrarlamaya başlayacaktı ki, Bilge onun atletini pijama altının içine sokarken hatırlattı, "Doğru!.. Sabaha kadar bu rakamları mırıldanacaksan bu gece boyayabilirim bu duvarları! Anlaşmamızı unutma!"

Doğru hemen bakışlarını duvardan kaçırdı. Bilge'yi anladığını anlatan bir onaylamayla başını salladı, yatağına uzanıp Bilge'nin kendisine iyi geceler dokunuşunu yapmasını bekledi. Bilge, Doğru'yla geçirdiği yıllardan sonra onunla özel bir işaret geliştirmeyi becermişti. Onu öpmek istediğinde ya da Doğru'nun sevilmek istediğini hissettiğinde işaret ve orta parmağını birleştirip önce kendi dudağına, sonra kalbine dokundurur, sonra bu dokunuşu Doğru'nun iki gözüne değdirirdi. Aralarında öpücük anlamına gelen bu dokunuş iki kardeşin tek vücutsal temasıydı, tabii Doğru'nun Bilge'nin omzunda uyumalarını saymazsak.

Doğru'yu yatırdıktan sonra, kendisine ayıracak çok da vakti kalmayan Bilge, yarın sabah gireceği test için biraz internette araştırma yapmaya karar verdi. Bir psikoloji öğrencisi ve otistik bir kardeşin tek bakıcısı olarak hemen hemen tüm gelişmiş psikolojik testlerle ilgili bilgisi vardı, yarın gireceği testin hangi sisteme ait olabileceğini düşündü. Kendisine verilen adresi internete girdiğinde çok da bir şey bulamadı. Yorgundu. Her zamanki gibi sabah 6'da kalkacak, Doğru'yu yeni okuluna bırakıp adaptasyon süreci için orada en az bir saat kalacak ve test için verilen adrese gidecekti. Sabah 11'de teste girmesi gerekiyordu, anladığı kadarıyla testi yapacak kişi önemli biriydi ve çok da zamanı yoktu. İnternette pek bir şey bulamadı. Yatmadan önceki rutinini yerine getirip uyumaya karar verdi. Saçlarını tek bir örgü şeklinde sıkıca ördü, dişlerini fırçaladı, ellerini ve yüzünü zeytinyağlı sabunla yıkadı, suratına badem yağını sürdü. Işıkları kapatıp, her gece kurduğu hayalini kafasında canlandırarak yatağına yattı.

Bilge hayalinde, ne kendi annesine ne de kendi babasına benzemeyen ama annesi ve babası olan kişilerle sabah kahvaltısı ediyor, yataktan yeni kalkan Doğru sağlıklı ve normal biri olarak pijamalarıyla bu aile kahvaltısına katılıyordu. Kendisini bildiğinden beri uyumadan önce kurduğu bu hayal, o gece yine kahvaltıyla başlamıştı ve Bilge uykuya dalana kadar aile akşam yemeğine geçmişti. Bilge kendi sahipsizliğinden uzak, bu hayalin, sahte bir huzurun içinde uyudu.

- 21 -

Deniz ağzında eriyen lokmanın tadına iyice vardı. Yemek gerçekten güzeldi ama hiçbir şey Şadiye gibi bir kadınla bir gece boyunca aynı ortamda olmaya değmezdi. Can Manay ortadan kaybolmuştu ve Duru hâlâ atıştırmaktaydı. Duru'nun yemeği biter bitmez burada da işleri bitmiş sayılırdı. Duru ile göz göze gelip ona gitme fikrini işaret etmeyi bekledi Deniz ama Duru ona hiç bakmadan Nihat'ın komik konuşmasını dinliyordu.

Can Manay elinde küçük bir kutuyla gelip kendisine yakın oturduğunda, Deniz önce yadırgadı ama 20 dakika sonra o kutunun kendi çekmecesiyle aynı kaynağı temsil ettiğini anlayacaktı.

Can bu aptal gecedeki durumu toparlamak için büyük silahları çıkarmak gerektiğine karar vermiş ama bunu öyle alelade bir şekilde değil, ustalıkla yapması gerektiğini de anlamıştı. Aşağıya indiğinde sohbet iyice zayıflamış, gece Nihat'ın tek kişilik şovuna dönüşmek üzereydi. Kendi planı içinde Şadiye ve Nihat'tan kurtulması gerektiğine karar vermişti. Nihat kolaydı ama Şadiye tüm ağırlığıyla kurulmuştu koltuğa. Elindeki kutuyu gayriihtiyari bir şekilde sehpanın üstüne hafifçe fırlatırken, Deniz'in kutuyu fark ettiğinden emin oldu. Can'ın ortama girmesiyle salonun ortasındaki büyük sehpa bir sürü çikolata, krem karamel gibi küçük porsiyonlarda tatlılarla ve çilek, böğürtlen gibi orman meyveleriyle donanmaya başladı. Manipülasyonun her alanında uzman olan Can, damak tadı gelişmiş ya da tatminsiz birinin o sehpayı bırakıp gitmeyeceğini biliyordu.

Can'ın gelişini fark eden Şadiye, donatılmış masanın baskısı altında rahatsızdı çünkü rejimdeydi, Deniz'e yaklaşmak için zaten gereğinden fazla yemek zorunda kalmıştı ama bu masa tahammül edilir gibi değildi. Bakışlarını masadan kaçırarak, Nihat'ın sesini bastırıp, "Hah! İşte! Nerdeydin sen Cancım ya!" diyerek konuya girdi. Can ciddi, "Kusura bakmayın, yarın akşamki kapanışla ilgili birkaç telefon geldi. Her şeyi organize etmeye çalışıyorum ama iyi bir şeyler yapmak asla kolay olmuyor," diyerek açıkladı.

Aysun ilgilendiğini belli eden bir şekilde, "Her şey yolunda mı?" diye sordu. Can üçlü koltuğun tam ortasına yayılırken ağzına bir böğürtlen attı. Aysun'a her şeyin yolunda olacağını anlatırken bakışı bir an ama keskin bir şekilde Duru'ya kaydı. Duru kafasını yediği krem karamelden kaldırdığında Can Manay'la göz göze geldiler. Can Manay'ın derin siyah gözlerindeki bakış öylesine keskindi ki, Duru ilk defa insanların bu adamdan neden etkilendiklerini anladı. Bakışın ardındaki düşünceyi görebilecek keskinlikte bakabiliyordu.

İkinci bakış gerçekleştiğinde, Can Manay, "İyi şeyler tesadüfen olmuyor. Vazgeçmediğin sürece iyi bir şey için şansın var demektir," diye Aysun'a anlatıyordu, cümlesine devam ederken aniden Duru'ya dönüp, "Ben vazgeçmem, eğer istiyorsam ve değiyorsa asla vazgeçmem," dedi. Duru ağzının içinde dağılan leziz tatlıyı yutarken Can'ın bakışının etkisiyle hafif sarsılmıştı, cüret edebilen biriydi Can Manay. Bu aslında göz göze gelmekten çok, Duru'nun içine akmak için hazır olan keskin enerjinin Duru tarafından fark edilmesiydi.

Etrafındaki herkesin kendisinden etkilenmesine, hatta âşık olmasına çok alışıktı ama Can Manay'ın anlık olarak kendisine gönderdiği bu ani enerjide, içinde uyanan ama daha önce hissetmediği bir duygu vardı: merak. Hayatında kendisine meydan okuyan tek bir erkek vardı: Deniz. Can'ın bakışındaki ifadeyi diğerleri de gördü mü diye hemen etrafına bakındı, Deniz dahil herkes pür dikkat Can'ı dinliyordu. Adam en basit şeyi bile çok anlamlı bir şekilde dile getirmede ustaydı. Duru dikkatle Can'a baktı, kendisine gönderilecek bir bakış daha bekledi ama hiçbir şey gelmedi. Can, sadece anlattığı konuyla ilgili görünmekteydi. Duru, Can'ı dinlerken meyvelerden yemeye başladığında anlık bir kriz gibi içine saplanan merakı geçmişti bile. Bir an hissettiği şeyin, Can Manay'ın etrafındaki tüm kadınlara hissettirdiği bir şey olduğunu düşünüp hafifledi. Can Manay'ın bu kadar beğenilmesinin nedenlerinden biri olabilirdi bu bakışları.

Can'daki ihtiras, ortamdaki herkese yetecek kadardı. Deniz bile, kendini tuzağa düşürülmüş hissetmesine rağmen, etkilenmişti Can Manay'ın anlatımından. Can aniden Deniz'e soru sorduğunda, o, bir erkeğin kendi erkekliğinin gücüyle, yaptığı işi severek yapması arasında ciddi bir doğru orantı olduğunu düşünüyordu. Can, "Sen neler yapıyorsun Deniz? Şadiye bile tanırken seni, ben pek bir şey bilmiyorum senin hakkında," dedi.

Deniz konunun kendisine gelmesinden sıkılarak kaykıldığı yerde biraz doğrulup, "Konservatuvarda eğittiğim öğrencilerim var... Hâlâ müzik yazıyorum..." dedi. Deniz'in söyleyecek pek bir şeyi yoktu, hayatı iki cümleye sığabilecek kadar basitti. Ama aklına bir şey gelmiş gibi, "Ha! Bir de Duru'yla uğraşıyorum," diye ekledi.

Duru, Deniz'le hâlâ işi bitmemiş olsa da yediği onca güzel şeyden sonra rahatlamıştı. Top kendisine atılmış gibi konuya girdi, "Müzik dediği şey yanlış anlaşılmasın, Deniz herhangi bir duyguyu müziğe dönüştürebilir, hem de en katıksız şekliyle.

Dinlediğinizde sanki sizinle, pardon sizinle değil, direkt ruhunuzla konuşur," dedi.

Şadiye, Duru'nun söylediklerine tamamen katılıyordu ve kafasını sallarken çenesini tutamadan, "Hani şu bir kere bana dinlettiğin müzik vardı ya, Can bir dinlesen. O müzik ve benim sözlerimle, hımm," dedi.

Kendi müziğini Şadiye gibi yeteneğinin kölesi olmuş birinin ağzında düşünmek bile Deniz'in ifadesinin değişmesine neden olmuştu. Can, bu abartılmış yetenek ve adamla ilgili daha fazla detay bilmek istiyordu. En son istediği şey, elinde gitarıyla etrafa karizma saçan Deniz'i izlemekti, özellikle de Duru'nun yanında ama yine de, "Var mı öyle bir ihtimal?" diye sordu. Duru soruya atlarcasına, "Asla. Sadece birkaç öğrencisi ve şanslıysam bazen de ben tanık olabilirim Deniz'in müziğine," diye cevap verdi.

Nihat şakayla karışık ama iğneleyici bir şekilde lafa girerek, "Bu nasıl bir şey böyle ya! Gizli bir biyolojik silahın yapılmasından mı yoksa müzikten mi bahsediyorsunuz?! Bu ne böyle! Yok kimse dinleyemez falan, e o zaman niye yapıyorsun ki müzik, di mi? Gidip KGB'de çalış," dedi abartılı bir şekilde kendi esprisine kıkırdayarak.

Deniz bu aptal adamın kulağa mantıklı gelen konuşmasına cevap vermeye çalışmanın kendisini küçültecek bir durumdan başka bir şeye neden olmayacağını biliyordu. Toyluk döneminde ateşli bir şekilde kendi düşüncesini savunmuş, müziğinin gücünü ispatlayabilmek için onu hak etmeyenlerle paylaşmış ve etrafındaki insanların sığlığı, müziği kullanma şekilleri, en sonunda onu bugünkü psikolojisine itmişti.

Yıllar önce girdiği bir tartışma sonunda haklılığını ispat için Şadiye'ye dinlettiği bir parçası için ertesi gün bir reklam şirketi tarafından aranmış ve çok yüklü bir para karşılığında müziği bir sabun reklamında kullanılmak istenmişti, daha da kötüsü, Deniz teklifi kabul etmeyince Şadiye'nin ekibi, onun müziğine benzetmeye çalıştıkları ama çok da beceremedikleri bir parça üzerinde çalışmış ve o parçayı reklam şirketine satmışlardı. O yaz Şadiye, o müziğin artıklarından bir de CD çıkartmıştı. Tüm yaz cehennem gibi geçmişti Deniz için, ruhu katledilen müziğinin kopyası Şadiye'nin yorumuyla her yerdeydi. Kendi müziğine benzeyen ama asla aynı derinlikte olmayan bu sahte müziği tesadüfen televizyondaki sabun reklamında dinleyen Deniz öfkeden çıldırmış ve dersini de almıştı. Artık müziğini ispatlamaya bile çalışmayacaktı. Deniz, Nihat'ın esprisine yarım ağız sırıtırken tamamen suskundu. Ama Duru, etrafındaki insanların sığlığından henüz yeterince yorulmamıştı ve kamçılanmış bir kısrak gibi konuya atlarken suratında en ufak bir sempati yoktu. Erkeğini savunan bir dişiden çok, inandığını savunan bir öğrenciydi.

"Bazı müzikler vardır, her yerde yapılır, herkes dinler. Sözleri, kalbimi parçaladın derken, insanlar eller havada dans eder. (Şadiye'ye) Sizin yaptığınız türden. Biz böyle bir şeyden bahsetmiyoruz. Kendi içinde verdiği duygudan başka hiçbir şey barındırmayan çok yoğun, saf bir şeyden bahsediyoruz," dedi bakışlarını dimdik Nihat'a çevirerek.

Nihat söze girmek üzere suratında alaycı bir gülümsemeyle ağzını açtı ama Duru, Nihat'ın girişimini ona haddini tüm sertliğiyle bildirircesine, "Ben daha bitirmedim! Dinleyin ki, hayatınız boyunca en azından bir tane gerçek bir şeyden bahsedilmiş olsun yanınızda," dedi, "Henüz böyle bir şey dinlemediğiniz için neden bahsettiğimi anlayamamanız normal ama bahsettiğim şey bir duygunun tüm saflığıyla alınıp katıksız bir şekilde aktarılması. Size bir örnek vereyim," deyip güzel bedenini tek hamlede koltuktan kaldırdı, çantasının içinden telefonunu çıkardı, müzik sisteminin olduğu yere gitti. Telefonunda yüklü olan müziği genel müzik sistemine bağlaması sadece saniyelerini aldı, Deniz'le yaşamak onu birkaç konuda uzman yapmıştı ve bunlardan biri de müzik sistemleriydi. Koltukta oturanlar Duru'nun ne yaptığını anlamaya çalışarak beklemekteydiler. Şadiye, belki de Deniz'den bir parça daha dinleyebilecekleri umuduyla heyecanlıydı, sakince eline aldığı telefonunun kayıt bölümünü müzik başlamadan çalıştırdı.

Duru sesi iyice açtı. Piyanonun ilk iki notası vurduğunda dinleyenlerin içinde bir farkındalık yükseldi. Sadece piyano ve esler kullanılarak çalınan bu parça Can Manay'a çok tanıdık gelirken, odadaki diğerleri, hayatını müzikten kazanan Şadiye dahil, bir parçayı ilk defa dinlemenin heyecanındaydılar.

Can, Deniz'in suratına baktı, bu suratta değerlisini paylaşan bir adamın ifadesi yoktu. Deniz'in sakin ifadesi, kendisine ait olmayan ama beğendiği bir şeyi dinleyen bir adamınki gibiydi. Can, dönüp Duru'nun ifadesine bakmak istiyordu ama bu hareket çok riskli olabilirdi. Müzik bitmek üzereyken, Duru daha önce oturduğu koltuğa geldi, tek bacağını bedeninin altına alıp oturduğu koltuğun ucuna kadar gelip dikkatle, oturanların gözlerinin içine bakarak konuşmaya başladı. Ağzından çıkan her kelime elleriyle de destekleniyordu. Asla Can'a bakmaması, Can için, kendi gözlerinden gönderilen mesajın yerine ulaştığının da kanıtı olmuştu. Duru, "Bu Deniz'e ait değildi," dedi ciddiyetle.

Şadiye'nin kafası karışmıştı. Diğerleri de meraklanmışlardı. Can ise Duru'nun açıkta kalan dizine saplanmıştı. O diz, Can için herhangi bir afrodizyaktan çok daha etkiliydi. Can, gözlerinin aynı noktaya saplanmaması için bakışlarını önce Deniz'e yöneltti, sonra odadaki insanlarda ve masanın üzerindeki meyvelerde gezdirdi... Duru'nun konuşması boyunca o dize bakmamak için kendisiyle savaştı. Müzik tamamen bittiğinde Duru, "Bu Frederic Chopin'in bir parçasıydı. *Prelude in E Minor,*" diye açıkladı.

Can, şimdi hatırladı bu müziği nerden bildiğini, Gerry Mulligan'ın *What is There to Say* adlı albümünde vardı bu parça ama piyano yerine trombon gibi üflemeli bir enstrümanla çalınmıştı, piyano versiyonu tartışmasız çok daha güzeldi.

Duru, "Saf müzik. Aynı Deniz'in müziği gibi. Kirlenmemiş, kirletilmemiş. Eğer Deniz'in müziği kalbinin parçalandığından bahsediyorsa, o müzikte asla dans edemezsin... Çünkü Deniz kalbini almak isterse, müziğiyle kulağından girer ve onu anında kalbinde hissedersin, kalbinin ritmi müzikle birleşir. Parçalamak isterse gerçekten parçalar o kalbi," dedi.

Duru'nun konuşmasında ellerini kalbi parçalayan bir alet gibi kullanması Can'a o kadar yerinde gelmişti ki, o ellere kendi kalbini o an vermeye hazırdı. Duru, konuşması bittiğinde kendisine bakan sessiz kitleye göz kırpıp masanın üstünden aldığı üç tane böğürtleni ağzına attı. Sessizlikte kendini yenilmiş hisseden Nihat, kavgaya hazırlanan bir kedi gibi, Duru'yu taklit ederek tek elinin pençesini yukarı çıkarıp tısladı, "Anladık, âşıksınız küçük hanım. Peki Deniz Bey, kalp parçalamayan başka parçalarınız var mı?" dedi. Şadiye'nin Deniz'i önemsemesi olmasa, bu kıza ağzının payını vermeyi bilirdi Nihat ama şov işinde olan her akıllı gibi yalakalığın saldırıdan daha kârlı olduğunu çoktan öğrenmişti.

Deniz'in bakışları hâlâ Duru'daydı, âşık olduğu kadının cesareti, umursamazlığı geçen yıllarda kendisinden Duru'ya miras kalan şeylerdi ve bunların Duru'da nasıl da güçlü bir şekilde yeşerdiğini seyretmek ona keyif vermişti. Bakışlarını Duru'dan alıp Nihat'a cevap vermesi biraz zaman alsa da cevabı hazırdı, "Var ama hiçbirisi size dinletebileceğim kalitede değil," dedi. Deniz, müziğinin odadaki kitleden çok daha yüksek bir kalitede olduğunu ifade etmişti ama odadakiler Deniz'in cümlesini sorgulamadılar bile. Parçanın Deniz'inkilerden biri olmadığını duyunca hayal kırıklığına uğrayan Şadiye küçük bir ceylanı kaçırmak istemeyen bir avcı gibi yaklaşmaya çalışarak, "Bize dinlettiğin vardı, onu çalsak Denizcim," dediğinde Deniz uzun süredir oynanan oyunun bitme zamanı geldiğini anladı ve Deniz'in cümleleri atmosfere yayılırken Can'ın bu gece için planladığı her şey yine birbirine girdi. "Çalsak! Biz!.. En son istediğim şey müziğimi senin gibi biriyle paylaşmak. Güzelim şarkıları reklam müziklerine çeviren, dinlediğin yabancı şarkılara sanki sana aitlermiş gibi söz yazan, sırtından geçindiğin onlarca yetenekli insanın yeteneğini emip sahip oldukları her şey senin sayendeymiş gibi davranan, daha da kötüsü, onları popüler kültürün köleleri haline getiren bir yağmacısın sen. Beni yağmalamana izin vericeğimi mi sandın! Kendi bölgesinde avlanmaya alışmış tembel bir domuzsun!" dedi.

Şadiye duyduklarının etkisiyle sarsılmıştı, kocaman açılmış gözleri öfkelense mi, ağlasa mı karar veremeden konuşma boyunca titreyip durdu. Deniz konuşmasının sonunda masadan ağzına bir dut attı ve ayağa kalkarken içinde kalan son cümleyi de savurdu, "Denizcim! Ben ne zaman senin oldum! Kendi adımı duymaktan hiç bu kadar tiksinmemiştim," dedi.

Şadiye oturduğu yere zımbalanmış gibiydi, diğerlerine bir cevap ararcasına baktı. Kurban rolüne bürünüp, "Ben ne yaptım ki şimdi?" dedi, özellikle Can Manay'dan yardım istercesine. Odada esen buz gibi hava, Can'ın umurunda bile değildi, ne Şadiye'nin kırılan onuru ne de Deniz'in kalkan sinirleri... Deniz'in gitmek üzere ayağa kalkmış olması dışında bunların hepsi önemsizdi, çünkü Duru da hemen ayağa fırlamış, toparlanmaktaydı. Gideni ve kalanı yer değiştirmek için Can da ayağa fırladı ama daha konuşamadan Şadiye de ayağa kalkıp üzülmüş bir ses tonuyla Deniz'e, "Niye benden nefret ediyorsun?!" diye seslendi.

Deniz kapıya doğru yönelirken Şadiye'ye dönüp, "Senden nefret etmiyorum, seni gereksiz buluyorum," diye cevap verdi.

Şadiye tek hamlede Can'ı geçip hınçla Deniz'e yöneldi. Üzüntüsü iki gün içinde hayatında daha önce hiç hissetmediği bir öfkeye dönüşecekti ama şimdi ağlamamak için kendini zor tutuyordu. Okul hayatı boyunca âşık olup da karşılık alamadığı iki erkek de, şimdi Deniz'in bedeninde can bulmuşçasına, sanki ona aslında ne kadar çirkin, şişman, beceriksiz olduğunu söylüyorlardı. Şadiye, çocukluk yıllarında tıfıl bir kızken hayran olduğu iki erkekle özdeşleştirmişti Deniz'i. Deniz'in hem yeteneğine hem de kendisine hissettirdiği o ulaşılmaz güzelliğine hayrandı ve şimdi bu güzellik kendisine ne kadar gereksiz olduğunu söylüyordu. Tüm ülke onu severken, hayatı boyunca sevilme ihtiyacı duyduğu bu üç erkek de ondan tiksinmişti. Şadiye kapıdan çıkarken, Can çok düşünceli bir tonda Nihat'ın kulağına Şadiye'nin peşinden gitmesinin ne kadar önemli olduğunu fısıldadı. Şadiye'nin yaralanmışlığından kendisine pay çıkartabileceğini bilen Nihat, bir görev eri gibi, Şadiye'nin ardından fırlayıp gittiğinde, Can, Deniz'le kapı arasına girip tek hamlede kapıyı kapattı. Her şey kendi akıcılığında, bir anda olmuştu. Yüzünü kapıya şaşkın bakan üçlüye döndüğünde Can'ın suratında kocaman davetkâr bir gülümseme vardı. Gitmek üzere olan Deniz bu tuhaf gülümsemenin devamından gelecek hareketi beklerken, Can ellerini iki kere birbirine çırpıp kendisine şaşkınca bakanlara kocaman bir coşkuyla seslendi, "Ohh be! Ağzına sağlık Deniz! Ee şimdi ne içiyoruz?"

- 22 -

Koltuğa ilk oturan Can olmuştu. Aysun, Deniz ve Duru hâlâ ayakta, olan biteni sindirmeye çalışan bir psikoloji içinde, aynı anda Can'a bakakalmışlardı. Can hepsini aynı anda özgürleştirecek şekilde konuya girerken sehpanın üzerinden bir böğürtlen attı ağzına ve "Geceyi hâlâ kurtarabiliriz. Otursanıza," dedi.

Teklifinin bu üç kişi tarafından hâlâ değerlendirilmekte olması Can Manay gibi bir adam için alışılmadık olsa da, suratlarındaki ifade biraz daha çaba harcaması gerektiğini gösteriyordu. Can, "Biriniz yapmasaydı ben yapmak zorunda kalacaktım. Çok taktığımdan değil, senin söylediğin gibi Deniz, sadece gereksiz bulduğumdan," dedi.

Duru, Deniz'den bir onay beklemeden Can'ın karşısındaki tekli koltuğa oturdu. Aysun biraz önceki yerine geçti, Deniz ayakta sordu. Bu düşüncesini temizlemeden Can Manay'ın evinde daha fazla kalamazdı. "Peki niye davet ettin o zaman?"

Can kendisine hesap soran bu adamın abartılı boyutlardaki ukalalığına şaşırsa da belli etmedi, edemedi, şimdilik Duru'nun karşısındaki koltukta oturmasına ihtiyacı vardı ve bunun için bu adamı idare etmeliydi. Eğlenerek, "Bu, benim ilk bir araya gelişim Şadiye'yle. Daha önce iş dışında bir kez bile görüşmemiştik. Hâlâ deneme yanılma yoluyla öğrenmek zorunda olduğumuz şeyler var hayatta. Sen niye kızdın?" diye sordu. Deniz koltuğa doğru bir adım atarken ağzındaki baklayı çıkaran biri gibi rahatlamış, "Beni davet etmeni Şadiye mi istedi?" dedi.

Can, bir anda Deniz ve Duru'yu, hiç tanımadığı bu iki kişiyi, hem de ikinci kere niye evine ısrarla davet etmesinin kulpunu bulmuştu, daha doğrusu Deniz ona sunmuştu. Kafasını sakince evet anlamında salladı. Deniz, "Onun geleceğini bilseydim gelmezdim. Manipüle edilmekten nefret ederim!" dediğinde Can, Duru'nun pür dikkat kendisini izlediğini biliyor ve birazdan sohbeti eline alıp şovuna başlamak istiyordu ama önce Deniz'i rahatlatmalı, o koltuğa oturtmalı, kafasını iyi yapmalıydı. Sakin bir şekilde, "Senin geldiğini duymuş, açık konuşmak gerekirse detayları bilmiyorum bile, bırak aranızdaki durumu, tanıştığınızı falan bile hiç bilmiyordum. Sadece benden rica etti seni çağırmamı, ben de; senin için de iyi olur diye düşündüm. Otursana," dedi.

Deniz üzerindeki siniri hâlâ atamamıştı. Özellikle Can Manay'ın sakinliği kendisini bir psikoloğun ofisinde sinir krizi geçirmiş biri gibi hissetmesine yol açıyordu. Ortam huzurluydu ama Deniz anlamlandıramadığı bir huzursuzluk içinde hissediyordu, oturmadı. Buraya ait hissetmiyordu ama gidemiyordu da. Bahçeye doğru yürürken söyleyecek bir şeyi olmadığı için öylesine, "Ne zaman halledecekler bahçenin elektriğini?" diye sordu.

Can, Deniz'deki dirence yenilmek üzereydi. Aysun ve Duru, bir şeylerin başlamasını bekleyen iki seyirci gibi sabırsızlanmak üzereydiler ki, Can mekân değiştirmelerinin Deniz'in huzursuz enerjisinden kurtulmaları için tek çözüm olduğuna karar verdi.

Yerinden kalkarken masanın üstünden kutuyu aldı ve kızlara, "Gelin size bir şey göstereyim," dedi.

Can, Deniz'in yanından geçip bahçeye çıkarken sanki yerde elektrik hattının geçtiği bir bölüm varmış gibi yaparak dikkatle basmamaya özen gösterdi. Yarattığı gerçekliği, şüphe bırakmadan desteklemeyi iyi bilirdi. Deniz ise Can Manay'ın elinde taşıdığı ve kendisine tanıdık gelen kutuya takılmıştı. Can bahçenin içine doğru ilerlerken, Deniz kızların Can'ın atladığı yere basmamalarına yardım etti. Can'ın peşinden gittiler.

- 23 -

Öfkesi tükenmiş, dünyanın tüm yorgunluğu omurgasının üstüne binmiş bir halde evine vardı Özge. Geceyarısı olmuştu. Yolculuğu, bir şehiriçi yolculuğun sürebileceği en uzun şekilde sürmüş ve binmesi gereken son vasıtayı da kaçırınca yolun son kısmını yürümüştü. Başta yeri dövercesine attığı adımları, kendisine daha tanıdık gelen semtlere yaklaştıkça yumuşamış, dikkati kendi geçirdiği sinir bozucu günün detaylarından yaşadığı şehre kayınca kızgınlığı tamamen geçmişti. Tanıdık topraklarda eve doğru ilerlerken âşık olduğu şehri gördü yeniden. Herkesin kendisi olabilme gücünü bulduğu ya da herkese kendisi olabilme gücü veren şehir.

Ayağında 800 dolarlık topuklu ayakkabılarıyla abartılmış restoranlardan çıkan ünlü modellerin, arabalarını erken alabilmek için valelere yağ çektiği, bir gecede ayakların baş, başların ayak olduğu, değişmeyen tek şeyin herkesin eksikliklerinde eşit olduğu bir şehirdi burası.

Köylerinden çıkıp gelmiş insanların sanatçı, bakirelerin kadın, gay'lerin transseksüel, açların zengin olabilme cesaretini gösterdikleri, herkesin özüne döndüğü, kimsenin asla saklanamadığı ama istediklerinde kendilerinden kaçabildiği bir rahim gibi, bu şehir dokunduğu her şeyi besleyip doğmalarına yardım ediyordu.

Evine yaklaşmasına 100 metre kaldığında yolu üzerindeki kokoreççiden yarım ekmek kokoreç aldı Özge. Bu da bu şehrin güzelliklerinden biriydi, bağırsağı, temizleyip yenildiğinde bir daha yemek istenilecek kadar lezzetli yapan adamlarla doluydu burası. Burası Özge'nin şehriydi ve bugün olmasa bile bir gün bu şehre hak ettiği dürüstlüğü vereceğini bilerek yürüdü evine, yorgun ama yenilmemiş.

Eve girdiğinde kendi yalnızlığında rahatladı, gardını indirdi, suratına vuran sokak lambasının ışığı ancak bir meleğin suratında böylesine derin parlayabilirdi. Sokağa baktı, şehir hayat doluydu. Dışarıda akan bir hayatın olduğunu bilmenin güveniyle pijamasını giydi, dişlerini fırçaladı, makyajsız suratını ve şişmiş ayaklarını yıkadı. Banyodan çıkmadan önce son bir kez aynadaki aksine baktı, işte o an, evine varmak için harcadığı onca zamandan sonra, ilk defa Sadık Murat Kolhan geldi aklına. Kaşlarını çatıp ışığı kapattığında, bir virüs gibi beynine giren bu düşünce Özge'yle birlikte yatağa da girdi. Odanın karanlığında, pencereden giren ışığın gri aydınlığında, Özge tüm detaylarıyla Sadık Murat Kolhan'ı düşündü. Onunla tanışmasını, adamın kendi elini sıkıca sıkarken suratındaki kararlılığı, söylediklerini, kaslarını saran tuhaf gömleğini... Geçirdiği iki ayı... Ve Can Manay'ın kendisine kurduğu tuzağı düşündü... Can Manay. O lanetli günün sabahı, durakta otobüs beklerken nasıl da görmüştü onun arabasını, nasıl da heyecanlanmıştı Can Manay'ın tanıdık yüzüne hayranlıkla bakarken, nasıl da kendinden hissetmişti onu, bir savaş meydanında yanında olmasını isteyeceğin cinsten biri diye düşünmüştü... Nasıl da yanılmıştı! Bu aşağılık iblisin, samimiyet zehri akan suratına tüküreceği anı hayal etti. Silkelendi. Hayatının geri kalanını Can Manay'la hesaplaşmak üzere geçirebilirdi ama bu gece, gücü sadece Sadık Murat Kolhan'la olanları düşünmeye yetecekti.

Sadık Murat Kolhan... Issız yolda birlikte yürümüşlerdi, toplantı odasında kendisine yaklaşan suratı, kaslarına oturan o aptal gömleği, adının tamamını sakince söylerken gözlerinde yanan ateş, odaya ilk girişi, o aptal gömleğin kıvrık kolları... Sakince olayları yeniden kafasında adım adım canlandırıp arabanın içinde yaşananları en sona bırakarak düşündü Özge. Adamın kendisini öpmeye kalkmasına inanamıyordu, kendini her şeyin sahibi sanan bu abaza adama nasıl bir meydan verdiğini düşündü. Kendi davranışlarını tane tane canlandırdı, her biri samimi ve cinsiyetsiz bu davranışlar nasıl olmuştu da bu adamı tahrik edebilmişti! Ne cesaretti ama! Kendini ucuz hissetti, Sadık Murat Kolhan'ın kendisiyle ilgili kolayca elde edilebilir olduğunu düşünmesi diyaframını sıkıştırdı. Kalbindeki ritim bozukluğu ve vücuduna yayılan adrenalin daha fazla uzanmasını engelleyecek kadar fazlalaştığında Özge yataktan kalktı. Gecenin bu saatinde hissettiği bu gerilimi üzerinden atabilmesinin tek çaresi mastürbasyondu. Aptal porno sitelerinden birine girip izlenmekten delicesine zevk alan nemfomanyaklardan birinin çiftleşmesini seyredecekti. Genelde seyrettiği filmi buldu internette. Filmde bir erkek ve bir kadın, kameranın çevrelediği bir yatakta azgın bir şekilde sevişiyorlardı. Sıradan bir porno olan bu filmi diğerlerinden ayıran şey samimiyetiydi. Adam kadının içinde gidip gelirken birbirlerinin gözlerine bakabilecek kadar samimiydiler. Özge nihayet uykuya dalabildiğinde rahatlamıştı.

- 24 -

Can evi yaptırırken, Duru ile baş başa oturacağını hayal ettiği yere doğru ilerledi... Aklında, garipleşmeden nasıl kutuyu ikram edeceğinin hesaplaması vardı. Deniz'se Can Manay'ın kutusu içinden düşündüğü şey çıkarsa nasıl geri çevirebileceğini düşünüyordu. Can bahçenin loş ışıklanmış derinliğinde ilerledi, dört bir yanı krem rengi yumuşacık bir kumaşla kaplanmış 2 metreye 2 metre genişliğinde, kocaman, uzaktan bakıldığında etrafındaki kumaşların etkisiyle bir vaha çadırına benzeyen tik ağacından yapılmış sedirin içine girdi ve kayboldu. Etrafı örtüyle çevrilmiş bu sedir öylesine ustaca ışıklandırılmıştı ki, karanlıkta gözlerinizin görmesini sağlayacak ama karanlığı bozmayacak, sadece gecenin maviliğine yumuşak bir sarılık katacak şekilde parlıyordu ortam. Sedirin en güzel yanı, ne ışıklandırması, ne altlarındaki minderin vücudu saran konforu, ne dört bir yanının kafayı koymak için minderlerle desteklenmiş olması, ne tam ortadaki küçük sehpanın kullanım kolaylığıydı. En güzel yanı, divanın çatısının tamamen açık ve gökyüzünü kucaklayacak şekilde aşağıdan yukarıya genişleyen sopalarla tasarlanmasıydı. Çatı yerine gözle fark edilmeyecek bir sineklik vardı ve gerisi milyonlarca yıldız... Evren.

Can'ın ardından Aysun, sonra da Duru girdi içeri. Hemen kendilerine uygun buldukları köşelere yerleştiler. Deniz önce kafasını uzattı, amacı Duru'yla göz göze gelip onu gitmekle ilgili harekete geçirmekti ama Duru ile göz göze geldiklerinde, Duru eliyle yanındaki yere vurup ona gelmesi için işaret etti. Aralarında geçen gerilimden ve gecenin diğer sıkıntılarından sonra Duru'nun yanına uzanmak, istediği tek şeydi ve Deniz bu teklifi hemen kabul etti. İçeri girip kafasını Duru'nun kucağına koyana kadar çatısının açık olduğunu anlamamıştı. Gökyüzünü gördüğünde, yanında Duru'nun varlığı ve bakmaya alışık olduğu evren dışında isteyebileceği bir şey kalmıştı ki, Can elindeki kutuyu Aysun'a uzatıp sakince, "Çalış bakalım," diyerek komut verdi.

Aysun, emre uyan küçük bir Çinli işçi gibi, şikâyet etmeden minnettar açtı kutuyu ve sarmaya başladı. Can, Duru'nun kucağına yatan Deniz'e baktığında kendisine ait olan bir şeyi ödünç almış ve hunharca kullanan biri gibi gördü onu. Çok merak ettiği soruyu sohbet açmaya çalışan birinin ilgisiz tonuyla sordu. "Nasıl tanıştınız siz?"

Herkes bir anda Can'a baktı. Aysun sorunun kendisini ilgilendirmediğini anlayıp işine geri döndü. Deniz cevaplamayı Duru'ya bıraktı. Duru kocaman bir gülümsemeyle, "Dört sene önce, ben seçmelere gelmiştim ve Deniz de o gün salondaydı diğer hocalarla birlikte, beni dans ederken görmüştü..." derken Deniz sakince sözünü kesti, "Benim hatırladığım üç sene önce ve sen elma yerken," dedi. Duru, küçük öfkeli bir kız gibi, "İnanmıyorum hatırlamadığına! Ne yani dans edişimi hatırlamadın da elma yiyişimi mi unutamadın! Resmen hakaret bu!" diye homurdanırken Deniz doğruldu, Duru'nun somurtkan güzel suratında küçük bir kız çocuğunun köfte dudaklarına benzeyen ağzına bir öpücük kondururdu. Duru, "Ciddiyim ya!" diyerek itiraz ettiğinde Deniz kafasını Duru'nun kucağına yine yerleştirirken, "Tamam, sen anlat," dedi.

Duru, Deniz'le tanışmalarını anlatırken Can içinde tutmakta zorlandığı ilgisini istemdışı bir şekilde Duru'ya kilitledi. Konuşurken büktüğü dolgun dudakları, ellerini sürekli hareket ettirmesi, gözlerini kocaman açıp Deniz'in taklidini yapmaya çalışırken erkekleşmesi... Bu kadın, bir erkeğin istediği her şeye sahip, kadın vücudunda yaramaz bir kız çocuğuydu. Bedeniyse hiç yaşlanmayacak bir ruhun yansımasıydı. Can, Duru'nun sesine teslim oldu. Anlattığı hikâyeden nefret ediyor olsa bile, bu sesten çıkan her şey keyif vericiydi. Duru, Deniz'le ilk konuşmalarını, Deniz'e gidip nasıl kendi okul kaydıyla ilgili soru sorduğunu, Deniz'in onu nasıl da terslediğini, Deniz'in nasıl kavgacı olduğunu, önce Deniz'e nasıl gıcık olduğunu, onu çok yakışıklı bulduğunu ama Deniz'in ukalalığının nasıl onu çıldırttığını anlattı durdu. Duru anlatırken mutluydu. Konuşurken bacaklarını kendisine çekti, kucağındaki Deniz'in kafasına bu pozisyonda pek yer kalmamıştı, Deniz sıkılarak kalkıp Duru'nun yanına kaykılırken, Aysun'un ne kadar da yavaş sardığına dikkatle baktı.

Duru bacaklarını kendine çekerken iyice ortaya çıkan ayak bilekleri, yumuşak ışıkta parladı. Can'ın dikkati istemdışı o güzel tene kaydı ama Deniz'in fark edebileceği tehlikesiyle hemen kontrol altına alındı gözleri ve Can'ın takındığı yumuşak aptal gülümseme, sıkılmak üzereymiş gibi görünen bir dinleyicinin ilgisizliğiyle kaplandığında, aslında içi Duru'nun açlığıyla yanıyordu.

Aysun sardığı şeyi yaktığında, Can vücudundaki tüm kasları sanki umursamazmış gibi hareket ettirmek için zorlandığını anladı, rahatlamalıydı. Duru'nun varlığında rahatlamanın tek bir yolu vardı ama o yol şimdilik Can'a kapalıydı. Can doğruldu, aceleyle Aysun'un elindekini beklemeden aldı. Duru'ya bu kadar yakın olup dokunamamak sarsıcıydı. Duru'nun kendi vücudunda yarattığı kimyasal etkiyi hafifletebilmek için jointten aldığı derin nefesi bir an içinde tutup dışarı verdi.

Deniz, Can'ın jointe atlamasına bir an şaşırdı ama bu kendisi için rahatlatıcı bir durum yaratmıştı. Aysun'a sakince, "Bana versene kutuyu, biraz da ben çalışayım," diye işaret ettiğinde Duru, Deniz'in isteğine dik bir şekilde baktı. Deniz, Can'ın elindeki jointi işaret ederek, "Dört kişiyiz ve bu yetecek mi?" diye savunmaya geçti. Can, elindekini Deniz'e uzatırken önce Deniz'in derin bir nefes çekmeye odaklanmasını bekleyip, Duru'nun kafasında kendi imajını kurtarmak için umursamaz görünerek, "Aslında ben hiç içmem, belki yılda iki kere falan, bu gece ihtiyacım vardı," diye açıkladı. Can konuşurken başta Aysun'a bakmıştı ama cümlesinin son bölümünde, "Bu gece ihtiyacım vardı," derken Duru'nun gözlerinin tam içindeydi bakışları.

İlk gözlerini çeken bu sefer Duru oldu, çünkü salaklaşmıştı. Gözlerini kaçırdıktan bir an sonra sadece merakla tekrar Can'a baktığında, Can hâlâ kendisine aynı etkiyle odaklanmıştı. Korkusuz, davet eden, bilen, bekleyen gözler. Duru refleks olarak Deniz'e döndü, Deniz elindekinden alabileceğinin en fazlasını alabilmeye konsantre olmuş, jointi arzuyla içine çekmekteydi.

Duru, Deniz'in elindekine olan konsantrasyonunun kendisine olandan çok daha fazla olduğunu bir kez daha görüp kızdı, Can'ın bakışını hâlâ üzerinde hissederken erkeğinin aptal bir keş gibi hiçbir şeyden habersiz kendisine sahip çıkmadığını düşündü, aklına yalnız olsa Can Manay'la olabilecekler gelmişti ki, aklından geçmesinin bile aldatmak olduğu bu düşünceyi kovdu kafasından. Bir anda hızlanan kalbi, sonra sakinleşti hemen.

Can, Duru'nun kendisini anladığını anladı. Tereddüt etmeden gözlerinin içine bakarken, Can'ın suratında Duru'yu çağıran, teslim olmuş bir ifade vardı. Kendisine ait olan bir şeyin, kendisini hatırlamasını bekleyen sabırlı bir adamın ifadesiydi bu, sabırla savaşmaya hazır bir adamın. Duru bir daha bakmadı Can'a. Kafasını Deniz'e çevirdi ve sessizce kime ait olduğunu hatırlattı kendine.

Can sessizliği bölmek için, "Aysun, hiç ses yok senden!" dedi. Gökyüzünün güzelliğine dalan Aysun kafasını yastıktan kaldırıp, "Dünyanın bir yerlerinde her dakika 10 çocuk ölüyor, hem de açlıktan. Ne kadar bencil ve adi yaratıklar olduğumuzu düşünüyordum," diye cevap verdi.

Duru suratında acı bir ifadeyle konuşurken, "Nasıl olur da bunca yıllık uygarlıktan sonra insanlar hâlâ bu kadar kötü olabilirler, anlamıyorum hiç. Karanlık tarafta durup nasıl seyredebilirler çocukların ölümlerini, hem de açlıktan!" dedi samimiyetle. Deniz son nefesini alıp elindekini Duru'ya uzatırken, "Kendini niye 'insanlardan' ayrı tutuyorsun? Görünen o ki hepimiz senin o karanlık tarafındayız," dedi. Duru merakla, "Hepimiz?! Şimdi burdan, ta Afrika'da ölen bir çocuğa yardım edememeyi anlayabilirim. Elimde olsa yardım edebilirim ama elimde değil ve elinde olduğu halde yardım etmeyenler var. Ağaçları kesenler, hayvanları öldürenler, kötü insanlar var bu dünyada. Onların yanında biz nasıl karanlık tarafta duruyor olabiliriz ki?" diye sordu.

Deniz, "İzleyerek. Kötülüğe seyirci kalanlar kötülüğün bekçiliğini yaparlar," dedi. Duru hemen, "Benim kötülüğü izlediğim falan yok," diye itiraz etti. Deniz esnerken, "Seyrettiğin şeyin kötülük olduğunu bile anlamadığın için .böyle düşünüyorsun. Sanıyosun ki Afrika'da ölen o çocuklar hayat koşulları yüzünden böyle yaşayıp ölüyorlar yani kaderlerinde var," derken Duru konuşmak için ağzını açtı ama Deniz içindekini tam ifade etmeden kimsenin konuşmasına izin vermek istemedi ve Duru'yu bastırıp, "Kader, insan denilen yaratığın ortak bilincinin, buna toplumsal bilinç de diyebilirsin, yarattığı bir gerçekliktir. Her an değişebilir, değiştirilir. Kaderi kontrol edebilmek için yapılması gereken en önemli şey, her bir bireyin, bu değişimi etkilemedeki gücünün farkındalığında olması. Yani bireyselliğin gerçek keşfi," dedi.

Duru elindekini Aysun'a uzatırken Aysun, kendisine pek de ilginç gelmeyen Deniz'in bu entelektüel özentisi konuşmasının üzerine sıkılarak, "Toplum bitmiş durumda, artık işlemiyor," dedi. Deniz kendisine bir tane daha sarmış yakarken, "Toplum bitmiş durumda falan değil, toplum aslında hiç bu kadar iyi işler bir durumda olmamıştı. Yapması için yaratıldığı şeyi tam olarak yerine getiriyor, nerdeyse mükemmellikle," dedi.

Hepsinin suratı buruştu. Hepsi Deniz'in büyük bir fırt çekmesini izlediler, beklediler. Duru dayanamayıp, "Ne demek çok iyi işliyor, her gün çocuklar ölüyor diyoruz!" diye itiraz ederken Deniz'in ne saçmaladığını sorguluyordu. Deniz içindeki dumanı üflerken, "O çocuklar kurban ediliyor! Toplum dediğimiz bu sistemin ürünleri onlar ve toplumun bir arada olması adına gerekli olan korkuyu yaratmak için açlıktan ölmeleri gerekiyor. Sizin gibi insanların yemi onlar," diye açıkladı.

Duru'nun kafası karışmıştı, bunun joint konuşması mı yoksa Deniz'in ilginç düşüncelerinden birinin ifade edilmeye çalışılması mı olduğunu anlamaya çalışarak Deniz'i zorladı: "Anlamıyorum ne demek istediğini, elindekini somurmayı bırak da konuyu aç Deniz."

Deniz içindeki dumanı dışarı üflerken, "Toplum daha önce hiç bu kadar iyi çalışmamıştı, size ya da dünyaya zarar veriyor olması, dizayn edildiği şeyi çok iyi yapıyor olduğu gerçeğini örtmez. İnsanlar, toplumun hep iyi bir şeyler yaptığını falan sanırlar ama toplum dediğin şey, içinde topladığı insanları, kendi var olabilme ihtiyacına göre harekete geçirmek üzere dizayn edilmiş bir sistem. İyilikle falan alakası yok, hayatta kalmak için bir araya gelmiş ve gerektiğinde en zayıfı kurban etmek üzere bir sistem kurmuş tepedeki insanlardan başka bir şey değil," derken Can, Deniz'in niye emperyalizm kelimesini kullanmadığına dikkat etti, oysa yeni nesiller için özellikle içi çoktan boşaltılmış bu kelime bundan daha iyi ifade edilemezdi. Deniz, "Kurallar koyup, sınırlar çizip kendi varlığını korumak üzere geri kalan her şeyi yok etmeye hazır, korkusuz görünen ama aslında korkuyu su gibi içen, korkuyla beslenen bir avuç bakteriyiz biz. Bakteriler nasıl işler bilir misiniz?" dedi.

Kafasını minderden kaldırdı, bilen biri var mı diye divanın üstünde kendisine bakan üç kişiye dikkatle baktı, sonra kafasını yine minderin üstüne bırakıp gözlerini yıldızlara dikip açıkladı. "TED Konferanslarında Bonnie Bassler diye bir kadın dinlemiştim. Moleküler biyolog. Enteresan bir şey anlatmıştı. Bir bakterinin vücutta zararlı hale gelebilmesi için üreyip çoğalması önemli değil, yani mantar olabilmen için vücudunda milyonlarca mantar bakterisinin yaşaması hiçbir şey ifade etmiyor, çoğalmaları sana zarar verecekleri anlamına gelmiyor ama belli bir sayının üzerinde çoğaldıktan sonra aralarından bir tanesi iletişimi keşfediyor, yani birbirleriyle konuşmaya başlıyorlar. İletişime geçmelerinin ardından birlikte hareket etmek geliyor. İşte ancak o zaman mantar oluyorsun! Onlar iletişime geçince. Çünkü sahip olduklarını sandıkları kaynakları tüketmek üzere birleşiyorlar. Bu bakış açısından bakarsan, dünya mantar olmuş zavallı bir gezegen. Toplum dediğin şeyse insan denilen bakterinin iletişimde olmasını garantileyen bir sistem sadece. Tüketimi kolaylaştıran bir sistem. Üretmesen de var olabilmeni sağlayan şey. Kaçımız tükettiğimiz şeyleri üretebiliyoruz? Yediklerimiz, giydiklerimiz... Bir tohumun nasıl filizlendiğini bile bilmiyoruz. Sanki yasaklanmış bir bilgi bu. Yaşamdaki en önemli şey, beslenebilmen asla öğretilmiyor! İnsan toplumsal bir yaratıktır demek, insanın bir parazit olduğunu söylemektir. İnsan, toplumdan bağımsız bir birey olarak da çok güzel hayatta kalabilir, sadece akıllı ve planlı olsun ve üretsin," dedi.

Aysun bir doktor olarak, "Nasıl olacak bu? Ormanda bireysel olarak yaşıyor olsaydık çocuk felci aşısını nasıl bulacaktık?" diye sordu. Deniz gülümseyerek, "Bulmayacaktınız çünkü doğanın natürel elemesine saygınız olacaktı," derken Aysun lafını kesti, "Ne yani çocuk felci olan çocukların, bu o kadar da güçlü değilmiş deyip ölmelerine izin mi verecektik?" diye sorguladı. Deniz içine çektiği dumanı dışarı bırakırken kesilen cümlesine, "Bizim hiçbir şeye izin vermeye falan yetkimiz yok. Yaratmak ya da engellemek için değil, deneyimlemek için burdayız. Eğer doğanın içinde, teknolojimizi doğallıkla birleştirebiliyor olsaydık belki de çocuk felci diye bir hastalık bile olmayacaktı. Günümüzdeki hastalıklar deforme edilmiş doğanın sonuçları ya da biyolojik olarak geliştirilmiş insan yapımı denemeler. Yani doğal değiller," dedi.

Aysun, "Bu dediklerin sorumu cevaplamıyor ki!" dediğinde Deniz sabırsızca konuştu, "Şimdi cevaplayacak! Doğa zayıfı koruyan bir sistemle değil, gelişmeye sonuç veren bir sistemle oluşturulmuş. Doğanın sistemi, gelişime kapalı olanın elenerek, ortamın gelişime açık olana hazırlanmasıyla işler. Üretmektir, verimliliktir temel amaç. Yani zayıf, defolu olan gider ve yerine sağlam, yardım olmadan yaşayabilen, üreyebilen gelir. Üretebilenin hayatta kalması temel esastır. Doğanın ölçüsü, para dediğimiz bir kâğıt parçasının kimde olduğu değil, dünyanın daha verimli bir yer olmasına yardım edenlerin ve kendi yükünü taşıyabilen canlıların var olabilmesidir. Sen belki çocuk felcine çare bulup binlercesini 'toplumun' sayesinde kurtarabiliyorsun ama yine aynı toplum tarafından feda edilen, hem de açlığa feda edilen, milyonlarcası için ne yapıyorsun, yıldızlara bakıp her dakika onlarca çocuğun öldüğünü düşünmek dışında? Senin medeniyetin, koruduğundan çok daha fazlasını göz göre göre telef eden küflenmiş bir sistemle çalışıyor! Kendin söylüyorsun, dakikada 10 çocuk öldürüyor bu toplum! Acımasız gelebilir ama belki de o çocuklar hiç doğmamalıydılar. Yaşam daima eliyor, eleyecek de! Ben sadece mantıklı, pragmatik elemeden yanayım. Ve kendisini bir yaratıcıyla aynı kefeye koyabilecek kadar kafayı yemiş bu insanlık ve toplum adını verdikleri bu iğrenç sistem, bireylere ne olmaları gerektiğini, nasıl olmaları gerektiğini, ne zaman olmaları gerektiğini söylemeye, diretmeye devam ettiği sürece toplumun parçası olan herkes, kendi özlerinin keşfinden uzak yaşayıp ölmeye mahkûmlar. Toplum konforlu bir hapishane, dışarıdaki korkunç dünyadan saklandığını sana hissettiren, ancak senin enerjinle var olabilen ve bu yüzden de daima senin enerjine, çalışmana, dolayısıyla köleliğine ihtiyacı olan bir hapishane. Sense kendini mutlu zanneden, daha kim olduğunu bir gün bile deneyimlememiş bir mahkûmsun. Bana lezzetli bir havyarı hatırlatıyorsun. Asla balığa dönüşmeyi bile düşünememiş, küçük, şeffaf bir yumurta ve yanında kendisi gibi milyonlarcasıyla öylece tüketilmeyi bekliyor," dedi. Deniz bir nefes daha alırken herkes hipnotize olmuş, kilitlenmişti. "İnsanı yüce bir varlığın yarattığına inanıyorum, kendini keşfetsin ve kendi eşsizliğinde yücelsin diye. Bizi kendi suretinde yaratan ulu bir varlık bu belki de. Ama toplum! Bu yaradılışı körelten, kısırlaştıran, gerçekte neyin önemli olduğunu unutturan, varoluşun anlamını sabote eden bir sahtelik, o kadar! Eşsizliğimizi prototipe dönüştürmek için kurulmuş bir düzen. Uzun lafın kısası, evin, araban, bir sürü çocuğun, bankada bir sürü paran oluyor belki ama kendi kimliğini keşfetmekten çok uzakta yitip gidiyorsun. O ölen çocuklar var ya, işte onlar senin gibilerin motivasyonu Aysun. Sistem seni omurgandan onlar sayesinde yakalıyor, senin gibi milyonlarcasını. Seyrettiğiniz, dinlediğiniz haberlerdeki o acıklı ölüm, açlık hikâyeleri sizi daha fazla çalışmaya motive ediyor. İçinizi acıtan her şey içinizi acıtabilsin diye yaratıldı. O çocuklar sadece içinizi acıtabilmek için, sizi korkuyla kontrol edebilmek için sistemi oluşturanlar tarafından yaratılmış ürünler. Herkes için bir ürün var senin toplumunda. Toplum kimseyi arkada bırakmaz..." dedi ve iyice doğrulup Aysun'a döndü, gözünün içine bakıp her kelimesini Aysun'un suratına tokat atar gibi vurgulayarak, "Seni bırakması için yalvarsan da bırakmaz toplum. Senin toplumun, dünyada yaratılmış en şeytani şey, senden burda olma nedenini alıp yaradılışını nedensiz bir boşlukmuş gibi bırakırken, sen sana faydası olduğuna inandırılmış bir şekilde ona sadakatle bağlısın, karın tokluğuna yaşayan, her an kendi gerçeğine ihanet eden bir mahkûmsun," dedi.

Deniz kafasını olumsuz bir bakışla iki yana salladı. Suratındaki aşağılayıcı sırıtış onu öyle çekici yapmıştı ki, Aysun ilk defa hayatında hiçbir şeyin rastlantı olmadığını, bu adamın cevapları olan biri olduğunu düşündü. Teslim olmuştu, dinlediklerini kafasında sindirmeye çalışırken bakışlarını gecenin geri kalanında hiç geri almamak üzere Deniz'de bıraktı.

Konuşmanın başından beri daha fazla Duru'ya bakmamak için çaba gösteren Can, bir noktada konuşmanın içeriğinin farkına varmış ve Deniz'in söylediklerine kilitlenmişti. Etkilenmişti. Deniz'in, yargılanmayı umursamadan doğallıkla konuşması etkileyiciydi. Çok sert ifade edildiği için kulağa rahatsız edici gelse de, Can söylediklerine tamamen hak veriyordu. Kaynakları bu kadar zengin bir gezegende yaşayan 7,5 milyar insan açlıktan ölebileceklerine inandırılarak sürekli çalıştırılırken tohumların, hayvanların genetiğiyle oynanıyor ve insanın temel besin kaynağı kontrol altına alınıyordu. Su bile artık başkalarınındı, içebilmek için ödemeniz gerekiyordu. Artık dünyada, kuluçkaya yatmayan tavuklar, filiz vermeyen tohumlar ya da çekirdeksiz meyveler en lüks mağazalarda salaklara değerli olarak pazarlanmaktaydı.

Çekirdeksiz karpuz yediği ilk günü düşündü Can, üreme organlarını tamamen yitirmiş, kısır bir şeyi yemenin ne kadar zararlı olduğunu anladığında bir daha ağzına koymamıştı ama kimseye de anlatmaya çalışmadı bu durumu. Denizse karşısında oturmuş etrafındakileri uyandırmaya çalışan bir yalnız adamdı. Deniz'in öğrencileriyle nasıl iletişim kurduğunu düşünürken gayriihtiyari kelimeler döküldü ağzından, "Senin ürünün ne Deniz? Daha doğrusu yemin..." dedi.

Deniz kafasını kaldırmadan hâlâ yıldızlara bakıyordu, cevap gelmedi. Can kaykıldığı yerden hafif doğrulup Deniz'e baktı, Deniz hâlâ tepkisizdi, Duru ayağıyla Deniz'i dürttüğünde, Deniz, "Bilmiyorum..." diye mırıldandı.

Can, "Ne yani, şimdiye kadar hiç düşünmedin mi bunu?" diye itiraz etti.

Deniz dürüstlükle, "Yemlendiğimi hissettiğim anda değiştiriyorum kendimi, içimde o yemi isteyen ya da ihtiyaç duyan ne varsa yıkıyor, filtreden geçiriyorum," diye cevap verdi.

Can daha da meraklanmıştı şimdi. "Hiçbir şey istemiyorum ya da ihtiyaç duymuyorum deme bana!" diye itiraz etti. Deniz, Can'ın algısındaki zayıflığa gülümseyerek, "Yemi isteyen ya da ihtiyaç duyan dedim! Yem dışında istediğim her şeyin peşinden gitmeyi kendime borç bilirim. Ama birileri kalkıp da bana ne istediğimi ya da neye ihtiyacım olduğunu söylediğinde, bu kim olursa olsun, dinlemem!" dedi.

Can kocaman, kalın surlarla çevrilmiş gizemli bir kalenin etrafında dolanır gibi hissetti kendini. Bu surlar öyle tatlı sözlerle geçit vermeyecek kadar uyanık ve büyük silahlarla yıkılamayacak kadar sağlamdılar. Surların içinde bu parlayan kalenin ne barındırdığını, nelere gebe olduğunu düşünmek bile Can'ın içini kararttı. Merak, Deniz'e karşı hissetmek istemediği tek duyguydu. Sadece ilgisini çekene ve sevme olasılığı olana karşı hissettiği bu duygu kutsaldı ve savaşmak üzere etrafında döndüğü, tanımaya çalıştığı rakibine karşı hissedemeyeceği kadar derindi. Eğer bu duygu, Can'ı bir kere içine alırsa, Deniz'le savaşmasına imkân vermeyen bir saygı uyandırabilirdi. Duru'ya ulaşmasına imkân vermeyen hiçbir duygunun yeri yoktu Can'ın kafasında, merakını hemen sildi. Surların ardındaki kaleyi sildi ve içine Duru'yu koydu. Bahçede ilk gördüğü haliyle, üzerindeki beyaz elbisesi uçuşurken dans eden Duru vardı şimdi Deniz'in kalesinin yerinde, surlar Duru'yu çevreliyordu. Deniz'i yıkmalı ve Duru'ya ulaşmalıydı. Kıskançlıktan kamçılanan acımasızlığını örtmeye çalışarak, "Hiç yemlenmemiş biri için biraz fazla uyuşturmuyor musun kendini?" diye sordu.

Deniz, soran bir ifadeyle bakışlarını Can Manay'a çevirdi. Can, dümdüz gözlerinin içine bakarken, bu bakışın merak mı yoksa meydan okuma mı içerdiğinden emin olamadı. Daha dikkatli baktığında bakışın önemseme olduğuna karar vermek istedi ve "Uyuşturmak?" diye soruyu yineledi.

Can tam ağzını açıp sorusunu daha net bir şekilde ortaya koyacaktı ki, Duru konuşurken uzattığı dudaklarını hızlıca yalayıp lafa düşünmeden girdi. "Bu doğru. Sanki sürekli kendi oluşumunu ertelemeye çalışıyorsun. Olmaktan korktuğun için, kendi potansiyelinin büyüklüğünü bahane edip jointe sığınır gibisin," dedi.

İçindeki potansiyeli yaşamak adına her şeyi feda etmeye hazır olan Deniz, kendini yargılanmış hissetse de Duru'nun düşüncelerindeki saflığı bildiğinden tepki vermedi, beyninin derinliklerinde bir yerde haklı olduğunu biliyordu.

Duru samimiyetle, "Yanlış anlaşılmak istemiyorum, sen tanıdığım en bütün insansın, kendiyle bütün, lafının arkasında duran ama bundan fazlası var sende, ben biliyorum. İşte o fazlasının ne zaman çıkacağını merak ediyorum ve biraz oyalanıyorsun gibi geliyor bana, daha doğrusu saklanıyorsun. Seni oyalayan şeyin, senin deyiminle 'yeminin' ne olduğunu düşünsen her şey bir anda değişebilirdi," dedi.

Deniz, içinde açılan yarayı sessiz kalarak onarmaya çalıştı. Duru'nun böylesine bir açlıkla değişimi istediğini şimdi fark etmişti. İstediği gibi kurduğu ve memnun olduğu hayatı, Duru için sabırla değişmesi beklenen bir hayattı.

Can, jointin etkisiyle tolere edilebilecek, abartılı ama yine de samimiymiş gibi bir tarzda, "Kendi yeminden bihaber yem düşmanı seni. Burdan bakıldığında, kendini gerçekleştirememiş, müzisyen bile olamamış bir müzik öğretmeni gibi duruyorsun. Yanlış anlaşılmasın, bu geceden sonra, sende göründüğünden daha fazlası olduğuna ben de eminim ama nasıl göründüğümüz de önemli. Duru'ya katılıyorum, bence senin yeminin ne olduğunu bulmak lazım. Tabii çok geç kalmadıysak," dedi cümlesinin sonunda kaşlarını kaldırıp kendisini dinleyen her göze değerek.

Deniz, bu sığların kendi çektiği acıyı anlayabilmelerinin imkânsız olduğunu biliyordu ve kendisini yargılamalarına kızmadı ama bir cevap vermesi gerektiğini de biliyordu. Tam konuşacaktı ki, düşüncelere dalmış olan Duru kendine gelip yine konuya atladı. "Çok geç kalmadıysakla ne demek istedin?" diye sordu. Geç kalınmış olabileceği gerçeği tüylerini ürpertmişti.

Can, çardağa geçtiklerinden beri kendisiyle göz göze gelmemeye özen gösteren Duru'nun gözlerinin içine baktı, Duru'nun içine ekmeye çalıştığı tohumun nasıl da kolayca tutunduğunu ve yeşermek için nasıl da merakla beklediğini gördü. Konuşmanın başından beri Duru'nun kafasında idealize ettiği bu adamı, Deniz'i, nasıl alaşağı edeceğini tasarlamaya çalışıyordu. Duru'nun etrafını bir sur gibi saran bu kocaman Deniz duvarını yıkmak için ilk yapması gereken şeyin, Duru'ya Deniz'in potansiyelini unutturmak değil, tam tersine bu potansiyeli asla gerçekleştirilemeyecek kadar çamura batmış, kirlenmiş, eskimiş ve değersizleşmeye yüz tutmuş bir hazine, hatta kendisine yaklaşanları da eskiten, lanetli bir hazine olarak göstermek olduğunu planlamıştı. "Tabii çok geç kalmadıysak" derken Duru'nun bu cümleyi iyi duymasını ve kafasında dolandırıp beyninin en verimli ve yargılamaya açık yerine koymasını istemişti. Duru'ya Deniz'i sorgulatmaya başladıktan sonra gerisi çorap söküğü gibi gelecek, Duru değeri ne olursa olsun bu lanetli hazinenin ağırlığından kaçıp uzaklaşmak isteyecekti. Şimdi Duru'nun tedirgin gözlerine bakarken yerleştirmeye çalıştığı tohumun nasıl da suya ihtiyaç duyduğunu gördü. Tohumu ekmekteki ani başarısının tadı öyle keyifli gelmişti ki, cevap vermekte biraz gecikti. Aysun konuşmaya başladığında Can hâlâ Duru'nun gözlerine bakmaktaydı. Aysun, "Ne geç kalması ya!" diye itiraz ederken doğrulup direkt Deniz'e konuştu. "Daha yeni tanıştık ama içimdekini söylemek istiyorum. Sen acayip bi adamsın Deniz, adam demek yanlış olur: insan! Herhangi bir konuda geç meç kalamazsın. Yıllardır düşündüğüm ve düşünmemek için kendimi zorladığım tüm bölük pörçük şeyleri o kadar iyi, net ifade ediverdin ki, kendimi aydınlanmış hissediyorum. Bunları yazsana ya! Yaz! Ama aynı böyle konuştuğun gibi yaz!" dedi.

Can, Aysun'a karşı içinde kabaran anlık nefreti, boynunda ve şakaklarında atan damarlarında hissetti. Tam konu istediği yere gelmişti ki, bu salak botoksçu karı Deniz'i ilah, kendini de müridi ilan edercesine coşkuyla konuşmaya girmişti. Duru'nun meraklı suratına baktı Can, Aysun'u dinleyen Duru rahatlamıştı. Can, tuhaf görünmeden Aysun'dan akan bu destekleyici enerjiyi nasıl kesebilirim diye düşünürken, bunu Deniz kendisi yaptı. "Aysun, neyi yazayım, görmek isteyenin anında göreceği ve herkesin yaşadığı şeyi sanki ben keşfetmişim gibi numara mı yapayım?" dedi.

Aysun içtenlikle anlaşılmaya çalışarak, "Ya, bazen ruhun bildiğini akıl unutturur! Sistem zaten bunu unutturmak için tasarlanmamış mı? Fena mı olur birinin böylesine doğallıkla hatırlatması, çıkarsız, hesapsız ve dümdüz bir dille," dedi.

Deniz elindekinden bir nefes daha alıp, "Ben buraya kendi potansiyelimi yaşamaya geldim ve hayatımı diğerleri uyansın diye bir alarm gibi harcamayacağım, herkes kendinden sorumlu," dedi.

Deniz'deki bireysellik Can'ı ürpertti. Kendisinden daha kendisi gibi olan birini ilk defa görüyordu ve Can Manay olalı beri etrafındaki kimse ama hiç kimse önünde kırılıp ezilip büzülmeden konuşamaz olmuştu. Can'ın varlığı tanıdığı herkesi ezen, ceketlerini iliklettiren, kendilerini Can'a sevdirmek için sıraya girmelerine neden olan bir etki yaratıyordu ve şimdi ilk defa bu adam, Can Manay'ı ve geri kalan tüm dünyayı kendisinin dışında bir kümeye koymuş, paketlemiş ve bir daha asla görmemek üzere sanki uzayın derinliklerine göndermişti. Can doğrulup Deniz'in suratına baktı dikkatle, karşısında dikkat çekmek için numara yapan bir adam yoktu, gerçek, can yakacak kadar gerçek bir yaratık vardı. Bu yaratığa insan denmesi, diğerlerine insan denmemesine neden olacak kadar çelişkili olurdu. Can merak etmişti, sordu, "Niye öğretmenlik yapıyorsun o zaman? Niye devlet üniversitesinde insanlarla çalışıyorsun? Burada bir çelişki var."

Deniz, "Niye çalışmayayım ki? Yapılabilecek en kolay iş, kirlenmemiş insan yavrularıyla çalışıyorum, sistem onları zehirlemeden önce," dedi. Can, "Ne yapıyorsun mesela?" dedi.

Deniz, "Hiçbir şey aslında, sadece kendim oluyorum," diye cevap verdi.

Can sızmak için kendisine bir çatlak arıyordu ama Deniz'in basit cevapları pürüzsüzdü ve Can'ı dışarıda bırakıyordu. "Amaç öğrencileri geleceğe hazırlamak değil mi?" diye sordu, sorduğu sorunun sıradanlığından kendini aptal gibi hissederek.

Deniz, karşısındakinin zekâsını istemeyerek de olsa küçümseyerek konuştu. Can Manay'ın bir fino köpeği gibi kendisine havlamasından sıkılmıştı, saldırıya uğramış hissetmiyordu ama anlayamadığı bir sığlık vardı adamın sorularında ve belki bu adam program yapmaya çok alışmış klişe bir psikologdu diye düşünürken, "Bırakalım şimdi bu geleceğe hazırlamak saçmalığını! Çocuklara başlarına gelebilecek değişik senaryoları ezberletirsen sadece prototip yaratırsın, ben problemlerle değil potansiyelle ilgileniyorum. Potansiyeli iyi donanmış birine davranış şekli aşılamaya çalışmana gerek yok, her anlamda kendisi çözümü yaratabilir. Elli sene önce yazılmış, hem de beceriksizce yazılmış kitaplardaki fonksiyonelliğini yitirmiş bilgiyle kafalarını karıştırmaya gerek de yok. Ben onlara öğrenmeyi öğretiyorum ve neyi öğrenmek istediklerinin özgürlüğünü veriyorum. Onlara asla öğretmiyorum! Kimseye bir bok öğretemezsin, ezberletebilirsin, zorlayabilirsin ama öğretemezsin. Belki öğrenmeyi öğretebilirsin, bilgileri beyninde nasıl depolaması gerektiğini ama o kadar! Öğrenecekse kendisi öğrenir. Ne istiyorsa, ne zaman istiyorsa, ne kadarını bilmek istiyorsa sadece kendisi öğrenir!" dedi.

Anlık bir hisle, elinde olmadan Deniz'i sevdi Can. Kendisine ait olan bir şeye sahip çıkmış bir yağmacı olmadığını düşünebilse, Deniz'le tanıştığına memnun bile olabilirdi ama Duru'nun varlığı Deniz'i takdir etmesini engelliyordu. Ağzı çok iyi laf yapan, iyi konuşan bu özgün adam ne olursa olsun Can'ın düşmanıydı. İçinde çoğalan duygunun savaş çığlıkları atan kıskançlık olması için kendini zorladı ama bu kıskançlık saygıyla yoğrulmaya başlamıştı ve Deniz'in baş konuşmacı gibi kendini ifade ettiği bu konseptten hemen çıkmalıydı. Can konuyu ışın kılıcıyla keser gibi aniden ve geriye dönüşü engelleyecek şaşırtıcılıkta Duru'ya sordu, "Duru. Bundan 10 yıl sonra nerde görmek isterdin kendini?"

Konuyu Deniz'in üzerinden almak zorunda hissetmişti kendini, kendi iyiliği için. Bu soru, hastalarına sıklıkla sorduğu ilk üç sorudan biriydi ve şimdi ancak en iyi bildiği iki şeyden birisini yaparsa bu geceyi kendi lehine çevireceğini anlamıştı: Psikoterapi. Düşünceler kafada kemikleşmeden taktik değiştirmeliydi yoksa o çok kıymetli küçük tohumu, Duru'nun kafasında bakımsız kalacaktı.

Duru, Can'a bakmamaya özen gösterip yüksek sesle düşünerek, "10 yıl sonra... Hımm. Aslında ne istediğimi biliyorum ama inşallah 10 yıldan önce ulaşırım oraya. 10 yıl sonra, öncelikle Turkuaz'la dünyayı dolaşmış ve dünyanın dört bir yanına yayılmış tüm profesyonel gösterileri izlemiş, hatta en beğendiklerimde de sahne almış olmak istiyorum. Sonra kendi okulumda ve gösteri merkezimde, bu oyunların orijinalliklerine hiç dokunmadan, yani adaptasyon saçmalığının oyunu deforme etmesine izin vermeden, dünyanın dört bir yanından topladığım bu oyunları ilk günkü tazeliğinde sergilemek istiyorum ama kesinlikle kendi oyuncu, yönetmen ve müzisyen kadrolarıyla yani. Oyunu alıp burda sahnelemek değil, sahnelendiği şekilde buraya taşıyıp tamamıyla orijinal haliyle burda gösteriye çıkartmak istiyorum. Düşünsenize bir *Cats** ya da *Rock of Ages* müzikalini burda benim gösteri merkezimde sanki Broadway'deymiş gibi izleyebileceksiniz," diye cevap verdi.

Aysun şaşırmıştı. "Güzel hayal, çok para!" dedi gülerek. Duru itiraz etti, "Çok para? Bu gösterileri izlemek için burdan dünyanın bir ucuna giden insanlar var, ayaklarına gelmesi çok daha ucuz bile olur. Sanat turizmi."

Can, Duru'ya bakarken haykırmak istedi, "Hayallerini gerçekleştirebilecek olan benim!" diye bağırmak ama sonra Duru'nun kendisine bakmamaya özen gösteren güzel gözlerine baktı, dikkatle ve huzurla doldu içi, bu kadın kesinlikle onundu. Kurduğu hayallerle, içine doğduğu vücutla, ince uzun parmaklarıyla, ettiği dansla Duru tamamıyla Can'a ait ama bu aitliği henüz keşfetmemiş bir kız çocuğuydu. Deniz'i aradan çıkarınca her şey olması gerektiği yere akacak, Can, Duru'yu kendi kadınına dönüştürecekti. Sabırsızlandı. Tam konuşmak üzere olan Aysun'a, konuyu değiştirmesin diye sordu, "Sen nerde olmak isterdin 10 yıl sonra?"

Aysun, söylemek üzere olduğu cümleden vazgeçip soruyu cevaplamak için düşünmeye başladı ve "Biraz önceki sohbetimiz olmasaydı, Deniz'in söylediklerini duymamış olsaydım, size verecek hazır bir cevabım vardı ama şimdi tekrardan düşünmem lazım," dedi. Aysun samimiyetinin istediği gibi anlaşılmadığını düşünüp söylediklerini yineledi. "Ciddi söylüyorum, gittiğim yol

---

* Broadway'in ünlü müzikal şovları.

istediğim yere varmıyor, şimdi bir tek bunu biliyorum artık ve 10 yıl sonra nerde olmak istediğimi size söylemek için önce benim ne istediğimi bulmam lazım. Ben ne istiyorum? Bu önemli bir soru," dedi.

Can, "Asıl soru, mutluluk nedir?" diye düzeltti.

Can'ın bu devlet kanalı sohbet programlarına yakışan anlamsız girişi, Aysun'un samimi açıklamasından sonra dinleyen üç kişiye de yavan gelmişti ama özellikle Duru, Can'ın söylediği şeyin kulağa geldiğinden daha derin bir anlamı olmasını beklerdi. Ne de olsa bu adamın diğerlerinden tek farkı zekâsıydı, çünkü görüntüsünde elle tutulur bir durum yoktu Duru gibi bir kadın için. Can konuşmaya tekrar başladığında hepsi konunun nereye gidebileceğini düşünüyordu.

Can, "İstediğin şey içinde bulunduğun koşullara, eksikliğini çektiğin şeylere göre sürekli değişebilir ama 'senin için mutluluk nedir', işte bunun cevabı aslında hücrelerine kodlanmış bir gerçektir. Bu nedenle de bu, cevabını herkesin bilmesi gereken, bir insan için en önemli soru!" dedi. Can asıl can alıcı yere gelecekti ki, Deniz gayriihtiyari konuya girdi. "Aynı şeyden bahsediyoruz aslında, farklı bir bakış açısı ama aynı şey."

Can biliyordu aynı şeyden bahsettiklerini ama kendi farkını ortaya koyması gerekiyordu, kendini Deniz'den daha kapsamlı göstermeli, daha değecek bir şekilde ifade etmeliydi. Deniz'i alt etmek üzere tasarlanmış bu gecede, ne kadar aynı fikirde olurlarsa olsunlar ona itiraz etmeliydi! "Çıkış noktamız aynı olabilir ama varacağımız yer aynı değil Deniz... Senin kendi potansiyelini keşfetme yolculuğunda acı var, yorgunluk, yalnızlık var gibi geldi bana. Ne pahasına olursa olsun kendi içindekini yaşamak var. Ya kendi içindeki şey o kadar da doyurucu değilse ve sen sadece henüz keşfetmedin diye içinde fısıltısını duyduğun şeyi gereğinden fazla önemsiyorsan, bunun diğer bir adı şizofrenidir. Kendi gerçekliğini yaratıp geri kalan her şeyi reddeden insanlardır şizofrenler. İyice kaybolmadan önce kendi kurallarını ne pahasına olursa olsun, fanatik bir şekilde korumaya çalışarak var olurlar. Etraftaki herkes, her şey, özellikle de içinde yaşadıkları sistem korkutucu gelir onlara, reddederler sistemi, toplumu. İçindeki potansiyeli bir savaşa hazırlanır gibi keşfetmeye çalışmak yerine içindeki mutluluğu keşfetmek çok daha sağlıklı," dedi, bir an bekleyip devam etti: "İnsanın tehlikeli bir yaratık olmasının nedenleri var. Bu kadar tehlikeli bir yaratığa sınırlar konulması, otorite altına alınması bir ihtiyaç. Senin düşman bildiğin toplum bugün sevgiline sahip olmak isteyen birinin seni öldürüp Duru'yu sırtına attığı gibi kendi mağarasına taşımasını engelliyor... Uzun lafın kısası, potansiyel uygun ortamda ortaya çıkar, önemli olan mutluluğun kaynağına inebilmek. İşte o zaman uygun ortamı yaratırsın," dedi aslında içinde yaşadıkları topluma lanet ederek. Kuralsızlık içinde yaşıyor olsaydı tereddüt etmeden Deniz'i sırtından bıçaklardı Duru için.

Duru'nun her kelimeyi dikkatle dinlediğinden emin olup son sözlerini söyledi, "İşte Deniz, bu kadar farklı bir şeyden bahsediyoruz; sen içindeki fısıltıya takılmışsın, bense tamamen mutlu olmak için burdayım."

Deniz'in gülüşü sessizliği böldüğünde Can şaşırmıştı. Resmen lafı gediğine koymuş, Duru'nun içindeki tohumlara gelişebilmeleri için gerekli besini vermişti, suni bir besleme olsa da. Deniz, "Seni toplum öyle bir ele geçirmiş ki Can Manay, korkularını beslemeyi mutluluk sanıyorsun. Mutluluk avcısı Can Manay!" diye gülmeye devam etti. Duru, "Niye bu kadar gülüyorsun ki?! Doğruyu söylüyor!" diyene kadar da gülmesi kesilmedi. Duru'nun tepkisi çok hoşuna gitmişti Can'ın, Deniz'e atağa geçmek yerine soruya cevap vermesini sakin bir şekilde bekledi.

Deniz, "Nedir mutluluk? Pardon, seni mutlu eden şey nedir?" diye yüksek sesle düşünür gibi konuştu. "Bu bana komik geldi çünkü bütün gün lüks bir masaj koltuğuna yatsan ve sana güzel kızlar tarafından masaj yapılsa ve canının çektiği her şeyle beslensen... İstediğin zaman istediğin kişiyle birlikte olabilsen, hatta uçabilsen sadece istedin diye... Daha da genişletelim mutluluğu, sen düşünsen ve olsa, yani yaratabilsen, Tanrı olsan... Mutlu olur muydun?" dedi Can Manay'a bakarak.

Can, fırsatı kaçırmadan Duru'nun içine ekmek istediği düşünceye çalıştı, "Deniz, işte şimdi korkutuyorsun beni. Bu şizofren bir örnek oldu," dedi gülerek. Deniz sanki küçük bir çocukla konuşur gibi, "Ne kadar çok şeyden korkuyorsun sen böyle. Korkma cevapla," dedi. Can içinden evet mutlu olurdum demek istese de, "Hayır olmazdım," dedi, bu yemi yemeyecekti. Deniz kafasını kaldırıp, "Neden?" diye sordu.

Can, "Çünkü bunlar zaten yaptığım şeyler ve beni mutlu edemediklerini biliyorum," diye cevap verdi. Deniz jointinden bir nefes daha alırken, "İyi cevap," diyerek güldü.

Duru, nedenini sorgulamaktan çekindiği bir şekilde içinde gerilmişti. Âşık olduğu, daha da önemlisi hayatında en saygı duyduğu varlığın şizofreni tanısına çok yakın konumlandırılması rahatsız ediciydi ama daha rahatsız edici olan, Duru'nun kendi içinde Can Manay'ın dediklerine tamamen katılıyor olmasıydı. Can Manay çok haklıydı. Anlamsız bir savaşta gibiydi Deniz, mutluluğun feda edildiği, her pahasına içindekini korumaya yönelik agresif bir savaştı bu. Herkesle çelişmekten kaçınmayan, uzlaşmaktan uzak, yorgunluğa rağmen devam eden bir savaştı Deniz'inki. Can Manay gibi bir adamla olmanın nasıl olduğunu düşündü Duru, mutluluğu feda etmek yerine amaç edinen biri. Deniz tekrar konuşana kadar Duru kafasında pişirdi bu düşünceyi.

Deniz sakin bir şekilde, "Can, eğer senin dediğin şekliyle yaşasaydık, yani içimizdeki mutluluğu hedefleyerek, yine de mutlu olamazdık. Sen kendin diyorsun insan tehlikeli bir yaratık. Kendi mutluluğu başkasının mutsuzluğuna neden olabiliyorsa tereddüt etmeden diğerlerinin mutluluklarını, hatta hayatlarını yok sayacak kadar tehlikeli yaratıklarız biz. Mutluluk dediğin şey, nasıl mutlu olunması gerektiğiyle ilgili kafana yüklenmiş bir düşünce, aslında gerçek değil. Bir şey istersin, mutluluğunun ona bağlı olduğunu sanırsın, elde edersin, senin olur, sıkılırsın ve kurtulmak istersin. Kurtulduğunda mutlu olacağına inanırsın, kurtulursun, başka bir şeyi istemeye geçersin. Yine istersin, yine elde edersin, yine sıkılırsın, yine kurtulmak istersin... Bu mutluluk değil. Bu tüketmek. Mutluluk bir illüzyondan başka bir şey değil, sadece bir an. Yaşanmış bir anı sürekli yaşama isteği... İşte asıl bu çok hastalıklı bir düşünce. Kendini iyi hissetmenin amaç olduğu bir hayat, bana, parayı bulup kendini kokaine, ekstasiye adamışları hatırlattı. Onlar sürekli mutlu, tüketebildikleri sürece. Seni neyin mutlu ettiğini bulmaya çalışarak mutlu olunmuyor, tatminsiz olunuyor maalesef," dedi.

Duru rahatlamıştı çünkü yine Deniz'le aynı fikirdeydi, seviyordu bu adamın beynini. Can konuyu uzatmanın agresifleşeceğine karar vererek ve daha ilk gecede Duru'nun kafasında Deniz'i sorgulattığından emin olmanın rahatlığıyla, sakin, "Peki nasıl mutlu olunur, sen anlat o zaman," dedi Deniz'e. Deniz, "Gözlerini çevrene kapat ve ol! Toprağa dön, ondan beslen. Sadece kendi yetiştirdiğini ye ya da güvendiğin insanların sana ikram ettiklerini. Yani besle kendini, gerçekle besle. Gerçek yiyeceklerle, gerçek bilgiyle. Her şey doğada var, insanı çıkar hayatından. Aslında insanı değil, diğerlerinin seni beslemesini çıkar hayatından. Beynini, mideni sadece doğayla doldur, doğanın bilgisiyle beslen! Ha bir de parayı çıkar hayatından," dedi.

Can dikkatle Duru ve Deniz'in ilişkilerindeki dengeyi izledi. Duru'nun Deniz'in zekâsına olan saygısı öyle bir gecede olmamıştı, belli bir deneyimin sonunda emin olunmuş bir saygıydı bu. Deniz konuşmaya başladığında herkes başka bir şey düşünmeye başlamıştı bile. Duru, canının çikolata istediğini, Aysun, bir şey içmek istediğini, Can Duru'nun nasıl bir külot giymiş olabileceğini düşünüyordu. Deniz'se düşündüğünü söyledi, "Şimdi bir dönüm topraktan 80 ton domates üretilebiliyor, hem de organik."

Aysun, "80 ton mu?" diye sorguladığında, Can sohbetin tamamen kafası iyi olmuş insanların muhabbetine döndüğünü düşündü. Deniz, "Evet, bir kilo domates için toplamda sadece altı kilo su harcıyorsun. Yani açlık hikâye, hem de kocaman bir hikâye. İstediğin kadar yardım etmeye çalış, milyonlarını gönder, oraya git bizzat kendin organize et, düzeltemezsin! Sistemi yeniden yazmadıkça düzeltemezsin, düzelttirmezler. Oradaki hikâyeye ihtiyaçları var, yemlemek için," dedi.

Sohbetin bundan sonrasında konuşmadı Can, Aysun ve Deniz'in önce tarım, tarımdan sonra güneş enerjisi, güneş enerjisi sonrasında nanoteknolojiyle ilgili abuk sohbetini dinler gibi yaparak Duru'yla aynı havayı bu kadar yakından soluyor olmanın verdiği keyfi deneyimledi.

- 25 -

Duru'nun uyuklayan suratının bebeksi güzelliğini kafasına kazırcasına, her fırsat bulduğunda bakmıştı ona, iyi ki de. Vücudunun ağırlığını yatağına bıraktığında gece boyunca yapmayı düşündüğü mastürbasyon şimdi çok uzaklarda bir his gibiydi. Uzun süredir aç olduğu sohbete bu gece öylesine doymuştu ki şaşkındı, huzurluydu ve ilk defa hayatının amacını fark eden bir çocuk kadar da heyecanlı. Duru'nun Deniz'de bulduğu şeyi biraz anlamış ve anladığı şeyin bir buzdağının sadece tepesi olduğunun farkındalığında, daha fazlası için meraklanmıştı. Deniz'in değecek bir adam olması, vermeyi düşündüğü savaşı zorlaştırırken, uğruna savaşacağı şeyin değerini de artırmıştı. Şimdi Duru, sadece tüm güzelliğiyle Can'a akan bir enerji değil, aynı zamanda zekâsıyla parlayan akıllı bir dişiydi de. Salak bir keşe tutulmuş aptal bir kız yerine, bu sohbetten sonra, kendi içinde hayatı anlamlandıran engin bir adama bağlanmış bir kadına dönüşmüştü Can'ın beyninde.

Can gözlerini kapattı, Duru'yla bir dünyayı hayal etti. Çıplak ayaklarıyla etrafta gezinmesini, uzun ince parmaklarını konuşurken hareket ettirmesini, meydan okuyan gözleriyle korkusuzca bakarken bir çocuğa benzemesini, saçlarının, öylesine ensesinde toplandığında bile özenle yapılan her saçtan daha güzel olabilmesini, uzun, ince vücudunun muhteşemliğini, umursamaz erkeksi tavırlarını ve kokusunu... Şimdi ona ait bir şeyi koklamayı o kadar çok istedi ki içi acıdı. Hayalini genişletti hemen ve kendini onun güzel, ince ensesini koklarken düşündü. Uzandığı yerde sanki dünya dönmeye başlamıştı ve her şeyin merkezinde sadece Duru vardı. Yatağına uzandığında Duru'yla seviştiğini en ince detayına kadar hayal etmek vardı planında ama edemedi, hiçbir fantezi Duru'yla geçirdiği gerçek birkaç saatten daha iyi değildi.

Evden çıkarken, kafası içtiği jointten bulanmış, uykulu Duru'yla tokalaşmalarının sekiz salise kadar uzun sürmesi, Duru'nun elini kendi avuçlarında hissederken gözlerinin tam içine baktığında Duru'nun yanaklarının kızarması ve meraklı bir çocuğa benzeyen zarif suratındaki kocaman gözlerini beceriksizce kaçırması, utanması... Bu yaşanmışlık herhangi bir sevişmeden bile doyurucuydu.

Sahip olmak istediği her şey bir bedende hayat bulmuş ve tüm saflığıyla korunmayı bekliyordu, ikinci defa. Duru'ya sahip olmak, Can için onu korumanın tek yoluydu, ancak Can bilebilirdi böylesine güzel bir şeyin değerini. Uykuya dalarken, bilinçaltının aralanmış kapılarından sızan Çiçek'in hayali Duru'nunkine karıştı. 20 yıl önce Çiçek'te kaybettiği savaşı Duru'yla kazanmaktan başka çaresi olmadığını düşünürken uyudu Can, ikinci bir şansı olduğunun farkındalığıyla huzurlu ama savaşa hazırlanan birinin motivasyonuyla diken üstünde.

- 26 -

Elinde James Bond çantası ve büyük bir zarfla, takım elbiseli adamın Özge'nin kapısında belirmesi, arabada geçen olaydan yaklaşık 12 saat sonra olmuştu. Özge kendisine, Sadık Murat Kolhan tarafından yapılan teklifi bu kısa boylu adamdan dinlediğinde şaşırmıştı ama belli etmedi.

Murat Kolhan, dergi için gerekli olan 50 bini çanta içinde, anlaşma dosyalarını da zarfta göndermiş, anlaşmayı yapması için de kendi özel noterini görevlendirmişti. Özge kapısına gönderilen noter huzurunda parayı teslim alıp gerekli kâğıtları imzalamış ve anlaşmanın detaylarını tartışmıştı. Sadık Murat Kolhan, dergi başarıya giderse yüzde 70'ine sahip olmayı teklif etmiş, Özge kendisine gönderilen ve noterliğinin yanında aynı zamanda Sadık Murat Kolhan'ın vekili olan takım elbiseli adamla pazarlığını yapıp hisseyi yüzde 50'ye yüzde 50 eşit şekilde paylaşmayı kabul ettirmişti. Tüm işlemler tamamlanıp kâğıtlar imzalandığında Özge'nin üzerinde pijaması vardı, saat sabah 8'e geliyordu.

- 27 -

Kulaklığından içine akan müzik başladığında, ahşap sahnenin tam ortasında duran Duru, gözlerini kapadı ve dansına başladı. Daha önce kafasında canlandırmadığı, tamamen özgün bir koreografiyle kendini müziğe bıraktı.

Önce bir topa dönüşmüşçesine yerde kendi içine kapandı, sahnenin ortasında istiridye içindeki bir inci gibiydi şimdi. Kilitlenen kasları müziğin ritmiyle kademeli olarak, robotik hareketlerle açılmaya başladı. Önce vücudunu saran kolları, sonra karnının içine sakladığı başı çıktı ortaya, bacakları kilitlendikleri pozisyondan uzanmaya başladığında yumurtadan çıkan ince, uzun bir insansı yaratığa benzemeye başlamıştı Duru. Ritimle savaşır gibi her hareketinde bir önceki halinden bir gıdım daha açılan vücudu, müziğin ritmiyle yükselip insansı haline geri döndüğünde yaylılar tüm ihtişamıyla Duru'yla birlikte yükseldiler. Sahnenin ortasında, ilk defa hissettiği kanatlarını iki yana açmış bir kelebek gibiydi şimdi. Bulunduğu yerden Duru'nun koreografisini yeni uyanmış gözlerle izleyen Göksel'se Duru'nun bu halinin, çarmıha gerilmiş asılı duran İsa figürüne benzediğini düşündü. Salona birilerinin girdiğini uykusunda fark etmişti ama yattığı yerden kalkıp Duru'yu görmesi, dış seslerin aniden kesilip salonun yeniden sessizliğe gömülmesiyle olmuştu. Göksel yavaş hareketlerle sessizliğe uyanınca insanların aniden nereye gittiklerini, daha da önemlisi, bu saatte hiçbir program konulmamışken kimin salona girdiğini kontrol etmek için kafasını koltukların arasında kaldırmış ve sahnenin ortasında topa dönüşmüş Duru'yu kulağında kulaklıkla görünce izlemeye başlamıştı.

Göksel, salonun en arka köşesindeki koltukların arasında, yerde uyumaya iki sene önce başlamıştı. Kimse fark etmeden haftada en az iki kez, o köşede stüdyodan getirdiği yumuşak malzemenin üstünde uyuyordu. Bunu yaparken salonun ertesi günkü programını daima kontrol ederdi. Daha önce bir kere hademe tarafından yakalanmıştı ama adam o gün başka bir nedenden dolayı işten çıkartılınca, bu durum işten çıkartılan hademeyle aralarında sır olarak kalmıştı. Kendi şanssızlığı içinde tuhaf bir şansı vardı Göksel'in. Sahnede İsa gibi asılı duran Duru'yu, hangi müzikte dans ettiğini merak ederek izlemeye başladığında, Duru üç saniye süren durgunluğunu hızla yerde yuvarlanarak attığı iki seri taklayla bozdu ve dansa başladı.

Yerde atılan taklalarla sahnenin ön kısmına yaklaşan Duru iki bacağını 180 derecelik açıyla açarak gövdesini öne eğdi ve kendisini yere tamamen yapıştırdı, dirseklerinin üstünde tek bir hamleyle bacakları 180 derece açık amuda kalktı, amuttaki halinden ters köprü kurarak çıktı ve olduğu yerde doğrulup çok hızlı iki dönüş yaptı. Saltolar o kadar hızlıydı ki Göksel sahnenin ahşap zemininin, buz bir taban olup olmadığına istemdışı baktı ama her zamanki gibi sahne ahşaptı, bu kız iyi dönüşler yapabilen biriydi o kadar. Dönüş biter bitmez Duru çok hızlı iki ters takla atarak dansa başladığı noktaya geri geldi, kemanların ritmiyle ulu bir ağaç gibi durduğu noktada sallanarak kıvrılmaya başladı. Hızlı bir saltoyu havada attığı taklayla tamamladı, sonrası oldukça hızlı ve karışık geldi Göksel'e. Duru'yu müziksiz izlemek bir dansçıdan çok jimnastikçiyi imkânsız hareketler olimpiyatlarına hazırlanırken izlemek gibiydi. Ayakların tabana vurmasından çıkan ses nerdeyse rahatsız ediciydi. Dönüyor, havada taklalar atıyor, geriye ve öne çok hızlı parendeler atarak hızlı çekim bir jimnastikçi gibi sahneyi dolduruyordu. Uzandığı yerde ayakkabısının tekini ararken kendisinden 10 metre ötedeki kapıdan birinin girdiğini fark edip yere hafifçe gömülerek kamufle oldu.

Kız kapıdan içeri hızla girmiş, sahneye doğru birkaç adım attıktan sonra olduğu yerde çivilenmişçesine durmuştu. Göksel kızın suratını görememişti henüz ama sırtında taşıdığı keman kılıfı kızın müzik bölümü öğrencisi olduğunu anlatıyordu. Kız kapının nerdeyse ağzında, Duru'nun sessizlik içindeki dansını izlemeye başlamıştı. Göksel'e jimnastik gösterisi gibi gelen bu dans kızı etkilemiş olmalıydı diye düşündü Göksel. Sıradan insanlar, kendi yapamayacakları şeyleri başkalarının yaptığını gördüklerinde, ışığa takılı kalmış balık gibi odaklanırlardı. Kızın suratını görebilmek için biraz vücudunu yukarı kaldırdı ama fark edilmek de istemiyordu, bulunduğu yerde ne yaptığını açıklamak zorunda kalacağı herhangi bir durum isteyeceği en son şeydi. İnsanların basit şeyleri anlayamamasından bıkmıştı. Sıcak, güvenli bir yerde bedavaya uyuyabilme fırsatını değerlendirmekten başka ne yapabilirdi ki? Ayakkabısının tekini tamamen giyerken kızı görmek için kafasını uzattı, kızın yüzünü net bir şekilde göremese de vücudunun yanına sarkmış olan elinin yumruk halini aldığını gördü. Kız, Duru'yu biraz izledikten sonra sahneye doğru hızla iki adım attı ama sonra aniden durup geri döndü. Göksel hızlı olmasaydı kız onu fark edebilirdi. Göksel eğildiği yerden kızın ayaklarına bakarak kapıdan çıkıp gitmesini bekledi ama kız sırtı Duru'ya dönük bir şekilde olduğu yerde duruyordu. Sağ ayağını hızlı bir şekilde yere vurarak sabırsızlıkla bekledi orda, sonra sahneye doğru dönüp hızla yürümeye başladı. Göksel ayakkabısının diğer tekini de alıp kafasını kaldıracaktı ki, kız aniden tekrar çıkışa döndü ve hızla koşarak çıktı salondan. Kızın çıktığına emin olan Göksel kafasını kaldırdı, sessiz ziyaretçisinden habersiz sahnede taklalar atan Duru'ya baktı, elinde ayakkabısı, koltukların arasından eğilerek hızla çıkışa yöneldi.

İzleyicilerinden habersiz Duru, dönüşünü bitirdiğinde, karartı şeklinde koltukların arasından bir şeyin, birinin hızla fırlayıp salondan çıktığını fark edebilmişti. Durup gölgenin kim olduğunu anlamaya çalıştı, hazırladığı koreografiyi Ada'ya göstermek için sabırsızlanıyordu, sahnenin kenarında duran çantasının üstüne attığı telefonuna baktı. Ada'nın 20 dakika önce burada olması gerekirdi. Acaba çıkan Ada mıydı diye düşündü, soluğunun kendi ritmine dönmesini biraz bekleyip Ada'yı aradı.

- 28 -

Sırtında kemanı, elinde yumruğuyla okulun koridorlarında hızla yürüyordu Ada. Ayakkabısının sadece tekini giyebilmiş ve diğer tekini elinde taşıyan Göksel'in suratında yaramaz çocuk ifadesiyle, seke seke kendisini takip ettiğinden habersiz, o an kendini güvende hissedeceği tek yere, stüdyoya doğru yol alıyordu. Elindeki yumruk, çalan telefonuna bakmak için açıldı bir an. Ada telefonu eline aldığında arayanın Duru olduğunu görüp çağrıyı meşgule düşürdü. Telefonu cebine koyduktan hemen sonra eli tekrar yumruğa dönüşmüş ve içinde patlayan öfkesini kontrol altına alabilmek için görev yapan bir araç gibi sımsıkı bükülmüştü. Göksel, gözleri o yumruğa kilitlenmiş, eğlenerek Ada'yı takip etti. Kızın suratını görmeyi kafaya takmıştı ama daha da önemlisi bu kızı bu kadar öfkelendiren şeyin ne olduğunu öğrenmek istiyordu. Göksel, Duru'yu her zaman kendi sınırlarından taşıp diğerlerininkine tecavüz etmeye çok açık bir enerji olarak görmüş ve hiçbir zaman hoşlanmamıştı ondan, şimdi başka birinin onunla aynı duyguyu paylaştığını görmek hoşuna gidiyordu, tabii düşündüğü doğruysa. Kız stüdyoya vardığında tereddüt etmeden içeri girdi, kapıyı kapattı. Kapının küçük kare penceresinden görünmemeye dikkat ederek kapıyı yokladı Göksel. Kız kapıyı kilitlemişti. Göksel koridorun mermer zeminine basmaktan buz kesmiş çıplak ayağına da ayakkabısını geçirip vakit kaybetmeden stüdyonun mikser bölümüne geçmek için dolandı.

Müzik bölümünde her iki stüdyo arasında tek bir kayıt-mikser bölümü vardı, kayıt yapmak isteyen öğrenciler iki ayrı stüdyoyu tek bir odadan kontrol edebiliyorlardı. Tek yapmaları gereken kaydı interkom kulaklık sistemiyle yapmalarıydı. Kayıt bölümüne giriş, stüdyoların içinden olduğundan, Göksel hemen bir sonraki stüdyoya koştu. Diğer stüdyo neyse ki boştu. Göksel kayıt bölümüne girdiğinde şimdi ilk defa büyük camdan kızı net bir şekilde görebilmişti, Deniz'in kıçından ayrılmayan müzisyen kızdı. Silik, pek sesi çıkmayan, kafası sürekli önde yürüyen bir tipti. Adını bile hatırlamıyordu Göksel, o an için kızı ilginç yapan tek şey öfkesiydi. Stüdyonun ortasında bir sağa bir sola yürüyen kıza sıkılarak baktı. Bir sürprizle karşılaşmak umuduyla takip etmişti kızı ama kızın kimliği öfkesini değersizleştirecek kadar silikti. Böyleleri kendi içlerinde kudurup kudurup asla istedikleri şekilde açılamazlardı dünyaya, bu tipler kendi savaşlarından kaçan korkaklardı. Göksel, kızın öfkesine olan ilgisini kaybetmişti artık. Eğildiği yerden görünmeyi umursamadan ayağa kalktı, salona dönüp yerde bıraktığı eşyalarını almalı, suratını yıkamalı, dişlerini fırçalamalıydı. Kemancı kız şimdi oturmuş kemanını çalıyordu. Bakışlarını yere odaklamıştı. Karşısında ne bir nota ne de bir kâğıt vardı. Kayıt bölümünden çıkacakken, son bir kez dönüp kıza baktı Göksel, kızın keman çalarken suratındaki ifade bir anda dikkatini çekti. Kendi savaşından kaçan bir korkak değil, elindeki güçle dünyaları yıkmaktan çekinen birinin kendini tutan ifadesi vardı kızın suratında, garip bir şekilde. Yaptığı şeyden, daha doğrusu çaldığı şeyden güç alan birinin ifadesiydi bu. Göksel merak etmişti, hiç düşünmeden kulaklığı taktı kafasına ve mikserden stüdyonun sesini açtı.

Ada'nın kemanı, Göksel'in ruhunu fethettiğinde, ilk defa içindeki öfkenin ehlileştiğini hissetti hatta ilk defa ruhu olduğunu fark etti. Bakışları, kontrolü dışında kızın suratına kenetlenmişti ki, bu asla olmazdı. Ada'nın çatık kaşları altında parlayan siyah gözleri, beyaz teni ve burnuna doğru iki çizgi oluşmasına neden olacak kadar çıkık dudakları... Bir yaratıcıya bakmanın heyecanıyla doldu Göksel'in içi. Kendisinin yapamayacağı bir şeyi kolaylıkla yapan birini gören her insan gibi Göksel de oracıkta kilitlenip kalmıştı Ada'ya. Göksel'in yıllarca dindirmeye çalıştığı öfkesine dokunan ilk insandı Ada, müziği Göksel'in bilinçaltına akmış ve orada kapalı kalan, yanan ne varsa söndürmüştü, bir anlığına olsa da.

Ada kendisini teslimiyetle izleyen genç adamı fark ettiğinde aklından asla durmak geçmedi. Elindeki enstrümanın söyleyecekleri vardı ve Ada içindeki öfkeyi dindirene kadar kemanıyla konuşacaktı. Bakışlarını kayıt odasındaki adamdan kaçırmadan notalara bastı. Eğer biri ona böylesine fütursuzca bakabiliyorsa, bu sefer gözlerini kaçıran kendisi olmayacaktı. Göksel ve Ada müzik bitene kadar birbirlerine sabit baktılar. Göksel'in gözlerindeki teslimiyetçi huzur, Ada'nın gözlerindeki fetihçi öfkeyle kapışmıyor, tam tersi, ahenkle birleşiyordu.

Müzik bittiğinde hemen ve ilk konuşan Ada oldu. Daha kemanını omzundan indirmeden, camlı bölümün arkasında ayakta durmuş kendisine kitlenmiş adama hesap sorarcasına, "Ne işin var senin orda! Kimden izin aldın! Çık dışarı!" diye haykırdı. Göksel'in müziğin etkisinden çıkması ve kızın kendisine patlayan öfkesini fark etmesi altı saniyeden fazla sürmüştü. Ada'ya çok aptal görünen teslimiyetçi ifadesiyle Göksel öylece bakakalmıştı Ada'nın haykırışına. Ada ayağa kalkıp bu sefer şaşkınlıkla karışık bir öfkeyle tekrar, "Duymuyor musun? Çık dışarı!" diye bağırdığında, Göksel ancak kendisine gelebilmişti. Biraz önceki müziğin kendisinde yarattığı etkiyi Ada'nın üzerinde yaratmamış olması Göksel için şaşırtıcıydı. Kızın kendi müziğine bağışıklığı olduğunu düşündü. Ada'nın beyaz teninde parlayan iki siyah gözüne teslimiyetle baktı, kızın kendisine söylediği her şeyi yapmak istediğini belirten bir onaylamayla kafasını iki kere salladı, sessizce kulaklığı çıkarıp mikserin üstüne bıraktı ve hiç arkasına dönmeden kayıt odasından çıktı.

Göksel camekânlı bölümden uzaklaşırken Ada düşüncelerini dindirebilmek için hemen yerine oturdu, içindeki müziğin kesilmesini istemiyordu, hiç düşünmeden kemanında notalara basmaya devam etti ama biraz önce karşısında dikilen adamın itaatkâr bir şekilde kendisine başını sallamasının yarattığı merak, içinden çıkarmak istediği müziği böldü. Göksel'i hatırlamıştı, Duru'yla kapışmasından sonra onu tanımayan kimse kalmamıştı okulda. Ada yerinden fırlayıp stüdyonun kapısını açtı. Tek tük öğrencilerin geçtiği koridorda Göksel'in varlığını aradı ama çoktan gitmişti. Kayıt odasının camını kırıp stüdyoya dalabilecek delilikteydi bu Göksel. Kendisine şiddet gösteren herkese daha fazlasını göstermiş ve gösterecek biri olarak, Ada'nın azarlamasına itaatle cevap vermesi ne kadar da garipti diye düşünürken, koridorun sonunda kendisine doğru gelen Duru'yu görmezlikten gelmek için çok geç kaldığını anladı, çünkü Göksel'le ilgili düşünceleri boyunca Duru'yla göz göze gelmişlerdi. Bunu Duru'nun suratına yayılan kocaman gülümsemeden anlayabiliyordu. Çok uzun süredir içinde tuttuğu gıcıklığı haykırmamak için kendini zorladı, bu haykırışın kendisini Deniz'in gözünde nereye düşüreceğini bir an olsun hatırlamak yetmişti. Duru'nun gülümsemesine karşılık vermemek tuhaf olacaktı ama yapmacıklık içinde daha fazla kendine ihanet edebilecek motivasyonu kalmamıştı. İnsanları Duru'ya âşık eden şey Ada'nın midesini bulandırıyordu, bu şeyin özündeki yapmacıklığı ve umursamazlığı görebiliyordu. Donuk bir ifadeyle, sakinliğini bozmadan ilk Duru'nun konuşmasını beklemeye karar verdi.

- 29 -

Can Manay'ın asistanı olmak için tek bir atışı olduğunu ve bu gibi durumlarda aslında hiç şansı olmadığını, daima bir şeylerin ters gidip katastrofik durumlara meydan verdiğini bilen Bilge, sakin, temkinli, düzenli ve en önemlisi de ümitlenmeden, adım adım sabah programını yerine getirdi. Doğru'yu okula götürüp adaptasyon için onunla geçirdiği 54 dakikadan sonra, testin yapılacağı yere gelmesi sadece yarım saatini aldı ve testin yapılmasına daha nerdeyse bir saat olmasına rağmen Bilge adrese varmıştı.

Binanın önünde, içeriye erken girip girmemekle ilgili kendi kendine muhakeme yaptı. Randevusuna çok erken gelip kendisini çok da hevesli göstermek istemiyordu ama daha önce adını bile duymadığı bu yerle ilgili bilgi toplamaya da ihtiyacı vardı, binaya girdi. Kendisine söylenildiği gibi binanın ikinci katına çıktı. Asansör bembeyaz dekore edilmiş ve yumuşak ışıklandırılmış kata açıldı. Sanki bu kat, binadan tamamen bağımsızdı. Kendini neden tanıdık bir yerde hissettiğini düşündü Bilge. İki kapıdan soldakine girmesi gerektiğini biliyordu ama randevu saatine daha vardı ve içeri girme konusunda tereddüt ettikten sonra asansöre geri dönmeye karar verdi. Asansöre dönerken bu yerin neden tanıdık geldiğini anladı. Duvar, Can Manay'ın ofisindeki duvarla aynı dokudaydı. Aynı pürüzsüz, parlak duvar, aynı yarım dairesel fırça darbelerine benzeyen izleri taşıyordu üstünde. Duvara bakarken kendi göz hizasında bir yazı gördü. Yazıyı anlaması kolay olmadı çünkü 12-14 punto civarında, duvara kazınarak yazılmıştı. İyice yaklaşıp yazıyı okudu. 'Hz. Muhammed' yazıyordu. Bu yazının hemen üstünde duvarın bir ucundan diğer ucuna kadar, tek sıra halinde daha da küçük bir puntoyla yazılmış bir yazı sırası olduğunu gördü. Soldaki kapıdan başlıyor ve sağdaki kapıya kadar sürüyordu, 'Hz. Muhammed' üstteki uzun yazının hemen altında, duvarın ortasında kalıyordu. Yazının duvarla aynı dokuda ve renkte olması, bakıldığında görülmesini zorlaştırıyordu ama Bilge dokunarak yazının duvardaki oyuğunu hissetti. Soldaki kapıya tekrar yürüyüp duvardaki küçük, uzun yazıyı dikkatle kelime kelime okumaya başladı.

"Allah meleklerini tenselliği olmayan bir idrakten, hayvanlarını idraki olmayan bir tensellikten, insanlarınıysa idrak ve tenselliğin birleşiminden yarattı. İnsanın idraki tenselliğini aşarsa, insan, meleklerden bile daha iyi olabilirken, tenselliği idrakini aşmış bir insan hayvandan bile kötüdür. -Hz. Muhammed."

Bilge okuduğu şeyi anlamak için bir adım geriye çekilip düşündü. Müslüman olmasına rağmen Hz. Muhammed'in bu sözünü hiç duymamıştı ama şimdi okuduğunda, bilgelikle söylenmiş bir sözün, bilinçsiz beyinlerde nasıl da yanlış yorumlanabildiğini, bir felsefenin nesiller boyu nasıl da özünden uzaklaşabildiğini düşündü. Gerçek bilgelerin üç beş kişi tarafından tamamıyla yanlış yorumlanarak deforme edilmiş felsefelerini sürüler halinde takip eden, hayvandan beter insanlarla doluydu dünya. Tenselliğin yasaklandığı bir toplumda idrakin bireyselleşememesi çok normal değil miydi?

Sözü bir kez daha okudu. Hz. Muhammed'i tanıması gerektiğine karar verdi. Okulda din derslerinde kendine anlatıldığı şekliyle değil, bilgeliği ve felsefesiyle anlaması gerektiğini düşünürken asansörün kata geldiğini fark etmemişti bile.

Aniden asansörden inen orta yaşlı kadın, yüzü duvara dönük dikilen Bilge'yi gördüğünde hafifçe tebessüm etti. Bilge, kadının asansörden çıkışını fark edip hemen toparlandığında, kadın çoktan soldaki kapıya yönelmişti. Kadının ardından içeri giren

Bilge, kapının önündeki sekreter masasına yanaştı, masa boştu. Kadın bekleme bölümünün boş sandalyelerinden birine yerleşirken, Bilge ayakta, masanın önünde beklemeyi tercih etti. Randevusuna hâlâ yarım saatten fazla vardı ve ortamda bekleyen kadından başka kimsenin olmaması rahatlatıcıydı. Sakince kadına dönüp, "Sizin randevunuz kaçta?" diye sordu.

Kadın kendisiyle konuşulduğunu fark edip kolundaki saate bakarak tereddütle, "Yarım saatten fazla var. Ben biraz erken geldim sanırım," diye cevap verdi. Bilge iyice rahatlamıştı. Gülümseyerek kadının karşısına otururken, kendini sohbet havasında hissediyordu. "Ben de," dediğinde kadın sakin bir tonda, "Ben son zamanlarda geç kalmaktansa erkenci olmak iyidir diye düşünüyorum, ya siz hep erken mi gelirsiniz?" dedi.

Bilge dudaklarını bükerek düşündü. Aslında her zaman erken gelirdi, geç kalmamanın birinci koşuluydu bu ve hayatı ufak tefek tembellikleri kaldırabilecek kadar esnek değildi. Cevap verdiğinde kendi kendine karar veren birinin tonlaması vardı sesinde, "Evet, aslında ben de erkenciyimdir hep," dedi.

Kadın eline bir dergi alırken, konuşmaya, "E bu iyi bir şey, hiçbir şey kaçırmıyorsunuz demek," diyerek devam etti. Bilge sadece gülümserken, elindeki dergiyi karıştıran kadın masanın üstünde duran dedikodu magazinlerinden bir tanesini de Bilge'ye uzatıp, "İster misiniz?" diye sordu. Bilge hayır anlamında kafasını sallarken sakince, "Yok, sağ olun. Asla okuyamıyorum bu dergileri," dedi.

Kadın kafasını dergiden hiç kaldırmadan, "Neden?" diye sordu. Bilge soruya anlık da olsa şaşırmıştı. "Tanımadığım, tanımak istemediğim bir sürü insanla ilgili bir sürü haber, hangi partiye gitti, ne giydi gibi... Kısacası çok sıkıcılar," dedi. Bilge dergiyi okuyan kadının alınabileceğini o an düşünüp hemen aceleyle, "Tabii bazı insanlara kafalarını dağıtmaları açısından iyi gelebilir de, sadece bana hitap etmiyor," diye ekledi. Kadın bakışlarını karıştırdığı dergiden kaldırmadan, "Siz ne yaparsınız kafanızı dağıtmak için?" diye ilgisizce sordu. Bilge, "Bilmem, değişir... Kitap okurum," dedi kendi kendine gülerek. Kadın, "Kafa dağıtmak için? Kitap daha çok yormaz mı insanı?" dediğinde, Bilge, "Yorulmak da kafanızın dağılmasına yarayabilir," diye cevap verdi.

Kadın ilk defa kafasını dergiden kaldırıp, "Ben zaten çok yorgunum, enerjimi toplamayı tercih ederim. Sormamdan rahatsız olmazsanız, niye burdasınız? Önemli bir durum yoktur umarım," dedi. Bilge kadının yorgun suratının ne kadar huzur verici olduğunu düşünürken, "Yok, rahatsız olmadım ve hayır önemli bir durum da yok. Bir asistanlık işi için girilmesi gereken bir test gibi bir şey varmış, ona giricem," diye cevap verdi. Kadın, "Çok enteresan. Nasıl bir test?" diye sordu, şimdi tüm dikkati Bilge'deydi. Bilge, "Bilmiyorum, herhalde Rorschach ya da TAT gibi projektif testlerden ya da MMPI gibi çok yönlü kişilik envanterinden biri," diye cevap verirken kadının konuya hâkim olmadığını düşünerek, "Karakteri tespit edebileceklerini zannettikleri bir sürü saçmalık aslında... Ben psikoloji öğrencisiyim de, bir psikoloğun yanına asistan olarak seçildim, daha doğrusu adayım şu anda. Bu testle uygun olup olmadığımı saptayacaklar," diye açıkladı. Kadın, "Enteresanmış. Peki sizce uygun musunuz?" diye sordu. Bilge doğallıkla, "Evet," diye cevap verdi. Kadın yine dergiyi karıştırmaya başlamıştı ve "Neden? Neden uygunsunuz yani?" diye sorduğunda Bilge, "Psikoloji okuyorum, işe ihtiyacım var ve en önemlisi de bu istediğim bir şey," diye cevap verdi.

Kadın kafasını anladığını ifade eden bir şekilde sallayıp önündeki dergiyi karıştırmaya devam etti. Sessiz bir şekilde geçen 10 dakikadan sonra Bilge hiç kıpırdamadan hâlâ yerinde oturuyordu, gelen biri var mı diye kafasını koridora çevirirken kadınla göz göze geldiler. Bilge sakince kadına, "Affedersiniz, burası hep böyle boş mudur?" diye sordu.

Kadın evet anlamında kafasını sallayıp dergisine geri döndü. Bilge girişten koridora giden yola baktı ama keşfetmek için fazla riskli bir ortamdı bu, kafasını önüne çevirip sessizce oturmaya karar verdi. Zaman geçmek bilmiyordu, sıkılmıştı ama beklemekten başka yapabileceği bir şey de yoktu. Ayakkabılarının bağcıklarından birinin diğerinden daha uzun olduğunu fark etti, eğilip ayakkabısını düzeltirken kadın aniden, "Ben asansörden çıkarken siz koridorda n'apıyordunuz?" dedi. Bilge doğrulurken, "Ordaki duvarda bir yazı var, gördünüz mü? Hazreti Muhammed'den bir alıntıyı duvara kazımışlar," diye cevap verirken kadın ilgiyle lafa girdi, "Hz. Muhammed mi?" Bilge, "Evet. Çok ilginç değil mi? Öyle küçük kazımışlar ki, ancak çok yakından bakarsanız okuyabilirsiniz," dedi. Kadın elindeki dergiyi kapatıp doğru Bilge'ye bakarak, "Başka ne yazıyor?" diye sordu.

Bilge yazının ana fikrini hatırlıyordu ama kelime kelime hatırlamakta zorlanarak, "Tanrı meleklere cinsellikten... Daha doğrusu tensellikten yazıyordu, evet tensellikten uzak bir anlayış, hayvanlara anlayıştan uzak bir cinsellik vermiş, insanaysa ikisinin karışımını vermiş. İnsanın zekâsı cinselliğini aşabilirse melekten bile daha iyi bir şey ortaya çıkarken, cinselliği zekâsını aşarsa da hayvandan bile daha kötü bir şey ortaya çıkar gibi bir şey yazıyor ama benim söylediğimden çok daha güzel bir dille tabii," diye cevap verdi. Kadın ilgili bir şekilde, "Enteresan," diyerek yorum yaptığında, Bilge, "Evet çok enteresan, önce hiç aklıma gelmezdi psikolojik araştırmalar yapan bir klinikte bir peygamberden alıntı yapmak diye düşündüm ama sonra, aslında çok mantıklı değil mi! İçine doğduğumuz toplumun felsefesi psikolojimizin de temeli, en azından ben öyle düşünüyorum. Siz Müslüman mısınız?" dedi. Kadın, "Ne önemi var?" dedi dümdüz, kuru bir tonda.

Bilge sorusunun garip olduğunu düşündü ve sorduğuna pişman bir şekilde, "İslam'la ilgili bilginiz var mı diye merak ettim, yoksa bir önemi yok tabii," dedi. Kadın, "İslam'la ilgili bilgim var," derken sesindeki kuruluk gitmişti. Bilge, "Ben Müslüman'ım ama benim İslam'la ilgili pek bilgim yok," dediğinde, kadın gülümseyerek, "Peki nasıl oluyor da hiç bilgin olmayan bir şey psikolojinin temellerini oluşturabiliyor?" dedi. Bilge kadının gülümsemesine gülümseyerek, "Bilinçaltımın oluşması için bilgim olmasına gerek yok, yani ben bu toplumun bir parçasıyım, bilgim olsa da olmasa da ait olduğum yer burası. Çocukluğumdan beri izlediğim her filmde, günlük yaşantımda gördüğüm ilişki modellerinde, nesiller boyu hep aynı temel atılmış. Cinselliğin toplumdaki yansıması, tamamen dinselliğin nasıl yorumlandığıyla ilgili. Toplumsal cinselliğimiz dinselliğimizle kodlanıyor, yani seyrettiğimiz, okuduğumuz her şeydeki içerikten bahsediyorum. Bizse cinselliğimizle güdüleniyoruz. İçine doğduğum bu toplum neye inanmamın doğru olduğunu düşündüyse ona inanarak yaşadım, inandığım şeyin ne anlama geldiğini hiç bilmesem de. Yani evet Müslüman'ım, tüm duaları ezbere bilsem de inanmamı istedikleri şeyin anlamını, özünü aslında bilmiyorum," dedi.

Bilge'nin konuyu bir yere bağlayamaması kadının kafasını karıştırdı, elindeki dergiyi bırakıp dikkatle Bilge'yi dinlemeye başladı. Bilge anlatmak istediği yoğun düşüncenin, ancak onu uzun cümlelerle anlatabilecek kadar farkındaydı.

"Dış dünyaya verdiğimiz her tepkimiz, pozitif ya da negatif olsun, bilinçaltımızdan geliyor. Bilinçaltımızsa, hiç hatırlamasak da, hayatımızın ilk yıllarında edindiğimiz deneyimlerden oluşuyor. Aslında hepimizin içinde bir hayvan var, korktuğu zaman bizi yönlendiren, sinirlendiğinde rasyonel düşüncenin önüne geçebilen, kontrol edilmezse çok tehlikeli olabilen ama özünde bize güç veren ve bilinçaltımıza sahip bir hayvan bu. Bunun kocaman bir fil olduğunu düşünelim. Güçlü, dev, asla unutmayan, hatta kinci..." Bilge kadının suratına dikkatle baktı, anlaşıldığından emin olmak istiyordu. Kadın devam etmesi için kafasını sallayınca devam etti. "Bu filin tek amacıysa hayatta kalmak. Hayatta kalma dürtümüz bu filden geliyor. Peki hayatımızın geri kalan yıllarında öğrendiklerimiz, edindiğimiz deneyimler nerde toplanıyor? Bilincimizde. Karar vermenin süreci, verdiğimiz kararı uygulamanın analizi, karşımıza çıkan opsiyonlar üzerinde hangisinin bizim için daha tatmin edici olduğunu seçebilmek... Hepsi bilincimiz tarafından rasyonel bir düşünceyle şekillendiriliyor. Bilincimizin bu dev fili yöneten minik bir insan olduğunu düşünelim. Fil gücünde bilinçaltımız ve insan zekâsında bilincimiz... Biz buyuz. Peki sizce bir insan güç kullanarak üzerinde oturduğu bu fili yönetebilir mi? Tabii ki hayır. Aynı bilincimizin bilinçaltımızı baskılasa da yönetemeyeceği gibi... Tehlike hissettiğinde kendini kapatan ya da vahşileşen ama her zaman güvende hissettiği yere koşan bu fil, sırtında oturan insana güvenmeli ki birlikte hareket edebilsinler. Bu güven olmazsa ne olur? Çatışma içindeyseler, mesela fil yani 'bilinçaltı' büyüme çağında birtakım travmalar yaşamışsa ve tepesindeki insan, yani 'bilinç' filin travmalarını görmezden gelip onu sadece gitmek istediği yere sürüklemek için tepesinde tepiniyorsa, işte o zaman yaralı bir filin üstünde şımarıkça emirler veren bir karakter çıkar ortaya. Tepkiselliğinin vahşiliğinde rasyonelliğini yok eden bu insan kendini sabote eder, neyi niye yaptığını ya da niye öyle tepki verdiğini bilmeden, aklı olmasına rağmen kullanmadan, aynı hataları, değişik olaylarda defalarca tekrar ederek yaşar."

Kadın, "Bu çok ilginç bir analoji," dediğinde Bilge kadının gösterdiği saygının kaynağını söylemek zorunda hissetti kendini. "Evet, ben de bir yerlerde okumuştum. İlginçten çok, mantıklı," dedi.

Kadın, "Peki bunun Hz. Muhammed'le ilgisi ne?" diye sordu.

Bilge, "Hz. Muhammed'le değil, onun söylediği şeyle ilgisi var. Bilinçaltımız içimizdeki hayvanı, üstündeki bilinçse idrakimizi temsil ediyor. Hz. Muhammed'in dediği gibi, kendi idraki, içindeki hayvanı kontrol edebilen insan, kocaman filin gücüne sahip, ehlileşmiş bir zekâdır. Fillerini anlayıp eğitmek yerine onları bastıran ya da cezalandıranlarla dolu toplum. Düşünmeden hareket eden, ettiği hareketi düşünse de kontrol edemeyen, aynı dersi değişik insanlarla onlarca kere alsa da tepkilerini geliştiremeyen, davranışıyla kendine zarar veren herkes aslında bir bakıma kendi fillerini kontrol edemedikleri için, hayatları da kendi kontrollerinden çıkmış insanlardır. Filimizin birinci amacı hayatta kalmak olduğu için yaşama karşı daima bir zaafı olacaktır. Tepesindeki insanın, yani bilincin göreviyse bu zaafı anlayıp nedenlendirerek filin kendini zaaflarına karşı eğitmesinde ona yardım etmektir. Bilinç ve bilinçaltı arasındaki dostluk ancak böyle doğar ve bu dostluk bütünlüğü oluşturur, ta ki bu ikisi tamamen senkronize olup üstün insanı yaratana kadar ama tabii bu bir ütopyadır, aynı, Hz. Muhammed'in sözündeki gibi meleklerden daha idrakli bir yaratık var olabilir mi bu dünyada?.." Sessiz bakıştılar, Bilge içinde hissettiği yorgunluğu sesine taşıyan bir tonda kendi kendine mırıldandı, "Maalesef fili eğitmek yerine öldüren insanlarız biz, kendi gücümüzü hadım ederek idrakimizi de eziyoruz... İdraksiz bir güç ya da güçsüz bir idrak... Daha kötüsü olabilir mi?"

Kafasını kaldırıp kadının ifadesiz suratındaki kaybolmuşluğu gördüğünde, konuyu buraya getirdiğine pişman, "Sabah sabah çok konuştum, kusura bakmayın," dedi. Kadın, "Yok, enteresan şeyler söylüyorsunuz," diye Bilge'yi rahatlattı. Bilge, "Siz de ne kadar çok enteresan diyorsunuz," dedi gülümseyip konunun daha sıradanlaşmasını dileyerek.

Kadın, Bilge'nin teşhisine gülümserken, "Kaç yaşındasın?" diye sordu. Bilge, "Eylül'de 22 olucam," diye cevap verdi. Kadın, "Psikoloji okumasaydın ne okurdun?" diye sorarken, gerçekten ilgili görünüyordu ve Bilge düşünmeden, "Aşçı olurdum," diye cevap verdi. Kadın cevaba şaşırmıştı, "Aşçı mı? Enteresan," dedi. Bilge kadının habire enteresan demesine yine gülümsedi, kadın Bilge'nin gülümsemesinin anlamını anlayıp tebessüm ederken, "Niye aşçı?" diye sorguladı. Bilge, "Öyle baklavalar, mantılar açan bir aşçıdan bahsetmiyorum, dengeli beslenmenin tüm gerektirdiği şeyleri bilen, sebzeleri az pişiren bir aşçı. Ottan falan yemek yapabilen biri. Kendi ihtiyaçlarımı kendim karşılayabilmeyi seviyorum. Aşçı olsam bayağı işime yarardı," dedi. Kadının saatine bakması Bilge'yi uyardı, Bilge de saatine baktı. Randevusuna sadece dakikalar vardı ama hiç kimse gelmemişti. Bilge ayağa kalkarken, "Ben bir bakayım bu insanlar nerde?" dedi.

Bilge koridordan ilerleyip iki kere, "Affedersiniz!" diye seslendi ama cevap veren olmadı, girişteki bekleme yerine geri döndüğünde kadın hâlâ yerinde oturmaktaydı. Bilge tam kapıdan çıkacaktı ki, üzerinde laboratuvar önlüğüyle genç bir kadın kapıdan içeri girdi. Yüz yüze geldiler. Önlüklü genç kadın direkt sordu: "Bilge Hanım?"

Bilge her şeyin yolunda olduğunu düşünüp rahatlamış, "Benim, buyrun?" diye cevap verdi. Genç kadın tebessümle onu içerdeki odalardan birine buyur ederken Bilge çantasını aldı, koltukta oturmuş bekleyen orta yaşlı kadınla içtenlikle vedalaşırken elini uzattı, kısaca tokalaştılar ve Bilge dönüp odaya girdi. Tam düşündüğü gibi, test masanın üstünde hazır kendisini beklemekteydi. Biraz önce sohbet ettiği kadının, kendi geleceğiyle ilgili karar vermesi beklenen kişi, Eti olduğunu ancak aylar sonra onu Can Manay'ın ofisinde görünce anlayacaktı.

- 30 -

Duru, teninden buram buram güzel meyve kokuları gelirken elindeki havluyu boynuna iyice sarıp, "Salonda mıydın? Galiba çıktığını gördüm, izledin mi?" diye sorarak Ada'ya sıcaklıkla yaklaşmıştı. Ada, Duru'nun hâlâ kendi müziğiyle prova yaptığına inanamıyordu. Tüm ikna enerjisini kuşanmış Duru'nun konuşmasını, dudaklarının üstüne koyduğu işaretparmağıyla senkronize çıkardığı, "şşt" sesiyle susturan Ada, parmağını indirip karşısındaki kendini anlamaya çalışan bu güzel yaratığa sanki onu ilk defa görüyor gibi baktı. İçinde yeni hissettiği bir güvenle, stüdyoya girerken Duru'nun peşinden gelmesini istediğini, kapıyı bir anlığına tutarak belirtti ve biraz önce oturduğu yere oturup kemanını omzuna yerleştirdi. Durumu anlamak için konuşmaya çalışan Duru'nun girişimini elindeki yayı sanki bir parmakmış gibi dudaklarına götürüp daha güçlü bir, "şşşt!" diyerek tekrar engelledi. "Dinle," diye mırıldanırken sanki kendi kendine konuşur gibiydi.

Duru heyecanlanmıştı, Ada'nın kendisini özellikle davet etmesi ve gösterinin açılışı için hazırladığı müziği trans halinde çalması, çok usta bir müzisyenin az bulunur bir konserini canlı dinlemek gibiydi. Kendini düşüncelerine bırakıp kendi dansını bu müzikle düşünmeye başlamadan önce, elindeki kemanı, sanki kendisine ait bir organmış gibi çalan Ada'nın suratındaki güzelliği fark etti bir an, bir gün bu kızla çok daha yakın olacaklarını hissediyordu. Ada'nın asosyalliği ve utangaçlığı şimdiye kadar engellemişti aralarındaki ilişkiyi ama şimdi başbaşaydılar, en sonunda. Kendisini çok rahat hissediyordu bu kızın yanında. Duru'nun dansı ve Ada'nın müziği diye düşündü içinden, gözlerini kapadı ve düşüncelerini bu müzikte yapacağı dansa bıraktı. Müziğin bitişi değil, Ada'nın konuşması oldu Duru'yu kendi düşüncelerinden alan. "Ne hissediyorsun?" diyordu yine aynı sakinlikte, sanki kendi kendine konuşur gibi.

Duru cevap vermek için harekete geçtiğinde, Ada bu sefer neredeyse bağırarak, "Dinle!" dedi ve yine çalmaya başladı. Müzik biraz önce çaldığı müzik gibi başlamıştı ama arada aniden bastığı farklı notalar daha ritmik bir ton getirse de müziğin doğal ahengini daha doğrusu mükemmelliğini bozuyordu. Bu da güzeldi ama orijinali kadar fethedici değildi, fazlaydı bir şeyler ve törpülenmesi gerekirdi. Duru, Ada'nın neden iki farklı versiyon üzerinde çalıştığını anlamaya çalışırken, Ada hiç ona bakmadan sonuna kadar çaldı müziğini. Bitirir bitirmez ayağa kalktı, Duru'nun konuşma çabasına rağmen kemanı kılıfına yerleştirirken, "Hangisi daha güzel geldi kulağına?" dedi. Duru cevabı zaten çok belli olan bu soruya cevap verip vermemesi gerektiğini düşündü bir an ve "Tabii ki orijinali," dedi. Ada kılıfı omzuna asarken Duru'nun suratına baktı. Duru bu yüzde bir şeylerin değiştiğini düşündü ancak çok sonra değişenin ne olduğunu anlayacaktı. Ada'nın, "İlki yani?" diye mırıldanışını Duru kafasını sallayarak beklemeden onayladı.

Ada bir adım Duru'ya yaklaştıktan sonra derin bir nefes alıp konuşmak üzere ağzını açtı ama kelimeler aklında tıkandı, aklındaki kelimeleri yumuşatarak çıkarmak için ekstra bir çaba sarf ediyordu. Bu çabası olmasa içindeki haykırışı dindirmek imkânsızlaştıracaktı. Dindirdi. Soğukkanlı bir katilin öldürdüğü düşmanının annesine konuşur gibi, "İlki sensiz, ikincisiyse senli hali. Varlığınla müziğin ne kadar deforme olduğunu ve ne derecede bi fazlalık yaptığını duyabilmen için çaldım," dedi, duygusuz, sakin, ifadesiz ve özünde umursamaz.

Duru'nun duyduklarını tamamen algılaması ve Ada'nın ifadesindeki değişikliğe isim koyması iki gününü alacaktı. Ada arkasını dönüp kapıya doğru yöneldiğinde, Duru kaşlarını çatmış nasıl bir tepki vermesi gerektiğini düşünüyordu. Ada'nın kendisine bakmadan söylediği son sözleri duyduğunda şaşkınlığı şoka dönüşmüştü. Kapı kapandığında Ada'nın son sözleri yankılandı Duru'nun kafasında. "Müziğimden uzak dur."

Ada, sırtındaki tüm yükü bırakmışçasına çıkmıştı stüdyodan. Kendisine bu cesareti ne vermişti, nasıl olmuştu da içinde hissettiğini ifade edebilmişti emin değildi ama odadan çıkar çıkmaz aklına Göksel gelmişti. Göksel'i nasıl da azarladığını ve onun küçük bir kedi gibi nasıl da itaat ettiğini düşünüp eğlendi kendi kendine, ta ki aklına Deniz gelene kadar. Duru bu olanları acaba nasıl anlatacaktı Deniz'e. Sessizce kendine, "Müziğimden uzak dur!" diye mırıldandı ve ne olursa olsun eğlendi. Kapıda dönüp Duru'nun suratındaki ifadeye bakmaya cesaret edememesi ne kadar da kötüydü. Aslında hâlâ korkaktı içinde bir yerlerde ama bugün ilk defa kendini cesur hissetmişti. Paranoyaklık edip Duru peşinden geliyor mu diye hemen dönüp arkasına baktı, gelen kimse yoktu. Duru hâlâ stüdyoda, biraz önceki sözleri hazmetmeye çalışıyor olmalıydı. Hafiflemiş bir şekilde koridorun sonundaki çıkış kapısına vardı. Kendisini bir belgeselde gibi hissediyordu. Tecavüzcüsüne hayır diyebilmeyi becermiş bir kızın belgeselinde gibi. Bundan sonra içinden çıkan hiçbir notanın Duru'nun dansına dokunmaması konusunda çok net olmaya karar verdi, yapabilirdi, hayır demek eskisi kadar zor gelmiyordu. Soranlara, Duru için, dansıyla müziği gölgede bırakıyor diyecekti. Deniz'le Duru iki sene önce kendi aralarında tartışırken, tesadüfen Deniz'den duymuştu bu sözleri. Bahçeye çıktığında, ağaçların arasından süzülen güneşin huzurlu ışığına baktı. Işığın altına geçmek için ağaçların gölgesinden kurtulmuş bir toprak parçasına ulaştı, gözlerini kapatıp yüzünü güneşe dönerek güneşin suratını ısıtmasını bekledi. Huzurluydu.

Durduğu yerden Ada'nın suratı çok net görünmüyordu, Göksel fark edilmemeye dikkat ederek bir adım daha attı. Ağaçların yaprakları arasından süzülen ışık kümesinin altında, Ada sanki dünyaya o an ışınlanmış bir yaratık gibiydi. Taze, canlı ve yorulmamış bir hali vardı. Ada'yı daha önce belki 10 kere görmüştü Göksel, hiçbirinde de varlığını hissetmemişti. Şimdiyse Ada'nın varlığı sanki ışıkla etrafa yayılıyordu. Dinlediği müziği düşünmek bile göğüs kafesinin tam ortasındaki yerde, diyaframının biraz daha üstünde bir şeylerin ısınıp içine akmasına ve kalbinin ilk defa adrenalin olmadan hızlanmasına neden oluyordu. Müzik kulaklarında çınlarken, kıza baktı ve onun korumaya değer kutsal bir yaratıcı olduğunu düşündü. Işığın altında, tüm çıplaklığıyla Göksel'in onu koruması için yaratılmıştı. Kendisini delice bir bağlılığa adamadan önce Göksel emin olmalıydı, müziği tekrar dinlemeli ve emin olmalıydı. Hayatla ilgili bir sonraki günü düşündüğü ilk gündü bugün, kendisinden başka bir insanın iyiliğini düşündüğü ilk gün, kalbindeki öfkenin başına buyruk attığı son gün. Ada'nın varlığıyla Göksel'in içinde çoğalmaya başlayan hayat, Ada'nın ölümüyle bir kara deliğe dönüşecek ve cezalandırılması gereken her şeyi içine çekip yok edecekti. Birçok kişi için bugün kendi sonlarının başlangıcı, Göksel'in geçmiş umursamazlığının sonuydu.

- 31 -

Çok uzun zaman olmuştu kıyafetleriyle uyuyakalmayalı, belki 10 yıldan fazla. Önce uyuşmuş kolunu hissetti, sonra açıkta kalan belinin soğukluğunu. Rahatsızdı. Odaya saldıran ışık beynini yakarcasına aktı Can Manay'ın kısık gözlerinden. Uyuşmuş kolu, tutulmuş boynu ve ışıkla savaşan beynine rağmen, yatağın yanındaki komodinin üzerinde duran kumandayı bulmayı başardı Can, bir düğmeye bastı ve odanın perdeleri otomatik kapanmaya başladı. Yatağın üzerindeki örtüyü tek bir hamlede üşümüş beline doladı ve gözlerini karanlıkta rahatça açıp sırtüstü yattı. Isındı, uyandı.

Saat 10'u gösteriyordu. Alarm her zamanki gibi 6'da çalmış ama Can buna rağmen uyuyakalmıştı, bu da 10 yıldır ilk defa olan bir şeydi. Ancak çok sonra, bugünün, kendi kontrolünden çıkan hayatının ilk günü olduğunu anlayacaktı. Şimdiden kendi günlük programının üç saat gerisindeydi ve programını uygulamak konusunda da savaşmayacaktı.

Banyoya girdiğinde, sıcak suyun altında vücudunun sıcaklığını iyice dengeledi. Dün geceyle ilgili anlar kafasına ara ara gelmekteydi, Duru'nun vaktinde uyanıp uyanamadığını merak etti, banyodan çıkar çıkmaz kamera odasına gidip onların bahçesine bakmaya karar verdi. Kafasında geçen 'onların' kelimesinden rahatsız oldu, dün geceden sonra, söz konusu Duru olduğunda ya 'onun' ya da 'bizim' kelimelerine yer olabilirdi Can için.

Kamera odasına gittiğinde üzerindeki bornozun ağırlığından rahatsızdı, çıkarıp kenara bıraktı. Dörde bölünmüş şekilde evin çeşitli köşelerinden anlık görüntüler gösteren televizyon ekranına baktı. Asistanı Kaya, şoför Ali'yle birlikte villanın kapısı önünde, sokakta beklemekteydiler. Bu şekilde alelade sokakta beklerlerse paparazzilerin akbaba gibi bu sokağa doluşmaları çok kısa bir süre sonra olabilir diye düşünüp ikisine de kızdı. Çıplak bir şekilde kamera kayıtlarını geri sarmaya başladı. Duru'nun çıkışını, ne giydiğini, nasıl olduğunu görmeden bu evden çıkamazdı. Kayıt hızlı bir şekilde başa sararken aniden Duru'nun bahçede ilerlemesini gördü, hemen kaydı durdurdu, dikkatli bir şekilde Duru'nun evden çıktığı kareyi buldu ve ince ayarını yaptıktan sonra kaydı akıttı. Duru geçirdiği gecenin tüm ağırlığına ve uzunluğuna rağmen, makyajsız güzel yüzüyle, üzerindeki omuzları kesilmiş kısa beyaz tişörtü ve dans taytıyla oldukça dinç gözüküyordu. Hareketlerinden telaşlandığı belliydi, yalınayak bahçe kapısına doğru fırlamış, bahçenin sokağa açılan kapısında, önce ayakkabılarını yere atıp ayağına geçirmeye çalışırken aynı anda saçlarını hızla atkuyruğu yapmıştı. Usta bir şekilde telaş edebilen bir kadındı o, sonra kapıdan çıkıp gitti. Can suratında hissettiği istemdışı gülümsemenin farkına vardığında mimiklerini hiç bozmadan kapının arkasındaki aynaya baktı. Gülümsemesi kendine yabancı gelen ama aynı zamanda hoşuna giden bir etki yaratmıştı ruh halinde. O sabah, Duru'nun evden telaşla çıkışını tam dört kere izledi.

İzlemesi bittikten sonra giyinmeye hazırdı. Sessize alınmış telefonundaki cevapsız çağrılara baktı, hepsi de asistanı Kaya'dan gelmişti. Kaya meraktan çıldırmış olmalı diye düşündü ve hemen Kaya'yı aradı. Telefon ilk çalışında açıldı, Kaya'nın telaşlı sesi, "İyi misin? N'oldu?" diye sordu. Can cevap verirken esnemesini tutamadı, "Hımm. İyiyim. Nedir programımız bugün?" dedi. Aslında pek umursadığı yoktu.

Kaya sesindeki kızgınlığı kontrol altına almaya çalışarak, "Programımız allak bullak oldu Can, nerden başlıycamızı bilmiyorum ben, sen karar ver..." derken Can lafa girip, "Kronolojik olarak anlat programı Kaya! Ve sakin ol. Kırk yılın başında bi uyudum," diye haddini bildirdi Kaya'ya. Kaya aldırış etmeden doğru bildiğini yapmaya devam etti. "Sabah bir saat spor hocasını kaçırdın, sonra parti organizasyonu için Suna'yla toplantın vardı," diye programı anlatmaya devam ederken, Can, "Sen girseydin, beni beklemeseydiniz," dediğinde Kaya, "Zeynep girdi. Her şeyi o seçti," diye her şeyi düşündüğünü belirten bir ses tonuyla imalı açıkladı.

Can bu basit konuların kafasını şişirmesine değmeyecek şeyler olduğunu gösterircesine kelimelerin üzerine tane tane basarak, "Önemi yok, becermiştir Zeynep, alt tarafı dandik bir parti," dedi. Kaya, Can'ın önce buyurmasına, sonra boşlamasına alışıktı ama bu sefer çok çalışmıştı Can Manay'ın istediği her şey olsun diye ve şimdi Can'ın ukalalığına katlanmayacaktı. "Can, sen kendin özellikle bu partinin acayip bi şey olmasını istedin, o yüzden Suna'yla çalıştık ya," diye kinayeli hatırlattı. Can, "Olacak o zaman, bi önemi yok. Başka?" dedi. Kaya derin bir nefes aldıktan sonra tane tane, "Saat 10.30'da stüdyo dekoruna bakacaktın. Çocuklar 7'den beri yetiştirmek için uğraşıyorlar," dedi. Can yine umursamadan, "Resimleri gönderdiler mi?" diye sorduğunda, Kaya, "Evet. Hem sana hem bana atmışlar, her şey iyi görünüyor, ister evden bak ister yolda ben gösteririm benim bilgisayardan," diye cevap verdi. Can, "Yolda?! Nereye gidiyoruz?" dediğinde Kaya sıkılarak hatırlattı, "Kliniğe." Can, "Bugüne seans koymayın demiştim!" diye itiraz etti. Kaya, "Seans koymadık. Arşiv taşınacak, sen bizzat başında olmak istemiştin," diye açıkladı. Can hatırlamıştı. "Haa şu. Yok, sakın bensiz ellemesinler bir şey," dediğinde, Kaya, "Elleyemezler zaten Can, parmak izin lazım," diye hatırlattı. Can, "Bugün iptal edelim taşınma işini, anlamıyorum ki niye böyle her şey sanki aynı anda yapılmalı gibi bi durum var. Bugün hem programın son günü hem de bir sürü iş koymuşsunuz, şimdi nerden çıktı arşivin taşınması!" dediğinde Kaya'nın sabrı kalmamıştı, "Can, ben de sana bunu söylemiştim ama buna Zeynep'le birlikte karar vermişsiniz. Programı hafta başında sen kendin onayladın. Boşluk bırakınca doldurun dersin şimdi de boşaltın diyorsun," diye itiraz etti. Can tartışmak istemiyordu. "Neyse Kaya, önümüzdeki günün programına seninle etmem gereken kavgayı da koy, yoksa bu laf dalaşları beni fena yordu, edelim şu kavgayı, öğreneyim derdin neymiş de atalım şu senin kriz halini sistemimizden," diye kükredi. Kaya bu andan itibaren söylediklerinin tehlikeli olacağını bilse de, "Can!" diye lafa girmeye çalıştı ama Can konuşmanın başından beri çok sıkılmıştı bu laf dalaşından ve derin bir nefesle, "Yeni bir tartışma açmak için söylemiyorum bunu Kaya. Neyse, geçelim taşınma işini, başka, sadece gerçekten bugün yapılması, yetişmesi gereken şeyler varsa onları söyle. Gerisini ertele," dedi konuyu kapatarak.

Kaya, "Öyleyse en geç saat 5'te stüdyoda olmalıyız, öncesinde spa'da bakımın vardı, onu ertelersen başka bir şey kalmıyor. 5'ten 8'e stüdyoda program hazırlıkları var, o kadar," dedi azarlandığını kamufle etmeye çalışan dümdüz bir sesle. Can, "Arıyorum seni beş dakikada," deyip saat 5'e kadar kendini özgür hissederek telefonu kapattı.

Kumandanın düğmesine basarak perdeleri açtı. Dün gece yaşadığı bir sürü duygudan ötürü kendisini güçsüz hissetti, hareketsiz kalıp biraz düşünmeye ihtiyacı vardı. Çıplak bir şekilde yatakta oturup düşündü. Şadiye'nin gidişi, Deniz'in kafasını Duru'nun kucağına koyuşu, Duru'nun teni... Duru'nun teni!.. O tene değebilmek, o boyundan öpmek, onu koklayabilmek, sarılmak, yıkamak, beyaz teninde ellerini gezdirebilmek... Can kendi buğday renkli ellerine baktı, Duru'nun teninde nasıl da kara gözükeceklerini düşündü. İyice canı sıkılmıştı, kendini yarım ve amaçsız hissediyordu. Yatağa uzanmayı düşündü ama tam o sırada aklına Deniz ve Duru'nun kendi evlerine girişlerini seyredebileceği geldiğinde heyecanla kamera odasına fırladı. Ekranın önüne geldiğinde, ekrandan bekleyen Kaya'yı görüp hatırladı, onu aramalıydı. Arayıp onunla saat 5'te stüdyoda buluşacağını söyledi. Kaya'nın gidişini ekrandan seyrederken içini tuhaf bir huzur ve özgürlük duygusu kaplamıştı. Kamera kaydını, dün gece Duru ve Deniz'in kendi evinin kapısından çıktıkları noktaya gelene kadar geri sardı. Önce Deniz'i gördü, yine ince ayar yaparak kaydı akıttı.

Deniz ve Duru, Can'ın evinden çıkıp kendi evlerine girmişlerdi. Bahçe kapısından ilk Duru girmiş, Deniz'in içeri girmesi için kapıda beklemişti. Deniz içeri girince Duru'ya doğru bir hamle yaparak ona yaklaşmış, Duru ise Deniz'in hamlesinden kurtulup bahçe kapısını kapatmıştı. Deniz merdivenlerden yukarı çıkmak yerine yaslandığı duvarda öylece beklemiş ve Duru önünden geçerken onu kolundan tutup kendine çekmişti. Deniz'in Duru'ya dokunuşuyla birlikte kalbi hızlanan Can'ın içindeki öfke, kaydı kapatmasını söylüyordu ama Can seyretmeye devam etti. Duru, kendini geri çekip ilk basamağı çıkmasına rağmen Deniz onu belinden yakalamış ve arkasına geçip boynunu öpmeye başlamıştı. Pasif bir şekilde Deniz'e karşı koyan Duru, Deniz'i vücudundan uzaklaştırmak için ona dönmüş ve kendi aralarında konuşmaya başlamışlardı. Can kamera kayıtlarının yüksek ses algısı olmadığı için iyice kızmıştı şimdi, nefes almadan olacakları izlerken kendi kendine Duru'nun vücudunu Deniz'den uzaklaştırmasını söyleyip duruyordu içinden ama Duru uzaklaştırmadı. Bahçede öpüşmeye başladılar. Deniz Duru'yu duvara dayayıp sanki onu yercesine öpüyordu, Duru külotunu çıkarmak için hareket ettiğinde, Can seyrettiği şeyi durdurdu.

Kamera odasından çıktı, yatak odasının ortasında daire çizerek hızlı hızlı yürüdü. Kendini tecavüze uğramış gibi hissediyordu. Beyni zonkluyordu. Birlikte geçirdikleri onca saatten sonra Duru'nun çıkar çıkmaz Deniz'le birlikte olmasının yıkıcı etkisi çok kuvvetliydi. Niye külotunu çıkarmak için bu kadar acele etmişti? Nasıl olur da Duru gibi bir kadın kafası o kadar iyi olan, kaymış haliyle Deniz'i isteyebilirdi. Duru'nun basit bir orospu olduğunu düşündü. Basit, aptal, numaracı bir sürtük! Öfkesi içinde devam ederken Duru'dan nefret etmek istedi ve hemen kamera odasına dönüp kaydı izlemeye devam etti.

Kaydı başlatmadan önce sandalyeye oturdu, kendini çıplak hissediyordu ve üşümüştü, odanın sıcaklığı yüksek olmasına rağmen tüyleri ürpermişti. Kalkıp giyinmeye karar verdi. Ekranda donmuş duran Deniz ve Duru'nun birbirlerine sarmalanmış görüntüsü iğrençti, ekranı kapattı.

Önce üzerine bir don geçirdi, giyinirken artık kaydı seyretmek istemediğine karar vermişti. Bir an önce evden çıkmak istiyordu, tüm keyfi kaçmıştı. Telefonunu eline aldı, Eti'nin numarasını buldu ama aramakta tereddüt etti. Eti'ye ne anlatacağını düşündü, kendisi için küçük düşürücü bu durumu nasıl ifade edebilirdi?

Ev kendisine dar geliyordu, hayatındaki her şey, bu evi alması, verdiği partiler, dün gece Şadiye'yle düştüğü durum çok aptalca geldi. Hata üstüne hata yapan zavallı bir salak gibi hissetti kendini. Duru ve Deniz'in kayıttaki son halleri kafasından gitmiyordu, aynı kareler sürekli tekrarlanan imajlar şeklinde beyninde akarken, tüm enerjisinin tamamen gittiğini hissetti. Yatağa uzandığında dışarıda bırakmak istediği dünya tamamen beyninin içindeydi ve kaçacak yeri kalmamıştı. Tek çare yüzleşmekti. Kalktı, sakince kamera odasına gitti, kapattığı ekranı açtı. Kaydı başlattığında Duru eteğini kaldırmış, bacaklarını aralamıştı. Duru'yu kucağına alan Deniz ritmik bir şekilde onunla çiftleşirken, Duru kafasını yana çevirmişti. Can kendisine çok acı veren bu görüntüyü suratında bir tiksinti ifadesiyle izlerken, Duru'nun surat ifadesine baktı dikkatlice. Bu ifade zevk alan, ihtiraslı bir kadından çok, bir işin bitmesini sıkıntıyla bekleyen bir kadına ait gibiydi. Can kaydı dondurdu, Duru'nun suratını çevirdiği sahneye kadar geri gitti ve sadece Duru'nun suratına fokuslanarak tekrar izledi. Her izleyişinde içindeki acıyla karışık nefret, bir kurbanı kurtarmak için çığlık atan bir kahramana dönüştü. Duru resmen zevk almıyor, sadece Deniz'e vermeye alışık olduğu bir şeyi veriyordu. Deniz boşaldığında Duru'nun seri hareketlerle onun kucağından inip eve doğru yol alması Can'ı o kadar rahatlattı ki, Can artık emindi, Duru ait olmadığı birine sahip bir kadındı.

Can kendini kandırmadığından emin olmak için bu videoyu Eti'ye seyrettirmeyi geçirdi aklından, Duru'nun suratına ve sevişme sonrasındaki vücut diline dikkat ettirerek seyrettirecekti ama düşüncesinin farkına varır varmaz kafayı tırlatmak üzere olduğunu düşündü. Nasıl olur da böyle bir videonun varlığını dahi Eti'ye açıklayabilirdi? Eti bile, aralarında geçen her şeye rağmen asla böyle bir davranışı haklı görmez ve Can'ı ağır bir şekilde, aslında olması gereken şekliyle, yargılardı.

Kaydın son bölümünü iki kere daha izleyip kendince emin oldu: Kendi kadını Deniz tarafından esir alınmıştı. O an Deniz'i öldürebilirdi, bunun çözüm olduğunu bilse asla tereddüt bile etmezdi ama çözüm bu değildi. Duru'nun farkındalığını artırıp ait olduğu yere, kendi yanına gelmesini sağlamak yapabileceği tek şeydi.

Nasıl giyindiğini, nasıl arabaya ulaştığını hatırlamadan otomatize bir şekilde hareket ediyordu Can. Kafasındaki karmaşık düşüncelerle arabaya bindiğinde, kendisinden nereye gitmek istediğini duymak isteyen Ali önce bekledi, Can'dan bir tepki gelmeyince sakince, "Nereye gidiyoruz?" diye sordu. Can içinde patlayan bombanın suratını harabeye çevirmesini gizlemeye çalışmadan, "Saat 5'e kadar vaktim var, eğer sen ben olsaydın nereye giderdin Ali?" dedi. Ali emin olmak için, "Ciddi misiniz?" diye sordu. Can sıkılarak, "Eğer beni ciddiye almaya cesaret edebilirsen çok isterim ciddi olmak," diye mırıldandı, kafasındaki o iğrenç görüntüler yüzünden bıkkındı. Ali kafasını sallayıp kontağı çevirdi, Can Manay'ı ciddiye almıştı çünkü onu tanıdığı bunca zaman boyunca hiç bu kadar bitkin görmemişti.

Ali'nin üniversiteden mezun olduktan sonra şoförlüğü bırakacağını düşünmüştü Can ama Ali memnundu işinden, 10 seneyi geçmişti Can'ın yanında oluşu ve bir kere bile şikâyet etmemişti. Ofisinde masa başında bir iş önerdiğinde de Ali yine istememişti, şoförlüğün kendini geliştirmesi için bir sürü zaman bıraktığını söylemiş ve saygıyla geri çevirmişti Can'ın teklifini. Gündelik yaşantının zehirleyemediği adamlardan biriydi. Sonuçta ülkenin en zengin şoförüydü. Can Manay sayesinde. Kimse bilmezdi ama Ali, Can'ın hayatındaki en orijinal kişiydi.

- 32 -

İlk derginin tüm haber konularını belirlemesi sadece iki saatini almıştı, çok hızlı hazırlanmıştı çünkü *Krem De La Krem*'de çalışmaya başladığından beri hazır tuttuğu bir listesi zaten vardı. Ülkenin üstü kapatılmış pisliklerinin listesini nerdeyse çocukluğundan beri yapmaktaydı ve bir gün her birini tek tek kurcalamaya karar vermişti. O günün bu kadar çabuk ve böylesine karmaşık bir durumdan doğacağını hiç düşünmemişti. Şimdi 50 bin dolusu bir çantayla bilgisayarına oturmuş, çok uzun süredir açılmamış olan dosyaya tıkladı. Dosyanın adı 'Yapılacaklar'dı, içinde 18 tane doküman vardı ve her birinin adı 1,2,3 diye rakamlarla yazılıydı. Boş bir sayfa açtı, kâğıda sadece Can Manay diye yazıp kaydetti. 19. doküman Can Manay olarak dosyanın içine eklendi. Adı 2 olan dokümana tıkladı. İlk dergisinin konuları önünde açıldı. Konular klasikti, sadece güncellenmeleri ve dört tane daha güncel konuyla renklendirilmeleri yeterli olacaktı.

Özge'nin ilk sayı için planladığı konsept çok basitti. Yıllardır kulaktan kulağa dedikodu olarak yayılmış ama bir türlü ispatlanmamış ya da yazılı olarak detaylı sunulmamış konuları ispatlarıyla sunacak ve ilk sayıda görkemli, klasik ve herkesin ilgisini çekecek bir giriş yapacaktı. Listeyi eleyip ilk sayı için seçeceği konuları üç ana başlığa indirmek kolay oldu. Bunlardan sadece birini ilk sayıda patlatmalıydı. Acaba hangisi diye karar vermeye çalışırken ekrandaki son listeye bakmak heyecan vericiydi.

- Bengü Rıhza - Porno Kaset
- Harika Fors - Fahişelik
- İrem Billur - Fahişelik, Gayri Meşru Çocuk

Birinci başlık, '70'lerden bu yana konuşulan ama bir türlü ispatlanamayan bir konuydu. Ülkenin en ünlü sanatçılarından birinin porno film çektiğine dair yayılan dedikodu nerdeyse bir şehir efsanesine dönüşmüştü ve Özge herkesin bildiği ama kimsenin görmediği bu filmin bir parçasını bulmuştu. Kopyanın bulunması çok tesadüfi gelişmişti. Sanılanın aksine, film o dönemde filmcilerin kullandığı evlerden birinde değil, Paris yakınlarında Montreuil adı verilen küçük bir kasabada çekilmişti. Özge'nin filme ulaşması da tamamen şanstı. Okuduğu sıralarda asistanlığını yaptığı ünlü bir yönetmenin karısı, kocasının ölümünden sonra Özge'den yazmak istediği kitapla ilgili yardım istemiş, Özge de yönetmenin hatırına karısına yardım etmeyi bir borç bilip tüm ıvır zıvırların bulunduğu deponun temizliği, dosyalarının düzenlenmesi, kıyafet dolabının boşatılıp dağıtılması ve ölümünden sonra onuruna düzenlenen davette karısının konuşmasının yazılması gibi birçok konuda yardım etmişti, hem de hiçbir karşılık beklemeden. Depoyu düzenlediği dönemde, karısı yönetmenin tüm filmlerinden oluşan 34 VHS kasetlik bir koleksiyonu Özge'ye vererek bunları DVD'ye aktarmasını istemişti. Aktarma parası çok tutabileceğinden, bir televizyon kanalının haber bölümünde çalışan arkadaşından yardım alan Özge, her bir filmi aylar boyunca, kayıt setlerinin boş kaldığı zamanlarda kendisi başında bekleyerek DVD'ye aktarmıştı. 34 filmi aktarmak çok uzun sürmüştü ama buna gerçekten değmişti çünkü kasetlerden birinin içinden çıkan Fransız porno film sahneleri şüphe götürmeyecek şekilde Bengü Rıhza'ya aitti.

İkinci konu, Harika Fors adlı şarkıcı, oyuncu, sunucu yani güya çok yönlü bir sanatçı olarak piyasada kendine yer edinmiş bir kadının, bundan yıllar önce basına sızan bir porno kaydıyla ilgiliydi. Kayıt basına sızdığında, kadın bunun kendisinin haberi olmadan gizli kamerayla çekildiğini savunmuş ve kurban rolünü öylesine güzel oynamıştı ki, sonunda halkın ablası, küçük kız çocuklarının örnek alması gereken sanatçı oluvermişti. İşin gerçeği ise Harika Fors kariyerinde ulaştığı bu yere gelebilmek için birçok adamla yatmış, grup seks olmak üzere itirazsız bir katılımcı olarak medya patronlarının sıklıkla ziyaret ettiği biri haline gelmişti. Listesi o kadar kabarıktı ki, İrem Billur olmasa rekor kırabilirdi. Ünlü bir işadamıyla olan gizli birlikteliği sayesinde ilk defa şarkıcılığa, sonra oyunculuğa başlamış ve nihayetinde düzgün birileriyle evlenip çocuk bile yapabilmişti. Kariyer hayatına basit bir fahişe olarak başlayan bu kadın, sabah programlarının ablası olarak devam etmekteydi kariyerine. Özge'nin bunları ispatlaması bu sefer tesadüfi değildi, bu bilgiyi toplamak için çok çalışmıştı ve üç sene önce sistemli bir araştırmayla kadının 20 yıl önceki pezevengine bile ulaşmış, hatta adamla konuyla ilgili röportaj bile yapmıştı. Adam o sıralar bir otelin restoranında temizlik şefi olarak çalışıyordu ve Özge'ye sadece olanları anlatmakla kalmayıp söz konusu kasetin tamamını da satmıştı. Kasette, çekim yapılırken kadının bilinçli bir şekilde kameramanı yönlendirdiği görülmekteydi. Adam bu kaseti daha önce bir sürü kanala, kişiye verdiğini anlatmış ama kaset sansürlenip sadece Harika Fors'un bir kurban olarak gösterildiği kısmı basında yer almıştı. Güçlü adamların fahişelerinin namusu her zaman korunurdu bu ülkede. Bu kurbanlık senaryosunun sahteliğini ispatlamak keyifli olacak diye düşündü Özge.

Üçüncü konu ise bir fenomendi. İrem kendi döneminin en güzel kadınlarındandı. Basamakları çıkarken dönemin gerektirdiği tüm kısa yolları kullanmış, kendisine çıkar sağlayacağını düşündüğü her türlü ilişkiye girmişti. Yıllar sonra ülkenin en beğenilen film yıldızı olmuş, bu da yetmemiş, birkaç gece birlikte olduğu bir müzik yapımcısı sayesinde şarkıcılığa da adımını atmış, yine birlikte olduğu televizyon kanalı sahibi aracılığıyla televizyonda ciddi bir sohbet programını da yönetmişti. İlişkiye girdiği erkekleri ilerlemek istediği sektörün, ki bu film, müzik, televizyondan sonra politik arenayı da kapsar hale gelmişti, ileri gelen yöneticilerinden seçen İrem'in müşteri portfolyosu oldukça etkileyici ve güçlü kişilerden oluşuyordu. Ülkede kendi alanında sivrilip de bu kadınla bir gece geçirmemiş nerdeyse hiçbir erkek kalmamıştı. Ama işin tuhaf tarafı, İrem ilk ve son evliliğini çok zengin bir ailenin yarı alkolik ve amaçsız oğluyla yaptığında, geçmişi tamamen maziye çekilmiş ve bir anda evli ve onurlu kadınlar listesinde en altta da olsa yerini almıştı. Bu gerçekten büyük bir başarıydı, ödül aldığı filmlerden bile büyük bir başarı. İrem kimseyle birlikte olmasa da bu yaptıklarını gerçekleştirebilirdi, aslında yetenekliydi ama şizofrenik karakterini ve içindeki karanlığı kamufle etmenin en kolay yolunu, seçtiği güçlü erkeklere yatakta da ne kadar marifetli olduğunu göstererek bulmuştu. Evlendiği dönemde bile iki ayrı kanalın yöneticisi ve bir şarkıcıyla periyodik aralıklarla devam eden bir ilişkisi vardı. Kimse İrem hakkında kötü bir söz yazmak istemez, kimse ona kin gütmezdi. Albenisi olan, çok hasta, nemfomanyak bir kadındı. Basamakları çıkarken yapmadım diyeceği birçok şey yapmıştı, listesi çok kabarıktı ama listenin içinde 1 -2 tanesi vardı ki ülkenin kutuplarını değiştirmeye yeterdi.

Özge, İrem ile ilgili bilgiyi, politikaya atıldıktan sonra hükümetin saldırılarına uğrayıp çöken bir televizyon kanalının, çok zengin ve nerden geldiği ya da bağlantılarının nereye ait olduğu bilinmeyen karanlık sahibinden almıştı. Özge bizzat tanışmamıştı bu karanlık patronla ama adam aniden yurtdışına kaçmak zorunda kalınca evi; şoförü, hizmetçisi dahil yanında çalışan birçok kişi tarafından yağmalanmış ve bodrum katındaki depoda bulunan eski bir kasadan çıkan dokümanlar da, evde çalışmaya başlayalı dört ay olan hizmetçi tarafından bulunmuştu. İşsiz kalan hizmetçi bulduklarını *Krem De la Krem*'e getirdiğinde o zamanlar ikinci asistan olan Özge, o gün çok yoğun olan Aylin tarafından kadınla görüşüp elindeki bilginin içeriğini öğrenmekle görevlendirilmişti. Görüşme sonrasında bilginin etkisiyle şok yaşayan Özge, heyecanla Aylin'e durumu anlatmış olsa da, Aylin'den böyle bir bilginin asla değerlendirilemeyeceğini, bunların belirli bir kesim tarafından zaten bilindiğini ama birçok güçlü dostu, daha doğrusu sevgilisi olan İrem'in dokunulmazlığını dinlemişti bir saat boyunca. Parlak asistanına işin politikasını öğrettiğini düşünen Aylin gururla kimsenin ayağına basmamak gerektiğini anlatıp durmuştu. Özge bir saat sıkıntıyla Aylin'in konuşmasının bitmesini bekledikten sonra aşağıdaki küçük toplantı odasında kendisini bekleyen hizmetçinin yanına inip dokümanları fiyatın dörtte birine satın almak istediklerini ve ödemeyi de taksitli şekilde altı ay içinde yapabileceklerini açıklayınca kadın küfredip çıkıp gitmiş, şansını diğer yayıncılarda da deneyip hiç ilgi göremeyince üç ay sonra Özge'yi cep telefonundan arayarak teklifi kabul ettiğini bildirmişti. Özge altı ay boyunca maaşının yarısına yakın kısmını bu hizmetçiye göndererek dokümanları, her ödeme gününde taksit taksit teslim almıştı. O günkü koşullarda bu bilgileri asla yayımlayamayacağını, hatta çok uzun bir süre kullanamayacağını anlamıştı. Her şey, herkes politik olarak birbirine bağlı ve borçluydu, herhangi bir basın kuruluşunda birinin hakkındaki çirkin bir şeyden bahsedecekseniz, o kişinin arkasının olmadığına emin olmak zorundaydınız. Ülkedeki basın, aynı uluslararası uyuşturucu ticareti yapan mafyaların yöntemiyle çalışmaktaydı, asıl uyuşturucu partisi iki üç kamyonla sessizce adrese ulaşırken çantalarında birkaç kilo uyuşturucu ile uçakla gönderilmek üzere seçilen iki kişi, gümrükten geçerken yakalanırlardı. Aynı, asıl olaylar karanlıkta olmaya devam ederken ortaya yem gibi atılmış garibanların hikâyelerinin, skandallarının manşetleri süslemesi gibi, adalet bu ülkeyi çoktan terk etmişti.

Özge, bir gün bir şekilde kullanabileceği ümidiyle bu bilgileri sabırla biriktirmeye devam etti. O bir gün, düşündüğünden çok daha çabuk gelmişti.

- 33 -

Can arabanın arka koltuğunda hayata teslim olmuşçasına kendini bırakmış, geçtikleri yerlerin nereler olduğundan bihaber, algılamayan gözlerle bakmaktaydı camdan. Aklında Duru'nun Deniz'le sevişmesinin aynı bıkkın karesi sürekli oynamaktaydı. Kaykılmaktan dolayı ağrımaya başlayan omurgası kendisine getirdi Can'ı, koltukta doğrulurken yaşadıkları şehrin asla girmemeye özen gösterdiği bir semtinde olduklarını anladı. Ali, son model lüks arabayı sırtlanların önünden kocaman bir but geçirir gibi geçirdi semtte yaşayan aç insanların önünden. Can endişelenmek üzereyken, Ali telefonda birilerine kapıyı açmalarını söylüyordu. Daracık, çıkmaz bir sokağa girdiklerinde Can endişeyle iyice diklenmişti, sokağın sonuna kadar geldiler ve çıkmaz sokağın sonundaki iki kanatlı ahşap kapı açıldı. Can açık ağzından tek bir ses çıkartamadan, araba açılan kapıdan içeri girdi. Şehrin en kötü semtinin, en köhne çıkmaz sokağında, kapıları küçük çocukların ittirmesiyle açılmış eski bir araba yıkama yerindeydiler. Can, kendisine dönen Ali'yle yüz yüze geldiğinde, Ali sakince, "Bana güvenin," dedi. Can, Ali'nin gözlerinde güveni gördü, güvendi, arabadan inen Ali'nin ardından soru sormadan ilerledi.

Kapılardan açılan avluda Can Manay'ınki dışında bir Porsche ve bir de Bentley duruyordu. Yaşları 8 ila 11 arasında değişen beş çocuk, arabaları ellerindeki kadife bezlerle parlatmaktaydılar. Ali'nin ardından sakince onu takip ederken etrafındaki kimsenin kendisini tanımamasına, daha doğrusu üzerine atlamamasına şaşırarak, bu lüks arabalar için diyazn edilen bir oto yıkama servisi olarak çok yanlış bir lokasyon seçtiklerini düşündü, kendi kendine gülümserken Ali'nin girdiği taş binanın daracık, ahşap kapısından girdi içeriye.

Çok eskimesine rağmen beceriksizce yamalanarak restore edilmiş antik binanın dar koridorundan ilerlediler, karşılarına çıkan küçük minderli salonda önce Ali bir mindere oturdu ve Ali'nin işaretiyle Can da çöktü karşı köşesine. Can, Ali'ye güvenmesine rağmen bir yanlış anlaşılma olmasından tedirgindi. Konuyu netleştirmek için Ali'ye doğru eğildiğinde, içeri gelen küçük çocuk aceleyle ama telaşsız, "Abi siz çay mı alıcanız?" dedi. Ali, "Yok abicim biz yedik içtik, dinlenmeye, dengelenmeye geldik," diye cevap verdi.

Çocuk, Ali'nin dilinden anlamıştı, kafasını sallayıp dar koridora geri döndü. Tam Can konuşacaktı ki, başında başörtüsü ve elinde bastonuyla yaşlı bir nine girdi içeriye, ninenin tek gözü ve ağzında da dişleri yoktu. Bastonuyla Ali'ye işaret ettiğinde, Ali sorgusuz yerinden kalkıp nineyi takibe başladı. Nine önde, Ali arkasında ve Can Manay en arkada, başka bir dar koridordan, sadece bir kişinin zor sığacağı aşağı inen daracık merdivenlerden indiler. Merdivenlerin sonunda kapısında tuvalet işareti olan döküntü tuvaletin içine girdi nine, Ali tereddüt etmeden onu takip edince Can daha fazla nefesini tutamayıp Ali'ye seslendi ama Ali çoktan içeri girmişti ve Can bir anlık tereddütten sonra peşlerinden gitti. Tuvaletten çok hela görünümünde olan küçücük odanın içindeydiler ve buradan geçip varmak için çıktıkları bu kısa ama özellikle Can Manay için şaşırtıcı yolculuğun sonuna gelmişler, o yere varmışlardı. Tuvaletten açılan avluya vardıklarında, Can Manay gördüğü manzara karşısında hayatında ilk defa kendini naif hissetti.

- 34 -

Bilge için test, bir sürü tipik karakter analizinden ortaya karışık gibi hazırlanmış bir örnekti. Milyarlarca kişiydik bu gezegende ama her anlamda birbirimizden tamamen farklı yaratılmıştık. Farklı ruhsal yapılarımız olmasına rağmen, insanlığın kendi yaradılışına tek tip bir prototip gibi davranabilmesi hayret vericiydi ve bu gibi testlerin bardağı taşıran son damla olduğunu düşündü

Bilge. Uygarlığın, sanki aynı miktarda kimyasallar üretebilen organlarımız, sindirim sistemimiz, aynı dozajda kan pompalayan kalbimiz varmışçasına, tek bir ilacı tüm insanlığa uygun görmesi yetmezmiş gibi, aptal şekilleri benzetme tarzından insan ruhunu beş ya da yedi tipe ayırması içler acısıydı.

Farklıysanız her anlamda mahvolmuştunuz! İlaçlar sizde diğerlerinde çalıştıkları gibi çalışmaz, insanlar sizi koyabilecek kategori bulamayınca varlığınızdan rahatsız olurlardı. Sanki toplum varoluşunuzun değerini biçmek için vardı. Her şeyin üretim kolaylığı yaratmak üzere fabrikalaşma sistemine uydurulmak istendiği bu dünyada, tek gerçek tüketimdi. Birbirini sürekli yargılayan milyarlarca insan virüsü! Tüketmek için bir aradaydık. Her anlamda tüketen, tüketmek için üreten, tükenmek için doğan, doğuran yaratıklar olarak kendi aptallığımızın kombinasyonlarında kaybolmuştuk diye düşündü Bilge.

Neyse ki bu aptal test ona Can Manay'ın asistanlığına giden yolu açmıştı. Can Manay'ın yeni asistanı Bilge Görgün. Programının son bölümünden sonra yapılacak partinin hazırlıklarında, Zeynep Hanım'a yardım için stüdyoya doğru yola koyulmuşken, insanlığın bu kadar aptal olmasına şükretti. Testin cevaplarını içinden geldiği şekilde değil, bilgiyle eğitilmiş beyninin mantığıyla seçmişti. Var olma savaşı vermeden içinde uykuya dalmış karakterlerin sessizliğinde, beynindeki bilgiyi kullanarak yaşamak kolaydı. Kendi bilinçaltındaki bu uyanışa yaklaştığından habersiz, sakin, Can Manay'ın stüdyosuna doğru giderken içini çok nadir hissettiği bir duygu kapladı: umut.

Bu parti, sanki programa katılan izleyiciler için de tasarlanmış gibi gözükse de, aslında sadece önemli ve ünlü kişilere yer verilecekti. O yayın dönemi içinde programa katılan her ünlü davetliydi bu partiye. Organizasyonu üstelenen şirketin sahibi Suna Hanım, ülkedeki hemen hemen herkesin tanıdığı iyi ve büyük bir üne sahipti. Devlet başkanının oğullarının düğününden tut, mükemmel olması gereken tüm organizasyonlar en fahiş fiyatlara bu kişi tarafından yapılırdı. Bilge adını duyduğu ve gazetelerden tanıdığı bu kadınla asistanlık hayatının ilk gününde tanışacağı için heyecanlanmıştı. Oraya gidecek, sessiz bir şekilde kimseyi rahatsız etmeden, sadece kendisinden bekleneni en iyi şekilde yapmaya çalışarak bu muhteşem organizasyonun bir parçası olmayı başaracağını düşünürken, hiçbir şey düşündüğü gibi olmayacaktı. Bugün Bilge'nin içindeki uyanışın ilk günü olacaktı.

- 35 -

Can'ın çocuksu bakışları Ali'nin hınzır gülümsemesiyle buluştuğunda Can kahkahayı bastı. İçtenlikle, sanki çok yakın bir dostuyla konuşur gibi, "Bu ne oğlum ya! Nerdeyiz biz?!" dedi. Ali sadece gülümsemesini genişleterek sessizlikle cevap verdi Can'a.

Geçtikleri köhne heladan sonra vardıkları avlu bir seraydı. Üstü camla kaplanmış ve içerisi bitkilerle, meyve ağaçlarıyla dolu, ağaçlarda yaşayan rengarenk kuşların bulunduğu tropikal bir sera. Can, seranın ne kadar özenli, temiz ve profesyonelce dizayn edildiğine bakarken, Ali yanlarındaki elma ağacından bir elma kopartıp ısırdı ve Can'a, "Burda her şey organik," dedi. Organik morganik, Can bulundukları yerin büyüklüğünü anlamaya çalışarak seranın cam tavanına baktı, böyle bir bakışla tahmin edilemeyecek kadar büyük gözüküyordu. Yanlarına uzun bacaklı, kalın dudaklı, kırmızı elbisesine rağmen periye benzeyen bir kız geldi. Tereddütsüz Can Manay'ın ayakkabılarını çıkarmak üzere eğildi, Ali bir hamlede çıkardığı ayakkabılarıyla Can'a örnek oldu. Can kızın ayakkabılarını çıkarmasına izin verdikten sonra, kız çorapları da çıkarmak isteyince, Ali kafasıyla Can'a yapmasını işaret edip kendi çoraplarını çıkardı, yere attı. Kız ayakkabı ve çorapları eşleştirip kenara kaldırdıktan sonra doğrulup Can ve Ali'ye tebessüm etmeden yürüdü. Can kızın güzel yüzüne dikkatle bakarken Ali, kızın önemsiz olduğunu anlatan bir vücut diliyle kızı takip etmeye başladı.

Can önden yürüyen kıza baktı yeniden, mütevazı elbisesi yer yer süzülen güneş ışığıyla çarpıştığında, iç gösteren çok erotik bir etki yaratıyordu, galiba kızın iç çamaşırları da yoktu. Ağaçların arasından ilerlerken önlerinden geçtikleri kısa ahşap kapılara da dikkat etti Can. Bu kapılar aynı eski Teksas barlarındaki kapılar gibi kısa yapılmış ve komik bir şekilde ağaçlıklı bölgelerin arasına dağıtılmış gibiydiler. Can sabırsızca, "Bu kapılar ne?" dediğinde, Ali sabırla, "Şşşt. Şimdi anlayacaksın," diye karşılık verdi. Ağaçlar arasındaki patikadan yalınayak yürüyüp kendi Teksas kapılarının önüne geldiklerinde, kız hiç konuşmadan elindeki kartı Ali'ye uzattı. Ali elindeki kartla kapıyı açarken kız başıyla selam verip patikadan geri dönmek üzere yoluna koyulduğunda Can kızın kendileriyle kalmadığına şaşırıp arkasından bakmakla Ali'nin ardından gitmek arasında birkaç saniye tereddüt etti. Kapıdan içeri girdiğinde hayatı boyunca unutamayacağı beş saatlik bir yolculuğa başladığının farkında değildi.

İçerisi tropikal ağaçların, çilek, böğürtlen gibi narin orman meyvelerinin, bitkilerinin bulunduğu 50 m^2'lik bir bölümdü. Yer sanki yerden ısıtmalı gibi ılık, yumuşak bir toprakla kaplıydı ve ağaçların arasında boş bırakılan orta bölümde Can'ın sonradan değişik masajlar için tasarlandığını anladığı tuhaf görünümlü, yatağa benzeyen bir şey vardı. Köşede akan şelale bir duşla birleştirilmişti, Can şelalede duş almanın keyifli olacağını düşündü ama duşunu çoktan almıştı, burada masaj yaptırmaktansa keşfe çıkıp bu ilginç yeri gezmeyi tercih ederdi. Keşif heyecanı sırasında ne Duru ne de içindeki yorucu düşünceler aklına gelmişti ve şimdi keşfin bu odada bitmesinden dolayı içinde biraz hayal kırıklığı hissetmeye başlamıştı. Buraya tıkılmış gibi hissederken, bir masaj salonu için fazla zahmetli dizayn edilmiş bir yer diye düşündü. Acaba fiyatı neydi? Nasıl yapılmıştı burası? Daha da önemlisi nasıl bu kadar gizli kalabilmişti? Bu şehirde dönen her şeyden haberi vardı Can'ın ve burayı duymamıştı bile. Kendi kendine yine güldü. Ali kapıdan içeri aldığı kısa boylu, zayıf erkeği Can Manay'a tanıştırdığında, Can Manay'ın kafası yine karışmış ve hissetmeye başladığı hayal kırıklığı yerini meraka bırakmıştı bile.

Adam elindeki metal kaplamalı çantayı yatağa benzeyen şeyin yanındaki masanın üstüne koydu, kafasıyla Ali'yi selamladıktan sonra ellerini hiç uzatmadan, kollarının iki yanda dümdüz sarkmasına özen göstererek Can'ın karşısına geçip hafifçe bükülerek Can'ı selamladı. Bu hareketin bir selamlama olduğunu anlayan Can elini uzattığında adam yine öne doğru büküldü. Ali, Can'ın elini indirip adama aynı bükülmeyle selam verdiğinde, Can da hemen Ali'yi taklit etti. Kendini acemi hissediyordu. Dış dünyada şoförü olan Ali, burada Can Manay'ın efendisi gibiydi. Kısa boylu adam dönüp masanın üzerindeki valizi açarken içeriye 50'lerinde olmasına rağmen 30'larında gibi cildi parlayan güzel bir hanım girdi. Can bu hanımla yıllarca sürecek, cinsellikten uzak, samimi ilişkisi boyunca ona 'Can' diye hitap etti. Çünkü her müşterisi bu hanıma kendi adıyla hitap ederdi. İlişkilerini tamamıyla samimiyet ve güven üzerine kurmakta uzman bu bayan aslında bir kimyagerdi. Can henüz bilmiyordu ama bu hanım ülkenin en güçlü ve tanınmaz kadınlarından biriydi ve kurduğu kulüp sadece çok güvenilen bir müşterinin beş yılda bir, bir müşteri getirebilme hakkıyla üye kabul eden, kadınların üye alınmadığı bir sistemle çalışıyordu. Buraya *Cennet* diyorlardı. Cennet'te vakit geçirmek için iki şart vardı: Bir, güvenilir; iki, ödeyebilecek güçte olmak.

Hanım, Can Manay'ı televizyonlardan tanımasına rağmen yeni tanışmış gibi davranarak Can'dan kendisine 'Can' diye hitap etmesini istedi. Can kadının adının Can olmasına şaşırıp sormaya kalktığında, Ali, "Hanımefendi benim için Ali, sizin için de Can'dır, buraya kabul edilen herkes hanımefendiye kendi adıyla hitap eder," diye açıkladı. Can karşısındaki kadının gözlerine baktı dikkatle, temkinli bir şekilde. Bir süre sadece bakıştılar. Hanım, "Bizi bulduysan seçilmiş birisin, bunu biliyoruz, şimdi anlamamız gereken neye ihtiyacın olduğu," deyip çantalı adamın yanına geçerken, "Anlat Can dinliyorum," dedi. Can kendisinden tam olarak ne beklendiğini anlamak için Ali'ye baktı, Ali, "Burdan sonrası senin yolculuğun olacak Can, ben seni bekliycem, işin bitince çıkarsın," dedi ve kadına dönüp, "Sadece rahatlamak istiyordu, akşam programın son bölümü ve enerjisini geri kazansa iyi olur, bir de bu ilk," dedi. Hanım anladığını anlatan bir hareketle başını sallayıp Ali'nin çıkmasını bekledi. Ali kapıdan çıktığında hanım yanındaki sıska adamla önlerinde açık olan çantada hazırladıkları şeye konsantre oldular. Ayakta öylece durmuş kendilerine bakan Can'ın çekingenliğini fark eden hanım, yaptıkları işi sıska adama teslim edip yanına geldi. Can'ın yatağın yanındaki koltuğa oturmasını işaret ederek kendisi de diğer koltuğa oturdu. Can artık temkinliydi. Ciddileşmiş, Ali'nin kendisini nasıl bir şeyin içine soktuğunu sorgulamaktaydı beyninde. Hanım sanki düşüncelerini okumuş da cevap veriyormuşçasına, "Ali sana hayatının en büyük iyiliğini yaptı, değerini bil, paranoyaklığı bir kenara bırak ve 10 dakika içinde merak ettiğin her şeyi sor, sonrasında susup beni dinleyeceksin," dedi. Can belki daha önce böyle bir olasılığı hesaplamadığı için heyecanlanmış ama salaklaşmamıştı, hemen kadına haddini bildirerek, "Önce siz anlatın sonra ben sorularımı sorayım, böylesi daha mantıklı," dedi. Hanım suratındaki gülümsemeyi bozmadan, "Burada mantık yoktur Can, sorularını bekliyorum," dedi. Can ilk 30 saniye soracak bir şey bulamadı ve ilk sorusu, "Burası yasal mı?" oldu. Hanım daha önce belki 50 kere cevap verdiği belli olan bu soruya, "Kanunları bizim için esnetmeye, hatta değiştirmeye hazır müşterilerimiz var Can, merak etme burada kimseye zarar vermiyoruz," diye cevap verdi.

Can hemen, "Nedir burası?" dedi. Hanım, "Burası kafası karışmış insanların ihtiyaçlarına bitkisel yollarla cevap verdiğimiz bir enstitü," dediğinde Can yüksek sesle, "Enstitü?" diye sorguladı. Hanım, "Enstitü, günlük yaşanmışlıkların üzerimizde yarattığı kimyasal dengesizlikleri sadece organik-bitkisel yollarla düzelttiğimiz bir enstitü," diye açıkladı. Can, "Anlamadım!" diye çıkıştı. Hanım yılmadan, "Biz, antik dönemlerden kalma birçok tekniği günümüz teknolojisiyle birleştirip beynin o anki kimyasal ihtiyacına cevap verecek bitkisel kürler yaratıyoruz, her şey kişiye özel hazırlanıyor, asla enjekte kullanmıyoruz, tabii başta kanını almak dışında," dediğinde sıska adam elinde şırıngayla Can'ın yanına gelmişti bile. Can telaşla karşı çıkarak, "Kanımı almak mı! Asla olmaz böyle bir şey!" dedi ama hanım sabırla açıklarken kalkıp çantanın içinden bir tüp aldı, "Kanını alıp bu tüpün içine koyacağız ve yaklaşık dört dakika içinde sahip olduğun alerjiler, tabii eğer varsa ve uygulayacağımız terapide bize zorluk çıkarabilecek dikkat edilmesi gereken hastalıkların hepsini, daha doğrusu bizi ilgilendiren kısmını analiz edeceğiz ve sadece senin kimyana göre bir terapi hazırlamamız 10 dakika sürecek. Yani bundan yaklaşık 20 dakika sonra dünyada seni etkileyen tüm negativiteden kurtulup kendi kimyasal dengenin Nirvana'sına ulaşabileceğin bir terapi içinde olabilirsin," dedi.

Can çok önemli olduğunu düşündüğü bir soruyu sormak için ağzını açtı ama hanım sanki Can'ın aklını okumuşçasına, "Asla uyuşturucu kullanmıyoruz, bağımlılık yapma olasılığı olan hiçbir madde bağımlılık yapacak dozajda kullanılmaz ve her şey kesinlikle bitkiseldir. Amacımız organizmayı sersemleştirip şaşırtmak değil, ince ayarını yapmak!" dedi. Can, "Size nasıl güvenebilirim, bunun bi tahlili var mı, testi falan?" diye sordu. Hanım, Can'ın ikna olduğunu gözlerinden anlayıp adama Can'ın kanını alması için kafasıyla işaret ederken, "Güven bir yanılgıdır Can, izafi olan her şey gibi. Bize güvenemezsin, sadece inanabilirsin ve seçersin. Kendi üzerinde test edebilirsin, tek yolu bu," dedi. Can adama kolunu açtığında testi yaptırmak için kanını aldırmaya ve sonra

Ali'yi arayıp bu hanımın terapi adını verdiği şeyi uygulatmadan buradan sıvışmaya karar vermişti.

Adamın kanı alması çok hızlı ve acısız oldu. Hanım ve adam odadan çıktıklarında, oturduğu koltuğa iyice gömülen Can, her şeyin hanımın anlattığı gibi dakikalar içinde halledileceğine inanmamıştı. İnsanlara uyuşturucu verdiklerini düşündü, etrafta kameralar da olmalıydı. Ali kendisini nasıl bir yere getirmişti? Ali'yi kaç yıldır tanıdığını hesapladı, ona güvenip güvenmediğini düşündü, şimdiye kadar güvenmişti ama bugünden sonra bu duygusu kesinlikle değişecekti. Keşke Ali'den böyle bir şey istemeseydi, aslında sadece rahatlamak istemişti, Ali'nin onu böylesine tehlikeli bir şeye bulaştırabileceğini hiç düşünmemişti. Canı sıkıldı, oturduğu yerden kalkmak istedi ama o sırada hanım elinde bir tomar kâğıtla girdi kapıdan ve şimdi yanında kaşları, kirpikleri, saçları ve teni bembeyaz olan albino bir adam vardı. Adamın elindeki küçük oksijen tüpü ve ağızlık Can'ın dikkatini çekti. Kendisine vermeyi planladıkları şeyi hava yoluyla vermeye karar vermişlerdi ama Can kararlıydı, kesinlikle almayacaktı. Ali'yi aramak üzere koltuktan kalktığında kapıdan içeri gümüş renklerde parlayan servis arabasıyla kırmızı elbiseli kız girdi. Can kızın ittirdiği servis arabasına dikkatle bakınca, kızın yemek getirdiğini anladı. Yemeklerin üstü gümüş kapaklarla kaplandığından yemeğin ne olduğunu anlamamıştı ki o an kırmızılı kızın girişte gördüğü kız olmadığını fark etti. Girişte kendilerini karşılayan kıza çok benzeyen ve neredeyse aynı denecek kadar benzer bir elbise giymiş, yine pürüzsüz tenli, sarışın bir kızdı ama bu kızın gözleri yeşildi ve sağ ayak bileğinde dövmesi vardı. Bu kızlardan burada kaç tane var diye düşünürken, kız servis arabasını Can Manay'ın önüne ittirip kapakları açmaya başladı. İlk açılan kapağın altından kuzu incik çorbası çıktı. Can şaşırmıştı çünkü bu sevdiği ama sıklıkla içmediği bir çorbaydı. Tabağın içinde yağından arındırılmış kuzu eti parçaları, havuç dilimleri ve bütün ama küçük bir patates vardı. Kadın elindeki kâğıtlara bakıp Can'la konuşmaya başladığında, Can dikkatini zorlukla yemekten alıp dinleyebildi çünkü sabahtan beri bir şey yememişti ve şu an tek yiyebileceği şey sanki bu çorba olmalıymış gibi hissediyordu.

Hanım, "Sabahtan beri bir şey yememiş olmalısın, değerler böyle gösteriyor. Ayrıca dün hareketli bir geceymiş hem içki hem ot var kanında. Umarım yoğun bir ot içicisi değilsindir çünkü vücudunun kolay tolere edebileceği bir şey değil ot. Deniz mahsulleriyle beslenmişsin, bu bizim için iyi çünkü sindirimin kolay olacak ve hemen terapinin faydasını yaşayabilirsin," dediğinde Can şaşkındı ve kadının elindeki kâğıdı görmek için sabırsızlanıyordu. Ayağa kalkıp hanımın elinden kâğıdı alması iki saniye sürdü. Gerçekten de bir analizin çıktısı vardı burada. Ve hanımın söylediği her şey doğruydu. Analizin sahte olmadığını düşündü ama bu, terapi dedikleri şeyin düzgün olacağı anlamına gelmezdi. Böyle bir şey nasıl düzgün olabilirdi ki, hele böylesine gizlilik içinde yapılıyorsa... Can kafasında yığılan soruları susturamadan, "Şimdi bu terapi dediğiniz şey nedir?" diye patladı. Hanım yine aynı ses tonuyla, "Söylediğim gibi tamamen bitkisel bir şekilde vücudun kimyasını olması gereken şekilde dengeli..." diye konuşurken, Can sabırsızca hanımın lafını kesti. "Aptal değilim, aynı cümleyi söyleyip durmanıza gerek yok ama bu bana hiçbir şey ifade etmiyor. Nasıl bitkisel? Marihuana mı var içinde, opium mu var? Bitkisel ne demek? Tüm zehirler de bitkisel," diye çıkıştı ama hanım geri adım atmadı. "Can! İstersen şu an buradan gidebilirsin, daha önce bilgilendirilmeden buraya getirildiğin için üzgünüm ama bu ne benim ne de burda emek harcayan ekibimin problemi. Ya terapiyi alırsın ya da çıkar gidersin burdan! Bizim ne kadar exclusive* bir enstitü olduğumuzu kolayca anlamamış olman kabul edilebilir ama bu kadar yargılayıcı olman asla!" diye karşılık verdi.

---

* Sadece seçili kişilere özel.

Odadaki sessizlik rahatsız ediciydi. Hanım, Can'ın suratına cevap beklercesine bakarken odada bulunan diğerleri sanki konuşulanları hiç duymamışlar gibi işlerine devam ediyorlardı. Kız servisi açmış Can'ın suyunu dolduruyordu, başka bir tanesi hazırladığı sistemi yatağın yanında tüp için özel olarak yerleştirilmiş yere takıyordu. Can düşündü. Sakince, "Benim için hazırladığınızı, benden önce almanızı istesem?" diye sorduğunda, hanım taviz vermeyen bir ses tonuyla, "Bu imkânsız, sizin için hazırlanan 'şey' sadece sizin vücudunuzun kimyasını dengeleyebilecek yapıda hazırlanmıştır ve bir tek sizin vücudunuzda çalışır. Sizin dışınızda, benim ya da bir başkasının, bunu kullanması kesinlikle yasaktır, aynı başkası için hazırladığımız bir şeyi sizin kullanmanıza izin vermeyeceğimiz gibi!" dedi.

Hanım Can'ın sessizliğini evet olarak anlayıp elindeki kâğıtları masanın üstüne bırakırken, "Terapiden önce lütfen çorbanızı için, terapi sonrasında dilerseniz tatlı için servis masasının yanındaki şu düğmeye basmanız yeterli. Yemeğiniz bittikten sonra kendinizi hazır hissettiğinizde, yatağa uzanın ve maskeyi suratınıza takıp tüpün ağzını açın, normal bir nefes alırcasına, kendi doğallığı içinde maskeden nefes alıp verin. Maskenin hemen altında bulunan şu yeri sıktığınızda merkez çağrı sistemi devreye girer ve yaklaşık 20 saniyede bizden servis alırsınız. Enstitüde çalışan herkes diplomalı hemşire ya da doktordur, zaten yaptığımız uygulamanın da bilinen hiçbir yan etkisi yok, yani telaşlanacak bir durum yok," diye açıkladı.

Can teslim olmuştu. "Peki n'olucak? Uyuyacak mıyım, halüsinasyon falan mı görücem?" dedi. Kadın tebessümle, "Sadece dengeleneceksiniz," dedi ve başıyla küçük bir selam verip ekibiyle birlikte seri bir şekilde odadan çıktı.

Can, kokusu gelen ve yemek için daha fazla kendini tutamayacağı çorbaya saldırdı. Yediği en güzel şeydi, buna çorba demek haksızlık olurdu, içindeki yumuşak et parçaları ve patates ağızda birleşince damakta bıraktıkları tat çorbanın suyuyla hafifliyor ve bir sonraki kaşığa yer açıyordu. Can iştahlı bir şekilde çorbayı bitirdi, bir tabak daha içebilirdi ama başka yoktu. Masadan kendini beslenmiş hissederek kalktığında, Ali'nin burayı nerden bildiğini düşündü ve onu aradı. Herhangi bir şeye bulaşmadan önce emin olmak istiyordu. Telefon ilk çalışında açıldı. Ali daha Can'ın konuşmasına izin vermeden, "Merak etme, daha önce yaptığınız hiçbir şeye benzemez bu ve sağlıklı bir şey, sadece denge veriyor, yani ince ayar yaptırmak gibi. Bir yan etkisini falan da görmedim," dedi. Can merakla lafa girip, "Peki ne var içinde?" diye sordu. Ali, "Bitkiler, bazen biraz toprak, bir sürü şey ama zararlı şeyler değil, neye ihtiyacın varsa o!" deyip sustu. Can'ın konuşmasını bekliyordu ama Can konuşmadı, bir süre sessizlikte Ali sabırla bekledi. Can, "Sen kaç kere yaptın?" diyerek bozdu sessizliği. Ali, "Çok ama uzun bir süredir yapmıyorum," diye açıklarken Can hemen lafa dalıp, "Niye?" dedi. Ali suratındaki gülümsemeyi sesine yansıtan bir tarzda, "Artık ihtiyacım yok, dengedeyim, en azından şimdilik, ihtiyacım olsaydı yapardım, tereddüt etmeden," diye cevap verdi. Can, "Peki burayı nerden öğrendin?" diye sorduğunda, Ali net bir ses tonuyla, "Bunun konuyla ilgisi yok," dedi. Can sadece, "Tamam," deyip telefonu kapattı.

Otantik bahçede güneşin bitkiler arasından kendisine yol bularak süzüldüğü yerlere baktı. Böyle bir yerin insanı rahatsız eden bir nemlilikte olması gerekirdi ama değildi. Çıplak ayaklarının altındaki ince toprak ayağına yapışmıyor, ayakları üşümüyordu. Yerin uygun bir sıcaklıkta yerden ısıtıldığına karar verdi. Kendisi için bırakılan tüpe baktı. Yatağa uzanmak istiyordu, dün gece hissettiklerinden sonra hayat ona fazla geliyordu, kontrol edilmesi gittikçe zorlaşan bir yolculuğa dönüşüyordu. Aynı zamanda eğlenceli olmaya başlayan bir yolculuk. Yatağa doğru ilerlerken Duru'yu düşündü, buraya girdiğinden beri ilk defa gelmişti aklına kızın beyaz pürüzsüz teni ve uzun parmakları. Bu düşüncenin hemen ardından büyük, yıkıcı bir sel gibi Deniz'in

Duru'ya sahip olan o iğrenç hali geldi aklına. Yatağa uzanıp maskeyi suratına taktığında, videodaki görüntüleri hiç görmemiş olmayı diliyordu içinden. Maskeyi, rahatlığını test etmek için takmıştı, tüpü açıp içindeki gazı ciğerlerine çekmeyi düşünmüyordu bile, hatta asla yapmayacağına emin olduğu bir şeydi bu ta ki videodaki görüntüde Duru'nun arkasında gidip gelen Deniz'in yerine kendisini koyana kadar. Duru ve kendisinin merdivenlerin ilk basamağında seviştiğini düşündü, Duru'nun suratındaki o bıkkınlık halinin kendi varlığıyla nasıl da doyuma dönüşeceğinden emindi.

O kız, kendi kadınıydı ve içini doldurmak için sabırsızlandığı bir boşluk gibi Can'a hazırdı. Hissettiği bu duyguyla hiç düşünmeden eli tüpün vanasına gitti, gazı içine çektiğinde ağzına ilk gelen, limonun keskin ama tatlı tadıydı ve evrenin kapıları tüm sırlarıyla Can Manay'a açıldığında Duru'nun düşüncesiyle sertleşen erkekliğinin artık bir değeri kalmamıştı çünkü girdiği o yerde her şey Tanrısaldı, Can o an ölümsüzdü. Hayatında ilk kez kendini ölümsüz hissederek var olabiliyordu. Suratındaki maskenin varlığı yok olmuştu, hatta sanki vücudunun ağırlığı yok olmuştu. Etraftaki bitkiler kendisini evrenle bütün hissettirdi ona, aynı olması gerektiği gibi. Can sanki ilk defa hayat denen simülasyondan çıkıp gerçekliğin içine girmişti, yaşadığını daha önce hiç bu kadar güçlü hissetmemişti. Ciğerlerine akan gazdan daha da büyük bir nefes aldı, hissettiği bu duygunun her hücresinde var olabilmesi için ritmik şekilde nefes almaya devam etti. Bu anlatılamaz, yaşanır bir şeydi. Yataktan kalkıp çırılçıplak soyunduğunu, yerdeki ılık toprağa uzandığını, etraftaki meyvelerden her birini ağzının içinde yavaşça eriterek hazmettiğini, midesinin işlediği çorbanın rahatlatıcı etkisini ve yeniden doğduğunu... O günü hayatı boyunca hatırlayacaktı. Can Manay dengelenmişti. İlk defa kendi potansiyeli içinde denge hissederek var oluyordu, yeni girdiği bu dünyada her şey anlamlıydı, her şey gerekliydi, her şey dengeliydi. Denge bu dünyanın Tanrısıydı ve Can Manay o öğlen Tanrı'yla tanıştı.

- 36 -

Televizyon kanalının binası, düzenlenen yeni ışıklandırmasıyla parlıyordu. Otobandan binaya yaklaşırken ilk fark edilen şey binanın değişen renkleri ve Can Manay'ın sırıtan ağzına ait olduğu belli olan, yarım bir ağzın dev fotoğrafıydı. Görüntünün hemen yanında daha küçük ama belirgin bir şekilde programın ismi 'Vizyon Terapi' yazılmış ve kanalın logosu sağ alt köşeye iliştirilmişti. Dev panonun üstündeki bu reklam, programı daha da çekici ve gizemli hale getiriyordu. Bu gülümseme, yaramazlıklarına katılmakta büyük keyif alacağınız bir adamın gülümsemesiydi ve sizi milyonlarca kişinin seyrinde terapiye davet ediyordu. Hep birlikte yaramazlık yapmanın kutsandığı bir yer gibi parlıyordu şimdi bina.

Bilge binaya vardığında, zaten normalde abartılmış güvenliğin, çok sayıdaki ünlü konuk nedeniyle iki katına çıktığını fark etti. Önüne gelen her güvenlik görevlisine kendisinin de ekipten biri olduğunu anlatmaya çalıştıysa da henüz kartı yoktu ve içeri girmek için yaklaşık yarım saat güvenlik prosedürlerinin yapılmasını beklemeliydi. İçeri girebildiğinde ise dışarıda geçirdiği sıkıcı yarım saatin ve oraya varmak için otobüste harcadığı zamanın, girdiği testin, hayatında yaşadığı şanssızlıkların artık hiçbir etkisi kalmamıştı üstünde. Çünkü bir bütünlük içinde ahenkle çalışan yaklaşık 250 kişiden biri olabileceğinin olasılığı bile hayatını anlamlı kılmaya yetmişti. Stüdyo muhteşemdi, dekor değiştirilmemiş ama izleyicilere ayrılan alan dört kat genişletilmişti. Tüm çalışanlar kırmızı giymiş ama her birinin boynunda farklı renklerde fularlar takılmıştı. Bilge kısa bir sürede fularların ekipleri birbirlerinden ayırmak için takıldığını anladı. Setçiler siyah fular, ışıkçılar turuncu, yönetmen beyaz, yönetmen yardımcıları sarı... Kendi fularının ne renk olacağını düşünürken kendisine seslenildiğini fark edip irkildi.

Yıllardır mezbahada çalışıyormuşçasına duygusal yoksunluk içinde bir ifadesizlikle Bilge'ye seslenen Kaya biraz şaşırmıştı, işe yeni başlayacak birinden çok, kurban edilmek üzere kendi isteğiyle bir kuzu gibi mezbahaya gelmiş olan kızı görüyordu karşısında. Bu kızı Can'ın dersinden hatırlıyordu. Ödev sattığı için öğretim görevlileri arasında konuşulan kızdı bu. Kısa, kuru, parlamayan, yoksun, asla kadın olamayacak bir kız. Kızın gönüllülüğü değil, özelliksizliğiydi kendisini şaşırtan. Can Manay'ın etrafında bu kadar özelliksiz bir kadın hiç görmemişti. Kadınlar işleri ne olursa olsun Can Manay'ın etrafındalarsa ya çok güzel, ya çok zengin ve hasta, ya yatakta çok iyi, ya da çok ünlü olurlardı. Can Manay'ın kendisine bu kadar özelliksiz bir kızı seçmiş olması işte bu yüzden şaşırtıcıydı ve de biraz ürkütücü. Can böyle bir kızı etrafına bir tek şey için yanaştırırdı, etrafı temizletmek. Bugüne kadar bu temizlik işi hep Kaya'ya ait olmuştu ve şimdi ilk defa gerçek bir aday ortaya çıkmış, başına geleceklerden habersiz tam karşısında, etrafında gördüklerinden büyülenmiş bir teslimiyette duruyordu. Kaya kıza hem acıdı hem de salaklığından tiksindi. Kendi gençlik yıllarını hatırlatıyordu bu kız ona, gençkenki salak görünüşü Can Manay'ın elinden geçince onu magazin gazetelerinin önemli bir objesi haline getirecek kadar değerlendirmişti ama kendisine verilen bu asılsız değerin boşluğu, içinde kanserli bir hücre topluluğu gibi büyürken hayatı küçülmüş ve bugün artık işinden başka hiçbir şeyi olmayan biri olmuştu. Gizem'in gidişi geldi aklına, hayatının en büyük hatasını yaptığından habersiz nasıl da bırakmıştı kontrolü Can'a, şimdi net bir şekilde görebiliyordu artık, babasının yerine koyduğu, taptığı bu adam Kaya'nın hayatını feda edivermişti sadece hizmetini alabilmek için. Her şeyin bir bedeli vardı, istenmeyen şeylerin bedeliyse çok daha ağırdı.

Bilge'nin kendisine sessizlik ve sabır içinde bakmaya devam etmesi de ilginçti. Kız adını duyunca Kaya'ya doğru dönmüş ve uslu bir köpek gibi yanına gelip durmuştu. Kızın sessiz bir şekilde, Kaya'yı hiç rahatsız etmeden kafasının içindeki yolculuğunun bitmesini saygıyla beklercesine durması Kaya'yı güldürdü. "Neyi bekliyorsun böyle?" derken sesindeki alaycılık rahatsız ediciydi. Bilge saygıyla, "Sizi," dedi.

Kaya kafasını iki yana sallayıp kızdan çok da hoşlanmadığını belli eden bir enerjiyle arkasını dönüp yürüdü. Bilge sorgusuz Kaya'yı takibe başladı. Doğduğundan beri insanların kendisine tuhaf davranmalarına alışmıştı ve artık nedenini sorgulamayacak kadar tecrübelendiğinden, uyum sağlamak için ne yapması gerektiği konusunda neredeyse uzman olmuştu. Kaya, Can Manay'ın odasına girerken boynundaki kartı okuttu. Bilge, kapısında Can Manay'ın adı bulunan kapıdan içeri dalan Kaya'yı takip etmedi, kendiliğinden kapanmak üzere olan kapının önünde sessizce durdu. 30 saniye sonra Kaya elinde bir tomar dosya ve son model bir telefonla çıktığında, Bilge hâlâ kapının önünde durmaktaydı. Dosyaları ve telefonu kızın kollarına yüklerken, kızın haddini bilmesinin işini ne kadar da kolaylaştırdığını ve kendisini çirkin insanların yanında ne kadar da rahat, hatta kendisi gibi hissettiğini düşünüyordu. Kızı stüdyoyu gören balkonlardan birine çıkarttı ve dört dosyanın içinde bulunan telefon numaralarını, şirket isimleriyle birlikte dikkatli bir şekilde yeni model telefona kaydetme görevi verdi. Nerdeyse dört aydır yapmayı planladığı bu angarya işi en sonunda birine yaptırıyor olabilmek içini çok rahatlatmış, keyfini de yerine getirmişti ama bilmediğiyse, o telefonu asla kullanamayacak olmasıydı.

Kaya çekip giderken, elindeki ağır dosyalarla stüdyonun içindeki balkona çıkmaya başlayan Bilge, etraftaki insanların ahengine bir kez daha hayran kaldı, hayranlığı az kalsın merdivenlerden düşmesine yol açacak yoğunluktaydı ama dikkatini basamaklara verip balkona çıkabildi. Kırmızı kıyafetli elemanlar alyuvar gibi çalışıyordu. Bilge elindeki dosyaların içindeki kâğıtların her birinin telefon numarasıyla dolu olduğunu görünce nefesi tutuldu, şimdi başlasa ve hiç kafasını kaldırmadan bu numaraları telefona kaydetse işi en az beş günde biterdi. İtiraz edemezdi, etmezdi, bu da bir test olabilirdi. Bu işi yapmanın çok daha pratik bir yolunu bulmalıydı. Hayatındaki problemlerle birlikte fikri de gelişen bir organizmaydı Bilge, her zamanki gibi yolunu buldu.

- 37 -

Sarsıntıyla uyandı Deniz. Duru'nun küçük ellerinin sevgisiz sarsıntısı bölmüştü uykusunu. Neler olduğunu anlamaya çalışırken, uğultu halindeki sesleri beyni deşifre etmeye çalıştı. Duru yatağın kenarında, üzerindeki dans kıyafetleri ve suratındaki hesap soran ifadeyle nasıl da tatlıydı! Deniz gülümsedi.

Deniz'in, Duru'nun varlığına gülümsemesi, Duru'nun içindeki öfkenin iyice açığa çıkmasına neden oldu. Duru çok öfkeliydi. Sabah Ada'yla yaşadığı ve anlamakta zorluk çektiği durumdan sonra Deniz'le hemen konuşmak istemiş, Deniz'e ulaşabilmek için bir saat onu hem evden hem cepten arayıp durmuş, ulaşamayınca belki kötü bir şey olmuştur düşüncesiyle tedirgin olup dersine girmeyip, eve Deniz'e bakmaya gelmişti. Deniz'in çalan telefonlara ve yetişmesi gereken dersine rağmen hâlâ uyuyor olması yetmezmiş gibi, odadaki ot kokusu Duru'yu nerdeyse sinir krizinin eşiğine getirmişti. Asla parçası olmak istemediği bir hayat, o an bu odadaydı. İçindeki bütün öfkeyle Deniz'e vurmaya başladığında, kendi kontrolü dışına çıkan bu zavallı yaşam tarzıyla savaşır gibi hissediyordu kendini.

Duru'nun yumruklarından sıyrılıp kendini yatağın öbür ucuna atan Deniz, dehşet içinde ne olduğunu anlamak için uykunun etkisiyle kısılan gözlerini iyice açtı. Duru, yatağın diğer ucundan, "Bunu mu istiyorsun? Keşsin sen, keş!" diye haykırırken,

Deniz'e ulaşamayan darbelerini isabet ettirebilmek için yatağın öbür tarafına dönüp Deniz'e yaklaştı. Deniz, "N'oluyo yine! Delirdin mi?!" diye savunmaya geçip Duru'yla arasındaki mesafeyi korumak için kendini yatağın ortasına attı. Duru'nun ağzından saçılan tükürüklere karışmış kelimelerini anlamaya çalışıyordu, daha önce de birçok kez öfkelendiğini görmüştü Duru'nun ama bu sefer farklıydı. Bu, öfkeden çok, sinir kriziydi. Duru'nun boynunda ve anlında kabaran damarları ilk defa görmüştü ve endişeyle öne atıldı. Duru'nun savurduğu darbelere aldırış etmeden yataktan kalkıp, Duru'yu kollarından yakalayıp sakinleşene kadar onu sabitlemek istiyordu ama bu nerdeyse imkânsızdı. Duru'nun savurduğu yumruklara tekme de eklenince, Deniz onu bir hamleyle kendine çekip sıkı sıkı sarıldı. Canını acıtmayacak ama hareket etmesini engelleyecek sıkılıkta.

Deniz'in kolları arasından kurtulmak için çırpınan Duru, Deniz'in sol göğsünün üstüne iki kere kafasıyla vurdu ama Deniz onu o kadar yakın tutuyordu ki, vuruşun şiddeti azdı. Duru kendini Deniz'in kollarından kurtaramayacağını anladı. Bir an nefes almak için sakinleşti, Deniz'se Duru'nun kıvranışlarının durmasını fırsat bilip kızı daha da kendine çekti. Aralarında hiç boşluk kalmamıştı şimdi. Duru, "Bırak beni," dedi ama sesi çok boğuk çıktığı için Deniz sesteki sakinlikten emin olamadı. Boğukluğun Duru'nun kontrol dışı öfkesinden mi, yoksa Deniz'in göğüs kafesine gömülü suratının etkisinden mi olduğunu anlamak için, sol göğsünün birkaç santim üst kısmında hissettiği acıya kadar, Duru'nun bir daha konuşmasını bekledi. Acı o kadar şiddetliydi ki neredeyse Duru'yu bırakacaktı. Duru ısırıyordu Deniz'i. Bu kısa tek bir ısırık değil, göğsünün üst kasını kavrayan, kenetlenmiş ve eti koparırcasına kararlı bir ısırıktı. Deniz, Duru'yu kendine yakın tutmak için gösterdiği onca çabadan sonra, şimdi ısırığın acısıyla Duru'nun kendisinden uzaklaşması için kollarını açtı ama Duru geri çekilmesine rağmen hâlâ kaptığı et parçasını dişlerinin arasında sıkıştırıyordu. Deniz, ısırığın acısını sinir sisteminin her hücresinde hissetmeye başladığında Duru'nun kafasını tutup kendisinden uzaklaşmasını engelledi, aksi halde dişlerinin arasındaki eti koparabilirdi. Duru'yu iyice göğüs kafesine yapıştırdı, onu bir an nefessiz bırakırsa kızın soluk almak için etini bırakacağını biliyordu. Düşündüğünden birkaç saniye daha uzun sürmüş olsa da, Duru en sonunda nefessiz kalmıştı, ısırdığı eti bırakıp kendini geriye çekti. Hayatının geri kalanında hemen hemen her gün Deniz'in aklına gelecek bir görüntüydü bu; dişleri, ağzının çevresi kan içinde karşısında dikilen Duru.

Duru'nun kanı koluyla silmesi kanın iyice suratına yayılmasına, kollarına, ellerine bulaşmasına yol açmıştı. Deniz birkaç saniye Duru'ya baktıktan ancak sonra göğsündeki yaraya bakmak aklına gelmiş ve çıplak teninden süzülen kanın kaynağını parmağıyla bastırarak kanamayı durdurabilmişti.

Yüzünde hissettiği ıslaklığı koluyla silene kadar yaşadığı andan çok uzakta, kendi öfkesi içinde kaybolmuştu Duru. Önce koluna ve eline bulaşan kanın farkına vardı, sonra karşısında dikilen Deniz'in göğsündeki yaranın. Başı dönüyordu. Ağzındaki ıslaklığın ve yutmakta olduğu şeyin kan olduğunu anlayınca refleks olarak öğürdü, tükürdü. Midesi bulanmıştı. Midesindeki yoğunluk Duru'nun öne doğru eğilmesine neden oldu. Hafızası yeni yerine gelen birinin şaşkınlığında Deniz'e kaldırdı kafasını. Neler olduğunu, en güvendiği kişi tarafından niye saldırıya uğradığını anlamaya çalışan, sakin bir adam vardı karşısında. Göğsündeki yaradan akan kan, çıplak vücudundan kayarak Deniz'in altındaki beyaz pijamada kıpkırmızı parlıyordu. Duru yaptığı şeyin şokunda, istemdışı tekrar öğürdü, çok kan yutmamıştı ama biraz önce vücudunda gezen adrenalin sanki şimdi midesinde toplanmış ve tüm hiddetiyle çalkalanıyordu.

Duru'nun şok içindeki yüzünde bir açıklama aradı Deniz ama Duru'nun sancı içinde öğüren iki büklüm halini görünce içindeki şefkat, eliyle bastırdığı yarasını unutup Duru'ya yardım için yaklaşmasına neden oldu. Uğradığı saldırıya, yarasına rağmen, hesap sormak yerine Duru'ya yardım etmek için sokulan ve onu oturtmak için yatağa doğru götürmeye çalışan Deniz'in şefkati, büyük bir darbe gibi inmişti Duru'nun zihnine. Bu darbenin ağırlığıyla Duru daha da kontrolsüz bir şekilde öğürmeye başladı ve kustu. Kustuğunda, sabah içtiği suyun bir kısmı ve biraz da kan çıktı içinden. Öğürmesi uzun, kusması çok kısa sürmüştü ve bu süre zarfında kendisini tutup düşmesini engelleyen Deniz'in mırıltısı şimdiye kadar yaşadığı en büyük işkenceydi. Deniz sürekli, "Geçti, geçti aşkım, geçti..." diye mırıldanıyordu. Hiçbir şey geçmemişti, tüm bu olanlardan sonra her şey yeni başlıyordu ama Deniz'in sevgisi tüm diğer duygularından daha üstündü ve aslında Duru izin verirse her şeyin geçmesini sağlayabilirdi.

Duru kustuktan hemen sonra kafasını kaldırıp gözlerinde kızgınlık görmek umuduyla Deniz'e baktı ama onun gözlerinde sadece aşk vardı. Deniz'in kızgınlığı o an merhamet olurdu Duru'ya. Duru'nun bünyesi böylesine koşulsuz bir sevgiyi kaldırabilecek kuvvette değildi, biraz önce yok etmek istediği adam ona hâlâ aşkla hizmet etmek istiyordu. Yaptığından ötürü tahammül edilemez bir suçluluk duygusu içindeydi. Nasıl olmuştu da sevdiği adama böyle zarar verebilmişti? Kendini hem yaptığından dolayı iğrenç hem de Deniz'in koşulsuz sevgisi karşısında bir parazit tarafından tuzağa düşürülmüş gibi hissediyordu. Deniz kızsa, bağırsa o zaman her şey çok daha huzurlu olabilirdi, o zaman bir yolunu bulup onu tekrar kazanmak için savaşabilirdi ama şimdi, Deniz koşulsuz sevgisiyle Duru'ya verebileceği en büyük acıyı veriyordu. Duru ilk defa ne yaparsa yapsın asla Deniz'den kurtulamayacağını düşündü, bu düşüncenin mantığını fark ettiği anda irkildi, bir daha öğürdü, kendinden ölesiye tiksindi.

Deniz, Duru'nun suratına gelen saçlarını eliyle düzelttiğinde, Duru'nun yüksek ateşini fark etti. Duru'ysa tenine değen soğuk elin varlığıyla yine sarsılıp tekrar öğürmeye başladı. Deniz'den uzaklaşması şarttı, yoksa bu vicdan azabına daha fazla dayanamayacaktı. Deniz'i ittirdiği gibi dengesini sağlamakta zorlansa da olabildiğince hızlı bir şekilde kendini banyoya attı.

Deniz, bir anda kendisini ittirip banyoya fırlayan Duru'nun ardından gitti hemen, kızın kusmak istediğini düşünürken sakindi ama Duru'nun banyo kapısını kilitlemesi olacak iş değildi. Kapıyı açmak için kolu zorladı, açamadı. Kapıya vurmaya başladı, içeriden hiç ses gelmiyordu. Duru'nun ateşi vardı ve kilitli banyoda yalnızdı. Deniz kapıya vururken Duru'ya kapıyı açmasını, ateşi olduğunu, havale geçirebileceğini söyleyip duruyordu. Kapıyı kırmaya karar verdiğinde, içeriden Duru'nun sesi yükseldi, "Yalnız bırak beni," diyordu. Deniz, saldırıya uğramış, ısırılmış, şimdi de kovulmuştu. Neler olduğunu sordu Duru'ya, niye böyle olduğunu ama cevap alamadı. Kendisinin bir şey mi yaptığını yineleyip durdu ama cevap gelmiyordu, içerden gelen tek ses, öğürme sesiydi. Deniz kapıyı kırdı.

Tuvalete eğilmiş öğüren Duru'yu tuttuğu gibi kaldırıp kucağına aldı. Merdivenlerden indi, onu kucağından indirmeden kapının yanındaki masadan cüzdanını ve araba anahtarlarını aldı. Duru şimdi yoğun bir şekilde terleyip titremeye başlamıştı. Ateşi düşmüştü ama bir tuhaflık vardı, suratı ilk defa sapsarıydı. Deniz'in kapıyı açması imkânsızdı, elleri tamamen doluydu. Kucağında sıkı sıkı taşıdığı Duru'ya kapıyı açmasını söyledi, Duru umursamadı. Deniz kucağındaki Duru'yu sarsarak, "Kapıyı aç!" diye kükreyince, Duru kapıyı açtı. Kendisini kurtarmaya çalışan 'yok edicisiyle' daha fazla savaşamayacaktı. Duru, bahçeden çıkış kapısına doğru fırtına gibi koşan Deniz'in kucağında, gözü Deniz'in göğsündeki yaraya kilitlenmiş, teslim olmuştu.

Hastaneye giderlerken tek kelime konuşmadılar. Deniz acil servisin kapısına geldiğinde, ancak o an, üstünün ve ayaklarının çıplak olduğunu fark etti, umursamadı. Önemli olan Duru'ydu.

- 38 -

Hayat, yatakta uzanmış okşanmayı bekleyen ihtiraslı bir bakire gibi, tüm bereketiyle önünde uzanmıştı Can Manay'ın. Her şey şimdi apaçık anlamlanmıştı, sıkışan trafik, durakta saatlerce otobüs bekleyen insanlar, arabaların arasında mendil satan çocuklar... Her birinin bir işlevi vardı. Umursamazlığının, huzurlu bir kabullenme ve anlayış olarak geliştiğini hissetti Can. Farkındaydı artık. Hayatı ilk defa anlam kazanmıştı, bir şeye adandığı için değil, kendi varoluşuna tanıklık edecek sakinlikte ve dengede olduğu içindi bu anlam. Anı deneyimleyebilmenin anlamıydı bu. Zaman Can Manay için durmuş, tüm boşlukları denge doldurmuştu. Anın içindeki dengeyi görebilecek kadar anı yaşıyordu, geleceğin endişesi ve geçmişin yükü olmadan sadece an vardı. Tanrıların kendilerini nasıl hissettiğini düşündü, böyle olmalı diye karar verdi. Hayatında ilk defa arabanın ön koltuğuna oturmuştu, kendi kullandığı birkaç kez dışında. Yanında arabayı kullanan Ali'ye baktı, şimdi anlayabiliyordu hiç şikâyet etmeden yıllarca sessizce araba kullanışını, sakinliğini, olgunluğunu, mutluluğunu, en önemlisi de tatminini. Kendisiyle memnundu bu adam. Bakışını Ali'den ayırmadan Can'ın ağzından kelimeler döküldü. "Farkında mısın?" dedi sakince. Ali aynı sakinlikte Can'ın suratına hiç bakmadan araba kullanmaya devam ederken, "Neyin?" diye sordu. Can bakışlarını Ali'den ayırmadan, "Hayatın," dediğinde, Ali'nin suratında küçük bir gülümseme belirdi ve sessizlik devam etti.

Stüdyoya varmalarına 4 km kadar kalmıştı, trafik de oldukça akıcıydı. Otobanın üstünde kendi yarım gülümsemesini gören Can, yanından geçmekte oldukları büyük billboard'dan gözlerini ayırmadan konuşmaya başladı. "Dünyanın adaletsiz bi yer olduğuna saplanmıştı kafam, yenilenler ve sıyrılanlardan oluşan kocaman adaletsiz bi yer. Sıyrılmaya karar verdim, ne pahasına olursun olsun, sıyrıldım da. Pek bi bedel ödediğimi düşünmüyorum, sahip olduklarımı düşünürsen. Şanslıyım, galiba. Ama şimdi hayatı düşündüğümde aslında adalet dediğimiz şeyin hiç var olmadığını ve var olmayan bir şey için fazla abartıldığını anlıyorum. Aslolan tek şey deneyim. Yaşadığın şeyin seni nereye götürdüğü, yaşadığın şeye verdiğin tepkiye göre değişiyor. Gitmek istediğimiz yerden bizi uzaklaştıracak tepkiler verip, sonra da adaletsizliğe sığınmak tam insana göre. Bu kadar adaletsiz bi yer değiştirilmeli diye herkes dünyayı değiştirmek istiyor. Bi kurtarıcı gelecek ve burayı bizim için temizleyecek sanki. Bu asla olmayacak biliyosun di mi?" derken Can Manay soru sormuyordu, nefes alıp sakince devam etti. "Burası, dünya aslında tam da olması gerektiği şekilde dizayn edilmiş. Biz salaklarsa sürekli değiştirmeye, temizlemeye uğraşıyoruz. Bu bi insanın sürekli bağırsaklarını temiz tutmaya taktığı için lavman yaptıra yaptıra bağırsak kanseri olmasına benziyor. Bağırsak bok için dizayn edildi, yaşadığımız bu şeyse bizim için. Savaşmak yerine anlasak, sakinleşsek. Habire geleceği ya da geçmişi düşünmeden, geleceğe yatırım için savaşıp geçmişin kayıpları için intikam naraları atmasak, sadece anı yaşasak... Cennet böle bi yer olmalı. Sadece o anın var olduğu bi yer ya da an."

Can, binanın arka yoluna girdiklerini fark edince sustu, aslında söyleyecek başka bir şeyi de yoktu, söylediklerinin bir anlam ifade edip etmemesi de umurunda değildi. Kendini dinlemeden konuşmuştu ve bir süre kendini dinlemeden konuşacaktı, kendinden arınmış her adamın yapacağı gibi.

Binaya girdiğinde büyük bir saygıyla karşılandı her zamanki gibi ama bu sefer insancıl yanını göstermek için insanlara hal hatır sormak zorunda hissetmedi kendini, suratındaki tatminkâr gülümsemeyle insanların bakışlarından süzülüp geçti. Bıraktığı etkinin farkında, suratındaki yarım gülümsemeyle tamamen kendisiydi. Can Manay'ın kimliğini aldığından beri bu kadar kendisi olmamıştı. Bu çok tehlikeliydi. İçindekini üstüne giymek, sonra çıkarmakta çok zorlanacağı bir şeydi ve şimdi tüm korkulardan ayrışmış, içindekine teslim olmuştu. Gülümsemesinde farkındalık, bakışlarında ancak bir dehaya ait olan bir delilik vardı, sıradan insan bunu ihtişamlı bir karizma olarak algılardı ama aynı deliliğe birazcık sahip herkes için bu bir meydan okumaydı.

Stüdyodan içeri girdiğinde kraliçelerine yaranmak için tüm benlikleriyle kendilerini adamış arılar gibi çalışan bu insan topluluğuna dikkatlice baktı. Ne kadar da adanmıştılar! Kim kendini adayacak kadar daha üstün tutabilirdi herhangi bir şeyi? Birilerine sadece zaman geçirtmek için çekilen dandik bir programı her şeyden üstün tutarak aralıksız çalışan, hayatlarını, en kötüsü de bu paha biçilmez anları feda eden salaklar diye düşündü. Farkındalıktan yoksunluk sarmıştı her yeri. Farkında olmayan milyonlarca insan yaşıyordu bu gezegende. Kim olduklarının, ne istediklerinin, onları neyin mutlu ettiğinin, neden tiksindiklerinin farkında olmayan insanlarla dolu bir dünya ve bu insanların arasından özenle seçilmiş bir grup, en iyileri, saatler sonra yayımlanacak programın mükemmelliği için buradaydılar. Girişteki resepsiyonist kız dışında kimse fark etmemişti Can Manay'ın geldiğini. Normalde Can'ın arabası otoparka girmeden hazır olurdu herkes ama bugün Can haber verilmesini istememişti.

Hayatın doğal akışı içinde var olmak istiyordu. Parmağıyla sempatik bir şekilde, "şşt" diyerek sessiz olmasını işaret etti resepsiyonist kıza, kız kızararak kıkırdadı. Can istese o an, o resepsiyon masasının arkasında alırdı bu kızın bekaretini, kızın aşktan kızaran yüzü ve kıkırdaması bunu söylüyordu Can'a. Stüdyonun içine doğru ilerledi, sahne bölümüne doğru yürüdü. Çalışanlar Can Manay'ın gelişinin anons edilmesine o kadar alışmışlardı ki, yanlarından geçen adamın kimliğini sorgulamadan işlerine devam ettiler. Can kendini görünmez gibi hissederek sahneye tırmandı, ses ekibinden genç bir asistan gördü ilk Can Manay'ı, sahnenin tam ortasında dikiliyordu. Ellerini şaklattı iki kere ama kimse dikkat etmedi, ses asistanı yanına koştu elinde bir interkom kulaklığıyla ama Can kulaklığı istemedi, ellerini kulaklığın mikrofonuna yakın tutarak şaklattı iki kere. Kulaklarında yankılanan iki patlama sesinin hangi merkezden geldiğini anlamaya çalışan stüdyo ekibi nerdeyse aynı anda denecek yakınlıkta, Can Manay'ın sahnedeki varlığını fark ettiler. Çalışanlar arasında aniden yükselen uğultu, Can'ın işaretparmağını yarım gülümsemesine götürüp, "şşşt" diye fısıldamasıyla aniden kesildi. Can kendisine dikkatle bakan kalabalığın her bir üyesinin gözlerine değdi sırayla. Suratında aynı gülümseme, gözlerinde aynı gizli delilik. Ekipteki herkes karşılarındaki dehanın ne kadar da parlak olduğunu düşünüyordu hemen hemen, bu parlaklığa alışmış Kaya ve o deliliği hemen tanıyan Bilge dışında.

Bilge, Can Manay'ın geldiğini yanından hızla geçen bir set çalışanından duymuş ve herkes gibi sahneye doğru ilerlemişti. Sahnenin ortasında dikilen Can Manay'ı görmek onu heyecanlandırmıştı ama asıl etkilendiği Can'ın gözlerindeki ateşti. Çok tanıdık gelen, kendini evde hissettiği bir ateşti bu. Can Manay hiçbir şey söylemeden sahnenin ortasında öylece durmuş etrafa bakınıyordu, onunla göz göze gelene kadar onun birisini aradığını sanmış ve bunun ne anlama geldiğini anlamamıştı. Ama şimdi göz gözeydiler, bir saniye kadar. Can bakışını başkasına geçirdiğinde, Bilge onu koyunlarını sayan bir çobana benzetti. Gözleriyle damgalıyor, sahipliğini onaylıyordu sanki. Etrafındakilerin kendisinden çok daha fazla etkilendiğini gördü bu durumdan, gözleri Kaya'yı aradı. Kaya en geride, suratında sıkıcı bir ifadeyle izlemekteydi onu, Can'ın etkisinden eser yoktu gözlerinde. Böyle bir karizmaya böylesine bir bağışıklık kazanıp ondan etkilenmemek için ne gibi şeyler yaşamış olması gerekirdi insanın diye düşündü Bilge. Kaya'nın arkasını dönüp koridora ilerlediğini görünce, elindeki telefon geldi aklına.

Fotoğrafını çektiği sayfalardaki yazıyı tanımlayan bir program ve numaraları telefonun adres defterine taşıyan başka bir program bulmuş, her bir sayfanın fotoğrafını çekip tanımladıktan sonra tek bir tuşla hepsini adres defterine taşımıştı. Programların bulunması, indirilmesi, sayfaların tanımlanması... Her şey yaklaşık iki saat içinde tamamlanmıştı. Tanımlanamayan altı sayfa dışında tüm numaralar, adresler telefona yüklenmişti. Daha sonraki kayıtlar için Bilge telefona, kartvizitleri tanıyıp otomatik olarak adres defterine yükleyen bir aplikasyon bile indirmişti. Kaya'nın peşinden giderken uzun sürecek hengâme bir işi, çok pratik bir şekilde, kısa zamanda bitirmenin gururundan çok, bir sonraki görevinin ne olacağının heyecanı vardı üzerinde.

Kaya'yı koridorda yakalayabilmek için, "Kaya Bey!" diye seslendi. Kendisine kimin seslendiğine dönüp bakan Kaya, seslenenin Bilge olduğunu görünce dönüp yoluna devam etti. Bilge koşarcasına hızlandı ve Can Manay'ın kapısının önünde Kaya'yı yakaladı. Adamın kendisine fırsat vermeyeceğini bildiğinden, nefes nefese olmasına rağmen hemen konuya girdi. "Telefonunuz hazır, dosyayı da biraz düzenledim belki daha sonra ihtiyaç olur diye." Bilge telefonu dosyanın üstüne koyup Kaya'ya uzattı ama Kaya'nın suratındaki ciddi, sorgulayan ifade bir duvar gibi durdurdu Bilge'yi. Kaya hiç konuşmadan telefonu eline aldı, hızlıca adres defterine girdi. Numaraları kontrol ederken Bilge'ye, "Dosyadan Profesör Erdal Korkut'un numarasını bul," diye emretti. Bilge tereddüt etmeden dosyadan hemen numarayı buldu ve söyledi. Kaya tepki vermeden, "Nihan Alaçakır, dansöz," dedi. Bilge hemen sayfaları çevirdi hızla, buldu ve söyledi. Kaya, "Tesisatçı İhsan," dedi, Bilge buldu söyledi. Kaya numaraları karşılaştırdıkça ikna olmaya başlamıştı. Başka birinin daha numarasını bulmasını söyledi Bilge'ye ama cevabı beklemeden telefonu indirip direkt sordu, "Nasıl yaptın?" Bilge elindeki dosyadan istenilen numarayı hızla bulmaya çalışırken, "İnternetten iki yazılım indirdim, bir tanesiyle sayfaların fotoğrafını çektim, diğeriyle fotoğraftaki metni tanımlayıp adres defterine kaydet..." diye açıklamaya çalıştı ama Kaya, Bilge'nin lafını bitirmesine fırsat vermeden elindeki dosyayı çekip aldı, kartıyla Can Manay'ın kulis kapısını açıp Bilge'yi orda öylece bırakıp içeri girdi ve kapının ardından kapandığına emin oldu.

Bilge kapının önünde kalakalmıştı, orada öylece durup bekleyip beklememeye karar vermek için bir süre dikildi, beklemeyecekti. Buraya bu adamın kaprisini çekmek için gelmemişti ama öte yandan bu kaprisin kaynağını düşününce kalbi sıkıştı. Kaya sonuçta yıllardır Can Manay'ın sağ koluydu ve bir kol vücuttan bağımsız hareket etmezdi hiçbir zaman, kol böyleyse kafa, yani Can Manay acaba nasıldı? İçi iyice sıkıldı, keşke set işçisi ya da ışıkçı olsaydı da bu ortamda kalabilseydi ama kendini bu kadar ezdirerek var olunamayacağını hayat daha ona çok küçükken öğretmişti. Bir hayal kırıklığı daha diye düşündü, neden hayatında bir kez olsun bir şeyler gerçekten iyi gitmiyordu! Stüdyoya doğru ilerlemek için döndüğünde, arkasında duran Can Manay'la göz göze geldi. Adamın ne kadar zamandır orada durduğunu bilmiyordu. Suratındaki keskin gülümsemeyle Can Manay, sakin, dik dik Bilge'ye bakıyordu. Bilge sessizliği doldurmak için söyleyecek bir şeyler aradı beyninde ama anlamsızlık sessizlikten daha kötüydü, anlamsızca doldurulan sessizlikse her zaman yorucuydu, sustu. Kapının önünde belki de Can Manay'ın geçişini engelliyordur diye düşünüp bir hamlede kenara çekildi ama Can Manay yanından geçip gitmek yerine vücuduyla ona döndü, yarım gülümsemesi şimdi tüm suratına yayılmıştı.

Can parmak iziyle açtığı kapıdan geçerken gülümsemesini yitirmeden Bilge'ye, "Gelsene," dedi. O sırada, işteki ilk gününün son günü olduğunu düşünen Bilge suratındaki şaşkınlığı kontrol edemeden Can Manay'ın ardından girdi odaya. Yıllar sonra o günden geriye üç şey kalacaktı aklında: Can Manay'la göz göze geldikleri o bir saniye, Can Manay'ın üstünden yayılan aromatik kokunun hoşluğu ve kovulduğunda Kaya'nın suratında fark ettiği rahatlama ifadesi.

- 39 -

Nasıl oldu da Kaya'nın kovulması bu kadar kendi akışı içinde aniden gerçekleşti, bilemiyordu Bilge. Her şey, sanki bir çocuğun kolaylıkla ana rahminden çıkması gibi olmuştu.

Odaya girdikten sonra Can, Kaya'ya bu son bölüm için daha farklı bir şey yapmak istediğini söylemiş, Kaya daha fikri dinlemeden itiraz edip hazırlıkların ne kadar zor olduğundan bahsedip durmuş, Can sakin bir şekilde kendi köşesinden Kaya'yı hiç kesmeden dinlemişti. Söyleyecek lafı kalmayan Kaya, Can'ın sessizliğini, söylediklerini anlayan bir adamın kabullenişi olarak düşünüp kendi masasında elindeki telefonu ayarlamaya başlayınca, Can oturduğu koltuktan kalkıp salonun ortasındaki koltuğa uzanmış ve yüksek sesle, "Ne yapacağıma karar vermedim ama ekibe yayın akışının değiştiğini bildir, bir saat içinde yenisini vermiş oluruz," demişti. Duyduklarına inanamayan Kaya, bildiği tüm kelimeleri Can'ın bu hayalperest fikriyle savaşmak için sıralamış ve karşılığında Can'dan sadece tebessüm alabilmişti. Kaya'nın konuşmasını bir noktada kesen Can aynı sakinlikte, "Bi fikrin varsa konuş, yoksa sus da düşünelim," demiş ve tüm bu süre boyunca kapının yanında sessizce ayakta dikilen Bilge'ye dönüp dikkatle baktıktan sonra, aniden programla ilgili ne düşündüğünü sormuştu. Bilge, dikkatin kendisine kaymasından ve Kaya'nın dik bakışlarından sıkıntılıydı. Ne cevap vereceğini düşünürken saniyeler içinde Kaya, sinir kriziyle karışık bir çıkışla Can Manay'a kendisine gelmesini söylemiş ve odadan çıkmıştı.

Sessizlik içindeki odada yalnız kalan Bilge ve Can hiç konuşmadan bir süre durmuşlar ve sessizliği ilk bozan Bilge olmuştu çünkü bulduğu fikir kendisi için enteresandı ve sessizliği bozmaya değerdi.

Bilge, "Terapi koltuğuna siz oturun!" dedi. Can aniden gerilmişti. İçinde hissettiği dengeye rağmen şimdi milyonlarca insanın önüne çıkıp örtmek istediği şeylerin deşifre olmasına ihtimal verecek herhangi bir durum yaratmak çok anlamsız geldi ve hemen itiraz etti. "Bu çalışmaz. Başka?"

Bilge inançla konuşan herkes gibi düşünmeden konuştu. "Çalışır. Carl Jung'un Otto Gross'la kullandığı bir teknik vardı: Koltuk Değiştirme Tekniği. İkinci sınıftaydık, bunun uzun süreli terapilerde çok işe yaradığını söylemiştiniz. On yıldır süren bir programdan daha uzun bir terapi olabilir mi? Bu insanlarla terapidesiniz, zaten o koltuktan başka gidebileceğiniz yer de kalmamış. Herkes aslında sizi seyretmek için bekliyor programı, yaptığınız yorumlar, ortaya çıkan bir krizi hemen nasıl da yararlı bir duruma dönüştürebilmeniz... Konuklar değil, sizsiniz aslında izlenen. O koltuğa kimi oturtursanız oturtun, asla sizin verebileceğiniz etkiyi veremez!"

- 40 -

Setin düzenlenmesini dikkatle kontrol eden Kaya, Can Manay'ın kendisini çağırdığını duyduğunda 'yine ne var' diye düşünüp ayaklarını nerdeyse sürüyerek Can'ın odasına varmıştı. İçeri girdiğinde üçlü koltuğun ortasına oturup kollarını iki yana açan Can'ın sanki hayatı kucaklayan hali ve suratındaki yaramaz gülümseme ilgi çekici olmasına rağmen, Can Manay'ın bin türlü halini gören Kaya için çok da anlam ifade etmiyordu. Kaya sıkılmış ve hesap sorar bir tonla, "Sette bir sürü işim var," dediğinde Can gülümseyerek, "Bu akşamki program için fikir bulduk galiba, daha doğrusu Bilge buldu," diye karşılık verdi. Kaya ani bir refleksle içinde biriktirdiği tüm öfkeyle Bilge'ye baktı. Yeniyetme bir öğrencinin gelip de Can Manay'ın sıkılan gönlünü eğlendirmek için saçma fikirlerle kafa karıştırması olacak şey değildi. Telefon numarası yüklemekteki üstün becerisi dışında bu kız ne işe yarayabilirdi ki? Daha ilk günden ortalığı karıştırmayı becermişti bu çirkin şey. Kaya kızın suratına meydan okurken Bilge bir duvar gibi ifadesiz durdu karşısında, ya salaklıktan ya da Kaya'nın yetkisinden haberi olmadığı için kızın böyle durduğuna karar verdi Kaya. Can'a döndüğünde sakin olmaya çalışarak, "Çok iyi bir kapanış yapabilmek için iki haftadır çalışıyoruz ve 18 konuk yolda, her şey hazır, canımız sıkıldı diye kendimizi sabote etmeyelim Can," dedi. Kaya bu aptal konunun bir an önce kapanmasını ve setteki işine dönmeyi istiyordu. Programın başlamasına sadece üç saat kalmıştı ve hâlâ yapılacak şeyler vardı. Konuklar gelmek üzereydi. Son bölüme özel, yayın dönemi içinde yer alan tüm konukları stüdyoya davet etmişlerdi. Son bölüm bu konuklarla birlikte yapılacak neşeli bir sohbet üzerine kurulmuştu. Konunun kapanması için sabırsızlanan Kaya, sabit bir şekilde kendisine bakan Can'ın bir şeyler söylemesini bekledi ama Can sessiz kaldı. Kaya saatine bakıp, "Benim gerçekten gitmem lazım," dediğinde, Can koltuğun üst kısmına koyduğu iki kolunu indirip göğsünün üstünde bağlarken, "Sormak istediğin bişey var mı Kaya?" dedi. Kaya, Can Manay'ın oyunlarına alışıktı ve oyunlarla ilgili tek bir şey öğrenmişti, oynamamak. Çünkü Can Manay'ı kendi oyununda yenmek imkânsızdı ve günün sonunda manipüle edildiğiniz yerde tek başınıza, pişmanlık içinde af bekler bulurdunuz kendinizi. Kaya oyuna katılmadan, "Yok Can, gidebilir miyim?" diye cevap verdi. Can ayağa kalktı, Kaya'nın tam karşısında ona bir adım mesafede dikildi, Kaya'nın gözlerine bakarak merakla sordu, "Bana güveniyor musun?" Kaya, "Evet, konuyla ne alakası var şimdi?" diye cevapladı.

Köşede duran Bilge, uzun boylu Kaya'nın karşısında dikilen kısa boylu Can Manay'ın duruşunu komik bulmuştu, Rottweiler'a diklenen küçük bir Bulldog gibiydi.

Can gözlerini Kaya'nınkinden hiç ayırmadan, "Fikrin ne olduğunu sormadın bile... Birazcık inancın olsaydı merak ederdin," dedi. Kaya bakışlarını sıkılmış bir şekilde kaçırıp boyun kaslarını rahatlatmak için kafasını iki yana esnetirken, "Neymiş yeni asistanımın fikri?" dedi. Bilge fikrini anlatmak için ağzını açtığında, Can Manay onu el hareketiyle susturdu. Bilge kendisine izin verilmeden konuşmaya karar verdiği için kendisini o kadar salak hissetti ki, suratı kıpkırmızı oldu. Bu kırmızılığın fark edilmemesini isteyerek nefesini tutmasının işe yaramadığını, yıllar sonra Can ona kendisini ilk ne zaman fark ettiğini anlattığında anlayacaktı. O an Bilge için utandırıcı, Can içinse keyif vericiydi. Etrafında hâlâ utanan birilerinin bulunması lüksünün değerini bilecek kadar uzun yaşamıştı. Bakışlarını Bilge'nin suratından alırken 'inanan biri' diye düşündü kendi kendine ve Kaya'ya baktığında gördüğü şeyin yozlaşmışlığı canını sıktı. Düzeltemezdi artık, inancını kaybetmiş biri asla kazanılamazdı. Kazanmak için ya hayatını kurtarmanız ya da ölmeniz gerekirdi, ki bunlar Can Manay için fazla zahmetliydi. Kaya'ya kızmıyordu, günün sonunda onu bu noktaya Can getirmişti ve şimdi aralarındaki alışverişin bittiğini görüyordu. Kaya'yı kovmaya karar verdi ama bunu programa üç saat kala yapamazdı, karşılanması gereken misafirler vardı. Kendini toparlayarak, "Senin çok yorgun olduğunu görüyorum, bundan sonrasını..." Asistan kızın adını hatırlamaya çalıştı bir an ve "Bilge ve ben halledeceğiz, sen konukları karşıla, rejiyle toplanıp akışı ben hallederim," dediğinde Can Manay'ın suratına delirdiğini düşünerek bakan Kaya itiraz etmek istedi ama Can konuşmasına fırsat vermeden, "Sakin ol. Kendine izleyiciler arasında bi yer ayır ve tadını çıkar, keyifli olacak," dedi.

Kaya çatılan kaşlarına hâkim olamıyordu, kendisini tutmak istese de, "Ne kullandın sen?" deyiverdi. Can ise sadece gülümseyerek, "Şansını zorlama Kaya, karşılayacak konukların var," dedi ve arkasını dönüp çalışma masasına oturdu. Kaya odadan çıkmak üzere hareket ettiğinde kapının yanında duran Bilge'ye baktı, bu salak kıza söyleyecek iki lafı vardı ama şimdi sırası değildi. Programda Can Manay'ın kendini rezil etmesini seyredecekti önce, sonra Bilge'nin bir daha asla bu binaya girmemesini sağlayacağına kendi kendine söz vererek çıktı kapıdan.

Kapının yanında ne yapacağını bilemeden, ağzını açmamış olmayı dileyerek dikilen Bilge kendini çok kötü ve epey salak hissediyordu. Daha ilk günden Can Manay'ın sağ kolunu kendisinden nefret ettirmişti ve şimdi fikrini verdiği program kötü olursa bırak asistanlık işini, bırak üniversitede bölüm değiştirmeyi, üniversitenin kapısından bile giremeyeceğinden emindi. Reji ekibi içeri girdiğinde kendi zehirli düşünceleriyle savaşan Bilge, ancak çok sonra etrafındaki önyargılı bakışları fark edebildi. Kaya rejiyi çağırırken, Can Manay'ın aklını çelen salağın Bilge olduğunu da detaylı bir şekilde anlatmıştı. O an, o binada Bilge'nin varlığından hoşlanan belki de bir tek Can Manay vardı ama Bilge zaten insanların kendisine cephe almasına doğduğundan beri alışıktı. Kamburlaşan sırtını dikleştirdi, her şeyin kontrolünden çıkışını seyrederken, o gece bir daha asla ağzını açıp tek kelime etmeyeceğine yemin etti. Bu gece Bilge'ye çok şey öğretecekti; yarattığı ilk izlenimin hiçbir değerinin olmadığını, aydınlıkta dikkat çekmeyen bir şeyin karanlıkta çok parlayabileceğini ve yeminlerin her zaman bozulabileceğini.

- 41 -

Sıcak bir banyodan sonra yaşadıklarının gerçekliğine alışmaya başlayan Özge, bornozuyla televizyonunun karşısındaki koltuğa oturdu. Murat Kolhan'la arabada olanlar aklına gelir gelmez tüyleri diken diken oldu ve kalp atışları hızlandı. Adamın vücuduna yapışan dar gömleğinden, toprak yolda güneşin altındaki ihtişamını ve arabanın içinde kendisini bir hamlede çekişini geçirdi kafasından. Bu davranış, istediği her şeyi almaya alışık bir adamın emrivakisi değil de içindeki ihtirası korkusuzca deneyimlemek isteyen bir erkeğin davranışı olsaydı üzerinde düşünmeye değerdi ama Sadık Murat Kolhan da sahip olduklarına sadece yenilerini katmak için motive olmuş bir tüketiciden başka bir şey değildi.

Onlardan çok vardı, niye istediklerini bilmeden isteyen ve elde etmek için savaşan, kazanınca da harcayan tiplerdi bunlar. Çok iyi yaptığını düşündü adama haddini bildirmekle. Hele attığı tokat... Özge kalın çıkık dudaklarını ısırdığında, yeşil gözleri kısıldı. Ya attığı tokat fazla kaçsaydı ve bu sabah imzaladığı anlaşma hiç gerçekleşmeseydi? Düşüncesi bile ürkütücüydü, aniden tıkanan hayatı bir anda kendi yatağına ulaşmak için en nihayetinde doğru yöne ilerleyen bir nehir gibiydi şimdi. Masasının üstündeki dosyaya baktı, hâlâ orada olduğundan emin olmak istiyordu. Derginin ilk sayısının tüm konularını içeren dosya, bilgisayarın yanında uygulamaya hazır duruyordu. Şimdi bu dosyayı hayata geçirecek bir ekip bulmalıydı.

Aklına tüm bunlara sebep olan Can Manay denen adi herif geldi, bu akşam programının kapanış bölümü vardı. Sehpanın üzerinden kumandayı alıp televizyonu açtı, iki haftadır bu son bölümün ne kadar özel olacağıyla ilgili hemen hemen her reklam arasında fragman döndürüp duruyordu kanal. Can Manay'ı ne kadar desteklediklerini düşündü, adam epey güçlüydü ama kendisinin Can Manay'la işi bittiğinde o gücün altında ezilmesini izleyecekti. Çok güçlü olan birine yapabileceğiniz tek şey onu kendi gücünün altında ezmekti, onun gücüne karşı savaşmak anlamsız olurdu. Tam o sırada kanalda yine Vizyon Terapi'nin yaklaşık bir saat sonra yayımlanacak son bölümünün sürpriz fragmanı dönmeye başladı.

Programı seyretmeye karar vermişti çoktan ama dönen bu fragmandan sonra merak da etmişti bu 'televizyonculuk tarihinde bir ilk' diye bahsettikleri şeyin ne olduğunu. Televizyonu, Vizyon Terapi'nin yayımlanacağı kanalda bıraktı, bornozunun içine iyice sarmalanıp arkasına yaslandı, düşüncelerin onu ele geçirmesine izin vererek aklında bin düşünceyle ve bomboş gözlerle reklamları izlemeye başladı.

Reklamlar yasaklansa dünya daha verimli bir yer olurdu, yalan söylemekten para kazanan bir grup insanın reklamcılık yapamayınca politikada şanslarını deneyeceklerini düşünüp içi sıkıldı, neyse ki reklamcılık sahtekârlar için bir mıknatıstı ve her varoluş kendi içinde bir nedene sahipti. Bir sürü aptal politikacının yerine, kafaları iyi çalışan yaratıcı sahtekârların geçmesi bu gezegeni umudun kaybolduğu bir yere döndürebilirdi, hem de çabucak. Sonuçta Hitler propagandayı kullanan ilk politikacı değil miydi? Hitler'in hitabet gücünün arkasındaki isim, tüm konuşmaları yazan, propagandaları organize eden Joseph Goebbels üniversitede edebiyat okumuş, gazetecilik yapmış, aslında sadece reklamcı olması gerekirken politikaya atılmış biriydi. Hitler'in Propaganda Bakanı olan bu adam, yaklaşık 17 milyon insanın ölmesinde ve 20 milyon insanın da ölümcül yaralanmasında büyük payı olan bir reklam dehasıydı. Allah bizi korusun diye düşündü.

Gözlerini kapatıp dergisinin ilk sayısının çıktığını ve ilk sayının patlattığı skandal bombasının haberlere bile yansıdığını hayal etti. Hayat, erdemsizlik içinde yaşayıp sanatçı adı altına sığınan herkesin, tolere edilip kutsanması şeklinde dizayn edilmişti. Haksızlıktı bu! Köprüler yapan insanları düşündü... Kuduz aşısını bulan adamı, adı neydi Pastör mü ne? Günümüzde hayatı temelden destekleyen onlarca buluşu vardı bu bilimadamının. Ya Tesla? Bugün kullandığımız tüm elektronik teknolojisinin temeli Nikola Tesla tarafından atılmıştı. Floresan lamba, neon ışıklar, hızölçer, otomobillerdeki ateşleme sistemi, radar, elektron mikroskop, mikrodalga fırın, kablosuz elektrik... Bu adamlar hayatın gerçek sanatçılarıydı, kimlikleri umursanmasa da ürettikleri eserler yaşamı desteklemek için yaratılmıştı.

Kendilerini düşürdükleri utanç verici bir sürü durumdan sonra en sonunda isimlerini duyurmayı başarmış oyuncuları, şarkıcıları, şovmenleri, dansözleri, vizyonsuz köşe yazarlarını, sahtekâr politikacıları, tehlikeli reklamcıları, popüler kültürün tepesine kurulmuş, kazandıkları parayı temsil ettikleri şeyi değersizleştirerek alan tüm değersizleri düşündü Özge, içindeki tiksinti motivasyona dönüştü, bilgisayarın yanında duran derginin bir an önce basılabilmesi için kolunu bile verebilirdi, çünkü dünyaya hiçbir katkısı olmayan bu parazitler, sürekli tüketmek üzere kurulmuş bu sistemin antikorlarıydılar, sistemi korumak için buradaydılar. Onlara vurulan darbe bu şeytani sisteme vurulacak darbeydi. Ve Özge dergisinin adını böyle buldu, koltukta bornozuyla oturmuş Can Manay'ın programının sezon finalini beklerken aklından geçen düşüncelerin içinden çıktı isim: Darbe.

- 42 -

Sanat yönetmeninin ısrarıyla önce gözlüklerini çıkarmak zorunda kalmış, prompterdan* akan yazıları okuyamayınca şoförlerden birini lens almaya göndermişler, gelen lens Bilge'nin makyajının akmasına neden olacak kadar Bilge'yi rahatsız etmiş ve en sonunda Bilge gözlüğe yeniden kavuşabilmişti. Kavuştuğu gözlükler kendisinin değildi, kendi gözlüklerinin camı ışığı yansıtıp stüdyoda parladığı için, uzun denemelerden sonra kanalın posta ofisinde çalışan 50 yaşındaki bir kadının mat gözlükleri prompterda akan yazıları rahat okumasına yardım edecek kadar uymuştu Bilge'ye. Zaten ne yapsa izleyenleri rahatsız etmeyecek kadar güzel olamayacaktı, ne gözlükleri, ne aslında kendine ait olmayan kıyafetleri ne de suratına yapıştırılmış kalın pudrayı kafasına takmamaya karar verdi. Atkuyruğu yapılan saçından başka hiçbir gerçekliği kalmamış gibi hissediyordu ama bunun da önemi yoktu. Sahip çıkmak için savaşacak kadar sevmiyordu kendine ait olan hiçbir şeyi, fikri dışında.

Programın canlı yayın açılışına 20 saniye kala, stüdyonun, kendisine gösterilen yerinde dikilmiş, biraz sonra belki de hayatının en büyük hatasını yapmak üzere olduğunu düşünüyordu. Etrafında dolanan sanat yönetmeni asistanlarını başından kovan

* TV programlarında içeriğin okunmasını sağlayan cihaz.

Can Manay'a baktı. Rahat, kendine güvenen, daha doğrusu rahatlatan, güvendiren bir tarzı vardı. Adam bu setin tanrısıydı. Stüdyo yönetmeninin elini sırtında hissedene kadar Can Manay'daki değişikliğin ne olduğunu düşündü, el sırtına değdiğinde stüdyo yönetmeni kulağına fısıldadı: "Senin sıran, hadi."

Bilge kendisine yansıtılan ışıklardan izleyici grubunda oturan kimseyi göremiyor, alkışın yoğunluğu yüzünden interkomdan kendisine söylenenlere dikkat edemiyordu. Sahnenin ortasında kendisi için işaretlenen yere kadar yürüdü, çarpının üstünde durdu. Alkışlar dindiğinde, söylemesi gereken, yapması gereken her şeyi unutmuştu. Aklında sadece Can Manay çıkana kadar çarpının üstünde durması gerektiği ve suratındaki yoğun pudranın rahatsız edici hissi vardı.

- 43 -

Takılan iki serum, hastanede geçen beş saatten ve evde yaptığı uzun, sıcak bir banyodan sonra Duru nihayet kendine gelebilmişti. Pijamalarını üzerine geçirirken Ada'nın müziğinin etkisinin hâlâ aynı şekilde güçlü olup olmayacağını merak etti. Ama müziği dinlemek için göstereceği hayat belirtisinin Deniz tarafından fark edilmesini de istemiyordu. Utanç duyuyordu. Deli gibi davranmıştı, delirişini haklı gösterecek hiçbir sebep sıralayamayacak kadar delirmişti. İçindeki herhangi bir duyguyu harekete geçirecek bir şey yapmamaya karar verdi. Sessiz olmaya ekstra özen göstererek merdivenlerden aşağıya indi. İnerken havayı koklayarak havada joint kokusu olup olmadığına baktı. Yoktu. Deniz'in evde olduğunu biliyordu ama evin neresinde olduğu konusunda bir fikri yoktu. Bodrum katıyla birlikte dört kata sahip evin ilk katında salon, küçük bir tuvalet ve mutfak vardı. Deniz bu katta değildi. Duru, alt kata inen merdivenin başında durup aşağıdaki bodrum katından ses gelip gelmediğine dikkat etti. Alt katta, Deniz'in stüdyo olarak kullandığı büyük bir oda, çamaşırlık olarak kullandıkları bir bölüm ve kazan dairesi vardı. Alt kattan ince ince gelen müzik sesi Duru'yu rahatlattı. Deniz stüdyodaydı. Normalde stüdyodan gelebilecek herhangi bir ses karşısında Duru heyecanla aşağıya koşardı ama şimdi duyduğu müzik sesine rağmen gitmemeye karar verdi. İçinde bir şeyler kopuktu ve tamir edene kadar Deniz'e bakacak gücü yoktu. Salondaki koltuğun ucuna bir yabancı gibi oturdu. Ne yapacağını bilemeyen, ne yapmak istediğinden habersiz bir yabancı gibi karşısındaki televizyonun kapalı, siyah ekranından yansıyan görüntüsüne baktı. Kıpırdamadan durdu öylece, yansımasının kendisinden bağımsız bir şekilde kıpırdayabileceğini düşünüp bakakaldı ekrana. Yansıması kıpırdamadı. Sehpanın üzerindeki kumandaya uzandı ve televizyonu açtı. Koltuğun ucunda oturmaya devam ederken kanalları gezmeye başladı. Televizyon seyretmeyeli çok uzun zaman olmuştu. Yaşadığı ülkenin alışkanlıklarını unutacak kadar uzun bir zamandı bu, birkaç reklamdan sonra hatırladı. Samimiyetsiz, sıradan bir kültürün, ilham vermeyen ürünleriyle doluydu reklamlar.

Hiç düşünmeden, karar vermeden uzandı sehpanın Deniz'e ait olan özel çekmecesine, açtı. Çekmecenin içinde joint sarmak için kullanılan bir sürü malzemenin arasında aradığı şeyi buldu, sıkı bir şekilde sarılmış, ince uzun bir joint. Sanki kriz anında hemen içilmesi için orda öylece duruyordu. Televizyonda, Can Manay'ın son programını sunmak için sahnede dikilen şaşkın kızı gördüğünde jointten ilk nefesi almıştı bile.

Ekrandaki kız dikilmiş, yere bakıyordu. Duru kızın bu durumunun kendisine içtiği joint yüzünden bu kadar tuhaf gelebileceğini düşündü ama ilk nefesi alalı saliseler geçmişti, kafasının bu kadar hızlı iyi olması imkânsızdı. Bu kız da kimdi? Can Manay'a bir şey mi olmuştu? Bir yanlışlık vardı bu programda... Kız konuşmaya başlayalı ne kadar olmuştu takip etmesi zordu ama Duru dördüncü ya da altıncı nefesi çektiğinde, içinden kızı alkışlamak geçiyordu çünkü kız televizyona çıkan birinin tersine oyunsuz bir samimiyetle konuşuyordu.

- 44 -

Gözlerine giren yoğun sahne ışıkları, ışıkların yaydığı ısı, ısınan pudranın ağır makyaj kokusu, tam karşısında duran prompterda akan yazılar ve prompterın yanında, sağ elini sürekli döndürerek kendisine devam etmesini işaret eden kulaklıklı çıldırmış adam... Bilge'de an donmuştu, zaman yoktu.

Herkes, her şey Bilge'den bir şeyler yapmasını bekliyordu. Sahneye çıktığında tıkanan kulaklarını açabilmek için derin nefes almalı, hatta esnemeliydi ama yapmadı. Donduğu çarpının üstünde, kendisi için durmuş zamanın, diğerleri için ne kadar da hızlı aktığını düşündü. Sahnenin yoğun ışıklarının arkasındaki insan kalabalığının sabırsızlanmaya başlayan uğultusu yükseldi. Ama Bilge şimdi ancak kendi nefesini duyabiliyordu uğuldayan kulaklarında. Can Manay'ın etkisi hâlâ üzerindeydi. Sahneye çıkmadan hemen önce söylediği sözler yankılanıyordu kafasında, "Senin farkında olduğun her şeyi zaten ben yaratıyorum, yargılama. Dürüstlüğün bir silaha dönüşmesin, kontrol et, bir daha asla bu kadar şanslı olmayacağını biliyorsun, bildiğini biliyorum," demişti, hem de Bilge'nin suratını konuşma boyunca avuçlarının içine alarak. Bilge heyecandan suratına hücum eden kanın tekrar vücuduna dağılması için beklemek zorunda kaldı. Kan basıncı normale dönerken o ana baktı.

Kulaklıklı, çıldırmış adamın hemen yanında ama bir adım arkasında duran Kaya ile göz göze geldi. Kaya'nın suratına yayılmış kendinden emin zafer ifadesi, Bilge'nin beyninde bir şimşek gibi çaktı. Yenilmek üzereydi. Daha savaşmadan yenilmek üzere. Bu ıstırap verici düşünce Bilge'yi harekete geçirmeye yetti. Kulaklarında azalan kan basıncının yarattığı tıkanıklığı çenesini hafif aralayıp derin nefes alarak dengeledi, uğultular anlamlı seslere dönüştüler. Kolunu sallamaktan yorulmuş stüdyo yönetmeni kulaklığını çıkarıp reklam arası verilmesi için pes edecekken, Bilge yarım bir tebessümle, Can Manay'ı kafasından atıp sakin olmayı birinci önceliğe alarak konuşmaya başladı.

"Ben de sizin kadar şoktayım. Tansiyonum düştü, kulaklarım tıkandı..." Konuşurken kulaklarındaki basıncı dengelemek için çenesini hafifçe araladı ve iki eliyle kulaklarını biraz tutup konuşmasına devam etti. "...kendimi uzayın derinliklerinde huzurlu bir yerden buraya ışınlanmış gibi hissediyorum. Siz kim bu kız, nerden çıktı bu salak diye soruyorsunuz içinizden, eminim. Çünkü ben bile soruyorum ne işim var burda diye." Üzerinde durduğu çarpıya baktı, sanki bir trafik kazasından kıl payı kurtulan birinin rahatlamasıyla derin bir nefes aldı, nefesini bırakırken kafasını kaldırdığında suratında daha da büyük bir tebessüm vardı. "Beni Can Manay gönderdi, çünkü kendisi bugün programı sunmayacak!" dedi. Stüdyoda yükselen uğultu Bilge'yi bir an endişelendirse de sessizliğini devam ettirdi.

Sahnenin hemen gerisindeki küçük ekrandan program akışını takip eden Can Manay, prompterdan akan açılış konuşmasının tek kelimesini bile söylemeyen kıza gözünü kırpmadan odaklanmıştı. Bu kızın çiğ bir dürüstlükle yoğrulmuş tarzını ehlileştirmek istiyordu, içindeki dengeye rağmen, aklının derinliklerinde bir yerde program öncesinde kıza yaptığı konuşmanın ters tepebileceğini düşündü. Nefesini tutmuş beklerken kızın bu tuhaf halinin bir şekilde başarılı olacağını söylüyordu hisleri, tabii eğer Bilge sakinliğini devam ettirebilirse.

Yanındaki stüdyo asistanlarından birinin, "N'apıyor bu kız?" diye tepki vermesini hemen eliyle susturup dikkatle Bilge'yi izlemeye devam etti. Dengelenmemiş olsa, hayatın politikasını henüz kavramamış birini asla böyle bir pozisyonda yaklaştırmazdı yanına ama şimdi içinde hissettiği denge ona her şeyi küçük bir çabayla kontrol etme yeteneği veriyor gibiydi. Zaten çok yetenekli olduğu bu konu şimdi tavan yapmıştı içinde. Her deneyimi bir Tanrı gibi izleyip, kendini yaşananların üstünde tutarak hayata bakabiliyordu şimdi. Can, küçük bir kız çocuğunun ateşle oynamasını seyredercesine heyecanlı ve biraz da diken üstünde izledi Bilge'yi. Bilge söylediği şeyin gerçekliğini sorgulayacak tek bir kişi bırakmayan bir samimiyetle, "Can Manay garip yöntemlerin adamıdır, kimsenin cesaret edemediğini o geleneğe dönüştürür," dedi. Cümlesi bittiğinde yavaşça yerdeki çarpıya baktı. Önce sağ, sonra sol ayağını sadece kendisinin fark edebileceği şekilde çarpıya sürttü. Kafasını kaldırıp kameranın parlayan lensinin tam içine baktığında nerdeyse kendisini görebiliyordu. Gözleri bir an kameranın ardında duran Kaya'yı aradı ama sopa yutmuş gibi duran stüdyo yönetmeninden başka kimse yoktu. Stüdyodaki sessizlik, aynı daha önceki uğultu gibi rahatsız ediciydi. Kaya'nın yokluğu ve bu sessizliğin birleşimi sanki büyük bir skandalın fırtına öncesi habercisiydi, Bilge kameranın tam merceğine bakarak, korkusuzca konuştu. "Bu gece... Vizyon Terapi'nin bu son bölümünde... Terapi konuğumuz Can Manay!"

- 45 -

Alkışlar yükselirken Can Manay önünde durduğu ekrandan zorlukla gözünü ayırarak stüdyonun ortasına doğru ilerledi. Her adımda realiteye dönerek programın nihayetinde başlamış olduğu gerçekliğini algıladı. Kendi çarpısının üstüne doğru yürüdü, stüdyonun ışıkları gözlerini yakarken gözlerinin ışıklara alışması için durup karşısındaki izleyici grubunu selamlıyormuş gibi yaptı.

Alkışlar daha da yükseldi. Bu gece Can Manay hakkında bilmek istedikleri her şeyi öğrenmek için seyredeceklerdi programı. Her hafta izledikleri, basından takip ettikleri, zekâsına hayran oldukları ve aslında hakkında hiçbir şey bilmedikleri Can Manay, nihayet o koltukta oturacak ve sorulara cevap verecekti, tabii Can Manay'ın izin verdiği ölçüde.

Bilge, Can Manay'a doğru ilerlerken kendi çarpısı üzerinde durması gerektiğini hatırladı ama o, kurallarla dolu çarpı can sıkıcı şeyler ifade ediyordu ve onun yerine Can'a yaklaşıp selam verdi. Çok uzun süredir seyrediyordu Can Manay'ın programını ve programda nelerin iyi çalıştığını, nelerin tuhaf durduğunu hep düşünmüştü. Can'ın konuşması bittiğinde, oturması gereken koltuğa daha Can konuşmaya başlamadan oturdu.

Suratında her zamanki gülümsemesiyle etrafına güven veren Can, bir an Bilge'nin nereye gittiğine baktıktan sonra konuşmasına başladı. Konuşmasının net duyulabilmesi için elleriyle alkışı hafifletmek istercesine stüdyo izleyicisine işaret yaparken, "Hadi ama o kadar da şaşırmadınız!" dedi. Alkış eski şiddetiyle olmasa da hâlâ devam ediyordu. Ağzından kelimeler çıkarken Bilge'nin programın gerisinde yapabileceği şeyleri hızla geçirdi kafasından, kız oturması gereken koltuğa oturmuştu ve kendisine interkomdan verilen soruları soracak, kafası karışırsa önündeki kartlara bakarak durumu kontrol altına alabilecekti. En kötü ihtimalle, kombinasyonlar ne olursa olsun Can'ın programı sürdürme ve tamamlama konusundaki kararlılığı yerindeydi. Program yıllardır bir numaraydı, bu gece olabilecek bir kriz ancak izlenme oranlarının daha da yükselmesine neden olabilirdi. Krizleri izlemeyi seven insanların oluşturduğu bir toplumdu bu.

Can bir kere daha konuşmaya teşebbüs etti ama suratında kontrol edemiyormuş gibi yaptığı gülme lafa girememesine neden oldu. İkinci kere eliyle işaret yaptıktan ve konuşmadan ellerini önünde bağladıktan sonra stüdyo sessizleşti. Üç saniye kadar bekleyip, "İzleyiciler arasında bugün burada konuk olarak ağırlamayı planladığımız sanatçıları görüyorum. Hoş geldiniz!" dedi. Işık yüzünden bir şey gördüğü falan yoktu aslında ama ön koltuğu selamlarken kısa bir alkış daha yükseldi ve dindi.

Can, bakışını ışıkların gerisinde, izleyiciler üzerinde gezdirdikten sonra, "On iki yıl önce programa başladığımda... bir gün bu koltukta oturacağımı hiç düşünmemiştim. Beni bu koltukta otururken görecek kadar önemseyen insanların olacağını hayal bile edemezdim. Teşekkür ederim," dedi.

Alkışlar yine yükselirken seri hareketlerle dönüp terapi koltuğuna doğru büyük adımlarla yürüdü. İnsanı içine alıp küçülten büyüklükteki koltuğa oturduğunda önce arkasına yaslanmadan durup omuzlarını, boynunu sağa sola eğerek ve kollarını iki yana uzatarak vücudunu esnetti. Sanki bir uzay aracının koltuğuna oturuyormuşçasına sırtını yavaşça yaslayıp koltuğa yerleşti. Ellerini koltuğun kolları üzerine koyduğunda suratında hazır olduğunu anlatan bir ifadeyle, yaramaz bir çocuğun sırlarını açıklayacağı gibi duruyordu.

Reji zaten çoktan kendi aralarında Bilge'yi olabildiğince göstermemeleri gerektiğine karar vermişti, kız tahmin edilemez ve televizyonculuk kurallarından hiç anlamayan bir salaktı, zaten bu programdan sonra Kaya bu kızı kesin gönderecekti, program boyunca ne kadar az görünürse o kadar iyi olacaktı. Bilge konuştuğunda ekranda hâlâ Can Manay'ın davetkar gülümsemesi vardı. "Programın geçen haftaki izlenme oranını düşünürsek, bu ülkenin yüzde 30'u demek. Her dokuz kişiden üçü sizi izliyor, açıklamalarınızı dinliyor olacak... Hazır mısınız?" dedi.

Can sakince, evet anlamında kafasını salladı.

Bilge, "Adınız nedir?" diye sordu.

Bu ilk soru aslında Can'ın hazırlığı listede yoktu, çünkü ülkede herkesin adını bildiği birine adını sormak çok gereksizdi. Can yine de tuhaf hissederek soruyu, "Can Manay" diye cevapladı. Hissettiği tuhaflık sorudan değil, Bilge'nin yüzündeki kinayeye benzeyen ifadedendi. Can'ın paranoyaklığı alkışlarla bölünürken, şimdi kız niye böyle bir şey sordu diye düşünüyordu.

Bilge, "Nerde doğdunuz?" dedi.

Can, Bilge'nin gözlerine dikkatle bakarak, "Can Manay olarak... bu şehirde," diye cevap verdi.

Stüdyo sessizdi, izleyenler büyülenmişti. On yıldır ülkenin magazinine, toplumsal bilincine, kültürüne yön veren bu programın arkasındaki dehayı, bu kusursuz formatta nihayet izleyebilmek tabii ki büyüleyiciydi.

Bilge kulağındaki interkomdan gelen soruyu sordu, "Babanızın mesleği neydi?"

Can hemen cevap verdi, "Öğretmen."

Bilge ekledi, "Kayıtlarımda doktor gözüküyor."

Can, "Bir bakıma öyle, nörolojide uzmanlaşma doktorlarına öğretmenlik yapıyordu üniversitede. Kendini bir doktordan çok öğretmen olarak tanıtmayı severdi," diye cevap verdi.

Bilge kafasını sallayıp interkomdan söylenen soruya geçti. "Annenizin adı?"

Can soruya cevap vermek için geriye yaslanıp sanki söylemek istemiyormuş gibi bir ifadeyle gülümsedi. Bilge'nin cevap için dikkatle kendisine baktığını görünce başını öne eğip kendi kendine güldü, kameraya ve stüdyodaki izleyicilere bakıp, "Son anda karar verdik benim konuk olmama, ekibin ısrarı ikna etti beni. Her şeyi onlar hazırladı. Bizim orijinal formata bağlı kalmayacağımızı düşünmüştüm ama öyle görünmüyor... Annemin adı Serpin," dedi.

Sorular bizzat Can Manay tarafından hazırlanmış ve soruları tam söylendiği şekliyle sorması ve asla inisiyatif kullanmamasıyla ilgili ciddi nutuk çekilmişti. Sonraki soru interkomdan söylenirken Bilge, Can Manay'ın mimiklerini, kelimelerini kullanarak profesyonelce oynadığı samimiyet oyununu izlemeye dalmış ve cümlenin başını kaçırmıştı. Elindeki kartlarda da aynı soruların yer aldığını hatırladı. Can Manay'ın keskin bakışı sayesinde üzerindeki şaşkınlığı atıp kulağındaki interkomu tek bir hareketle çıkardı, elindeki karttan soruyu kısaltarak okudu, "Boşandıklarında kaç yaşındaydınız?"

Can Manay cevapladı. "Dört." Bilge'nin her an programdan kopacağının gerginliği, içinde büyüyordu.

Bilge karttan devam etti. "Boşanmanın üzerinizde etkisi oldu mu?"

Can sanki sorular tarafından köşeye sıkıştırılıyormuş gibi tebessümle kafasını sallarken, "Ama tamamen pozitif," diye cevap verdi.

Bilge gayriihtiyari, kartlarda olup olmadığını bilmediği bir soru sordu. "Neden pozitif?"

Can ciddileşerek açıkladı, "Annem ve babam, birbirlerine ait olmayan ama ait olabilmek için sürekli birbirlerine adapte olmaya çalışan ve bu bitmek bilmeyen adaptasyon sürecinde birbirlerini yaralayan bir çiftti. İkisi de zekiydi. Boşandıklarında ilk defa kendimi huzurlu hissetmiştim. Sonrasında iki evim, her evde bir odam ve iki harçlığım oldu."

Bilge karttan, "Siz kiminle yaşadınız?" diye sordu.

Can, "İkisinin de eksikliğini çekmedim ama babamla yaşadım diyebilirim," diye cevap verdi.

Bilge, "Çocukluğunuz nerde geçti?" dedi.

Bu soru kartlarda yoktu. Can Manay şimdi gülümsüyordu ama gözleriyle konuşmayı beceren bir adamdı. Sorudan rahatsız olmuştu. Bilge, Can Manay'ın böylesi basit ve o anda gerekli olan bir soruyu sordu diye kendisine tehditle bakmasına şaşırdı ama Can Manay'a hak verdi hemen. Zaten program girişi bayağı kontrolden çıkmıştı ve adamın daha fazla sürpriz istemediği belliydi, mesaj alınmıştı. Bilge, program açısından tuhaf olacağını düşünse de hemen diğer soruya geçecekti ki Can, "... çocukluğum 200 Sokak adı verilen, şehrin en uzun sokağının bulunduğu semtte geçti. Beni tanıyan çok az kişi bilir bunu," dedi.

- 46 -

Kaya istemdışı kaşlarını çatarak monitöre doğru bir adım daha yaklaştı. Ağzından istemdışı çıkan, "Ne!" tüm reji ekibinin dikkatini çekmişti. Vtr'ci* çocuk, "N'oldu Kaya Abi?" diye sorduğunda, "Yok bir şey, önemli değil," dedi ve gerisindeki sandalyeye oturup reji masasının üstündeki monitörleri izlemeye devam ederek üzerinde toplanan dikkatin geçmesini bekledi. Reji kendi arasında Bilge'nin ne kadar şapşal gözüktüğünü konuşup eğlenirken Kaya, Can'ın neyin peşinde olduğunu düşünüyordu. Çocukluğunun 200 Sokak'ta geçmediğini çok iyi biliyordu, çünkü Can'la tanışmasının ikinci yılında Can ona çocukluğuyla ilgili bir sürü ilham verici hikâye anlatmıştı. 200 Sokak, bu hikâyelerin hiçbirinde yoktu. Acaba hangisi doğruydu? Tüyleri diken diken oldu, Can Manay'la ilgili bilinebilecek her şeyi bildiğini sanırken şimdi onu aslında hiç tanımadığını hissetti... Bana ne diye düşündü. Şaşkın izleyicilerin yüzlerinde gezinen kameranın görüntüsüne baktı, herkes 200 Sokak bölgesinin uyuşturucu tacirleri, organize suç işlemek için toplu halde yaşayan çingenelerle dolu bir bölge olduğunu bilirdi. Çok sofistike buldukları Can Manay'ın böylesi bir semtten çıkmış olması enteresan gelmişti millete. Kız, "Çocukluğunuz nasıl geçti?" diye sorarken, Kaya içinde hissettiği karmaşayı hareketle rahatlatmak istedi ve kalkıp stüdyoya indi.

Kaya stüdyonun sahne arkasından programı izlemeye başladığında, herkes Can'ın şimdiki hayatını daha çok sevdiğine dair yaptığı espriye gülüyordu, Bilge hariç. Kaya kızın ne kadar kuru, daha doğrusu oyunsuz oluşuna baktı, Bilge karta bakarak okudu. "Bu koltuğa oturan konukların bazıları, çocukluklarının zor yanlarını paylaşmışlardı bizimle. Sizin çocukluğunuzun en zor tarafı neydi?"

---

* Video Kayıt Cihazı.

Kaya kızın ifadesiz suratına saplanmıştı, içten içe acıdığı bu kız şimdi pek de acınası görünmüyordu. Kazanıp kaybetmenin değil, hayatta kalmanın önemli olduğunu anlamış biri gibi oturuyordu o koltukta.

Can çok güçlü olmasına rağmen yaralı bir adam gibi duraklayarak samimi bir şekilde cevapladı soruyu. "Annesizlik... Sanırım. Zorlandığımı söyleyemem ama yalnızdım. Yalnızlığımı fark edemeyecek kadar kendimden uzaktım... Kayıp. Kafamda geçmişin kaydı var ama geçmişteki bana çok yabancıyım hâlâ... (Suratındaki acı tebessümüne karıştı.) Bazen kendini bulmak için önce kaybetmen gerekiyor... Çocukluğumun zorluğu bu kaybolmuşluğumdan geliyor ama yine bu kaybolmuşluk beni ben yaptı... Sadece bunu söyleyebilirim." Kaya cevabı dinlerken gözlerini Bilge'den ayırmamıştı, kızın ne kadar da dokunulmaz olduğunu düşündü, sonra kızın gözlerinde eksik olan bir şey yüzünden böyle düşündüğünü anladı. Can Manay'a olan hayranlık bu kızda yoktu. Kaya yüzlerce kadının bu gece bu yaralı ama güçlü savaşçının yaralarını sardıkları derin fantezilerle uykuya dalacaklarını biliyordu, Bilge haricinde. İstemdışı suratına yayılan gülümsemeyi fark etti. Bu duygusuz, etkilenmesiz kız sanki Can Manay'ın tüm karizmasına bağışıklığı olan tehlikeli bir yaratıktı.

- 47 -

Bilge kendisini hayrete düşüren sahteliğe takılmamaya çalışarak karttaki diğer soruya geçti. Sorunun yanındaki kırmızı noktayı gördü. Program öncesinde, soruların yanına konulan kırmızı noktaların anlamı tam iki kere Can Manay tarafından bizzat anlatılmıştı. Bu nokta, Can Manay'ın cevabından sonra, diğer soruya geçmeden mutlaka beklemesi gerektiğini hatırlatıyordu. Bilge, "Kendinizi bulabildiniz mi?" diye sordu.

Can tebessüm etti ve kafasını evet anlamında yavaşça salladı. Bilge diğer soruya geçmeden tüm dikkati Can Manay'ın üzerinde bekledi. Can Manay'ın suratı ifadesizleşmek üzereyken diğer soruyu sordu, "Nasıl bir öğrenciydiniz?"

Can ciddileşerek, "Hepsi orta! Öğrenci olmayı hiçbir zaman sevmedim, beceremedim de, ta ki üniversiteye kadar. Sonra her şey değişti. Kullanabileceğim şeyleri öğretmeye başladıklarında iyi bir öğrenci oldum ama üniversiteye kadar nefret ettim bana ezberletilmeye çalışılan şeylerden," diye açıkladı.

Bilge gayriihtiyari bir şekilde, düşünmeden, "Bu durum babanızı kızdırmadı mı?" diye sordu. Bu soru da listede yoktu, Can sadece Bilge'nin anlayacağı bir vücut diliyle öne geldi, gülümseyip geriye yaslandı. İzleyici gülümsemesini sempatik bulabilirdi ama Bilge bu tebessümdeki tehdidi net bir şekilde hissetti. Yine pişman oldu aklına geleni sorduğuna ama merak etmiş ve izleyicinin de merak ettiğini düşünmüş ve program akışının daha iyi olması için sormuştu. Sonuçta Can Manay'ın babası bir öğretmendi, oğlunun başarısız bir öğrenci olması tolere edilmesi zor bir durum olabilirdi. Can gülümsemesi ciddileştiğinde konuştu, "Onun için, benim için olduğundan daha zordu. Bu da benim için zor olmasına neden oldu." Bunu öyle bir tebessümle söylemişti ki, izleyiciler Can'ın hınzırlığına gülerken, Bilge karşısında oldukça yakından inceleme fırsatı bulduğu Can Manay'a kilitlenmişti. Her şeyi planlayan, hiçbir şeyi şansa bırakmayan biri diye düşünürken karttan, "Bir öğretmeninizin hayatınızda önemli bir yeri olmuş..." diye okudu. Can Manay, Bilge'ye sorunun devamını okumasına fırsat vermeden, "Evet, felsefe öğretmenim Emil Bey. Harika bir insandı, etrafını güzelleştiren biri, benim için önemliydi. Maalesef geçen sene kaybettik onu," derken büyük bir iç çekip koltukta kıpırdandı. Huzursuzluğunu bastıran bir sırıtış ve kinayeyle, "Kim hazırladı bu soruları? Ekibimin benim tarafımda olduğunu sanırdım... Stüdyoda sigara içilememesi de ne kadar kötüymüş! Kim koyuyo bu kuralları!" deyip arkasına yaslandığında, izleyici gülmeye başladı. Can içindeki hüznü espriyle bastıran yaralı savaşçıya bürünmüştü yine. Bilge büyük bir ilgiyle Can Manay'ın rol yeteneğini izliyordu, kahkahaları duyunca tuhaf görünmemek için o da gülümsemeye çalıştı, gülüşmelerin biraz dinmesini bekleyip sordu. "Niye sizin için önemliydi?"

Can, "Çok okuyan, okuduğunu çok iyi anlatan biriydi. Konu ne olursa olsun anlattıklarını merakla dinlerdiniz. Bana öğrenmeyi, bilgiden zevk almayı öğreten kişidir. Okuldaki durumumu zaten öğrendiniz, kolay değildi, umursamazdım, hocam bana umursamayı öğretti, bugün burda olabilme sebebimdir," dedi.

Bilge, Can Manay'ın cevabını dinlerken samimileştiğini sanmıştı, ta ki 'hocam' kelimesini kullanana kadar. Kim nefret ettiği bir kelimeyi kendisi kullanabilirdi? Niye? Can lafını bitirdiğinde Bilge kafasındaki düşünceleri hemen toparlayıp, "Üniversite nasıldı?" diye sordu.

Can sempatiyle kafasını sallayıp, "Fena değildi, iyiydim ta ki sürekli iddialaştığım dik kafalı ve çok akıllı bir profesöre rastlayana kadar," derken Bilge kartta yazdığı gibi lafa girerek hemen ekledi, "Fırat Dulay." Can kafasını evet anlamında sallarken izleyiciler yine güldüler çünkü Fırat Dulay, Can Manay gelene kadar psikoloji dalında ülkedeki en uzman kişiydi. Freudyen yaklaşımları yeni neslin ihtiyaçlarıyla birleştirip yorumlamak konusunda uzmanlaşmıştı. Eğer bu ülkede psikoloji dalında bir bilimadamı varsa o da Fırat Dulay'dı ve çok iddialı bir adamdı. İzleyiciler gülmeye devam ederken Can açıkladı. "Çok iddialı bi adamdı ve Freud'a takmıştı kafayı. Bense Jung'cuydum. Aramızda sürekli iddiaya dayanan bir gerilim oluşturdu bu durum, onun öğrencisi olup da onunla aynı kaynaktan hareket etmeyen tek kişiydim diyebilirim."

Bilge karttan sordu, "Hastalarına 'müşteri', muayenehanesine 'ofis' diyen tanıdığım tek psikologsunuz. Niye böyle?"

Bilge soruyu sorarken, içinde büyüyen sahtelikten rahatsız olmuştu, Can Manay'ın hastalarına ne dediğini falan bildiği yoktu aslında... Samimiyetin bu kadar ustaca taklit edilebilmesi Amigdala'sını* harekete geçirdi. İlkel beyninde bir yerler Bilge'ye bu adamın tehlikeli olduğunu söylüyordu. Can'ın sorusu Bilge'yi kendi düşüncelerinden ayırdı. "Kaç psikolog tanıyorsun ki?"

Bilge'ye sorulan bu soru kartta değildi ve Bilge ne cevap vermesi gerektiğini düşünürken izlendiğinin farkındalığında doğruyu söyledi, "Sizinle birlikte 23."

Can, Bilge'den aldığı cevaba şaşırmıştı ve kendisini Pandora'nın Kutusu'yla oynayan biri gibi hissetti. Kim 23 psikolog tanırdı, tabii psikologlar derneğinde çalışmıyorsa. Gayriihtiyari kelimeler ağzından çıktı, "Umarım hepsinin müşterisi değildin."

İzleyiciler gülerken Bilge espriyi bir an geç anlamış olsa da hemen gülümseyerek onlara katıldı ve cevap verdi. "Ben bir psikoloji öğrencisiyim, psikolog tanımak benim işim, en azından mezun olana kadar."

Can Manay hafif atlattığını belirtmek için eliyle alnındaki teri atarmışçasına bir hareket yaparak, "Hüff!" diye dışarı bir nefes verdi ve Bilge'ye bakarak, "Bir an cidden tedirgin oldum," dedi. Sonra izleyicilere dönüp açıkladı, "Bizim yeni asistanımız Belgin Hanım, ekibe yeni katıldı ve hatta bu onun ilk programı," dedi, abartılı bir şekilde güldü ve izleyiciler de çobanlarını izleyen koyunlar gibi Can Manay'ın gülüşünü takip edip güldüler.

Can Manay'ın Bilge'nin adını yanlış söylemesi Bilge'yi bozmadı hiç. Sorulara devam etmesi mi yoksa Can Manay'ın spontane esprilerini devam ettirebilmesi için beklemesi mi gerektiğini düşünürken, Can sağ eliyle Bilge'ye devam edebileceğini bildiren küçük bir hareket yaptı ve Bilge karttan sıradaki soruyu okudu. "Bir marangoz atölyeniz var, marangozluk nasıl başladı?"

* Beyinde, duygusal hafıza ve duygusal tepkilerin oluşmasında öncelikli role sahip bölge. Sinapslarda kayıtlı olan duygusal hafıza, amigdalanın santral nukleusu ve stria terminalis yolu ile korkma davranışını ortaya çıkarır. Bu yolla, donakalma, çarpıntı, hızlı solunum ve stres hormonu salınımı gibi durumlar oluşur.

Can iki elinin işaretparmağını çenesinin altına birleştirip bir an düşündü ve sonra açıkladı. "Ellerimi kullanmayı seviyorum... Çocukluğumda iki yaz boyunca bir marangoz atölyesinde çalışmıştım. Önce zorla gitmiştim ama işi öğrendikçe bir şeyler üretmeye başladım ve üretebildikçe de beni rahatlatan bir şey haline geldi marangozluk. Bildiğiniz çırak gibi başladım işe, hem de bayağı iyi bir çıraktım." Bilge beklemeden bir sonraki soruyu sordu, "Ustalaşabildiniz mi?" Can yarım bir sırıtışla cevap verdi, "Aslına bakarsan, bayağı ustayım şimdi, sadece kendi ihtiyaçlarıma hizmet veren küçük bir atölyem bile var. Tabii başladığım şeyi bitirmem biraz zaman alıyor ama evimde kendim için dizayn ettiğim ve kendi ellerimle oluşturduğum birçok parça var..."

Bilge, Can Manay'ın lafına girerken, gerçekten cevabı merak ediyordu. "Neler mesela?"

Can zaten konuyu getireceği yere Bilge'nin kestirmeden varmasından rahatsız olmadı, "On iki kişilik yemek masası, sehpalarım, yeni evimin bahçesindeki sedirim. Bir eşini bulamazsınız bunların. Hepsi benim atölyemde yapıldı. Şimdilerde yatak yapmaya karar verdim," dedi.

Can Manay konuşurken Bilge atölyeyi düşündü, böylesine aktif bir kullanım için ne kadar tozsuz, talaşsız hatta kerestesiz bir atölyeydi. Sonra Cansu'nun kapıyı açması canlandı kafasında, düşüncelerinin içinde kaybolabileceğini hissedip hemen Can Manay'a odaklandı. Adam diğer bir soru için hazırdı. Bilge kâğıttaki soruya önce şaşırdı sonra sordu. "Enteresan, yatağınız yok mu?" Enteresan kelimesi bile Can Manay tarafından eklenmişti.

Can Manay kendi sorularına sanki sürprizle karşılaşmış gibi mimiklerle cevap vermeye devam etti. Hınzırca gülümserken, "Hımm. Kendim ve kadınım için kendi ellerimle bir yatak yapmak istiyorum, tabii sadece ahşap aksamını."

Seyirciler Can Manay'ın kadınıyla ilgili konuştuğunu ilk defa duyuyorlardı, Bilge kâğıttaki bir sonraki soruya baktığında rahatladı çünkü bu soruyu sormasaydı kendini milyonlarca kişinin önünde salak gibi hissedecekti. Herkesin o anda sormak istediği ve yine Can Manay'ın planladığı soruyu sordu. "Kadınınız kim?"

- 48 -

Duru koltuğun o kadar ucunda ve televizyona o kadar odaklanmış oturuyordu ki, bir milim daha poposunu oynatsa düşecekti. Kambur durmaktan ve bu şekilde biçimsiz oturmaktan omurgası ağrımaya başlamıştı ama içtiği joint kıpırdamasını engelleyen bir ağırlık oluşturmuştu bedeninde. İzlediği şeyin gerçekliğini kafasında sorgularken, elindeki jointe bakmak istedi ama Can Manay'ın ekrandaki görüntüsü sabitleyiciydi. Kadınının kim olduğunu açıklamak üzereydi...

...Can Manay soruya cevap vermekte tereddüt ediyordu, başını öne eğdiğinde Duru televizyona daha da yaklaşmak istedi ve doğal olarak koltuktan kaydı. Sehpayla koltuk arasına düştü ama önemsemedi, ekranda yarım sırıtması suratına yayılan Can Manay'ın kaşlarının altından kafasını kendi kendine sallayıp, "Evet... Biri var... Ama henüz benim değil," demesini izledi.

Sunucu kız, "Henüz sizin değil?! Ne demek bu?" diye sorduğunda Can Manay'ın dolu kahkahası yankılanıyordu salonda. Duru ancak koltuğa geri tırmanabildi.

Ekranda şimdi Can Manay vardı, kaşlarının altında parlayan gözlerini kameraya dikmişti ve milyonlarca kişiye konuşmaktan hiç çekinmeden, "Benim olacak demek," diye açıkladı. Stüdyodan alkışlar yükselirken konuşmasına devam etti. "Muhtemelen o da şimdi seyrediyordur... Henüz çok yeni tanıdığım biri, o kadar yeni ki... Şöyle söyleyeyim, şu an kendisinden bahsedildiğini anlayamayacak kadar yeni... Ama kimbilir belki anlamıştır," dedi ve yine kameraya dönüp sordu, "Anladın mı?"

Duru suratını buruşturup elindeki izmariti somururken, izlediği şeyin gerçekliği komik geldi. Kimden bahsediyordu acaba? Can Manay'ın kadını olmak nasıl bir şey olurdu? İzleyen kadın anlamış mıydı kendisinden bahsedildiğini? Bu adamda cesaret vardı. Umursamazlığı çekici kılan bir cesaret. Erkeklikten gelen bir meydan okuma.

- 49 -

Stüdyo izleyicileri arasından birkaç kişinin, "Anladım!" diye Can Manay'a seslenmiş olması iyi espriydi, stüdyodakiler gülmeye başladıklarında Can Manay da espriyi anladığını gülerken kafasını iki yana alaycı bir şekilde sallayarak gösterdi.

Bilge sanki bir tiyatro oyununda gibi hissetmeye başlamıştı. Can Manay'ın sevimlilik yapmasını mı beklese, sorulara mı geçse bilemedi. Can Manay'dan bir işaret alabilmek için dikkatle ona dikmişti gözlerini. Can Manay kendisine bakıp, "Sana n'oldu, sen niye şoktasın?" diye sorduğunda cevap verebilmesi için iki saniye geçti. Bilge gülümsemeye çalışarak rolünü oynadı. "Sizi senelerdir tanıyorum ve ilk defa diğer insanların önünde bu kadar kendiniz gibi olduğunuzu gördüm, şaşırtıcı," dedi. Bu kocaman bir yalandı. Bilge, Can Manay'ın belki senelerdir öğrencisiydi ama onu kesinlikle tanımıyordu, Can Manay samimiyeti çok iyi taklit edebilen bir organizmaydı ve hayatı boyunca beklentilerini elde edebilmek için çevresindekilerin beklentilerini manipüle etmiş birinin kendisi gibi olabilmesi imkânsızdı. Bilge ne söylediğinin farkındaydı, daha önemlisi niye söylediğinin farkındaydı. Can Manay'ın kurduğu oyunda kendisine geçici bir süre verilen rolü en iyi şekilde oynamaya karar vermişti. Soruyu soran kişi ne kadar inançlıysa, izleyenler de o kadar inanırlardı cevaplara. Yıllardır seyrediyordu Can Manay'ı ama şimdi ilk defa ekranın bu tarafındaydı. Buradan bakıldığında her şey ne kadar da sahteydi aslında. Can Manay'la göz gözeydiler, birbirlerini net bir şekilde gördüler, gördüklerini anladılar. Can Manay kafasıyla yaptığı çok narin bir hareketle Bilge'ye nezaketle soruyu sormasını işaret etti ve Bilge okudu. "Hayatınız boyunca tek bir kişiyi tanıma hakkınız olsaydı, tanıdıklarınız arasından kimi seçerdiniz? Tek bir kişi."

Can eliyle saçını karıştırırken düşünceli bir şekilde iki işaretparmağını dudağının üstüne koyup kafasını sağdan sola salladı. Bilge, Can Manay'ın hayret verici oyunculuk performansını izlerken izleyiciler merakla köşeye sıkıştığını sandıkları Can Manay'dan cevap bekliyorlardı. Can bakışlarını Bilge'ye kaldırdı. "Aslında cevap çok basit. Zaten tek bir seçenek var. Eti."

Bilge elindeki kâğıda baktı. Bir sonraki soruda, "Kim bu kadın?" yazıyordu. Soruyu sordu. Can gözlerinde beliren içtenlikle sanki uzun süredir söylemek istediği şeyleri yüksek sesle söylüyormuşçasına duraklamadan konuştu. "Eti, tanıdığım en iyi analizci ve psikiyatrist. Onunla tanışmam başıma gelen en iyi şey diyebilirim. Hayatına dokunduğu herkesi güzelleştiren biri o. Bu cümle biraz romantik oldu ama gerçekten öyle. Eşsiz biri. Kendi varlığımı, uğruna düşünmeden feda edebileceğim biri... Hatta tek kişi. Benim öğretmenimdi. Psikolojiyi insan biliminden daha ötede bir şey olarak algılamama yardım eden kişidir."

Can Manay, Bilge'ye dik bir şekilde baktığında, Bilge ilk saniye bir terslik olduğunu anlamadı ama Can Manay'ın bakışı o kadar beklenti doluydu ki, Bilge nihayetinde elindeki kâğıda baktı ve parmağının ucunda beklettiği soruyu sordu. "Psikoloji nasıl olur da insan biliminden daha öte bir şey olabilir? Ne demek bu?"

Can Manay, sorunun akıcı bir şekilde hemen sorulmamasına bozulmuş olmalıydı ama belli etmedi. Araya giren boşluğu kapatmak için hemen cevap verdi. "Psikoloji Bilimi eğer iyi algılanıp uygulanabilirse ruhun matematiğini hesaplayabileceğimiz ve bu matematiksel denklem çerçevesinde eksik olan öğeleri dengeleyerek orantıyı düzeltebileceğimiz bir uygulamadır. Bu ne demek? Hayatını birbirine zıt modlar halinde yaşamaya çalıştığı için dengesi kaybolmuş biri toplum tarafından manik depresif olarak tanımlanırken, ben bu kişideki potansiyele odaklanırım. Onu hastalanmış bir organizma olarak değil, değişik koşullarda çoğumuzdan daha iyi bir şekilde uyumluluk gösterebilecek ama toplumun genelgeçer koşulları içinde yaşaması zor bir organizma olarak ele alırım. Nasıl mı? Aynen bahsettiğimiz gibi daha gençlik yıllarında manik depresif teşhisi konmuş ve hayatının çok uzun bir süresinde kendi içindeki bu mod değişimini dengeleyebilmek adına sürekli ilaç kullanmak zorunda kalmış, bu yoğun ilaç kullanımı vücudunda özellikle kaslarında ciddi tahribatlar oluşturmaya başlayınca, biliyorsunuz kalp de bir kastır, iki kere kalp krizi geçirmiş birinden bahsediyorum burada. Hayatının kontrolünü iyice kaybetmiş bir müşterimden. Beni bulduğunda 38 yaşındaydı, yaklaşık 20 yıldır, gittiği her doktor tarafından manik depresif teşhisi onaylanarak tedavi için içeriği aynı ama bazen isimleri farklı birçok ilaç kullandırılmıştı. Geçirdiği son kalp krizi nedeniyle artık vücudu ilaç kabul etmeyecek bir haldeydi ve bana geldiğinde karşımda kendi dünyasının sonunu izleyen bir adam vardı. Peki ben n'aptım? Önce onunla sohbet ettim ve kullandığı tüm ilaçları tamamen bırakmasını istedim. Bu o kadar kolay olmadı, 20 yıldır aynı kimyasalları almaya alışmış biri için çok yıpratıcı bir altı ay geçirdi. İlaçlardan kurtulduğumuzda, panik ataklarla birlikte birbiri ardına gelen manik depresif krizler başladı. Ama bu süreçte kendi tekniklerimi kullanarak, çoğu Eti'nin bana öğrettiği şeyler, müşterimi inceledikçe onun yeteneklerini de tanıma fırsatım oldu ve ondan borsa oynamak konusunda bana yardım etmesini istedim. Tabii kriz içinde olunan bir durumda borsa oynamaya başlamak biraz kulağa komik geliyor ve adamcağız beni kırmamak için bir seansımızda konuyla ilgilendi, bir sonraki seansı iptal ederek çıktı ofisten ama ben hemen ertesi günü onu arayıp borsa konusunda uzman bir tanıdığımla bir randevum olduğunu ve benimle gelirse ciddi bir anlaşma gerçekleştirebileceğimi söyledim, çok da ısrar ettim, ertesi gün borsalar birliğinde bir toplantıya gittik. Yol boyunca bana kendisini ne kadar kötü hissettiğinden ve böyle bir toplantıyı kaldıramayacağından, kendisinin konunun çok dışında biri olarak neden benim tarafımdan ısrarla çağrıldığını anlamadığından bahsedip durdu. Benim hayatımın en sıkıcı toplantısıydı, iki saat boyunca bir borsa uzmanının önümüzdeki senenin borsa hareketleri üzerine, hiç anlamadığım ve kesinlikle ilgilenmediğim birçok şeyi anlatmasını dinliyormuş gibi yaparak oturdum. Müşterim içinse o toplantı bir doğum anıydı. O odaya panik atakları olan, manik depresif krizler yaşayan, bir gün içerisinde iki saatten fazla içsel dengesine kavuşamamış, kalp hastası ve ilaç bağımlısı biri olarak girdi ve iki saat sonra bir borsacı olarak çıktı. Şimdiyse 42 yaşında, görebileceğiniz en sağlıklı heriflerden biri olarak çok zengin ve ilaçtan uzak bir hayat yaşıyor. Benim burda yaptığım şey organizmayı kendi ortamına taşımaktı, bir beyin hücresinden sindirim sisteminde bir yerlerde iyi çalışmasını bekleyemezsiniz! İşte Eti bana bunu öğretti. Bir psikoloğun hastasını yargılayıp yaftalamak yerine, incelemesi gerektiğini, incelediği şeyi anlayıp kendi ortamına ulaşması için yardım etmesi gerektiğini öğretti. Bu söylediklerime büyük tepki verecek bir sürü kişi tanıyorum bizim sektörde: psikologlar, psikiyatristler... Ama günün sonunda sizin ne kadar iyi bir psikolog olduğunuz yardım ettiğiniz müşterilerinizin sayısıyla orantılıdır. Eti bana müşterilerime inanmayı, onlarla korkusuzca birlik olmayı ve inandıklarımdan vazgeçmemeyi öğretti... Ha bir de çok güzel kuzulu yahni yapmasını."

Can Manay'ı kendisiyle ilgili özel konularda konuşurken görmeye alışık olmayan izleyici, konuya o kadar saplanmıştı ki kuzulu yahni esprisinin anlaşılması biraz zaman aldı. İzleyenler sempatiyle gülerken, Can Manay suyundan büyük bir yudum daha aldı ve eliyle, kendisine bakan Bilge'ye devam etmesi için bir işaret daha yaptı. Akışı takip etmekte zorlanmaya başlayan Bilge, soruları sorması gereken zamanı Can Manay'dan alacağı küçük işaretlere göre ayarlamaya karar vermişti ama Can Manay'ın biraz önceki el hareketi öylesine büyüktü ki, Bilge kendini iyice beceriksiz hissetti. Hemen diğer soruya geçti.

- 50 -

Özge kucağındaki bloknota hızla 'Borsacı 42 yaşında' yazarken gözünü ekrandan ayırmamaya dikkat ediyordu. Son yazdığı satırın hemen üstünde Can Manay'ın program boyunca anlattığı konularla ilgili isimler, notlar vardı. Yarısı yenmiş ayvasının üzerine biraz daha limon sıkıp geri kalanını kemirebilmek için eline aldı. Can Manay şimdi de üniversite hayatından, yakın arkadaşlarından bahsediyordu. Bu soruları kim hazırlamıştı? Can Manay gibi bir sosyopat asla kendisiyle ilgili bu kadar bilginin etrafta özgürce gezmesine izin vermezdi. Kesin bir planın parçasıydı bu, doğal olarak.

Can Manay'ın oyunculuk performansı izlenmeye değerdi. Güya köşeye sıkışmış bakışları, şaşırması, hüzünlenmesi, coşması... Adamın kendisine ifade ettiği şeyden artık nefret etse de, çekiciliğinin nedenini net bir şekilde görebiliyordu Özge. Bu program hayat veriyordu Can Manay'ın karizmasına. Etrafta akıllı adam fazla yoktu, aklını böylesine ilginç kullanan adam nerdeyse hiç yoktu, Can Manay kendi imparatorluğunda rakipsiz bir Tanrı'ydı.

Elindeki kâğıda baktı Özge, yazdıklarını yeniden inceledi. Soruları Can Manay hazırlamış olmalıydı, zaten soruları hazırlamak için onun hakkında araştırma yapmış olsalar, akıl hastanesindeki kayıtlara herkes ulaşabilirdi. Elindeki kâğıdın bir yerine yazdığı isme baktı: 'Eti - Kadın - Psikiyatrist'. Ne garip bir isimdi. Aklına Can Manay'la ilgili yaptığı araştırmada bulduğu dosyalar geldi. Dosyaların orijinallerini alamamıştı ama içlerinden iki kâğıdın fotoğrafını telefonuyla çekebilmişti. Masasına gitti, çekmecenin içinde katlana katlana küçülmüş kâğıdı buldu. A4 kâğıdının ortasına yamuk bir şekilde basılmış bir dokümandı bu. Can Manay'la ilk tanışmalarında yanında taşıdığı kâğıt şimdi daha da bir eskimiş, yıpranmıştı. Can Manay adlı bir kişinin akıl hastanesinde kaldığı dönemde psikiyatrist tarafından değerlendirilmesini gösteriyordu bu kâğıt. Özge, kâğıdın altındaki imzaya baktı dikkatle. Karmaşık bir imzaydı bu, baş harfi kocaman bir E olan ve son harfi küçük bir 'r' ile biten ve ortadaki harflerin hiçbiri okunmayan, ikinci harfin 't'ye benzediği, öylesine atılmış bir imza. Bu imza Eti'ye ait olabilirdi. Bu kadını bulup konuşmalıydı ama bunu nasıl yapacaktı? Can Manay'ın bu kadar övgüyle bahsettiği biri Can Manay'a düşman olmazdı, ya ilişkileri çok iyiydi ya da kadın çoktan ölmüş olabilir diye düşündü.

Özge, hırsla ayvasını kemirirken hakkında çok az şey bildiği bu adamdan ne kadar da nefret ettiğini düşündü. Nefretinin tamamını Can Manay'ın kendisine yaptığı haksızlığa bağlayamazdı, bu nefretin içinde hayal kırıklığıyla sahteliğin karışımından oluşan bir duygu vardı. Can Manay izlemekten hoşlandığı, yaptığı şeylerle ilham veren biri olmuştu Özge için, bir hayvana benzetse aslan derdi, ta ki bu kalın imajının altındaki zayıf, çıkarcı ve samimiyetsiz yaratığı görene kadar. Şimdiyse bir sırtlana dönüşmüştü Can Manay, aslan taklidi yapan bir sırtlan.

Ama tüm bunlar değildi Özge'nin nefretinin kaynağı, ne Can Manay'ın sırtlanlığı ne de Özge'nin kuyusunu kazması... Can Manay'dan nefret ediyordu Özge, çünkü kaybedilmiş bir kaleydi Özge için Can Manay. Kendisi gibi sandığı, aynı kaynaktan çıktıklarını düşündüğü bir şeyin gerçekte öyle olmadığının duygusuydu bu nefret. Seyrettiği şeyin gerçek olmasını o kadar çok istemişti, öyle ihtiyacı vardı ki etrafında gerçek bir şeyler görmeye, gerçekliği böylesine hunharca kontrol eden bir sahtekâr baş düşmanı olmuştu. Can Manay'ın yozlaşmışlığı, üstü en kaliteli kumaşlarla kaplanmış ve çiçeklerle donatılmış bir ölü gibiydi.

Diğerleri almasalar da kokusu geliyordu Özge'ye. O çiçeklerden kurtulup, örtüleri kaldırmanın bir yolu olmalıydı. Can Manay'ı yere indirip çöküşünü izlemenin bir yolu. Ne gerekirse, neye mal olursa olsun bulacağı bir yoldu bu. Ama önce, yarın sabah ilk sayısı yapılacak dergisi *Darbe*'yle ilgilenmeliydi.

Darbe, kendi iğrençliklerinden tiksinmeden üremeye devam eden bu insan ormanının içinde bir ejderhanın doğuşu gibiydi Özge için. Ağzından çıkan dürüstlükle tüm pislikleri yakan bir ateş. *Darbe*'nin kelimeleri uğradığı her beyni uyandırmalıydı, okuyan herkes anlamalıydı. Anlayacaklardı, tepeye koydukları insanların nasıl da zavallı parazitler olduğunu anlayacaklar ve bireyselliklerine kavuşacaklardı en sonunda. *Darbe* tüm bunları veremezdi belki ama en azından bir başlangıçtı, toplumsal bir devrimin bireysel bir evrime yol açabilen başlangıcı gibi. Programda reklam arası bittiğinde, Özge yüksek sesle söylese kendi düşüncelerinin kulağa ne kadar da abartılı gelebileceğini düşünüp kendi kendine güldü. Can Manay'ın suratı tekrar ekranda belirdiğinde Özge hâlâ kendine gülüyordu.

- 51 -

Bilge, kendini yeni yeni formata alışmış hissediyordu. Can Manay'ın konuşması boyunca okuduğu soruyu kâğıda bakmadan sordu. "Terapilerinize ara verdiğiniz bir dönem oldu, o dönemde neler yaptınız?"

Can kafasını imalı bir şekilde sallayarak düşünceli cevap verdi: "İki sezon... 1,5 yıl kadar ara vermiştim. Marangoz atölyemde geçirdim bu zamanı. Neler yaptım? Yemek masam, sehpalarım, eski evimin terasındaki tik yer döşemesi... Evimle uğraştım... Bunları yaptım sanırım."

Bilge yanında yeşil noktası olan soruyu tekrarladı, "1,5 yıl boyunca?"

Can, "Nasıl ustalaştım sanıyorsun!" diye cevap verdi gülerek. İzleyiciler de güldüler.

Can Manay altı sene önce 1,5 yıl programına ara vermişti. Program çok popüler olmasına rağmen Can Manay'ın aniden ortadan kaybolmasının nedenini kimse sorgulamamıştı. En azından basında hiç haber çıkmamıştı. Bazen gazetelerin ikinci sayfa haberlerinde Can Manay'ın yurtdışında yaşamaya başladığı ya da Rus bir modelle evlendiğine dair yazılar çıkmıştı ama hiçbir zaman fotoğraf ya da durumu ispatlayacak bir şey yayımlanmamıştı ve hiçbiri Can Manay'ın programa neden devam etmediğiyle ilgili değildi. Dönemin ünlü komedyenleri stand up'larına, "Bir zamanlar Can Manay diye bir psikolog vardı..." diye başlayan esprili girişler yapmaya başladıktan kısa bir süre sonra Can Manay aniden geri dönmüştü. Daha önce olmadığı kadar ciddi ama içten bir imajla yeni programına başlamış ve programın adını Vizyon Terapi olarak değiştirmiş, daha önceki programında frenlemeye çalıştığı sansasyonelliği iyice sivrilterek konuklarını en ünlüler arasından seçmeye başlamıştı. Programın içeriği artık, konukların geçmişleri hakkında yaptığı araştırmaları da kapsar olmuştu. Başta ünlülerin programa katılımını negatif etkileyen bu format, Can Manay'ın konuyla ilgili kendi kliniğindeki müşteri kitlesini bizzat kullanmaya başlamasıyla, uzun vadede programı çok kaliteli kılan bir hal almıştı. İki sezon aradan sonra başlayan Vizyon Terapi'nin sarsılmayacak şekilde ülkenin en çok seyredilen programı olması sadece üç program sonra gerçekleşmişti. O günden beri Vizyon Terapi hangi yayın kuşağında, neyin karşısında yayımlanırsa yayımlansın hep bir numaraydı.

Can, Bilge'nin, "1,5 yıl boyunca!" diye verdiği şaşkın tepkiyi kafasını sallayarak onayladı. Can Manay konuşurken izleyenler karşılarında kalbini açan birini gördüler. "Bir psikolog olarak televizyon dünyasına girmek yıpratıcı bir süreç. Özellikle Analist'i* yaparken yıprandım. Önce etrafıma bir sürü insan toplandı, bir

---

* Analist, Can Manay'ın yaptığı ilk TV programı.

anda epey popüler olmuştum. Sonuçta ben ne bir film yıldızıyım ne de bir sanatçı. Tanınmak, merak edilmek beni öyle bir havaya soktu ki... Egom öyle bir tavan yapmıştı ki, içine girdiğim psikolojinin kimliğimi zehirlediğini görmem zaman aldı. Görür görmez hemen kendimi hapsettiğim o çevreden, o psikolojiden, her şeyden uzaklaştım. Bunu yapabilmem için de Analist'i bırakmam gerekti. Analist iyi bir programdı ama bırakmak 'ben' bilincimi korumak için bir bedeldi, ödedim. Bu durumun bana çok iyi bir hayat dersi olduğunu söyleyebilirim... Bir şeyin yitip gitmesine izin vermezseniz asla doğum gerçekleşmez, bir açıdan bakıldığında, filiz tohumun ölümüdür. Bir tohum çatlar, deforme olur, kendisi olmaktan çıkar, yani ölür ve filiz çıkar ortaya. O dönemde insanları böyle değerlendirmeye başladım. Tohum gibi, içinde bir ağacın potansiyelini barındıranlar ama asla çatlama cesaretini gösteremeyip filizlenemeyenler, çatlayıp filiz gibi yeşerenler ama fidan olamayıp kuruyanlar, fidan gibi büyüyenler ama meyve veremeyenler, meyve verip ağaç olanlar ama meyvesinde tohum olmayanlar ve süper insan, yani tohumluktan meyve veren bir ağacın yeni meyvesindeki tohum olabilmeye kadar gidebilenler... İnsanın yüceliği ve âcizliği arasındaki ince çizgiyi gördüm. Bize güç veren şey aynı zamanda en büyük âcizliğimiz de olabilir. Ne olduğumuzu ve ne olabileceğimizi ancak kendimizle yüzleşebilirsek anlayabiliriz. Sahip olabilmek adına, sahip olduklarımıza tırnaklarımızı korkuyla geçirdiğimizde, ne çatlayıp filize dönüşebiliriz ne de çürüyüp içimizdeki tohumları toprağa bırakabiliriz. Sahip olmak için doğmadık biz! Büyümek, gelişmek, dönüşmek için burdayız. Hayatın içinde kendi tekrarlarımızı yaşamaya başladığımızda durup düşünmek lazım. Ben de durdum ve 1,5 yıl düşündüm. Değiştirmeye karar verdim ve yaptım." İzleyicide tık yoktu. Can Manay omuzlarını silkti, sanki konuşması bitmiş gibiydi. Stüdyodaki samimi atmosfer nefes alındığında hissedilecek boyuttaydı. Bilge, konuşmanın bitmediğini biliyordu çünkü Can ona yeşil noktalı soruları da anlatmıştı. Can'ın cevabı bitmiş olsa bile, Bilge yeşil noktalı sorulardan sonra beklemesi gerektiğini biliyordu. Kırmızı noktalılar, yeşil noktalılar... Can Manay her anı planlamıştı. Can Manay kameraların arkasındaki izleyiciye baktı, stüdyo ışıklarından hiçbir şey seçilmese de bakışlarını stüdyoda oturanlar üzerinde gezdirdi. Sessizlik devam ederken sakince konuştu. "Analist'i çekerken aslında yaptığım şeyin yapmam gerekenden ne kadar da uzak olduğunu fark ettim. Etrafımdaki her şeyin sahteliği midemi bulandırdı ve koptum."

Can Manay konuşması bittiğinde kafasını sağdan sola tek hamlede sallayıp ellerini hafifçe havaya kaldırdı. Bilge bu işaretin bir sonraki soruya geçmesi anlamına geldiğini anlayıp okudu. "Analist programına konuk olan Kaan Gör, sizin hayatı boyunca tanıdığı en etkileyici ve yararlı kişi olduğunuzu bir gazeteye verdiği röportajda söylediğinde ne düşündünüz?" Bilge kendisine yöneltilmiş kameraya bakarak acemice açıkladı, "Konuyu yakından takip etme fırsatı bulamamış izleyicilerimiz için açıklamak gerekir. Kaan Gör, Analist'e konuk olduğunda canlı yayında sinir krizi geçirmiş ve bu durum, o dönemde büyük bir skandala yol açmıştı." Bilge şimdi de Can Manay'a hitap ederek konuşmasına devam etti. "Program sonrasında aranızda oldukça gerilimli şeyler yaşanmıştı ama Kaan Gör tüm bu olaylardan sadece bir ay sonra bir gazeteye sizinle ilgili çok güzel açıklamalarda bulunmuştu. Bu bizlerin görmeye alışık olmadığı bir durum. Bundan biraz bahseder misiniz?"

Can Manay kafasını iki yana sallarken, "Bu soru nerden çıktı şimdi? Yıllar önceki bişey bu..." deyip güldü.

Bilge hissettiği sahteliğin fark edilmemesi için çabalayarak tebessümle karşılık vermeye çalıştı, Can Manay'ın bu soruları hazırlarken cevapları kafasında nasıl da şekillendirdiğine, cevapların ardından gelen soruların nasıl olup da bu kadar yerinde olduğuna şaşırmıştı. Can Manay'ın deha bir yanı olduğunu biliyordu ama zincirleme bir şekilde bir olay akışını kafasında kurgulayıp, tamamıyla ezberleyip hatasız bir şekilde uygulayabilecek kadar usta olmasına şaşmamak elde değildi. Şimdi anladı kendi spontane sorularının neden Can Manay'ı bu kadar rahatsız ettiğini. Akışı bozabilirdi.

Can Manay sakin açıkladı. "Nur içinde yatsın, rahmetli Kaan'ın programda sinir krizi geçirmesi benim acemiliğimdi. Ama ben sonrasında onu yalnız bırakmadım. O gece stüdyoyu terk ettiğinde ben de program sonrasında onun evine gittim. Evini bulmam da kolay olmadı ama buldum, gecenin bir yarısıydı, hava berbattı falan derken en sonunda karşılıklı oturup konuştuk. Sonra beni ofisimde ziyaret etmeye başladı ve arkadaşlığımız gelişti. Ben yaptığım hatanın tüm sorumluluğunu üzerime aldım ve birlikte üstesinden geldik. Benimle alakalı böyle bir açıklama yaptığını bile bilmiyordum, teşekkür ederim."

Stüdyo izleyicisi coşkuyla alkışlarken ayağa kalktı. Televizyonları başında izleyenlerse yarın seçim yapılsa konu ne olursa olsun oylarını Can Manay'a vermeye hazırlardı. Bilge alkışların dinmesini bekleyip Can Manay'ın duygusal yüzüne bakıp sakince sordu, "Günümüz psikologları hakkında ne düşünüyorsunuz?"

Can Manay önündeki sehpada duran bardağa uzanırken, "Düşünmüyorum," dedi.

Stüdyodakiler gülerken, Bilge de tebessümle, "Çizgi dışı uygulamalarınız yüzünden birçok kez dava edildiniz," dediğinde Can Manay bardaktan aldığı yudumu yutup lafa girdi, "Yedi," dedi. İzleyiciden yükselen uğultu stüdyoda gezerken, Can Manay elindeki su bardağını kadeh gibi kaldırıp izleyicilere, "Hepsini de kazandım," diye açıkladı ve bir yudum daha su içti. İzleyiciler yine alkışladılar ama bu sefer Bilge alkışları dindirerek, "Bu davalar neden açılmıştı?" diye sordu.

Can Manay, "Senin de söylediğin gibi uygulamalarımı çizgi dışı gören bir kesim vardı. Bunlar kendi aralarında organize oldular, beni düşman ilan edip saldırdılar. Çok fırtınalı bir dönem geçirdik ve aslında söylenecek çok şey var ama burda konuşmak yasal olmaz. Tabii bir tek şey söyleyebilirim. Güneşi balçıkla sıvayamazsın! Sanırım artık anladılar," diye cevapladı.

Alkışlar yükselirken Bilge dikkatle Can Manay'a baktı. Can Manay'ın yaptığı şeye bir isim bulmak istedi ama böyle bir ustalığı anlatacak bir kelime hemen gelmedi aklına. Programı izleyen milyonlarca kişiyi istediği gibi düşündürebilmek için, bu gece stüdyoda olabilecek her şeyi hesaba katarak organize eden bir ustaydı Can Manay.

Göz göze geldiler. Bilge'nin kendisine gömülen bakışından rahatsız olmuş muydu acaba? Bilge ilk defa bir gülümsemenin duygularını saklamakta o an için ihtiyaç olduğunu hissetti ve gülümsedi. Hayatında ilk defa gülümsemesinin arkasına saklanırken kelimeler aklında belirdi. 'Manipülasyon Ustası' Can Manay sehpanın üzerindeki bardağı aldı, suyunu içerken elini daha önce yaptığı gibi hareket ettirerek bariz bir şekilde Bilge'ye bir sonraki soruya geçmesini ifade etti.

Programın son bölümüne gelmişlerdi. Bilge, "İnternette sizinle ilgili en çok merak edilen soruları topladık. Başlayalım mı?" diye sordu.

Can Manay evet anlamında bir kere kafasını aşağı eğip kaldırdı. Bilge, "Sizi en rahatsız eden şey nedir?" diye sordu. Can Manay düşünmeden, "Oturup kafa sallamaktan başka birşey yapmayan psikologlar," diye cevap verdi. İzleyiciler güldü, Can Manay sadece tebessüm etti.

Bilge gülüşmelerin dinmesini bekleyip, "En sevdiğiniz kelime nedir?" diye sordu. Can Manay, "Neden," dedi. Bilge, Can Manay'ın suratına ne demek istediğini anlamak için dikkatle bakınca, Can açıkladı. "En sevdiğim kelime 'neden'dir."

İzleyiciler gülerken Bilge, "En sevmediğiniz kelime nedir?" diye sordu. Can Manay gülerek, "Tanıdığım birinin adı, burda söyleyemem," dedi. İzleyiciler gülmeye başladıklarında cevap Bilge'nin de hoşuna gitmişti, kendi kendine yüksek sesle, "Birinin adı!" derken Can Manay kendisine göz kırptı. İlk defa gerçekten birlikte gülümsüyorlardı.

Bilge, "Sizi en çok heyecanlandıran şey nedir?" diye sordu. Can Manay hemen, "Keşfetmek," diye cevap verdi.

Bilge, "Size en itici gelen şey?" diye sordu hemen. Can Manay, "Cevabı bulabileceklerini düşünmeden soru soranlar," dedi.

Bilge, "En çok hoşunuza giden ses nedir?" diye ekledi. Can Manay, "Nefes alma sesi, özellikle zevk içindeyken," dedi. İzleyicilerden bazıları anlayıp güldü, bazıları gülmeye utandı.

Bilge, "Sizi en rahatsız eden ses nedir?" diye sordu. Can Manay, "Kişiselleştirilmiş telefon zil sesleri," dedi. İzleyici gülerken de, "Telefon, telefon gibi çalmalı bence," dedi.

Bilge, "Kızdığınızda en çok kullandığınız kelime nedir?" diye sordu. Can Manay, "Kızdığımda sessizleşirim," dedi.

Bilge, "Psikologluk dışında iyi yapabileceğiniz iş nedir?" diye sordu. Can Manay, "Hasar analizi," diye cevap verdi. İzleyenler duydukları şeyin anlamını algılayamadıklarını stüdyoda yükselen uğultuyla gösterdiler. Bilge açıklama bekleyen bir şekilde Can Manay'a bakmaya devam edince Can Manay açıkladı. "Ben iyi bir analizciyim ve deforme olmuş bir şeyi analiz etmek doğal olarak kolay geliyor bana. Hasara uğramış herhangi bir şey, bir araba, şehir, bilgisayar, insan... Kolayca hasarı analiz edebilirdim," dedi.

Bilge, "Asla yapamayacağınız bir iş var mı?" diye sordu. Can Manay, "Paparazzi ya da... dedikodu yazarı," diye cevap verdi. İzleyiciler yine güldüler.

Bilge, "Psikolog adaylarına tek bir tavsiyede bulunmak zorunda kalsaydınız ne derdiniz?" diye sordu. Can Manay ellerini düşünceli bir şekilde dudaklarının üzerine koyup birkaç saniye düşündü ve "Anlayın. Anlamak için elinizden geleni değil, ne gerekirse yapın! Elinizi taşın altına koyun. Müşterilerinizin dostu olun, daima," diye cevap verdiğinde, Bilge son sorusunu sordu. "Yaratıcı'nın karşısına çıksanız sizi gördüğünde size ne derdi?"

Can Manay cevabını verirken stüdyonun ışıkları yakıcı parlaklıklarını yavaşça yitirmeye başlamıştı ve programın rahatlatıcı jenerik müziği stüdyoda yükseldi. Can Manay cevap verdi: "Bravo!"

- 52 -

Programın bitmesi, Can Manay'ın hiçbir şey söylemeden kalkıp gitmesi, kararan stüdyo ışıklarının 30 saniye içinde tekrar yükselmesi, stüdyodaki ünlü konukların özenle kendi araçlarına yönlendirilmesi, ışıkçıların hızla stüdyodaki ekipmanı toparlaması, set ekibinin stüdyo dekorlarını taşıması o kadar çabuk olmuştu ki, stüdyonun ortasında etrafında hızla hareket eden dünyayı seyre dalan Bilge, ne yapacağını bilemeden kalakalmıştı. Kendi algısının ağırlığı altında, zaman nerdeyse dururken, etrafındaki her şey son sürat değişmeye devam etti. Bilge oturduğu koltuğun da altından alınıp kaldırılmasıyla birlikte artık stüdyoyu terk etmesi gerektiğini anladı. Ofislerin bulunduğu bölüme doğru ilerledi, eşyalarını almak için sakince kostüm odasına girdi. Herkes telaş içinde eşyalarını topluyor, partiye giden servise yetişmek için işlerinin son kalan bölümlerini hızla tamamlamaya çalışıyorlardı.

Ait olmama duygusu her zaman kalbinin bir parçası olmuştu Bilge'nin. Bu parça, kendisini yalnız hissetmesini engelleyen, bu yalnızlık hissinin doğal gelmesini sağlayan bir anlayış vermişti varlığına ama şimdi hissettiği tek başınalık can yakıcıydı. Herkes büyük partiye gitmek için acele ederken, Bilge birilerinin kendisini herhangi bir plana dahil etmesi için ağır ağır, fark edilmeyi dileyerek etrafta dolandı. Kostüm odasında kıyafetlerini değiştirdi, makyaj odasına kendisine verilen aksesuarları teslim etti, reji odasına intercom'u bıraktı... Fark edilmedi.

Temizlik bölümünde çalışanlar ellerinde gelişmiş cila makineleriyle ortaya çıktıklarında, binada güvenlikçiler ve Bilge'den başka kimse kalmamış gibi görünüyordu.

Boş ve karanlık stüdyoya gitti, koca stüdyoda tek bir insan dahi yoktu. Program başladığında üzerinde durması gereken artıyı aradı gözleri ama bu karanlıkta, yere yapıştırılmış herhangi bir şeyi görebilmek imkânsızdı. Cebindeki telefonunun ışığını yakıp artıyı buldu. Karanlıkta yere eğilip dikkatle baktı artıya ve bunun bir artıdan çok çarpı olduğuna karar verdi. Üzerine sürekli basıldığı için rengi iyice grileşmişti. Tırnağıyla çarpının ucunu hafif kaldırdı. Çarpıyı yerden söküp eline aldı, avcunun içine yapıştırdı. Aniden zifiri karanlık içindeki stüdyonun ışıkları açıldı. Gözleri ani aydınlığın saldırısıyla hemen küçülürken, elleri gözlerine giren ışığa siper oldular.

Stüdyonun hoparlöründen, "Reji odasına gel," dendi. Bilge hemen avucundaki çarpının görülmesini engellemek için elini yere indirip, avucunu bacağına doğru çevirdi. Geri dönüp stüdyoya girdiği arka taraftaki kapıya doğru hızla ilerlerken hoparlör yine açıldı, önce bir an tıkırdama oldu, sonra ses, "Koridordan değil, sahne arkasından," diye buyurdu. Bilge durup sahne arkasının neresi olduğunu anlamaya çalıştı. Can Manay'la oturdukları yerin yan tarafında bir oda daha vardı. Oraya doğru emin olamadan ilerlerken ses, "Doğru. Merdivenlerden yukarı çık," diye onayladı. Aslında Bilge o an çıkıp gitmek istiyordu stüdyodan ama izleniyor olmanın verdiği gerginlik vücudunu ele geçirmişti ve komutları dinledi. Bilge yukarı çıkan merdivenlerin başına geldiğinde stüdyonun ışığı aniden söndü ve Bilge zifiri karanlığın içinde kaldı bir an. Elindeki telefonun ışığından yararlanmak isterken merdivenler aydınlandı. Işık merdivenlerin uzandığı yukarıdaki odadan aşağıya sızıyordu. Biri odanın kapısını açmıştı. Bilge sessiz bir şekilde merdivenleri çıkmaya çalıştıysa da demir merdivenlerde sessiz olmak pek de kolay olmadı. Can Manay'ın kendisini çağırtmış olabileceğini düşününce iyice gerilmişti, ses ona ait değildi ama program bitiminde adam suratına bile bakmadan çekip gitmişti, belki şimdi kafasından sorduğu sorular için azarlanacağını düşündü Bilge ve garip bir şekilde rahatladı. Can Manay hakkında bu gece fark ettiği bir şey vardı, kızması umursamazlığından çok daha iyiydi. Yapması gereken savunmayı içinde planlarken kapıya vardı. Kapıda 'Reji Odası' yazıyordu. İçeri girdiğinde reji masasının önündeki koltukta kaykılarak oturmuş

Kaya'yı görünce dondu. Kaya, Bilge'nin kafasında dolanabilecek bir sürü düşünceyi engellercesine, "Korkma. Gitmeden seninle konuşmak istedim sadece," dedi. Bilge donduğu yerde dikildi sessizce. Kaya kendi kendine gülerek, "Kaç yaşındasın?" diye sordu. Bilge kurumuş boğazından titreyerek çıkan sesin içindeki tedirginliği yansıtmasından rahatsız, "21," dedi.

Kaya, "Seni izledim... Kopuksun!" dedi, Bilge gerildi. Kaya, "Hayat ne tuhaf!.. Senin bu deformasyonun, Can'ın sende yayılmasını engelleyebilecek tek şey; kendini dışarıda tutabiliyorsun (gülerek) belki de hayat seni dışarıda tutuyor. Sen yaşamıyorsun, izliyorsun." Kaya konuşmasının Bilge tarafından şimdilik çok da anlaşılmadığını düşündü. Kız kapının ağzında tetikteydi.

Kaya, "Belki şimdi sana anlamsız geliyor duydukların ama bir gün Can'ın fanatiği olarak uyanabilirsin ve seninle işi bittiğinde hayatının en verimli yıllarını narsist bir manyağın kendini tatmin etmesi için harcadığını anlarsın. Onun sahteliğini samimiyetle karıştırma. Ne yaparsan yap, kopuk kal," dedi ve kaykıldığı sandalyeden kalkıp Bilge'nin yanından geçerken bir an ona dönüp ironiyle, "Kolay gelsin," dedi, kapıdan çıktı. Merdivenlerden aşağı inerken, "Işıkları söndürmeyi unutma!" diye seslenene kadar Bilge hâlâ kıpırdamamıştı.

- 53 -

Can, az zamanda kısaca yapılması gereken işlerin, çok zamanda ağır ağır yapılması gereken işlerden çok daha fazla zaman alabileceğini bildiğinden, kimseye bir şey söylemeden çıktı stüdyodan ve hızla odasına gidip suratındaki makyajı sildirdi. Normalde kısa bir duş bile alabilirdi ama stüdyo konukları arasındaki egosu yüksek ünlü kişilikler kendisini odasında ziyaret etmek isteyebilirlerdi. Herhangi birisine yakalanma olasılığına karşılık seri bir şekilde aracına bindi. Ali her zamanki gibi hazır bekliyordu ve yola çıktılar.

Daha stüdyodan tek bir kişi bile çıkmamıştı ki, Can Manay yoldaydı. Program öncesinde partiye katılmayı düşünüyordu ama şimdi tek istediği biraz rahatlamaktı. Dengede olmak Can'a öyle bir kararlılık ve kendini tanıma hali vermişti ki, ne istediğini düşünmesine, seçmesine ve karar vermesine gerek yoktu, içten gelen bir şekilde biliyordu. Cep telefonundan Cansu'yu aradı. Konuşma kısa ve özdü. Bir saat içinde Can'ın atölyesinde buluşacaklardı.

Atölye'ye ilk gelen Can'dı. Ali'ye kendisini bir saat sonra almasını söyleyip indi araçtan. Atölyeden içeri girdiğinde ne bir ışık yaktı ne de üst kata çıktı. Kapının yanındaki sandalyeye oturup Cansu'nun gelmesini bekledi. Yerinden kalkmamak için kapıyı aralık bırakmıştı. Kapının aralığından giren hava Can'ın suratını okşamaya başladığında, Can kafasını arkasındaki duvara yaslayıp gözlerini kapattı. Anın sessizliği esen rüzgârın tenindeki dokunuşunu daha da belirgin kılıyordu şimdi, tadını çıkardı.

Dengede olduğundan mıydı neydi bilmiyordu ama beyninde gereksiz hiçbir düşünce şekillenmiyordu. Kafasını yoran, kendisini vakit kaybettirmiş hissettiren hiçbir fikre yer yoktu. Kendi benliğiyle saf, temiz ve ferahtı, aynı suratına dokunan rüzgâr gibi. Bu rüzgâr Duru'yu ilk gördüğü günü hatırlattı.

Cansu geldiğinde, aralık olan kapıyı tereddütle ittirip kafasını içeri uzatarak Can'a seslenmişti. Cansu'nun sesindeki tedirginliği duyan Can, gözlerini açarken istemdışı gülerek, "Burdayım, girsene," dedi sakince. Karanlık ve kapısı aralık olan atölyeye girmekte bir an tereddüt eden Cansu, Can'ın komutuyla rahatlayıp karanlıkta yolunu bulmaya dikkat ederek içeri girdi, kapıyı kapattı.

Cansu, "Nerdesin?" dediğinde Can oturduğu yerden sessizce ayağa kalktı ve Cansu'ya doğru bir adım atarken sakince, "şşşş" diyerek susturdu. Atölyenin sessizliği kafasındaki dengeyi daha da iyi hissetmesine neden olmuştu ve herhangi bir sesin kafasındaki huzurla arasına girmesini istemiyordu. Cansu'nun dibindeydi.

Aydınlıktan karanlığa geçtiği için hâlâ ortamı görmekte zorlanan Cansu, ancak Can'ın eli vücudunda hafifçe gezinmeye başlayınca onun karşısında dikildiğini anladı. Konuşmak için ağzını açmıştı ki, Can parmağıyla hafifçe dudaklarına dokunup yine, "şşşş" diyerek susturdu onu. Can'ın parmakları Cansu'nun dudaklarından kayıp memelerinde bir rüzgâr gibi gezinmeye başladığında, sessiz karanlıkta birbirlerinden sadece bir nefes uzaklıktaydılar. Can suratını iyice yaklaştırdı, dudaklarını Cansu'nun sol yanağından kulak memesine kaydırıp boynuna doğru indirirken Cansu'nun tenine o kadar hafif dokunuyordu ki, Cansu birazdan öpüleceğinden emin ağzını araladı. Can fısıldayarak, "Beni mutlu etmek ister misin?" dediğinde Cansu cevap verecekti ama Can eliyle Cansu'nun dudaklarına dokunup konuşmasını engelleyerek, "İstediğini biliyorum," dedi. Cansu, Can Manay'la her türlü şekilde ve koşulda sevişmeye alışıktı, hazırdı. Doğal bir şekilde uyuyorlardı birbirlerine, hiç zorlanmadan birbirlerinden ihtiyaç duydukları şeyleri alıyorlar ve hiç utanmadan hayatlarına devam ediyorlardı. Can'ın oyuncu tavrı daima çok çekici gelmişti Cansu'ya, özellikle en son sevişmeleriyle birlikte Cansu için, Can'la aralarındaki bağ o kadar güçlü hissedilir olmuştu ki, bu gece ciddi bir şeylerin başlangıcı olabilir gibi hissediyordu.

Cansu biraz sonra öpüleceğinden emin dudaklarını uzattı ve ağzını araladı. Can fısıldayarak, "Beni yutmanı istiyorum," dedi. Cansu kendisine fısıldanan şeyin ne anlama geldiğini anlamaya çalışırken Can'ın fermuarının açılma sesini duydu. Can bir adım geriye gidip eliyle Cansu'nun koluna dokunarak parmak uçlarıyla onu kendisine doğru çekti. Can sırtını duvara yasladığında, Cansu yönlendirilmeye teslim olmuş öylece karşısında bekliyordu, gözleri karanlığa iyice alıştığı için şimdi Can'ın suratını da seçebiliyordu.

Can sağ işaretparmağını Cansu'nun suratında gezdirdi, yanağından boynuna indirdi, boynundan omzuna kaydırdı, parmağının ucuyla Cansu'nun omzuna ulaştığında hafifçe bastırdı. Cansu küçük bir parmak dokunuşuyla dizlerinin üstüne çöktü.

O gece ne öpüştüler, ne konuştular ne de birbirlerini net bir şekilde gördüler. Cansu, daha önce hissetmediği bir adayışla Can'ı mutlu etmek için koşulsuzca koydu kendini ortaya. Can ne istese, nasıl istese yapmaya hazır, onun varlığına adanmış bir şekilde, aralarındaki bağın daha da güçlendiğini düşünerek yuttu Can'ı.

Cansu'nun varlığı kapı aralığından esen rüzgârı kestiğinde Can'ın aklında bir tek kişi vardı. Duru. Kapıdan giren kişinin Duru olmadığını biliyordu ama karanlığın yardımıyla bu bilgiyi beyninin derinliklerine gömebileceğini düşünmüştü başta, ta ki Cansu'nun baharat bazlı parfümünü içine çekene kadar. Bu parfüm Duru'nun taze çiçek kokan bedeniyle asla örtüşmeyen deneyimler içeriyordu ve bu kokuyla kaplanmış bir bedenin Duru'ya ait olduğunu düşündürecek kadar kandıramazdı beynini. Karanlıkta karşısında duran kadından hiçbir şey istemediğini düşünürken Cansu'nun kendisini mutlu etmeyi ne kadar isteyebileceği aklına geldi. Madem buraya kadar gelmişlerdi, madem Cansu Can'ı, Can da rahatlamayı istiyordu neden olmasındı? Fermuarını indirirken, Duru'yu tanıdığından beri ilk defa onu düşünmüyordu kasıklarına kan hücum ederken. Bunun iki nedeni vardı: 1- Duru'nun güzel ağzını bu şekilde kullanmayı asla düşünemezdi. 2- Duru asla böyle deneyim dolu kokmazdı. Cansu, Can'ı mutlu ederken Can sadece mutlu edilmenin ne kadar rahatlatıcı olduğunu düşünerek mutlu oldu.

Cansu'nun çalışması bittiğinde Can'ın tek istediği onun sessiz bir şekilde gitmesiydi. Bir kadından size tapınmasını isteyip sonra ondan kolay kurtulamazdınız. Can yerden henüz kalkmaya fırsat bulamamış Cansu'ya doğru eğilip onu alnından öperken fısıltıyla, "Tanıdığım kimse bunu senden daha iyi yapamazdı.

Teşekkür ederim," dedi. Can lafını bitirdiğinde tek bir hamlede pantolonunu yukarı çekti, Cansu yerden kalkarken, Can karanlıkta bir karaltı olarak sokak kapısını açmıştı bile. Can, karanlığın içinde ne olduğunu anlamak için gözlerini kocaman açmış Cansu'ya sakince, "Gitmem gerek ama bu gece seni görmeseydim uyuyamazdım," derken kapıdan çıktı. Cansu için büyük anlam ifade edecek bu kelimeler havada kaybolurken, Can hiç arkasına bakmadan araba atölyelerinin önünden hızla geçip oto sanayinin üst kısmına doğru yürüdü. Cansu'nun aracıyla karşılaşma ihtimaline karşı yolun karşı şeridine geçip şehrin en büyük caddelerinden birine vardı, yine karşıya geçip askeri arazinin girilmesi yasak olan duvarının yanından sakince yürüdü. Kendini dengede hissetmek böyle bir şeydi: Anı yaşarken başka hiçbir şeyin o anla aranıza girmesine izin vermeyecek şekilde çalışıyordu beyin. An, sen ve evren: Denge.

- 54 -

Deniz içindeki duyguyu müziğe döküp kayıt odasındaki işini bitirdiğinde günün doğmasına az kalmıştı. Duru'nun bütün gün yanına uğramamış olması biraz garip gelmişti ama sanki böylesi daha da iyi olmuştu. Hiç bölünmeden müziğe verebilmişti kendini. Ne zaman aşağıya inse, bir süre sonra Duru onu ziyaret eder ve bazen bu küçük ziyaretler çiftleşmeyle sonuçlanırdı. Duru için kendini müziğe vermiş Deniz'den daha çekici bir şey yoktu galiba. Çiftleşmenin ardından içindeki müziği dinlemek için çok geç olduğunu düşünen Deniz, ince bir tane sarıp kendini uyuşturarak günü bitirirdi. Duru'nun gelmemesi bir ilkti. Bu sayede Deniz konsantrasyonu bozulmadan çok uzun süredir ilk defa, aylardır içinde biriktirdiği tüm malzemeyi kâğıda dökebilmişti. Sadece bu gece kendisini tüm ülkede ünlü edecek kadar etkileyici dört parça yazmıştı bile.

Merdivenleri çıkarken yazdıklarından bazılarını basmayı düşündü, kafasında zehir gibi gezinen bu fikri hemen dışarı atmak için aklına Şadiye Reha'yı getirdi. Bininci kere aklına gelen CD çıkarma fikrini hemen kafasından attı, en azından şimdilik. Salona çıktığında yatak odasına uzanan merdivenlerin başındaydı ki, önce burnuna esrarın bayat kokusu geldi. İçildikten sonra havalandırılmamış bir odanın kokusuydu bu ve şaşkınlıkla kafasını salona doğru uzattığında açık kalmış televizyonun duvarlara yansıyan ışığını gördü.

Merakla salona doğru yürüdü. Duru koltukta iki büklüm kıvrılmış uyuyordu. Üşüyen ayaklarını birbirine kilitlemiş, dizlerini karnına çekmiş, gözüne gelen televizyon ışığını da yumruk yaptığı eliyle örtmüştü. Sakince Duru'ya seslendi ama Duru tepki vermedi. Duru'nun yanına yaklaşırken odadaki kokunun kaynağını gördü. Sehpanın üzerindeki kül tablasında biraz kül vardı, sonuna kadar içilmiş izmaritse sehpanın üstüne bırakılmış ya da düşürülmüştü. Kendi erzak çekmecesi yarı açık duruyordu. Hissettiği acı kalbine oturdu, berrak bir su gibi ışıldayan bu genç insan, koltukta kendinden geçmiş, uyuşmuştu. Bu durumun tek bir suçlusu vardı, kendisiydi.

Duru, yıllardır savaştığı şeye teslim olmuştu. Bu manzara şaşkınlık vericiydi, bakışları koltukta kıvrılmış uyuyan Duru'ya kaydı. Şaşkınlığının yerini şefkat aldı tüm bedeninde. Bu güzel kız çocuğunu nasıl da günbegün zehirler olmuştu! Kendinden tiksindi. Koltuğun önünde diz çöküp Duru'nun suratını saklayan yumru ellerini tuttu, sol elini Duru'nun boynunun altından geçirirken sağ eliyle Duru'yu dizlerinin altından tutup kavradı. Kucağına aldığında Duru sadece, "Bırak," diye mırıldandı. Deniz umursamadan Duru'yu merdivenlerden yukarı taşıdı. Göğsündeki ısırık yarası, Duru'yu taşımanın ağırlığıyla biraz gerilmişti ama umursamadı. Duru'yu yatağa koyup üstünü örttü ve üşümüş ayaklarının altına örtüyü soktu iyice. Duru böyle yatmayı severdi, ayakları tamamen örtülmeli hatta mümkünse örtü ayaklarının altına da girip sarmalıydı. Deniz'se daima ayakları örtünün dışında uyurdu.

Deniz açık kalan televizyonu kapatmak için aşağıya indiğinde, dağılmış sehpanın üstünü hızla toparladı, düşmüş izmariti diğer çöplerle birlikte avucunun içine aldı, sehpanın üzerindeki külü eliyle yere silkeleyip sehpayı temizledi. Bu sehpayı böyle toparlamayalı yıllar olmuştu, genelde sızıp yukarı taşınması gereken kendisi olduğu için sehpayı toplama işi hep Duru'ya kalırdı. Açık bırakılmış çekmeceyi kapatmak için uzandığında bir an durakladı, odanın içine sinen kokuyu derin bir nefesle içine çekti. Çekmeceyi kapatmaktan vazgeçti, iki büklüm olmaktan yorulmuştu, açık olan çekmecenin önündeki koltuğa çöktü. Hareketsiz bir şekilde çekmeceye baktı. Çekmecenin içinde sarılmaya hazır duran beyaz tek bir kâğıt vardı. Deniz narin davranarak kâğıdı ince, uzun parmaklarının ucuna aldı. Kâğıdın inceliğine dikkatle baktı, ucunda bir boydan diğer boya uzanan yapışkan hattı inceledi. Her sardığında kâğıdı yapıştırmak için yaladığı bu kısmın tadı, ne kadar da tanıdıktı. Zaman içinde aklına gelen ilk tatlardan biri haline gelmişti bu yapışkanın tadı. Çekmeceyi iyice açıp içinden küçük ot kutusunu çıkarmayı düşündü, eli yavaşça uzandı ama çekmeceye değer değmez vazgeçti, onun yerine hızla çekmeceyi kapatıp bir an önce çekmecenin çekiminden uzaklaşmak istercesine ayağa fırladı. Elinde narince tuttuğu ince kâğıdı buruşturup attı. Aceleyle masanın üstündeki kirli bardağı parmaklarının arasına sıkıştırıp televizyonu kapattı. Televizyonun ışığı gidince ortam ışıksız kalmıştı ama doğmak üzere olan güneşin kırık aydınlığı salondaydı. Deniz ilk defa kendini uyuşturmadan uyumayı seçmişti. Göğsündeki yaraysa inceden inceye kanıyordu.

- 55 -

Ayaklarının altındaki boşluk, önünde şehri 180 derecelik açıyla kucaklayan manzara ve bulunduğu yükseklik... Korkudan çok Can'a uçabilecekmiş hissi veriyordu. Daha kalın giyinmiş olmayı istedi, güneşin doğmasına yaklaşık altı dakika kadar vardı ve aşağıda karınca gibi görünen inşaat araçları binanın önüne toplanmaya başlamışlardı. Şimdilik üç araç vardı ama inşaat yaklaşık 20 dakika içinde iyice hareketlenecekti. Konuyla ilgili endişelenmesi için 20 dakikası daha olduğunu hesaplayan Can, bakışlarını güneşin doğması gereken yere çevirdi. Buraya gelmesi tamamen tesadüfen gerçekleşmişti. Atölyeden çıktıktan sonra yürümeye başlamış, kendisini arayan Ali'ye evine gitmesini söylemiş, yürümeye devam etmiş ve inşaatın önüne geldiğinde kafasını kaldırıp inşaat halindeki dev gökdelenin üst katlarından birinde ayaklarını aşağıya sarkıtmış oturan adamı görüp durmuştu.

Can, inşaat arazisine girebilmek için demir plakanın üstünden atlamak zorunda kalmış, araziye girdikten sonra binanın yukarısına tırmanmasıysa epey yorucu olmuştu. Bir adamın duvarın üstünden atlayıp araziye girdiğini gören ve telaşla oturduğu yerden fırlayan bekçi, adamın üstündeki takım elbise nedeniyle, şirketten binayı kontrole gelen biri olduğunu düşünüp koşar adamlarla aşağıya inmeye başlamıştı.

Bekçi telsizle diğerlerine haber vermiş olsa da, kameralar henüz her yere yerleştirilmediği için, takım elbiseli adamı bulmak samanlıkta iğne aramaya benzer hale gelmişti. Çünkü gökdelen inşaatının arazisi, otoparkı da içine katınca, çok büyüktü. Can 20 küsuruncu merdivendeyken bekçiyle ancak karşılaştılar. Kan ter içinde merdivenlerden inerken Can Manay'ı karşısında gören bekçi önce gözlerine inanamadı, sonra Can Manay'la tokalaşma fırsatını kaçırmamak için hemen elini uzattı. Tokalaştılar. Can bekçiden kendisine biraz yalnızlık sağlaması için yardım istedi, firmadan gelmediği ya da intihar etmeyeceği konusunda bekçiyi ikna ettikten sonra, ki bu sadece birkaç dakikasını almıştı, güneşin nereden doğduğunu sordu. Bekçi doğuyu işaret edip diğer arkadaşlarına her şeyin yolunda olduğunu bildirdikten sonra bir süre Can Manay'ın yanında dikildi. Can Manay'ın sessiz umursamazlığı kendisine gitmesi gerektiğini anlatınca, sırtı dönük Can Manay'a el sallayıp merdivenlerden inmeye devam etti. 27. katta olduğunu öğrenmişti Can Manay. Katın ucuna gidip güneşin doğmayı planladığı cepheye bakarak oturdu, ayaklarını duvardan aşağıya sallayıp şehri izledi.

Güneş doğduğunda, ilkel insanların niye güneşi Tanrı olarak gördüklerini düşündü. Bu kadar fark yaratan, etkileyen, parlak ve ulaşılamaz bir şey başka ne olabilirdi ki? Üstelik sözünü tutuyordu, her gün! Dünyaya böyle tepeden bakınca insanlık ne kadar da saçmaydı! Yollar yapmışlardı arabalarını sürmek için, her şeyi kendi hayatlarını kolaylaştırmak için yapıyor gibiydiler ama yerine oturmayan bir şey vardı. Çirkin bir şey. Dokunduğu her şeyi çürüten bir organizmaydı bu. Acımasızlıkları o kadar dehşet vericiydi ki, kendilerine hayat veren ağaçları bile tereddüt etmeden kesebiliyorlardı. Acımasızlık değil de, doğruyu bildiğini sanmaktan kaynaklanan cehalet miydi bu? Önemi yoktu, acımasızlık ya da cehalet, sonuç aynıydı. Gündelik ihtiyaçların karşılanması adına ömrün feda edildiği, amaçsız bir yaşamın çirkinliği haline gelmişti insan ömrü. Ne değeri olabilirdi ki? İçindeki dengede, anda ama insanlıktan tamamen kopuk hissetti... O an herkes ölse içinde sadece rahatlama olabilirdi, Duru dışında.

Oturduğu yerden kalkmaya karar verdiği ana kadar yükseklikten korkmamıştı, şimdi tek ayağını yukarı çekip vücudunu kenardan uzaklaştırmak için hamle yaparken, 27 kat yukarda olmanın dehşetini hissetti, bu duygu hoşuna gitti.

Aşağıya indiğinde, vücudu uykusuz bir gece geçirdiğini fark etmeye başlamıştı, yorgundu. İniş yolunda karşılaştığı şaşkınlık içindeki birkaç işçiye daha selam vermek zorunda kalmış, selamları kısa tutabilmek için kendisini kaçar gibi göstermeyecek hızda koşar adımlarla zemin kata ulaşmıştı. İnşaat arazisi işçi kaynıyordu. Can Manay'ı görenler önce gördükleri kişinin gerçekliğine inanamıyorlar ve hemen yanındakileri Can Manay'a bakmaları için uyardıktan sonra el sıkışmak isteyen diğer işçilerin peşine takılıyorlardı. Can Manay bu selamlaşma seremonisinin çok uzayacağını anladığında, kendine uzatılan ellere bakıp ellerini havaya kaldırdı ve yüksek sesle, "Günaydın! Hoşça kalın!" deyip suratındaki hınzır gülümsemenin arkasına saklanıp koşarak çıktı inşaattan.

İşçi kalabalığının arasından sakin caddeye çıktığında rahatlamıştı. Trafikte akan araçlar ve araçlardan inip işlerine yetişmekten başka hiçbir şeye dikkat etmeyen insanlar arasında neredeyse görünmez hissetti kendisini. Yorgunluğu şimdi sadece vücudunda değil, beyninde de hisseder hale gelmişti. Uykusu vardı. Önünden geçen ilk taksiye bindiğinde taksicinin Can Manay'ı tanıması sadece dört saniye sürdü. Her hayranıyla yaptığı klişe konuşmalardan birini kısaca yaptıktan sonra evin adresini verdi, yola koyuldular.

Can gerçekten dinlenmek istediği için eski, daha doğrusu orijinal evine gitmek istemişti. Yeni evinin Duru'nun varlığıyla yoğrulmuş enerjisi evde dinlenmesini engelleyen bir durum yaratıyordu. Dışarıdan gelen en ufak bir seste Duru'yu görebilme umuduyla sürekli yerinden kalkıp pencerelerden bakıyor ya da uykusunu bölüp kameraları kontrol ediyordu. O evde, ancak, avını bekleyen bir avcı kadar huzurluydu.

Eve varmak üzereydiler ki taksici dün geceki programla ilgili kafasına takılan bir şeyi sordu. "Can Bey! Sunucu kızı nerden buldunuz?" dedi. Can, taksicinin bahsettiği kişinin kim olduğunu bir an düşünündü ve adını o an hatırlayamadı. "Belgin... Yok Bilge... Niye sordun ki? Kötü müydü?" dedi. Taksici suratında bir gülümsemeyle, "Yok be abim. Belgin Hanım'dı de mi? Başta baya heyecanlandı kızcağız, oradan oraya yürüdü durdu, çok komikti. Televizyon sunucularından, o hoppa kızlardan falan olmadığı çok belli, ne bileyim ben, çok gerçek geldi bana, hoşuma gitti. Sizin programa da böylesi yakışır zaten," diye cevap verdi. Yolculuğun geri kalanında programı düşündü, nihayet başarıyla bitirmişti. Kaya'nın ağırlığına ve Bilge'nin acemiliğine rağmen her şey planladığı gibi olmuştu, birkaç soru haricinde. Kaya'nın nihayet resimden çıkması Can'a tarif edemeyeceği bir rahatlama vermişti, en sonunda hayatındaki gereksiz muhalefetten kurtulduğunu hissetti.

Evin önünde durduklarında, taksi şoförünü uyarmak için miskin miskin kulübeden çıkan güvenlik görevlisi arka kapıyı açan kişinin Can Manay olduğunu görünce hemen toparlandı. Yeni evine taşındığından beri görmemişti Can Manay'ı. Can arabadan inip güvenliğe selam verdi, eve doğru ilerledi. Can Manay'ı takip eden güvenlikçi evin kapısını açarken, "Havalandırmayı her zamanki gibi ayarladım ve misafirinizi de salona aldım efendim," dedi.

Can kapıdan girmek üzereydi ki durdu. "Misafir?" diye dönüp güvenlikçiyi sorguladı. Güvenlikçi Can Manay'ın suratında gördüğü ifadeden tedirgin, "Eti Hanım... Sizi bekliyor," dedi.

Can içinde hissettiği tedirginliği kocaman bir gülümsemeyle bastırarak kapıdan içeri girdi. Son dakikada karar vermişti buraya gelmeye ve Eti'nin burada onu bekliyor olması aralarındaki kopmaz bağı hatırlattı Can'a. Programda Eti'yle ilgili söylediği her kelimede samimiydi ama bu değerli kadın sevgi kelimelerinden etkilenip ziyarete kalkışacak biri hiç değildi. Eti en son altı sene önce gelmişti bu eve... Salona uzanan dört basamağı çıkınca, salonun ortasında üzerine ceketini giymek üzere olan Eti'yi gördü. Onunla göz göze gelebilmek için basamakların başında durdu, bir bakışı her şeyi nasıl olsa anlatacaktı. Eti kafasını kaldırmadan ceketini giydi, düğmelerini ilikledi, sehpanın üzerindeki araba anahtarlarını eline aldı ve nihayet Can'a baktı. Bir terslik vardı. Can, Eti'ye yaklaşırken Eti'nin kupkuru bir sesle konuşması onu durdurdu. "Burası senin dünyan ve biz sadece burada yaşıyoruz di mi CAN MANAY?!"

Adının üzerindeki vurgu tokat gibi çarptı Can'ın yüzüne. Can hâlâ sessizdi, kendi savunmasını oluşturmadan önce neyle suçlandığını iyice anlamayı bekliyordu. Eti aynı kuru sesle, "Evet, belki de nehrin en güzel manzarası ancak şelalenin en tepesinden görülüyor ama bir sonraki adım daima düşüştür. Hayatta nerde durduğunu iyi bileceksin, neden orda durduğunu unutmayacaksın ve asla duruşunu bozmayacaksın!" dedi, yürümeden önce bir kelime daha etmek üzere ağzını açtı, vazgeçti. Bu vazgeçiş Can'ı daha da sarstı çünkü Eti'nin gözlerinde hayal kırıklığı vardı. Eti gitmek için kapıya yöneldi, Can'ın yanından geçerken Can şefkatle Eti'yi kolundan tuttu ama Eti onun konuşmasına fırsat vermeden, "Bizim ailemizde kim 200 Sokak'ta oturdu?! Şimdi niye bütün bu deşifre! Bu yolun ne sana ne de bana yararı var Umut," dedi ve yürüyüp çıktı evden.

Yaşadığı sarsıntıdan sonra Can Manay'ın tekrar kendi benliğine dönmesi zor oldu.

- 56 -

Devlet balesinde işler karışıktı, zaten kazandığı para da yetmiyordu. Karnını gündelik olarak doyurabilmesini garantileyen ve ona alışık olduğu özgürlüğü veren bir iş bulabilmesi biraz zamanını almıştı ama kâğıt toplayıcılığı kısa zamanda ustalıkla yapabileceği bir işti. Geceleri şehrin en köhne semtlerinde çöp çöp dolanıp kâğıtları toplamak, hayatı Göksel gibi en sert haliyle deneyimlemiş biri için, hem bir spor hem de neredeyse keyif veren bir iş haline gelmişti. Yaklaşık bir haftadır bu işi yapmasına rağmen, atık kâğıt satın alanları bile şaşırtacak bir performans göstermişti. Performansının temeli, kâğıtları topladığı alanları internetten seçmesi, hatta birkaç matbaayı, ağaçları koruma derneğinden arıyormuş gibi arayarak ellerindeki atık kâğıtları kendisine vermeleri konusunda ikna etmesiydi. Diğer kâğıt toplayıcılarında olmayan bu internet kullanımı ve planlama sayesinde Göksel'in zamanı asla kâğıt aramakla geçmiyordu. Yola çıkıyor, önce randevularına uğrayarak bir araba dolusu kâğıdı teslim alıyor, bu birinci partiyi bıraktıktan sonra ikinci vardiyaya da gece yarısı çıkıyordu. İkinci vardiyaya nerede başlarsa başlasın, geceyi bitirdiği nokta hep aynı oluyordu. Ada'nın babaannesiyle yaşadığı eski ahşap evin önündeki çöp tenekesi, Göksel'in her gece yarısı uğradığı son noktaydı.

Gecenin bir yarısı evin aynı odasında yanan ışık ve sadece iki kere çok kısa süreliğine duyabildiği keman sesi dışında Ada'nın varlığını gösteren hiçbir şey yoktu bu evde. Kendi kendine düşündüğünde Ada'nın peşinde olduğu düşüncesinden rahatsız oluyordu, kendini bildi bileli kimseyi takip etmemiş, kimseden bir şey beklememiş ve herkesten korumuştu kendisini. Hayat tehlikeli bir şeydi, hayatta kalmaksa ölümcül. Her anlamda bunu en detaylı şekilde deneyimleyen Göksel, kendisini zayıflatacak ve başkalarının merhametine bırakacak hiçbir duyguya yer vermemişti. Ada'nın varlığı dinlediği o müzikle birlikte içine sızdığından beri her şey farklıydı. Geçirdiği değişimin farkında, mağarasında dikkatlice neye dönüşeceğini bekleyen bir hayvan gibiydi Göksel. Kendi evrimini dikkatle inceleyen, anlamaya çalışan bir hayvan. Ada gelene kadar, kendi varlığını korumak dışında hiçbir amacı olmayan bu organizma, şimdi gelişip olması gereken şey olabilmesi için Ada'nın müziğine ihtiyaç duyar olmuştu. Temkinli, sabırlı, sessiz ama meraklı ve ilk defa korkak. Göksel, geceler boyunca o ahşap evin önünde durup Ada'nın müziğiyle kendisine dokunmasını bekleyecekti, bekleyişini asla kendine itiraf etmeden.

- 57 -

Konuları belirlemek, hatta makaleleri yazmak bile sadece bir gününü almış, derginin mizanpajını yapacak, fotoğrafları düzenleyecek ekibi kurmaksa zor olmuştu. Kafasında hep çalışmak istediği dört, beş isim vardı ama Sadık Murat Kolhan'la yaptığı gizlilik anlaşması gereğince daha önce bu sektörde çalışmamış, Özge'yi tanımayan, hiçbir dergiyle bağlantısı olmayan kişilerle çalışacak ve hem kendi adını hem de Sadık Murat Kolhan'la olan ortaklığını gizli tutacaktı. Bu durumda çaresiz kalan Özge derginin iyi yapılmasını da garantilemek için çareyi üniversitelerin grafik tasarım bölümlerinde öğretim görevlisi olarak çalışan kişilerle bağlantıya geçmekte buldu ama durum içler acısıydı. Üniversite öğrencilerine grafiğin, tasarımın, mizanpajın inceliklerini öğretsin diye maaş verilen bu adamların, bırakın işin inceliklerini bilmeyi, piyasada yaygın programların nasıl kullanıldığını bile bilmeyen bir ahmaklar sürüsü olduğunu düşündü Özge. Zaten başarısız olacaklarına daha mezun olmadan karar veren bu sürü, aynı parazit psikolojisiyle öğrenim gördükleri üniversitelerde öğretim görevlisi olarak kendi sorunlarını çözmüşlerdi. Bir koca gün, bu sonuçsuz arayış içinde geçmişti. Üniversitelerde düşündüğü kişileri bulamayan Özge, bu sefer de kurslara başvurdu. İnternette bulduğu, iyi puanlama almış grafik tasarım kurslarında senyör eğitmen olarak çalışan iki kişiyi hemen işe aldı. Bu iki kişi de kendilerine yardım etsin diye kendi tanıdıkları bir grafikeri işe aldılar. İki art direktör, bir grafiker ve Özge ile ekip bir günde tamamlanmıştı. Kendi laptopundan çalışan Özge, dergi için üç bilgisayar, bir yazıcı aldı. Alınan ekipmana ay sonunda ödenecek maaşları da ekleyince paranın bir kısmı gitmişti bile.

Doğru matbaayı bulmak kolay olmamıştı. Şehrin bir zamanlar en saygın gazetesinin basıldığı bölgede bir sürü iflas etmiş ve etmek üzere olan birkaç matbaa olduğunu biliyordu. Gazetenin bulunduğu yer şehrin en eski yerleşim yerlerinden biriydi, gazetenin varlığının etkisiyle bölge nerdeyse yüzyıl boyunca matbaalarıyla ünlenmişti. Ama gazete kapatıldıktan sonra bölgeyi tekstil artıklarından para kazananlar istila etmişti. Ülkenin en hakiki gazetesinin tarafsız yayın yapmaktaki ısrarının, hükümette nasıl da sert etkiler yarattığını, hükümet ve gazete arasında çıkan soğuk savaşta, bir yıl boyunca türlü entrikalarla gazetenin üst düzey yöneticilerinin, yazarlarının nasıl da suçlar uydurularak hapsedildiğini izlemişti ülke. Herkes izlemiş, üzülmüş, bunu yapanlardan nefret etmiş ama kimse bir şey yapmamıştı. Kendi çıkarlarını korumak üzere güdümlenmiş medya patronlarına ait diğer medya grupları da durumu görmezlikten gelip konuyla ilgili hiçbir habere yer vermeyerek, ülkenin ruhunun bir parçası olan bu saygın gazetenin yıkılışına göz ucuyla bile bakmamışlardı. Bu durum herhangi bir basın ya da yayın kuruluşunda yer verilmeyen ama halkın kulaktan kulağa konuştuğu bir efsaneye dönüşmüştü artık.

Özge bir zamanlar çıkardığı çocuk dergileriyle ünlenen bir matbaanın peşine düşmüş, matbaanın adreste olmadığını gördüğünde uğradığı hayal kırıklığına rağmen vazgeçmemiş ve neredeyse kapı kapı yaptığı iki günlük araştırma sonunda matbaayı eskiden han olduğu tabelasından belli olan ama şimdi içindeki dağınık overlok atölyeleri ve girişlerine yığılmış kumaş parçalarıyla daha çok pazara benzeyen pasajın zemin katında bulmuştu. Kapatılan gazetenin eklerini çıkardığı için eski gazeteyle yoğun olarak çalışan matbaa sahibi, gazete kapatıldıktan sonra fiyatları indirmesine rağmen nasıl müşteri bulamadığını, sonra yeni bir gazetenin matbaasında çalışan çırağından, kendisinin kara listede olduğunu öğrendiğini ve pes etmek istemese de maliyetleri karşılamak için önce sahip olduğu tek evini ve arabasını sattığını ama sonunda matbaayı nasıl bankaya kaptırdığını anlatmıştı Özge'ye. Matbaanın sahibi Erdal Bey'i dinlerken Özge'nin aklına Can Manay geldi. Bu adamın da bir Can Manay'ı vardı bir yerlerde diye düşündü, aslında onu hiç tanımayan, bilmeyen ama yine de onu yok etmek için karar vermiş biri. Uzun bir sohbetten sonra Erdal Bey'le anlaşmaları kolay olmuştu, adamın tek istediği çalışmaktı ve Özge, Erdal Bey'e onu çok çalıştıracağına söz vererek anlaşmayı imzalattı.

Sıra Sadık Murat Kolhan'ın en önemli şartını yerine getirmeye geldiğinde, Özge hiç düşünmeden arkadaşı Ayşegül'ü aradı. Bu ölümcül maddeye göre, Özge asla derginin yasal sahibi olamazdı! Sadık Murat Kolhan'la ilişiği belirlenebilecek kimse derginin yasal sahibi olamazdı! Özge, güvenilir, bu piyasanın çok dışında, hatta bu şehirden çok uzakta yaşayan birini bulmalı ve tüm yasal haklarıyla dergiyi onun adına yapmalı ve kendisini de dergide basit bir metin yazarı olarak göstermeliydi.

Özge'nin ilkokuldan arkadaşı Ayşegül'ün ailesi güneyliydi. Üniversiteyi başkentte birlikte okumuşlar, sonrasında Ayşegül ailesinin yanına dönmüş olmasına rağmen aralarındaki bağ güçlü kalmıştı. Çok sık olmasa da, Ayşegül'ün evlenmesi, çocuğunun olması gibi durumlarda hâlâ görüşen iki arkadaş arasında zamana meydan okuyan bir sözsüz iletişim ve güven vardı. Özge çocukluğunun en önemli yıllarını Ayşegül'ün ailesiyle birlikte geçirmişti. Ayşegül'ü arayıp fazla detaya girmeden Ayşegül'ün anneannesinin adına bir dergi yapması gerektiğini anlattığında, konuyu kocasıyla bile paylaşmayan Ayşegül iki gün içinde Özge ile çiftlik evlerinde buluşmuş ve derginin yasal evraklarını anneannesine imzalatmıştı. O zamanlar bu durumun çok basit bir protokol olduğunu düşünen Özge, kendisine yapılan iyilik için hem Ayşegül'e hem anneanneye minnetle bağlanmış, onlar asla istemeseler de, onlara her ay kârın yüzde 2'sini gönderme konusundaki kararlılığını anlatmıştı. Tabii ki bu miktarı kendi payından verecekti. Bu basit iyiliğin anneannenin yaşamına mâl olacağını bilse asla yapmazdı ama bilmiyordu ve yaptı.

Şimdi sabahın 5'inde huzur içinde, taksiyle şehir merkezindeki meydana doğru ilerlerken her şeyin nasıl da tıkırında gittiğini düşünüp eğlendi kendi kendine. Taksinin camından gülümseyen yansımasını gördüğünde hemen ifadesini toparladı. Birazdan meydandaki bayiye varacak ve eserinin dünyaya yayılmasını hatta değdiği kişileri verdiği bilgiyle değiştirmesini canlı olarak izleyecekti. Bugünkü planında günün nerdeyse tamamını meydanda geçirmek vardı. Bir banka oturacak, eline aldığı dergiyi okuyup önünden geçenlerin fark etmesini sağlayacak ve satışları izleyecekti.

Trafiğin olmadığı bu saatte merkeze varması sadece 10 dakika sürmüştü. Normalde bu yolu 45 dakikada zor yapardı. Bayi, şehrin en büyük bayisiydi ve 24 saat açıktı. Şehrin merkezindeki meydanın tam ortasında, işi basım olan herkesin en az önünde bir kere sabahladığı bir yerdi burası. Herhangi bir basımın ilk adresiydi. Özge meydanda taksiden inip sanki bir yere geç kalıyormuşçasına koşarak vardı bayiye. Şişman demek için fazla uzun boylu olan iri bir adam, sabah gelen günlük gazeteleri dışarıdaki reyonlara yerleştiriyordu. Bayinin içinde başka birinin olup olmadığına bakan Özge, adamın yalnız olduğunu anlayınca yanına gidip telaşla, "Darbe geldi mi?" diye sordu. Adam, Özge'nin neden bahsettiğini anlamamış bir ifadeyle elindeki bir düzine gazeteyi yerine koyarken, "Darbe mi?!" diye mırıldandı. Heyecanla kendisine bakan Özge'ye dönüp, "Nedir o?" dedi. Özge sabırsız bir şekilde, "Dağıtım kamyonu geldi di mi?" diye sorduğunda adam üst üste istiflenmiş gazete ve dergileri gösterip kafasını evet anlamında salladı. Özge yığına bakıp kendi dergisinden iz aramaya başladı. Adam heyecanlı bir şekilde istifi karıştıran kızın birazdan gazeteleri devirebileceğini düşünüp, "Bir dakika küçük hanım! Siz ne aradığınızı söyleyin, geldiyse ben bakayım," diye müdahale etti.

Özge eğildiği gazete tomarının başından doğrulup, "Bugün çıkacak bir magazin dergisi var, adı Darbe. Ondan almak istiyorum," dedi. Adam tezgahın üstündeki gazeteleri de istifleyip kendi kendine, "Darbe, Darbe..." diye mırıldanarak yığının başına geçti. Birkaç dakika yığının üst kısımlarında dergiyi aradıktan sonra doğrulup Özge'ye döndü, yardım istemekten hoşlanmayan ama beyefendi bir üslupla, "Sizin dergiyi bulabilmemiz için bu yığını yerine yerleştirmem lazım, aceleniz varsa birlikte yapalım, derginiz çıkarsa alırsınız," diye teklifte bulundu. Özge'nin suratına yayılan kocaman sabırsız gülümseme adamı şaşırtsa da tepki vermedi. Hangi gazetelerin ve dergilerin nereye koyulacağını, hangi reyonun neye ait olduğunu kısaca Özge'ye anlattıktan sonra, yerdeki yığını gruplara ayırarak yerleştirmeye başladılar. Yığının daha yarısına bile inmemişlerdi ki, adam elindeki dergileri reyona yerleştirirken merakla, "Darbe bir magazin dergisi için çok tuhaf bir isim," dedi. Özge yaptığı işe devam ederek, "Aslında konusunu düşünürsek hiç de değil," diye cevap verdi.

Adam olduğu yerde durup Özge'ye baktı, sakin bir şekilde, "Darbeler yüzünden çok zaman kaybetmiş, yaralanmış bir ülkede, darbe deyince ilk akla gelen şey magazin olmuyor küçük hanım. Darbe dediğiniz zaman, 'kim kiminle, nerede'den daha kapsamlı, daha karanlık bir şey geliyor insanın aklına. Belki de aramızdaki jenerasyon farkından sizin darbe anlayışınızın bizlerinkinden farklı olması da gayet normaldir," deyip hiç kımıldamadan Özge'nin vereceği cevabı bekledi.

Başta adamın cevap beklediğini anlamayan Özge, ayırdığı bilim dergilerini kucağına alırken adamın kendisine baktığını fark edip ayağa kalktı. Birazdan söyleyeceklerinin iyi anlaşılmasını istiyordu ve bu adam da anlayabilecek biri gibi duruyordu karşısında ve elindeki bilim dergilerini tezgahın üstüne yığıp tozu silkelemek için ellerini birbirine sürterken konuştu. "Aslında tam da sizin anladığınız anlamda anlaşılmasını istedikleri için koydular bu adı. Dergiyi bulduğumuzda size göstericem. Bu öyle kim, kiminle, nerede dergisi değil. Uzun yıllar boyunca kendi iğrençliklerini sanatçı, oyuncu, şarkıcı adı altında kamufle edebilmiş, parayla fahişelik yaparken aynı zamanda medya patronlarıyla da ilişki yaşadıkları için koruma altına alınıp kanallarda ülkenin ablası, annesi olarak programlar yapabilmiş, hak etmedikleri halde yalanla dolanla halktan saygı, sevgi görmüş tüm bu dolandırıcılara darbe gibi inecek, hatta magazin basınının tüm anlayışına da darbe vuracak bir dergi bu. Yıllar boyunca çocuklara örnek gösterilip genç kızların onlar gibi olmak için çabaladığı tüm yalancılara, yalanlarını detaylarıyla su yüzüne çıkararak bir darbe indirecek." Özge, sanki derginin kendisiyle ilgisi yokmuş gibi başlamıştı konuşmasına ama cümlesinin sonuna doğru attığı kişisel savaş naralarıyla derginin bir parçası olduğunu net bir şekilde ortaya koymuştu. Zaten bu saatte kim gelirdi aceleyle yeni çıkan ve adı hiç duyulmamış bir dergiyi almaya! Adam kızın yeşil gözlerindeki alevi gördü, saygı duydu. Şimdi merak ettiği dergiyi diğerlerinin içinden arayıp bulmak daha da önemli bir hal almıştı. Birkaç saniye hiç konuşmadan birbirlerine baktılar, adamın gülümsemesi Özge'ninkiyle birleştiğinde dergiyi bulmak için kaybettikleri bunca zaman sonunda birbirlerinin dostluklarını kazanmışlardı. O an bilmese de, bu adam, Muammer Bey, Özge'nin ender dostlarından biri olacaktı zamanla.

Karşılıklı gülümsemenin hemen ardından sessiz bir anlaşmayla geri kalan dergi istifinin başına yöneldiler. Sessiz ama huzurlu bir şekilde iki saat içinde bayideki her şeyi yerine yerleştirmişlerdi. Saat sabahın 8'i olduğunda işleri bitmiş ama dergiden hâlâ bir iz bulamamışlardı. Muammer Bey bayiye uğramaya başlayan müşterilerine hizmet verirken, Darbe'nin bayiye hiç ulaşmadığından emin olan Özge de hayal kırıklığı içinde ama yılmadan dağıtım şirketini aramaya başladı. Saat 9 olana kadar muhattap bulamadı. Dağıtım şirketinin ilk raporu derginin başarıyla bayilere ulaştığı yönündeydi, ilk dört konuşmasında sakinliğini korumaya çalışan Özge, konuştuğu dört değişik yetkiliden ve üç kere kesilen hattan sonra artık öfke içinde bağırarak derdini anlatmaya başlamıştı. O kadar bağırıyordu ki, meydanda işlerine giden insanlar Özge'nin derdinin ne olduğunu anlamak için durup ona bakıyorlardı. Muammer Bey, Özge'nin yanına gelip dağıtım şirketine bizzat gitmesi gerektiğini, bu şekilde zaman kaybettiğini hatırlattığında Özge elindeki cep telefonunu kapatıp cebine koydu, Muammer Bey'e teşekkür edip meydanın etrafındaki taksilerden birine doğru ilerlemeye başlayacaktı ki, Muammer Bey ona kendi numarasını verip saat başı aramasını, eğer isterse kendisinin de Özge'yi dergi geldiğinde arayabileceğini söyledi. Özge minnettardı. Dünyada en azından bir kişi, o an Özge adına işlerin kolaylaşmasını istediği için, kendisini seviliyor hissetti. Muammer Bey'e çok teşekkür edip yoluna devam edecekti ama önce kendisini samimi hissetmemesine yol açan bir duyguyu adamla paylaşmak zorundaydı. Adamın ardından seslenip büyük adımlarla sıçrayarak yanına ulaştığında, "Muammer Bey, samimiyetsizlik beni tiksindiren bir duygu ve kendimi size karşı samimi hissetmek istediğim için bu açıklamayı yapmak zorundayım. Darbeyle ilgili söylediğiniz şey vardı ya, hani darbeler yüzünden çok zaman kaybetmiş bir ülke olmakla ilgili..." dedi. Bu konuşmanın ardından ne çıkacağını bilemeyen adam temkinle kafasını salladı. Özge devam etti, "Aramızdaki jenerasyon farkı, belki bazı şeyleri farklı algılamamıza neden olabilir ama sizin döneminizdeki darbenin benim dönemime nasıl etki ettiğini anlamak istiyorsanız lütfen bana bakın. Bugün burada durmuş size siyasi bir konuyla ilgili nasıl hissettiğimi söyleyebiliyorsam ve karşıt düşüncelerde olmamıza rağmen siz de dinliyorsanız, bu henüz manipüle altına alınamadığımızın kanıtıdır. Ülke olarak bizim en büyük gücümüz kontrol edilemezliğimizdir, kontrol edilemediğimiz sürece kendi ruhumuzda özgür ama diğer devletler açısından tehlikeli oluruz. Bu ülkedeki her darbe, tehlikeli bir özgürlük duygusundan çıkmıştır. Belki sonrasında kulağa daha şairane gelsin diye darbeyi gerçekleştiren askerler karalanmış, sırttan atılanlar ilahileştirilmeye çalışılmıştır ama gerçek şudur ki, bizi olmadığımız bir şeye dönüştürmeye çalışan, sırtımıza binip bizi çaktırmadan işgal etmeye çalışan her güce karşı verebileceğimiz tek cevaptır bu. Çok değerli kişiler, düşünceler de bu süreçte feda edilmiş olabilir ama geçmiş darbelerin geleceği nasıl etkileyeceğini anlayabilmek için resmin küçük detaylarına değil, büyük resmin geneline bakmak lazım. Sizin bu gibi bir işgale karşı niçin başka cevaplarımız da olmadığını eleştirmenizi anlayabilirim ama kendi ruhumuzu korumadaki tek gücümüzü zaman kaybı olarak algılamanız üzücü. O zaman kaybı olmasaydı, bugün demokrasi adı altında ağzımıza çalınan balın etkisiyle uyuşmuş ve gerçek özgürlüğümüzü kaybetmiştik. Belki önümüzde zor zamanlar var yine ama artık bizimle ilgili herkesin bildiği bir şey var. Biz yeri geldiğinde sırtındakini atıp ayaklarının altında çiğnemiş, çiğneyebilen ve çiğneyecek bir ırkız! İçimizdeki özgürlüğe dokunulduğunda tehlikeli oluruz. Ne zaman kaybetmek ne de diğerlerinin ne düşündüğü korkutur bizi. En değerlilerimizi kurban da edebiliriz, yine. Çekindiğimiz tek şey, önüne çıkan her şeyi planlamadan yıkan kendi özgürlük duygumuzdur. Bu halk, hiçbir zaman boşuna baş kaldırmamıştır Muammer Bey. Darbeler, değerlerimizi değersizleştirip, ülkemizin ruhunu içi boş bir kılıfa çevirmek isteyen sinsi güçlere cevabımızdır. Keşke başka cevaplarımız da olsa ama yenilerini bulana kadar elimizdekiyle varlığımızı korumak zorundayız. En kötü düşman bize yol göstermek için burda olduğuna bizi inandırıp, bizi kendi yoluna manipülasyonla götürmeye çalışandır. Dostumuz gibi davranıp bizi gönüllü birer köleye dönüştürmeye çalışandır. Kontrol edilmesi epey zor bir ırk olarak bu çeşit düşmanlar tarihimiz boyunca hep kaynaklarımıza sızarak var oldular ama sonunda mutlaka kurtulduk onlardan, biraz abartılı bir şekilde de olsa," dediğinde, karşısında sessiz bir şekilde onu dinleyen Muammer Bey'in suratında beliren çok küçük gülümseme, yılların belirginleştirdiği her bir çizginin kendini göstermesine neden oldu. Hayatın çizgilerle doldurduğu bu yüzde, bu gülümsemede umuda duyulan saygı vardı. Muammer Bey tereddüt ettiği gözlerinin içinden anlaşılan bir bakışla, "En kötü düşman bize yol göstermek için burda olduğuna bizi inandırıp, bizi kendi yoluna manipülasyonla götürmeye çalışandır! dedin.

Sen o darbeleri halkın yaptığını mı sanıyorsun? O darbeler içimize sızan düşmanın ürünüdür. Darbeler halktan gelseydi, adları darbe değil ihtilal olurdu. Darbeyi yaşayan bir ülke, adı üstünde, darp edilmiş bir ülkedir. En kötüsü de bu... Senin gibi gerçek vatanseverlerin kullanılması. Bunları konuşacak çok vaktimiz olacak," dedi. Muammer Bey yanlış anlaşılmayacağından emin bir hareketle Özge'yi omuzlarından tuttu ve gülümsedi. Hiçbir şey söylemeden dönüp kendi bayisine doğru giderken, Özge ilk defa Muammer Bey'in topalladığını fark etti. Adamın ardından bakakalan Özge, Muammer Bey'in yüzünü dönmeden kendisine, "Geç kalacaksın, bak bakalım nerde kalmış bizim Darbe?" diye seslenmesiyle kendine geldi. Bunca acelesine rağmen kızın durup içindekini paylaşması hoşuna gitmişti. Özge, hemen dönüp bir taksiye atladı. Gideceği yer uzaktı ve dergi giderlerinden geriye çok az para kalmıştı, şimdiden kendi maaşının büyük bir bölümünü de dergi için harcamıştı. Bu kadar uzak bir mesafeye taksiyle gitmek de çok pahalı olacaktı ama zamanın paradan daha kıymetli olduğu günlerden biriydi bugün. Özge zaman kaybetmeden dağıtım şirketine doğru yol aldı.

- 58 -

Aynı otobüs, aynı yol, aynı okul, aynı öğrenciler, aynı dersler... Ama gün ilk defa bambaşka başlamıştı. Bilge artık Can Manay'ın asistanıydı, en azından diğerleri öyle sanıyorlardı çünkü final programında bizzat onunla karşılıklı oturmuş, ona sorular sormuş sunucu kızdı o. Okulun bahçesinden girdiği andan itibaren göz göze geldiği herkesin gözünde tanınırlık aradı. İlk defa varlığından utanmadan bakıyordu insanların gözlerine. Bilge'nin hissettiği güç dışında aslında hiçbir şey değişmemişti. Aynı gözlükleri, aynı bakımsız saçları, kısa kesilmiş tırnakları ve tereddüt içinde bükülen kırık gülümsemesi... Bilge aynıydı.

Hayatı boyunca bu kadar çok göz göze gelmemişti insanlarla. Koridorda ilerlerken adını bilmediği ve yıl boyunca koridorda karşılaştığı, kendisi gibi silik görünümlü bir kız ilk defa gülümsedi ona. Ardından, merdivenleri inerken bir grup kız önce kıkırdadılar, sonra selam verdiler. Kendi amfisine doğru ilerlerken sırtını dikleştirdi Bilge, kim olduğunu fark edenlere karşı iyi görünmek istiyordu, en azından artık kamburunun altında ezilen biri imajına sahip olamazdı. Daha önce kendisinden başka kimsenin fark etmediği kambur, şimdi artık başkaları baktığı için bir anda düzeltilmesi gereken bir şey olmuştu ilk defa. Kendi amfisine vardığında, karşılaştığı herkesten selam aldı. Önceleri soğukkanlı durmaya çalışsa da, verilen selamın içtenliği suratında sıcak bir gülümseme yayılmasına neden olmuştu. Sınıfına varalı sadece saniyeler geçmişti ki, Bilge suratındaki gülümsemeyle başkanlık seçimlerine hazırlanan ve sevilen bir aday gibi hissediyordu. Amfinin kapısından girerken, yanından geçenlerden bazıları, "Harikaydın!", "Gururla seyrettik." gibi laflar ettiler. Bu samimi ilgi, Bilge'yi daha da bir sakinleştirdi. Belki programa çıkan havalı ve güzel kızlardan biri olsaydı, öğrenciler böyle tepki vermezlerdi ama Bilge gibi sessiz ve ezik, daha doğrusu çirkin birinin bir şey başarmış olması ilham verici gelmişti diğerlerine. Can Manay'la yatmadığı kesindi ve bu da kendisine hissedilen sempatiyi ikiye katlıyordu. Bilge gülümsemesinin daha da fazla suratına yayılmasını kontrol etmeye çalışarak sırasına doğru ilerledi.

Bu sınıfta senelerdir arkadaşsız olmayı başaran tek kişiydi. Şimdi hâlâ arkadaşsızdı ama ilk defa sınıfta kendini yalnız hissetmiyordu. Mutlu denilebilecek şekilde hafif hissetti kendini. Huzurla yerine otururken aklına Kaya'nın hali geldi. İşten atıldığını bu kadar takmaması -hem de 12 yıldan sonra- ve yaptığı uyarılar ne kadar da tuhaftı. Belki de yine Can Manay tarafından organize edilmiş bir yoklamaydı Kaya'nın o geceki uyarısı, Bilge neyse ki hiç ağzını bile açmamıştı. Biraz abartılı bir düşünceydi bu ama hayatı boyunca hep abartılı kâbuslar gelmişti Bilge'nin başına. Şu dünyada kaç kişi daha kendisi bebekken annelik yapmak zorunda kalmıştı ki? Kim bir kez bile sevilmeden, öpülmeden yaşamıştı annesiyle aynı çatı altında? Kim annesinin kakasını koridordan temizlemek zorunda kalmıştı daha ilkokula bile gitmezken? Kim kendi tırnaklarını kesmeyi kendi başına öğrenmek zorunda kalmıştı ya da ayakkabısını bağlamayı... Diğer insanların yaşadığı hiçbir sıradan konfor Bilge'nin olmamıştı. En kötüsü de kim annesinin ölüsünü giydirip sürükleyerek hastaneye götürmek zorunda kalmıştı hem de hiçbir şey hissetmeden. Hayat ona can vermişti ama geri kalan her şey, tüm birincil ihtiyaçların karşılanması bile, bir lükstü Bilge için.

Suratında donan gülümseme tamamen silindi. Ne Can Manay'ın asistanı olmak ne de ülkenin en iyi programının özel kapanış bölümünde sunuculuk yapmak önemliydi şimdi. Etrafına baktı... Herkesin mutlu olmak için en az bir nedeni vardı ve sanki bu gezegen sadece kendisine lanetliydi. Yerçekiminin tüm ağırlığını tüm hücrelerinde hissederken, kendisini çeken yere baktı. Ayaklarını kıpırdatıp hâlâ hareket edebildiğinden emin oldu. İşte o an, biraz önce içinde hissettiği mutluluğun var olabilmesi için bundan çok daha fazlasına ihtiyacı olduğuna karar verdi.

Masasının üstüne konulan küçük zarfı hemen fark etse de, beynindeki düşünceleri sıraya sokup içine girdiği moddan kurtulup zarfı eline almak için harekete geçmesi üç saniye sonra gerçekleşti. Zarfı sakince açtı. İçinde yırtılmış defter kâğıdından bir parça vardı. Kâğıt parçasının üzerinde el yazısıyla bir adres ve saat yazılıydı. Arkasını çevirdiğinde elle çizilmiş bir adres krokisi ve telefon numarası gördü. Dikkatle telefon numarasının rakamlarını ikinci kere okudu. Murat'ın cep telefonuydu bu. Hemen kafasını kaldırıp zarfı kimin bıraktığına baktı, Murat'ın arkadaşlarından bir çocuk amfideki bazı öğrencilere zarf vermeye devam ediyordu. En sonunda olmuştu! Hiçbir hayali yerine gelmeyen Bilge'nin en azından bu hayali gerçekleşmişti. Arada bir yapılan ve genellikle Murat'ın ya da Betül'ün organize ettiği partiye o da davetliydi. Partiyi düzenleyen kişi, çağırmak istediği kişilere verdiği küçük kâğıtla partinin yapılacağı yerin krokisini verir ve karışıklık çıkmaması için telefon numarasını yazardı. Bu, Bilge'nin şimdiye kadar asla davet edilmediği ve hep gözlemlediği bir olaydı. Küçük zarfa baktı. Genelde kâğıt parçası verirlerdi ama bu sefer zarfa koyma zahmetinde bile bulunmuşlardı. Kendisi için hazırlanan kötü bir şaka olduğunu düşünüp hemen paranoyak bir şekilde diğer davet edilenlere verilen kâğıtlara baktı, rahatladı. Aynı zarftan dağıtılmıştı herkese, pardon, sadece davet edilme üstünlüğüne sahip özel kişilere.

- 59 -

Programdan sonra ilk karşılaşmaları evin önünde olmuştu. Provalardan sonra öğlen eve dönen Duru, bahçe kapısını anahtarıyla açmak üzereyken Can Manay'ın aracının yaklaştığını fark etmiş ve karşılaşmanın gerçekleşmesi için olabildiğince yavaş hareket ederek kapının önünde elindeki anahtarı deliğe sokup çıkararak oyalanmıştı. Duru'yu kapının önünde görmesiyle hızlı bir şekilde arabadan inen Can Manay'ın çabukluğu, karşılaşmanın gerçekleşmesini sağlamıştı. Duru'ya doğru giderken Can Manay'ın aklına yan yana durduklarında aralarındaki boy farkının belirginleşeceği gelmiş ama kendi kimliğinin karizmasıyla bu gibi dezavantajları yıllar önce avantaja dönüştürmeyi başardığını hatırlayarak rahatlamıştı. Duru yüzü kapıya dönük, Can'ın kendisini fark etmesini beklerken yaklaşan ayak sesleriyle birlikte bahçe kapısını açmış, Duru'nun kapıyı açtığını gören Can ise kendi içinden sürekli tekrarladığı bu ismi ilk defa başkasının duyacağı şekilde söyleyebildiği için garip bir haz hissetmişti, "Duru!" dediğinde.

Duru'nun dönüp Can Manay'ı fark etmesi, suratındaki güzel gülümsemenin gözlerinde yarattığı ışık, makyajsız suratındaki duruluk... bu her değerli an Can Manay'ın aklına sonsuza kadar işledi. Can, elleri birbirine değdiğinde Duru da kendisiyle aynı enerjiyi hissedecek mi diye dikkatle kızın gözlerine bakarken, toklaşmak üzere elini uzattı. Duru tereddüt etmeden tokalaştı. Can'ın suratındaki farkındalık dolu ifade Duru'nun yüzünün kızarmasına yol açmış ve Can elini Duru'nun ince kemikli ellerinden çekmeden direkt gözlerinin içine bakarak konuşmuştu, "Sanki daha önce tanışmışız gibi..." Duru sadece gülümseyip ne diyeceğini bilmediğini belirten bir mimik yapınca, hâlâ Duru'nun ince elini kendi elinin içinde tutan Can, gözlerini Duru'nunkilerden ayırmadan, "Bunu daha önce hiç kimseye söylememiştim, ne garip," dedi. Duru iyice kızarmıştı, Can'ın yumuşak ve kuru elinin dokusu sakinleştiriciydi ama onun tenini bu kadar net bir şekilde hissetmesi ve bu uzun süren tokalaşmaya eklenen Can Manay'ın keskin siyah gözleri, aralarındaki enerjiyi daha fazla anlamazlıktan gelemeyeceğini anlatıyordu kendisine. Can Manay elini bıraktığında, Duru kapının önünde felç olmuş gibi Can Manay'ın suratına bakakalmıştı.

Can içinde bulundukları alanı tamamen kendi bölgesi haline getiren enerjisiyle Duru'nun biraz önce açmış olduğu bahçe kapısını bir hamlede çekip kapatmış ve kendi evinin kapısını açarken Duru'ya, "Tuhaf bir gündü. Benimle bi kahve içer misin?" diye buyurmuştu. Kendi istemi dışında, düşünmeden kafasını olur anlamında sallayan Duru, suratına hücum eden kanın dışarıdan nasıl göründüğünü düşünürken Can Manay'ın kahve teklifine evet dediği anda pişman olmuş, Can'ın bahçe kapısından geçerken zamanı geri alıp Can Manay'la karşılaşmak için biraz önce oyalandığı kapıdan çoktan geçip kendi evine girmiş olmayı dilemişti. Basit bir merakla başlayan bu küçük karşılaşma çoktan Duru'nun kontrolünden çıkmış ve Duru, kendisini kurtaramadığı bu akıntıda, Can Manay'ın götürdüğü yere doğru sürüklenirken bulmuştu. Merdivenlerden çıkarken iki adım arkasından gelen Can Manay'ın yoğun bakışlarını hissetti üzerinde. Merdivenleri çıkıp evin bahçesine vardıklarında Duru durakladı, o kapıdan şimdi girerse bir daha çıkamamaktan korkuyor ve pişman olmadan, kafasından geçen bin türlü bahaneden birini söyleyip kendi evine dönmek istiyordu. Niye kabul etmişti ki bu kahve teklifini! Duru'nun sağ arka çaprazında duran Can, durduğu noktadan dikkatle kızın profiline, boynuna, tenine baktı. Aralarındaki bu enerji o kadar güçlüydü ki, Duru nasıl olmuştu da bir anda bu kadar derin bir enerjinin altında sıkışıp kalmıştı? Kendisine dikkatle bakan Can'a kaçamak bir bakışla bakıp göz göze gelir gelmez hemen kafasını çevirdi Duru, hızlanan kalbi göğsünden çıkacak gibiydi. Neydi kendisini böyle heyecanlandıran şey? Duru'nun tedirginliğini fırsat bilip çok uzun süredir yapmak istediği gibi sağ elini Duru'nun ince beline koydu Can, Duru'nun kıyafetinin üstünden bile olsa bu dokunuşun ilk dokunuş olduğunun farkındaydı. Can Manay'ın eli Duru'nun teninden birkaç derece daha sıcaktı, beline dokunan yumuşak elin sıcaklığı bir anlığına da olsa Duru'da dokunulmayı isteyen bir arzu yaratmış, hissettiği bu anlık şeyin bir süre sonra çok utanç verici ve pişman edici bir hal alacağını düşünerek hemen kim olduğunu, kiminle olduğunu, Can Manay'ın kim olduğunu ve her gün kimlerle olduğunu hatırlatmıştı kendine. Bu adam bir avcıydı, öğle saatinde komşusunun kadınına sarkacak kadar av meraklısıydı.

Deniz'i düşündü. Bir an önce Can Manay'dan uzaklaşmalı ve hayatına geri dönmeliydi. Etrafını saran bu yoğun duygu içinde, kafasındaki kaçış düşüncesinin önemsizleşmesinden korkarak hemen Can Manay'a döndü. Hızlı bir şekilde, unuttuğu bir şey olduğunu, birazdan kuzeninin kendisini ziyarete geleceğini ve hemen eve gitmesi gerektiğini söylerken merdivenlerden inmişti bile. Ama bahçe kapısından çıkmadan önce yaptığı hareketin kabalığını hafifletmek için Can Manay'a el sallamak istedi, tekrar dönüp gözlerine bakmamaya dikkat ederek el salladı. Kapıdan çıkıp hemen yan taraftaki kendi bahçe kapısını açıp hızla içeri girdi ve koşar adımlarla bahçe merdivenlerini çıktı. Dönüp kapının kapalı olduğundan emin oldu tekrar, şimdi biraz sakinlemişti. Kalbinde hissettiği heyecan, içindeki titreme ellerine ulaşmıştı, merdivenlerin başında durup bir an ellerine baktı, ellerini açıp kapadı. Derin bir nefes alıp bahçeden eve doğru yürüyecekti ki, sol tarafta Can Manay'ın bahçesinde bir hareket hissedip dikkatle yaprakların arasına baktı. Sık bir şekilde demiri saran yaprakların arasından bir anlık da olsa gördü. Demir parmaklıkların hemen ardından kendisine bakan Can Manay'ın siyah gözleri! Hemen dönüp koşmamak için kendini zor tutarak sığınırcasına eve girdi.

Duru'nun eve girmesinden sonra, bir süre daha Duru'yla göz göze geldiği yerde duran Can kendini mutlu hissetti. Avı değerli yapan verilen uğraştı ne de olsa. Onun ürkek tavrı resmen tahrik etmişti tüm fantezilerini. Sakince evin kapısına ilerlerken Eti'yle yaşadıklarına rağmen bugünün güzel bir gün olduğunu düşündü. Evine girdi. Burayı ilk defa kendi evi gibi hissederek atmıştı adımlarını içeri.

- 60 -

Duru eve girip üzerindeki kıyafetleri çıkarmaya başladığında hemen durakladı. Kendi evinde ilk defa izlenebileceği aklına gelmişti. Hızla üst kattaki yatak odasına çıkıp odanın pencerelerinden dışarı bakmamaya dikkat ederek perdeleri kapattı. Kalın perdelerin kapanmasıyla şimdi oda tamamen karanlıktı. Dışarıdaki güneş koyu renkli perdenin kenarlarından sızdığı kadarıyla odaya süzülüyordu. Duru hızlı atan kalbinin sakinleşmesini beklemek istedi ama tam o an çok uzun süredir ilk defa nasıl göründüğünü merak edip banyoya koştu. Can Manay'la birlikteykenki halini düşünüp aynaya baktı. Nasıl göründüğünü anlamak için değişik açılardan kendini inceledi aynada. Sonra yine aniden Can Manay'ın hâlâ bahçede olup olmadığını merak edip düşünmeden pencereye gitti ve perdenin kenarlarını düzeltiyormuş gibi yaparken hızla yan bahçeyi taradı gözleri, kimse yoktu. Bahçede kimsenin olmadığını görünce perdeyi düzeltiyormuş gibi yapmasına gerek kalmadığını anladı. Camın önünde durup bahçenin geneline baktı. Ne kadar da güzel yapmıştı Can Manay bu evi, evin önceki halinden eser kalmamıştı. Bahçenin köşesindeki yataklı çardak daha net görünüyordu üst kattan ve Duru, suratına vuran güneş ışığının kendisini ısıtmasının hazzını alırken dikkatle çardağı inceledi. Çardaktaki o gece, Can Manay'ın bakışlarını düşündü. Bugün yaşadıklarından sonra şimdi çok daha anlamlı geliyordu adamın hareketleri, içinde bir yerlerde Can Manay'ın kendisine yaklaşmak istediğini biliyordu, hatta belki burada olmasının bir tesadüf olamayacak kadar planlı olduğunu da! "Aman Allah'ım!" dedi kendi kendine, iyice paranoyaklaşmıştı. Kimse bu kadar sapkın olamazdı, hele bu kadar iyi bir psikolog.

Bu adamın daha fazla aklını meşgul etmemesi gerektiğine karar verdi. Camın önünden çekilmek üzere geri adım atarken kafasını kaldırdığında, Can Manay'ın karşı pencereden kendisine baktığını gördü. Hemen geri çekilip perdeyi kapattı. Şoktaydı. Ne biçim bir adamdı bu? Bu kadarı da fazlaydı. Pencerede durmuş ne cesaretle bakabiliyordu kendisine! Deniz'i aramalıyım diye düşündü. Hemen alt kata telefonunu almaya indi.

Deniz'i ararken kafasındaki düşünceleri topladı. Adamın çardaktaki bakışlarından başlayacak, kendisini eve nasıl davet ettiğini anlatacak, nasıl beline dokunduğunu tarif edecek ve pencereden nasıl utanmazca kendisine baktığını söyleyecekti. Peki çardaktaki bakışa rağmen adamın kahve davetini neden kabul ettiğini ya da çardaktaki bakışı neden daha önce anlatmadığını nasıl açıklayacaktı? Belki de Can Manay basit bir çapkındı ve kendisiydi tepkisizliğiyle ona bütün bu cesareti veren! Nasıl bu kadar aptal olabilirdi! Nasıl kendini böyle iğrenç bir duruma düşürebilirdi! Deniz! Düşüncesi bile vicdanını parçaladı Duru'nun. Asla böyle basit bir kadın değildi! Odanın içinde bir ileri bir geri yürürken durumun dışarıdan nasıl göründüğünü ve nasıl algılandığını düşündü. Kendisini, kendi salaklığında kapana kısılmış gibi hissediyordu. Bir daha asla fırsat vermemeliydi bu adama!

Duru o camdan uzak durmaya ekstra dikkat ederek yaşamaya devam etti kendi evinde. Ve o perdeler Duru evde olduğu sürece hep kapalı kaldılar. Can için, Duru'nun evde olduğunun işareti haline gelen bu kapalı perdeler, Duru kaybolduğunda Can Manay'a kalan hatıralardan biri olacaktı.

- 61 -

Dağıtım şirketinin operasyon müdürüne ulaştığında artık burnundan soluyordu. Asıl yetkili kişiyle görüşebilmek için yarım saate yakın derdini farklı dört kişiye anlatmak zorunda kaldı Özge. Yere grup grup istiflenmiş dergilerin, gazetelerin, broşürlerin arasından geçip eski bir demir merdivenle çıkılan asma kat ofise vardıklarında operasyon müdürü telefonda konuşuyordu. Özge, konuşmanın tanıdık biriyle yapılan sohbet olduğunu anladığında üç dakika daha geçmişti. Zayıf, çelimsiz, gri adamın dikkatini kendisine vermesini beklerken, adam telefonu kapatıp sanki Özge orada yokmuş gibi yanından geçip demir merdivenlerden aşağıya indi. Ofisin tüm depoyu gören asma katındaki cam pencerelerinden adamı takip eden Özge, adamın belki de kendi dergi yığınının yanına gitmekte olduğunu düşündü ama güneşsizlikten teni grileşmiş çelimsiz adam yığınların arasında kamufle olmuş küçük bir standın içine girdi. Standın üstü açık olduğu için, adamın standın içindeki bir telefondan arama yaptığını takip edebiliyordu Özge ama konunun kendi dergisiyle ilgili olup olmadığından emin olamıyordu çünkü adam konuşmanın bir yerinde kahkaha atıyor, sonra aniden ciddileşip dinleme moduna geçiyordu. Adam telefonu kapattığında 12 dakika daha geçmişti. Dökülmeye başlayan ince telli saçlarını düzelterek ofise doğru geri dönen adam, demir merdivenleri sallayan adımlarla çıktı yukarı, sanki o an Özge'yi ilk defa görmüş gibi gergin bir suratla, "Buraya izinsiz girmek yasak!" dedi. Sinirlerine hâkim olmak için ekstra bir güç sarf eden Özge dişlerini sıktığı belli olmadan konuşmaya çalıştı ve "Beni buraya asistanınız getirdi ve 25 dakikadır karşımda muhatap bulabilmek için burada dikiliyorum," dedi. Adam yığınlar arasındaki masasına geçerken, "Konu neydi?" diye çıkıştı. Özge yanlışlıkları düzeltmek için değil, kendi problemini çözmek için orada olduğunu kendine hatırlatarak adamın suyuna giden bir tarzda derdini anlatırcasına, "Eminim ki siz çözeceksinizdir, eminim ki küçük bir karışıklık olmuştur." gibi karşısındakini motive etmeye yönelik onlarca cümle kurdu. Aşağıdaki yığınların arasına indirilip dergisine ne olduğunun araştırılması için beklediği 48 dakikadan ve operasyon müdürü olacak beceriksiz, çelimsiz, gri adamla üç kere konuşmasından ve elindeki sözleşmenin fotokopisini etrafındaki çeşitli insanlara göstermesinden sonra bir asistan tarafından kendisine kısaca, "Dağıtım ağımızda Darbe diye bir dergi bulunmamıştır. Siz yanlış şirkette olmayasınız?" diye açıklama getirilince, içindeki savaşçıyı, ehlileştimeye çalıştığı onca yıldan sonra, özgürlüğün tadını çıkarması için bir anda salıverdi öfkesini Özge. Haykırışlarına hakaretleri, hakaretlerine etrafındaki broşür ve gazete yığınlarını tekmelemesi, devrilen yığınları, kendisini tutmaya çalışanlara savurması ve nihayetinde aşağıya inen operasyon müdürünün kuru, kemikli kafatasına geçirdiği bir yumruk eklenince işler iyice karıştı.

- 62 -

Üç derin nefesin ardından, başla komutu verilmişçesine hızlıca koşma ve stüdyonun tam ortasında sıçrayıp havada iki takla atmaya çalışma ve ikinci taklayı tamamlayamamanın verdiği çakılmadan en az zararla kurtulmak için yere düşerken şekilden şekle girme... Göksel imkânsızı denerken, daha önce imkânsızı deneyen herkes gibi, kendisine verebileceği zararlardan çok, kafasında kurduğu hayali düşünüyordu. Havada sıçrayarak yerçekimine isyan edercesine kısa mesafede iki büyük dönüşü dümdüz ahşap zemin üzerinde yapmaya çalışmak, Göksel'in kendisine koyduğu hedeflerden sadece biriydi. Yerden kalkarken stüdyonun duvarlarını çevreleyen aynalardan birine bakıp, stüdyonun kapısı üzerindeki saate dikkat etti. Ada'nın sınıftan çıkmasına üç dakika vardı. Eğer hemen çıkmazsa sınıf çıkışını kaçırabilir ve Ada'yı izlemesi zorlaşabilirdi. Terli vücuduna kapüşonlu gri kazağını giyerken gözü hâlâ saatteydi. Ayaklarına hızla ayakkabılarını geçirip koşmaya başladığında, alışık olduğu gibi yolda ayakkabılarının geri kalanını ayağına yerleştirdi.

Koridorda ilerlerken, etrafından geçen insanların kendisine bakmasını hiçbir zaman anlayamamış ve bu durumu toplumun dışında bir yaratık olmasının, toplumun içindeki yaratıklar tarafından anlaşılması gibi bir şey olarak görmüştü. Onlardan değildi ve ayırt ediliyordu. İnsanların dünyası hayvanlarınkinden daha mantıklıymış gibi görünüyordu ama bu dünyayı biraz kazıdığınızda, alttan hayvansal içgüdülerin organize ettiği bir toplumsal bilincin fışkırdığını hemen fark edebilirdiniz. Göksel bunu fark etmiş ve kuralları uyguluyordu: Kimseyle konuşma, soru sorma, isteme, kendine yet, aldanma, inanma.

Şimdi ilk defa, konuşmak istediği, cevaplar beklediği, istediği birini görmeye giderken farkında olmadan kendine koyduğu kurallar geçti aklından. Ada'yı fark edene kadar kendine yeterli gelen dünyası şimdi Ada'nın varlığıyla yetmez olmuştu. Bu eksikliği çok derinlerde bir yerlerde hissediyor ama yüzeye çıkmadan önce önlemler almak istiyordu. Sınıfın kapısına vardıktan 14 saniye sonra kapı açıldı ve sınıf dağıldı. Üst kata çıkan merdivenin üst kısmında kamufle olarak dikkatle kapıyı izledi ama Ada yoktu. Bir dakikaya yakın bekledikten sonra temkinli bir şekilde aşağıya inerek sınıfa yöneldi. Ada'nın bu sınıfa girdiğini görmüştü, nerde olabileceğiyle ilgili hiçbir fikrinin olmaması canını sıktı, belki de ilk defa insanların niye cep telefonu kullandıklarını anladı. Acaba Ada'nın cep telefonu var mıydı? Hafızasını yokladı ve Ada'nın elinde hiç telefon görmediğine karar verdi. Sınıfın kapısına geldiğinde dalgın bir şekilde dikkatsizce içeri girdi, Ada'nın nerde olduğu düşüncesi geri kalan tüm düşünceleri sindirmişti. Ancak sınıfın içine attığı dört adımdan sonra, tam karşı köşede birbirlerine yakın bir şekilde konuşan Ada ve Deniz'i fark etti. Ada'yı bulmak içini bir anlık rahatlatmış olsa da, Deniz'le konuşma şekilleri Göksel'i rahatsız etti.

Flört edercesine yakın değildiler ama hissettiği şey gözlerinin algıladığının çok dışında, başka bir kaynaktan geliyordu. Ada'nın sırtı dönük olduğu için sadece Deniz'in suratındaki ciddi ifadeyi görebiliyordu. Ada'nın teslim olmuş enerjisi sınıfın atmosferine yayılmıştı, Deniz'in suratındaki inatçı ifadeye karşılık Ada'nın ifadesini merak edip, onlara doğru düşünmeden üç adım attı.

Şimdi konuşmaları duymaya başlamıştı. Deniz karşısındakini kırmak istemediğini belli eden incelikte mimikler ve el hareketleriyle birlikte, çalışmanın, takım içinde birbirini tamamlamanın ne kadar önemli olduğunu, üretilen şeye ne kadar katkısı olacağını anlatıyordu Ada'ya. Göksel dinlediklerini kafasında tamamlamaya çalışarak yine düşünmeden iki adım daha attı. Deniz, "Birlikte üretmelisiniz, en azından denemelisiniz," dediğinde Göksel ilk defa varlığının fark edilebileceğini idrak etti. Dikkatle Deniz ve Ada'ya baktı, henüz fark edilmemişti ama atacağı bir adım Deniz'in başını Göksel'den tarafa çevirmesine neden olabilirdi. Göksel nefesini tutarak dinlerken, Deniz, Duru'nun zor bir zamandan geçtiğini ve Ada'nın yardımına ihtiyacı olduğunu söyleyerek konuşmasına devam etti. Ada'nın hareketsiz vücudu sanki bir uykudan uyanmış gibi tepki verdi Deniz'e ve Ada avuçlarını Deniz'e doğru uzatarak lafa girmek istedi ama Deniz tam o sırada elini Ada'nın omzuna koyup, "Ada, benim senin yardımına ihtiyacım var. Lütfen Duru'ya benim için yardım et, takım olun," dedi. Ada'nın sessizliği Deniz'in cevap bekleyen suratında netleşti. Deniz kolunu çektiğinde, üzerine yığılan bir enerji kalkmışçasına konuştu Ada. "Anlamıyorum... Hani yardım etmek zehirlemekti? Kişi ancak kendine yardım edebilirdi. Almamız gereken her ders, her yardımla ertelenebilir, daha kötüsü bizi engelleyebilirdi? Kendi reformumuz olmadan doğamazdık hani, doğum rahimden çıkmak değil, yaşarken yolunu bulmaktı hani... Siz beynime işlediniz tüm bunları, ben de inandım, daha da ileri gittim ve uygulamaya başladım. Şimdi benim size olan inancıma ihanet etmemi mi istiyorsunuz?" dedi. Ada'nın gözlerindeki ateş Deniz'i sarstı. Deniz'in inandığı her şey şimdi karşısında dikilmiş hesap soruyordu.

Deniz elleriyle önce yüzünü, sonra saçlarını stresle sıvazladı. Kendi kuralları tarafından köşeye sıkıştırılan herkes gibi derin bir nefes alırken, o durumdan kurtulmak için kafasını kaldırdı ve sınıfın köşesinde kendisine bakan Göksel'i fark etti.

Göksel ve Deniz göz göze geldiklerinde, Ada da Deniz'in fark ettiği şeye döndü. İşte o an, ilk defa göz göze geldiler. Ada'nın soran gözleri Göksel'in gözlerindeki teslimiyeti fark etti. Tanıdığı en tehlikeli adam, nerden geldiği, nereye ait olduğu bilinmeyen, suratı deforme olmuş bu hayvansı yaratık şimdi sanki canı yanıyormuş ve yardıma ihtiyacı varmış gibi duruyordu karşısında. Ada'nın aklından geçenleri Deniz yüksek sesle, "İyi misin Göksel?" diyerek dile getirdiğinde, Göksel kızla bir daha göz göze gelmemeye dikkat ederek, "Sizinle konuşmam lazım, müsait olduğunuzda," diye cevap verdi. Ada, Göksel'in sesini daha önce duyduğunu hatırlamıyordu ve sürekli gördüğü ama hakkında hiçbir şey bilmediği bu adam, şimdi genel robotik görüntüsünün çok dışında bir halde karşısında duruyordu.

Deniz'in kafası karışıktı, Göksel de eklenince iyice çorba olmuştu her şey. Göksel daha önce hiç konuşmak için yanına gelmemişti, ihtiyaç duymamıştı belki. Göksel'in konuşmayı istemesini gerektirecek şey, tüm diğer konulardan daha önemli olmalı diye düşündü Deniz. Göksel'e bakarken aklından bir an

Göksel'in birini öldürmüş olma ihtimali geçti, bu kuvvetli bir ihtimaldi ama sorun bu olamazdı, çünkü suratındaki yardım isteyen ifadede yanlış bir şey yapmaktan dolayı oluşan korku değil, sanki fiziksel bir acının ıstırabı vardı. Kafası zaten karışık olan Deniz ne yapacağına karar vermekte zorluk çekerek Ada'ya döndü, tereddüt içinde daha sonra konuşmaya devam etmeleri gerektiğini söyledi ve tüm dikkatini Göksel'e vererek ilerledi. Ada'nın kendisini incelediğinden emin, Göksel kendisine doğru gelen Deniz'e tepki vermekte gecikti. Deniz kendisini geçip sınıfın çıkışına doğru ilerlerken, Göksel, Ada'yla göz göze gelmemeye kararlı, bakışları yerde takip etti Deniz'i. Aslında konuşmak istediği tabii ki Deniz değildi ama orada öylece dikilirken kendisini aptal durumuna da düşürmek istememişti. Sınıftan çıkarken Ada'nın ardından baktığını hissetti ve terinin biraz önce üstüne geçirdiği kazağa geçip geçmediğini düşündü. Yetimhanede kendisinden üç yaş büyük Ayşe adındaki kızın onu sevebileceğini düşündüğünden beri, kendi görüntüsünün ne ifade ettiği ilk defa aklına geldi, o zaman altı yaşındaydı. Sanki asırlar önce hissettiği bu duygu, bir yetersizlik hissiyle canlandı içinde. Göksel o sınıftan, olduğu kişinin kendisine yetmediğini anlayarak çıktı.

Deniz'i atlatmak kolay olmamıştı ve birinin üzerinde yarattığınız şaşırtıcı etkinin onun daha da fazla şaşırmasıyla sıfırlanabileceğini biliyordu Göksel. Deniz'in şaşkınlığını ona paraya ihtiyacı olduğunu söyleyerek artırdı. Deniz için şaşırtıcı olan Göksel'in paraya ihtiyacı olması değil, bunu ifade ediş şekliydi. Genelde paraya ihtiyacı olan insanlar bu ihtiyaçlarını sessizce ve uygun bir zaman seçerek dile getirilerdi ama Göksel kalabalık koridorda, etrafındakilerin duyabileceği yükseklikte bir sesle, sanki o an karar vermiş gibi para istemişti. Hayatında ilk defa borç isteyen birinin acemiliği vardı hareketlerinde. Göksel'i koridorun tenha bir köşesine yönlendiren Deniz, hiç düşünmeden cebinden cüzdanını çıkardı. Sonra şu son 15 dakika içinde kendisini her şeyden daha çok şaşırtan şeye tanık oldu. Göksel sadece

10 kâğıt istemişti. Göksel'e 20 verdi ve parayı itiraz etmeden alan çocuğa birkaç kere daha fazlasına ihtiyacı olup olmadığını ısrarla sordu ve iyi olup olmadığını kontrol eden uzun cümleler kurduktan sonra kendisine tepkisizce bakan Göksel'in omzunu sıkıp, "Bana her zaman gelebilirsin, her zaman, her şey için," dedi. Göksel konuşmadan, ifadesizce suratına baktı Deniz'in, parayı cebine koyarken yürüyüp uzaklaşmaya başlamıştı bile, teşekkür etmeden.

Acemi hissediyordu kendini, midesi bulandı bu duygu yüzünden. Kusmaya başladığında bahçeye varmıştı bile. Kendisine bakılmasına alışıktı hep ama şimdi insanlar durup onu izlemeye başlamışlardı ve onlara tehdit edercesine bakıp uzaklaştıracak gücü de yoktu. Akbabalar tarafından istila edilmiş bir puma gibiydi Göksel. Okula geri girip kendini erkekler tuvaletine attı ve kafasını musluğun altına sokup rahatladı. Kendisine ne olduğunu düşünmekten bile korkuyordu, yüzleşmek zorunda olduğu bir şey vardı içinde ama o şeye bir kez bakarsa bir daha görmezden gelemeyecek gibi hissediyordu. Ada'nın hiç var olmamış olmasını istedi. Onu hiç tanımamış olmayı, daha doğrusu o müziği hiç duymamış olmayı. Aklına yine o an geldi, müziğin beynini kapladığı an... Şimdi tekrar dinleyebilmek için gerçekten birini öldürebilirdi.

- 63 -

Deniz'in dünyası kafasındaki müzikle yankılanıyordu. Kendisinden başka kimsenin duyamadığı bu müziğin notalarını kaçırmamak için dikkatle iç sesini dinleyip aynı zamanda araba kullanmaya çalışmak sersemleticiydi. Yol kenarında durup kafasındaki müziğin kaba notalarını kâğıda geçirmiş ama tekrar yola koyulur koyulmaz kafası yeni notalarla dolmuştu. İkinci kere kenara çekmek zorunda kaldığında, notalarla doldurduğu kâğıdın hiç boş köşesi kalmamıştı. Hemen eve varabilmek için kafasındaki müziğin akışını yavaşlatmaya çalıştı. İnsanın içindeki enerjiyle savaşmaya çalışması kadar yorucu, kendine zarar veren bir durum yoktu. Deniz eve vardığında bitkindi.

Girişteki ayakkabıları dışında Duru'dan eser yoktu. Deniz, Duru'ya seslenmekle salondaki masanın üstündeki kâğıtlara gitmek arasında tereddüt etse de hemen kâğıtlara gitti. Masanın kenarında ayakta dikilerek, önündeki boş kâğıdı notalarla doldurmaya başladı. Daha önce yazdığı notaları da kâğıdın yanına koydu ve hiç durmadan kafasında çalan müziği kâğıda boşalttı. Doldurulan dört tane A4 boyutundaki kâğıttan ve geçen bir saatten sonra kafasındaki müziği ancak kâğıda geçirebilmişti. Her zaman bu kadar akıcı olmuyordu bu süreç, bazen müzik uykusunda geliyor ve uyanıp müziği kâğıda aktarmak çok zahmetli gelebiliyordu. Onun yerine Deniz, bir joint yakıp kafasındaki müziği dinlemeye bırakıyordu kendini. Bir sürü müzik vardı yakılan jointle birlikte içinde dinleyip bir daha hatırlamadığı. Duru'yla aralarındaki gerilim öyle bir boyuttaydı ki, jointe sarılmamakla ilgili kendine bir söz vermişti Deniz. Kendini uyuşturma lüksü ilişkisini derinden sarsan, pahalı bir hal almıştı ve artık kafasında sessizlik yaratmanın başka yollarını bulmalıydı. Jointi azalttığından beri beyni müzik tarafından istila altındaydı, tek çare yazmaktı. Yazdıkça yenileri akıyordu içine.

Masadan kalktığında duruş pozisyonundan dolayı kemikleri ağrıyordu. Duru'yu bulmak için üst kata çıkarken seslendi. Evin sessizliği rahatsız edici bir hal alırken, karanlık yatak odasının açık kapısından süzülen ince ışığı gördü.

Deniz yatak odasına daldığında kucağındaki laptopta Can Manay'la ilgili videolar seyreden Duru, önce korkuyla sıçradı, sonra hemen kucağındaki bilgisayarın kapağını kapattı. Deniz, Duru'nun karanlık odada tek başına oturmasına şaşırmıştı ama son zamanlarda araları o kadar gergindi ki bu durumu sorgulamak bile daha da gerginliğe yol açabilirdi. Sakin bir şekilde, "İyi misin?" diye sordu. Duru laptopu yatağın kenarındaki komodinin üstüne koyup gerinirken evet anlamında başını salladı, ayağa kalkarken, "Ya sen?" dedi. Sesinde şefkat vardı. Deniz uzun süredir duymadığı bu şefkatli soruyla birlikte kendi bitkinliğini hatırladı, Duru'nun güzel yüzüne bakarak, "Yorgunum ama iyiyim," diye cevap verdi. Duru'yu özlediğini fark etmişti. Duru da Deniz'e gülümseyip banyoya doğru miskin miskin yürüdü. Deniz tam yanından geçerken Duru'yu kolundan tutup kendine çekti ve kafasında akan müziği mırıldanarak dans etmeye başladı. Duru tebessüm edip Deniz'in kollarından kurtulmak için küçük bir hamle yaptıysa da Deniz bırakmadı, mırıldandığı müziği daha yüksek sesle söylemeye başladı. Deniz'in yeni bir beste yaptığını anlamıştı Duru ve dansa katılmaya karar verirken sordu. "Bu yeni?" Deniz mırıldanmayı kesmeden kafasını evet anlamında salladı ve Duru'yu elinden tutup onu döndürdü. Deniz'in müziğinde bir süre dans ettiler. Duru her zamankinden daha sakin gelmişti Deniz'e. Normalde Deniz'in kollarından kurtulup dansına tek başına devam eden, müziğin ritmi ne olursa olsun hoplayıp zıplayan bir kızdı bu ve şimdi kafasını Deniz'in omzuna koyup sakince Deniz'le birlikte sallanıyordu. Deniz, Duru'nun bu halinin ne kadar rahatlatıcı olduğunu düşündü. Duru'nun taptığı enerjisinin aslında kendisini ne kadar yorduğunu fark etti. Müzik bittikten sonra hiç konuşmadan bir süre daha dans ettiler.

- 64 -

Koca dağıtım şirketine karşı, tek başına genç bir kadın olarak hiç de iyi gitmemişti karakolda işler. Dağıtım şirketinin güvenliği Özge'yi sürükleyerek çıkarmıştı depodan, kısa bir süre kapının yanındaki güvenlik kulübesinde tuttuktan sonra gelen polis otosuna bindirmişlerdi. Özge, polisleri görünce nasıl da haksızlığa uğradığını anlatmaya çalışmıştı ama polisi ilk arayan karşı taraftı ve Özge'nin dağıttığı depoyu göstererek şikâyetçi olmuşlardı. Kavganın neden çıktığının bir önemi kalmamıştı, ilk saldıran suçluydu, saldırma nedeni ne olursa olsun ülkenin kanunları böyle diyordu. Zaten saldırıya ilk Özge geçmemiş de olsa, bu dağıtımcı şirket istediği her olayı istediği gibi süsleme lüksüne sahipti bu ülkede, bağlantıları olan herkes gibi ayrıcalıklıydılar polisin gözünde.

İki saat boyunca oturtulduğu koltukta söz verilmesini bekleyen Özge'nin konuşmak için yaptığı her girişim, karşısındaki polisin kendisine haddini bildirip susturmasıyla sonuçlanmıştı. İtaatkâr bir şekilde davranmanın onu sadece daha da fazla suçlu gösterdiğini anlayan Özge, köşeye sıkıştığı bu noktada yapabileceği tek şeyi yaptı ve Sadık'ın muhasebeci kılığındaki avukat noterini aradı.

Ender Bey telefonu açtığında hal hatır sormadan sessiz bir şekilde Özge'yi dinledi. Özge anlatacak bir şeyi kalmadığında sustu ve karşı tarafın konuşmasını bekledi. Adam sadece hangi karakolda olduğunu sordu ve cevabı aldıktan sonra derginin kaybolmasıyla ilgili problemi tek başına halletmesi gerektiğini söyleyip telefonu kapattı.

Telefonu kapatırken karşısındaki polisin bakışları altında kendini rezil hissetti Özge ama bundan daha da kötüsü tamamen yalnızdı bu işte. Derginin nerde olduğunu araştırmak yerine burada ifade vermeyi bekliyordu. Bakışlarını kendisinden çekmeyen polise dik dik bakıp hemen ifade vermek istediğini ve daha fazla kendisini burada tutmaya hakları olmadığını söyledi. Polis dalga geçerek, sadece canı istediği takdirde Özge'yi üç gün burada tutabileceğini açıklarken, odasından çıkan baş komiser, memura telaşla Özge Egeli'nin nerde olduğunu sordu ve Özge'nin ayağa kalkmasıyla yanlış anlaşılma için ondan özür diledi ve gitmekte özgür olduğunu söyledi.

Bir yanlışlık sonucu salıverilmiş olma ihtimalini düşünerek hızla karakoldan çıkan Özge, caddenin hangi tarafında olduğuna dikkat etmeden önüne gelen ilk taksiye atladı. Ofise giderken şehrin üzerinde güneş batmaktaydı. Rüya gibi başlayan gün, kâbusla bitmişti. Dağıtımcı şirkete gidemezdi, çalışanlarla muhatap olmak imkânsızdı. Sadık'ın adamı da bu işi kendisinin halletmesi gerektiğini net bir şekilde söylemişti. Tamamen yalnızdı. Ofise gidecek, gerekirse dağıtım şirketinin sahibini bulacak ve yarın sabah erkenden bu işi çözmek için güne başlayacaktı. Umutsuzluk içine yerleşmemişti henüz ama kapıdaydı. Umutsuzluğun içini tamamen kaplaması sadece bir hafta sürecekti.

- 65 -

Hayatında hiç partiye gitmemiş, hiçbir kutlamada bulunmamış bir başkası için heyecan verici bir durum olabilirdi bu ama Bilge sadece korku hissetti içinde. Geçtiği her yol başka bir probleme kapı olmuştu hayatı boyunca. Partiye davet edilmesi hoştu ama gitmesi yeni olaylar zincirinin hayatına girmesine neden olabilirdi ve bu olaylar zinciri her an boynuna dolanabilirdi. Risk almaya değer miydi?

Kendini bu kadar şanssız hisseden birinin risk alması çok tehlikeli değil miydi? Durumu detaylı analiz edip doğru seçimi yapabilecek kadar ekstra zamana sahip olabilmek için okuldan erken çıktı. Doğru'yu da erken alıp evin yolunu tuttu. Ehliyetini alması için beklediği kâğıt geleli henüz iki gün olmuştu, normalde bugün almayı planlamıştı ehliyetini ama bu parti olayı tüm planların değişmesine, hatta bir anlamda her şeyin altüst olmasına neden olmuştu bile. Daha gitmeden partinin olumsuzluklarını yaşamaya başladığını düşündü, içi sıkıldı. Gitmeyecekti. Kesin karar vermesine rağmen, evin yolu boyunca gitseydi ne giyeceğini düşündü. Ama gitmeyecekti çünkü bu çok riskliydi.

- 66 -

Günün, dans bölümündeki öğrencilerin provaları için stüdyoları paylaşma saatiydi. Ada kapılardaki küçük camdan içeri bakarak geçmişti stüdyoları. Göksel'in orada olup olmadığını görmek için ekstra bir çaba harcamasına gerek yoktu, sadece kapıdaki küçük camdan bakması yeterliydi. Göksel'i bulamaması içinde hiçbir rahatsızlık yaratmamıştı, hissettiği tek şey meraktı. Bu garip yaratığı bir anda başka garip bir yaratığa çeviren şeyin merakı. Dik, umursamaz, kalpsizliği her hareketine yansımış bu adam şimdi bir sokak köpeği yavrusu gibiydi. Kaybolmuş, şaşkın, kimsesiz, aç. Bir tek korku yoktu ifadesinde ama geri kalan her şey oradaydı. Göksel'in uyuşturucu kullandığını düşündü bir an, sınıftan çıkarken Deniz'den para istediğini duymuştu. Kafasında sorgulamadan merak etmişti. Bir dedikodu köşesinde yazan tuhaf bir dedikodunun gerçekliğini merak etmek gibiydi duygusu. Okulun bahçesine çıktığında öylesine bahçeyi inceledi, Göksel hâlâ yoktu.

Otobüs durağına vardığında, durakta oturanın Göksel olduğunu fark etmesi zaman aldı. Kendini fark ettirmekte, istemese de, oldukça başarılı olan Göksel'se konu Ada'ya gelince kendi evreninin tüm fizik kurallarının nasıl da değiştiğini düşündü. Kızın kendisini görmesi beş dakikadan uzun sürmüştü. Ada durağın köşesinde ayakta dikilirken, arkasındaki bankın ortasında oturan Göksel'e bakmamaya dikkat etti. Önlerinden geçen araçların camından arkadaki bankta oturan Göksel'in suratını görmeye çalışırken camın yansımasındaki suratın aynı dikkatle kendisine baktığını gördü ama gördüğü şeye inanamayıp hemen kafasını Göksel'e çevirdi. Göksel kapüşonunu kafasına geçirmiş, gözlerini yere dikmişti. Hiç konuşmadan durağın iki ucunda durdular. Birbirlerine hiç bakmadan aynı otobüse bindiler. Ada kendi durağında otobüsten inerken bir anlık Göksel'e çevirdi kafasını ama Göksel'in sırtı dönüktü. Göksel tarafından fark edilmeyeceğini düşündü Ada ve indi otobüsten. Sırtındaki kemanın ağırlığını eşitlemek için çantasını diğer omzuna alıp yoluna devam etti. Kafasını tekrar hareket eden otobüse kaldırdığında, fark etmekte zorlansa da otobüsün içinden kendisine bakan Göksel'i gördü. Otobüs hızlandıkça, kendisine odaklanmış bu bakışın anlamını çözmek istercesine gözleri kilitlendi ve birazcık da olsa otobüsün peşinde hızlandı Ada'nın adımları. Göksel gözlerini hiç ayırmadan Ada gözden kaybolana kadar baktı ona. Otobüs gittiğinde, Ada onun tarafından fark edildiğini anlamıştı, kendisine duyulan ilgiyi hissetmişti, sadece nedenini bilmiyordu. Göksel'in bakışının sadece tesadüfi bir karşılaşma olduğunu kendine söyleyerek adımladı evin yolunu. Deniz'i görebilme motivasyonuyla okula gittiği yıllardan sonra ilk defa başka birini görmek için sabırsızlanması şaşırttı kendisini ama Deniz'e duyduğu hayranlığın yanında Göksel'e duyduğu merak o kadar küçüktü ki, yemek vaktine kadar bu önemsiz duygu sönüverdi içinde. Göksel'i ve aralarındaki tuhaf bakışmayı hiç düşünmeden geçirdi geceyi. Hayatının geri kalanında beynini meşgul edecek tüm düşüncelerden uzakta son gecesiydi bu.

- 67 -

Can davet edeceği kızı seçerken o kadar dikkatli davranmıştı ki, stratejik olarak durumu planlaması 45 dakikadan biraz fazla, kızı arayıp davet etmesiyse 45 saniyeden biraz az sürmüştü. Arzum'u seçmişti bu gece için. Uzun bacaklı, bebek tenli, bir kedi kadar zarif ve vahşi bir kızdı bu. Kız çocuğu demek daha doğru olurdu çünkü Can onu iki sene öncesinden tanıyordu. Arzum model yarışmasında birinci seçildiğinde sadece 18 yaşındaydı. Avrupa'ya gitmiş, oradaki iki yarışmadan birinde birinci, diğerinde ikinci olmuştu. İki sene içinde çok şey değişmişti Arzum'un hayatında. Bir parası vardı artık ve bakire değildi. Bakire bir kızın en iyi model seçilmesi bir rüya gibiydi birçok işadamı için. Skor peşinde koşan herkes Arzum'un peşine düşmüştü. O zamanlar Can istese, ona istediği her şeyi vermeye hazırdı Arzum çünkü Can Manay'ın programını seyrederek büyümüştü bu kız, ülkenin diğer çocukları gibi. Her programın sonunda Can Manay'la ilgili fantezilerle dalmıştı uykuya. Can istememişti Arzum'u, hatta itici bile bulmuştu. Kadınlığından bihaber bir kız çocuğunun kadınmış gibi davranması kadar itici bir şey olamazdı. Yaklaşık bir sene önceki karşılaşmalarına kadar da hep itici gelmişti Arzum'un ilgisi ama bir sene önce gittiği bir davette arızalı olduğu bildirilen erkekler tuvaletine girmek zorunda kalmış ve yanındaki yakışıklı adamla epey samimi bir halde bulduğu Arzum'la karşılaşmıştı.

Arzum işte o zaman çekici gelmişti Can'a. Çok kısa zamanda büyük yol alabilecek kadar cesaretli bir kız oluvermişti. Can'sa sırası geldiğinde o cesaretten tadacağını biliyordu. Meraktan sonra Can'ı tahrik eden ikinci şeyse cesaretti. Bir kadının törpülenmemiş cesaretinden daha doğal ve azdırıcı hiçbir duygu olamazdı.

Arzum içeri, kısa zamanda çok deneyim yaşamış bir enerjiyle girdi. Kapıda kendisini karşılayan Can'ı gördüğünde, "İşte uzun süredir istediğim şey," deyip eliyle Can'ın yanağına dokundu ve yanından süzülüp salona aktı. Can kontrol dışı bir gülümsemeyle kaşlarını kaldırıp Arzum'un Marilyn Monroe tadındaki halini inceledi. Kızda tuhaf duran bir şey vardı ama bu önemli değildi. Arzum, salonu kısaca inceledikten sonra sırtı komple açık olan elbisesinin detaylarını Can Manay'ın gördüğünden emin olacak kadar arkası dönük bekledi ve sonra yavaşça Can'a dönüp, "Gelsene," diye mırıldandı. Can böyle oyunlar oynamaya alışıktı. Bu kızı sadece üçüncü keredir görüyordu ve sanki çok samimilermiş gibi davranmak çiftleşmeyi kolaylaştıran bir şey olduğu için itirazı yoktu, kıza yaklaştı. Güzel bir kadının dikkatini, en iyi, başka bir güzel kadının ilgisi çekerdi. Güzel kadınlar alışık oldukları rakipsizlik duygusunu test etmekten zevk alırlardı. Bu durum bazen çok tehlikeli olabilirdi ama her şey Can'ın kontrolü altındaydı. Kıza iyice yaklaştığında, kızın hamle yapması için sakince bekledi. Kız bir nefes uzaklığında duran Can'ın omzuna kollarını uzattı ve bedenini iyice yaklaştırıp fısıltıyla, "Niye bu kadar bekledin beni aramak için?" dedi. Can kızın ahtapot gibi uzun kolları arasında suratına taktığı yaramaz gülümsemesiyle, "Beklemedim. Hazırlandım," diye mırıldandı. Aklına ilk gelen cevap buydu ve cevabın önemsiz olduğunun farkındalığıyla aslında samimiydi de. Kızsa suratını Can'ın suratına iyice yaklaştırıp, "Ben bekledim o zaman," dedi ve dudaklarını Can Manay'ın dudaklarına gömüp Can'ın kendi dudaklarını emmesi için ağzını oynatarak onu motive etti. Can kızın dudaklarını emerken kıza dokunmamaya dikkat etti, çünkü dokunursa kesin sevişeceklerdi. Kız sutyensiz vücudunda sallanan yumuşak memelerini iyice yasladı Can'ın bedenine ve kollarını boynuna dolayıp Can Manay'ı sevişmeye çağıran küçük inlemelere başladı. İşte tam o sırada Can dudaklarını çekti sakince ve suratını kızın gözlerini görebilecek şekilde uzaklaştırıp gözlerinin içine samimi bir şekilde bakarken, "Senden bir şey istiyorum," dedi. Kız öpüşmek için tekrar Can'ın dudaklarına hamle yapmadan önce, "Ne istersen senin olsun," diye cevap verdi. Bir daha öpüştüler. Can ereksiyon olmuştu, Arzum'u becermeyi geçirdi bir an kafasından ama bu düşünce, bu gece Duru'yu göreceğini düşünmesiyle birlikte hemen silindi ve Duru'nun uçuşan beyaz elbisesi içindeki görüntüsünü düşünür düşünmez Can'ın kan basıncı normale dönerken, sakince kafasını çekip kızın gözlerine yine samimiyetle bakarak yumuşak bir sesle, "Oyun oynayalım mı?" diye mırıldandı. Arzum'un gözlerinde o ana kadar istekle yanan ışıltının hemen arkasındaki korkuyu gördü Can. Büyük ihtimalle kız daha önce birçok oyun oynamıştı ve çoğu hoş bitmemişti. Can endişeyi silecek şekilde, "Birbirimizi hiç tanımıyor olsak ve burası benim evim olmasa... Kafamızdaki tüm yargıları silip bu gece ilk defa tanışacak olsak..." dedi. Arzum'un gözleri istekle kısılırken, "Mmm. Tam ihtiyacımız olan oyun bu," dedi ve Can'ın dudaklarını emmek üzere iyice yaklaştı ama Can çevik bir hamleyle geri çekilip sağ elinin işaretparmağını kızın dudağına bastırarak, "Şşşş. Daha tanışmadık bile," diye mırıldandı.

Arzum hemen anladığını belirten çekici bir tebessüm koydu dudaklarına. Gülümsemesi, güzel suratında parlak dişlerinin parlamasına neden olduğunda Can kızın gerçekten de güzel olduğunu düşündü, hatta belki bu gecenin sonunda birlikte olabilirlerdi bile. Arzum, "Kurallar var mı?" diye sorunca, Can evet anlamında yumuşak bir şekilde kafasını salladıktan sonra, "Dokunmak yok," diye fısıldadı. Arzum parmak uçlarını Can Manay'ın omuzlarından yürüterek uzun kollarını ahenk içinde geri çekti ve "Başka?" dedi. Can, Arzum'a arkasındaki koltuğu göstererek kendisi tam karşısındaki tekli koltuğa oturdu. Can oturduktan kısa bir süre sonra kendisini üçlü koltuğa bırakan Arzum koltuğa uzandı. Uzun ve güzel bacaklarını üst üste koyup koltuğun sırt kısmına çorap reklamlarında olduğu gibi zarif bir şekilde uzattı. Can karşısındaki görüntüye dikkatle baktı. Gerçekten güzeldi. Sessizlik içinde bir süre öylece oturdular. İkisi de kendi düşüncelerinin içinde gezinirken bakışları birbirlerindeydi. Arzum kafasını koltuğun kolundan kaydırıp aşağıya doğru hafifçe sarkıtırken, "Ben de kural koyabilir miyim?" diye sordu. Can evet anlamında sakince kafasını salladı. Arzum, "Üç gün... Bu oyun üç gün sürmeli," dedi. Can dikkatle kızın gözlerinin içine bakıp cümlenin anlamını tarttı kafasında, bir sonuca varamayınca ciddileşip, "Açıkla," dedi. Arzum, Can'ın suratındaki ciddileşmeyi görünce, "Üç gün birbirimize dokunmadan bir arada olacağız," diye açıkladı ama Can'ın karmaşık düşünceleri suratından anlaşılıyordu. Arzum, "Bu illa üç gün üst üste olmak zorunda değil," dedi. Aslında istediği üç gün boyunca Can Manay'la bu eve ya da başka herhangi bir yere kapanmaktı ama Can'ın suratında gördüğü sorgulayan ifade bunun mümkün olmayacağını zaten söylemişti bile Arzum'a ve o da hemen mümkün olabilecek şekilde değiştirmişti planını. Can suratındaki karmaşayı dindirerek, "Neden?" diye sordu. Arzum uzandığı yerde dirseklerinin üstüne doğrularak samimiyetle, "Sana saygı duyuyorum... Seninle evlenmeyi falan planladığım yok, bir planım yok daha doğrusu. Beni çok istemediğin gayet ortada. Ama seni tanımak istiyorum. Beni tanımanı istiyorum. Yorgunum, binlerinin beklentisi olmaktan yoruldum. Güzelliğim benim için bir lanete dönüşmeden önce gerçek birilerinin yanında bir süre kalmalıyım. Yaklaştığım herkes sadece benden bir parça alıp gidiyor. Beni zekânla aydınlatacağın üç gün bana iyi gelirdi... Terapi gibi," dedi.

Can böyle bir sorumluluğun altına girmek istediğinden emin değildi. Arzum'un varlığının tek bir değeri vardı, Duru'nun içindeki ateşi manipüle etmek için bir araçtı. Varlığı bu gecelik fazlasıyla yeterli olacaktı ve geri kalan iki gün bu kızla ne yapabilirdi hiçbir fikri yoktu. En son istediği şey becermek için eve çağırdığı birilerine terapi yapmaktı. Bir an kızgınlık hissetti içinde, Arzum'u göndermeye karar verdi. Onun yerine arayabileceği en az 20 numara vardı telefonunda ve Arzum'u araması büyük hataydı. Durumu nasıl toparlayacağını düşünerek ayağa kalktı. Aralarındaki tüm cinsel enerji tamamen uçup gitmişti bile. Karşısında kendisini becermesini isteyen kadın, bir an samimiyetle yardım isteyen, sığınak arayan bir kız çocuğuna dönüşmüştü. Çok can sıkıcıydı. İçindeki kızgınlığın kaynağına inmeye başladığında yaşlandığını hissetti Can, bir anda kızların sığınmak istediği babacan bir sevgiliye dönüşme düşüncesi midesine saplandı. Silkelenip bu düşünceden çıkarken, "Bu gecenin gidişatına bakarak geri kalan iki gün için konuşalım," dedi. Konuşması daha çok bir öneri gibiydi, kız kalkıp gitse çok önemli değildi ama yerine gelecek diğer kızlardan hiçbiri Arzum kadar taze ve temiz değildi. Hepsi güzeldiler ama Duru'yu harekete geçirmek için güzellikten daha fazlası gerekiyordu. Bu da Arzum'da var gibi duruyordu. Arzum, "Başka kural var mı?" diye sorarken sevimli olmaya çalıştı. Can kafasını hayır anlamında sallarken aniden hatırlattı, "Oyunumuzdan kimsenin haberi olmayacak," dedi. Kız evet anlamında kafasını sallarken çekici olmaya çalışıyordu. Arzum oyunun başladığını zannetmişti ama Can'ın biraz yalnız kalıp Can Manay rolüne bürünebilmesi için kendini sıfırlaması gerekiyordu. Can yukarı çıkan merdivenlere doğru ilerlerken tüm seksiliğini sergilemeye gayret gösteren kıza bakmadan, "Bu gece saat 8'de hazır ol, bir şey istersen Ali'ye söyle gerçekleştirsin. Dinlenmek istersen alt kattaki odayı kullanabilirsin. Saat 8 gibi misafirlerimiz gelecek," dediğinde merdivenleri tırmanmıştı bile. Gözden kaybolmadan önce, merdivenlerin tepesinde durup kıza döndü. Arzum, şaşkınlık içinde ayaktaydı şimdi. Kızın konuşmasına fırsat vermeden Can, "Arzum'la tanışmayı çok isterim. Umarım sen de Can Manay'la tanışmaya hazırsındır," deyip suratına çekici gülümsemesini taktı, Arzum'a göz kırptı ve kızın yukarı çıkmamasını umarak odasına girdi.

Aşağıda kendi başına duran Arzum bir an yukarı çıkmayı düşündü ama ne yapacaktı ki çıksa bile, anlamsız olurdu. Koltuğa oturdu tekrar ve öylece beklerken, açılan kapıdan gece için evi hazırlamak üzere iki aşçı ve servis elemanından oluşan ekip girdi. Ekibin arkasından içeri giren Ali kapıyı kapatıp, tedirgin bir şekilde koltukta oturan Arzum'a doğru gidip, "Arzum Hanım, yapmak isteklerinizi gerçekleştirmek için burdayım. Odanız aşağıda hazır, evinizden getirilmesi gereken bir şey varsa hemen ayarlayabilirim. Dilerseniz sizi evinize götürebilirim ve akşam yemeği için hazırlandıktan sonra yine getirebilirim. Can Bey akşama kadar odasında dinlenecek," dedi. Tereddütle aşağı inmeyi seçen Arzum, odaya girer girmez karar değiştirip eve gitmeye karar verdi. Can Manay'ın kapısından çıkarken aslında bu gece gelip gelmeyeceğinden emin değildi ama eve gittiğinde kendisini karşılayan 300 orkide, fikrini hemen değiştirmesine neden olacaktı. Aradan geçen birkaç saat, 300 kadar orkide ve bir sürü hayalden sonra, Arzum oyuna hazır, Can Manay'ı fethetmek umuduyla geri dönecekti bu eve.

- 68 -

Deniz, telefon geldiğinde içindeki müziği dindirmek için tekrar stüdyoya inmek üzereydi. Eğer başarabilirse bu jointsiz geçirdiği ikinci gece olacaktı. Telefonu açarken tanımadığı bu numaranın kime ait olduğunu anlamaya çalıştı. Rakamlar, kontörlü bir şebeke kullanıcısına ait olduğunu gösteriyordu. Bu gibi numaralar, genelde çaldırıp kapatırlar ve sizin onları aramanızı beklerlerdi ama bu numara gayet ısrarlıydı. Telefon dördüncü çalışında Deniz arayanın Göksel olabileceğini düşünerek cevapladı, böyle ucuz bir numaradan Deniz'i arayabilecek başka kimse yoktu Deniz'in aklına gelen.

Arayan Can Manay'dı. Konuşma şaşırtıcı şekilde samimi ve kısa geçti. Can Manay'ın Deniz'den yardım istemesi başta tuhaf gelmişti ama konuyu anlayınca oldukça mantıklıydı da. Teklifi kabul edip telefonu kapattığında bodrum katındaki stüdyosunun kapısındaydı Deniz. Geri dönüp merdivenlerden çıktı, mutfakta akşam için bir şeyler hazırlayan Duru'nun yanına gitti. Konuya girmeden önce, ocakta karıştırdığı çorbaya konsantre olmuş Duru'ya baktı özenle. Soluduğu atmosferdeki huzur, aldığı her nefeste içini doldurdu. Aralarındaki fırtınadan sonra sanki sakin bir limana sığınmış gibiydiler. Fırtınanın verdiği hasarı tamir etmeleri, konuşmaları gerektiğini biliyordu ama konuyu açmak için güç toplamalıydılar, kolay olmayacaktı. Mutfağın kapısına yaslanıp Duru'nun sakince bankonun üzerinden aldığı başka bir kaşıkla çorbanın tadına bakmasını, dudaklarını büzüp çorbayı kaşıktan içmesini, suratının aldığı ifadeyi izledi. Keyif aldı... Can'ın teklifini geri çevirmeye karar verdi. Biraz müzik yapacak, sonra Duru'yla çorba içecek ve hissettiği huzurun tadını çıkaracaktı bu gece. Can'a haber vermek için onu ararken Duru, Deniz'e bakmadan, "Göğsün nasıl?" dedi. Deniz sorunun sarsıcı etkisiyle telefonu kapattı ve sadece, "Geçti," diyebildi. Duru sakince Deniz'e döndü, elindeki kaşığı uzatarak, "Olmuş?" diye sordu.

Deniz tattı, beğendi, gülümsedi, Duru'yu tedirgin öptü. Duru çorbayı karıştırmaya konsantre olduğu için bu öpücüğü kısa kesti. En azından Deniz böyle olduğunu düşündü. Telefon çaldığında Deniz arayanın Can Manay olduğunu gördü ve suratını buruşturarak, "Can Manay," dedi. Duru'nun dikkati ismi duyar duymaz Deniz'e kaymıştı, ilgisinin yanlış anlaşılacağını, daha doğrusu, doğru anlaşılacağını düşünür düşünmez çorbaya dönüp, "Niye arıyor ki?" diye sordu. Deniz telefonu açmak üzereyken yemeğe davet edildiklerini ama iptal etmek istediğini açıkladı.

Duru'nun güzel bir yemek yemek için Can Manay'a gitmenin iyi fikir olduğunu belirtmesi, Deniz'in aralarında onca olandan sonra Duru'yu onaylamak zorunda hissetmesiyle Can'ın davetini kabul ettiler.

Deniz hoş bir gece daha geçirip hafifleyeceklerini hesaplarken, Duru, Can Manay'a hiç de hafif bir kadın olmadığını gösterme zamanının geldiğine çoktan karar vermişti.

- 69 -

Akşam yemeği için verilen saatin gelmesine 20 dakika olmasına rağmen ne Arzum'dan ne Deniz ve Duru'dan bir haber vardı. Can çıplak vücuduna beyaz tişörtünü geçirirken kimsenin gelmemesinin ne kadar trajikomik bir durum olacağını düşündü. Arzum'la yaşadığı karşılaşma kendisini yeterince yaşlı hissetmesine neden olmuştu. Deniz'i bir daha aramak istiyordu ama ısrarlı görünmenin kendisini küçük düşüreceğinden de emindi. Deniz'in gözünde düşeceği durumdan çok, aklında oluşturabileceği soru işaretlerinden tedirgin olmuştu. Sonuçta Deniz'i, hoşlandığı bir kızla geçireceği akşam yemeğinin doğallık içinde olabilmesi adına Duru'yla birlikte bir çift olarak davet etmişti, güya. Özellikle yardım isteyen bir tonda konuşmuştu. Asıl organizasyonu çok samimi bir çift arkadaşıyla yaptığını ama arkadaşının karısı hasta olduğu için gelemeyeceklerini ve davet ettiği kızın bu durumu yalnız kalmak için kurmaca bir mazeret olarak algılamasından endişelendiğini anlatmıştı. Kızın bir sürü numaraya maruz kaldığını ve bu nedenle biraz paranoyaklaştığını uydurmuş, etrafında sadece ünlü kişilerin bulunduğu bu çevreden birileriyle sosyalleşmenin artık kendisine yıkıcı geldiğini, davet ettiği bayanı kaliteli bir sohbette tanımak istediğini, akşam kendilerine katılabilirlerse çok memnun olacağını eklemişti samimiyetle. Kullandığı kelimeler, Deniz'in kendi hayatında hissettiği her şeyi anlatıyordu aslında. Can Manay, avını tuzağa çekmek için avın ihtiyaçlarını ya da empatisini kullanmak gerektiğini iyi biliyordu. Bu gece empatiydi Deniz'i buraya getirecek olan diye düşündü, Duru'nun Deniz'i ikna ettiğini aklına bile getirmeden. Kalbinin derinliklerinde bir yerlerde Deniz'e saygı hissetse de, geri kalan her yerinde acımasızdı ona karşı. Sonuçta bu adam Can Manay'a ait olan bir şeyi alıkoymakla suçluydu. Duru ait olduğu yere, kişiye dönene kadar, Can Manay'ın beyninde Deniz'e hissettiği acımasızlıktan ve Duru'ya duyduğu istekten başka bir duyguya yer yoktu.

- 70 -

Bayinin önünde oturduğu yerde, öfkeyle çıkıştı Özge. "Ne yani, kamera karşısına geçip rol yapabiliyor diye Tanrılaştırılmalı mı insan? İnsanın Tanrılığı, şizofrenik bir şekilde hayali bir karakteri taklit edebilmesinden mi gelmeli? Mide bulandırıcı bir durum bu.

İşte bu yüzden rol yapabilen bir sürü salağa tapan gerizekâlılarla dolu bir yer burası. Adamı çıkar o rolden, gerçeğine in, yok ki öyle bi şey, bomboş!"

Muammer elinde kemirdiği darıdan bir ısırık daha almadan önce, "Seninle aynı fikirde değilim. Bir aktörün performansı seni değiştirebilir. İzlediğin şeyin içinde barındırdığı duyguyu derin bir samimiyetle yansıtması, izleyeni senin zannettiğinden çok daha derinden etkileyebilir. Bu etki, izleyenin içinde bir şeyleri söndürebilir ya da ateşleyebilir. Performansın kalitesidir yapılan işe ve yapana verilmesi gereken değer. Benim de canımı sıkıyor genellemelerin anlamın önüne geçmesi. Ama ilkel insanın beyni maalesef hâlâ böyle depoluyor bilgiyi."

Özge elindeki sodanın dibini de kafasına diktikten sonra, lafa, "Anlamadım. Daha doğrusu anladım mı emin değilim. Genellemelerin anlamın önüne geçmesi ne demek?" diyerek daldı.

Muammer elindeki yıpranmış peçeteyle ağzının etrafındaki darı tanelerini silerken, Özge'nin ciddi olduğunu anlamak için duraklayarak, "Ciddi misin sen? Nesini anlamadın?" diye sordu.

Özge samimi bir şekilde, "Ciddiyim ya, tuhaf bi cümle, 'genellemelerin anlamın önüne geçmesi' deyince aklıma bir sürü genelleme ve bir sürü anlam geliyor, eşleştiremiyorum. Bizim konumuzla nasıl bağladın ki şimdi bunu?" diye sordu.

Muammer elindeki darı koçanını eski bir peçeteye sararken kaşlarını kaldırıp, "İyi bir aktörün izleyende yarattığı ilham duygusunun değerli olması güzel, iyi aktörlük saygı duyulacak bir durum. Yani ilham uyandırabilen her aktör saygıyı hak etsin! Ama her rol yapana iyi aktör muamelesi yapıp saygı gösteren bir toplumda, aktör genellemesi, iyi aktör anlamının önüne geçiyor ve aynı Pavlov'un köpeği gibi aktör gördüğümüzde, hatta televizyona çıkan birini gördüğümüzde, bizde uyandırdığı duyguyu tartmadan alkışlayan, anlamı genellemeye feda eden bir toplum haline geliyoruz. İşte Özge Hanım, senin sorunun aktörlerle değil aslında, sorunun, anlamı genellemeye feda edenlerle," dedi.

Özge ağzındaki lokması biterken, "Sen zeki bi adamsın Muammer Bey," dedi.

Muammer Bey, "Kendine iltifat ediyorsun Özge Hanım, bir zekâyı takdir edebilmek için zeki olmak gerekir. Bazen karşındakinin zekâsı, aslında kendi zekânın aynasıdır... Tekrar konumuza dönersek, eğer biz burada beceriksizlerin yaptığı şeylerden bahsediyorsak ve buna sanat diyorsak ve sanat adı altında yapılan saçmalıklara savaş açıyorsak, o zaman iyi yapılmış sanata yazık değil mi? Onu kim koruyacak? Sen savaşçı doğmuşsun Özge Hanım, doğan bu, illa savaşacaksın. Bir savaşçıya verilecek iki iyi nasihat biliyorum eğer ilgilenirsen," dedi.

Özge ilgilendiğini belirten bir şekilde kafasını salladı. Muammer elindeki çöpü biraz ötedeki kutuya çabasızca basket attıktan sonra dirseklerini dizlerine dayayıp sakalını kaşırken hatırlamaya çalıştı. "Bir: Savaşlarını iyi seç çünkü içinde kaybolabilirsin. İyi bildiğin ve sevdiğin bir şeyin içinde kaybolmak, beceriksiz olduğun ve sıkıldığın bir şeyin içinde kaybolmaktan daha iyidir. İki: Savaşçı ruhun, amacını gölgelemesin. İyi savaşçılar savaşlarını güçsüzlüklerinden değil, ne için savaştıklarını unutup savaşın kendisini amaç yaptıklarından kaybederler. Bi savaşa başladıysan nerde bitirmen gerektiğini en başından hesaplaman lazım. Zafer bazen, kazanmak için son darbeyi vurmamak olabilir. Zafer gibi gözüken şey ancak çok sonra farkına varabileceğin bir yenilginin başlangıcı olabilir..." Muammer derin bir nefes alıp suratına yayılan gülümsemeyi hissettiren bir ses tonuyla, "Uzun lafın kısası kızım, sanata ve icra edenlere savaş açmadan önce, savaş açmak istediğin şeyi iyice somutlaştırmalısın. Benim anladığım sen sanata değil popüler kültürün ürünlerine savaş açıyorsun. Oysa gerçek sanatçı kutsaldır..." dedi.

Özge, "Eğer yaptığı sanatsa," diyerek lafa girdi. Bir anlık sessizlikten sonra oturduğu yerde bacaklarını uzatarak uyuşuk kaslarını rahatlatmaya çalışan Özge, "Çok uzun süredir bir sanatçıyla tanışmadım ve bu ülkede sanat adına bir şeyler üreten herkes... Yani hiçbirinin, sizin bahsettiğiniz, insanın içinde duygular oluşturan kutsal kişiyle alakası yok. O kutsal kişiyi görseler canlı canlı yakacak kadar korkuyorlar ondan. Çünkü kendi sahtekârlıklarını kamufle edemeyecek kadar çıplak kalırlar öyle birinin yanında.

Toplumun salaklığı belki de yokluktan kaynaklanan açlığı, bu parazitlerin yaptıklarının alkışlanmasına yol açıyor olabilir ama bu üretilen şeyin üretilmeye değdiğini göstermez," diye homurdandı.

Özge'nin gerilen suratı karşısında merakla onu izleyen Muammer, "Peki ne gösterir?" diye sorduğunda, Özge kafasının içindeki düşüncelere dalmıştı bile. Özge'ye duyurmak için Muammer'in soruyu ikince kere sorması gerekti. Özge gözleri uzaklara dalmış bir şekilde, sanki uzun yıllardır ezberlediği bir cümleyi söyler gibi otomatik, "Üretilmeseydi, onun yokluğundaki yaşamın, nelerden yoksun olabileceğini düşünmek... İşte bu üretilen şeyin gerçek değerini gösterir. Pastör'süz, Tesla'sız, Depeche Mode'suz bir hayat... Tam bir korku filmi olurdu, en azından benim için. Asıl bunlar gerçek sanatçılar," diye mırıldandı. Özge aklındaki soruyu ciddiyetle, "Ne yapmak lazım?!"diyerek telaffuz etti.

Muammer Bey, Özge'nin toy ama taze hırsına, enerjisine gülerek, "Kendin söyledin gerçek bir sanatçı olsa bu parazitlerin hepsi kaçacak yer ararlar diye. Savaştığın şey sanatçı maskesi yapan bir avuç parazitse sen de maskelerini düşürürsün, gerçek bir sanatçı bul," diye cevap verdi. Özge'nin bunu ciddiye alıp almamasını önemsemeden konuşmuştu, kızın kapasitesiyle ilgili hiçbir fikri yoktu ve bu cümleyi ciddiye alarak sanat avına çıkacağını düşünmemişti ama bu cümle Özge için birçok sorunun çözümü gibi gelmişti kulağına. Darbe'yi bulduktan hemen sonra gerçek sanatçı avına çıkmaya söz verdi kendi kendine. Bu düşünce sessiz ifadesinde bir gülümsemenin yayılmasına neden olunca, Muammer, Özge'deki birçok tuhaflığın ne kadar büyük ve temiz bir enerjiden kaynaklandığını görüp o da gülümsedi. Birbirlerinin gülümsemesini fark edip iyice sırıttılar ta ki Muammer o can sıkıcı soruyu sorana kadar. "Darbe'yi nasıl bulacaksın? Böyle beklemekle olmaz."

Özge, Darbe'yi aramakla geçen bir günün daha sonuna gelmişti, içinde umut adına kalan tek şey bir şüpheydi şimdi. Uyuyamazdı, ofise giderken cep telefonundan ekibi aramaya karar verdi. Herkesi ofiste toplayacak ve bu gece bir sonraki adıma karar verecekti. Bu adımın belki atabileceği son adım olduğunu düşünerek bindi otobüse, sahipsiz biri olarak iyi bir şey yapmaya çalışmanın ne kadar imkânsız olduğunu düşünerek geçirdi otobüs yolculuğunu. Eğer büyük bir şirketin parçası olsaydı, hukuk sistemi işlemişti şimdi ve Darbe bulunmuştu bile ama tek başına kimdi Özge? Savcılıkta suç duyurusunda bulunmuş, özel mahkemede dava açmıştı ve ilk dava için verilen tarih üç ay sonraydı. Bu ülkede hakkını hukukla aramak isteyenler, içlerindeki savaşma istekleri sönüp gidene, uğradıkları haksızlık tatsız bir anı ya da arkadaşlara anlatılan trajikomik bir durum olana kadar bekletilirler, yıldırılırlar ve bıktırılırlardı. Hakkını savunmak akıllarına geldiğinde kendilerini otomatik bir şekilde tembel hisseden bir halk yetiştirilmişti. Ama Özge vazgeçmeyecekti, ne kadar oyalasalar da, ne kadar engelleseler de, ne kadar bıktırsalar da Darbe'yi bulacak ya da yeniden basacak ama bu halka okutacaktı.

- 71 -

Doğru'nun yemeği, banyosu, tırnaklarının kesilmesi, dişlerinin fırçalanması, yatırılması, partiye gidilmemesi için sürekli karar alınması derken gece iyice bastırmıştı. Pencereden dışarı baktı Bilge. Gece yaşayan insanlar için gün şimdi başlıyordu aslında, ya da birkaç saat sonra. Kendisine verilen küçük zarfa baktı, adresi okudu birkaç kez, sonra yine cebine koydu ve odasına geçip 12 gün sonra teslim edilmesi gereken sipariş ödevleri yapmaya devam etti. Bu ödevlerin aldığı yüksek notlar sayesinde kısa zamanda adı duyulmuştu okulda. Kimse suratını hatırlamasa da proje hazırlanması gerektiğinde onun numarasını hatırlayan ciddi bir kitle oluşmuştu. Can Manay'ın programına çıkan kızın kendisi olduğunu biliyorlar mıydı acaba diye düşünüp eğlendi.

Yatmak üzere dişlerini fırçalarken miydi, yoksa pijamasını giymek için çekmecesini açarken miydi bilemiyordu ama bir anda partiye gitmek için hazırlanırken buldu kendini. Hayatında ilk defa davet edildiği bu partiye gidecek ve en azından partinin cidden yapıldığından emin olacaktı. Parti gerçekse, içeriye girmeyi hiç düşünmüyordu. Sadece gidip bir görmek istiyordu. Zaten iki saatte eve dönmesi gerekiyordu, Doğru'nun her gece yarısı evin içinde yaptığı yürüyüşten önce evde olmalıydı.

- 72 -

Sokak lambasından içeri süzülen ışık ofise postmodern bir imaj vermişti. Bu yarı aydınlık atmosferde, ekibin gelmesini sessizce bekledi Özge. Ofise gelirken bilgisayarları açmayı, ekip için her şeyi hazırlamayı, hatta kahve yapmayı falan hesaplamıştı kafasında ama kapıyı açtıktan sonra içeri süzülen bu ışığın hissettirdiği duyguda kalmak istedi biraz ve kapıyı kapatıp sessizce oturduğu köşede büzülüp kaldı. Niye toplamıştı insanları? Darbe ortada yoktu ve daha kötüsü, bir açıklaması da yoktu.

Derginin tutacağından o kadar emindi ki masraftan kaçınmamıştı. Ofisin kira, depozito ve mobilyası, bilgisayarlar, maaşlar, ofis masrafları... Tekrar tekrar hesaplasa da aslında paranın nereye gittiği belliydi. Yakında ikinci maaşları dağıtması gerekecekti ve kahretsin nerdeyse hiç para kalmamıştı.

Kafasını resmen işgal eden sorunların tümünün, her bir ekip elemanın ofise varmasıyla, garip bir şekilde, adım adım cevaplarını bulmaya başladı. Özge içinde doğan ve kendisini ele geçiren bu otomatik pilotla savaşmaya çalışsa da sonunda teslim oldu. Tutamayacağını bildiği sözler uçuştu havada, coşkuyla yapılan motivasyon konuşmasına ekibin alkışları karıştı. Özge ne olduğunu anlamadan olan olmuştu ve tüm sorumluluk kendisine aitti. Ekip dergiyi yeniden basmak için coşkuyla hazırlanmaya başlamıştı. Matbaa için yeni bir prova alınacak ve sabaha doğru dergi yeniden basılmaya hazır olacaktı.

Peki ya parayı nerden bulacaktı Özge, ya maaşları?

Nefes darlığı hissetmeye başladı. Matbaa masraflarını nasıl karşılayacağını, bu insanlara nasıl maaş vereceğini, dergiyi bassalar da nasıl dağıtacağını düşünüp iyice daraldı. Göğüs kafesinde hissettiği ağrı ancak kalp krizi olabilirdi ya da... panik atak! Aman Allah'ım panik atak geçiren salaklardan biri oldum diye düşünürken yaşadığı acının gerçekliği ve hissettiği ölüm korkusunun gücü iyice sarstı ruhunu. Ölüyordu ya da öyle hissediyordu. Ne fark ederdi ki, duyu organlarımızla algılıyorduk her şeyi ve şimdi beyni ona öldüğünü söylüyordu. Kendini tuvalete atarken yediği bir şeyin dokunduğunu söyleyerek sıyrıldı meraklanan ekibin arasından. Kapıyı kilitleyip üzerindeki gömleğin düğmelerini yırtarcasına çekiştirip açtı, fayda etmedi, nefes alamıyordu, başı dönüyordu, kulakları tıkandı, gözleri karardı. Kapının önünde kendisine iyi olup olmadığını soranların sesleri uğultuya dönüştü ve Özge bayıldı.

Ayıldığında, odayı dolduran güneş ışığının sarılığı nerdeyse huzur vericiydi omurgasında hissettiği sertlik olmasa. Ayakları koltuğa dikilmiş şekilde yere yatırmışlardı Özge'yi. Doğrulmak istedi ama başının arkası, beyinciğinin olduğu bölüm, sanki darbe almış gibi ağrıyordu. Kafasını hemen geri, yastık hale getirilmiş ceket yığının üstüne koyup yırttığı gömleğine baktı, neyse ki içinde tişörtü vardı. Ofiste sabahlayan ekip birkaç dakikada fark ettiler Özge'nin ayıldığını. Başına toplandıklarında, Özge ancak doğrulmayı becerebilmişti. Kaykılarak oturduğu yerde herkesin olayı defalarca anlatmasını ve nasıl tansiyonunu ölçtüklerini, tansiyonu yükselsin diye ayaklarını dikip kendisini yere yatırdıklarını, nasıl aralarında hastaneye götürüp götürmemekle ilgili tartıştıklarını ve Özge'nin sigortası olup olmadığını bilmediklerini ve basit bir tansiyon düşmesi yüzünden yiyebileceği hastane faturası kazığının çok daha ağır gelebileceğine karar verdiklerini... dinlermiş gibi yaptı Özge. Dinlermiş gibi kafasını sallarken düşünceleri, altında ezildiği durumu tartan çözümler üzerinde dolanıp durdu. Bankadan kredi çekmeyi düşündü, bu kadar kısa zamanda imkânsızdı. Sahip olduğu şeyleri satmayı düşündü, pek de değerli değildi sahip oldukları. Ailesinden istemeyi düşündü ama bunun için ölmeyi tercih ederdi. Sadık Murat Kolhan'ı arasa kendini düşüreceği durum nasıl da utanç verici olurdu, herhalde bu sefer adam Özge'yi tokatlamak isterdi... Hiçbir çıkış yolu yoktu. Göğüs kafesinin içinde canını acıtırcasına atmaya başlayan kalbi ve uğuldayan kulakları beynindeki düşünceleri dağıttı. Etrafındakilerin ifadeleri değişmiş ve herkes sessizleşmişti. Demek dışarıdan bakanlar için bile anlaşılır bir durumdu Özge'nin hissettiği acı. Kendi sesini duymasını engelleyecek kadar tıkalı, uğultulu kulaklarına rağmen, "Hastaneye gidelim," dedi ve kalkmaya çalıştı.

Sonrası, kulaklarındaki basınca ve uğultuya rağmen, sadece kalp atışını duyabildiği tuhaf bir sessizlikti. Özge'yi kaldırdılar, alelacele üzerine ceketini geçirdiler, çantasını aldılar, kapıya doğru taşıdılar. Özge içinde bulunduğu bu durumun, bu cehennem hissiyatının artık geçmesini diledi. Kapıdan çıkmak üzereydiler ki, çalışanlardan birine, konsolun üzerinde unutulan telefonunu almasını işaret etti. Çocuk hızla telefonu kapıp getirdiğinde, Özge'nin çantasını taşıyan diğer çocuk aldı telefonu. İşte tam o sırada telefonun ekranı aydınlandı, kulaklarındaki uğultu yüzünden telefonun çalıp çalmadığını anlayamadı Özge ama ekranın ışığı belirgindi ve ekranda bir yazı vardı. Özge telefonu istedi ama isteğinin anlaşılması birkaç saniye sürdü. Çocuk telefonu nihayet verdiğinde, ekrana dikkatle baktı. Ekranda, hiç tanımadığı bir numaradan gelen bir mesajın yarım içeriği okunabiliyordu. Bu bir adrese benziyordu, yürümesine yardım edenlere bir an direnip durdu ve elindeki telefonun mesaj bölümüne girip mesajı dikkatle okudu. "Mahrum Caddesi, Tüldaş otobüs son durağından 200 metre sonra, soldaki gri konteynır."

Özge mesajı gönderen numarayı aradığında, yürümek için biraz önce ihtiyaç duyduğu destekten kurtulmuştu bile. Telefon iki kere çaldı ve meşgule düştü. Özge hemen tekrar aradı, bu sefer otomatik olarak çıkan sekreter aranan numaranın kapalı olduğunu bildiriyordu. Yanında duran art direktöre hemen bilgisayar başına geçmesini söylerken, numarayı yüksek sesle okumaya başladı. Kendisine şaşkınlıkla bakan çocuğu azarlayıp harekete geçmesini sağladıktan sonra bilinmeyen numaralar servisini aradı ama servis böyle bir numaranın kullanılmadığını söylüyordu. Bu olamazdı.

Birkaç kere daha santrali arayıp numaranın kaydına ulaşamayacağına emin olduktan sonra telefonu bırakıp bilgisayarın başına geçti. Belki yanlışlıkla gönderilen bir mesajdı bu, belki şebekeler arası bir karışıklıktan olmuştu... Her ne olmuştuysa bir şey kesindi, Özge'nin ne başı dönüyor, ne midesi bulanıyor ne de kalbi düzensiz atıyordu. Biraz önce yürüyebilmesi için kendisini kolundan tutanlar şimdi şok içinde, sessizce izliyorlardı onu. Tabii ıstırap içinde hastaneye götürülmek isteyen birinin bir anda kafayı bir telefon numarasına takıp her şeyi unutuvermesini anlamaları imkânsızdı, internette de numarayla ilgili hiçbir bilgi yoktu. Dikkatini adrese verdi. Dergilerle ilgili olabilme ihtimali bile hayat vericiydi.

Özge kendisine şaşkın bakan suratlara ne diyeceğini bilemeden tereddütle gülümsedi. Küçüklüğünden beri geçirdiği bu düzensiz nöbetlerin her an gelebileceğinden bahsedip adı konulmayan bu gizemli hastalığıyla ilgili yalanlar sıraladı. İnanıp inanmamaları önemli değildi, sadece rahat bırakılmak istiyordu. Kaybedecek hiçbir şeyi olmayan biri gibi hissediyordu. Bahsedilen adresin hangi semtte olduğuna internetten bakıp, adrese gitmek üzere ayağa kalktığında art direktör Ömer'in ya yolda yine nöbet gelirse şeklindeki ısrarlarına karşı çıkamadı, gücü kalmamıştı ve hemen yola koyulabilmek için onu da yanına aldı. Ne olduğunu bilmediği bu yere doğru yola çıktılar. Haftalar sonra ilk defa Özge'nin içinde yine umut vardı.

- 73 -

Duru'nun bedeni salona girdiğinde dikkatini Arzum'un üzerinde tutmak çok zordu ama yapmak zorunda olduğu şeyi yaptı Can Manay ve gözlerini Arzum'dan ayırmadan karşıladı Deniz ve Duru'yu. Bahçeyi kucaklarcasına, salonda kurulmuş dört kişilik sofraya, "Gelsenize," diyerek samimi bir şekilde davet etti onları. Deniz, evin huzur dolu atmosferinden, kurulan sofranın iştah açan detaylarından aldığı hazla gülümseyerek girdi içeri. Duru'ysa soğuk ve görevde bir asker gibi tetikteydi. Deniz, Duruya dikkat etmeden ilerledi sofraya. Duru, Can Manay'ın kendisine hiç dönmeyen bakışlarının Arzum'da kilitlenmesine hayretle bakarak masaya doğru ilerlerken, bu model görünümlü kızın varlığının rahatsız ediciliğini en mikro haliyle hissederek takip etti Deniz'i. Rahatsız edici olan kız mıydı yoksa Can Manay'ın kaypaklığı mı? Daha birkaç saat öncesine kadar Duru emindi bu adamın kendisinin peşinde olduğuna, bir an da olsa.

Kız masadan onları selamlamak için kalktığında, güzel uzun bacakları kısa elbisesinin altından çıktı ortaya. Bu güzel ve Duru için bir o kadar da rahatsız edici yüz tanıdıktı. Şu şampuan reklamına çıkan ve sonra çok ünlü olan güzellik yarışması güzellerinden değil miydi bu kız? Çok ünlü olmasına rağmen dedikodusu olmayan nadir güzellerdendi.

Can Manay tüm dikkati kızda, şarap doldururken hiç kafasını kaldırmadan, "Hoş geldin Duru! Deniz otursanıza," dedi. Adam resmen âşık görünüyordu! Bardağı doldurması bitince sol elini Deniz'e uzatıp samimi bir şekilde yandan tokalaştı. Deniz'i Arzum'la tanıştırırken Duru tamamen geride, kendi salak gibi hissederek durdu. Can Manay'ın kendisine yönelik hareketlerini sırasıyla düşündü. Yanlış mı anlamıştı her şeyi? Belki de bu adam sıradan bir çapkındı!

Arzum'un giydiği topuğun, uzun bacaklarının üzerinde yükselen ince vücudunu daha da uzun gösterdiğini düşündü Duru, kendini bir pigme gibi hissetti, ilk defa. İlk defa kendi güzelliğini kıyasladığını fark ettiğinde, tanışmak için yüz yüze geldiği kızın yüzüne inceleyerek bakmaktan alıkoyamadı kendini. İnsanlar da kendisine aynen böyle yaklaşıyorlardı hep. Kafasında, Can Manay'ın gözlerini alamadığı bu kadının nasıl biri olduğunu soran onlarca soru belirdi. Kaç yaşındaydı? Nasıl tanışmışlardı? Programda bahsettiği kız bu muydu? Bu olmalıydı. Peki nasıl olur da sadece birkaç saat önce Can Manay'la arasında öylesine yoğun bir enerji hissedebilmişti? İyi ki Deniz'e bir şey söylememişti. Nasıl da yanlış anlamıştı, adam resmen başkasına âşıktı. Arzum'la el sıkıştı, masanın üstündeki salatayı karıştırmakla meşgul, suratına bile bakmayan Can Manay'ın yanından geçip Deniz'in tam karşısına oturdu. Oturur oturmaz kendini çirkin hissetti, aslında çirkinlik değildi hissettiği, adını koyamadığı sıkıntılı bir duyguydu bu. Can Manay'ın kendisine ilgisi olduğunu sanmış, öğleden sonrasını adamı internetten inceleyerek geçirmişti. Şimdi kendisiyle alakası olmadığını görmek tatsız bir şeydi. İşte buydu onu rahatsız eden şey, kendi kendine gelin güvey olmuş gibi hissetmesi.

Can, Duru'nun şarabını koymak üzereydi. Duru, kendini küçük düşmüş hissediyordu. Rahatlaması gerekirken niye şimdi morali bozulmuştu? Bu hissi kafasından atmak için adamın dağınık saçlarına baktı, ne kadar sıradandı. Deniz'e baktı, Deniz gibi su Tanrısı görünümünde birinin yanında kimdi ki bu adam? Kendini şanslı hissetmesi gerektiğini düşünerek döndü doldurulan kadehine. Can Manay kadehini kaldırıp, "Sahip olduklarımıza!" dediğinde hepsi kaldırdı kadehlerini. Herkes gülümseyerek yudumladı şarabını. Deniz sevgiyle baktı Duru'ya, göz kırpıp gülümsedi. Duru, Deniz'e kocaman gülümseyerek kafasındaki tüm düşüncelerden sıyrılırcasına derin bir nefes aldı. Tam kadehini yerine koyacaktı ki, Can hâlâ elinde tuttuğu kadehi yine kaldırıp, "Ve sahip olacaklarımıza!" dedi.

Koymak üzere olduğu kadehi, ayıp olmasın diye hemen yeniden kaldıran Duru, kadeh kaldıran Can olduğu için ona baktı. Ve işte o an göz göze geldiler.

Can'ın siyah derin gözleri Duru'nun bal rengi, içinde yeşil adacıklar olan hareli gözleriyle çarpıştı. Can şarabından ikinci yudumu alana kadar ayırmadı gözlerini Duru'dan. Duru'nun aniden hızlanan kalbi, bir anlık aptallıkla da olsa Can'a bakmaya devam etmesine neden oldu. Duru hemen bu bakışı diğerlerinin de fark edip etmediğine baktı. Deniz çoktan tabağına konan istiridyelere dalmıştı ama Arzum dimdik Duru'ya bakmaktaydı. Duru hızlanan kalbinin suratında yarattığı kızarıklığı bastırmak istercesine beceriksiz gülümsedi Arzum'a. Arzum gözlerini kısarak gülümseme olup olmadığı tartışmaya çok açık olan bir şekilde dişlerini gösterdi Duru'ya, bu bir gülümsemeydi. Duru kafasını kaldırmadan tabağındaki yemeğe döndüğünde tek bir soru yankılanıyordu içinde: Can Manay n'apmaya çalışıyordu? Aşağılık pezevenk diye düşündü. Eline çatalı aldığında kafasını bir daha hiç bu tabaktan kaldırmamaya karar verdi. Can Manay'dan kendisine akan bu enerjinin kaynağı neydi? Adamın âşık olduğu kadın buradaydı. Niye böyle hissediyordu? Kafasını kaldırıp Deniz'in gözlerinde rahatlamak istedi ama Deniz o sırada Arzum'un konuşmasını dinliyordu. Kız istiridyedeki kolesterolün kaç günde vücut tarafından tolere edildiğinden bahsediyordu. Can Manay'a döndüğünde yine göz göze geldiler. Can'ın suratındaki ciddi ifade ve bakışlarındaki erkek, tereddüt etmeden dümdüz kendisine bakıyordu. Sanki bir şey anlatıyordu. Duru kaşlarını öfkeyle çatıp bakışlarını tabağına çevirirken, Can'ın etkileyici sesinin kendisine hitap ettiğini duydu. Can, "İyi misin Duru?" dediğinde, Duru ona bakmamaya çalışarak kafasını sallayıp ağzına koca bir çatal salata tıktı, kafasını iyiyim anlamında sallarken yemeğine döndü. Can hâlâ kendisine bakıyordu. Duru kafasını kaldırıp Deniz'in bu bakışı fark edip etmediğine baktı. Deniz yemeğini yerken, Arzum'un omurgadaki kaymanın çocukluk döneminde başlamasıyla ve bu yüzden dik durmanın önemiyle ilgili konuşmasını dinliyordu. Arzum'a baktığında, kızın dik durmanın önemini anlatırken duruşuyla nasıl durulması gerektiğini gösterdiği sırada, yansıttığı güzelliğini fark etti. Arzum dimdik, ince vücudunu yan çevirmiş ve tüm zarafetiyle sırtı açık elbisesinden omurgasını sergiliyordu. Dik durmayı alışkanlık edinmiş mükemmel bir omurgaydı bu. Deniz, kızın duruşunu inceledikten sonra Duru'ya döndü ve Arzum'un güzelliğinden hiç etkilenmemiş bir halde gülümseyip, "Duru balerindir, duruşlardan asıl o anlar," dedi Duru'ya göz kırparak.

Duru lafın kendisine geçtiğini görünce heyecanlandı bir an, istemdışı dönüp Can Manay'a baktı ama Can, Arzum'un güzel vücudunu inceliyordu şimdi de. Bir an öfke hissetti, biraz önce kendisine gözlerini diken bu adam şimdi de Arzum'un peşindeydi. Nasıl bir şeydi bu! Daha önce hiç başına gelmeyen bir rekabet hissetti. Arzum'u bu kadar değerli yapan şeyin ne olduğunu düşündü, bu şey her neyse kendisinde daha da fazlasının olduğuna emindi ama bu gece pek de hissedemiyordu bunu. Can Manay âşık mıydı bu kıza? Âşıksa niye yoğun bir enerji vardı aralarında? Ya da Duru paranoyaklaşmıştı. Sıkıldı. Aklındaki düşünceleri dağıtırken masadaki herkesin kendisine cevap bekleyen gözlerle baktığını fark etti. Ağzındaki lokma yutulmaya çoktan hazırdı ama zaman kazanmak için biraz daha çiğniyormuş gibi yaptı. Lokması bittiğinde, şu hissettiği rekabeti dağıtacak bir hareket yaptı.

Sakince kollarını iki yana açtı, kıvrılan parmaklarından sadece işaret parmakları ileri uzanmıştı, kafasını geriye yaslayıp çok yavaş bir şekilde boynunun üzerinde döndürüp yüksek sesle derin bir nefes aldı. Ses nerdeyse bir inleme gibi çıkmıştı ve kapalı olan gözlerine rağmen herkesin o an kendisine dikkat kesildiğini biliyordu. Boynunun dönüşünü tamamladığında omuzlarını geri atıp, göğüslerini öne çıkararak geriniyormuş gibi küçük ama keskin bir hareket yaptı. Gözlerini açtığında direkt Arzum'a baktı, suratına yayılan tebessümde küçük bir kız çocuğu vardı. Sevimli bir şekilde kıkırdayıp, "Hatırlattığınız iyi oldu, omurgadan daha önemli ne var şu dünyada!" dedi ve yine kıkırdayıp koca bir lokma aldı önündeki tabaktan.

Can gözlerini Duru'dan almakta o kadar zorlandı ki, Arzum'la göz göze geldiklerinde onun gözlerinde, Duru'ya olan kendi ilgisinin ağırlığını gördü. Bir anlık bir şeydi bu ama oradaydı. Arzum akıllı bir kadın ve çok iyi bir avcıydı, ortamda başka bir avcı varsa hemen fark etmemesi imkânsızdı. Can Manay gülümseyerek, gözlerini Arzum'dan hiç ayırmadan kadehini kaldırdı yine, "Dokunduğum en güzel omurgaya o zaman," dedi. Deniz de hemen kaldırdı kadehini, ardından Duru kimseye bakmamaya dikkat ederek onları takip etti. Deniz kadehini, Duru'nun kadehine tokuşturup tam içmek üzereydi ki, Arzum, "Sakın ha!" diyerek durdurdu onları. İkisi de Arzum'a baktıklarında, tüm cazibesiyle açıkladı Arzum. "Bir içki sofrasında kadeh kaldırıldığında, biri tokuşturursa masadaki herkesin kadehlerini birbiriyle tokuşturması şarttır, herkesin. Aksi halde masadaki en eski çift, kaldırılan kadeh sayısı kadar bir aralık sonra ayrılır," dedi ve kadehini Duru'ya uzattı, birbirlerinin gözlerinin içine bakarak sakince tokuşturdular. Arzum, Can'la kadehini tokuştururken Duru, Can Manay'a bakmamaya dikkat ederek sırasını bekledi. Onlara bakmamasının nedeninin Can Manay'ı Arzum'a bakarken izlemek istemeyişi olduğunu fark ettiğinde, hemen kafasından bu düşüncenin uzaklaşması için Deniz'e baktı. Deniz kadehini Arzum'la tokuştururken, Can Manay da kadehini Duru'ya uzattı. Duru zoraki göz göze geldi onunla. Can önce uzattığı bardağını bir anda geri çekti, sonra nihayet çok az çaba harcayarak hafifçe kadehini uzatıp suratında ölen gülümsemesiyle kadehi sadece Duru'nunkine değdirdi. Ve kadehini Deniz'le tokuşturmadan kafasına dikerek tüm şarabı içti. Duru elinde kadehiyle kalakaldı. Can şarabı bitirdiğinde kadehi masaya koyarken, "O zaman daha fazla kadeh kaldırmak yok! Bu çok tehlikeli olabilir Deniz senin için," dedi. Can'ın hiç gülmeden yaptığı bu espriye Deniz sırıtarak, "İlişkimiz bir kadehin tınlamasına bağlıysa o zaman işimiz var," diye cevap verdi ve havaya kadeh kaldırdı.

Duru odadaki senaryo ne olursa olsun, etrafındaki dünyada gördüğü işaretler ne olmuş olursa olsun anlamıştı. İspatlayamazdı, elinde ne bir delil ne de bir işaret vardı ama biliyordu. Anladığı şey onu sersemleştirirken, Duru'nun sessizliğini yadırgayan Deniz, "Pşşt! İyi misin?" dedi. Duru gülümsemek için kendini zorlayarak ağzına büyük bir lokma daha tıktı. Lokmaların arkasına saklanır olmuştu. Deniz her şeyin yolunda olduğunun onayını aldıktan sonra Can Manay'a bakıp gülümsedi ve hemen Arzum'a, "Ee Arzum neler yapıyosun?" dedi. Arzum çatalının ucuna aldığı küçük lokmayı güzel dudaklarını uzatarak çiğnemeye başladı ve lokması bitince, "Önümüzdeki ay başlayacak yeni bir programın moderatörlüğüne hazırlanıyorum. Heyecan verici. Aslında biraz gizli ama size biraz anlatayım," dedi. Herkes ilgiyle Arzum'u dinlemeye hazırlandığında, vücut dili güzelliğini yansıtmada ustalaşmış Arzum bir kuğu gibiydi. Haber öncesi kuşakta, yarım saatlik bir programda ülkenin çok ciddiye alınan iki köşe yazarının yanında, güncel olayların trajikomik yanlarından bahsedecekti program. Formatı başka bir ülkeden alınan program, her konu arasında masanın üzerine çıkıp dans eden güzel kızlarla donatılmış olmasına rağmen, ciddiyetinden bir şey kaybetmeyecek şekilde tasarlanmıştı. Arzum program için kendisine, ekonomi üzerine yaptığı mastır nedeniyle teklif getirildiğini ve modellik işlerine devam ederken eğitimini aksatmamanın ne kadar önemli olduğunu anlatırken, sadece güzel değil aynı zamanda çok da akıllı olduğunun altını çiziyordu. Programın kendisine teklif edilmesinin asıl nedeninin, programdaki köşe yazarlarından biriyle ve sadece cinselliğe dayanan ilişkisi olduğuna asla değinmedi. Ne de program yapımcısına ofiste yaptığı muhteşem oral seksten...

Arzum konuşmasının sonuna doğru, Duru'ya dönüp, "Suratın çok tanıdık geliyor, sen ne yapıyorsun? Pardon Derya mıydı?

İsimleri aklımda tutmakla zorlanıyorum, insan çok kişi tanıyınca isim sağırı oluyor," dedi.

Duru bir anda konunun kendisine geçmesinden şaşkın, toparlanıp net bir şekilde, "Balerinim," diye açıkladı. Daha fazla konuşacak şeyi olsun isterdi ama yaptığı tek şey dans etmekti ve ekleyebileceği başka hiçbir şey yoktu. Can Manay'ın suratını görmeyi çok istese de, önce Arzum'a, sonra Denize' e bakıp önündeki salatadan biraz daha tabağına koydu. Salata yemekten şişmişti.

Arzum anaç bir tavırla şaşırarak, "Ciddi misin?! Peki o kadar mı?" dediğinde, Duru duyduğundan emin olmak için Arzum'a baktı. Ellerini dirseklerinden masaya dayamış bakan bu kadının cevap beklemesi ilginçti. Küçümsemeyle ilişkili her duyguyu iyi bilirdi Duru, çünkü genelde kendisinin gayriihtiyari bir şekilde çevresine karşı hissettiği bir duyguydu bu. Elinde değildi çünkü basbayağı üstündü içinde yaşadığı toplumun genel insan kitlesinden. Şimdi, küçümsendiğini hissetmek sinirini bozsa da, bozulduğunu belli ederek bu zevki bu kıza tattırmayacaktı. Ağzındaki lokmayı çiğnerken, "Ciddiyim. Niye ki?" dedi umursamazlığının anlaşılmasına özen gösteren bir tonda.

Arzum bu tip soğuk savaşlara hazırlıklıydı. Can'la bu kızın arasındaki şeyi sezmişti ama kızın ne kadar konuya vâkıf olduğunu kestirememişti, şimdi biraz kaşıyıp kendi teritorya'sını* çizmeye karar vermişti. Eline aldığı şarabından bir yudum almadan önce, "Dans çok eğlenceli olabilir ama insanın tüm hayatını böyle bir eğlencenin üstüne kurması biraz zorlama değil mi?" dedi, gülümseyip şarabından bir yudum aldı.

Duru elindeki çatalı bırakıp tamamen Arzum'a döndü ve tartışmaya hazır bir şekilde konuşmak için ağzını açtı ama Deniz ondan önce davranmıştı. Kaykıldığı yerinde elinde şarabı, sakince, "Sen Duru'yu hiç dans ederken seyrettin mi?" diye sordu Arzum'a.

---

* Güç alanı.

Arzum, soruyu soranın savunmaya geçen bir erkek arkadaş olmadığını Deniz'in suratındaki rahatlıktan anlayınca, hayır anlamında omuzlarını silkti. Can, Duru'nun yarı açık kalan güzel ağzına ve çatılmamak için zorlanan kaşlarına bakınca, Duru'nun saf tepkiselliğine kendi kendine gülümsedi. Suratında istemdışı beliren bu gülümsemenin fark edilmemesi için hemen toparladı ifadesini. Deniz sakin bir şekilde, "O zaman dans deyince neden bahsettiğini bilmiyorsun. Bu aynı, hiç duymadığın bir müzik hakkında yorum yapmak gibi olur... imkânsız," deyip elindeki kadehi kaldırırken, "Anlamı doldurularak yapılan şeylere... Ve yapanlara," dedi. Arzum da hemen Deniz'in kadehini kendi kadehiyle karşıladı ama tokuşturmadı. Arzum rahatlamıştı, Deniz ve Duru arasındaki bağın güçlü olması Duru'yu hedef olmaktan otomatik olarak çıkarıyordu. Masadaki herkes kadeh kaldırırken Duru, kendini acemi hissederek Deniz'e baktı. Erkeği için kendini çok şanslı hissetti o an, çok uzun zamandır böyle hissetmemişti ve bir erkeği en değerli yapan şeyin kadında uyandırdığı korunma duygusu olduğunu düşündü Deniz'e gülümserken. Deniz'e kızgındı, içtiği otun arkasına saklandığı için, kendi içindeki yeteneği değerlendirmediği için ama en önemlisi, kendisine kalkan olmadığı için. Çok uzun zamandır bu gece ilk defa hissetmişti Deniz tarafından korunduğunu, şarabından kocaman bir yudum alırken Can Manay bücürü, Deniz'in tek hamlesiyle önemsizleşivermişti.

Can'ın Duru'ya yöneltilmiş kaçamak bakışını ikinci defa fark eden Arzum, gecikmiş de olsa teşhisini koyabilmişti. Can Manay, Duru adlı bu kızın peşindeydi ve kendisinin orada bulunma nedeni bu ava katkıda bulunmasıydı. Kızdı. Gitmeye karar verdiğinde, ayağa kalkıp hiçbir şey demeden çıkıp gitmeyi düşündü ama bu Can Manay'dı, çekip gidilecekse çok dikkatli olunmalıydı. Her zeki piyasa kadını gibi Arzum'un da ilk öğrendiği şeydi bu, sistemi kuranlarla asla takışmamak, yoksa bir daha adınızı kimse duyamayabilirdi. Kocaman bir gülümsemeyle ayağa kalkarken Can'a, "Can Bey! Bana lavaboyu gösterir misiniz?" dedi.

Can, Arzum'un gözlerinin içindeki yansımadan bir şeylerin ters gittiğini anladı ve rolüne uyarak sakince ayağa kalkıp Arzum'a lavaboya kadar eşlik etti. Lavaboya geldiklerinde, Arzum'un suratındaki gülümseme bıçakla kesilmiş gibi gitti. İşte o an Can işin ciddiyetini anladı, banyoya önce Arzum girdi ve Can kapanmak üzere olan kapının arasından nerdeyse sızarak kapıyı kapattı, tek hamlede kilitledi. Arzum kızgınlığını belirten bir ifadeyle Can'a döndüğü anda, Can hiç konuşmadan kızı ters döndürdü, omzunu eliyle tutup arkasından iyice yaklaşıp kulağına, "İzin ver," diye fısıldadı. Arzum bir an dik durduktan sonra yavaşça öne eğilip poposunu Can'a uzattı. Can zaten kızın çok kısa olan elbisesini bir hamlede kaldırırken kendi pantolonunu açmıştı bile. Arzum'un içine girdiğinde artık Arzum için bu durum nihayet bir alışverişti. Can Manay'la dost olduğu andı bu. Bu piyasada sıkı dostluklar bu şekilde kuruluyordu. Can Manay'la ilgili daha ciddi planları vardı ama buna da razıydı. Kısa bir çiftleşme, avukatlar eşliğinde imzalanan herhangi bir iş anlaşmasından çok daha yaptırım gücüne sahip olabilirdi. Can Manay içinde gidip gelirken Arzum, Can Manay'dan ne isteyebileceğini düşünüyordu. Bu kesinlikle maddi bir şey değildi, bu adam maddiyatın ötesinde güçlü bağlantıları olan, eli her yere uzanan bir yöneticiydi. İnsanları yönetir, onlara ne yapmaları gerektiğini söylerdi. Can Manay dışarı boşalırken Arzum çoktan karar vermişti. Yabancı formatlı bir projeyi, yapımcılığını kendi üstlenerek ülkeye getirecekti ve Can Manay da projeyi istediği kanala sokmasında yardım edecekti.

Arzum Unsur'un ülkenin en zengin kadınlarından biri olmasının hikâyesiydi bu. Üç yıl içinde Arzum Unsur, yurtdışından getirdiği birçok programı ülkeye uyarlayacak, her uyarlama programla birlikte çok ciddi para kazanacak ve sonunda kimsenin hesaplayamadığı bir şekilde kendi medya şirketine bile sahip olacaktı. O gece aklına geldiğinde hep, televizyonculuk tarihinde imzalanan en iyi iş anlaşmalarından birini Can Manay'ın lavabosunda imzaladığını düşünecekti.

Can Manay kendisini tuvalet kâğıdıyla temizlerken, Arzum külotunu giydi. Lavabodan çıktıklarında Duru ve Deniz yoktu.

Duru, Deniz'in kendisini saran güçlü kolları arasında biraz önce şahit olduğu şeyi anlamaya çalışarak duruyordu. Can Manay resmen gece boyunca kendisine bakmış, sonra o antipatik model kızla lavaboda çiftleşmişti. Mide bulandırıcıydı. Nasıl iğrenç bir adamdı bu! Çok ses duymamışlardı ama kızın inlemesi ve ritmik bir iki sesten sonra Deniz'le birbirlerine bakmışlar, bu tuhaf duruma tanık olmanın yarattığı gariplikten kurtulmak için Deniz'in önderliğinde bahçeye çıkmışlardı. Duruma inanamayan Duru, birkaç kez hayretler içinde Deniz'le konuşmaya çalışsa da, Deniz tarafından susturulmuş, boş verilmesi söylenmişti. Deniz'e göre burası herkesin sadece kendi hareketlerinden sorumlu olması gereken bir gezegendi. Deniz'in bilmediği ve Duru'nun şaşırdığı şeyse, lavaboda çiftleşmeleri değil, Can Manay'ın Duru'ya gösterdiği gizli ilgiden sonra böyle bir şey yapmış olmasının anlamsızlığıydı. Duru tamamen belgesel moduna geçmişti, olanları izlemekten başka bir motivasyonu olmayan bir haldi bu. Deniz, yanlarına gelen Can Manay ve Arzum'a bakmamaya dikkat ederken, Duru resmen gözlerini dikmişti. Bir daha görmek bile istemediği bu kısa, tuhaf adamın arsızlığı tüyler ürperticiydi.

- 74 -

'Mahrum Caddesi, Tüldaş otobüs son durağından 200 m sonra soldaki gri konteynır.'

Tüldaş otobüs son durağı, şehrin lağım kokusuyla ve Çingeneleriyle ünlü, denizden uzak bir semtindeydi. Tüldaş otobüslerine bindiklerinde son durağa ne kadar zamanda varacaklarını sormuşlar, şoför bir saat civarı demişti. Bir saat 20 dakikadan sonra son durağa varmalarına hâlâ sekiz durak vardı. Özge sabırla, şehrin köhne semtlerinde dura kalka ilerleyen otobüsün camından dışarıyı izlerken, nereye ve neden gittiklerini bilmeyen ve bu konuda Özge'den herhangi bilgi alamayan Ömer, çantasından çıkardığı kâğıdı karalayıp duruyordu. Özellikle herhangi bir sohbet başlatmak istememişti Özge, Ömer'in birkaç ürkek girişiminden ve Özge'nin sohbeti ustaca kesmeyi bilen cevaplarından sonra sessizce yolculuklarına devam etmişlerdi. Son durağa geldiklerinde otobüste sadece altı kişi kalmışlardı. İki çocuklu bir kadın, arka sırada uyuyan şapkalı adam, Özge ve Ömer... Özge son durağa yaklaştıklarını anladığında hemen şoförün yanına gidip Mahrum Caddesi'ne varıp varmadıklarını sordu. Şoför otobüsü durağa yanaştırırken kafasını sallayıp beklemesini işaret etti. Tüm yolcular indikten sonra el frenini çekip otobüsün merdivenlerine kadar indi ve eliyle tarif ederek, 200 metre ilerdeki tarlayı geçmelerini, küçük tepeyi çıkıp üst geçitten düz yürüyüp otobanın üstünden karşıya geçmelerini, hiçbir yere sapmadan 100 metre daha yürüdükten sonra bir daha sormalarını söyledi.

Ömer ve Özge bir süre hiç konuşmadan devam ettiler yürümeye. Tarlayı geçtiler, tepeyi aştılar hemen altlarında uzanan otobana bakıp önlerine çıkan üst geçitten yürüdüler, etrafta kimse yoktu. Ömer dergiyi internete yükleme fikrini ürkekçe ortaya attığında, ıssızlık içinde, köhne bir ilkokulun önüne varmışlardı, okulla başlayan binalar gecekondularla devam ediyordu. Özge, bedava bir dergi yayımlamanın kime ne yararı olacağını homurdanıp Ömer'in önerisini ciddiye almadan, okuldan çıkan çocuklardan birine yolu sordu ve çocuklar soldaki yokuştan aşağıya indiklerinde karşılarına gelen caddenin Mahrum Caddesi olduğunu söylediler. Mahrum Caddesi'ne vardıklarında, etraflarında herhangi bir konteynır ya da içinde yüzlerce derginin olabileceği ihtimali olan herhangi bir araç yoktu. Çift şeritli bu cadde, sokaktan kırma bir caddeydi. Eskiden toprak olan yol, uyduruk bir ziftlemeyle asfalta dönüştürülmüştü. Kaldırım diye yapılmaya çalışılmış şeyin üstünde yürümeyi bırak, tek kişinin dikilmesi bile zordu. Özge elindeki mesaja baktı yine ve karşı köşedeki bakkala gidip varması gereken yerin burası olduğundan emin olmak istedi.

Bakkaldaki adam yeri onayladığında içinde kendine yer bulmak için çırpınan umut bir anda boğuldu ve yenilmişlik tamamen çöktü Özge'nin omuzlarına. Etrafına baktı, tüm çabalarının onu getirdiği yer burasıydı, Özge'nin çıkmaz sokağı, başlamasını ümit ettiği ve deli gibi çalıştığı her şeyin bittiği yerdi burası. Ömer bakkalın önünde bekliyordu ve şimdi dışarı çıkıp ona geri dönmeleri gerektiğini söylemeliydi. Gelen mesaj yanlışlıkla atılan bir mesajdı ve Özge'nin içindeki umutsuzluk, mesajı anlamlandırmış ve inanmak istemişti. Kafasındaki düşünceleri ayıklamaya çalıştırarak orada öylece dikilirken bakkal, "Siz ne aradınız hanfendi?" diye sordu. Bakkalın ses tonu yardım etmek isteyen birinden çok, alışveriş etmeyip yer işgal eden birini azarlayan tondaydı. Özge kendine gelir gelmez, "İyi günler," dileyip kapıya doğru yöneldi. İşte tam bu anda gördü. Biraz önce önünde ekmek alan çocuğun elinde, ekmeğin etrafına sarılmış bir yaprak, Darbe'nin on dokuzuncu sayfasına aitti. Çocuk ekmeğiyle uzaklaşırken Özge bir tazı gibi bakkalın tezgahına döndü, iz bulmak için yaratılmış bir robotun hızında, sorgulayan gözlerle taradı tezgâhı. İyice yaklaştı ve işte ordaydı. Tezgâhın üstünde duran dergisi *Darbe,* sayfaları yırtılıp ekmeğin etrafına sarılmak üzere ortadan açılmış ve yeni bir ekmeğe yine öylece sarılmayı bekliyordu.

- 75 -

Can, Duru'yla göz göze geldiği andan itibaren içerde yaptıklarının anlaşıldığını fark etti. Bu toplumda, birinin utanılacak bir şey yapıp yapmadığının ölçüsü, o kişinin utanıp utanmamasıyla ilgiliydi. Can utanmadan, gözlerini Duru'nunkilerden kaçırmadan bakmaya devam ettiğinde Duru'nun kızarmasını bekledi ama Duru'nun gözleri bomboştu. Deniz ortamdaki tuhaf enerjiyi dağıtmak için bahçeyle ilgili birkaç yorum yaptıktan sonra, Can lafa girip herkesi koltuklara davet etti. Can'ın daveti, Duru'nun sabah erken kalkacaklarını bildiren ve eve gitmeleri gerektiğini belirten cümleleriyle kesildi.

Can resmen eline yüzüne bulaştırmıştı bu sefer. Duru eve gitmek üzere, neredeyse aceleyle, bahçeden salona doğru ilerlerken, Can o an, Duru'nun gitmesini önlemek için bağırmayı bile düşündü. Çocukça, aptalca bir sürü düşünce geçti kafasından. Deniz ve Duru salonda eşyalarını toparlarken, Arzum daha tatlı bile yemediklerini belirterek kalmaları konusunda ısrar etti. Biraz önceki, bölgesini korumaya çalışan dişi modundan eser kalmamıştı. Sıcak ve tatlı bir şekilde Duru'ya, "Daha konuşacak çok şeyimiz var, en azından bir kahve içelim," dediğinde Duru, bu kızı böylesine ehlileştiren şeyin ne olduğunu biliyordu ama bir anda bu kadar dost canlısı olmasının yine de çok anlamsız olduğunu düşündü. Kapıya doğru ilerlerken kıza dönüp gözlerinin içine sırıttı ve iyi akşamlar dileyerek kesti davetini. İkisi de biliyorlardı o kahveyi asla içmeyeceklerini.

Kapıya kadar geldiklerinde, Can gitmelerini engellemek için, aklındaki bin düşünce içinden en güçlü olanını kullanmak zorunda kaldıysa da, gitmelerine engel olamadı ama şükürler olsun ki bir sonraki buluşmayı garantilemiş oldu. Çünkü Duru bahçenin çıkış kapısına doğru ilerlerken, Deniz, Can'ın ortaya attığı bu önemli konusunu konuşmak için Duru'yla birlikte, bir gün sonra, Can Manay'ın ofisinde buluşmaya söz verdi.

- 76 -

Bakkalın, Özge'yi dergiyi bulduğu yere götürmesi, yapılan tüm konuşmalardan ve oraya varmak için harcanan beş dakikalık yürüyüşten sonra 40 dakika sürdü. Hava tamamen kararmıştı, gecenin karanlığı içinde yıkık bir ekmek fırının arka tarafındaki araziye yürüdüler. Yol boyunca ara ara önlerine Darbe'nin bazı yırtık sayfaları çıktığında, buldukları her sayfayla durumu Ömer'e biraz daha açıkladı Özge. Ömer'in suratındaki ifadeye bakmamaya dikkat ederek konuştu. Yanında olmasından memnundu, çünkü böyle bir yerde, böyle ıssız bir arazide hiç tanımadığı bu bakkalla yalnız kalması akıllıca olmazdı. Ömer'in kim olduğu önemli değildi ama iyi ki şimdi yanındaydı. Arazideki yoğun lağım kokusundan tiksinmemek için kendisini telkin edip, bulduğu her sayfayı eline aldığında, içinde yükselen çığlığın ses tellerinden çıkmaması için kendini tutarak ilerledi Özge.

Gri boyasının altından paslı köşeleri iyice açığa çıkan konteynır arazinin tek yıkık duvarının hemen yanına bırakılmış ve konteynırın kapısı da duvara dönük konuşlandırılmıştı. Konteynırdan beş metre ötede yakılmış derginin kalıntıları vardı. Kalıntıların hemen yanında içilmiş bira şişeleri, izmaritler ve yemek artıkları duruyordu. Bakkal arsanın ağzında durup derginin torbalar içinde burada olduğunu ama zamanla sadece yerde atılı yırtık sayfaların kaldığını söyledi. Güdümlenmiş füze gibi konteynırın içine girmek üzere olan Özge'den ya da kendisine şaşkın şaşkın bakan Ömer'den bir tepki alamayınca, akşam akşam buraya kadar yürüdüğü için kendi kendine söylenerek dönüp gitti.

Özge konteynırın yamulmuş, yarı aralık kapısından girdiğinde, kapının üzerine düşen sokak lambasının ışığına rağmen içerisi karanlıktı. Işığın daha iyi içeri girebilmesi için kapıyı kanırta kanırta zorlayarak açmaya çalıştı Özge. Önce ittirdi, sonra tekmeledi, yine ittirdi... Ömer'in de yardımıyla yamuk kapıyı açtılar. Özge gördüğü manzara karşısında bağıra bağıra ağlamak istedi. Basılan 6 bin dergiden kalanlar konteynırın dibinde, içinde bulundukları torbalarda, nemlenmiş, çürümek üzereydiler. Harcanan tüm emek, işlenen tüm hayal gücü, yüklenen tüm anlam, yarısı yağmalanmış, yakılmış, burada, bu karanlık, pis konteynırın içinde yitmek üzereydi. Hissettiği üzüntünün acıya, acının öfkeye, öfkenin şiddete dönmesi sadece birkaç saniye sürdü. Özge zaten yamuk duran kapıyı contasından çıkana kadar tekmelerken, Ömer öylece durup kendini sanki görünmezmiş gibi hissetti.

Ömer'le göz göze gelene kadar Özge'nin tekmelemesi devam etti, sonra aniden konteynırdan uzaklaşıp boş arazide bir ileri bir geri yürümeye başladı. Duramıyordu. Kafasında hiçbir düşünceye yer kalmamıştı, öfke her yeri kaplamıştı. Acemi bir şekilde Özge'nin hiddetini seyreden Ömer, ne yapacağına karar veremeden iki adım attı Özge'ye doğru ama içindeki ateşle yanan birine ne denirdi ki? Daha Özge'yi o kadar tanımıyordu, konuyu tam anlamamıştı bile. Derginin kayıp olduğunu 10 dakika önce öğrenmiş, bulunduğunuysa şimdi anlamıştı. Kafasındaki sorular her an çoğalıyordu ama Özge'ye şimdi yaklaşmak, burnundan soluyan bir boğayı sakinleştirmek gibiydi, vazgeçti, birkaç adım geriye atıp sadece izledi.

Sakinleşmesi yarım saat sürdü. Özge konteynırın çevresinde ayaklarını yere vurarak dolanıp duran, bir an sessizleşip tam sakinleşti derken bir ileri bir geri yürüdükten sonra yeniden konteynırın içine girip bir yerleri tekmeleyen Don Kişot gibiydi, değirmen yerine paslanmış bir konteynırla savaşıyordu. Özge derginin yarı yanmış parçalarının olduğu yere eğilip sessizce incelemeye başlayana kadar kıpırdamadı Ömer. Özge'nin eline bir izmariti alıp elindeki telefonun ışığıyla karanlıkta incelemeye çalıştığını görünce sessizce yaklaştı ve hiç konuşmadan Özge'nin incelemeye çalıştığı şeye baktı.

Özge, "Mendilin var mı?" dediğinde, mendilin gözlerinden akan yaşlar ve sulanan burnu için olduğunu düşünerek sırt çantasından aceleyle çıkardığı paketi uzattı Ömer ama mendil izmarit içindi. Özge sessizce, ateş izinin etrafındaki tüm izmaritleri topladı. İçilmiş bira şişeleri bir araya istifledi, telefonundan çıkan fener ışığıyla araziyi adım adım inceleyerek dolandı, bazen gördüğü bir şeyleri eline alıp inceledi ve istiflediği şişelerin yanındaki eski bir konserve tenekesinin içinde biriktirdi. Ömer üşümeye başlamıştı, tam konuya girip artık gitmeleri gerektiğini hatırlatacaktı ki, Özge polisi arayıp yardım istedi. Savcılığa suç duyurusunda bulunduğu söz konusu kayıp dergilerin çalındığı ancak şimdi kesinleşmişti. Ömer, Özge'nin konuşmasını şaşkınlıkla dinlerken ağzını açıp müdahale etmek istedi ama Özge'nin ince kemikli parmakları tek bir işaretle ona susmasını emrettiler. Özge polise, hırsızları bu araziye kadar takip ettiklerini konteynırdaki geri kalan dergileri yakmak üzereyken müdahale ettiklerini, iki hırsızın kendilerine bıçak çektiğini ama oradan geçmekte olan bir grup öğrenciyi görünce kaçtıklarını anlatmıştı. Tamamen yalandı.

Ömer'in şaşkın ve korkulu suratı, telefonu kapatan Özge'yi kendine çekti. Özge konteynırın içindeki dergilerden birkaç tanesini alıp etrafa saçtıktan ve bir grup dergiyi daha önce ateş yakıldığı küllerin olduğu yere yığdıktan sonra, Ömer'in yanına gidip daha mendili olup olmadığını sordu. Ömer bir açıklama beklerken ve polise yalan söylemeyeceğini Özge'ye en iyi şekilde açıklamanın yolunu kafasında şekillendirmeye çalışırken, çantasından çıkardığı son mendili de Özge'ye verdi. Özge önce suratını sildi, sonra bir erkek gibi burnunu hınkırdı, suratına sümük bulaşıp bulaşmadığını anlamak için Ömer'in suratına bakıp burnunu havaya kaldırarak, "Bir şey var mı?" diye sordu. Ömer nasıl cevap vereceğini bilemeden, acemice Özge'nin burnuna baktı, utandı ve "Hayır yok," dedi. Özge mendili katlayıp cebine koyarken hissettiği tüm öfke ve acıyı içinde sindiren birinin ifadesi kapladı suratını ve Ömer'in gözlerine bakıp seri bir şekilde, "Eğer iki şüpheliden ve bize saldırıdan bahsetmezsek polis sadece buraya gelir, etrafa bakar, dandik bir rapor tutar ve bizi bu lağım çukurunda dergilerle bırakır. Ben ciddiye alınmak istiyorum ki yardım alabilelim. Emeğimiz o boklu konteynırın içinde çürüyor ve orada yaklaşık 2 bin adet daha dergi var. Ya o dergileri gecenin bir yarısı seninle ikimiz taşımaya çalışıp mahvolacağız ya da iki saldırgandan bahsedip dergilerimizi ofise götürmesi için polisten yardım alacağız," dedi.

Özge'nin konuşmasından mı, gece karanlığında parlayan yeşil gözlerinden mi, bu dergiye duyduğu bağlılıktan mı, çektiği acının suratına getirdiği güzellikten mi ne, Ömer hiç anlamadığı bu duyguya teslim oldu, kafasını sessizce evet anlamında salladı. Polisler gelene kadar detayların üzerinden defalarca geçtiler. Ne söyleyecekleri konusunda sanki gerçekten yaşamışlar gibi emin oldular. Polisler geldiğinde Ömer elindeki dergiyi bitirmişti, Özge'yi acıtan şeyi içinde hissetti. Bu kadar iyi yapılan bir şeye yapılan saygısızlık, belki yalnız olsa pes etmesine neden olurdu, en iyisi yapılmış olsa da, sonucun böyle olması umutsuzluk dolu bir dünyada yaşadığını hatırlatırdı ama Özge gibi ateşi dinmeyen birinin ardında bir şeye kendini adamak ibadet gibi geldi Ömer'e. Yaşamı anlamlı kılan bir ibadet, iyi yapılan bir işten başka ne olabilirdi ki?

- 77 -

Verilen adresin bir eve ait olmadığını anlamak pek zor olmadı Bilge için, gece kalkan son otobüsten indikten sonra uzaktan gelen müzik sesine yaklaşması yeterli olmuştu. Semt eskiden çok varoş olmasına rağmen son beş yıldır, yapılan yeni paralı üniversitenin varlığı nedeniyle toparlanmış ve üst tabaka ailelerin zengin çocuklarından oluşan bir öğrenci kitlesini ağırlar olmuştu. Bilge hiç bulunmamıştı bu bölgede daha önce. Adres eski bir kilisenin arka tarafında, eskiden mandıra olarak kullanılmış ve caddeden bakıldığında kocaman depoya benzeyen bir yeri gösteriyordu. Dikdörtgen yüksek duvarlardan ve kiremit eski bir çatıdan oluşan binanın içinden müzik sesleri yükseliyordu. Binanın yüksek duvarlarının sadece çatıya yakın olan üst kısımlarında pencereler vardı ve pencerelerden dışarı çıkan ışık, sürekli değişen rengârenk bir şeydi. Tereddütle binaya yaklaşırken girişin ne tarafta olduğunu anlamaya çalıştı. Binanın bir köşesini döndükten sonra kapı önünde duran birkaç kişiyi görüp ilerledi, girişte siyah giymiş dört bodyguard duruyordu.

Bodyguard'lara yaklaştığında biraz durakladı, hayatında ilk defa böyle bir yere girecekti. Daha önce yapmamıştı ve nasıl yapılır bilmiyordu. Girişin paralı olup olmadığından bile haberi yoktu. Elinde sıkı sıkı tuttuğu ve partiye davet edilişinin delili olarak gördüğü küçük zarfı kapıda dikilen iriyarı adamların göreceği şekilde uzattı ama adamlardan en irisi Bilge'ye sadece şöyle bir baktı ve başını hemen yanında duran, yine iri olan adama çevirip hararetli konuşmasına devam etti. Bilge bir süre daha orada öylece durup adamlardan tepki bekledikten sonra, adamın dün gece yaşadığı bir cinsel ilişkiyi detaylı şekilde anlattığını anlayıp hemen kafasını öne eğdi ve hızlı adımlarla adamı geçip binadan içeri girdi.

Vestiyer olarak kullanılan bölümde dikilen ağır makyajlı kadın 40'larını çoktan geçmişti. Suratındaki derin kırışıklar olmasa güzel denilebilecek bir hali vardı. Bilge'yi görünce elindeki sigarayı indirip dikkatle baktı. Bilge, kendisine bir şey söylenmesini bekleyerek hazırlıklı bir şekilde öylece dikildi kadının karşısında. Ama kadın konuşmak yerine yavaşça elindeki sigaradan bir fırt daha alıp dumanını yavaşça üflerken bekledi. Bilge kadına ne söylemesi gerektiğini bilmiyordu, kadının arkasında duran kalın kadife perdeler, partinin yapıldığı mekânı, bu vestiyerden ayırıyordu. Elindeki sigaradan bir fırt daha alırken Bilge'yi gözünü kısarak inceleyen kadın, eliyle arkasını işaret etti. Bu işaret ya, "buyur" anlamına geliyor ya da, "n'apalım" diyordu sanki. Bilge anlamadı, sadece kadının arkasında uzanan ve durdukları bölümü çevreleyen kalın kadife perdelere baktı. Perdeler arasında bir aralık yoktu ve hangi perdeyi geçmesi gerektiğini bilemeden şaşkın bakındı etrafına. Tam kadına soracaktı ki, kadın kuru bir sesle, “Şurdan,” deyip nihayet eliyle Bilge’nin ilerlemesini işaret etti.

Sürekli değişen renklerdeki ışık oyunları yüzünden içeriyi net bir şekilde algılamak zordu ama ışık oyunları bir an durduğunda, mekânın yüksek tavanının yarısına asılan asma kat ve önünde uzanan insan kalabalığının elleri havada görüntüsü etkileyiciydi. Gözlerinin ortamın karanlığına alışması bir an sürdü. İleride dans eden insanları seçebiliyordu şimdi. Müziğin kulakları yırtan yüksek tonu bu görüntüyle birlikte anlam kazandı. Eğlenen insanlar görmüştü ama böylesine kalabalık insan topluluğunun aynı ritimde hareket etmesi ilginçti.

Fark edilmemek için perdeden ve insan kalabalığından uzak bir köşe aradı kendine. Sağ tarafında yığılmış metal bira fıçılarına yavaşça yürüdü, bu kuytu köşenin kendisi için uygun olduğuna karar vermişti ki, fıçıların arasında, birbirlerinin ağızlarına kenetlenmiş iki kişi olduğunu fark eder etmez hemen diğer tarafa yürüdü. Kimseyi rahatsız etmek istemiyordu ve asıl önceliği kendini güvende hissetmesiydi. Fark edilmediği sürece buraya gelmiş olması bir risk halini almayacaktı. Çıkışa yakın durmanın mantıklı olduğunu düşündü. Yanından hoplaya zıplaya iki kız geçti, yoksa bir tanesi erkek miydi? Yürüdüğü tarafta büyük hoparlörler vardı. Burası daha da gürültülüydü ama bu bir avantaj olabilirdi çünkü belki de bu yüzden kendisinden başka kimse yoktu. Bir süre ayakta, dans eden grubu izledikten sonra büyük siyah hoparlörün üstüne oturmaya karar verdi. Hoparlörün yüksekliği karnının biraz üstüne geliyordu, ilk çıkma girişiminden sonra zıplamadan oraya tırmanmasının imkânsız olduğunu anladı. İkinci deneme az kalsın başarılı olacaktı ama kaydı, üçüncü deneme başarılı olmuştu, zıplayıp kendini yukarı kaldırmış ve kollarıyla çekmişti, şimdi poposunu döndürüp hoparlörün üstüne yerleştirecekti ki, bir el onu belinden sıkıca kavrayıp kendisini aşağıya çekti.

Kendisine dokunulmasıyla birlikte sıçraması, korkması ve hoparlörün üstünden kayıp yere inmesi aynı anda oldu. Ama tek bir ses çıkarmamıştı Bilge, zaten çıkarsa bile duyulmayacağı kesindi. Kendisini aşağıya çeken şeyin ne olduğunu anlamak için hemen döndüğünde, karşısında suratında kocaman, gevşek bir gülümsemeyle Murat'ı gördü.

- 78 -

Duru'nun gidişinden sonra bir anlamı kalmamıştı ne yapılan tüm hazırlıkların ne de Arzum'un varlığının. Beceriksizce yaptığı bu plan patlamıştı ama daha kötüsü de olabilirdi. Can evdeki hizmetkarlara işlerini en kısa zamanda bitirmelerini emredip evin yarım saat içinde boşaltılmasını sağlamıştı. Nihayet tek başınaydı.

Önce odasına gidip kameradan Duru ve Deniz'in evden ayrılıp kendi evlerine girmelerini seyretti ayrıntılı şekilde, neyse ki bu sefer beynini patlatmasına neden olacak iğrenç bir şey olmamıştı, çiftleşmeleri gibi.

Aklına, bahçeye çıktığında Duru'nun kocaman gözleriyle kendisine şaşkın bakışı geldi. Kafasında yarattığı imajın saçmalığını düşününce bir an kızdı ama sonra komik geldi, kendi kendine güldü. Gülüşü, Arzum'la seviştiği aklına gelince bir anda dondu. İçinde hissettiği sıkıntının adını koymaya çalıştıkça daha sıkıldı. Duru'yla ilgili bir şeydi bu, nefes almasını engelleyen, içini acıtan bir şey. Aynı Deniz ve Duru'nun sevişmelerini kameradan seyrettiğinde içine doğan o iğrenç duyguyla aynı kaynaktan gelen bir şey... İhanet.

Duru'nun şaşkın ifadesi, kocaman gözleri çıkmıyordu aklından. Biraz önce hissettiği neşe şimdi bir lanet gibi sindi içine, acıttıkça acıttı. Ta ki gözlerinden damla olarak çıkıp gidene kadar. Hızla banyoya girdi ve suyun ısınmasını bile beklemeden duşu açıp altına attı kendini, önce soğuk olan su iyice ısınıp kaynamaya başladığında, hemen ayarını yapmadı sıcaklığın, biraz suyun altında bekleyip üstünden akıttı Arzum'a ait olabilecek tüm sıvıyı. Ancak cildi yanınca suyu ayarladı. İyice yıkanıp kendini yeniden kendisi gibi hissedene kadar bekledi suyun altında.

Duştan çıktığında içindeki dengenin sarsıldığını hissetti. Nasıl böylesine aptal davranabilmişti? Çamaşırını giyip alt kata indi.

Hizmetkârlar giderken ışıkları söndürmüşler ama sehpanın üstünde yanan mumu bırakmışlardı. Mumun titreyen ateşine baktı bir süre ve Duru'nun o an ne yaptığını düşündü. Deniz'in kolları arasında ne kadar da küçük ve korunmasız durduğu geldi aklına. İçi acıdı yine. Bir kendi kolları arasına alsa onu, bir daha asla bırakmazdı. Oturduğu yer rahatsız etti, kalkıp hızla turladı salonu ve yine de rahatlayamadı.

Bahçeye çıktığında havanın soğukluğu çıplak vücudunda gezindi ama bu duygu iyi geldi. Kendi içinde hissettiği yoğun duygulardan sonra fiziksel bir farkındalığın vücudunu uyarması iyi gelmişti. Dünyanın gerçekliğini hatırlatması diye düşündü. Yaşadığı bu duygular uzun süredir anlayamadığı bir düşünceyi o an anlamasını sağladı. Vücudunu jiletle kesen insanlar daima muamma olmuştu Can için. Mazoşist değillerse niye böylesine acı versinlerdi ki kendilerine? Şimdi anlayabildi, belki de hissettikleri duygular bedenlerine o kadar büyük geliyordu ki, kendi fiziksel gerçekliklerini hatırlamak için fiziksel acıya ihtiyaç duyuyorlardı. Çıplak ayaklarıyla toprağı hissederek bahçede yürüdü, Duru'nun perdeleri diye düşündüğü pencereye doğru ilerledi. Büyük tellere sarılmış sarmaşık arada bir duvar gibi yükselse de, yatak odası ikinci katta olduğundan kolayca görebiliyordu. Evde hiç ışık yoktu, muhtemelen uyuyorlardı. Deniz'in uyurken Duru'ya sarıldığı aklına geldi ve tekrar içi sıkıştı. Orada öylece dikilmiş pencereye baktığının farkına varınca, kendi bahçesinin çıkışına doğru yürüdü. Kapıdan dışarı çıkmayı ve sokakta

Duru'yu bulmayı hayal etti. Kafasında, Duru'yu şimdi görebilmenin heyecanıyla merdivenin başında, üzerinde sadece donuyla öylece kapıya bakakaldı. Bu fantezisi sadece birkaç dakika daha sürdü. Duru'nun şu an uyumakta olduğunu kendi kendine söyleyip evin giriş kapısına doğru ilerlerken, sarmaşıkların arasından onların bahçesinde kimsenin olmadığına emin olmak için baktı. Bahçe bomboştu. Evine doğru ilerlerken son bir kez daha kafasını Duru'nun yatak odasına doğru kaldırdığında, yatak odasının penceresinde Duru'yu fark etti, durdu.

- 79 -

"Bayılıyorum bu müziğe!" demişti Murat, eliyle müziğin ritmini tutup zıplamaya başlayarak. Murat dans ederken yanlarından geçen bir grup insan başını okşadı, bazıları sırtına vurdular, bazılarıyla da Murat ellerine değip selamlaştı. Sanki herkes tanıyordu onu ve seviyorlardı da. Murat insanlara sevgi gösterisinde bulunurken zıplamaya devam ediyordu. Bilge, ciğerlerinde müziğin ritmini fiziksel olarak hissedecek kadar yapışmıştı hoparlöre ve bakışlarını Murat'tan ayıramadan onu izledi.

İzlendiğinin farkında olmayan, daha doğrusu, izlenmek umurunda olmayan Murat zıplarken Bilge'ye döndü, sanki o an onu yine yeni görmüş gibi kocaman gülümsedi, zıplamaya devam ederken kollarını kocaman açıp sarıldı Bilge'ye. Murat'ın terli vücudu ve suyla ıslatıldığı belli olan sırılsıklam saçları Bilge'yi biraz rahatsız etse de, bu ilginç kucaklaşmanın aniliği çok tuhaf gelse de, Murat'ın tuhaf bakışları aklının pek de yerinde olmadığını gösterse de, Bilge onun sarılmasına karşı koymadı. Kalbi göğüs kafesini dövercesine çarparken, hayatında beğendiği tek insanın kendisine dokunmasına izin verdi. Bu cinsellik içeren bir sarılmadan çok, bir sevgi gösterisi gibiydi. Bilge, sarılması bitince Murat'la konuşacağını ümit ederken Murat aniden bedenini Bilge'ninkinden uzaklaştırıp elini kendi ıslak avucu içine aldı ve onu çekiştirerek zıplaya hoplaya kalabalığın içine daldı. İnsanların arasından sıyrılarak geçmek için çaba gösteren Bilge, kolunu çeken Murat'ın yol boyunca karşısına çıkanlarla da dans ettiğini, çarptığı herkese dokunarak sevgi gösterdiğini görünce herkesi tanımasına ve bu kadar samimi olmasına iyice şaşırmıştı. Sanki herkeste bir sevgi tuhaflığı vardı. Kalabalığın nerdeyse tam ortasına geldiklerinde Murat elini bıraktı, tüm vücuduyla müziğin ritmine uyarak, zıplayıp başını sallayarak, kollarını yukarı kaldırıp ritim tutarak dans etmeye başladı. Etrafındaki herkes aynı Murat gibi abartılı bir coşkuyla dans ediyordu. Bilge sopa gibi dikilmesinin Murat'ın coşkusuna ayıp olacağını düşünüp dans etmeye çalıştı ama bu, rahatsız edici makine sesine benzeyen ve aynı ritmi sürekli tekrarlayarak devam eden müzikte nasıl dans edilebilinirdi ki?

Müzik o kadar rahatsız ediciydi ki başı ağrımaya başladı. Etrafındaki herkesin coşkuyla dans etmesi imkânsız bir şeyin gerçekleşmesi gibi geldiğinde, yapmaya çalıştığı birkaç dans hareketini de bırakıp dikkatle baktı etrafına. Sallanan kafalar, kucak kucağa zıplayanlar, elleri havada uçmaya çalışanlar, birbirlerinin ağzının içinde yaşamak için ciddi bir çaba gösterircesine öpüşenler, öpüşen iki kişiye katılanlar, sırılsıklam olmuş saçları ve suratında gördüğü en tuhaf gülümsemeyle sürekli zıplayan bir Murat... Kötü bir rüyada gibi hissetti Bilge. Yüksek müzikle yarışırcasına Murat'a, "Benim artık gitmem gerek, dans için teşekkür ederim," dedi ama Murat hiç duraksamadan yaptığı saçmalığa devam etti. Duyurmak umuduyla ikinci kere, "Sonra görüşürüz, sağ ol!" diye bağırdı ve bir süre daha kendinden geçmiş dans eden Murat'a baktı. İletişim kurmasının imkânsız olduğuna karar verip gitmek üzere harekete geçtiğinde, Murat bir anda durup etrafına bakındı, istediği şeyi göremeyince zıplayarak görmeye çalıştı ve sonra koşup uzaklaştı. Adına parti dedikleri bu şey o kadar hayret vericiydi ki, Murat'ın bir anda ortadan kaybolması doğal geldi Bilge'ye. Sesi hiç duyulmasa da insanlardan izin isteyerek kendine yol açmaya çalıştı. Perdeye ulaşması nerdeyse 15 dakikasını almıştı ve geçtiği yerlerde dans edenler tarafından çekiştirildiği için saçı başı da dağılmıştı.

Dışarı çıkmadan son bir defa dönüp baktı hayatında katıldığı ilk partiye ve daha önce katılmadığı için hiçbir kaybı olmadığına karar verdi. Ve belki de hayatın, kendisini böyle gereksiz şeylerden koruduğunu düşündü ilk defa. Onun şanssızlık olarak gördüğü şey aslında belki de şanstı.

Perdeden çıktı. Vestiyerin önündeydi ki, biri sırtına atladı Bilge'nin. Üstüne aniden binen ağırlığın altında iki büklüm olan Bilge, ancak Murat'ın suratını gördüğünde saldırıya uğramadığını anlayabildi. Murat sevgi dolu bir gülümsemeyle, "Nereye kayboldun! Hadi gel!" deyip yine Bilge'yi çekiştirerek kalabalığa daldı. Murat'la tekrar el ele olmasının hoş bir duygu olduğunu düşünen Bilge, en azından bu kısa anın tadını çıkarırken, yine kalabalığın ortasına geldiklerinde gitmesi gerektiğini anlatmaya karar verdi. Ama kalabalığın ortasına geldiklerinde yürümeye devam ettiler ve asma kata çıkan merdivenlerden tırmanmaya başladıklarında Murat, Bilge'nin elini bıraktı. Merdivenlerden çıkmakta tereddüt etse de, Murat'ın kendisine bakmadan yukarı tırmandığını görünce Bilge de takip etmek zorunda kaldı. Hoşça kal demeden gidemezdi.

Yukarıda bir uçtan diğer uca kadar büyük bir bar vardı ve barın önünde yere yayılmış büyük minderlerde bir sürü insan kaykılıyor, yiyişiyor ve canları ne isterse ne kadar tuhaf göründüğüne aldırmadan onu yapıyorlardı. Yukarıdan, aşağıda dans eden çıldırmış insan topluluğuna bakakalan Bilge'nin minderlerdeki insanları fark etmesi ancak Murat yanına gelince oldu. Murat'ın kendisine uzattığı suyu alırken, Murat, "Burası rahat bir yer. Özgürsün. Bu gece hepimiz özgürüz!" deyip elindeki bir bardak buzlu suyu kafasına dikti ve suyu bitirir bitirmez müziğin ritmine uygun yine zıplamaya başladı. Murat'ın dansına hemen yanında ve arkasında duran birkaç kişi daha katılınca Bilge, Murat'ın ve bu partide gördüğü herkesin kafasının ciddi iyi olduğuna net bir şekilde karar verdi. İnsanların dans etmesini kolaylaştırmak için köşeye çekilerek yer açtı. Parmaklarını üşüten buzlu suyu bir köşede bırakmayı planlıyordu ama Murat yanına gelip, "İçsene! Hadi! Katıl bize!" diye neşeyle bağırdı. Bilge suya benzeyen bu şeyin belki alkol olabileceğini düşünüp Murat'a içtiğini göstermek için tebessüm ederek küçük bir yudum aldı ama bardaktaki basbayağı suydu. Emin olmak için bir küçük yudum daha alıp ağzında yavaşça tutarak yuttu ve kesinlikle su olduğuna karar verdi. Murat eliyle suyu kafasına dikmesini işaret ederken, bir yandan da komik denecek tuhaflıkta dans ediyordu. Bilge suyun yarısını içtiğinde Murat, "Buzu ağzına al!" diye bağırdı. Müzik nedeniyle Bilge, Murat'ın ne dediğini anlamayınca Murat parmaklarını bardağın içine sokup buzu eline aldı ve Bilge'nin ağzına soktu. Normalde kendisine ileri derece tiksindirici gelebilecek bu hareket Bilge'ye çok samimi bir jest gibi geldi ve Bilge buzu emdi yavaşça. Buzu emerken bunun iğrenç musluk suyu olduğuna emindi. Şehir su depolarında yaşayan onlarca böceğin larvalarının musluktan içilen suyla insan vücuduna girdiğini ve bağırsaklarda bu larvaların parazit solucanlara dönüştüğünü seyrettiği belgesel geldi aklına. Bazen bu solucanlar damar yoluyla kalbe kadar gidebiliyor ve kalp krizine yol açabiliyorlarken, bazen de beyne ulaşıp beyne hasar verebiliyorlardı. Buzu emerken ağzından atmak istedi ama Murat tam karşısında dikilmiş, kocaman bir gülümseme ve nedenini anlayamadığı bir merakla Bilge'nin buzu emmesini bekliyordu. Bilge buzu yuttu.

Ne zaman dans etmeye başladığını ve Murat'la böylesine sarmaş dolaş bir hale geldiğini hatırlamıyordu. Daha önce anlamsız ve en kötüsü de yorucu gelen müzik, şimdi ense tüylerini kabartacak kadar ilham vericiydi. Zaman sanki hiç akmıyormuş gibiydi. Murat'ın kolları arasından etrafında zıplayanlara baktı. Bu kollarda güvende hissetti. Murat'ın gülümsemesi kendisine de bulaşmıştı. Dışarıdan bakınca şapşalca gelen bu gülümsemenin sevgiden geldiğini anladı. Önyargısız, sorgulamayan, kabullenmiş bir sevgiydi bu. Binanın içinde yankılanan tekno müzik Bilge'nin kafasında yaylılarla hayat bulan, ilham veren evrensel bir şarkıya dönüştü. Bu kadarı bile, hayallerinin gerçekleşmesinden ötede bir huzur getirdi bedenine. Sevildiğini hissetti. Murat, dağılan saçlarını eliyle alnından geriye okşayarak düzelttiğinde göz göze geldiler. Murat'ın suratındaki gülümseme bir anlığına donduğunda, Bilge de ciddileşerek karşılık verdi. Herkes çılgınca zıplayıp hoplarken, onlar birbirlerinin kollarında, sarıldıkları bedenin farkındalığında öpüştüler. Islak, sıcak, yumuşak ve yavaş... İlk öpücük. Bu ilk öpücük ne kadar sürdü, Bilge hiç bilemedi. Murat'ın dudaklarından ayrıldığında, kalabalıktan çok uzakta bir köşede, bedenini saran ellere, Murat'a teslim olmuştu.

Murat'ın dudakları öpüşme arasında, "Gidelim," diye fısıldadığında, Bilge o sırada kalçasında olan eli kavrayıp avuçlarının içine aldı ve sıkıca el ele tutuştular. İnsan kalabalığının arasından Murat'la geçerken yürüdüğünü hissetmedi bile. Mutluluk diye düşündü, insanın bedeninin ağırlığından kurtulup var olabilmesiydi.

Binanın müzikli ve coşkulu atmosferinden sokağın soğuk ve yalnız atmosferine çıktıklarında, etki küçülmek yerine iyice büyüdü. Sıkıca kavradığı elin varlığını, dış dünyanın gerçekliği içinde hissedebilmek olağanüstüydü. Birbirlerinden hiç kopmadan Murat'ın aracına bindiler. Bu araç, Bilge'nin hep uzaktan takip ettiği, Murat'ın varlığını onaylayan bir mutluluk kaynağıydı ve şimdi Bilge kaynağın içindeydi. Murat kontağı çalıştırıp yola koyulduktan hemen sonra, Bilge'nin elini hemen kavradı. Bilge kafasını koltuğa yaslayıp yol boyunca kendi elini saran Murat'ın eline baktı, bu eli hissetmenin verdiği duyguyu beynine kazımaya çalıştı.

Murat'ın evi, şehrin en büyük alışveriş merkezlerinden birinin üstündeki pahalı stüdyo dairelerden biriydi. Tüm şehre hâkim manzarasıyla sanki çok yüksekte bir şatoydu.

Ellerini hiç ayırmadan krem rengindeki koltuğa yan yana uzandılar ve yavaşça öpüştüler. Öpüşmeleri uzadıkça bedenleri harekete geçti ve Murat, Bilge'nin üstündeydi. Bilge detaylarda kaybolmuş, yaşadığı her anın kendisine verdiği tatmini kana kana içti. Murat'ın sertleşen erkekliği, Bilge'nin pantolonu üzerinden bile hissedilir hale geldiğinde Murat, "İstiyor musun?" diye sordu. Bilge evet anlamında kafasını salladığında, elleri ilk defa birbirlerinden ayrıldı çünkü Murat'ın Bilge'yi ve kendisini soymak için ellerine ihtiyacı vardı. Daha önce hiç öpüşmemiş, el ele bile tutuşmamış biri için Bilge, oldukça yoğunlaştırılmış bu anların hepsini korkmadan yaşamalıydı. Murat, Bilge'nin gözündeki gözlüğü çıkardı yavaşça. Gözlüğün iz bıraktığı burnunun kenarlarını öptü, kaşlarını öptü, yanağına kaydı öpmeye devam ederek ve oradan boynuna indi. Öpülmenin hissi o kadar sarsıcıydı ki, Bilge sadece boynunu iyice açıp Murat'a sunarak cevap verdi bu öpücüklere, yaşadığı şeyin gerçekliğine inanamayarak. Üzerindeki gömlek çıkıp sutyenle kaldığında, koltuk altında haftalar önce alınmış kıllar olduğunu hatırladı ve kollarını indirip çirkinliğini kamufle etmeye çalıştı ama Murat hemen ellerini tuttu ve Bilge'nin tereddüdünü hissedip, "Emin misin?" diye fısıldadı.

Bilge hemen kafasıyla onayladı, kamufle etmeye çalıştığı şeyin isteksizlik olarak algılanmasından tedirgin oldu ve sağ elini Murat'tan kurtarıp onun ensesine götürdü. Saçlarını okşarken kendisini öpmesi için kafasını dudaklarına doğru çekti, yine öpüştüler. Öpüşmenin sonunda Murat eliyle Bilge'nin kendi kafasında gezen sol elini kendi ensesine kaydırdı ve "Burayı okşa," diye fısıldadı. Bilge emre uydu ve Murat'ın ensesini okşamaya başladı.

Okşaması sanki bir şeyleri daha da hızlandırmıştı ve Murat zevk içinde inlerken Bilge'nin dudaklarına yapıştı, emdi, daha önce emmediği şiddette bastırdı ve penisiyle Bilge'ye iyice sürtünmeye başladı. Murat'ın hareketlerine karşılık verebilmek için bacaklarını ayırdı Bilge ve şimdi bacaklarının arasında Murat'ın dalgalanmasını net bir şekilde hissediyordu. Bu yakınlıkta koltuk altındaki tüylerin iğrençliğinin fark edilmeyeceğini düşünüp bir an rahatladı ama Murat aniden kalktı, Bilge'yi çekip kaldırdı. Hızla ama beceriksizce Bilge'nin pantolonunu açmaya çalıştı. Bilge ilk düğmeyi açarak ona yardım etti. Murat önce Bilge'nin pantolonunu çıkardı, sonra kendi pantolonunu dizlerinin üstüne indirdi. Murat'ın çamaşır giymediğini fark eden Bilge ereksiyon halindeki penisini bir an görünce hemen diğer tarafa baktı. Bilge'yi koltuğa uzanması için öperek bastırırken, sağ eliyle Bilge'nin külotunu kenara sıyırdı, bacaklarının arasına girdi.

Önce kaygan bir sertlik hissetti Bilge, sonra içinde bir yırtılmayla birlikte keskin bir acı. Dehşet vericiydi. Acı o kadar yüksekti ki, dudaklarını emen Murat'ın öpücüğünü yarıda kesip nefes almak için ağzını açtı. Murat, Bilge'nin içinde yavaşça yolculuğa başlamıştı bile, durmadı. Hissettiği acının Murat tarafından fark edilip durmasından endişe ederek dişlerini sıktı Bilge. Murat durmadı. Bilge daha çok acıdı. Murat durmadı.

Bilge acıyla dişlerini o kadar sıktı ki, Murat'ın kendisini öpmekte olması önemsizleşti artık çünkü acı çok büyümüştü ve kafasını iyice geriye atıp vücudunu germek zorunda kaldı. Acıyla baş edebilmenin tek yolu kaslarını germek gibi geldi ama fayda etmedi, daha çok acıdı, Murat durmadı. Bilge gözlerini açıp Murat'a canının acıdığını anlatırcasına baktı. Üzerinde, damarlarındaki basınçtan kıpkırmızı olmuş suratıyla Murat'ın kendinden geçmiş yüzünü gördü. Murat'ın gözleri kapalıydı. Bilge bu suratı incelerken acısı hafifledi. O gece Murat kendi vücudunda o anı yaşarken, Bilge kendi vücudundan uzaklaşıp Murat'ın yaşadığı zevkte buldu kendini. Yaşadığı şey çok acı verici ve anlamsızdı, tabii Murat'ın yaşadığı bu zevk olmasa. Murat'ın zevki Bilge'nin oldu. Kendi bedeninden değil, Murat'ın bedeninin aldığı zevkten zevk aldı Bilge, kadınlığını keşfetmemiş tüm kadınlar gibi.

Murat boşaldığında Bilge gözünü kırpmadan izledi onu. Murat gözlerini açtı, sevgiyle öptü Bilge'yi ve elinden tutup yatak odasına götürürken bacaklarından akan ılık sıvının kan olduğunu anlamadı Bilge.

Salonla aynı muhteşem manzaraya bakan perdesiz ve küçük yatak odasının ortasındaki yatağa uzandılar. Murat yatağın yanındaki çekmeceden sarılmış bir joint çıkardı. Yarısı içilmişti ve geri kalan yarısını yakıp bir fırt aldı, Bilge'ye uzatırken gülümsedi, alnından öpüp sigarayı verdi. Hiç konuşmadılar. Bilge daha önce hiç sigara içmemişti ve aslında içmek de istemedi. İçmek üzere olduğu şeyin joint olduğunu dahi bilmiyordu. Nasıl içilir bilmeden ağzına götürüp çekti, tüm dumanı dışarı üfledi ve Murat'a geri verdi. Sigara bittiğinde Murat uykuya dalmıştı bile. Bilge yatakta bir süre bekledikten sonra Murat'ın uyuduğundan emin olup kalktı. Uyuması imkânsızdı. Bunca şeyi bir anda ve bu yoğunlukta yaşadıktan sonra nefes alması bile nerdeyse imkânsızdı. Yatakta huzurla uyuyan Murat'a baktı ve işte o zaman bacaklarına bulaşan kanı fark etti.

Hemen sıçrayarak fırladı yataktan, yatağı kirletip kirletmediğine baktı telaşla. Kirletmişti. Üzerindeki külot, yatak, salondan yatak odasına gelen yolun bazı yerleri kan içindeydi. Telaşla ama sessiz olmaya dikkat ederek banyoya koştu Bilge, külotunu çıkarıp önce lavaboda kendini yıkamaya çalıştı ama imkânsızdı. Duşa girip suyu azıcık açtı ve kanı vücudundan yıkadı hızla. Kanın iyice gittiğinden emin olduktan sonra duştan çıktı ve Murat'ın havlularını kirletmemek için kendini tuvalet kâğıdıyla kurulamaya çalışırken kanın hâlâ akmaya devam ettiğini fark etti. Hemen tuvalete oturdu. Tuvalet kâğıdının tamamını salakça kullandıktan sonra bankonun üstündeki el havlusunu alıp katlayarak bir tampon gibi bacaklarının arasına soktu ve tıpış tıpış hızla salona pantolonunu almaya gitti. Havlunun üstüne pantolonunu geçirirken koltuktaki kocaman kırmızı kan lekesini görüp mahvoldu. Banyoya koştu, küvetin kenarına koyduğu külotunu hızla yıkayıp sıktı, mutfaktan bulduğu selefona sarıp cebine koydu. Mutfaktaki iki bezden birini ıslattı, dolabın içine bakıp deterjan aradı sadece bulaşık makinesi deterjanı vardı ve neyse ki sıvıydı. Bu deterjandan bir parça beze alıp koltuğu silmeye başladı ama faydası yoktu, kandı bu, canlı bir şeydi, sildikçe dağılıyordu. Bezi en az 20 kere yıkayıp koltuğun üzerindeki lekeyi ancak azıcık hafifletecek kadar silebildikten sonra vazgeçti. Koltuğun minderinin çıkıp çıkmadığına baktı, çıkıyordu ama kan içine işlemişti. Yerdeki kan izlerini de itinayla temizledikten sonra son bir kez derin uykuya dalmış Murat'a baktı. Mutlu oldu ve minderi de yanına alıp evden yavaşça çıktı.

- 80 -

Duru, pencereyi kaydırıp sadece yüzünün sığabileceği bir aralık açtı. Sonra yüzünü bu aralığa yerleştirip kocaman bir nefes alırken gözlerini kapattı. Can durduğu köşeden kıpırdamadan izledi Duru'yu. Görülüp görülmemek umurunda bile değildi ama tek istediği Duru'yu daha uzun izleyebilmekti. Avına âşık olmuş bir avcıydı o. Duru derin bir nefes daha aldıktan sonra kafasını aralıktan uzaklaştırdı ve Can Manay'ın bahçesine dikkatle baktı ama Can'ın durduğu köşe çıkışa yakındı ve Duru salonun bahçeye açılan bölümüne odaklanmıştı. Eğer Can hiç kımıldamasa Duru muhtemelen bahçedeki hareketsizliği ıssızlık olarak algılayacak ve perdeyi çekip gidecekti. Duru'nun gitmesi düşüncesi Can'da telaş yarattı ve Duru'nun bedenindeki en küçük kıpırtıyla birlikte Can, durduğu köşeden nerdeyse telaşlı denebilecek çabuklukta fırlayıp bahçenin orta kısmına ilerledi. Bahçenin ortasında, Duru tarafından görüldüğünden emin ama onun penceresine bakmadan çıplak ayaklarını toprağa buladı sakince ve sonra yere diz çöküp eliyle toprağı avuçladı. Aslında yaptığı davranışların bir anlamı yoktu, tek istediği Duru'ya kendisini seyretmesi için neden vermekti. Belki bu neden zamanla bir seçime dönüşebilirdi, şanslıysa. Bir süre toprakla oynadıktan sonra içinden gelen şeyi hiç düşünmeden yaptı. Çöktüğü yerden dönüp Duru'nun penceresine baktı.

Can Manay toprağa diz çökmüş, dümdüz kendisine bakıyordu! Duru hemen perdenin arkasına geçmeyi düşündü ama merakı hareket etmesini engelleyen bir güç gibi sabitledi onu. Birkaç saniye bakıştılar. Duru her saniyede perdenin arkasına çekilmesi gerektiğini tekrarladı içinden ama Can önce davrandı. Çöktüğü yerden ayağa kalkıp kendisine bakarak dikildi bahçenin ortasında ve sonra yavaşça iki adım daha sarmaşıklara doğru atıp iyice yaklaştı.

Can Manay bahçenin ortasında, üstünde sadece donu, tüm çıplaklığıyla Duru'nun gözlerinin içine bakıyordu. Aralık pencereden giren taze hava gibiydi. Duru'nun gece uyanıp pencereyi açacak kadar ve suratını dayayıp iyice içine çekecek kadar ihtiyaç duyduğu taze hava...

İlk çekilen Duru oldu. Ne kadardır duruyorlardı böyle karşılıklı? Kalbi hızlandı, nabzının atışı kulaklarında basınç oluşturacak seviyeye geldiğinde ancak bir adım geriye atıp kendini perdenin ardına atabildi.

O gece, Duru sabaha kadar Can Manay'ı düşünmekten uyuyamadı. Hissettiği şeye isim koymaya çalışmaktan çok, kendisine hissedilen şeye isim koymaya çalıştı. Kendi içinde uyanan duygu nasıl olsa sadece meraktı. Her gözünü kapadığında aklına Can Manay'ın beyaz don giymiş çıplak vücudu geliyordu. Daha kısa, daha çirkin olduğunu düşünmüştü o vücudun ama oldukça çekiciydi. Geniş omuzları ve adaleli kolları atletik bir yapı vermişti. Omuz kemiklerinin çıkıntısı ilginçti. Onları ilginç yapan çok erkeksi olmasıydı. Çirkin denilebilecek bir erkek için fazla çekiciydi Can Manay. Düşündü ve düşündü... Düşüncelerden sıyrılıp saatine baktığında, saat 5'i geçmişti.

O sabah Deniz genelde olduğu gibi, sevişerek uyandırmak istedi Duru'yu ama kendisine yapılan ilk hamleden sonra Duru hemen fırlamıştı yataktan, güya derse geç kalacaktı. Bu sabah, Deniz'in Duru'yu isteyip de alamadığı ilk sabahtı.

- 81 -

Murat'ın lüks binasında 24 saat güvenlik vardı ve tuhaf yürüyüşlü, şişkin pantolonlu bir kızın sabaha karşı elinde kanlı bir minderle ayrılması oldukça tuhaftı ama tuhaf bakışlar dışında, kimse durdurmadı Bilge'yi. Binanın önünde bir taksiye bindiğinde ancak fark etti saatin kaç olduğunu. Çok geçti. Altına sıkıştırdığı havluya hâlâ kan gelmekteydi. Akıntıyı hissetti ve eve varmak için iyice telaşlanarak boş sokaklardan hızla taksiyle geçti. Eve vardığında güneş ağarmak üzereydi ve koşarak yukarı çıktı. Kendi kanaması, evde babasıyla kalan Doğru'dan daha dehşet verici değildi. Anahtarını deliğe soktuğunda kapının üst üste kilitlendiğini anlayıp dehşete kapıldı. Her bir kilidi çevirirken kalbi o kadar hızlandı ki, vücudundaki kan beynini zonklatacak şiddette hareket etmeye başladı. Eve girdiğinde hayatı boyunca başına gelmesinden en çok korktuğu şeyi gördü.

Yüzünün sağ tarafı aldığı darbeden kızaran Doğru, ağzı ve elleri koli bandıyla bağlanmış, yattığı yerde öylece kafasıyla ritim tutar haldeydi.

Doğru, gece kalkmış, alışkın olduğu gibi Bilge'yi odasında bulamayınca telaşlanmış, telaşlanınca nöral bir nöbete girmiş ve kendi dünyasında bir şeyler ters gitmeye başladığında yaptığı gibi muhtemelen saymaya başlamıştı. Saymaları uzadıkça sesi yükselmiş, sesi yükseldikçe babası kalkmış, babası kalkıp Doğru'ya müdahale etmeye çalışınca Doğru krize girmiş, krize girince bağırarak saymaya başlamış, bağırmaya başlayınca yıllardır bir ıstırap içinde yaşamaktan dolayı Doğru'ya karşı en ufak bir toleransı kalmamış babası ona önce vurmuş, hâlâ susturamayınca en sonunda ellerini, sonra ağzını koli bandıyla bağlamıştı.

Bilge, Doğru'nun vücudundaki bantları açarken gözyaşlarını tutamadı. Öldürecekti, bunu Doğru'ya yapanı öldürecekti, onu öldürecekti, ne kadar acı çekmiş olursa olsun kimsenin bunu Doğru'ya yapmaya hakkı olmadığını sayıklayıp durdu içinden. Babasını öldürebilirdi ama babası evi çoktan terk etmişti. Kapıyı kilitleyebildiği kadar kilitleyip evden çıkıp gitmişti.

Bilge, arayabileceği kimse, gidebileceği hiçbir yer olmadan çözdü Doğru'yu. O gece Doğru kendi canı acıdığından değil, Bilge'nin parçalanan kalbinin ihtiyacı olduğunu düşündüğünden ilk defa izin verdi Bilge'nin kendisine sarılmasına.

- 82 -

Üzerindeki kazağı çıkarıp içindeki tişörtü vücudundan sıyırdığında, salonun girişinden gelen kıkırdamaları fark etti Göksel. Sabahın köründe okula gelen hazırlık öğrencilerinden birkaç kız yine toplanmış, Göksel'in soyunmasına kıkırdıyorlardı. Hiçbir zaman anlayamamıştı kendisine gösterilen bu ilgiyi. Vücudundan yükselen ter kokusu, bu salak kızların merakıyla birleşince kendisine ilgi gösteren her türlü insanı adileştiren bir düşünce oluşturuyordu Göksel'in kafasında. Kim böyle birini izlemek ister diye düşünürken dünyanın salaklar ve asalaklarla dolu olduğu geldi aklına. Bir sürü tuhaf şey, bir sürü tuhaf insan tarafından özenle yapılır olmuştu. Eski dekor yığınlarının arasında kamufle olmuş kızlara, ayağını sahnenin ahşap zeminine sertçe vurarak, "Çıkın dışarı!" diye bağırdı. Kızlar hızla salonun dışına fırlarlarken, Ada'nın asla böyle bir şey yapmayacağını düşündü. O kimseyi kapı arkalarından gizlice izleyecek zavallı biri değildi.

Sene sonu gösterileri için yapılacak büyük prova bu geceydi. Gösteriye çok az kalmıştı ve bugün gösterinin büyük bir bölümünü finalize edeceklerdi. Kendisine verilen program akış listesinden Ada'nın en az dört parçası olduğunu görmüştü. Bir şeyler atıştırmalı ve duş alıp üzerindeki bu çöple karışmış ter kokusunu atmalıydı.

- 83 -

Altındaki ped kanla dolmuştu sabahtan beri ve Bilge'nin henüz değiştirecek fırsatı olmamıştı. Cinsel ilişkinin âdet kanamasına dönebileceğini bilmiyordu ve Google'a sormak için de hiç vakti yoktu. Doğru'nun ve kendisinin tüm eşyalarını toplaması sadece iki saat sürmüştü. Altı sene önce bu eve taşınırken kullandıkları kutuları iyi ki atmamıştı. Gidecekleri yere taşıması için karşıdaki manavın aracını ayarladıktan sonra sadece yaşayacakları yeri bulmak kalmıştı ama işte bu soruyla kendine geldi Bilge. Nereye gidecekti? Bir yer bulsa bile gittiği yere Doğru'yu alıştırabilecek miydi?

Kutuları boşalttı, kendi eşyalarını çıkarıp babasının eşyalarını topladı, çilingir çağırıp kilidi değiştirdi ve yeni bir kilit daha taktırdı. Babasına ait olan eşyaların arasına, annesinin fotoğraflarının bulunduğu küçük sandığı koyup koymamakta çok tereddüt etti ve sonunda sandığın Doğru ve kendisine bırakıldığını düşünüp geri aldı. Babasının eşyalarını evden taşıyıp, kapıcıdan eşyaları alt kattaki sahanlıkta bir süre tutması için yardım istedi. Her dakika başında aklına Murat geldiyse de Doğru'nun yaşadığı kötü durum yüzünden daha fazla suçluluk duygusu hissetmek istemedi, Murat'ın düşüncesini kafasından çıkararak kendini rahatlattı. Hiçbir beklentisi yoktu ondan, koltuğun minderini temizleyip ona vermek dışında Murat'la ilgili hiçbir planı da yoktu. Bilge'nin hayatı için bu gibi duygular çok lükstü, böyle lüks hayallere harcayacak duygu yoğunluğuna sahip değildi. Olanı olduğu gibi kabul etmiş ve hoş bir anı olarak beyninde dosyalamıştı o kadar.

Babasını aradığında, sesi hiçbir duyguyu bedeninde barındırmayan biri gibiydi. İçinde, çok derinlerde bir yerlerde babasına karşı hissettiği acıma duygusu tamamen silinmiş ve bu sanki sesine yansımıştı. Daha önce hiç bu tonda konuşmamıştı babasıyla, aslına bakarsanız kimseyle. Babasının yorgun 'alo'suna karşılık direkt konuya girdi Bilge. Net bir şekilde kendilerine yeni bir yer bulana kadar bu evde kalmak zorunda olduklarını, o nedenle kilidi değiştirdiğini ve Doğru'yla asla kendisini görmek istemediklerini, ihtiyacı olabilecek eşyaları paketleyip sahanlığa indirdiğini anlattı ve ekledi, "Eve girersen seni öldürürüm." Sesinde ne bir vurgu vardı ne de öfke, sadece samimiyet. Kararlılığı babası tarafından anlayışla karşılandı. Telefonu kapatırken babasının sesi mahkûmiyeti bitmiş biri gibiydi. Adam sakince dinlemiş, bir kez, "Olur," demiş ve kapatmadan hemen önce, "Teşekkür ederim Bilge," diye eklemişti. Bilge, o an anlayamadığı bu teşekkürü hayatının geri kalan kısmında ara ara hep düşünecekti. Sessizce telefonu kapattığında Doğru'nun eline bir kalem verdi ve evde istediği yere istediği şeyi yazması konusunda onu özgür kıldı.

Can Manay'ın ofisindeki toplantıya sadece üç saat kalmıştı. İşteki ilk resmi gününde orada bulunamaması korkunç bir şeydi, işe Doğru'yla gitmesinden daha korkunç mu acaba diye düşününce, bu iki düşüncenin birbirinden ağır yükü çöktü üzerine. Doğru'nun okulunu ararken, altındaki pedi değiştirmek için banyoya gitti. Pedini değiştirirken Doğru'nun okula geç kalmasıyla ilgili bir bahane uydurdu, bugün iki saat fazla etütte kalmasını ayarladı. Doğru'yu okula bırakacak ve ofise gidecekti. Ellerini yıkarken aynaya baktı, çok yorgun görünüyordu. Yorgunluğun da dışında bir gariplik olduğunu düşündü, aynaya iyice yaklaşarak dikkatle baktı suratına. Gözbebekleri o kadar büyüktü ki, nerdeyse gözlerinin tamamını kaplar haldeydi, aynı Murat'ın gözleri gibi. Acaba ne içmişlerdi?

- 84 -

Siyah üzerine kırmızı küçük harflerle ama kapağın tamamını kaplayacak kadar büyük, "Bu dergi çalındı, yakıldı, siz okumayın diye her şey yapıldı. Neden mi?" yazıyor ve üstteki yazının hemen altında beyaz büyük harflerle, "Okuyunca anlayacaksınız," diye cümle bitiyordu.

Darbe'nin kurtarılan 1200 sayısı, bu şekilde sonradan eklenen bir kapakla, yıpranmış orijinal kapakları kamufle edilerek ancak kurtarılabilmişti. Dergiyi açtığınızda kapağın arka kısmındaki editörün yazısında, derginin çalınması ve kurtarılmasıyla ilgili yazıyı okuyup, sağ tarafta da yıpranmış eski kapağı görebiliyordunuz. Yeni kapakların hazırlanması, basılması altı saat sürerken, eski dergiye yeni kapağı ekleme işi bir gün sürmüştü. Dergi için çalışan herkes, maaşların geç ödeneceğini öğrenince işten ayrılan bir grafiker haricinde, kapakları dergiye ekleme işini elleriyle yaptılar. Özge hiç durmadan, düşünmeden, tereddüt etmeden, saniyelerle yarışırcasına, eski derginin kirli, nemli naylonunu yırtıyor ve torbadan çıkan derginin son durumunu çabucak gözden geçirip elindeki bezle nemini alıyor ve kapağın takılması için yanındaki masanın üstüne koyuyordu. Başta Ömer olmak üzere herkes zımbalama işlerini yaparken, matbaacı Erdal Bey de dikkatle dergileri taşınabilir büyüklükteki kutuya yerleştiriyordu. Gün boyunca sadece yarım saat sandviç molası vererek devam ettiler ve son dergi de kutuya girdiğinde saat gece 10'a geliyordu. Her bir kutu 40 dergi alıyordu ve dağıtılması gereken 1200 dergiyi içine alan 30 kutu vardı. Bu da 30 ayrı lokasyon demekti. Özge tek başına 30 kutuyu dağıtacağını kimseyle paylaşmadı. Kutuları matbaacı Erdal Bey'den ödünç aldığı araca yüklerlerken kafasında bir rota yoktu, tek bildiği önce Muammer Bey'in merkezdeki bayisini ziyaret edeceğiydi. Araca binerken kendisine bakan ekibi bir daha görüp görmeyeceğini düşündü, büyük ihtimalle, borcu olanlar dışında geri kalanları göremeyecekti.

Kafasındaki tüm düşünceleri silip hedefe doğru ilerledi, yolun sonuna gelmiş ve yapacağı başka hamle kalmamış olsa da bu kalan dergiyi en az 1200 kişinin okuması için elinden geleni yapacaktı. Ne tutamayacağı sözlerin, ne yorgun vücudunun ne de hiç parasının olmamasının... Hiçbir şeyin önemi yoktu.

- 85 -

Dansçılar sahnenin sağ tarafında kendilerine gösterilen yerde toplanırken, müzisyenler sahnenin önünde, aşağıda bir araya gelmişlerdi. Orijinal sahne dekorları koyulduktan sonra kalan sahne alanını belirtmek için yere beyaz bantlar yapıştırılmış ve dansçılara koreografilerini bu bant aralıkları içinde yapmaları gerektiği anlatılmıştı. Müzisyenler de kendi bestelerini hangi sırayla çalmaları gerektiğini dağıtılan listeden öğrenmişlerdi.

Göksel kendisine anlatılanları dinlerken, Ada'nın durduğu köşeyi gözünün ucunu yerleştirmişti. Net bir şekilde o tarafa bakmasa da Ada hep gözünün uçundaydı. Program elden ele dağıtılmaya başlandığında, Deniz sahneye çıkıp kulağındaki interkomla program akışını yüksek sesle okurken okul müdürünün salona girmesi her şeyi durdurdu. Müdürle yaptığı hararetli konuşma sonunda onu dışarı çıkarmayı başaran Deniz, kapıların kapatılmasını istedi. Kapılar kapatıldı ve büyük prova başladı.

Sahneye ilk Ada'nın müziği ve su eşliğinde enstrümanlar çıkacaktı. Duru ve Ada arasında gerilime neden olduğu kısa zamanda tüm ekibe yayılan bu olaylı açılış müziğinin ardından gelecek başka bir müzikle Göksel ve Duru danslarını yapacaklar, sonra tüm öğrencilerin katılımıyla oluşturulan bir koreografiyle gösteri devam edecek, ardından Göksel yine Ada ve Nihan'ın uyarladığı parçalardan biriyle dans ederken sahne dekorlarının değişmesi için zaman yaratacak ve nihayet Duru'nun ateş gösterisiyle yeni dekorlar ortaya çıkacaktı. Program akışı okunup bittiğinde, salondaki herkes, böylesine bir gösterinin yapılabilmesinin ve bu gösterinin parçası olabilmenin gururu içindeydi.

Deniz'in isteği üzerine, müzisyenler kendi müziklerinde dans edecek dansçılarla yan yana gruplaştıklarında Ada, Göksel'le göz göze gelmemeye dikkat ederek sahneye çıktı, önüne bakarak sahnenin soluna, Göksel'in dikildiği yere doğru ilerledi ve yaklaşmasına 10 adım kala merakını dizginleyemeyip Göksel'e baktı. Göz göze geldiler. Ada'nın sıradan bakışı, Göksel'in ruhuna açılan iki delik gibi duran gözlerine değdiğinde, sanki zaman yavaşladı. Ada, adım adım Göksel'e ilerlerken bakışını alamadı gözlerinden. Göksel'in gözlerinin içinde hissettiği şey o kadar sıcak, o kadar samimi ve o kadar tehlikesizdi ki, kendisini çok güçlü hissetti. Dikleşti. Göksel'in kendisine duyduğu ilgi yine ona güç veriyordu. Konuşmadan yan yana durduklarında, Ada kendisine uzatılan programdan bir sayfa alıp gerisini Göksel'e uzattı. Ada'nın narin parmaklarına bu kadar yakın olmak onu heyecanlandırdı. Yara izi birden Ada'nın uzun kollu bluzunun altından kendisini gösterdiğinde, Göksel bir an kâğıtları almakta gecikti. Ada, yara izinin Göksel tarafından görüldüğünü anlayıp kâğıtları hemen diğer eline geçirdi ve sert bir şekilde kâğıtları Göksel'in karnına dayadı. Göksel, mahrem bir şey gördüğünün farkındalığında kâğıtları telaşla aldı ve heyecandan kendisine almayı unutarak arkasındaki çocuğa verdi. Önüne döndüğünde salak gibi programı almadığını fark etmişti ki Ada elinde tuttuğu fazladan programı Göksel'in yüzüne bakmadan ona uzattı. Sessizce beklediler. Kâğıtlar dağıtıldıktan sonra Duru, ikisinin karşısına gelip çok soğuk ve umursamaz bir ses tonuyla kendisine söylemek istedikleri bir şey olup olmadığını sordu. Yoktu. Ada, Duru'nun kendisini Göksel'le birlikte ortak düşmanı olarak gördüğünü fark etti, bu durumun nedenini anlamadı ama keyiflendi. Duru'ya karşı kendini daha güçlü hissetti. Duru yanlarından uzaklaşırken hâlâ hiç konuşmadan yan yana dikiliyorlardı.

Detayların üzerinden sıkıcı bir süre geçildikten sonra provaya başlanması işareti verildiğinde sahne boşaltıldı. Kendi giriş müziğini çalmak için sahnede kalan Ada tam başlayacaktı ki, Deniz'in bir düzeltmesi yüzünden engellendi ve işte tam o zaman çok acayip bir şey oldu. Göksel sabırsızlığı öfkeye sarılmış bir ifadeyle Deniz'e, "Bırak da çalsın artık!" diye seslendi. Bu tepki herkesi bir an şaşırttı ama insanlar Göksel'in tuhaflığına alışık olduklarından önemsemediler.

Ada müziği çalmaya başladığında, her zamanki gibi kapattı gözlerini dünyaya. Müziği atmosferde akarken başka bir duyu organının daha uyarılması fazla geliyordu ona hep. Parmaklarıyla telleri hissediyor, kulaklarıyla notalarını duyuyordu, gerisi fazlaydı. Müzik içinde yükselirken aklına bu sefer, Duru'nun suratını görebilmek için gözlerini kapatmamaya karar verdiği geldi. Duru'nun çok istediği, kendisine ait olan bu müziği ona yedirmemişti ve şimdi parçayı çalarken onun suratına bakıp aralarındaki soğuk savaşa son noktayı koyacaktı. Hatırlayıp hemen gözlerini açtı. Sahne önünde toplanmış kalabalık insan grubu arasında, Duru bembeyaz teniyle neredeyse parlıyordu. Çalmaya devam ederken Duru'ya baktı ama çok istemesine rağmen göz göze gelemediler. Çünkü Duru o sırada elindeki bir şeyle ilgileniyordu. Ada'nın konsantrasyonu Duru'nun neyle ilgilendiğine odaklanırken bir notaya yarım bastı ama hemen toparladı.

Duru, elindeki puant'ın* ucunu parmağıyla ovuyordu. Ayakkabının ucuna yapışan bir şeyi çıkartmaya çalışırken, çarenin ayakkabıyı yedeğiyle değiştirmek olduğuna karar verip sessizce dolabına yöneldi. Ada, Duru'nun kalabalık arasından sıyrılmasını izlerken notalara daha bir baskılı ve hızla basmaya başlamıştı, neyse ki bu hiddet müziğin akışında hissedilmedi.

Gözlerini kırpmadan Ada'yı dinleyen, izleyen, hisseden Göksel, Ada'nın gözlerinin şimdi önünden geçmek üzere olan

* Bale ayakkabısı.

Duru'da olduğunu anladığında, kendisine yaklaşmakta olan bakışları karşılayabilmek için nefesini tuttu.

Ada, Duru'yu takip ederken Göksel'in bakışlarıyla çarpıştı. Duru'nun biraz önce yarattığı gerginliği dindirmek için Göksel'in gözleri iyi bir duraktı ve Ada gözlerini Göksel'den ayırmadan çalmaya devam etti. Göksel'in etkisi huzur vericiydi, notalara basması yavaşladıkça müzik daha bir etkili hale gelmişti.

Ada, eline aldığı bir sopa ve gerilmiş birkaç telle, dinleyenleri tamamen içine alan bambaşka bir gerçeklik yaratabiliyor diye düşündü Göksel. Bu şey neydi? Tanrısal bir özellikten başka ne olabilirdi? Vücudundaki tüm hücrelerin ürettiği enerjiyi hissedebiliyordu. Çalmaya devam etmesi için ne gerekirse yapmaya hazırdı. Öylece ayakta durup atmosfere yayılan bu harika şeyi dinledi. Ada sakince gözlerini kapayıp notalara basmaya devam ederken, Göksel o olmanın, istediği zaman bu müziği çalabilmenin, duymanın nasıl bir şey olduğunu düşündü. Ada'nın varlığı için kendini şanslı hissetti. Ve ne yazık ki o an müzik bitmişti.

Sonrası epey seri geçti. Ada'nın ardından Duru ve Göksel birbirlerinin suratına dahi bakmadan çıkıp danslarını yaptılar. Dans bitiminde Ada'yla göz göze gelen Göksel, bu sefer ilk defa Ada'nın gözlerinde bir tedirginlik hissetti. Canı sıkıldı. En son istediği şey herhangi bir şekilde Ada'yı tedirgin etmekti. Keşke burnunu kırmasaydı, birçok kez, diye düşündü. Zaten rahatsız edici olabilen görüntüsü, burnu kırıldıktan sonra daha çok tedirginlik uyandıran bir şeye dönüşmüştü. Ada'yla göz göze gelmemeye özen göstererek öne eğdi kafasını.

Göksel'in dansı etkileyiciydi. Ada, Deniz'le tanıştığından beri kimseyi çekici bile bulmamıştı. Yaşadığı dünyada sanki sadece bir Deniz ve diğerleri vardı. Göksel güzel bir erkekti. Güzel vücudu, burnu kırılmasına rağmen güzelliği eksilmemiş yüzüyle uyum içindeydi. Hakkında çok az şey bildiği ve herkes gibi genelde korktuğu bu erkek, şimdi bir anda kendisine güç veren bir kaynak oluvermişti. Ne zaman onunla göz göze gelse kendisini o kadar dominant ve emredebilecek güçte ve değerde hissediyordu ki, hoşuna gitti. Göksel dans ederken, onu izlemeye başladığında, daha önce onu hiç izlemediğini fark etti. Ne kadar atletik olduğunu biliyordu ama bu kadar iyi bir dansçı olduğunu ve ritme anlam kattığını görmemişti. Birkaç kez provasında bulunmuştu ama Deniz bakışlarını dinlendirdiği tek kişiydi, fark edilmediği ve göz göze gelmediği sürece bakışları hep Deniz'i takip etmişti. Kafasında beliren bu düşünceyle birlikte hemen Deniz'e baktı, o da kendisi gibi keyifle izliyordu sahneyi. Deniz'in suratındaki keyfin kaynağının Duru'nun sahnedeki varlığı mı, yoksa yapılan dansın ahengi mi olduğunu anlayamadı. Bu zehirli düşünceyi kafasından atabilmek için Göksel'e odaklandı. Yapılması imkânsız gibi görülen bir sürü hareket Göksel'in vücudunda doğmuş ve büyüyorlardı. İlham vericiydi. Kafasında çok uzun süredir tınılanan ama bir türlü çıkmayan bir müzik hayat bulduğunda daha da bir dikkat kesildi Göksel'e. İnsanın ilham alabileceği çok az şey vardı, ilham veren bir şey seyretmek çok değerliydi ve dikkatle Göksel'i izledi. İzledikçe, karşısında kendisini çok güçlü hissettiği bu adamı umursadı, umursadıkça hissettiği güç silindi, silindikçe kendisini sorguladı. Böyle bir adam neden önünde eğilsindi ki? Göksel'i böylesine uysallaştıran, teslim alan bir şey vardı ama bu sadece kendisi olamazdı diye düşündü. Kendini sorguladıkça tedirgin hissetti. Tedirginliği kendi yetersizliğini hatırlattı Ada'ya. Dans bittiğinde bir kez daha göz göze geldiklerinde, sadece tedirginlik vardı Ada'nın yüzünde. Kendine gelmiş birinin tedirginliği...

- 86 -

Omzundaki kemanın ağır geldiği günlerden biriydi artık bugün. Evin yolunu tuttuğunda, bir sürü tekrarla ve aptalca beklemelerle geçen, saatler süren prova nihayet bitmişti.

Esnemesini kontrol bile etmeye çalışmadan durağa doğru yürüdü. Vücudundaki oksijen eksikliğini dengelemek adına esnemek için art arda açtığı ağzını durakta duran Göksel'i görür görmez hemen kapadı. Sulanan gözlerini eliyle silip suratındaki yorgunluğu kafasını öne eğerek kamufle etmeye çalıştı. Nasıl olmuştu da Göksel kendisinden daha önce varabilmişti durağa? Prova bitiminde, Deniz'in ardından salondan ilk çıkan kişiydi Ada. Kafası önünde, durakta Göksel'in önünden geçip diğer köşede durdu. Otobüs geldiğinde hâlâ birbirlerine bakmamışlardı. Otobüse binmekte acele etmedi Ada, Göksel'in binip binmeyeceğinden emin olmak istedi ama Göksel'de bir hareket yoktu. Otobüse ilk binen Ada oldu. Göksel otobüse bindiğinde Ada otobüsün ortasına yakın bir yerde duruyordu. Göksel Ada'ya iki adım mesafede durup tavandaki boruya tutundu. Göksel'in camdaki yansıması gayet yeterliydi Ada için. Fark edilmediğinden emin olarak kaçamak bir şekilde Göksel'in camdaki yansımasını izledi yol boyunca. Duraklarda binenler oldukça Ada yerinden kıpırdamamaya, Göksel'se Ada'yı geçmemek için ona yaklaşmamaya gayret gösterdi. Göksel, Ada'nın durağına gelmeden bir durak önce onun yanından yavaşça geçerek otobüsten indi. Ada bu sefer bakmayacağına söz vererek kafasını iyice öne eğdi.

Kafasındaki sorular hâlâ cevapsızdı. Bu ani karşılaşmalar, sürekli göz göze gelmeler, aynı otobüse binmeler... Hepsi tuhaftı. Belki de kendisinden bir şey istemek için yakınlaşmaya çalışıyordu Göksel. Ne isteyebilirdi ki?!. Ne olursa olsun neden benden istesin ki diye düşündü. Otobüs tekrar hareket ettiğinde Ada gayriihtiyari kaldırdı kafasını ve otobüsten indiği yerde durmuş Göksel'i gördü. Dümdüz kendisine bakıyordu. Efendisinden konuşmak için izin isteyen sadık bir hizmetkâr gibi diye düşündü Ada ve düşündüğü şeyi mantığıyla anlamaya çalışır çalışmaz kendisini manyak gibi hissetti ama o gözler tam karşısında aynen düşündüğü gibi bakıyor ve hâlâ bekliyorlardı. Otobüs tekrar hareket ederken Ada kapıya doğru atıldı. İnecek var diye bağırırken kapanmak üzere olan kapının arasından sıyrılmasıyla inmesi bir oldu.

- 87 -

Muammer Bey'i her zamanki köşesinde oturmuş bir şeyler okurken görmek iyi geldi Özge'ye. Meydanda arabayı park edebileceği bir yer yok gibiydi, Muammer Bey'i ararken uzaktan telefonu açmasını izledi. Muammer Bey, suratında bir gülümsemeyle cevapladı telefonu. Aralarında kibarlık yerine ciddi bir samimiyet vardı ve bu Özge'nin iletişim kurmasını kolaylaştırmak için aradığı en önemli elementti.

Muammer Bey'in, tanıdığı trafik polislerini ayarlayıp pratik bir şekilde arabayı meydanın köşesine aldırması kolay oldu. Bunca zamandan, olaydan sonra arabaya böyle kolayca yer bulabilmek bile nerdeyse duygulandırmıştı Özge'yi. Duygularını derisinin çok altına ittirip elindeki kutuyu Muammer Bey'in tezgâhına indirdiğinde, ruhundaki yükün biraz hafiflediğini hissetti. Muammer Bey şaşkınlık içinde aldı dergiyi eline. Özge, adam gözlüğünü takarken ilk defa o zaman fark etti yaşlılığını ve güneşten lekelenmiş titreyen ellerini. Hiç konuşmadan kapağı okudu... Yukarı kalkan kaşlarını cevap arayan bakışları izledi ve sayfayı çevirdi, itinayla. Özge tam açıklama yapmak için konuşacak oldu, Muammer Bey susturdu Özge'nin aceleci girişimini. Bakışlarını okuduğu sayfadan ayırmadan oturdu her zamanki kasasının üstüne ve acele etmeden okudu *Darbe*'yi.

- 88 -

Ada'nın aniden kendini otobüsten aşağı atarcasına inmesi ya da hemen karşısına dikilip gözlerinin içine bir uzaylıyı inceliyormuş gibi bakması garip gelmedi Göksel'e. İlk konuşanın Ada olmasına çoktan karar vermişti ve Ada cevap isteyene kadar herhangi bir konuda konuşmayacaktı. Ada'nın çatık kaşları altında şaşkınlıktan kıvranan gözlerine bakarken ilk defa biriyle bu kadar uzun süre göz göze geldiğini düşündü, 11 yaşında bıçakladığı hademe dışında.

Ada kafasındaki düşünceleri dindirmek istiyordu, Deniz'e hissettikleriyle ilgili her şey yeterince yer kaplıyordu beyninde ve kedi fare oyunu oynamaya enerjisi yoktu. Sırtındaki kemanın ağırlığına rağmen, aralarındaki mesafeyi korumaya dikkat ederek, dimdik dikildi Göksel'in karşısında. Hissettiği bu cesaretin ve üstünlük duygusunun kendisine Göksel tarafından aktarıldığını biliyordu ama bu horozlanmasını engellemiyordu. Bilmek istiyordu! Ne olduğunu, neden olduğunu bilmek için sordu: "Niye hep bana bakıyorsun?"

Göksel sakince araladığı dudaklarının arasından sanki harf harf çıkardı cümleyi, "Hep sana bakmıyorum..."

Ada cevabın devam edeceğini düşünerek bekledi ama Göksel susmuştu ve konuşmaya devam etmedi. Ada kaşlarını iyice çatıp nerdeyse dayılanarak, "Bu mu cevabın? Salak mıyım ben!" dedi.

Göksel, "Değilsin," dedi sakince. Ada, Göksel'e doğru bir adım daha atarken sağ elinin işaretparmağını kaldırıp, "Sen ne istiyordun benden? Ha! Nedir bu?" diye hesap sordu. Göksel kendisine uzatılan bu ince, uzun parmağa baktı bir an. Bir sürü parmak kırmıştı ve bu parmağın ne kadar da güzel ve narin olduğunu düşündü, kemanın yayını nasıl da baskıladığı geldi aklına. Göksel'in bu düşüncesi gözlerinin içinde bir gülümseme olarak belirirken, Ada fark etti. Bir anda gülümseyen gözlerle parmağına bakan bu adamın kafasının iyi olabileceğini düşünüp bir adım geriye gitti. Hava kararmaya başlamıştı, gelebilecek ani bir atağa karşı Göksel'le arasına kol mesafesi koymak istiyordu. Bu adamın daha önce birkaç kişiyi hırpaladığını uzaktan da olsa görmüştü, çok da duymuştu, sıradakinin kendisi olabileceği düşüncesi o ana kadar niye aklına gelmemişti ki?.. Ama niye olsundu?! Hem etrafta bir sürü kişi de vardı. Sakin olmaya çalıştığını belirten amatör mimiklerle, "Evet bekliyorum. Ne istiyorsun benden?" dedi ve kollarını önünde bağlayıp en ciddi surat ifadesini takınarak baktı Göksel'e.

Göksel bir kelime söylemek için ağzını araladı ama ses çıkmadı. Sustu ve sonra ikinci hamlede, "Dinlemek istiyorum," dedi.

Ada hiç beklemeden, "Neyi?" diye sordu. Göksel sadece Ada'ya bakıyordu ve cevap vermeyecek gibi duruyordu. Ada kafasını hadisene der gibi sallayıp cevabı hâlâ beklediğini gösterdi. Göksel sakin ama tuhaf bir tonda, "Müziğini," dediğinden birkaç saniye sonra Ada tuhaf olduğunu düşündüğü şeyin ürkeklik olduğunu tanımladı beyninde. Bu düşünce, Göksel'in kendisinden ürküyor olabileceği düşüncesi, cevabı gölgede bırakmıştı bile. Onun ne dediğini anlamak için kendine gelip cevabı kafasında yine canlandırdı Ada. Müziğini demişti Göksel. Ada kendisine mantıklı gelen bu cevaba gard alırcasına önünde birleştirdiği kollarını indirip rahatlayarak, "Bu kadar mı?" diye sordu. Göksel evet anlamında kafasını salladı uysalca. Göksel kadar tuhaf bir adamın bu kadar kabız davranması normal herhalde diye düşündü Ada, konu Göksel olunca normal kelimesi epey deforme edilebilirdi. Tuhaflığın değişik bir güzelliği vardı onda. Ada bu duruma nasıl bir tepki vereceğini düşünürken sadece bakıştılar. Ada aniden ciddileşti, bir adım Göksel'e yanaşıp fısıldadı, "Sen seri katil misin?"

Göksel kafasını hayır anlamında sakince iki yana sallarken sorunun garipliğini yeni algılamış, şaşkın, "Hayır," dedi. Ada kafasını geri çekip gözlerini kısarak, "Hımm. Potansiyelin var gibi... Beni eve bırak," dedi ve yürüdü.

- 89 -

Bir işgünü. İstediği her şeyi, istediği kişilere, istediği şekilde yaptırmak için çok yeterli bir zaman dilimi bu diye düşündü Can toplantı odasındaki büyük masanın üstünde duran projenin maketine bakarken. Saçma bir tasarımdı aslında, asla yaptırmak istemeyeceği tarzda bir yapaylığı vardı bu projenin. Bir gün gerçekten bir sanat merkezi yaptırmak istese, yaptıracağı şey kesinlikle bu değildi. Ama bugünkü toplantıda Duru'yu buraya çekmek için, Deniz'e atılan yeterli bir yemdi.

Evini yaptırırken kullandığı yeteneksiz mimarlardan birine siparişi vermiş ve bu sabah maket dahil tüm projeyi teslim almıştı. Can Manay olmanın her şeyi ne kadar da kolaylaştırdığını düşündü ama Deniz'in sahip olduğuna sahip olabilmek için sahip olduğu her şeyi takas etmeye razıydı. Acınacak durumda hissetti kendini.

Bu özel misafirlerin kapıda karşılanması ve detaylı bir bina turu verildikten sonra toplantı odasına getirilmeleri konusunda Zeynep'i organize etmişti. Duru ve Deniz gelir gelmez, Zeynep onları karşılayacak, binanın etkileyici köşelerini gezdirecek, turun bitiminde Can'ın kendi katına çıkan asansöre geldiklerinde Can'ın cep telefonunu iki kere çaldırıp kapatacaktı. Can onları önce, görkemli toplantı odasında karşılayacak, masanın üstündeki maketi sunarak yapmayı planladığı sanat merkezi konusunda ne kadar ciddi olduğunu gösterecek ve sonra odasına davet edip sohbeti koyulaştıracaktı. Şansı varsa konuya Deniz'den çok Duru'yu dahil edip sözde yapılması planlanan bale-dans bölümüyle ilgili profesyonel yorumlarını almak için baş başa bir toplantı bile ayarlayabilirdi. Şansının döndüğünü hissederek kolundaki saate baktı.

Eğer Deniz oltayı iyice yutarsa, bu karton parçalarından yapılmış aptal proje Duru'yu sistemli bir şekilde, bahane üretmeden görmesi için çok iyi bir yolun başlangıcıydı. "Bir sanat merkezi yaptırmak istiyorum, okulla birleşmiş bir gösteri merkezi," diye konuya girmiş ve hazırlanan bir projeyi onlara gösterip fikirlerini almak istediğini söylemişti. Deniz'in gözünde çakan ateşte heyecanını görüp, "Fikirlerinize ihtiyacım var," diye eklemişti. Duru, gecede olanların kafa karıştıran etkisiyle umursamadan giderken, Deniz, "Ülkenin en çok ihtiyacı olan şey bu. Bir ilham kaynağı olarak işleyen bir okul harika olur!" diyerek atlamıştı oltaya. Can bugünkü görüşme için sekreterinin kendisini arayacağını söylemiş ve Duru'nun gidişinden dolayı içine yayılan sıkıntının suratına yansıyan isteksizliğini kamufle ederek uğurlamıştı Deniz'i. Uydurduğu bu fikir sayesinde zarardan kâra dönüştürecekti her şeyi, son anda.

Telefonu çaldığında, arayanın Zeynep olması Can'ın kalbini hızlandırdı, gelmişlerdi. Duru'yu görmesine çok az kalmıştı. Can, karşısındaki camdan yansımasına baktı. Baktığı şey nasıl göründüğü değil, karşısındakini nasıl hissettirdiğiydi. Karşıda uyandırılan duygunun, yansıtılan yakışıklılıktan çok daha güçlü olduğunu öğrenmişti ve bunu en güçlü silahı haline getirmek için çok da çalışmıştı. Samimiyeti en samimi seviyede taklit edebilmekten geliyordu bu güç. Sevilmek isteyen birine onu sevdiğinizi hissettirmek, beğenilmek isteyene beğendiğinizi hissettirmek, yalnızlık çeken birine hep yanında olduğunuzu hissettirmek, başarısız birine başarıya giden yolun sizden geçtiğini hissettirmek... Ve bunu yüreğinizden geliyormuşçasına yansıtmak, işte bu Can Manay'ın eşsiz gücüydü. Duru'ya nasıl hissettirmeliydi?

Muhtemelen şimdi seans odalarını gezdiriyordu Zeynep onlara. Etkilenmiş miydi acaba? Bu ziyaretin, geçen geceki bakışmadan sonra Duru'nun içindeki merak tohumlarının canlanması için en uygun fırsat olduğunu düşündü, bu düşünce huzur verdi ona. Suratında beliren gülümsemeyi camdaki yansımasından fark ettiğinde, masanın üzerinde duran telefonunu aldı eline. Zeynep yukarı çıkışlarını haber vermek için çaldırdığında kaçırmak istemiyordu.

Telefon iki kere, Can'ın hesapladığından daha önce çalmıştı. Bir terslik mi vardı? Kafasından bu olumsuz düşünceyi uzaklaştırıp birazdan Duru'yla tokalaşacağını hayal etti. Kalbi sanki yerinden çıkmak üzereydi.

Zeynep kapıyı açıp içeri önden girdiğinde, ardında onu takip eden bir tek Deniz vardı. Kapı tamamen kapanana kadar Can dikkatle baktı. Deniz'in ardında kimse yoktu. Deniz'le tokalaşırken Duru'nun neden gelmediğini sormamak için çok zorlandı ya da suratındaki hayal kırıklığının anlaşılmaması için. Deniz sıkıca tokalaşıp dikkatini hemen masanın üzerindeki projeye vermişti bile. Zeynep, Deniz Bey'in binayı gezmek yerine bir an önce projeyi görmeyi tercih ettiğini açıklayıp odadan çıkarken, Deniz eğilmiş projeyi detaylarıyla inceliyordu. Doğrulduğunda, "Nereyi düşünüyorsun?" diye sordu. Can'ın, Deniz'in projeyle ilgili sorusuna cevap vermesi bir an sürdü. Yaşadığı hayal kırıklığının etkisi kolay hazmedilir gibi değildi. Kafasını sallayıp, "Yer konusunda oldukça esneğiz, önemli olan öğrencilerin kolay ulaşabileceği bir lokasyonda olması," diye uydurdu.

Bunu daha önce hiç düşünmemişti ama önemli değildi, Can'ın işiydi bilmediği bir sürü soruyu eminmiş gibi cevaplamak. İlgisini konuya yöneltmekte zorlanarak Deniz'e, "Nasıl buldun?" diye sordu. Deniz cevap vermekte tereddüt edince Can, "Ne düşünüyorsan onu söyle lütfen" diye üsteledi. Topu Deniz'e atmak istiyordu, şu an hissettiği karmaşa içinde dinleyici olmak daha kolaydı. Deniz, "Önyargılı olmak istemiyorum. Hakkıyla bir cevap verebilmem için burda yapmak istediğin şeyin ne olduğunu anlamam lazım önce," dedi. Can, Deniz'in kafasının iyi olmadığını gördü. Dikkatle baktı gözlerine. Yakışıklı bir erkekti bu. Erkekliği yakışıklılığını gölgede bırakabilecek bir karizması da vardı. Daha önce davetli olduğu bir kokteylde gördüğü, yavşamış suratlı adamdan çok farklı biri vardı karşısında. Geniş omuzları, uzun boyu, Yunan Tanrıları'nı anımsatan kemikli suratıyla sanki sahip olmadığı her şeye sahip biri gibiydi bu adam. Duru dahil. Bu düşünce içinde depresif bir şekilde ağlarını örmeye başladığında, kendini yenilmiş hissetti. "Oturalım mı?" diye sordu düşünmeden. Bu depresif düşüncenin vücudunda yarattığı kamburumsu etkiyi oturarak kamufle etmek istiyordu. Gelen sadece Deniz olduğu için kendi odasına bile gitmeleri gereksizdi, bu adama göstermek istediği hiçbir şeyi yoktu. Burada ne konuşacaklarsa konuşup bitirecekti bu konuyu. Deniz'in oturmasını beklemeden çöktü önündeki ofis koltuğuna. Deniz otururken Can, "Birçok şey hakkıyla yapılmıyor bu ülkede, orijinal şeylerin gölgesinden çıkamıyoruz, taklitçiliğimiz ilhamı öldürüyor. O kadar çok kafayı takmışız ki bir şey gibi olmaya, bir şey gibi yapmaya... İçimizdekini keşfetmek masal olmuş," dedi. Kendisinin olmayan bu düşünceler ağzından dökülüvermişti, nerden gelmişti aklında, neyin felsefesiydi diye kendini sorgulamak için bir ara sustu ve hemen hatırladı. Şu asistan kızı arabasına aldığında kendisine söylediklerinden beyninde kalanlardı bunlar. Düşüncelerinin kaynağını hatırlayınca yine konuşmak üzere ağzını açtı ama Deniz'in kelimeleri önce çıkmıştı. Deniz gözü makette, "Yapmak istediğin şeyi anlatmıyor bu bina. O gece, okulla birleşmiş bir sanat merkezi yapmaktan bahsetmiştin, açıkçası işte bu ilham vericiydi. Gerçi her konservatuvar devlete bağlı birtakım kültür merkezleriyle ortak çalışmalar yapıyor ama öğrencilerin, izleyiciler önünde sınava girdiği bir sanat okulu düşünsene," dedi ve Can'ın konuşmasını bekledi. Can ilgisizliğini belli etmemeye çalışarak sakin, "Biraz daha anlatsana," dediğinde, Deniz gözleri parlayarak, "Öğrenciler yetenek sınavıyla alınıyorlar, daha okuldaki ilk günlerinden itibaren öğrendikleri her şeyle o ay içinde seyircinin karşısına çıkmak için eğitiliyorlar," dediğinde, Can kulağına mantıksız gelen bu konuyla ilgili hemen soruya girdi: "Kim daha bir aydır eğitim alan bir acemiyi seyretmek ister ki? Kendi aileleri dışında hangi izleyici?"

Deniz sorunun gelmesine şaşırmadan, "İşte tam da burda olay güzelleşiyor. Birinci sınıfları sahne arkasında; sette, ışıkta, seste... sahne sanatlarını kapsayan ne konu varsa orada çalıştırıyorsun. Yani gösteriye katılıyorlar ama set işçisi, ışıkçısı, sesçisi gibi bir görev altında. İşin yapılmasını sağlayan şeyleri öğrendiklerini ispatlıyorlar. İkinci sınıflar daha çok kostüm, dekor, reji asistanlığı gibi konularda çalışıyorlar. Üçüncü sınıflarsa proje yapımı, proje direktörlüğü, gösteri organizasyonunun daha operasyonel kısımlarında ve son sınıflar da sahnede yer alıyorlar. Bu daha ciddi bir planlamayla tasarlanabilir ve net çizgiler dahilinde kim ne yapıyor ona karar verilir. Önemli olan bu okuldan mezun olan herkesin, sadece kendi dallarında değil, o dalın dahil olabileceği her alanda çalışması, konuyu her anlamda bilmesi. Tabii her ekibin başındaki öğretmen onları yönetirken öğretiyor. Yani işi yaparken öğreniyorlar. Her gösteri biletlendiriliyor ve bilet satışları okul fonuna aktarılıyor..." dedi ve parlayan gözlerle Can Manay'ın suratına baktı dikkatle.

Can Manay parmağını dudağına götürüp konuşmadan düşündü. Deniz konuyu budaklandırmak istemediği için yıllar boyunca kafasında biriktirdiği diğer fikirlere girmemek konusunda kendisini zor tuttu. Kendi hayat algısına göre, Can Manay gibi sözünü geçiren bir adamın kendisiyle aynı tip bir şey yapmak istemesi ve bu konuyu aniden kendisine açması tesadüf olamazdı. Kendisinden fikrini istemişti ve Deniz karşılığında hiçbir beklentisi olmadan içinden gelen tüm iyi fikirleri samimiyetle vermeye hazırdı. Yeter ki birileri artık iyi bir şeyler yapsındı. Kimin, niye yaptığının bir önemi yoktu.

Can, Deniz'in fikrinde bir boşluk aradıkça neden daha önce böyle bir sistem kurulmadığını düşünmeye başladı ve aklına bir cevap gelmeyince de, "Peki niye bu daha önce yapılmamış?" diye sordu. Deniz gülümseyerek, "Güneş enerjisini en verimli haliyle kullanabiliyoruz ama neden güneş enerjisiyle çalışan arabalara binmiyoruz?.. Ya da neden hâlâ petrol kullanıyoruz? Neden kömür çıkarmak için dünyayı deşip duruyoruz?.. Daha önce yapılmamış çünkü senin dediğin gibi herkes var olan bir şeyi taklit etme peşinde. Cevap çok basit, bu daha önce yapılmadığı için yapılmamış. O kadar," dedi.

Can, Deniz'den hoşlanmamak için zor tuttu kendini. Aklına, Deniz'in Duru'yla merdivenlerde seviştiği görüntüler geldiğinde içindeki sertliğe geri döndü hemen. Durumun rahatsız edici olabileceğini umursamadan konuşmadan durdu öylece. Ama Deniz heyecanla cebinden çıkardığı bir kâğıdı açıp masanın üzerine koyarken, "Benim uzun süredir aklımda olan bir şeydi bu ve senin de böyle bir şey düşünmüş olman tesadüf olamaz," diye açıkladı.

Katlanmaktan biraz yıpranmış A3 boyutlarındaki kâğıdın üzerinde, üç uzun bina arasına konmuş kocaman bir amfi tiyatro ve amfi tiyatronun toprağa oturduğu kısımda sadece camla çevrelenmiş alt ana bina vardı. Çizim kocaman bir huninin incelerek toprağa değmesi ve üç ana bina sayesinde etrafından desteklenmesiyle ilham vericiydi.

Binaların arasında yükselen yuvarlak amfi tiyatronun sahne kısmı, hemen altındaki ana binanın çatısını oluşturuyordu. Bu çizimin hemen yanında aynı kompleksin amfi tiyatro bölümünün üstü kubbemsi bir camla kaplanmış hali vardı. İlham verici çok güzel bir çizimdi ve daha önce gördüğü hiçbir şeye benzemiyordu. Can çizimdeki Fi oranını hemen tanıdı ve kendini engelleyemediği bir merakın etkisiyle, "Kim çizdi bunu?" diye sordu. Deniz heyecanla küçük bir çocuk gibi, "Ben. Daha eksikleri var ama taslak haliyle olay bu. Her şey çok fonksiyonel, her bir bina, her bir parça tamamen işlevsel," diye açıkladığında, Can kalbinin ağırlaştığını hissetti. Acaba Duru görmüş müydü bunu? İyi ki gelmemişti bugün. Deniz'in elleriyle çizdiği bu muhteşem bina yanında, kendi yaptırdığı bu boktan maket yüzünden çok beceriksiz görünebilirdi. Bu adam nasıl bir adamdı? Yapamadığı bir şey var mıydı? Kafasındaki düşünceleri dindirmeye çalışırken Deniz'le göz göze geldi.

Can Manay'ın suratındaki yıkımı gören Deniz endişeyle, "İyi misin?" diye sordu. Can Manay'ın soluk yüzü sanki canı yanıyormuş ama üzerinde konuşmak istemiyormuş gibi kıvrıldı ve Can kocaman bir kahkahayla gülene kadar Deniz, Can Manay'ın kalp krizi bile geçiriyor olabileceğini düşündü.

Bükemediği bileği öpmek asla Can'a göre bir şey değildi. O daha çok, o bileği alır, kendi paralı askeri haline getirmenin bir yolunu bulurdu. Deniz'in içinde uyandırdığı ilham reddedilemez bir seviyeye geldiğinde, düşmanının üstün yeteneklerini ancak fark edebilmiş bir salak gibi hissetmişti kendini ve işte yenilginin nasıl bir şey olduğunu hatırlamaya başladığı o an aklına geldi. Deniz'in projesini almak, Duru'yla sürekli iletişim halinde olmanın başka bir yoluydu ama ne yapacaktı? Duru'ya yakın olmak için böyle bir proje mi başlatacaktı?!.. Neden olmasındı! Yapacak pek de bir şey yoktu artık ve böyle bir organizasyon çocuk oyuncağıydı Can için. Bu fikir kafasında doğduğunda, suratına hayretle bakan Deniz'in kafasındaki tüm düşünceyi silebilmek için kocaman bir kahkaha attı. Kahkahası o kadar abartılıydı ki, Deniz bu tuhaf kahkahanın sadece gülümseyerek dinmesini bekledi.

Can Manay kahkahası bittiğinde, "Daha detaylı çizimlerin de var mı?" diye sordu. Tasarımın kendisinde yarattığı hayranlığı saklamak için sorgulayan, işbitirici kimliğine büründü ve ekledi, "Seni hayalperest! Biliyorsun, kâğıt üstünde çizdiğin her şeyi inşa edemeyebilirsin."

Deniz, Can'ın tarzına aldırış etmeden bir çocuğun coşkusuyla sahip çıktı fikrine. "Bunu kesinlikle edersin!" Can masanın üzerindeki çizimi kendisine doğru çekip ciddiyetle inceledi. Sessizce detayların üzerinde gezdirdi gözünü. Kâğıdı incelerken Deniz'in kendisini bu projeyi yapmak için ikna etmesini bekliyordu ama sessizlik uzadıkça uzadı ve aniden dönüp Deniz'e baktığında, Deniz'in suratındaki beklentisiz ifade rahatsız etti onu. Merakla, "Bunu yapmak istiyor musun, istemiyor musun?! Konuşması gereken sensin. İkna et beni!" dedi ve ellerini göğsünde birleştirip geriye yaslanırken ikna edilmeye hazır bir ifade takındı ama Deniz sadece yarım bir gülümsemeyle kafasını hayır anlamında sallayıp Can'ın önündeki kâğıdı eline aldı, katlamaya başladı. Can Manay kâğıdı katlamasına anlam veremese de, ifadesini bozmadan bekledi öylece. Deniz konuştuğunda kâğıdı cebine koymuştu ve ayağa kalkmak üzereydi. Suratındaki gülümsemenin samimi sempatikliğiyle, "Eğer hayal gücün seni ikna etmediyse başka söylenecek söz yok. Ben bir gün bunu yapıcam ama bir şartla. Buna koşulsuz şartsız benim kadar inananlarla!" dedi.

Can kolları önünde bağlı haliyle kendini salak gibi hissederken, Deniz, masanın üzerinde duran makete bakıp, "Bu da iş görür, insanların mezun olmayı sabırsızlıkla bekledikleri bir okul için tabii," dedi.

Tokalaşmak için elini Can'a uzattığında, Can bir maske gibi suratına takındığı yarım gülümsemesiyle elini uzattı ama tokalaşmadı. Deniz'in elini sıkıca tutup, "Anlaştık," dedi. Deniz elini çekmek için küçük bir hamlede bulunduğunda Can eli bırakmadı ve iyice tokalaşarak, "Ne zaman başlıyoruz?" diye sordu. Deniz'in kafası karışmıştı. Kafasının karışıklığı çatılan kaşlarına yansıyınca soru soran gözlerle baktı Can Manay'a ve Can, Deniz'in elini bırakırken ayağa kalktı, konuşurken arkasını dönüp yürümeye başladı. "Daha konuşacak çok şeyimiz var, odama geçelim."

- 90 -

Bugün okulda pek de işi olmamasına rağmen Deniz'e okula gitmek zorunda olduğunu söylemiş ve sonra uydurduğu bu yalan ortaya çıkmasın diye de okula gelmişti Duru. Can Manay'la gerçekleşecek herhangi bir karşılaşmayı kaldırabileceğini sanmıyordu. Adam gece donla dikilmişti karşısında, utanmazca tavrıyla bahçenin ortasında beklemişti. Bir daha Can Manay'la yaşanacak böyle bir olayı Deniz'e anlatmak zorunda olduğunu biliyordu ve konunun o kadar büyümesini istemiyordu. Şu sanat okulu projesi de nereden çıkmıştı! Deniz'in hayal kırıklığına uğramasını istemiyordu. Bu Can denen adam ya bir sapıktı ya da ruh hastası. Her neydiyse tehlikeli biriydi. Deniz'i düşündü yine, saf saf çizimini alıp çıkmıştı kapıdan, bir de salak salak ısrar etmişti Duru'ya yarım saat, kendisiyle gelsin diye. Niye böyleydi?! Daha uyanık olmasını çok isterdi, daha korumacı, etrafında olan bitenlerin daha farkında ama değildi.

Sabah bir saat dans çalışması yaptıktan sonra aylak aylak yemeğini yemiş, ilk sınıfların beceriksiz çalışmalarını izlemiş ve en sonunda dans kostümünün üzerine uzun, bol bir etek ve tek omuzu düşecek kadar yakası geniş bir bluz geçirmişti. Okulun bahçesinde oturmuş elmasını yerken Deniz'i aradı. Deniz telefonu açtığında çok heyecanlıydı ve "Sonra seni arayacağım, projeyi konuşuyoruz," deyip aceleyle kapadı.

Eve gitmek için daha fazla Deniz'i beklememeye karar vermişti ki, sırtında kocaman viyolonseliyle ve omzunda kemanıyla koşarak okul bahçesine giren Ada'yı fark etti. Enstrümanları toplamış neden koşuyordu acaba? Artık hiçbir sempati ya da acıma hissetmiyordu bu fareye. Deniz'in bu kızın kıçını bu kadar kaldırması çok yanlıştı, bu ülkede ne kadar yetenekli olursan ol, popülerlik için, başarı için başka şeyler lazımdı. Güzellik, doğru yerde doğru arkadaşlar edinme kabiliyeti gibi ve bunların hiçbiri bu kızda yoktu. Tamam çok iyi müzik yapıyordu, daha doğrusu yapmıştı ama devamının geleceği malum muydu? Başyapıtlarını ilk eserlerinde verenler daima unutulmaya mahkûmdular! Ada'nın sene sonu gösterisi için hazırladığı şeylerden daha iyilerini hazırlayabileceğini hiç sanmıyordu. Eve gitmeden bu sinsi farenin neden böyle koştuğunu anlamaya karar verdi. Kimbilir başka neyin peşindeydi? Elindeki elmayı kemirmeyi bırakıp Ada'nın peşine takıldı.

Duru, okulun ana kapısından girip müzisyenlerin stüdyosuna doğru ilerledi. Beş stüdyo da boştu. Ada'dan hiçbir iz yoktu. Daha fazla bakınmanın anlamsız olduğunu düşünüp kızlar tuvaletine girdiğinde, aynanın karşısında saçını düzelten Ada'yı gördü. İlk defa saçını düzeltirken görüyordu onu. Selam vermeden hemen yanındaki musluğun başına gidip suyu açtı ve bol suyla suratını yıkamaya başladı. Çirkin kızları sinir etmek istediğinde yaptığı bir şeydi bu Duru'nun, makyajsız suratını bol suyla yıkayıp hâlâ çok güzel gözükmekten daha ne ağır gelebilirdi ki bu aptal kızlara! Suratını yıkadıktan sonra tuvaletlerden birinden aldığı tuvalet kâğıdıyla suratını kurularken, aynadan dikkatle Ada'ya baktı ama Ada göz göze gelmemeye özen gösteriyordu ve sanki acelesi varmış gibi tuvaletten çıktı. Duru elindeki ıslak kâğıt parçasını kenara atıp sakince Ada'nın ardından çıktı tuvaletten ve onun koridordan hızla aşağıdaki stüdyolara doğru indiğini gördü. Duru, aradaki mesafeyi koruyarak indi aşağıya ve onun ikinci stüdyoya girdiğini gördü. Adımlarını çok yavaş atmaya dikkat ederek stüdyoya yaklaştığında müzik sesi duyulmaya başladı.

Duru kapının camından umursamaz bir tavırla baktı içeri, ortada kemanını çalan Ada'dan başka kimse yoktu. Kapıyı açıp içeri girdiğinde Ada fark etmedi bile birinin geldiğini. Gözleri kapalı, müziğine yoğunlaşmıştı.

Kapının önünde dikilirken niye stüdyoya girdiğini bilmiyordu Duru aslında ama kendisine meydan okuma cesaretini göstermiş bu fareye haddini bildirmek istiyordu ve bunun Ada için uygun bir zaman olup olmadığı umurunda da değildi. Hep iyi davranmış, hatta acımıştı bu kıza. Kendi dansıyla onurlandırmak istemişti müziğini ama Ada'nın bir anda kıçı kalkmıştı. Tabii Deniz'in etkisi büyük olmuştu bunda. Kıza haddini bildirmek yerine ona resmen hak vermişti! Bu ihanet değildi de neydi?

Deniz'e giden düşünceleri odada yankılanan kemana kaydığında, Ada'nın çaldığı bu müziği ilk defa duyduğunu fark etti. Dört tane telden böylesine bir duygunun çıkıyor olması neredeyse mucizeydi. Teller üzerinde hızlı hızlı kayan yay sanki bir fırtınanın hikâyesini anlatıyordu ve Ada'nın ellerini hızını takip etmek nerdeyse imkânsızdı. Kemandaki fırtına dindiğinde yaylar sanki ağlamaya başladılar ve sonra o ağlayan müzik varoluşu coşkuyla kutlarcasına yükseldi, ritimlendi... Duru vücuduna inen ritmi kaskatı kesilerek durdurdu. Ada'nın haddini bildirmek için buradaydı, müziğin daha fazla içine işlemesini engellemek için Ada'ya doğru bir adım attı. Seslenmek üzereydi ki stüdyonun sağındaki kayıt bölümünde bir hareket hissedip kafasını o yöne çevirdi. Göksel'i gördü, şaşırdı.

Şaşkınlığı, Göksel'in ateş çıkabilecekmiş gibi olan gözlerini fark etmesiyle tedirginliğe dönüştü. Sanki avının üzerine atılmak üzere olan bir puma gibi bakıyordu. Tedirginlik korkuya dönüştü. Bu çocuk daha önce de tehdit etmişti onu, Deniz pek ciddiye alınacak bir şey olduğunu düşünmemişti ama şimdi bunu görse anlardı herhalde. Duru içgüdüsel olarak bir adım geri attı. Sahibini korurcasına hırlayan bir köpek gibiydi Göksel. Ada'ysa gözleri kapalı hâlâ kemanına yükleniyordu. Duru hissettiği korkuyu içine gömüp dik dik baktı Göksel'e, kendisine böyle bakamayacağını anlatırcasına meydan okudu. Göksel'se kıpırdamadı, sadece elleri yumruk halini aldı. Duru, o an durumun daha da karmaşık hale gelebileceğini anladı. Etrafta başkaları olsa belki böyle hissetmezdi ama şimdi kendisini kimsesiz hissetti. Konu Göksel olunca mantığa yer yoktu. Niye atmıyorlardı bu çocuğu okuldan? Bu da Deniz'in suçuydu! Duru nefretle kapıya dönüp avucunun içini kapıya vurarak kapıyı ittirip çıktı. Deniz'i parçalamak istiyordu!

Ada, müziğini yırtan kapı sesini duyar duymaz, notalara basmayı bırakmadan gözlerini açtı ve kapıya baktı. Sert bir şekilde ittirilmenin etkisiyle sallanan kapıyı gördü. Göksel'in çekip gittiğini düşünüp hemen stüdyoya baktı ama Göksel buz kesilmiş, dimdik kapıya bakmaktaydı. Ada müziği durdurduğunda Göksel'le göz göze geldiler. Ada şaşkın, "Ne oldu?" diye sordu. Göksel'se suratındaki sert ifadeyi ışık hızıyla silip, "Önemli değil," dedi. Ada'nın müziğine devam etmesini o kadar çok istiyordu ki, bunu normal bir şekilde ifade edebilmek için hazırlık yaptı ama gerek kalmamıştı. Ada gözlerini kapatıp yeniden kemanını çalmaya başlamıştı bile. Bu sefer çaldığı parça da diğerleri gibi, daha önce hiç duymadığı bir şeydi ve aynı diğerleri gibi nefes kesici, varoluş sorgulatıcıydı.

- 91 -

Bilge, kendisine söylenen saatte varabilmişti Can Manay'ın ofisine. Kanaması azalmasına rağmen hâlâ devam ediyordu. Eğer doktora ne söyleyeceği konusunda utanmasa hastaneye giderdi ama ne diyecekti? "İlk defa cinsel ilişkiye girdim ve kanamam var!" mı? Murat'ı düşününce göğüs kafesinin içinde, kalbine yakın bir yerde sıcaklık hissetti ve kalbi hızlandı. Dün geceki müzik hâlâ garip bir şekilde kafasındaydı. Göz bebekleriyse hâlâ kocaman... Dört yıl önce ince çerçevelilerle değiştirdiği eski, kalın, kahverengi çerçeveli gözlüklerini takmış, tuhaf denecek büyüklükteki göz bebeklerinin kamufle olması için yol boyunca dua etmişti.

Binaya girdiğinde kendisinden nüfus cüzdanı alınarak güvenlik ofisine davet edildi önce. Güvenlik kartına basılacak fotoğrafını bu kocaman gözlükleriyle çektirmek zorunda kalması hayatının normale döndüğünü hissettirdi. Altı dakika sonra güvenlik kartı kendisine teslim edilmişti. Kartı eline alır almaz inceledi, ne nasıl gözüktüğü ne de kahve rengi gözlükleri umurundaydı. Tek merak ettiği kocaman göz bebeklerinin kamufle olup olmadığıydı. Olmuşlardı. Şişe camı gibi duran gözlük camlarından bırak göz bebeğini, kaşları bile görünmüyordu.

Zeynep Hanım'ın katına çıkıp masasının boş olduğunu görünce sessizce, ayakta onun gelmesini bekledi. Elinde dosya arabası olan bir çocuk iki kere yanından gelip geçerken dikkatle baktı Bilge'ye ama Bilge kafası önünde bekleme pozisyonundaydı. Fark edilmek ya da fark edildiğini fark etmek istemedi. Zeynep geldiğinde ayakları gerçekten ağrımaya başlamıştı. Bilge sakin bir şekilde, "İyi günler," diyerek karşıladı Zeynep Hanımı ve Zeynep'in elindeki koca koca dört dosyayı masanın üstüne yerleştirmesi için hemen ona yardım etti. Zeynep dosyaları elinden boşalttıktan sonra, "Sana kontrat verildi mi?" diye sordu. Bilge hayır anlamında başını sallayınca, hemen çekmecesinden kontratı çıkardı, uzatırken bir an durakladı. Ayağa kalktı, dikkatle Bilge'nin yüzüne ve gözlerine dikkatle bakıp, "Gözlükler biraz ağır değil mi?" dediğinde, Bilge devasa göz bebeklerinin fark edilmemiş olmasından rahatlamış, "Rahatlar," derken hayır anlamında kafasını salladı. Elindeki kontratı açtı. Kontrat, Can Manay'ın asistanlığını yaptığı süre boyunca, etrafında tanık olduğu her şeyle ilgili yapabileceği herhangi bir yorumun nasıl başını belaya sokacağı üzerine zeki avukatlar tarafından hazırlanmıştı. Bilge hızla okuyup, tereddüt etmeden dört sayfalık kontratı imzaladı.

Bu tereddütsüz imza Zeynep için özellikle değerliydi, deneyimi ona, daha bu ilk imzada tereddüt edenlerin asla güvenilmez olduklarını ve iyi dayanamadıklarını göstermişti. Bilge'ye görev tanımını anlatan küçük kitapçığı verirken, "Yapman ve yapmaman gerekenler burda! Ezberle ve asla kitabın dışına çıkma. Senden inisiyatif kullanmanı ya da herhangi bir konuda karar vermeni istemiyoruz, bunu unutma! Can sana ikinci kitabı verene kadar bu kitapta yazan her şey senin bu ofisteki hayatın!" dedi.

Bilge hissettiği şaşkınlığı gizleyip hemen açıp okuma ihtiyacını dizginleyerek teslim aldı kitabı. 25 sayfalık A5 boyutlarında, kapağı asetatla kaplanmış bir kitapçıktı bu. Kapağında 'CM El Kitabı' yazıyordu. CM'nin Can Manay anlamına geldiği belliydi. Kim kendi adına bir el kitabı yazardı ki? Narsisizmin doruklarındaydı bu adam. Acaba ikinci kitabın adı da aynı mıydı? Zeynep'in konuşması kafasındaki düşüncelerini dağıttı. Zeynep kısaca bu kitabın daha önce kendisine verilmesi gerektiğini ama ufak değişiklikler ve Kaya'nın ani ayrılışı yüzünden birçok şeyin aksadığını anlattı Bilge'ye. Bilge sessizce dinledi. Zeynep, Bilge'ye kendisini takip etmesini işaret edip bir alt kata inerken, Can Manay aksini belirtmediği takdirde 8,30'da işte olması gerektiğini, iş bitiminin Can Manay'ın haftalık programına göre belirlendiğini, bazen akşamüstü 4'te bazense gece yarısı 4'te işten çıkabileceğini ve bazen de hiç işe gelmesi gerekmediğini anlattı. Odaya vardıklarında Zeynep her katta ve köşede bulunan kameraların varlığından söz ediyordu. Binanın arka tarafına bakan küçük ama şık bir odaydı burası. Sırtı cama dönük şekilde yerleştirilmiş beyaz, sade bir masa, beyaz bir ofis sandalyesi, masanın üstünde beyaz bir telefon ve hemen masanın önünde sırtı duvara dayalı tek kişilik, beyaz deri bir koltuk vardı. Zeynep kısaca odanın, asistanlığının birinci aşaması boyunca Bilge'ye tahsis edilmiş olduğunu anlattı. Ancak ikinci aşamaya geçtiğinde Can Manay'la aynı kattaki odaya geçeceğini söyledi. Bilge içindeki meraka yenik düşerek, "Kaya kaçıncı aşamadaydı?" diye sordu. Zeynep, "Kaya'nın vardığı yere kimsenin gelebileceğini düşünmüyorum. Sen şimdi kitabı oku ve sonra haftalık programı almak için yanıma gel, telefonun çalarsa cevap ver," deyip odadan çıktı.

Bilge hiç zaman kaybetmeden açtı kitapçığı. İlk sayfada 'CM Deneyiminde Hayat' yazıyordu. Sayfanın tam ortasına konmuş tek bir paragraf vardı burada. Bilge okudu:

"Hayat, sadece hissettiğindir. Hissettiğini şekillendirmek senin elindedir. Yaşadığın deneyimler hissettiğin şeye şekil verir ama neyi yaşayıp neyi reddedeceğini seçmek senin elindedir. Deneyimlerini seç! Kısaca, hayat işte bu yüzden bir seçimdir. Burası, seçimlerinin sorumluluğunu üstlenip kendi hayatının direksiyonuna geçme cesareti olanlara göre tasarlanmıştır. Hayatın trafiğinden korkup bu cesareti zaman zaman içinde hissedemeyebilirsin, bu yenildiğin anlamına gelmez. Vazgeçmediğin sürece doğru seçimi yapmak için her zaman şansın vardır. Seçmekten vazgeçip hayatı akışına bırakmaya karar verdiğin anda bu binayı terk et. Vazgeçerek kendine ihanet eden birinin burada hiçbir işi olamaz."

- 92 -

Muammer Bey'in dergiyi okumasını beklemek bir süre sonra sıkıcı olmaya başlamıştı. Tamam, onurlanmıştı dergisine gösterilen ilgiye ama yapacak çok işi vardı ve şişmek üzere olan bademcikleri vücudunun direncinin zaten düşmüş olduğunu, tüm bu işi zamanında yapabilmesi için enerjisini temkinli kullanması gerektiğini anlatıyordu Özge'ye. Hasta olmaktan nefret ederdi, kendisini çaresiz hissettiği her şey gibi bu da cidden sinir bozucu bir durumdu. Boğazındaki kaşıntıyla karışık ağrının ölçüsünü tartmak için gırtlağını temizledi ve "Benim gerçekten gitmem lazım ve yardımınıza ihtiyacım var," diyerek lafa girdi. Muammer Bey, dergiye güdümlediği kafasını kaldırmadan sadece gözlerini Özge'ye çevirdi. Özge, "Bu kutuda 40 tane dergi var. İki kutuyu size bıraksam ve ay sonunda satamadığınız dergileri bana geri verseniz, sattıklarınızın da yüzde 30'u sizin olsa?" dedi.

Muammer bu sefer tamamen Özge'ye doğru dönüp, "Sen bana dört kutu bırak, bayii için yüzde 15 yeterli," dedi. Özge dört kutuyu duyunca suratında beliren şaşkınlığı gizleyemedi ama tepki vermeden hemen kutuları getirmek için araca yöneldi.

Kutuları bıraktıktan sonra hiç konuşmadan birbirlerine baktılar ve Özge sıkıntısını gizlemeye çaba göstererek, "Elimde 26 kutu daha var, en iyi lokasyonlar neresidir?" diyerek sorunun tuhaflığını kamufle etmeye çalışarak konuştu.

Muammer, "Dergiyi sen mi dağıtacaksın?!" dedi hayretle. Özge, neden hissettiğini bilemediği utancı gizleyerek, "Başka işim de kalmadı, dağıtıldığından emin olmak istiyorum, zaten sadece 26 kutu," deyip Muammer'in suratına baktı. Muammer derin bir nefes alıp gözlüklerini taktı ve bayinin içine girip kenarları kıvrılmış bir fihrist çıkarttı. Hiç konuşmadan fihristin sayfalarını çevirip parmağıyla işaretlediği numaraları aramaya başladı. Bundan sonrası hep dinleyerek geçti Özge için. Muammer Bey bağlı olduğu bayiler derneğindeki tanıdığı birkaç bayiyi arayarak eline acayip bir derginin geçtiğini, kendisinin bile dört kutu aldığını ve derginin sadece tanıdık bayilerden alınan referansla dağıtıldığını çünkü içerikte bulunan bilgiler yüzünden çalındığını falan anlattı. Bazıları konuşmanın tamamını dinliyor, ismi yüzünden derginin siyasi olmadığı konusunda emin olmak için bir sürü soru soruyordu, bazıları sadece Muammer Bey'in aramasını yeterli görüyor ve dergiyi istiyorlardı.

Muammer Bey telefonu kapadığında, "Kim bu derginin sahibi?!" diye direkt sordu Özge'ye, cevap alamayacağını görünce kaşları çatıldı, Özge'nin suratında beliren tuhaf sırıtış iyice kafasını karıştırmıştı Muammer Bey'in. Özge, Muammer Bey'e yalan söylemek istemiyordu ve ne diyeceğini de bilmiyordu. Ciddileşerek, "Bilmiyorum," diye mırıldandı. Muammer Bey gözlüklerinin üstünden homurdanırken, "Derginin niye kaybolduğu ortada, sahibini bilmediğin bir dergiye sahip çıkmak, hele içeriği bu kadar ortalık karıştıracak şeylerden oluşuyorsa, biraz naiflikmiş gibi geliyor bana, dikkat et," dedi ve "Adını *Darbe* koymasalardı, bayilerle bu kadar uğraşmazdık bile," diyerek gözlüklerinin üstünden homurdandı Özge'ye. Özge kızarmış yeşil gözlerinde kontrol edemediği sulanma ve suratında kocaman gülümsemeyle yerinde zıplayıp kocaman sarıldı Muammer Bey'e. Koşarak aracına giderken hatırlayıp durdu ve hemen dönüp Muammer Bey'e geri geldi. Muammer Bey kâğıda yazmak üzere olduğu adresleri yazmaya devam ederken kendi kendine Özge'nin aceleciliğine gülüp kafa salladı. Özge yazının bitmesini sabırsızlıkla bekleyip kâğıdı alır almaz bin kere teşekkür etti ve arabaya fırladı. Muammer Bey arkasından, "İlk dördü dışında gerisi gece kapatır," diye bağırdıysa da, bu Özge'nin yavaşlamasına neden olmadı. Özge bulunduğu bölgeye en yakın olan ve gece kapanan bayilerden başladı dağıtıma. O akşam üç gündüz bayisine ve gece boyunca da dört gece bayisine toplam 19 kutu dağıttı Özge. Elinde kalan yedi kutu için 10 bayi vardı.

Gece yarısı eve döndüğünde, aptallık edip her bayiye en azından bir kutu bırakması gerektiğini düşünmekten ve kendine kızmaktan uyuyamadı, 10 bayi için yedi kutu yeterli değildi, üçer kutu bıraktığı bayilere geri gidip birer kutu almaya ve gün içinde elindeki listedeki her bayiye dergileri dağıtmaya karar verdi. Derginin okunma olasılığını artırmak istiyordu. İyice şişen bademcikleri zaten uyumasını engelliyordu. Sabahın ilk ışıklarıyla yola çıkıp dağıtıma başladı yine. Her eczanenin önünden geçerken kendisine ilaç alması gerektiğini hatırlatıyordu ama dergileri bitirmeden durmamaya karar vermişti, işi bitince ilacı nasıl olsa alırdı.

- 93 -

Her arayışında işinin henüz bitmediğini söylemişti Deniz. Hâlâ Can Manay'ın yanındaydı ve bu kadar uzun süren bir toplantı kulağa saçma geliyordu. Telefonu çaldığında arayanın Deniz olduğunu görünce rahatladı Duru. Nihayet! Nihayet Göksel'le olanları anlatacaktı. Duru "alo" der demez, Deniz hemen konuya girdi, toplantının çok heyecan verici geçtiğini ve Can'ın kendisini anladığını, fikri gerçekleştirmek için heyecanlandığını anlattı seri bir şekilde ve ekledi, "Şimdi Can'la eve geliyoruz, diğer çizimleri de görmek istiyor."

Duru konuşmak için ağzını açtı ama kelimeler çıkmadı, zaten Deniz bu kısa boşluktan sonra, "Biz gelene kadar aşağıdan tüm çizim kâğıtlarını çıkarır mısın?" demişti bile. Duru sadece, "Tabii," diyebildi. Deniz, "Tamam canım, yarım saate görüşürüz," derken Duru sessizce kapattı telefonu, genelde, "öptüm" gibi bir kapanış kelimesiyle sonlandırırlardı konuşmalarını ama bu sefer Duru içindeki burukluğun Deniz tarafından sorgulanmasına ihtiyaç duyuyordu.

Deniz'in umursamazlığına olan kızgınlığı, kırgınlığa dönüşmek üzereydi. Kendi kendine söylenerek kâğıtları çıkarmak üzere aşağı inen merdivenlere doğru yöneldiğinde durdu, kendine geldi. İçindeki kızgınlık büyüdü. Can Manay'ı eve getiriyordu şimdi de! Nasıl bu kadar salak olabilirdi? Yarım saatte burada olacaklardı! Hemen salona döndü, Deniz'in salaklığına kızarken hızla etrafı toplamaya başladı. Can Manay'ın evinden sonra burayı beğenmesi imkânsızdı ama doğru ışık ve atmosferde burası da bayağı hoş olabilirdi. Bahçe kapılarını açtı, koltuğun minderlerini düzeltti. Sehpanın üzerini köşede duran kullanılmış bir peçeteyle hızla sildi. Salon tamamdı. Yukarı fırladı. Hem yatak odasını toplayıp hem de kendine çekidüzen vermesi imkânsızdı. Eve girdiğinden beri Deniz'le konuşmaya takmıştı kafayı ve köşede oturup Deniz'in aramasını beklemişti. Yıkanmamıştı bile. Üzerindeki kıyafetleri şimşek hızıyla çıkarıp kendini banyoya attı. Bir hareket diye düşündü, Can Manay'ın en küçük hareketinde patlatacaktı bombayı Deniz'e.

Üzerine ilk geçirdiği elbiseyi aynaya bakıp hemen çıkardı. Ev halinde olmalıydı ama aynı zamanda iyi de gözükmek istiyordu. Diğer kadınların süslenmesi yerine Duru sadeleşirdi, sadeleştikçe kendi varlığıyla parlardı. Sıklıkla uyumak için giydiği, kalçalarına oturan bir yoga pantolonu giydi altına. Üstüne bir zamanlar Deniz'e ait olan ve Duru'nun yakasını kesip el koyduğu gri bol bir tişört geçirdi. Tişörtün yakası kesilince o kadar genişlemişti ki, doğru yerleştirilmezse bir omuzu açıkta bırakıyordu. Saçlarını kafasının tepesinde topladı, bu topuz dans ederken sıklıkla kullandığı ve kendini çok rahat ettiği bir modeldi. Sanki Duru için yaratılmıştı.

Kapıyı çaldıklarında, Duru kıyafetleriyle dağıttığı yatak odasını topluyordu ve aşağıya inip kapıyı açabilmek için merdivenleri beşer basamak şeklinde iki sıçrayışta inmek zorunda kaldı.

İçerden gelen dan dun gürültü sonrasında kapı açıldığında Deniz, "Yine mi merdivenlerden atladın!" diye tatlı sert çıkıştı

Duru'ya ve sonra kollarının arasına alıp sanki uzun süredir görmemiş gibi sarıldı. Bu sarılış Can için o kadar rahatsız ediciydi ki, dikkatini elindeki telefona verip mesaj yazıyormuş gibi yaparak görmezden gelmeye çalıştı. Sarılmaları bittiğinde Deniz içeri girdi ve Can kapının önünde bir anlığına yalnız kaldı Duru'yla. Duru dümdüz, "Hoş geldiniz," dedi. Ahlaksız biriyle konuştuğunun farkındalığında, sempatiklikten uzaktı.

Can uzun süredir bu kadar yaklaşmayı bekliyordu, bundan sonrasında içindeki heyecana yenilip acele ederek Duru'yu korkutmamak için çok dikkatli olacağına söz vermişti kendine. Yeterince saçmaladığını düşündü ama Duru'nun karşısında kontrol yoktu. Tüm varlığını kendi yüksek otokontrolüne borçlu olan biri için kontrolünün böylesine çabasızca elinden alınması uyuşturan bir duyguydu. Bir an Duru'nun gözlerinin içine dikkatle baktı ve elini uzattı.

Bu koşullarda, bu adamla tokalaşmak bile günah sayılabilir diye düşündü Duru elini uzatırken.

Can Manay, Duru'nun elinin kendi eliyle kenetleneceğinin farkındalığıyla, o ince, narin, beyaz eli tuttu. Yavaşça sıktı okşarcasına, her anın tadını çıkarırcasına, beynine kazırcasına baktı kızın yüzüne. Duru'ysa hemen elini çekti ve Deniz'le konuşarak içeri girdi.

Duru'nun ardından birkaç saniye bekleyen Can, Duru'nun teninin nasıl hissettirdiğini beynine kazımasına yetecek kadar bekledi. O an unutulmazdı. Teni, elleri, tepesinde topladığı saçları, kızaran yanakları, gözlerinin içine bakmayan ve bu anı kamufle etmeye çalışan huysuzluğu... Eşsizdi. Can kızı takip edip Duru'nun kendisinden önceki dünyasına girdi.

Duru'nun çizimleri çıkarmadığını gören Deniz, biraz söylenerek aşağı inerken, Duru salonda Can Manay'la yalnız kalmanın verdiği tuhaflık içinde hemen mutfağa doğru ilerleyip yüksek sesle ne içmek istediklerini sordu. Sadece bir iş yapıyormuş gibi davranmasını kolaylaştırmak için bardakların bulunduğu dolabı açtı ve çeşitli şekillerde birkaç bardak çıkardı. Can, Duru'nun sorusuna cevap vermemişti. Kapağı kapatırken soruyu yineleyen Duru, kapıya döndüğünde mutfak kapısında dikilmiş kendisine delici siyah gözleriyle bakan Can Manay'ı aniden görünce elindeki bardağı düşürdü. Bardak yere değmesiyle birlikte tuzla buz olmuştu ve Duru çıplak ayaklarıyla yüzlerce cam parçasının ortasında duruyordu. Can hiç beklemeden mutfak bankosunun üzerinde duran tepsiyi yerdeki cam kırıklarının üzerine koyarken, Deniz aşağıdan önemli bir şey olup olmadığını sordu. Duru, Can'ın kendisine uzanan eline bakakaldığı için Deniz'in sorusunu cevaplamakta gecikince, Can bakışlarını hiç Duru'dan ayırmadan eli havada, "Yok! Bardak kırıldı o kadar!" diye bağırarak cevapladı Deniz'i. Duru, Can Manay'ın hızına şaşırmıştı. Tepsiyi cam kırıklarının üzerine koyup kendisi için basılacak güvenli bir yer yaratması çok hızlı olmuştu. O kadar hızlıydı ki, sanki bardak havadayken Can Manay tepsiye uzanmış gibi bir etki yarattı Duru'nun üzerinde. Can Manay'ın kendisine uzanan eliyse yerdeki cam kırıklarından daha tehlikeliydi Duru için, aralarındaki garip enerjiyi hissede hissede tutamazdı o eli. Önce Can'ın elini tutmadan camların arasındaki ayağını yavaşça kaldırıp tepsiye basmaya çalıştı ama ayağının üstünde bile küçük cam parçaları vardı ve ayağını tepsiye koymadan silkelemeye çalışırken dengesini kaybedip bankoya tutunmaya çalışınca, Can'ın eli onun elini havada yakaladı. Can bakışları Duru'nun havadaki ayağında ve Duru'nun bile güçlükle duyabileceği bir tonda sakince, "Senin için burdayım," dedi. Duru ayağını tepsiye yerleştirip diğer ayağını kaldırdı ve Can'ın elinden destek alıp diğer ayağını da temizlemek için salladı. Ayağının üstünden cam parçaları saçılırken, aslında ikisinin de tüm dikkati ne camlarda, ne ayakta ne de Duru'nun dengesindeydi. Duru, beyninde yankılanan o kısık ama kararlı sesin, "Senin için burdayım," deyişi ve elini sıkıca kavrayan elden aldığı gücün vücudunda yarattığı kimyasal etki yüzünden sarsılmıştı.

Can'sa bakışlarını Duru'nun çıplak, narin ayaklarından ayırmadan çöktüğü yerde donmuş gibiydi. Duru'ya bakmıyordu çünkü bir bakışıyla bu anın sona ereceğini, Duru'nun elini bırakıp gideceğini biliyordu.

"N'apıyor bu adam?", "Ben n'apıyorum?"" Duru'nun beyninde yankılanıyordu bu sorular. Can, artık dengesini sağladığını fark etmiş olsa da elini bırakamıyordu. Elini çekmeliydi... Şimdi elini çekmeliydi. Artık elini çekmeliydi!

Deniz mutfağa girdiğinde işte tam bu şekilde gördü onları ve Duru nihayet elini çekebildi. Deniz tereddüt etmeden camların üstüne basıp tek hamlede kucakladı Duru'yu ve bir elinde çizimler diğer elinde Duru, mutfaktan çıktı. Salona girerken, "Bırakın şimdi camları, sonra temizleriz. Çizimler burda. Daha önce çizdiklerimizi de buldum Duru," dedi ve Duru'yu salonun girişinde yere bırakıp çizimleri sehpanın üstünde açmaya başladı.

Duru, Deniz'in kendisini bıraktığı yerde sanki bir mayına basmış gibi kalakalmıştı. Deniz heyecanla çizimler üzerine konuşmaya devam ederken, Duru tam arkasında duran Can Manay'ın salona geçmesini bekledi çünkü önden gidip koltuğa oturursa yine Can Manay'la göz göze geleceğini biliyordu ve kıpırdamadan kendisini geçmesini bekledi. Can Manay geçmedi, sadece bir adım daha yaklaştı Duru'ya. Deniz çizimlerin arasında özellikle bir tanesini ararken Duru yine bekledi ama Can yine geçmedi. Duru, salona yayılan ve şapşal Deniz'in farkında bile olmadığı, belki de umursamadığı bu yoğun enerjiden kurtulmak ve bir nefes almak için yukarı çıkması gerektiğine karar verince, "Yukarıda da vardı bir şeyler ben de onları getireyim," dedi. Yukarı çıkmak için aceleyle döndüğünde burun buruna geldi Can Manay'la. Adamın suratında havayı koklayan, ciğerlerini dolduran bir ifade vardı. Duru bu ifadeyi bir an gördükten sonra yukarı çıkabilmek için Can'ı hızla geçti, geçerken Can Manay kenara çekilmediği için omuzları sürtünmüştü.

Duru merdivenleri hızla çıkmaya çalıştıkça sanki bir şey onu aşağıya çekiyordu. Aşağıya inip Deniz'in suratına ne kadar salak olduğunu höykürmek istiyordu! Merdivenlerin başına vardığında bacak kasları sanki bir dağın tepesine tırmanmış gibi ağrıyordu, bir terslik vardı. Kafası zonklamaya başladığında anladı, nefesini tutuyordu. Hemen içindeki karbondioksite dönüşmüş havayı bıraktı ve ciğerlerini taze havayla doldurdu. Banyoya girip kapıyı kilitledi. Can Manay'ın derin, siyah gözleri gitmiyordu aklından, tokalaşırken kendisine bakışı ve elini kavrayışı, sesi! En fenası da sesiydi. "Senin için burdayım," deyişi kafasında yankılandı, Duru içindeki sesi dindirmek için önce tuvaletin sifonunu çekti, sonra suyu açıp kapadı. Bu hissettiği karmaşa neydi? Niye Deniz'e anlatmıyordu olanları? Niye oyalanıyordu? O gece Can Manay'ı bahçede gördükten sonra kendi kendine söz vermişti, bir şey daha olursa hemen anlatacaktı her şeyi. Daha ne olmasını bekliyordu ki?! Deniz'in salaklığına, etrafında dönenleri göremeyen saflığına, belki de güvenmek adını koyduğu umursamazlığına öfkelenerek bir süre daha banyoda durdu. Sabırsızca dolanırken nasıl olur da Deniz'in kendisini böylesine savunmasız bıraktığını düşündü. Hem de onu eve bile davet etmişti... Onu bu kadar sevdiğini söylerken nasıl olur da Can Manay'ın enerjisini hissetmezdi? Belki de Deniz, zannettiği kadar sevmiyordu onu, artık.

Aşağıya indiğinde etrafını saran bu enerjiyi dağıtmak için radikal bir hareket yapması gerektiğini biliyordu. Deniz bu kadar hayal âleminde yaşamasa bu hareketi yapmasına gerek kalmazdı, o zaman kimse ona bu kadar yaklaşmaya cesaret edemezdi. Erkek dediğin koruyan, kapsayan olmalıydı! Göksel hayvanı nasıl da diklenmişti Ada zavallısı için! Ne kadar tuhaftı ama Allah'ın sosyopatında bile kollama duygusu vardı. Gururu, Göksel ve Ada gibi âcizler tarafından saldırıya uğrarken, kalbi Can Manay'ın kuşatmasındaydı. Niye hep tek başına savaşmalıydı? Niye bu kadar yalnızdı...

Revize ettiği çizimin üzerinde dikkatle çalışan Deniz, nihayet gerçek bir şeylerin parçası olabileceğini düşündü. Birileri, en sonunda doğru düzgün bir şeyler yapacak ve Deniz ne gerekirse, hiçbir karşılık beklemeden verecekti kendinden. Konu para değildi, bu Can Manay denilen adam düzgün biriydi. Tuhaftı ama düzgündü. Şadiye Reha'yı nasıl da evinden göndermişti? Bu ülkede kimse bu kadını karşısına almaya cesaret edemezdi ama Can umursamamıştı bile, hem de kim için! Onu tanımıyordu bile ama Can düzgün biriydi. Doğruya hakkını vermeyi seçmiş düzgün biri. Doğru olanı görme cesareti olan, taraf tutabilecek kadar insan biri. Böylelerinden zarar gelmezdi, ne kadar tuhaflıkları olsa da. Duru'nun uzun süredir etrafta olmadığını ancak başını kâğıttan kaldırınca fark etti Deniz ve Can'a, "Sana bir şey ikram etmedik mi biz ya!" deyip ayağa kalktı.

Can ne içmek istediğine karar verirken aniden hınzır bir gülümseme belirdi suratında. Deniz anlamadan, "Ne istersin? Her şey var, hatta Duru'nun bitki çaylarını özellikle tavsiye ederim," dedi. Can sırıtması suratına iyice oturunca kollarını iki yana açıp oturduğu koltukta iyice kaykılarak, "Bir şeyler sarsana, projeyi konuşurken ilham verir," dedi. Deniz'in algılaması birkaç saniyesini aldı ve anladığı şeye şaşırmadan, "Yok, gerek yok! Ben kafamdakini yatıştırmak istediğimde sarıyorum. Şimdi her bir hücreye ihtiyacımız var, uyuşmayalım," dedi. Can Manay içindeki hayal kırıklığının midesine oturduğunu hissetti. Midesine bir yumruk gibi oturan bu duygu asitler salgılamaya başlamıştı bile. Can huysuz bir şekilde, "Karnım aç," derken telefonunu eline aldı. Deniz hizmet etmeyi pek beceremeyen bir adamdı, insanları kendi ihtiyaçlarını gidermek konusunda motive etmekle geçmişti hayatı, şimdi Can Manay misafir koltuğunda otururken sıkıldı ve gülümseyerek, "Abi siz Duru'yla konuşun bu konuları, ne yemek isterseniz bana uyar," deyip Duru'ya seslendi.

Duru aşağıya indiğinde Can Manay telefondaki konuşmasını yarıda kesip, "Sushi ne yersin?" diye sordu. Duru, içinde hiçbir mesaj içermeyen soruyu düşünüp, "Sushi mi sipariş ediyoruz?" dedi. Can kafasını evet anlamında sallayıp telefonda konuştuğu kişiye, "Sen dediğim gibi yap," deyip hemen telefonu kapadı. Kendisine bakan Duru'ya kaldırdı kafasını, dudaklarını hafifçe bükerek sevgiyle gülümsedi ve karşısında dikilen Duru'nun vücudunu siyah, derin gözleriyle süzdü. Duru hemen Deniz'e seslendi. "Can sana bir şey diyor!"

Can'ın bir şey falan dediği yoktu, özellikle de Deniz'e ama Duru, Can Manay'ın bakışını yakalaması için bir fırsat vermek istedi Deniz'e. Deniz'se kafasını kâğıtlardan kaldırmadan dalgın dalgın, "Hımm? Ne?.." diye sordu. Can, Duru'nun girişiminin sonuç vermediğini görünce o kadar eğlendi ki bakışlarını hiç Duru'dan ayırmadan güldü. Duru, "Deniz sushi yemez!" dedi çıkışarak. Can Manay dudaklarındaki kıvrık gülümsemeyi belirginleştirerek, "Başının çaresine baksın o zaman. Ben sadece bizi düşünürüm," dedi. Duru Can'ın söylediklerini Deniz'in duyup duymadığına baktı. Deniz dinlemiyordu bile ya da daha kötüsü duymuştu da umursamıyordu. Deniz bir şey hatırlamış gibi fırlayıp aşağı indiğinde Duru, Deniz'i durdurmak için ona seslendi ama Deniz eliyle bir dakika işareti yapıp Duru'yu geçti. Resmen yalnız bırakmıştı onları!

Can oturduğu yerde bacak bacak üstüne atarken, "Baş başayız," dedi. Duru, Deniz'in aşağıya indiğinden emin olduktan sonra içinde karmaşaya yol açan tüm duyguları toparlayıp hiddete çevirerek döndü Can Manay'a ve konuştu. "Bana bak Can Manay! Bu yapmaya çalıştığın şeyin ne kadar çirkin olduğunu ve belki senin için oyun olan bu saçma hareketlerin bir sürü insana zarar verebileceğini anla! Biz senin dünyana ait değiliz! Ahlaklıyız! Olduğumuz gibiyiz. Öyle tuvaletlerde, kapı arkalarında istediğinde elde edeceğin, istemediğinde göndereceğin kişiler değiliz! Bu oynadığın oyunu bırak yoksa ben Deniz'le konuşucam!" dedi. Konuşması biter bitmez dönüp salondan çıkmak üzereydi ki Can, Duru'yu omurgasından yakalayan bir ses tonuyla seslendi ona, "Duru," diye. Duru kendisine seslenildiğini duyduğu halde yürüyüp çıktı salondan ve Can ikinci kere, "Duru" diye seslendiğinde mutfağa girmişti bile. Yerlerin cam içinde olduğunu hatırlar hatırlamaz attığı adımı geri çekti ama çoktan camlara basmıştı. Ayağı acıdığı halde hiç ayağına bakmadı, Can'ın bir kez daha seslenmesini bekledi ve her an peşinden gelebileceğini düşünerek tetikte durdu. Can ne geldi ne de bir daha seslendi. Duru içindeki meraklı öfkeye yenik düşerek yeniden döndü salona. Can Manay oturduğu koltukta doğrulmuş, dirseklerini dizlerinin üstüne koymuş ve kafasını ellerinin arasına almış, avuçlarıyla saçlarını ovuşturuyordu yavaşça. Sıkıntılıydı. Duru, Can Manay'ı eğlenirken bulacağına emindi salona girerken, şimdi bu düşünceli görüntüsü iyice kafasını karıştırdı. İçinde bir yerlerde bu adama bulaşmayıp yukarı çıkması gerektiğini biliyordu ama çözemediği bu adam şimdi iyice garip davranıyordu, Duru gidemiyordu. Ne söyleyeceğini bilemedi ve aklına gelen ilk şeyi söyledi, "Efendim?"

Can, Duru'nun salonun girişinde dikildiğini görünce hemen doğruldu, suratında acı vardı. Duru'nun bu ifadeye olan şaşkınlığı Can'ı içten içe rahatlatsa da, ifadesini korumak konusunda ekstra özen göstererek ve bu anın Duru'yla arasında olma olasılığı olan her şey için son şansı olduğunu düşünüp iyice sıkılarak konuştu.

"Kendimi nasıl kontrol etmeye çalıştığımı... nasıl kaçmak istediğimi, kafamdan silmek için neler yaptığımı bilmiyorsun. Neden bu evi aldım sanıyorsun, neden burdayım?! Oyun mu?!" deyip ayağa kalktı ve Duru'ya bir adım uzaklıkta durup karşısında dikilerek, "Savaş demeliydin! Her gözümü açtığımda devam eden, gözümü kapamamı imkânsızlaştıran korkunç bir savaş! Anlamadığını biliyorum, kafanın çok karıştığını da... Ama gerçek bu kadar basit. Sensizliği yenmek için burdayım, hayatım pahasına..." dedi. Sustuğunda Duru'nun gözleri alev alevdi. Duru geriye bir adım attığında Can içindeki son umutla ona doğru bir adım atıp, "Sen ve ben, biz... Sadece bi kere oluruz. Seni böyle hissettiren, bana da tüm bunları yaptırabilen bir kişi daha olmayacak. Sen bunu anlayacaksan ben tüm dünyayla savaşmaya hazırım. Senden başka korktuğum kimse yok. Bir tek sen, sen varsın ve ben. Başka hiçbir şeyin önemi yok," dedi ve hızla Duru'nun yanından geçip evden çıkıp gitti.

Deniz elinde daha çok kâğıtla yukarı çıktığında, Duru salonun ortasında dikiliyordu. Can Manay'ın olmadığını fark eden Deniz, "Can nerde?" diye sorduğunda Duru bakışlarını daldığı yerden almadan otomatik olarak mırıldandı. "Gitmesi gerekti... Acil işi çıkmış galiba."

Tam o sırada Deniz, Duru'nun kanayan ayağını fark etti. Ayağının altından akan kan, bastığı yerde bir adım izi oluşturmuştu. Deniz elindeki kâğıtları koltuğa atıp Duru'nun ayağını kaldırdı, cam kırıklarına basması ve ayağının altındaki cam parçalarıyla ilgili söylenip durdu. Duru dalgın, aldırmadı. Kendini koltuğa bırakıp ayağını Deniz'e teslim ederken, Deniz'in konuşmaları fonda bir uğultuya dönüşmüştü çoktan. Biraz önce yaşadığı gerçekliği deneyimlemeye devam etmek istiyordu. O gerçeklikte sadece Duru'ya yer vardı, Deniz'in varlığı oraya fazlaydı. Duru yalnız olmak istedi ama ayağıyla aşırı ilgilenen Deniz'e baktı, kendisiyle bu kadar ilgili olan biri nasıl olur da böyle bir şeyi fark etmezdi, nasıl olur da Duru'nun Can'a olan ilgisini hissetmezdi? Yine kafasında Can'ın konuşmasına dalarken Deniz'i unutmak istedi, daldığı yerde bir tek kendisine yer vardı ve belki birazcık da Can Manay'a, sadece birkaç anlığına.

- 94 -

Can'ın kalbi göğüs kafesinden çıkacak gibiydi, evden çıkıp yürümeye devam ettikçe hem inanamıyordu söylediklerine hem de daha fazla içinde tutmanın imkânsız olduğunu düşünüyordu. Duru nasıldı acaba? O güzel yüzünün ifadesi, gözleri aklından gitmiyordu. İçinden geldiği gibi tüm samimiyetiyle konuşmuştu. Duru'nun kendisini anlamasını istiyordu. Bu hissettikleri tek taraflı olamazdı, bu kadar yoğun duygular sadece kendi bedeninde var olmazdı! Daha önce bir kez hissedebildiği böyle güçlü duyguyu canlandırabilen biri bu duygudan bağımsız olamazdı.

Evine girdiğinde içini pişmanlık kapladı. Söylediklerinden ya da olanlardan dolayı değil, Duru'nun olduğu bir ortamdan uzaklaşmayı kendisi seçtiği için. Konuşmamış olsa, bu geceyi Duru'nun yanında, onun varlığının tadını çıkararak geçirebilirdi. Nasıl da kafa tutmuştu kendisine. Düşüncesi bile Can'ın suratında gülümseme yaratmaya yetiyordu. Düşünceleri çalan telefonun titreşimiyle dağıldı, arayanın Deniz olduğunu görünce kalbi yine hızlandı. Ya hesap sormak için ya da ne? Deniz ne için arayabilirdi ki? Duru anlatmış olmalıydı.

Hiçbir şeyin bir önemi yoktu, Deniz'in bilmesi işleri biraz zorlaştırırdı, aslında bayağı zorlaştırırdı ama Can vazgeçmeyecekti. Soğukkanlılıkla telefonu açtı, konuşmadan Deniz'in konuşmasını bekledi. Deniz "alo" dediğinde Can net bir sınır koyan ses tonuyla, "Efendim?" diye cevapladı. Kavgaya hazırdı. Deniz bir an duraksadıktan sonra, "Müsait değilsen sonra konuşalım," dedi. Can durdu, Deniz'in sonra konuşmakla neyi kast ettiğini bilmiyordu ve sesi saldırgan değildi. Can, "Müsaidim," dedi. Deniz, Can'ın sesindeki tuhaflıktan inanmamıştı müsait olduğuna, "Yok abi, sen müsait olunca ara konuşalım. Yardım edebileceğim bir durum olursa haber ver," dedi samimiyetle. Can'ın sesindeki soğukluk hemen gitti, "Ben seni arıycam, sağ ol," dedi samimiyetle ve telefonu kapattılar. Duru anlatmamıştı... Duru, olanları Deniz'e anlatmamıştı!..

- 95 -

Çöp toplama işi sıradan başladı. Aynı güzergâhta, aynı istikamete doğru ilerledi Göksel, aynı çöplere uğrayarak. Kimse onun bölgesine bulaşmıyordu artık, birkaç kişiyle aynı anda yaşadığı tartışmadan ve konuya net bir şekilde açıklık getiren gövde gösterisinden sonra kimseyle karşılaşmadı bir daha.

Ada'nın evine birkaç kilometre kalmıştı ki çektiği yüke rağmen koşmamak için zor tuttu kendini. Adımlarını kontrol altına almak iyice ağırlaşmış el arabasını çekmekten daha zor geliyordu. Ada'nın evi köşeden gözüktüğünde iyice yavaşladı ve sıradaki üç çöp konteynırını geçip Ada'nın evine varmadan bir önceki konteynırdan birkaç parça aldı. Evin ışıklarından sadece bir tanesi yanıyordu. Yoldan araba geçtikçe eve odaklanmış donuk bakışlarını öne eğmeye özen gösteren Göksel, yavaşça evin karşı kaldırımında duran konteynıra yürüdü. Önce konteynırı karıştırdı ama tüm dikkati evdeydi ve etrafta kimsenin olmadığına karar verince el arabasını kaldırıma çıkarıp çöpün arkasına aldı ve kaldırımın kenarına oturup elindeki eldivenleri çıkardı, düzgün bir şekilde kaldırıma koydu. Cebinden çıkardığı steril losyonuyla ellerini iyice ovuşturdu ve bir enstrüman sesi duyabilmek umuduyla ışığı yanan odaya baktı ama uzaklarda çalan bir alarmdan ve arada havlayan sokak köpeklerinden başka ses yoktu. Ada uyuyordu. Birkaç dakika öylece oturduktan sonra taksiyle evlerine gelen sarhoş bir çiftin dikkatini çekmemek için hemen kalkıp eldivenlerini giydi ve çift taksiden inip eve girene kadar çöpten birkaç parça şey ayıklayıp zaten dolu olan el arabasına tıktı. Artık gitmeye hazırdı. El arabasını kaldırımdan indirip ilerlemeden önce eve baktığında, evin şimdi tamamen karanlık olduğunu gördü. Artık gitmeye hazırdı, arabasını ittirmeye başlamıştı ki çok dikkatli dinlemek zorunda kalsa da duydu. Biri viyolonsel çalıyordu. Hayır, bu Ada değildi, kayıttan çalan bir müzikti. Ada'nın çaldıklarından daha farklı, daha kabullenmiş bir hali vardı bu müziğin. Kaldırımda öylece dinlemeye çalıştı. Arada geçen arabalar ve uzaktan gelen sokak köpeklerinin sesleri arasında, sonradan Samuel Barber adlı birine ait olduğunu öğreneceği *Adagio for String* adlı parçayı dinledi. O zaman pek anlamamıştı ama Ada ona bu parçanın kendisine Göksel'i hatırlattığını söylediğinde, bu parça hayatının en önemli anlamlarından biri haline gelecekti.

Göksel eve daha da fazla yaklaşmaması gerektiğini biliyordu, neyse ki müzik şimdi sanki daha net duyuluyordu, bu netliğe neyin neden olduğuna baktığında daha önce ışık olan odadaki pencerenin şimdi açık olduğunu gördü. Dikkatle dikti gözlerini. Çalan müziğin dalgalar halinde beyninde sinyaller uyandıran notaları sanki gözlerini kırpmasını engelliyordu ama aralanmış pencerede kimse yoktu. O pencere, o müzikle kazındı beynine. Nadiren gözlerini kırparak baktı pencereye müzik bitene kadar, kıpırdamadan izledi. Hissettiği şey korkuydu, uzaklaşabilse hemen giderdi ama ayakları sanki yere çivilenmişti. Henüz fark edilmemiş olabileceğini kendi içinde o kadar tekrarladı ki, gitmesinin fark yaratacağını düşünüp elindeki arabayı ittirmeye başladığında Ada'nın sesi, "Müzik bitmedi daha, beğenmedin mi?" diye yankılandı. Dönüp ilk baktığı yer pencere oldu ama kimse yoktu orda. Ada'yı duyduğuna emindi, gözleri evin diğer pencerelerinde Ada'yı aradı, kimse yoktu. Ada'nın gülüşüyle sokak kapısına kaydı gözleri ve ordaydı, kapının önündeki küçük basamağa oturmuş gülüyordu. Hissettiğine isim koyması imkânsızdı, daha önce hissetmediği bir duyguya ne derdi ki insan? Bu öfkeyle karışık utançtı. Hemen dönüp önündeki arabayı hızla ittirerek ilerledi yolda. Kafasındaki tüm düşünceleri silmek istiyordu, kahrolası müzik hâlâ içine akıyordu. Ne kadar da uzundu, hâlâ bitmemişti.

Ada kolunu tuttuğunda ilk tepkisi otomatik olarak kolunu savurmak oldu, çocukluğundan beri dans dışında dokunulmamıştı. Göksel'in bir hamlesiyle savruldu Ada, Göksel ne onu ittirmiş ne de dokunmuştu, sadece kolunu savurmuştu.

Ada'nın savrulması, vücudunun tüm hareketini durdurmuştu Göksel'in. Ada, "Neyin var senin!" diye homurdanırken Göksel bir asker gibi nerdeyse nefes almadan dondu öylece.

Ada sinirlenmişti ama Göksel'in donmuş vücudunu süzünce, karşısında savunmasız biri olduğunu gördü, hissettiği güç hemen doldu yine içine, dikleşti. Emreden bir sesle, "Gel," dedi. Arkasını dönüp eve doğru yürürken, "Arabayı bırak," diye ekledi. Göksel komut almış bir robot gibi Ada'yı takip ederken aralarındaki mesafeyi korumaya dikkat etti. Ada evin kapısını çekip elindeki anahtarları cebine koydu, sokakta ev boyunca ilerleyip köşeden dönerek evin arka tarafına geçtiklerinde Göksel'e dönüp, "Burdan atlayıp bahçeye geç, beni bekle," dedi ve Göksel'i orada bırakıp eve geri yürümeye başladı. "Eldivenleri de çıkar," diye ekledi.

Göksel Ada'nın gözden kaybolmasını bekleyip duvardan tek hamlede atladı. Bakımsız otlarla dolu ve ortasında eskiden küçük bir havuz olan ama şimdi büyük bir saksı olarak kullanılan bahçeye baktı. Bahçeye açılan kapının önünde her tarafa dolanmış bir üzüm sarmaşığı vardı. Göksel, bahçe kapısı açıldığında bir an içeriden başkasının çıkabileceği olasılığına karşılık duvara geri adım attı. İçerden Ada çıktı. Elinde küçük bir mp3 çalar ve kulaklık vardı. Göksel'e gelmesini işaret edene kadar Göksel duvarın dibinde bekledi. Ada'nın komutuyla çardağın altına gelen Göksel, yine Ada'nın komutuyla eski ahşap divana oturdu. Ada elindeki mp3 çalarla ilgilenirken bakışının fark edilmemesine dikkat ederek izledi Ada'yı. Beyaz pijamasının altındaki çıplak ayaklarına eski bir ayakkabıyı topuklarını çiğneyerek geçirmişti. Pijamasının üstünde de kocaman pembe bir polar vardı. İlk defa bu renkle görüyordu onu. Bu uçuk pembe renk ne kadar da yabancıydı Ada'nın kafasındaki imajına, küçük kızların sevdiği bir renkti bu, yaratma gücüyle hayatı değiştirme yeteneğine sahip birinde görmek ilginçti.

Bir çocuğun şaşkınlığı vardı Göksel'in suratında. Garip bir şekilde üzerindeki polara dikmişti gözlerini ama Ada önemsemedi. Kendini o kadar kontrolde ve güçlü hissediyordu ki, içindeki duyguya bir isim koyması gerekse 'sahip' derdi. Sahip gibi hissediyordu. Niye olduğunu bilmiyordu ama sahipti, orası kesindi. Kulaklığı Göksel'e takmadan önce açıklaması gerektiğini düşündü, aslında Göksel'e verebilir ve takmasını söyleyebilirdi ama kendisi yapmak istedi. Açıklama yapmadan Göksel'e yürüdü, yaklaştı, önünde durdu, kafası tamamen önüne eğilmiş Göksel'in kendisine bakmasını bekledi, Göksel bakmayınca kulaklığın sapıyla çenesini kaldırıp kulaklığı sakince kafasına taktı. Biraz yamuk olmuştu ama Göksel düzeltmek için hiçbir çaba sarf etmeyince Ada, "Düzeltsene," diye sabırsızca mırıldandı ve Göksel aceleyle kulaklığı tam yerleştirdi kulağına. Ada'ya baktığında, Ada kafasını tamam anlamında bir kez aşağı eğip eliyle mp3 çaların tuşuna bastı.

Biraz önce uzaktan dinlediği o dalgalı müzik şimdi beyninde yankılanıyordu. Ada karşısında dikilmiş beklerken, Göksel oturduğu yerde dinledi müziği. Müzik bittiğinde Ada dikkatle baktı Göksel'in suratına, bir yorum beklercesine. Ada'nın beklentisi o kadar aşikârdı ki Göksel, "Sen çalmışsın bu sefer," dedi sadece. Ada'nın beklediği yorum bu değildi, bu beklediğinden bile daha iyiydi. Göksel'in kendisinin çaldığını anlamasına şaşırarak, "Nasıl anladın?" diye sordu. Göksel omuzlarını silkti, nasıl anladığını bilmiyordu. Ada aklına o an gelen bir şeyi yapmak için elindeki mp3 çaları Göksel'in eline tutuşturup içeri fırladı. Divanın üzerinde kalakalan Göksel bakışlarını kapıdan ayırmadan Ada'nın gelmesini bekledi. Ada geldiğinde elinde üç girişli bir küçük kablo adaptörü ve bir kulaklık daha vardı. Ada, Göksel'in hâlâ kafasında olan kulaklığın kablosunu mp3 çalardan çıkarıp adaptöre bağladı, diğer kulaklığı da adaptörün diğer ucuna ve adaptörü de mp3 çalara taktı. Göksel'in kafasından kulaklığı çekip çıkardı ve ekipmanı eline alıp bahçenin ortasındaki büyük saksıya çıktı. Sırtını, bir zamanlar suyun akması için kullanılan ve şimdi yaprakla dolmuş kısma yaslayıp Göksel'in oturması için kenara kaydı. Göksel yerinden kalkmamıştı bile. Eliyle hızlı bir şekilde hadi anlamına gelen bir hareket yapana kadar da kalkmadı. Ada'nın emriyle yanına oturan Göksel, sorgulamadan kendisine verilen kulaklığı kafasına taktı. Ada elindeki mp3 çaları çalıştırmadan önce sağa eğilip Göksel'e hafif bir dirsek atarak parmağıyla gökyüzünü gösterdi, müziği başlattıktan sonra kendi kafasını yukarı kaldırıp dinledi.

Ada'nın kolu nerdeyse koluna değiyordu, teni değildi bu, üzerindeki kalın pembe polardı belki ama ona ait olan bir şeydi. Bu düşünce, kafasındaki düşüncelerin önündeyken, müzik yeniden akmaya başladığında bakmakta olduğu görüntüyü fark etti Göksel. Milyonlarca yıldız ve ters bir hilal şeklinde duran çok zayıf bir ay. İlk beş dakika evden birisinin çıkıp onları bu şekilde görmesi halinde ne yapması gerektiğini düşünmek zorunda kalsa da, müziğin öyle bir yeri vardı ki, o notalardan sonra beyin teslim oluyor, mantık kendini tamamen duygulara bırakıyor ve her türlü plan, endişe yerini ilham dolu bir hayale terk ediyordu. Göksel doğduğundan beri baktığı yıldızları ilk defa sevdi. İlk defa iyi ki var olduklarını düşündü. Daha önce sokakta yaşamak zorunda kaldığı yıllarda, açlıktan uyuyamadığında baktığı bu soğuk yıldızlar şimdi sıcak ve anlamlıydılar.

Müzik bittiğinde, Ada hemen kulaklığını çıkardı ve aniden zıplayarak indi saksıdan. Ekipmanı toplarken arkasını dönüp bahçe kapısına doğru ilerlemeye başladı ve girmeden bir an önce dönüp, "Yarın gece görüşürüz," diye fısıldadı. Göksel'e bir daha bakmadan kapıyı kapattı.

Samuel Barber'ın *Adagio for String*'i, o gece, herhalde ilk defa bir çiftin müziği olmuştu, onlar o zaman bunu henüz bilmeseler de.

3. BÖLÜM

- 1 -

2 hafta sonra Bilge...

Okulun bitmesine sadece birkaç gün kalmıştı. Bilge'nin keyfi yerindeydi çünkü Can Manay'ın ofisinde henüz hiçbir şanssızlık olmamıştı ve normal geçen bu iki hafta Bilge'nin hayatı için oldukça uzun bir süreydi. Günün güzelliğini düşünerek okulun bahçesine giren Bilge, hemen dikkatli olması gerektiğini hatırlattı kendine. Adımlarını sakinleştirip temkinli bir şekilde Murat'ın varlığını aradı gözleri. Neyse ki Murat yoktu. Okul binasına doğru ilerledi. Murat'la geçirdiği geceden sonra onu hiç görmemişti, daha doğrusu görmemek için çok dikkatli davranmıştı. Öncelikle kan lekesi olan minderi yıkamış, lekesi çıkmayınca kuru temizleyiciye götürmüş, yine leke çıkmayınca aynı kumaştan bulup kılıfı yenilemişti. Tüm bu işlemleri dört güne sığdırmak çok zor, yorucu ve pahalı olmuştu ama en sonunda minderi Murat'ın binasındaki güvenlik görevlilerine teslim edip onunla karşılaşma tehlikesine karşı koşarak uzaklaşmıştı binadan. Görmek istemiyordu Murat'ı ama en önemlisi onun kendisini görmesini hiç istemiyordu. Hayatındaki en heyecan verici ve güzel geceyi yaşamıştı onunla, o gecenin kafasında aynen hissettiği gibi kalması için ne gerekirse yapmaya hazırdı. Murat'la karşılaşırsa onun yapabileceği herhangi ters bir hareketin, tepkinin yaşadığı o güzel şeye gölge düşürmesinden tedirgindi. Yaşanmış ve bitmişti, hiçbir beklentisi yoktu, tek istediği şey kafasındaki anıyı gölge düşürmeden koruyabilmekti. Hayatı boyunca gerçekten sahip olduğu tek güzel anıydı bu, o kadar değerliydi ki, Bilge'nin uyumadan önce hayal ettiği 'aileyle sabah kahvaltısı' hayalinin yerini almıştı bile. Bilge, Murat'ın dudaklarının nasıl hissettirdiğini, içine girerken hissettiği huzurlu acıyı düşünerek uyuyordu artık.

Okul binası her zamanki gibi kalabalık değildi, sene sonu yaklaştıkça devam zorunlulukları kalkmış ve öğrenciler okulu huzurlu bir şekilde ekmenin tadını çıkarmaya başlamışlardı. Bilge, Can Manay'ın zarfını vermek üzere öğrenci işlerine gitmeliydi, sonrasında yine ofise dönüp beyaz odasında kitabını okuyarak ya da Zeynep Hanım'a yardım ederek geçirecekti gününü. Henüz bir kez bile karşılaşmamıştı Can Manay'la. Şükürler olsun ki! Zarfta ne olduğunu bilmiyordu, Zeynep Hanım söylememişti, zarfın ağzı da kapalıydı, zaten açık bile olsa açıp bakmaya kalkmazdı, kendi üzerine düşmeyen şeylere karışmamayı zor tarafından öğretmişti hayat ona. Öğrenci işlerine çıktı, Can Manay'ın öğrencileriyle ilgilenen memurun yanına gitti, Can Manay'ın adını telaffuz eder etmez herkes sanki hazır ola geçmişti, elindeki zarfı gururla teslim etti ve kendini güçlü bir şeylerin parçası gibi hissetmenin verdiği özgüvenle dimdik, kapıya doğru yürüdü. Huzurlu hissediyordu, ta ki tam kapıdan çıkarken Didem'le çarpışana kadar. Murat'ın sevgilisiydi Didem. Çarpışmayı önemsemeden yürümeye devam etmek istediyse de, Didem'in yapmacık ilgisi tutmuştu onu. Didem, "Aa sen de mi burdasın?" diyerek şaşkınca suratına bakınca, Bilge, "İyi günler," deyip aceleyle yoluna devam etti.

Neyse ki okula bir daha gelmesi gerekmeyecekti, hızla merdivenlere ilerlerken kendi adını duydu. Yüksek ve net bir sesle Murat, "Bilge!" diye seslenmişti. Yürümeyi bırakıp duyduğu sese kilitlendiğinde, kalbi göğsünü acıtırcasına çarpıyordu. Kalbinin ritmini kulaklarında hissetti, hemen gözlerini kapadı Bilge, duyduğu sesin gerçekliğine inanmak isteyerek bekledi. Murat'ın ikinci kere seslenmesini beklerken daha inanılmaz bir şey oldu, Murat'ın elini omzunda hissetti. Çırpınırcasına atan kalbi sanki bir an durdu, an dondu ve sonra kalbi biraz önce yaşadığı duraksamayı telafi edercesine daha da hızla ve güçlü atmaya başladı. Bilge kıpırdamak istiyordu ama vücudu kendisine itaat etmiyordu artık, Murat'a dönmek istiyordu ama sadece öylece durup kalakaldı.

Murat karşısına geçip gözlerinin içine dikkatle baktığında Bilge gözlerinde biriken yaşların akmaması için gözlerini kırpamadı. Ne oluyordu böyle? Neden ağlıyordu?

Murat, Bilge'yi gördüğüne sevinmişti. Narin vücudu, komik kemik gözlüklerinin arkasına saklanırcasına gizlediği kocaman, kahverengi, güzel gözleri, o gözlüklerin ağırlığını kaldırmakta zorlanan küçük burnuyla ne kadar da... neydi?.. Bu kız bir şey hissettiriyordu Murat'a ama ne? Bu dünyaya ait olmayacak saflıktaki, günah değmemiş kalbiyle resmen karşısında titriyordu Bilge. Geri kalan herkese karşı soğuk, tepkisiz olan bu kız, Murat'ın karşısında sanki Tanrısı'yla karşı karşıya duruyormuş gibiydi. Bekâretini almıştı bu kızın. Murat kendini üstün hissederek bir kere daha söyledi Bilge'nin adını, bu sefer ona sesini duyurmak için değil, kendi yarattığı etkiyi canlı bir şekilde Bilge'nin suratında seyretmek için mırıldanmıştı ismi. Bilge'nin gözlerinde parlayan ışık bir anda kayıp yanağından süzüldü. Murat diğer elini de Bilge'nin çıplak kolunun üzerine koydu yavaşça, kendini narin, ürkek bir hayvan üzerinde bir deneyde gibi hissediyordu. Bilge'nin yumuşak teni, kol tüyleri Murat'ın dokunuşuyla diken diken kabarmıştı hemen. Murat etkisinin gücüne şaşırırken Bilge'nin tüylerini okşayıp gülümsedi. "Nasılsın?" dedi. Bilge'nin ne cevap vermeye, ne gitmeye ne de kalmaya gücü vardı. Murat'ın varlığına kilitlenmiş, o anda kalmıştı. Didem'in, "Murat!" deyişi sanki çok uzaklardaki bir gerçeklikten sızıp gelen bir ses gibiydi, ta ki Didem onun yanına gelip koluna girene kadar. İşte o an gerçekliğe döndü Bilge ve Murat'ın eli kolundan çekilir çekilmez sanki üzerinden bir büyü kalkmış gibi silkelenip kendine geldi, gözlerini saklamak için kafasını öne eğip, "İyi günler," diyerek hemen Murat'ı geçip gitti. Adımları hızlı ama aceleciliğini kamufle edecek sakinlikteydi.

Okulun merdivenleri uzun, bahçenin yolu bitmek bilmez geldi Bilge'ye. Arkasına bakmadan, nerdeyse nefes almadan hızla yürüdü, yürüdü, yürüdü. Nerde olduğunun farkındalığında kendine geldiğinde otobüs durağını çoktan geçtiğini ve otobana uzanan yola girmek üzere olduğunu anladı ama yürümeye devam etti, durursa kalbi de durabilir gibi geliyordu. Sanki adımlarıydı kalbine kan pompalayan. Otobandan önceki son durağa geldiğinde kendini ancak zorladı durakta durmak için, buradan devam ederse, otobanda yürümenin ne kadar rahatsız edici olacağını biliyordu. Otobüsün gelmesi birkaç dakika sürdü. Karşısına çıkan insanlara bakmamaya özen göstererek kafası önünde bindi otobüse, arkaya yürüdü, köşeye sığındı ve ancak evin durağına yaklaştığında Can Manay'ın ofisine gitmesi gerektiği geldi aklına. Kendini her zamankinden daha da aptal hissederek otobüsten inip ofise gitmek üzere başka bir otobüse bindi aceleyle.

Ofise vardığında kimse ona neden geç kaldığını sormadı, kendisi açıklama yapmak üzere Zeynep Hanım'ın yanına çıkmıştı ama Zeynep Hanım onu görür görmez Can Manay'ın kendisini görmek istediğini söyleyip Bilge'yi Can Manay'ın ofisine yönlendirdi.

İki haftalık durgunluğun ardından fırtınanın geldiğini düşünerek Can Manay'ın ofisine yürüdü Bilge. Kendi lanetlenmişliğinden ne olursa olsun bir kaçış olmayacağını düşünürken aklına Murat'ın yumuşak ellerinin kolunda bıraktığı his geldi. Olsun diye düşündü, Murat'la olan anısı hâlâ korumadaydı, ne olursa olsundu. Kendini, kaybedecek hiçbir şeyi olmayacak kadar fakir ama Murat'la yaşadığı geceye sahip olduğu için, her şeyden daha değerli bir şeye sahip biri gibi hissederek çaldı Can Manay'ın kapısını.

CM kitapçığında yazdığı gibi, ses gelmemesine rağmen kapıyı iki kere çalıp beş saniye bekledikten sonra içeri girdi. Kapının önünde kendisine komut verilmesini bekledi ama odada kimse yoktu. Odanın tamamen boş olduğunu anladıktan sonra geri çıkmak üzere kapıya yöneldi ama odanın sağ cephesindeki yarı açık bir başka kapıdan gelen konuşma sesleri dikkatini çekti. Kitapçıkta böyle bir durumla ilgili ne yapılması gerektiği yazmıyordu. Yazmış olsa ne kadar garip olabileceğini düşünüp kendi kendine güldü. Can Manay kendisini görmek istediyse, onu bulmasının doğru olduğuna karar verdi, aralık olan kapıya doğru ilerledi ve kapıdan kafasını uzattığında, işte Can Manay oradaydı. Kendi özel toplantı odasında, yanında üç adamla birlikte, toplantı masasının üstündeki tuhaf bir binanın maketine bakıyorlardı. Adamlardan ikisini daha önce görmüştü aslında, mimar olduklarını biliyordu ama uzun boylu olanı ilk defa görüyordu. Kısaca adamlara ve masanın üzerindeki makete dikkatle baktıktan sonra, incelemesinin Can Manay tarafından rahatsız edici olarak algılanmamasını garantilemek için kafasını öne eğdi, cezalı bir çocuk gibi göründüğünü düşünerek ve ne tarafa bakması gerektiğini bilmeyerek kapıda öylece durdu.

Can Manay sakin, masanın en başında dururken, uzun boylu adam hararetli bir şekilde iki mimarla tartışıyordu. Elindeki kâğıtları sallayarak metalik görünümün binanın ruhuna tamamen aykırı olduğunu, merkezden uzaklaştıklarını, organik materyaller dışında hiçbir şeyin ihtiyaçlarını karşılamayacağını söyleyip kâğıtları masanın üstüne attı. Kâğıtlar masaya saçılınca, Bilge masanın üstünde maketi bulunan binanın aynısının dış cephesi değişik şekillerde dizayn edilmiş hallerini gördü. En üstteki örnekte binanın dış cephesi aynalı camlarla kaplanmış ve parlama efektleri verilmişti, hemen altındaki örnekteyse dış cephe metal konstrüksüyonla şekillendirilmişti. Diğer örnekler üst üste durdukları için göremedi, zaten mimarlardan genç olanı kâğıtları toplamaya başlamıştı bile. Uzun boylu adam konuşurken mimarlar konuşmadan adamı dinlediler ama aslında gözleri Can Manay'daydı. Ortamdaki enerji garipti. Mimarlar Can Manay'a, Can Manay'sa bu uzun adama bakıyordu. Adamınsa kimseyi taktığı yoktu, binanın organik olmasını istiyordu, o kadar. Bilge burada ne işi olduğunu ya da olabileceğini düşünürken Can Manay, "Bilge gel buraya," diye bakışlarını adamdan ayırmadan seslendi. Bilge itaatkar hemen Can Manay'a yaklaştı, adını doğru söylemesi bile sanki iltifattı.

Can Manay adama, "Bilge özellikle bu projenin asistanlığını yapmak için burda," dedi ve Bilge'ye dönüp, "Deniz Bey, sanat projemizin fikir babası. Bundan sonra projeyle ilgili gerekli konularda seninle iletişime geçecek," diye açıkladı. Bilge tokalaşmak için elini uzatıp uzatmamak konusunda tereddüt etti, kendisini tokalaşılmak istenecek kadar değerli görmüyordu ama Deniz elini hemen uzatınca tokalaştılar. Bilge mimarlarla da kısaca tokalaştı. Bu kısa tanıştırılmadan sonra mimarlar ve Deniz tartışmaya devam ederken Bilge öylece durdu. Buraya psikoloji konusunda eğitim almaya gelmişti, mimari değil. Mimariden hiç anlamazdı ve asistanlık hayatının bu konu üzerine sapması ciddi adaletsizlikti. Can Manay, "Gidebilirsin," diyene kadar Bilge öylece dikildi orada. Gitmek için kapıya yöneldiğinde herkese iyi günler diledi ama kimse duymamıştı onu, hâlâ binanın organik olup olmaması üzerine tartışıyorlardı. Bilge odadan çıktı.

Can mimarların daha fazla konuşmasına fırsat vermeden, "Konu gereğinden fazla uzadı. Olmamış bunlar. Deniz haklı, daha organik bir görünüm bekliyoruz. Yarın yeni çizimleri görelim," dediğinde Deniz, "Yarına kadar yetiştirebilirler mi?" diye sordu. Can mimarların cevap vermesine fırsat vermeden, "Yetiştirebilecekleri için buradalar," diye çıkıştı ve toplantı odasından kendi odasına geçti.

Bu iş gereğinden fazla zamanını almaya başlamıştı ve en kötü tarafı da Duru'yu hâlâ göremiyor olmasıydı, iki haftadır eser yoktu ondan. Onu görmek içindi her şey, harcadığı tüm bu zaman, para, başına sardığı tüm bu mimarlar... Kendi tuzağına düşmüş bir avcı gibi hissetmeye başlamıştı, Deniz'in fikrinin gerçekten güzel olmasına, hatta ilham verici bir sürü yanı olmasına rağmen, Duru'suz her şey anlamsızdı. Her toplantıya Duru da gelecek diye heyecanla hazırlanıyor ve sonra onun yokluğuyla kendini perişan hissediyordu. Sadece toplantılar değil, toplantı sonrası düzenlediği yemeklerde de Deniz'le yalnız sıkışıp kalmıştı. Duru resmen saklanıyordu, daha doğrusu kaçıyordu. Deniz kendini projeye vermiş, artık joint bile içmiyordu, her zaman kafası ayıktı. Kahrolsun diye düşündü Can. Hayatında Deniz'den daha tutkulu kimseyi tanımadığına karar verdiğinde bu savaştan vazgeçmek için çok geçti, çünkü Duru tüm hücrelerine işlemiş bir enerji gibiydi, onsuzluk devam edilemezdi. Eti'yle konuşmak istedi, onun rahatlığına, aklına her zamankinden çok ihtiyacı vardı ama artık onu da arayamazdı. Ne diyebilirdi ki, onun dediğinin tam tersini yaparken... Kendini suçlu hissediyordu. Acele ettiği için, Duru'nun üstüne fazla gittiği için suçluydu. Projeyi tamamen başından atamıyordu, çünkü Deniz'le bağlantısının kaybolmasını istemiyordu. Deniz, Duru'ya açılan incecik ve tuzaklarla dolu bir köprü gibiydi. Ama artık Duru'yu göremeyecekse zamanını bu saçmalığa daha fazla ayıramazdı, işte bu noktada Bilge'yi dahil etmek iyi bir fikirdi. Kız zaten hiçbir işe yaramıyordu, bari Deniz'in kendini ciddiye alınır hissetmesi için toplantılara Can Manay'ın yerine girebilirdi. Bu Deniz'i bir süre daha oyalamaya yeterdi. Toplantıların uzaması için mimarların kafasını karıştırmak zorunda kalmıştı, onlara sürekli Deniz'in itiraz edeceği şeyler yapmalarını söylüyordu. Deniz'in kendini defalarca anlatmaya çalışması da aslında eğlenceliydi. Zeki bir adamdı, ne istediğini biliyordu, Duru olmasa bu proje aslında nerdeyse ciddiye alınır bir fikirdi. Ama Duru'yla bir gelecek planlıyordu Can. Böyle bir projeye başlaması, sonrasında Deniz'le uğraşmak zorunda kalmasına neden olabilirdi.

Mimarlara ödediği para başkasına çok gelse de Can Manay için önemsizdi ve Duru'yla planları yolunda giderse hazırlanan projeyi tamamıyla Deniz'e bırakmaya da karar vermişti. Duru'ya karşılık küçük bir hediye, kârlı bir değiş tokuş gibi.

Can kapıya doğru ilerleyip elini sırayla mimarlara uzattı, tokalaşıp onları uğurladı. Tokalaşma sırası Deniz'e gelince Can elini indirdi, mimarların çıkışını bekleyip kendi masasına doğru ilerlerken, "Dur biraz kritik yapalım, ben de birazdan çıkıcam eve birlikte döneriz," dedi. Bu gece Duru'yu görebileceği bir fırsat yaratmaya çalışacaktı. Daha önceki planların hiçbirine katılmamıştı Duru, hatta Can çat kapı Deniz'le eve gittiğinde bile Duru güya yukarda uyuyordu, yorgundu ve yemeğe katılmaya hali yoktu. Kendisine böylesine kesin bir ambargo koymasına rağmen Deniz'le bu kadar zaman geçirmesine müdahale etmemişti Duru. Ne Deniz'e olanları anlatmış ne de Can'la bir daha yüzleşmişti, hâlâ bir umut vardı. Ne olmuşsa, olursa ya da olacaksa olsun, Duru'ya kavuşmak için hep bir umut olacağını biliyordu Can, yaşadığı sürece.

Oturduklarında Deniz heyecanla konuyu sanat merkezinin yapılması için gezdikleri arazilere getirdi, hangi bölgenin daha verimli olduğunu konuştular. Dört bölge arasından iki bölgeye indirmişlerdi seçenekleri ve yarın belki dördüncü defa gidip arazileri yine kontrol edeceklerdi. Günün değişik saatlerinde gitmeye özen göstermişlerdi. Deniz en iyi seçimi yapmak için, Can'sa Duru'nun gelebilme ihtimaline karşılık gitmişti arazilere. Arazinin değişik saatlerdeki analizini yapması için görevlendirdikleri birinin oluşturduğu raporu açtı Can, değişik saatlerde değişik açılardan çekilmiş bir sürü fotoğraf, rüzgâr raporları... Kalabalık bir dosyaydı ve Deniz'le Can iki haftadır her gün defalarca inceleyip konuşmuşlardı üzerine. Duru'nun geleceğini bilse Can hemen alırdı araziyi, sadece onu görebilmek için asla kullanmayı düşünmediği bir arazi satın alması çok olasıydı. Duru her şeye değerdi.

- 2 -

2 hafta sonra Özge...

Bitkinlik, hayal kırıklığı ve tavuk çorbası... Sinüslerinde yayılan iltihabın etkisiyle kızaran gözleri, derginin ilk sayısının satışının Özge üzerinde yarattığı yenilgiyi anlatıyordu. Dergiyi dağıtma telaşı biter bitmez, dağıttığı derginin tamamı satılsa dahi, tirajın 1200 taneyi geçemeyeceği gerçeği çöktü Özge'nin üstüne. Daha dikkatli davranmalıydı. Dergiyi bulduğu konteynırın yanından topladığı bira şişesi ve izmaritleri koyduğu kutuya baktı. Kapının girişinde, yerde öylece duruyordu. N'apacaktı ki bu çöplerle? Polise verse bir şey çıkmayacağı kesindi. Bu ülkede 10 kişinin önünde öldürülen adamların bilinen katilleri, delil yetersizliğinden serbesttiler, çalınan bir dergi için polisin zaten kullanmadığı kaynaklarını kullanıp hırsızların peşine düşmeyeceği kesindi. Öksürürken ciğerlerinin kuruluğu acıttı canını, sadece hastalık değil, başarısız olmanın verdiği yıkım vardı o yeşil gözlerde. İçtiği tavuk çorbasından hiç tat alamayınca, daha keskin bir şey yemek için yakındaki Japon restoranından sushi sipariş etmişti. Gribin etkileriyle duyuları körelmişti, tadı ve kokusu keskin olan bir şey yiyip yaşadığını hatırlatmalıydı. Siparişi verirken çok uzun süre böylesine pahalı bir yemek siparişi veremeyeceği gerçeğini düşündü, dergi daha ilk sayısında patlamıştı ve kimse onu işe almıyordu. Haberlere konu olmayı bırak, maliyetini karşılayacak kadar bile satılmamıştı. Kayboluşunun büyük bir etkisi olmuştu bu yenilgide ama sonrasında bulunan sayılar en azından satışı sağlayabilirdi. Durum şaşırtıcıydı ama olan olmuştu, dergileri bulmak için öyle uğraşmıştı ki, durumun nedenlerini araştırmak için, ne enerjisi ne de motivasyonu kalmıştı Özge'nin. İki saattir derginin Ömer tarafından internete yüklenmiş taslağına bakıp duruyordu, amatörce yapılmış bu siteyi kim okur ki diye düşünürken canı iyice sıkıldı ve bilgisayarının kapağını sinirle indirip kalktı.

Ekipten geriye bir tek Ömer kalmıştı. Özge bu çocuktaki motivasyonun ona olan borcunu alma umudundan mı, yoksa dergiye olan inancından mı geldiğini düşündüğünde kendini iyice zavallı hissetti, zavallı bir romantik gibi var olmayan duygulara, var olmayan manalar yüklemeye çalıştığını düşündü. Tabii ki borcunu alabilme umudundan kalmış olduğuna karar verdi. Bu ülkede Tanrı'dan başka hiçbir şeye ama hiçbir şeye nerdeyse inanç kalmamıştı, kendilerine inanmayan insanlar sürüsü Tanrı'nın peşinde ona sözde inançlarını sunuyorlardı, sanki böyle bir sürünün inancının değeri varmış gibi!

Aklına Can Manay geldiğinde, kalkışı yüzünden dönen başını sakinleştirmeye çalışıyordu. Ondan ne kadar da nefret ettiğini düşündü. Bu durumda olmasının nedeniydi bu adam. İnsanın hakkını yiyen birine haddini bildirememesi kadar acıtan bir duygu yok diye karar verdi. Anlıyordu eline tüfek alıp patronlarını, banka müdürlerini falan vuran adamları. Dışarıdan delilik olarak görülebilen şeyler, içine girildiğinde hak verilen durumlar haline gelebiliyordu bu hayatta. Sadece bakış açınızı değiştirmeniz yeterliydi. Yenilginin ağırlığı altında ezildiğini hissederek banyoya doğru giderken, bir gün bu Can Manay denilen vicdansız pisliğin ipini çekmekle ilgili tuhaf bir umudu olduğunu hissetti. İçindeki kararlılık Don Kişot'unkine benzeyen bir şey olsa da, şimdilik hâlâ umut vericiydi.

Siparişi gelene kadar sıcak duşun altına girdi. Sadık'ı bir daha görmeyeceğini düşündü, yeterince salak durumuna düşürmüştü kendini ve bir daha görüşmeseler iyi olacak diye karar verdi. Duşun altında kafasından akan suların uğultulu sesini dinlerken yok olmak istiyordu.

Ateş düşürücü ilaçlar işe yaramıştı, ateşi hafiflemişti ama yaklaşık yarım saat üstünden akıttığı sıcak su Özge'nin vücut sıcaklığını tekrar yükseltmeye yetti. Banyodan çıktığında havluyla kısaca kurulandı, eline aldığı bornozu giymeden çıplak bir şekilde banyodan çıktı. Koridorda kendi odasına doğru yürürken önünden geçtiği aynada üzerinden çıkan buharlara, sıcak suyun ve ateşinin etkisiyle iyice kızarmış suratına baktı. Islak saçlarından damlayan sular önce omuzlarına, oradan da kayıp göğüslerinin arasından, kenarından ince bir iz bırakarak vücuduna akıyordu. Vücudu o kadar sıcaktı ki, suyun bıraktığı ince iz anında buharlaşıp yok oluyordu. Özge bir tane daha ateş düşürücü almaya karar verdi. Ama önce hemen bir şeyler yemeliydi yoksa ilaçları hazmetmesi imkânsızdı, kusacaktı. Çıplak bir şekilde salona gitti, tabakta yarım bıraktığı çorbaya bir parça ekmek bandırarak ağzına attı. Hiçbir tat almıyordu, görevini yerine getiren bir asker gibi ikinci ekmek parçasını da çorbayla ıslattı ve ağzına tıktı. Kapı çaldığında ağzında hâlâ yutmaya çalıştığı lokmayla çırılçıplak salonun ortasındaydı. Yatak odasına fırlayıp üzerine hızla bir atlet ve pamuklu kocaman bir anneanne külotu geçirebilmişti. Koridorda kapıya doğru ilerlerken aceleyle pijamasının altını geçirip kapıya vardı. Gelen yemeğiydi. Kapıyı dikkatlice aralayıp vücudunu kapının ardına gizleyerek paketi aldı, sutyensiz göğüsleri askılı atletin içinde kurye için fazlasıyla dikkat çekici olabilirdi. Kafasını uzatıp yemeğin ücretini sordu, kapının yanındaki ayakkabılığın üstünden parayı alıp, vücudunun kapının arkasında kamufle olmasına dikkat ederek parayı uzattı, paranın üstünü beklerken kapıyı çok az aralık bıraktı ve elindeki yemeği hemen sehpanın üstüne koydu. Parasının üstünü almak için geri döndüğünde kapıdan sadece elini uzattı, üstünü alırken eliyle kuryenin beklemesi için bir işaret yaptı, kapının arkasındaki yerine geçip elindeki paradan bahşiş için ayırdı ve elini kapının aralığından uzatırken, "Buyrun," dedi.

Bir anda elini buz gibi bir el kavradı. Sıçrayıp başını kapının aralığından uzattığındaysa, karşısında Özge'nin küçük elini kendi iri elinin içine almış Sadık'ı gördü. Sadık, paranın Özge'nin avucunda hapsolmasına neden olacak şekilde Özge'nin parmaklarını kıvırmıştı. Özge hem Sadık'ın varlığına, hem de Sadık'ın suratındaki sempatik ifadenin nedenine şaşkınlıkla bakakalmıştı. Dergi daha ilk sayısında batmıştı ve suratındaki ifade, parasını batıran birine yöneltilmiş bir ifadeden çok, bir dosta hitap eden sıcaklıktaydı ya da Özge'nin gülünç kırmızı suratına ve ıslak dağınık saçlarına. Kafasındaki düşünceler arasından sıyrılır sıyrılmaz elini çekti Özge, elini çekmesi ve Sadık'ın, "Konuşmamız lazım," diye mırıldanması aynı anda olmuş gibiydi. Özge, Sadık'ın gerisinde bahşiş bekleyen bir kurye var mı diye kontrol ederken kapının kendisine açılmasını bekleyen Sadık, sağ omzuyla kapının çerçevesine dayanıp, "Hallettim ben," diye açıkladı. Apartmanda Sadık'tan başka kimsenin olmadığına kanaat getiren Özge istemdışı çattığı kaşlarını düzeltmeye çalışarak kapıyı Sadık'ın girebileceği kadar araladı. Ancak Sadık içeri girdiğinde, kapıyı kapatması gerektiği an, biraz önce kuryeden niye saklandığı geldi aklına. Göğüslerini kamufle etmek için kollarını göğüslerinin üstünde bağlayarak, "Geçin siz, hemen geliyorum," diyerek Sadık'a salonu gösterdi ve kendisi de hemen içeri girip üzerine o an eline geçen ve ateş içindeki vücudu için fazlasıyla kalın olabilecek önden bağlamalı bir ceket geçirdi.

Sadık, sokak kapısında Özge'nin kendisini içeri almasını beklerken, kızın yeşil gözlerindeki şaşkınlığın ne kadar dürüst olduğunu görüp uzun süredir yaşamadığı ve kendisini acemi hissettiren bir duygu hissetti. Kızın belki de kendisini içeri almayacağını düşünmek bile heyecan vericiydi. Saçları ıslaktı ve elleri de aşırı sıcak. Banyodan yeni çıktığı kesindi ama burnunun etrafındaki kızarıklık ve ses tonundaki tıkanıklık grip olduğunu gösteriyordu. Yıllar boyunca etrafındaki herkesin mikrobundan korunmak için sıkı önlemler almış titiz bir adam olarak, Özge kendisini içeri almak için kapıyı araladığında tereddüt etmeden içeri girdi. Hasta olmaktan nefret ederdi Sadık. Özge kapıyı kapatırken altındaki pijamadan belli belirsiz fark edilen kalçalarına ve üstündeki atletin altında var olmadığına emin olduğu sutyensiz sırtına, pürüzsüz bronz tenine bir an istemdışı baktıysa da, hemen kafasını salona çevirip bir eve ilk defa giren her normal misafir gibi davranmaya karar verdi ve evi inceledi. Özge, göğüslerini kamufle etmek için kollarını birleştirip aceleyle koridora dalarken, Sadık kendi üzerinden yükselen cinsel enerjinin dinmesini bekleyerek Özge'nin ardından bakmamaya çalıştı.

Ev çok sade bir şekilde dizayn edilmişti, etrafta işlevsel olmayan bir tek obje dahi yoktu. Ne bir resim çerçevesi ne de biblo ya da koltuğun üstünde minderler falan... Her şey beyazdı. Sapsade, tertemiz bir evdi bu, aynı Özge gibi diye düşündü Sadık.

Özge üzerinde yün bir ceket, elinde telefonuyla hızla geri döndü salona. Ne göğüslerden ne de alttaki ince pijamanın vücudunu gösteren detaylarından eser kalmamıştı artık. Sadece ateşten kızarmış bir surat, dipleri kurumaya başlamış ıslak saçlar, kocaman yemyeşil gözler ve bu kışlık kıyafetin altında fazlasıyla çıplak duran ayaklar... Özge'nin ateşinin olduğu kesindi ama Sadık, Özge'nin hastalığını bahane ederek kendisini evden göndermesini riske atmamak için hiç sormadı. Özge koltuğu gösterdi, Sadık oturdu.

Uzun bacaklarıyla beyaz kanepede bir çekirge misali oturan Sadık komik görünüyordu. Özge hemen konuya girmenin en doğru şey olacağına karar verip, "Buyrun?" diye sordu. Sadık sanki bulunduğu ev kendi eviymiş rahatlığında, "Oturmaz mısın?" diyerek çaprazındaki tekli koltuğu gösterdi.

Özge oraya oturmadı. Burası Özge'nin eviydi ve hem parasını hem de cazibesini kullanarak etrafını istediği gibi yönetmeye alışmış bu serseri karar vermeyecekti nereye oturması gerektiğine! Özge suratındaki inatçı ifadeyi kamufle ederek Sadık'ın gösterdiği koltuğun tam karşısındaki ikili koltuğa oturdu. Durum biraz garip olmuştu çünkü Özge'nin oturduğu yer Sadık'ın oturduğu yere epey tersti ve bu mesafeden konuşmaları tuhaf olurdu. Sadık, suratında bir çocuğun kaprisini yerine getirmekten memnun birinin tebessümüyle üçlü koltukta oturduğu köşeden kalkıp Özge'ye yakın olan diğer köşeye oturdu. Şimdi birbirlerine çapraz şekilde konumlanmışlardı. Poposunun ucunda, sanki her an fırlayıp kalkacakmış gibi oturan Özge'nin aksine, Sadık koltuğa iyice yerleşmiş ve hatta biraz kaykılmıştı bile. Ben de onun kadar zengin olsam bu kadar rahat olurdum belki diye düşündü ama hemen düşüncesini düzeltti, zenginlik değildi Sadık'a bu rahatlığı veren cazibesiydi. Sadık oturduğu yeni köşeden eve bakarken Özge bakışlarını Sadık'a dikmişti ve hiç konuşmadan öylece durdular, ta ki Sadık, "Yalnız mı yaşıyorsun?" diyene kadar.

Özge normalde bu soruya hayır olarak cevap vermek isterdi, bu adam daha önce onu öpmeye kalkıp aşağılamıştı, kim birkaç dakika önce tanıştığı birini öpmeye kalkardı ki, resmen saygısızlıktı bu, Özge'ye kendini çok ucuz hissettiren bir saygısızlık. Şimdi ilk defa, bunun bir saygısızlık değil de sapıklık olabileceği olasılığı geldi Özge'nin aklına. Bugün de böyle bir durum olmaması için tetikteydi Özge, en ufak bir teşebbüste kendini apartmana atacak ve kapıyı Sadık'ın üstüne kilitleyip polis çağıracaktı. Evinin anahtarlarının ağırlığını ceketinin cebinde hissedebiliyordu, tek yapması gereken kapıya doğru hızlı bir hamleydi. Sadık sorduğu sorunun cevabını beklerken Özge'nin duraksamasını anlamaya çalışarak dikkatlice baktı Özge'ye, kızın gözü bir an kapıya kaymış, sonra kendisine dönerek evet diye cevap vermişti. Sadık Murat Kolhan istediği her kişi hakkında istediği bilgiye sahip biriydi ve yalan söylemenin bir anlamı yok diye karar vermişti Özge. Donuk ama karşısındakine borçlu hisseden bir ifadeyle, "Benimle ilgili her şeyi bildiğinize eminim, niye hemen neden burada olduğunuzdan başlamıyorsunuz?" dedi.

Sadık konuya hemen girilmesinden rahatlamış, oturduğu yerde ayaklarını yere uzatarak, "İki şey için. Birincisi dergiyle ilgili..." Özge, Sadık'ın ağzından çıkabilecek her türlü hakarete, saldırıya, tepkiye hazırlıklı, nefesini tutup kafasıyla onayladı. Sadık onaylamanın ardından bakışlarını hiç Özge'den kaçırmadan, "İlk sayı satışları çok başarısız, bunun nedenini düşündün mü?" diye devam etti. Özge, bir probleme teşhis koymaya çalışan bu adamın yaklaşımına şaşırdı, yenilgiyi çoktan kabul etmiş ve hesabını soran bir adam görmeyi bekliyordu ama karşısında kendisine aynı tarafta olduklarını hissettiren biri vardı. Bu hissin ardından aniden gelmesi olası hakaretlere hazır, temkinli bir şekilde dinlemeye devam etti. Sadık'ın erkek enerjisinin konuyla ilgili konuşurken nasıl da profesyonelleşip bir işadamı enerjisine dönüştüğünü görmek rahatlatıcıydı, gardını unutturan, tamamen işle ilgili bir konuşmanın işaretiydi bu. Kafasını evet anlamında sallayıp, "Siz devam edin lütfen," dedi. Sadık, iç cebinden çıkardığı tek parça kâğıdı Özge'ye uzatırken, "Burada ülkenin en kapsamlı dağıtımcılarının listesi var, bu şirketlerden 6 tanesi bana ait ve aramızdaki şeyin... iş anlaşmasının ortaya çıkmasını engellemek için benim şirketlerim sizin dağıtımınızı üstlenmedi. Şimdi, geri kalan sekiz şirket niye sizi kabul etmedi öncelikle bunu bulmalısın," diye konuştu. Özge elindeki kâğıda dikkatlice bakarak, "Yanılıyorsunuz. Dergiyi bunlardan biri dağıttı, daha doğrusu kaybetti, sonra bulduk. Beş numara Işık A.Ş." diye cevap verdi. Sadık, Özge'nin kendisine geri uzattığı kâğıda hiç bakmadan katlayıp cebine koyarken, "Kayıp mı oldu?" diye sordu. Özge karakoldayken Sadık'ın yardımcısına durumu anlatmıştı ve Sadık'ın da haberi olduğunu düşünmüştü ama Sadık'ın mimikleri ve sorusu haberi olmadığı yönündeydi. Özge ateşinin yükseldiğini hissederken halsiz bir şekilde, "Bilginiz yok mu?" diye sordu. Sadık duygusuz, net ve emrivaki bir sesle, "Anlat," dedi. Üzerindeki ceketin ateşini daha da yükselttiğini hissetti Özge çünkü üşümeye başlamıştı, ateşinin yükselmemesi için ceketi çıkarıp atmak istiyordu ama yarı çıplak bir şekilde duramazdı. Ateş düşürücü alması gerektiğini düşünürken Sadık'ı cevapladı. "Derginin dağıtılacağı gün, merkezdeki büyük bayiye gittim sabah ve öğleye kadar derginin gelmesini bekledim, gelmeyince anlaşma yaptığımız, yaptığım, dağıtım firmasının deposuna gittim ve her neyse olan oldu, dergiyi bulamadılar ve ben de durumu sizin Ender Bey'e anlattım. Haberiniz olduğunu düşünmüştüm..." Sadık hâlâ cevap bekler gibi bakıyordu Özge'ye ve Özge devam etti. "Dergiyi 12 gün sonra bir konteynırın içinde bulduk, polise haber verdik ama poliste durumla ilgili hiçbir şikâyet yoktu ve ben savcılığa suç duyurusunda bulundum yine. Mahkemeliğim onlarla ama derginin satışına bir yararı olmadı bu durumun. Dergiyi dağıtılması gerekenden 16 gün sonra dağıtabildik ve elimizde sadece 1200 tane kalmıştı, yıprandığı için kapağını değiştirdik... Tirajı biliyorsunuz." Özge'nin üşümesi o kadar artmıştı ki üzerindeki cekete iyice sarıldı, gözleriyle ateş düşürücü ilacın nerede olduğuna baktı, masanın üstünde duruyordu. Kafasını Sadık'a çevirdiğinde biraz başı dönüyordu ama Sadık'ın suratındaki ürkütücü ifade tedirgin ediciydi. Ağzını açmak istedi ama aniden başının dönmesi artmıştı, kulaklarında hissettiği basınç ve tıkanıklık hissine aniden mide bulantısı da eklenmişti. Aynı anda hem ilaca uzanmak hem de kusmak istedi.

Dakikalar içinde öyle bir noktaya gelmişti ki, Sadık'ın varlığı önemsizdi. Vücudunun isyanı, algısının dış dünyaya kapatılmasına neden olacak kadar yüksekti, ilaca ulaşabilmek için ayağa kalktı, dünyanın saatte 1670 km hızla döndüğünü biliyordu çünkü algıları da dünyanın dönüşüne senkronize olmuştu şimdi.

Sadık'ın, Özge'nin aniden kızaran yanaklarına ve 10 dakika önce ıslak olmasına rağmen şimdi tamamen kurumuş kısa saçlarına dikkat etmesi ve kızın ayağa fırlayıp dengesini kaybetmesi neredeyse aynı anda oldu.

Kız koltuğun kenarına yığıldığında Sadık ayağa fırlayıp daha da sert bir şekilde yere düşmesini önlemek için Özge'yi önce kolundan sonra belinden tutup kaldırdı ama Özge şimdi tamamen kendini bırakmıştı. Kızı taşıyabilmek için kendine doğru çektiğinde Özge'nin aşırı sıcaklıktaki suratı Sadık'ın koluna değmişti ve Sadık kıyafetinin üzerinden bile algılayabilmişti kızın aşırı sıcak tenini. Özge'nin ateşi o kadar yüksekti ki, kendini sarmaladığı yün ceket sıcaklık üreten yumuşak bir makine gibi geldi Sadık'a. Kendi doktorunu buraya çağırmak ve Özge'yi soğuk duşa sokmakla ilgili bir an karar veremedi ama Özge'nin tüm vücut ağırlığını bırakmış olması otomatik olarak harekete geçirdi Sadık'ı. Özge'yi apar topar kaldırdı, kucakladı, koridora yürüdü. Banyoyu aradı. İlk kapı mutfağa aitti, bir sonraki kapalı kapıyı ayağıyla ittirip açtı, içerisi hâlâ buharlıydı ve koridora göre oldukça sıcaktı. Kızı küvetin içine koymak istedi ama üstündeki ceketi çıkarması gerekiyordu, etrafına hızla bakınıp Özge'yi koyabileceği yer aradı, bulamadı ve Özge'yi öylece küvete koydu. Hızla soğuk suyu sonuna kadar açarken, ceketin cebindeki telefonu fark ederek çıkardı. Telefonu çıkarırken anahtarları da fark etti ve onları da çıkardı. Kendi doktorunu ararken banyodan mutfağa fırlayıp buzluğu açtı, hiç buz yoktu. Koşarak banyoya geri döndüğünde su giderini kapatmadığını gördü, kendini beceriksiz hissederek küvetin deliğini kapattı ve suyu duşa çevirerek Özge'nin kafasına tuttu. Üzerindeki yün ceketin iyice ıslanmasını sağlayarak soğuk suyu gezdirdi kızın üstünde. Özge şimdi titremeye başlamıştı, baygın olmasına rağmen dişleri takırdıyordu.

Küvetin deliğini kapatmak için yere bıraktığı telefonu çalmaya başladı. Elindeki duşu Özge'nin kafasında tutmaya dikkat ederek telefona uzandı. Arayan doktordu, hemen gelmesini istedi. Adresi bilmediği için doktora şoförünü aramasını emretti. Telefonla işi bittiğinde, telefonu yere attı ve tüm dikkatini Özge'ye verdi. O kadar çok su tutmuştu ki kafasına, Özge su yüzünden nerdeyse nefes alamıyordu, hemen suyun suratına gelmemesine dikkat etmeye başladı. Bir eliyle duşu tutarken diğer eliyle hiç düşünmeden Özge'nin burnunun ucunu sıkıştırdı, biriken suyun bir tıkanıklık yaratmasına engel olmak istercesine eliyle sildi kızın suratını. Özge şimdi daha da şiddetli titremeye başlamıştı. Sadık, Özge'nin ateşini kontrol altına almak için gösterdiği acil çaba sonucu içinde yükselen adrenalinden kızın ne kadar güzel olduğunu düşünmemişti ama elleri Özge'nin tenine değince bir an kendine geldi, irkildi, elini çekerken pek de fark edilmez bir hareketle kızın titreyen, dolgun dudaklarının üstünden geçirdi. Özge'nin üstündeki ceketten, soğuk suya rağmen garip bir şekilde, ince bir buhar yükseldiğini farkedince duşu hemen kızın vücudunun üstünde gezdirdi yine. Küvet şimdi dolmaya başlamıştı ve Özge'nin vücudu yarı yarıya suyun içindeydi. Sadık bir eliyle duşu Özge'nin kafasına tutarken, diğer eliyle küvetteki suyu kızın üzerine, suyun yetişmediği yerlere atmaya başladı.

Kafasındaki suyun suratından aktığını hissediyordu Özge ama gözlerini açabilecek kadar kendinde değildi henüz. Sadık kızın suratındaki suyu ikinci kere eliyle sildiğinde, Özge kendisine dokunulmasının verdiği etkiyle gözlerini yarıladı. Sadık Murat Kolhan küvetin başına çökmüş, elindeki duşla telaşlı görünüyordu ama Özge çok yorgundu ve o an karşısındaki Ralph Fiennes* olsa bile umursamazdı. İçi üşürken dışının yanması çok garipti. Gözlerini kapadı. Titremesi kendi kontrolü daha da dışındaydı ve vücudunu sabitlemeye çalıştıkça kontrolü kaybediyordu ve yükselen sudan birazcık olsun kurtulmak için kendisini yukarı çekti ama Sadık izin vermedi, onu omzundan tutup bastırdı.

Özge'nin bir an da olsa gözlerini açması sakinleştirmişti Sadık'ı, daha önce kimseye sağlık desteği vermek zorunda kalmamıştı, kurtardığı birkaç sokak köpeğinden başka. Özge'nin sudan çıkmasını engellerken kızın ince omuzlarından tutmuştu ve Özge'nin bu kadar narin ve ince olması hayret vericiydi. Daha önce birçok zayıf modelle ilişkisi olmuştu ama Özge'deki şey sadece zayıflık değildi. Gayriihtiyari kafasını çevirip ayaklarına baktı kızın, çok narindi. Sanki küçük bir çocuğun ayakları gibi narin ve pürüzsüzdüler. Su iyice dolmuştu şimdi, Özge'nin ağırlığını hafifletecek kadar yükselmişti. Sadık biraz gideri açarken duşu kapatmadı. Eliyle Özge'nin alnına dokunduğunda yine sıcaktı ama en azından yanmıyordu şimdi eli. Derin bir nefes aldı, Özge'yi ıslatmak için başlayan yarış bitmiş gibiydi. Dizleri ağrımıştı üstünde durmaktan ve yere çökerken duşun hâlâ Özge'yi ıslattığından emin oldu. Özge gözlerini açtı, yemyeşil, derin,

* İngiliz aktör.

sakin baktılar Sadık'ın gözlerine ve kapandılar. Bakış belki üç saniye sürmüştü ama Sadık o an başının dertte olduğunu hissetti. Bu kız farklıydı, hem tanıdık hem de farklı. Daha önce hissetmediği kadar farklı, kucağında küvete taşıyıp ateşinin düşmesi için yarım saatten fazla uğraşacak kadar tanıdık.

Sadık'ın telefonu yine çaldığında, doktoru ve şoförü evin kapısında olduklarını bildirdiler. Sadık, Özge'nin suyun içine kaymasını engelleyecek şekilde biraz onu yukarı çekti, yukarı çekilirken Özge yine gözlerini açtı. Sadık istemdışı bir hareketle kızın alnındaki saçları geriye doğru yapıştırırken, "Hemen geliyorum," diye mırıldandı. Elini Özge'nin kafasından çekerken yine istemdışı bir şekilde okşamıştı. Özge için hiçbir şey fark etmedi, duyuları o kadar körelmişti ki, dokunulmak en son hissedeceği şeydi. İçindeki su nihayet ılıklaşmıştı, bunun kendi ateşinden olduğunu bildiği halde kendini ılık hissetmekten hoşnuttu. Doktor telaşla banyoya daldığında, arkasında Sadık ve şoförü vardı. Özge kollarını bağdaştırmış, suyun içinde ısınmaya çalışıyordu. Doktor elindeki elektronik dereceyle Özge'nin ateşini ölçerken işi şansa bırakmamak için cıvalı dereceyi de ağzına yerleştirmek için uzattı. Özge itaatkar bir şekilde, halsizce dereceyi aldı. Elektronik dereceye göre ateşi 39,9'du, elektronik dereceler yarım derece yüksek gösterirlerdi. Doktor doğrulup, "39,4 ateşi var. Bilmem gereken bir şey var mı?" diye Sadık'ın suratına direkt bakıp bekledi. Sadık anladı, aşırı doz her türlü keyif verici madde ve uyuşturucu kullanımından bahsediyordu doktor. Sadık tereddüt etmeden, "Hayır, soğuk algınlığı... Galiba. Sormaya fırsatım olmadı," dedi. Doktor, "Bu ceketi hemen çıkarmalıyız," deyip şoföre eliyle çantasını kendisine uzatmasını işaret etti, şoför telaşla çantayı uzatırken açtı, doktor çantanın içinden önce küçük bir şişe çıkardı, sonra bir şırınga. Karşısında donmuş kendisini seyreden Sadık ve şoförüne gözünü şırıngadan ayırmadan, "Siz ceketi çıkartın," diye buyurdu.

Sadık küvete eğilip Özge'yi doğrulturken Özge her ne kadar kendi vücudunu taşımaya çalışsa da kasları iptal olmuş gibiydi. Sadık'ın şoförü, Sadık'a yardım etmek için küvetin öbür ucuna geçti. Sadık, Özge'nin üzerindeki ceketin önce önünü açtı, kolundan çıkartmak için Özge'yi biraz daha doğrultunca ıslak atleti altında sivrilen meme uçlarını fark edip hemen ceketi kapattı. Yardım için bekleyen şoför, Sadık'ın niye kızı örttüğünü anlamadan baktı ona. Sadık sert bir surat ifadesiyle, "Sen salonda bekle!" diye buyurdu şoföre. Şoför sorgulamadan itaat etti ve banyodan çıktı hemen. Doktor şırıngayı hazırlamış, şimdi Sadık'ın arkasında duruyordu. Sadık dönüp doktora baktı, doktor sanki beynini okumuş gibi dümdüz cevap verdi, "Kalçadan." Sadık tepki vermeden bir hamlede küvetten çıkardı Özge'yi, kızın üstündeki yün ceket sudan dolayı iyice ağırlaşmıştı. Sadık, Özge'yi kucağına aldığında kızın üstündeki sular Sadık'ın üstünden yere aktılar. Sadık akan sular yüzünden kaymamaya dikkat ederek hızla Özge'yi salona taşıdı. Kapıda bekleyen şoförüne, "Havlu!" diye bağırdı. Şoför aceleyle havlu almak için banyoya koştu ve Sadık tüm ıslaklığıyla Özge'yi koltuğa yatırırken, şoför elinde havluyla koşarak geldi. Sadık adamın suratına bakmadan havluyu aldı ve "Dışarıda bekle!" diye emretti. Şoförün uzaklaşmasıyla Özge'nin üzerindeki ceketi çıkarmaya başlayan Sadık, elinde şırıngayla başlarında bekleyen doktora baktı ve doktor anlayıp başını başka tarafa çevirdi. Sadık aceleyle ama itinayla Özge'nin ceketini çıkarırken telaştan kızın suratına bakmamış ve Özge'nin gözlerinin açık olduğunu fark etmemişti. Önce ceketin önünü açtı, Özge'nin zarif vücuduna göre oldukça iri ve uçları sivri memeleri, vücuduna yapışan ıslak tişörtün altından net bir şekilde görülüyorlardı. Bakmamak için kendini şartlandırmış olsa da ceketin açıldığı o ilk an, beyninin derinlerine kazınmıştı bile.

Ceketi çıkarırken bakmamaya dikkat ettikçe gözü kayıyordu, engelleyemiyordu. Sadık duyguları olan bir robot gibiydi her zaman. İstediği zaman hayatındaki her şeyi, tüm etkiyi kontrol altına alır ve istemediği hiçbir şeyi hissetmezdi. Özge'nin ceketinin bir kolunu çıkarmıştı ve diğer kolu çıkarmak için kızı öne doğrulturken kızın önünde duruyordu ve gözleri yine Özge'nin vücuduna kaydı. Bronz güzel teni yumuşacıktı. Kendisine doğru çekerken, Özge bir anda hafifleyince, kafasını kaldırdı ve Özge'yle göz göze geldiler. Özge kendini toplamaya çalışarak mırıldandı, "Ben yaparım." İstemediği bir durumda yakalanan her ahlaklı insanoğlu gibi Sadık Murat Kolhan da hemen geriledi, utanmıştı ve kendini pis bir fırsatçı gibi hissetmişti ama Özge'nin kendi ağırlığını uzun bir süre taşıyacak gücünün olmaması bu düşünceleri kafasından hemen silmesini sağladı. Özge ceketi tek kolundan çekip olduğu yerde bırakmış ve iki elini de refleks olarak, üstündeki ıslak bluzun üzerinde göğüslerini kamufle etmek için bağlamıştı. Titriyordu. Gücünün son damlasını da bu harekete harcayıp kendini koltuğa bıraktı ve Sadık hemen, altındaki ıslak ceketi bir hamlede çekti ve Özge'yi ters çevirdi. Ayağa kalkıp doktora baktı. Doktor hiç konuşmadan eğildi, Özge'ye, "Sana şimdi bir ateş düşürücü iğne yapıcam, kendini serbest bırakmaya çalış," dedi. Pijamasının ve pamuklu külotunun üst kısmını açıp kalçasının üst kısmına iğneyi sapladı. Sadık kafasını tamamen başka yöne çevirmişti, kendini bir sapık gibi hissetmesi çok garip gelmişti çünkü daha önce kendisinden göğüslerini saklayan hiçbir kadın tanımamıştı.

Doktor tekrar Sadık'tan yardım isteyip muayene yapması gerektiğini söylediğinde, Sadık yüksek sesle Özge'ye, "Şimdi seni kaldırıcam ve doktor bademciklerine bakıp kısa bir muayene yapıcak," dedi. Bu sefer ciddi şekilde bakmamaya dikkat edip nerdeyse kafasını başka tarafa çevirerek koltuğun kenarındaki havluyu koydu Özge'nin kolunun üstüne ve Özge tüm halsizliğine rağmen hemen kolunu havlunun üstüne çıkarıp havluya sarıldı. Doktor, Özge'nin ağzının içine ışıkla bakarken Sadık, Özge'nin hiç dolgusunun olmadığını fark etti, belki bir tane beyaz dolgu diye düşündüğünü fark ettiğinde kendine geldi. Niye kızın ağzının içine bakıyordu? Hemen doktorun arkasından geri çekildi.

Doktor muayenesi bitince, çantasını toplamak için içeri gitti. Özge şimdi koltukta oturur pozisyonda kaykılmış ve üzerindeki havluya iyice sarılmıştı, gözleri açıktı. Sadık'sa Özge'ye bakmamaya dikkat ederek kapıya dönmüştü. Doktor hemen geri geldiğinde salondaki sessizlik rahatsız ediciydi ve kısaca boğaz enfeksiyonu olduğunu, antibiyotik ve semptom giderici almasını söyleyip reçetesini hızla yazıp, Sadık'a başıyla selam verip sokak kapısına doğru ilerledi. Doktor kapıdan çıkarken hiç onlara bakmadan, "Reçeteyi şoförünüze veririm," dedi ve kafasını bir asker gibi sallayıp kapının aralığından nerdeyse kayarak çıktı, kapıyı kapattı.

Sadık salonun ortasındaydı. Özge'ye doğru dönüp bakması gerekiyordu ama bakamadı. Onun yerine, Özge'nin oturduğu koltuğun tam karşısındaki yemek masasına gitti, poposunun ucuyla yaslandı. Üzeri sırılsıklamdı. Hâlâ kafası öndeydi ve ancak Özge konuşunca kafasını kaldırdı. Özge ses tellerini toparlamaya çalışarak, "Artık gider misin?" dedi ve Sadık kafasını evet anlamında sallayıp sakince sokak kapısına doğru ilerledi. Yürüyüşü o kadar sakin ve yavaştı ki, Özge uzun bir süre onun çıkışını izlemek zorunda kaldı. Sadık Murat Kolhan kapıyı açtığında, Özge kaykıldığı yerden doğrulup üzerindeki havluyu toparlamaya çalışırken Sadık'a hiç bakmadan, "Teşekkür ederim," dedi. Sadık bir an duraklasa da hiç konuşmadan ve hiç Özge'ye bakmadan kapıdan çıktı, kapıyı usulca kapadı.

Özge'nin sırılsıklam olmuş koltuktan kalkıp üstündeki sırılsıklam kıyafetleri çıkarabilmesi bir saatten fazla zamanını almıştı.

Neyse ki bu arada ilaçlar gelmişti. Pişmek üzere olan beyni, vücut sıcaklığı normale düştükten sonra, vücudunun kontrolünü tekrar kazanıp Özge'yi ancak harekete geçirebilmişti. Hale bak diye düşündü Özge, darmadağınık, sırılsıklam eve bakarken. Evi toplamak için hamle yapsa da üzerindeki ıslak kıyafetleri çıkarınca yine üşümeye başlamıştı ve üzerine bornozunu alıp ateşinin yine aniden yükselmemesi için sıkı sıkı sarılmadan ıslak koltuğun üzerinde oturmaya çalıştı. Sehpanın üzerinde duran sushi paketine baktı, saatler önce iyi bir fikir gibi gelen sushi şimdi mide bulandırıcıydı, paketin yanında kapalı duran laptopun kapağını düşünmeden kaldırıp ekranın açılmasını bekledi. Bilgisayarı niye açtığını bilmiyordu ama başka yapabileceği şey de yoktu ya sushilerden yiyecek ya da bilgisayarı açacaktı. Hayatında sanki sadece bu iki hamle kadar yer kalmıştı. Bir şeylerin sonuna gelmiş hissederek sıkıntıyla baktı bilgisayara. Bilgisayar ekranı internete yükledikleri dergiden açıldı, derginin sayfasını sıkıntıyla kapattığında bir alttaki sayfada açık olan maili duruyordu. Mailinden de çıkmak üzereydi ki, dergiyi yükledikleri servis sağlayıcı şirket tarafından gönderilen maili fark etti. Tereddüt etmeden gönderilen maili açtı, servis sağlayıcı şirket, *Darbe*'nin sitesi için onaylanan bant genişliğinin trafiği karşılayamamasıyla ilgili bir şeyler yazmıştı ve kısacası bu bant genişliği denilen şeyi artırmak için de daha fazla para istemekteydi. Özge, daha ilk günden kendisini kazıklamaya çalıştıklarını düşünüp Ömer'e kızdı. Nasıl bir para tuzağına bulaştırmıştı, bir bu eksikti! Artık yapacak herhangi bir hamlesinin kalmadığını düşünerek derginin olduğu sayfayı tıkladı. Sayfada bir anormallik yoktu, zaten olsa da anlayabilecek kapasitede değildi o an. Ömer'in yazdırdığı notlardan sayfa ayarlarına girebilmek için kullanması gereken şifreyi buldu, girdi. Açılan sayfadan, umutsuzca, istatistik paneline girdi.

İşte bu andan sonra olanlar çok hızlı değil ama çok akıcı gerçekleşecekti. Bu sayfa derginin hangi gün, saat ve tarihte kimler tarafından, ne süreyle okunduğunu gösterebilmek için dizayn edilmiş bir bilgi sayfasıydı ve Özge hissetmek üzere olduğu duyguları daha analiz etmeye fırsat bulmadan rakama kilitlenmişti, rakam 100920'ydi. Özge, *Darbe*'nin fenomene dönüşmesini oturduğu ıslak koltukta aklına hiçbir şey getirmeden ve özellikle de nasıl olduğunu hiç anlamadan, saatlerce öylece izledi. İstatistik sayfasındaki rakamın her güncellemede artması sanki bir yanlışlıkmış gibi gelmeye başlamıştı ki, Ömer müjdeli haberi ona vermek için gece yarısı aradı. Özge derginin bir gecede 280010 kişi tarafından okunduğunu zaten biliyordu ama bunun bir internet hatası olduğundan şüphelenerek öylece dinledi Ömer'i. Hiçbir hata yoktu.

- 3 -

2 hafta sonra Göksel & Ada...

"Gerçekten ne düşünüyorsan onu söyleyeceksin! Yoksa bir daha asla sana çalmam!" demişti Ada gitarı eline almadan önce.

Keman ve viyolonselden sonra gitar kendisini yabancı hissettiği bir yer gibiydi. Merakla keşfetmek istediği ama temkinli bir şekilde yabancılık çektiği bir yer. Gitarı kolları arasına yerleştirirken çatılan kaşları, hissettiği yabancılıktan değil, birazdan basacağı notaların içinde yarattığı yoğunluktandı. Karşısında bir denek gibi oturan Göksel sanki hiç orda değilmiş gibi kafasını gitardan hiç kaldırmadan notalara basmaya başladı.

Ada'nın müziği Göksel için çoktan ölmüş, öldürülmüş duygularının hayat bulmasıydı. Çocukluğunda yaşadığı tüm zorluklara, tacizlere karşı koymak için kendi elleriyle öldürdüğü duyguları, bu müziğin yarattığı güvenilir ortamda yeniden doğmak için cesaret buluyorlardı. Nasıl da tutuyordu gitarı kucağında... Özenle, şefkatle. Ada'nın elinde gitar sanki ahşaptan değil de, saf duygulardan yapılmış çok kırılgan ama güçlü bir şeydi.

Kendini dört sıra tekrar eden notalardan sonra Ada, diyaframından çıkardığı sesle müziğe katıldığında Göksel yutkundu. Sanki içinde patlayan tüm duyguları yutkunmuştu. İlk defa Ada'nın sesini şarkı söylerken duyuyordu. Çok güzeldi.

Ada bakışları yerde, dudaklarını sıkıca mühürleyip gitardan çıkan notalara içinden gelen mırıltıyla eşlik etmeye devam etti, müzik devam ederken mırıldanması kesildi. Kelimeler ağzından çıkmaya başladığında çatık kaşları yumuşadı ve yere bakan gözleri yumuşak bir şekilde kapandı. Sanki, zamanın akışını kendisinin tasarladığı bir gezegendeymiş gibi sakince, tane tane söyledi şarkısını:

"hayat kötü bir rüya olurdu, sadece pişmanlığı hatırlardım
içtiğim su içimde kururdu ama ağırlığını taşırdım
soluduğum hava kalbimi sıkardı, beni boğardı
eğer ruhum parmaklarının ucunda bir nota olmasaydı

notalarım olmasa beni anlatan
nasıl söyleyebilirdim her şeyi, hiçbir şey demeden
konuşmaya gerek yok benim dünyamda
kelimelerim zaten yetersiz müziğim anlatsın sana

dadada da da da hımmmmmm hımmmm
daaa da dad hımm..........

sen kalbimin ritmisin
damarlarımdan bedenime yayılan fikrimsin
sen hissedebildiğim tek şeysin
kelimeler bitince başlarsın
hiçbir şey söylemeden her şeyi anlatırsın

sessiz kelimelerin olmasa her şeyi anlatan
hayat kötü bir rüya olurdu, uyanamadığım
içtiğim su içimde kururdu, ağırlığını taşırdım
soluduğum hava içimi sıkardı, beni boğardı
eğer ruhum parmaklarının ucunda bir nota olmasaydı
sana teşekkür ederim

çünkü sen bana müziğimi verdin"

Her gece Ada'yla, müzikle geçen saatlerden iki hafta sonra bu, artık ruhunu teslim alan son bir vuruş gibiydi Göksel için. Akustik gitarın bilgeliğinde Ada'nın güzel sesinden kelimeler döküldükçe Göksel kendi varoluşu içinde yeniden var oldu, değişti, güzelleşti, anlamlandı, şarkıyı dinledikçe kaybedecek hiçbir şeyi olmayan bir adamdan, kaybetmemek için koruyacak birçok şeye sahip birine dönüştü. Ada'nın kelimeleri kendi duygularını anlatıyordu, bu imkânsızdı ama olmuştu. Ada sanki beynine girmiş, kendisine karşı hissettiği her bilgiyi toplayıp bu müziğe vermişti.

Ada, dış dünyayı umursamadan söylemişti şarkısını. İki yıldır içinde tınılanan bu şarkı, Deniz'e hissettiği duyguların yarattığı bu notalar en sonunda çıkmıştı. Deniz ona müzikle konuşmayı öğrettiğinden beri kafasındaydı bu şarkı. Şimdi dürüstlükle, utanmadan, çekinmeden ona karşı içinde tutuğu her şeyi söyleyebilirdi bu müziğin arkasına saklanarak. Ama önce bestesini mükemmelleştirmeli ve Deniz'e layık hale getirmeliydi. Deniz'in hayaliyle gitarın tellerine basmaya devam etti ve müzik bittiğinde kafasını kaldırdığında şok geçirdi!

Göksel gözlerinden akan şeyin yaş olduğunu düşünmedi bile, burnunun akmasını da umursadı. Tek bildiği, kulaklarından bedenine yayılan bu hissin bir daha asla kendisini terk etmesini istemediğiydi. Müziğin bitmesiyle Ada'yla göz göze geldiklerinde, Ada'nın suratındaki şaşkınlıkla karışık dehşeti de önemsemedi Göksel. Kendisine tarif edemediği bir şeyler olmuştu ve ne olduğu umurunda değildi aslında, tek istediği bu anın devam etmesiydi. İçindeki sessiz ağlayış hıçkırıklara döndüğünde, kendisine şok içinde bakan Ada ayağa fırladı ama Göksel bunu da umursamadı. O an her şey kendi kontrolü dışındaydı, artık savaşmayacaktı, yaşadığı hislere sarılıp kafasını öne eğdi ve duyguların bedenini allak bullak edişini deneyimledi. Nasıl göründüğünü düşünmeden, umursamadan sessizce ağladı.

Ada önce gitmeyi düşündü ama kocaman, güçlü bedeninin içine sıkışmış bir bebek gibi görünen Göksel'i böylece bırakamazdı. Çok şiddetli hissetmese de içinde onu korumakla ilgili bir duygusu uyandı. Ağlayan bir kaplanın yanına yaklaşır gibi yaklaştı Göksel'e, temkinli ve yavaşça. Dibine kadar girdiğinde Göksel'in kafasını kaldırıp kendisine bakacağını düşünmüştü ama Göksel tamamen içine dönmüştü, sessiz hıçkırıklar içinde ağlamaya devam ediyordu. O an kapıdan birisi girse durumun ne kadar tuhaf görüneceğini düşündü Ada. Kocaman, psikopat Göksel stüdyonun ortasında bir taburenin üstünde oturmuş ağlıyordu, hem de ne için? Ada şarkı söyledi diye. Ada gülmek üzere olduğunu fark ettiğinde, kendini durdurmak için Deniz'i getirdi aklına. Ada da böyle ağlamıştı çok, Deniz'in bestelerini her dinlediğinde içindeki fırtınanın gözlerinden fışkırmaması için kendisiyle ne kadar savaşmış olursa olsun, sonunda hep ağlamış ve Deniz'e tek bir kelime söyleyemeden hıçkırıklarım kendi içinde tutmaya çalışarak terk etmişti ortamı. Göksel'in en azından cesareti vardı. Ada niye bu kadar ağladığını bilmiyordu, çok da ilgilenmiyordu ama insani duyguları, onu bir şekilde teselli etmeye çalışmasını söylüyordu. Ada'nın elini hafifçe Göksel'in omzuna koyması ve Göksel'in ayağa fırlayıp Ada'ya sımsıkı sarılması aynı anı takip etti. Ada, kendisini sıkı sıkı saran Göksel'in güçlü ve uzun kolları arasında şaşkınlık içinde ne yapması gerektiğini bilemeden dururken, Göksel kendi cüssesinin yarısı kadar olan bu küçük ama varlığının anlamıyla kendisine göre çok güçlü olan kızı daha da sıkı sarmaladı. Hayatında kimseye sarılmamıştı dövüştüğü birkaç kişiyi nefessiz bırakmak dışında, insanların niye sarıldıklarını anlamazdı ama şimdi ruhu kendi yoksunluğunu doldurmak istiyordu ve Ada o yoksunluğu doldurabilecek tek eşsiz parçaydı. Göksel, Ada'yı sarmaladı, kafasını Ada'nın ince boynunun oyluğuna sokup derin nefes alarak onu içine çekti. Ne kollarını Ada'nın vücuduna dolarken ne de onu farkında olmadan havaya kaldırırken Ada'nın donmuş olduğunu fark etmedi. Daha önce hiç böylesine sarınılmamıştı, böylesine güçlü biri hiç bu kadar teslimiyet içinde yaklaşmamıştı Ada'ya. O andan çıkıp durumu dışarıdan analiz etmeye başladığında, Göksel'in kendisine olan ilgisinin büyük bir takıntı olduğunu düşündü, ilk fark ettiğinde hoşuna giden bu düşünce Göksel'in kollarının iyice sıkılaşması ve Ada'nın ciğerlerine giden nefesin zorlanmasıyla kesildi ve Ada kendini tehlikede hissetti. Yaşadığı şokun içinde hissettiği tehlikenin etkisiyle, nefessiz ciğerlerindeki azıcık havayla sadece mırıldanabildi, "Bırak beni..." diye.

Göksel, kucağında sarmaladığı Ada'yı sahibinden komut almış bir robot gibi anında bıraktı. Bu bırakış o kadar ani olmuştu ki, kendini yerde buldu. Aniden kendi vücudunun ağırlığıyla baş başa kalınca dengesini kaybetti ve tökezleyip devrildi. Yerden kalkmak için toparlanırken kendisini bu kadar ani bırakmasına kızdığı Göksel'in suratına baktı ve göz göze geldiler. Kızarmış, ıslak gözleri Ada'nın şaşkınlığına değdiğinde Göksel kendine geldi. Ada'nın gözlerindeki korkuyla karışık şaşkınlık Göksel'i uyandırmıştı.

Biraz önce kendi kontrolünü tamamen kaybettiğini anladı ve bu durumda yapabileceği tek şeyi yaptı, gitti. Yerden kalkmaya fırsat bulamayan Ada'nın bir göz kırpışı hızında Göksel stüdyoyu terk etti, koşmadan ama kararlı.

- 4 -

Güneş ışığının gözleri yoran aydınlığında Bilge gözlerini öyle kısmıştı ki, kendini nerdeyse bir köstebek gibi hissediyordu. Kısık kirpiklerinin arasından uçsuz bucaksız araziye baktı. Arazinin ortasında mimarlarla tartışan Deniz Bey'in yanına gitmek için engebeli yolu adım adım dikkatlice yürüdü. Deniz Bey'in yapılacak bu sanat merkeziyle ilgili verdiği tüm fikirler karşılığında para almadığını ve projeye resmi bir şekilde bile bağlı olmadığını öğrendiğinde şaşırmıştı. Çünkü fikirleri gerçekten iyi para eder gibi gelmişti Bilge'ye. Mimarlıktan falan anlamazdı Bilge ama işlevsellik nerdeyse uzmanlık alanı olmuştu. Deniz'in fikirlerindeki işlevsellik, bu fikirleri yansıtmakta kullandığı şekilciliğinin üstün estetiğiyle birleşince, her uygulama ruha motivasyon veren güzelliğiyle ortaya koyuyordu kendini. Çok işe yarayan güzel fikirler.

Bu Deniz, hayal edilen güzel bir şeyin nasıl gerçekleştirileceğiyle ilgili çözümler bulmakta kafası iyi çalışan bir adamdı. Tüm ekip saygı duyuyordu ona, onunla sürekli tartışan mimarlar bile. Can Manay'ın tartışma çıkarması için mimarlara görev verdiğini anladığında, önce bunu işin en iyi şekilde çıkması için yaptığını düşünmüş ama şimdi bu tartışmaların projeye başlamakta nasıl da zaman kaybettirdiğini fark ettiğinde kafası karışmıştı. Can Manay projenin yapılmasını istiyor ama başlanmaması için de gereksiz yere konuyu uzatıyordu. Deniz fark etmemişti henüz, Can'ın sürekli ona, "Hadi bir karar verin ve başlayalım," demesi şaka gibiydi.

Can Manay'ın cipi Bilge'nin zorlukla yürüdüğü engebeli araziye öylesine bir cesaretle girmişti ki, Bilge cip yanından geçerken sıçrayıp kenara kaçmak zorunda kaldı. Kendini acemi bir dağ keçisi gibi hissediyordu. Deniz Bey'in yanına varabildiğinde, Can Manay çoktan araçtan inmiş ve adamların sohbetine katılmıştı bile. Bilge sessizce beklerken binanın değişik şekillerde araziye 3D programda oturtulmuş proje çizimlerini incelediler birlikte. Mimarlardan birinin dürbüne benzeyen bir aletini alan Can Manay, konuşmadan aletin içine bakmaya başladı. Deniz'se elindeki proje üzerine bir şeyler yazıyordu. Herkes meşguldü, kendisi dışında. Bilge ne işe yaraması gerektiğini bilmeden öylece durdu yanlarında. Arazinin tepesindeki yola tırmanan taksiyi fark etmesi çok sürmedi. Taksi biraz önce indikleri şirket arabasının yanında durunca, içinden ineceklerin araziyle ilgili olabileceğini düşünüp iyice dikkat kesildi, etraftakilerin taksiyi henüz fark etmemiş olduklarını görünce de önce haber vermeyi düşündü ama birilerinin inmesini beklemenin daha doğru olacağına karar verip sustu. Kendini aptal durumuna düşüreceği bir sürü durum, bubi tuzağı gibi hayatın her köşesinde bekliyordu sanki. Etrafındakilere baktı, herkes siyah gözlüklerinin arkasında bir şeyle ilgileniyordu. Deniz planlar üzerine mimarlarla tartışıyor, Can Manay elindeki aletin içine bakmaya devam ediyordu. Bilge kendisine bir güneş gözlüğü alması gerektiğini düşünerek kafasını yine taksiye çevirdiğinde, taksiden inmiş duvara doğru yürüyen kızı gördü. Kızın ağır ama emin adımlarla yürüyüşü, bir hamlede duvarın üzerine sıçraması ve yıkıntı duvarın üzerinde kolaylıkla dengede kalarak araziyi 180 derecelik bir açıyla tepeden incelemesi, duruşu, üzerindeki kıyafet... Bilgede çocukluğundan beri ancak bedavaya bulabildiğinde okuduğu çizgi romanlardaki kadın süper kahramanlardan birini görmüş etkisi uyandırdı. Kız, uzun ince vücuduyla, üzerine giydiği tuhaf kıyafetle ve duvarın üzerinde rüzgara karşı duruş şekliyle bir savaşçıya benziyordu. Kıyafeti gerçekten tuhaftı, siyah tayt üzerine giydiği uzun, bol etek rüzgarın etkisiyle sanki dans ediyordu ve kızın üzerindeki kısa tişörtse uzaktan, sanki dövüşte parçalanarak bu hale getirilmiş gibi duruyordu. Kısa bluzun altından görülen siyah bluz sanki mayoya benziyordu. İşin daha da tuhaf kısmı, taksinin geri dönüp gitmesiydi. Bilge tepeden kendilerine bakan kızla ilgili kime ne söylemesi gerektiğini düşünerek döndü gruba.

Can Manay, elindeki dürbünü suratından biraz indirmiş ve tepedeki kıza bakarken sanki donup kalmıştı. Diğerleriyse kızın varlığından habersiz işlerine devam ediyorlardı. Can Manay'ın kızı görmüş olması Bilge'yi rahatlattı, haber vermek zorunda kalmayacaktı. Ama Can Manay'ın suratındaki ifade ve hâlâ kıpırdamaması enteresandı. Kızın Can Manay için önemli olduğunu fark etti, o an kafasını çevirmeye karar vermişti ki, Can Manay'la göz göze geldiler. Bilge daha önceden beynine gönderdiği emirde birkaç saniye gecikerek kafasını çevirdiğinde Can Manay, Duru'ya olan bakışının Bilge tarafından fark edildiğini anladı. Hemen başka gören var mı diye baktı, Bilge dışında kimse Duru'nun varlığından haberdar değildi, rahatladı. Elindeki dürbüne benzeyen aleti tekrar suratına yaklaştırıp içine bakmaya devam etti ama bu sefer bilerek kafasını eğdi çünkü Duru'nun uzaktan kendisine dürbünle bakıldığını düşünmesini istemedi, arkasını döndü.

Bilge, Can Manay'ın arkasını döndüğünü görünce kaçamak bakışlarla tepedeki kıza baktı, kız duvardan bir hamlede aşağıya atladı ve Bilge'nin zorlukla yürüdüğü engebeli yolda keçi gibi sıçrayıp atlayarak hızla gruba doğru ilerledi. Kız yaklaştıkça Bilge kızın insanüstü bir etkisi olduğunu düşündü. Kim böyle tuhaf giyinir ve böyle zor bir arazide bu kadar seri yol alabilirdi? Kim Can Manay'ın kaçamak bakmasına neden olacak kadar esrarengiz olabilirdi? Bu kız kimdi?

Duru arazinin ortasında durmuş, konuşan gruba bakarak indi yamaçtan, yaklaştıkça kendisine bakan tuhaf gözlüklü kızın şaşkın ifadesine takıldı gözleri. Bu sönük insanların bakışlarının kendisine böyle takılmasına alışıktı ama bir noktadan sonra kendisini rahatsız hissetmesine yol açan bu bakışların farkında olduğunu onlara göstermek için, hep, gözlerini ayırmadan geri bakardı gözlerinin içine. Duru, Bilge'nin kendisine saplanmış bakışlarına dik dik bakarak karşılık verdi ama Bilge gözlerini kaçırmadan bakmaya devam etti. Duru yaklaştıkça Bilge'ye daha da dikkatle baktı, Bilge'yse kendisine bakan bu güzel kızın neye baktığını düşünerek iyice odaklandı ona. Selamlaşma umuduyla ilk gülümseyen Bilge oldu, böylesine güzel ve çevik bir insanın gülümsemeyi hak ettiğini düşünerek gösterdi dişlerini ama Duru, Ada'yla aralarında olan gerilimden sonra kendisinde acıma duygusu uyandıran herkesten tiksinir olmuştu. Bu acınası, sönük yaratıklar sinsice sempati kazanıp ilk fırsatını bulduklarında koparırcasına ısırıyorlar diye düşündü ve Bilge'nin gülümsemesine, gözlerini ondan yavaşça uzaklaştırarak karşılık verdi. Bilge kendini aptal gibi hissederek suratındaki gülümsemeyi toparlarken yanaklarının kızardığını hissedip iyice kendine kızdı. Niye gülümsemişti ki?! Hemen kafasını başka yöne çevirip elindeki dosyayı açtı, meşgul görünmek içindeki küçük düşmüşlüğü silmeye iyi geliyordu. Bir gün bu kızla her şeyi paylaşmak zorunda kalacağını bilmeden Can Manay'ın iki adım gerisine ilerledi.

Can Manay'ın Duru'yu görmezden gelecek kadar rahatsız olması o an rahatlatıcı gelmişti.

Duru emin adımlarla Deniz'e yaklaştığında, elindeki tuhaf aletin içine gömülmüş olan Can Manay'a hiç bakmadı. Can Manay nereye bakıyor olursa olsun kendisini bal gibi fark ettiğinin farkındaydı, enerjiyi hissediyordu. Elindeki kâğıtlara gömülmüş olan Deniz'in omzuna işaretparmağıyla iki kere vurduğunda Deniz hemen döndü, gelenin Duru olduğunu anlamıştı çünkü o parmak, Duru her fark edilmek istediğinde, aynı şekilde dokunmuştu o sırta. Duru'nun onca ısrardan sonra, nihayet araziyi görmeye gelmesi Deniz'i çok sevindirdi, kocaman sarıldı Duru'ya ve hemen anlatmaya başladı binanın arazi üstüne nasıl yerleştirileceğini, projenin diğer detaylarını, girişin nerden olacağını, otoparkın nasıl düşünüldüğünü, arazinin eğiminin nasıl bir avantaj sağladığını, güneşin nerden battığını, açık hava sahnesi üzerinde rüzgârın yazın nasıl eseceğini...

Deniz hayalindeki sanat merkezinin fonksiyonel olabilmesi için her şeyi düşünmüştü. Güzelliğe anlam katan her şey değerliydi, Duru'nun güzel vücudu eğer öyle kıpırdayamasa belki güzel bile gelmezdi Deniz'e, kimbilir... Duru sıkıldığını belli etmeden dinledi Deniz'in hayalini, dinlerken çok uzun zamandır Deniz'in hayallerini dinlediğini fark etti. Gerçekleştirilmemek üzere dünyadan saklanmak için tıkıldıkları kutunun içinde yok olmak üzereydi bu hayaller, aynı bu sanat merkezi gibi, ta ki Can Manay çıkıp gerçekleştirmeye karar verene kadar. Duru, düşüncesinin bakışlarına yansımasını engelleyemeden bir an baktı Can Manay'a.

Can Manay, arkası dönük olmasına rağmen, Duru'nun kendisine yönelen enerjisini anında hissetmişti. Hemen enerjinin kendisine aktığı yöne döndü ve Deniz'in konuşmasını dinlerken arazide gözlerini gezdiren Duru'yla göz göze geldiler. Duru aralarında geçenlerin huzursuzluğuyla gözlerini kaçırmak üzereydi ki, Can Manay gayet medeni bir şekilde, sanki Duru'yu o an fark etmiş gibi ona doğru yürüdü, "Hoş geldin," diyerek Deniz'in lafına girdi. Deniz'in anlattıklarıyla ilgiliymiş gibi görünmekten yorgun hisseden Duru, aralarında geçenlerden sonra nasıl bir tavır sergilemesi gerektiğini bilmeyen, tereddütlü bir gülümsemeyle, "Hoş bulduk," dedi gözlerini kaçırıp araziye bakarak ve Can tokalaşmak için Duru'ya elini uzattığında, "Umarım," diye karşılık verdi. Tokalaşırlarken Duru'nun bakışları arazideydi. Can Manay ise Duru'ya bir kez daha dokunabildiği için rahatlamıştı ve fazlasına zorlamamaya yemin ettiğinden, elleri ayrılır ayrılmaz biraz önce dikildiği yere geri döndü.

Duru şaşırmıştı, adamın yanında kalıp kendisine yapışmasını ya da en azından biraz daha fazla konuşmaya çalışmasını bekliyordu. Can Manay'ın yanından ayrılışıyla hissettiği şeyin hayal kırıklığına benzer bir duygu olduğunu fark edince silkelendi, hemen bu duyguyu kafasından sildi.

Duru'nun arazide bulunduğu bir saate yakın süre boyunca bir daha hiç bakmadı Can Manay ona, Duru'nun bakışlarını zaman zaman güçlü bir şekilde üstünde hissetse de kendine bir söz vermişti, bir daha Duru'nun üstüne gitmeyecekti, onun kendisine gelmesini bekleyecek ve bir kere geldi mi onu asla bırakmayacaktı. Duru'yla aynı ortamda bulunduğu süre içinde umut doldu Can Manay'ın içi, sanki Duru'yla aralarındaki bağ güçlenmişti, bunu birine anlatsa belki deli derlerdi ama öyle hissediyordu, hissetti, ta ki Duru hızlıca Deniz'i öpüp kendisine taksi çağırana kadar. Duru'nun gideceğini anladığında Can'ın resmen kalbi sıkıştı, kimbilir ne zaman görecekti bir daha onu. Buraya gelmesi bile ne kadar zaman almıştı, bundan sonra herhalde ancak bu hayali sanat merkezini yaptıktan sonra, açılışında falan görebilirdi Duru'yu. Bir kiralık katil tutup Deniz'in işini bitirse daha kolaydı, bu düşüncesini algılar algılamaz kafasını temizledi. Can Manay'ın bile yapamayacağı, yapmadığı şeyler vardı. Daha önce aldığı derslerden çıkardığı sonuçlarla yoğurmuştu kendi sınırlarını ve daha önce yaptığı hataları tekrarlamamak konusunda uzmanlaşmıştı. Ne yaparsa yapsın Deniz'i öldüremez ya da ölümünde rol alamazdı, en azından birinci derecede, buna emindi, daha önce bunun dersini ağır yaşamıştı.

Hiçbir şey yapmadan keşke sadece öylece Duru'nun yanında durabilseydi, keşke görünmez olup onun gittiği her yere yanında gidebilse, yanında uzanıp uyuyabilseydi. Hissedilmez olup ona dokunabilse, duyulmaz olup onunla konuşabilseydi, düşünülür olup onun beynine girebilse, orada kök salabilseydi. Duru gidiyordu, Can Manay'sa panik atak benzeri bir sancı hissediyordu göğüs kafesinin tam ortasında.

Taksinin gelişini gördükten sonra Duru'ya hoşça kal deyip arazinin detaylarına dalan Deniz, Can'ın Duru'ya yaklaştığını fark etmedi bile. Can, Duru'ya yaklaşıp, "Konuşmamız lazım," dediğinde Duru suratına, kendi kendine uzun süre önce söz verdiği tüm duygusuzluğu takınarak ve içinde hissettiği rahatlamayı gizleyerek baktı Can'a. Kendine bir söz vermişti; oynaşmayacaktı bu adamla! Can Manay ne yaparsa yapsın, neyi kullanırsa kullansın, isterse dünyanın en etkileyici adamı olsun, kendisine yaklaşmasına izin vermeyecekti. Can, Duru'nun suratındaki mesafeyi görünce korkmadı, bu beklediği bir şeydi. Duru, Can Manay'a bakıp kafasını çevirdi ve ancak birkaç saniye sonra, "Konuşacak bir şey yok," diye mırıldandı ve araziden yukarı tırmanmaya başladı. Can konuşmadan dikildi öylece. Duru birkaç adım atmıştı ki Can, "Tüm bu olanları düzeltmem lazım," diye seslendi ardından. Duru sesin diğerleri tarafından da duyulacağını düşünüp hemen durdu, aşağıdaki gruba baktı, sonra Can'a döndü. Can Manay, Duru'nun yanından geçip taksiye doğru tırmanırken, "Senden sadece beş dakikanı istiyorum ve sonrasında istersen sonsuza kadar görmezsin beni," dedi, yürümeye devam etti. Duru şimdi Can Manay'ın arkasında kalmıştı, Can Manay'ın eğer söyleyecek bir şeyi vardıysa kendi taksisine doğru ilerlerken dinlemenin bir zararı olmadığına karar verdi ve uzun bacaklarıyla iki adımda Can'a yetişti, yetiştiğini hissettirmeden sanki taksiye gitmek için paralel yürüyorlarmış gibi yaparak ve ona hiç bakmadan yürüdü.

Can, "Konuşana kadar bu saçma kovalamacayı oynayacağımızı biliyorsun Duru. Ben de kimsenin huzurunu kaçırmak istemiyorum" dedi. Duru çattığı kaşlarının altında kıstığı gözlerindeki şaşkınlığı kamufle etmeye çalışıyordu. Neyi düzeltecekti Can Manay, kendisine nasıl asıldığını mı?! Yanlış anlaşılma falan mı diyecekti! Durmak zorunda hissetti, dönüp Deniz'e baktı, Deniz kendi işiyle ilgileniyordu, her zamanki gibi... Duru konuşmak için dudaklarını araladığında Can Manay sanki aklını okumuş gibi, "Sana yanlış anladığını falan söyleyecek değilim, sadece beş dakikana ihtiyacım var. Ondan sonrasında istemezsen bir daha asla konuşma benimle," dedi. Duru kaşlarını kaldırdı, merak etmişti bu açıklamanın içeriğini, sabrının tükendiğini ama dinlemeye hazır olduğunu belirten bir ses tonuyla sakince, "Anlat bakalım," dedi. Can gözlerini Duru'nunkinden almadan, "Burda mı?" diye teslim oldu. Duru evet anlamında kafasını salladığında Can, Deniz'e seslendi. Deniz daldığı arazi planından başını kaldırıp baktı onlara. Duru, Can Manay'ın çok tehlikeli ve aptalca bir şey yapmak üzere olduğunu düşünüp irkildi ama Can, Deniz'e, "Ben bırakıyorum Duru'yu," diye bağırdı. Deniz duyduğunu anladıktan sonra eliyle hoşça kal hareketi yapıp biraz önce daldığı projeye geri döndü. Duru, Deniz'in umursamazlığına, aptallığına karşı içinde öyle bir öfke hissetti ki, kendisine el sallayan Deniz'e ters bir bakış atıp kafasını çevirdi ama bu da anlaşılmamıştı, çünkü Deniz çok meşguldü.

Can o an yarattığı motivasyonun kırılmaması için Duru'nun suratına hiç bakmadan arazinin ortasındaki kendi aracına yürüdü ve aniden Duru'yu elinden tutup kendisini takip etmesine yardım etmek için hafifçe çekti. Duru elini çekmekte birkaç saniye gecikse de, hemen elini Can Manay'ın elinden kurtardı ama kalbindeki hızlanmaya engel olamadı. Bu adamın tuhaf bir dokunuş şekli vardı. Kendisini çok değerli hissettiren bir dokunuştu bu, Deniz'inki gibi vulgar* ve almaya yönelik değil, tenine değer veren, tapan bir dokunuştu bu. Yumuşak ve çok istekli. Can, Duru fikrini değiştirmeden arabaya ulaşmak için hızla yürürken, Duru bir anda sıçrayarak yanından geçti.

---

* Hoyrat, kaba.

Bilge uzaktan onlara bakarken, Can Manay'ın ceylanı diye düşündü kız için. Üzerindeki dans kıyafeti içinde bir ceylan gibiydi, ince, narin, çevik, kovalarsan asla yakalayamayacağın, sana gelmesi için sabırla tuzaklar kurman ve tuzakların başında bıkmadan beklemen gereken bir ceylan. Deniz'in sevgilisiydi bu kız ve Can Manay'ın yokluğunu çektiği belki de tek şeydi. Can Manay'ın kıza karşı olan enerjisini diğerlerinin anlamaması şaka gibiydi. Belki de görmezlikten gelmeyi öğrenmişti bu adamın etrafındaki herkes. Deniz'in anlamamasıysa çok normaldi, adam hayatının konsantrasyonunu yaşıyordu bu günlerde, hiçbir şey anlayacak durumda değildi. İnandığı şeyi var edebilmek için tüm enerjisini akıtıyordu, yaşadığı dünyayı değiştirebilecek güçte olanlar ancak dünyasal olayları kafalarından çıkartabildiklerinde başarabiliyorlardı. Deniz de başarabilirdi, tabii Can Manay izin verirse... Bilge, Deniz'le tartışmak yerine Can Manay'ın yokluğunu fırsat bilip onunla sohbete başlamış mimarlara baktı. Zavallı Deniz diye düşündü. Etrafındaki tuzakları göremiyordu, tuzaklara dikkat etmek ciddi enerji isteyen bir şeydi, bu da Deniz gibi bir adamın enerjisini harcamayı seçeceği bir yer değildi. Sadece üretmek istiyordu o, hayat ona koruması gerektiğini de öğretecek diye düşündü Bilge içi acıyarak. Yukarıya baktı, şimdi aynı arabaya binmek üzereydiler. Can Manay'ın kıza bakmamak için çaba harcaması Bilge'ye bir tiyatro oyununu izlemek gibi gelmişti, ilk defa bu kadar çaresiz görüyordu onu, nerdeyse acınacak bir hali vardı. Deniz gibi bir adamın kadınına âşık olmak, bir Tanrı'nın Tanrıçası'ndan seninle çocuk yapmasını istemek gibi zavallıca bir şey diye düşündü. Sonra yine yakın hissetti Can Manay'a, ikisi de kendi çaplarında zavallıydılar. Bilge artık istemekten bile korkar hale getirilmiş şekilde eğitilmişti hayat tarafından. Can Manay'sa her istediğini elde eder şekilde deneyimlemişti aynı hayatı ama şimdi onu kendisiyle aynı noktada, duyguda buluyordu Bilge. Can'ın Duru'ya duyduğu imkânsız ilginin imkânsızlığında ciddi bir yakınlık hissediyordu ona karşı ve anlayabiliyordu onun hayatının nasıl da bir anda kâbusa dönüşebileceğini. Her şeyi olan bir adamın tek eksiğine çektiği açlıktan daha ağır bir açlık olamazdı herhalde diye düşündü. Zavallı Can Manay, o kadar çaresiz ve ezik görünüyordu ki.

Arabaya ilk varan doğal olarak Duru'ydu, bir an dönüp geriden gelen Can Manay'a baktı, hemen bakışlarını çevirdi ve araziyi inceliyormuş gibi yaparak onu bekledi. Can nefes nefese kaldığını kamufle ederek arabaya varırken, Duru'nun çevikliğine hayran kalmıştı. Önce öndeki yolcu koltuğunun kapısını açacaktı ki hemen vazgeçti. Duru'dan yapmasını istediği hiçbir şey yapılmayacaktı, biliyordu. Onun yerine kendisi hemen şoför koltuğuna oturdu ve kapıyı kapadı. Duru birkaç saniye aracın önünde Can Manay'a bakıp ne yapmaya çalıştığını analiz etmeye çalıştı, Can teslim olduğunu anlatan bir vücut diliyle kafasını geriye yaslamış Duru'ya bakmaktaydı. Duru'yla göz göze geldiklerinde Can yanındaki koltuğa bir an bakıp bakışını tamamen önündeki direksiyona çevirdi, bu naif davetin Duru tarafından yanlış anlaşılmasını istemiyordu. Duru, adamın kendisiyle konuşmak için can attığını biliyordu, merak da ediyordu ama sonradan pişmanlık duyacağı en küçük bir davranışa da meydan vermemesi gerektiğini biliyordu. Duru suratındaki soğukkanlı ifadeyi korumaya çalışarak dimdik öndeki yolcu koltuğuna bindi ama kapıyı açık bıraktı. Araca binerken bu durumdan garip bir şekilde eğlendiğini kendine bile itiraf ediyor olmaktan dolayı büyük suçluluk duydu. "Burda konuşalım, ben taksiyle gidicem eve," dedi kısaca. Net bir çizgi çizmezse bu durum çok tehlikeli olabilirdi. Can Manay kafasını evet anlamında sallarken kontağı çalıştırdı, Duru bir an aracın niye çalıştığını anlamaya çalışırken, Can klimayı sonuna kadar açtı ve sanki Duru'ya bu hareketin tehlike olmadığını göstermek istercesine ellerini hemen direksiyondan çekip sanki bir silahtan uzaklaşıyormuş gibi ağır ağır havaya kaldırarak yarım sırıtıp ağır ağır yine geriye yaslandı. Sonuna kadar açılmış klimanın etkisiyle biraz rahatsız hissetti Duru ama aracın sıcaklığını kırmak için bunun gerekli olduğunu biliyordu. Yaklaşık 40 saniye konuşmadan klimanın uğultusunda beklediler. Can Manay klimayı kısarken, "Kapıyı kapatırsan klimayı kısabilirim," dedi. Duru, kapıyı kapatmak için yavaşça çekerken Deniz'e doğru baktı ve işte o an önce kapılar kilitlendi, sonra araç harekete geçti.

Engebeli arazi üzerinde zıplaya hoplaya ilerleyen cipin içinde Duru üzerindeki şaşkınlığı atıp, "Durdur aracı!" diye emretti. Ama Can Manay dinlemeden araziyi tırmanmaya devam etti. Duru elini kapının koluna getirip açmaya çalışırken, "Durdur!" diye bağırdı yine ve Can Manay suratında alev gibi ışıldayan sırıtışı söndürerek, "Sakin olur musun?! Söylediğim gibi seni eve bırakıcam," dedi ve yanındaki telefonu Duru'ya uzatıp, "İstersen Deniz'i ara. Ama n'olur bana seni kaçırıyormuşum gibi davranma!" diye ekledi, sesi giderek otoriter bir ton almıştı. Deniz'de asla olmayan bu otoriter ton tuhaf bir şekilde Duru'nun kendini huzurlu hissetmesine neden olan bir şeydi. Duru telefonu eline aldı, Deniz'i aramadı, gittiklerinin farkında bile değildi Deniz, fark etseydi de umursamazdı herhalde, şu sıralar tek ilgilendiği şey bu lanet olası sanat merkezini yapmaktı. Duru telefonu elinde tutarak Can Manay'ın konuşmasını bekledi, Can konuşmadan sadece arabayı kullandı bir süre.

Araziden uzaklaşıp ana yola çıktıklarında dakikalar çoktan geçmişti, ikisi sessizlik içinde birbirlerine hiç bakmadan öylece yolu izlediler. Duru sessizlikten rahatsız olmuştu, en çok da Can Manay'ın eğlenen enerjisinden. "Dinliyorum," dedi ve Can'ın konuşmasını bekledi. Can sadece dönüp derin, siyah ve teslim olmuş gözleriyle baktı Duru'ya. Bakışlarını ilk kaçıran Duru oldu. Bu adamın kendisine hissettirdiği şeyi kontrol altına alamazsa, kendisini arabadan atmanın iyi bir fikir olduğunu düşündü ama kapılar da sadece Can Manay'ın kontrolündeydi. Birkaç saniye sonra Can Manay gözünü yoldan hiç ayırmadan, "Merak etme, sana asla zarar vermem... Hiçbir zaman," diye mırıldandı kendi kendine. Duru suratının kızarmasını engelleyemediği için kafasını tamamen cama çevirdi. İçindeki duygu büyüdü ve bu duygunun etkisini azaltmak için kendi kendine Deniz'i ne kadar sevdiğini hatırlatmak zorunda kaldı. Bu adam da kim oluyordu, onu tanımıyordu bile!

Sahil yolundan evin yoluna dönmelerine az kalmıştı ve Can Manay hâlâ tek bir kelime etmemişti. Aralarındaki bu garip enerjinin bilincinde, ikisi yan yana sessizce oturmuş gidiyorlardı. Eve varmalarına az kalmıştı ve daha fazla oyun oynamaya zaman yoktu. Duru, "Söylemek istediğin şeyler olduğunu söyledin, dinliyorum," dedi. Can Manay'ın kendi kendine güldüğünü anlaması birkaç saniyesini aldı, çünkü ona bakmamak için çaba harcıyordu. Can'ın gülüşü nerdeyse küçük bir kahkahaydı, Duru merakına yenik düşüp Can'a döndüğünde, Can'ın suratındaki ciddiyete şaşırdı, gülen bir adamdan çok ağlamak üzere biri vardı yanında.

Can gaza basıp hızlanınca Duru, Can'ın belki de konuşmaktan vazgeçtiğini düşündü, belki o da kararını değiştirmişti ve hemen eve varmak istiyordu ama Can sanki kendi kendine konuşuyormuş gibi, "Ben hiç iyi değilim... Çıldırıyorum... İstediğim... İstediğimi sandığım her şeye sahibim ve kendimi hiç bu kadar boş hissetmedim. Hiçbir şey umurumda değil... Senin dışında..." dedi. Duru nefesini tutarak ve kafasını tamamen dışarıya çevirerek dinledi. Can, "senin dışında" dediğinde duyduğu kelimeler hiç etkilemedi Duru'yu çünkü bunun böyle olduğunu zaten biliyordu. Sessizce eve varmayı beklemeye karar verdi, Can'ın suskunluğu ne kadar sürerse sürsün ya da ağzından ne çıkarsa çıksın hiçbir tepki vermeden dışarıya bakmak ve eve vardıklarında arabadan inmek dışında başka bir planı yoktu artık. Bir süre devam eden sessizlik Can'ın iyice gaza basmasıyla dengesizleşti ama Duru aracın hızına itiraz bile etmedi. Bir an önce eve varmak bu kadar hızlı gitmelerine rağmen daha güvenli geldi. Eve dönen son sapağa yaklaştıklarında Can yine kendi kendine, "Kalbimi göğsümden söküp ellerine vermek istiyorum..." dedi. Duru, Can Manay'ın kelimelerinin arabeskliğine şaşırsa da kafasını çevirmedi. Şehrin sokaklarında saatte 120 km hızla giderken Can Manay'ın bir daha tek bir kelime bile etmemesini isteyerek oturdu, oturduğu koltuğu sıkıca tutmaktan dolayı ellerine kan gitmediğini fark etse de ellerini gevşetmedi, yapacağı en küçük hareket sanki Can Manay'a bakmamak için gösterdiği çabanın bir anda boşa gitmesine neden olabilirdi, öyle hissediyordu.

Can eve dönen son sapağa girmek yerine daha da hızlanıp yola devam ederken yüksek sesle, "Bana dön!" diye buyurdu. Duru evin yoluna dönmemelerinin garipliğine bir de Can Manay'ın emreden, güçlü sesi eklenince ne yapacağını bilemedi ve kafasını dümdüz yola çevirerek, yine Can Manay'a bakmamaya özen göstererek, "Nereye gidiyorsun?" diye çıkıştı hırçınlıkla. Can biraz daha hızlanarak etraftaki araçları sollamaya, sağlamaya başlamıştı, akan trafiğin içinde çılgınca ilerlerken yine emredercesine, "Bana bak!" diye bağırdı. Bu bağırış aynı zamanda sanki bir yalvarmaydı. Çok hızlı gidiyorlardı. Duru durumun tehlikeli olmaya başladığını düşünüp kafasını Can Manay'a çevirdiğinde göz göze geldiler.

Can hızla arabayı kullanırken çoğunlukla kendisine bakıyor ve ara ara da yola dönüyordu. Duru, vücudunda hissettiği adrenalinin hızla giden aracın etkisiyle mi yoksa Can Manay'la bu kadar yakın mesafede böylesine ciddi şekilde göz göze gelmekten mi olduğunu anlayamadı, çok da düşünmedi çünkü Can tekrar konuşmaya başladığında kelimeler kafasını allak bullak etmeye başlamıştı.

Can, Duru'nun gözlerinin içine bakarken içindeki acıyı salıvermişti artık, hiçbir şeyin önemi yoktu. Duru bu araçtan inince bir daha hiç ona bu kadar yaklaşacak şansı olmayacaktı. Tek istediği içindekini en çıplak haliyle paylaşmaktı, bu duygu kendisinden daha büyüktü ve artık kamufle etmenin, stratejik oyunların içine gizlemenin bir anlamı da yoktu. Duru aracın hızından tedirgin yola dönecekti ki, Can hayatında daha önce hiç olmadığı kadar samimi, "Bana bak... N'olur beni gör," dedi Duru'nun gözlerine kenetlenerek. Aracın hızı yüzünden Duru oturduğu koltuk üzerinde zorlukla dengesini sağlayabiliyordu. Can başka bir aracı daha hızla sollarken Duru bakışlarını Can'dan alamadan eliyle hemen önündeki paneli kavradı, sarsıldı. Can'ın siyah gözlerinin içinde acıyla karışmış yoğun samimiyet vardı. O ukala, herkese ders veren adam nerdeyse ağlamak üzereydi ve yalvarıyordu. Can, "Sadece bak..." diye mırıldandığında Duru daha fazla bakamadı

Can'ın gözlerinin içine ve hemen başını yola çevirdi. Duru'nun başını çevirmesi ve Can Manay'ın çarpmak üzere oldukları aracı sollaması aynı anda oldu. Duru'nun kalbi sanki ağzından çıkacaktı, Can'sa aracı sollar sollamaz hemen yine Duru'ya dönmüştü, gerçekten hiçbir şey umurunda değildi. Duru kafasını Can'a çevirince yine göz göze geldiler ve Duru içgüdüsel bir hareketle Can Manay'ın sağ kolunu tuttu. Aracı durdurmasını istiyordu ama konuşamadı. Can Manay'ın gözlerinden fışkıran acı ve yalvarışın kendi dokunuşuyla sanki nerdeyse dindiğini gördü. Aracın şeridin sağına geçip yavaşlaması ve sakin bir şekilde gitmesi sanki bir anda olmuştu. Bir dokunuşla Duru fırtınayı durdurmuştu.

Can kolunu tutan Duru'nun elini kendi teninde hissetmenin verdiği mutlulukla, gözlerinde hissettiği kızarıklığı kamufle etmek için, kafasını yola çevirmek zorunda kalınca, Duru ona bakakaldı. Can Manay'ın gözleri kızarmıştı, nerdeyse ağlayacaktı! Gerçekten ağlayacak mıydı? O an Can, hissettirdiği ihtirasla tüm güzellik sınırlarını alaşağı eden bir enerjiye sahipti Duru için, erkekti. Tapan bir erkekten daha güçlü kimse olamazdı. Tabii eğer bu şizofrenik bir saplantı değilse. Deniz'in üzerinde asla böyle bir güce, etkiye sahip olduğunu hissetmemişti Duru, daha da önemlisi kimsenin Can Manay üzerinde böyle bir etkiye sahip olabileceğini düşünmemişti. Kafasındaki düşüncelerden sıyrılıp arabanın sakin bir şekilde sağ şerit üzerinde seyrettiğini fark edince elini Can Manay'ın kolundan çekti. Can Manay, Duru'nun çekilen elini henüz havadayken yakaladı ve Duru'nun bakışı yolda olmasına rağmen ona dönüp, "Beni tutmana ihtiyacım var," dedi ve kendi kolunu Duru'nun avucunun içinden geçirip kızın kolayca tutabileceği bir pozisyonda uzattı. Duru, eli Can Manay'ın kolunda, bakışları önündeki yolda öylece bekledi. Ne demesi ya da yapması gerektiğini bilemiyordu. Aklı hâlâ Can Manay'ın ağlamak üzere olduğundaydı. Kalbinde hissettiği sıkışıklık, acıma duygusundan çok bu adama hissettiği ilgidendi. Neydi bu adamı bu kadar kırılgan yapan şey?.. Kendisi miydi?..

Duru eline değen kolun kemikli yapısını, kıllı hissini inceledi içinde, ne hissettiğini düşündü? Yakınlık vardı bu tende. Kendine çeken, rahat ettiren bir yakınlıktı bu. Elinin altındaki bu kolu okşadığını, Can Manay'ın kızarmış gözlerine bakıp sakince dudaklarını o gözlerin üzerinde gezdirerek onlara nasıl bir rahatlama verebileceğini düşündü. Çok uzun süre tutmuştu Can Manay'ın kolunu, elini çekmek zorundaydı. Çekti. Elini çekerken bırak bu adama dokunmayı, bu arabaya hiç binememesi gerektiğini düşündü ve Can Manay'ın kırılganlığından etkilenmemesi gerektiğini kendine telkin ederken ona dönüp, "Bu sadece bir takıntı... Bana hissettiğini sandığın şeyin, asla sahip olamayacağını bilmekten kaynaklanmadığını nerden biliyorsun?" diye sordu direkt bir şekilde.

Can kızarmış gözlerini Duru'ya dikip, "Sen bende, benden daha büyük bir duygusun. Sana hissettiğimi sanmak! Hiçbir şey sanmıyorum, bu duygu beni öldürüyor. Sana sahip olmak mı!.. Sen sahip olunamazsın ki Duru, olunamamaksın!" dedi.

Can Manay sakinleşip burnunu sızlatan gözyaşlarını toplamak için burnundan derin bir nefes aldığında Duru geriye yaslandı, Can gözünü yoldan ayırmadan, "Kabul edeceğini bilsem, seni şu an alır senin istediğin yere, istediğin şekilde, tamamen senin koşullarında giderim seninle... Ne istersen onu yapıcam, sen ne istersen ve nasıl istersen... Ama benden seni yağmalamalarına seyirci kalmamı isteme," diye mırıldandı.

Duru kıyısından gittikleri denize bakıyordu. Yağmalandığını düşünmemişti daha önce ama bir süredir Deniz'e ait olmadığını hissediyordu. Can'ın bu duyguyu yağmalanmak olarak görmesi şaşırtıcıydı, belki de deliydi bu adam. Belki her ay başka bir kadına takıyordu kafayı, sonra hevesi geçince de kafayı takacak başka birilerini arıyordu. İçine doğan merakla bakışını ona çevirmeden, "Daha önce kaç kişiye hissettin bunu?" diye sordu. Can sorunun ciddiyetine şaşırmıştı, doğruyu söyleyip söylemekte tereddüt etti, tereddüt ettiğini fark eder etmez, "Kimseye," diyerek yalan söylemeye karar verdi.

Duru, hissettiği duygunun derinliğini hesaplamak istiyordu ki Can Manay, "Sana kimsenin sahip olamaması için hayatlar almaya hazırım ben," diye mırıldandı yine. Duru kaşlarını kaldırıp, "Ne demek şimdi bu!" diye çıkıştı. Can Manay'ın kendisini böyle arabesk laflarla uyuşturacak kadar aptal görmesinden rahatsızdı, ne sanıyordu bu adam, Duru'nun böyle kelimelerden etkileneceğini falan mı?!

Can Manay, "Senin var olduğunu gördüğüm an ben öldüm Duru... Bahçede dans ediyordun, hâlâ o anki müziği, çıplak ayaklarını, üzerindeki beyaz elbisenin sökülmüş etekliğini yaşıyorum kafamda... O an... öldüm... ve doğdum. Hiçbir şey eskisi gibi değil... Olamaz çünkü artık sen varsın... Ne yapmamı istiyorsun? Esrarkeş bi adamın seni yağmalamasını mı seyretmeliyim? Bir saniye bile katlanamıyorum!" dediğinde Can'ın içinde patlayan öfke önce yüzüne yansıdı, boyun damarları çıkıp sağ eli tek bir yumrukla önündeki panele vurduğunda Duru geriye çekildi. Böylesi tuhaf bir şiddet gösterisine hazırlıksızdı ama samimiyetini sorgulamadı, acı içinde olduğu çok ortadaydı. Can kendine hâkim olmaya çalışarak ön panele vurmayı bıraktı. Yumruğunu sıkıyordu. Duru dikkatini Can Manay'dan alması gerektiğini düşündü, her şey kontrolünün çok dışındaydı. Kafasını dışarı çevirdiğinde, "Nerdeyiz? Artık eve dönelim... Lütfen," dedi sakince.

Aslında eve dönmek istemiyordu, bu arabadan inip kendi monoton hayatına devam etme fikri can yakıcı derecede sıkıcıydı. Deniz'i düşündü Duru, bir şeyler hissetmek için kendini zorladı, Deniz'i düşünüp içinin acıdığını hissetmek istedi ama içi bomboş gibiydi. Can'la birlikte olmanın nasıl olacağını düşündü, yine içi boştu ama bu sefer bu adamla sevişse adamın alacağı zevkin ne kadar büyük olacağını biliyordu. Can Manay için öncelik daima Duru'ydu, bu Deniz'in asla veremeyeceği bir şeydi, öncelik.

Ruhu sıkıldı, hissettiği duyguların belirsizliğinden, doğrunun ne olduğunu bildiği halde yanlışın çekici gelmesinden iyice sıkıldı. Deniz, hayatı boyunca kendini yanında kendisi gibi hissettiği tek kişiydi, onun yanında olmak çok doğaldı, bu adamsa onu tanımıyordu bile. Bahçede dans ederken görmüş ve kafayı takmıştı. Kaç kişi vardı, beni dans ederken seyredip bana âşık olan ama hakkımda hiçbir şey bilmeyen diye düşündü. Sayı oldukça fazlaydı. Bakışı yolda, kendi kendine, "Beni tanımıyorsun bile," dedi. Can, Duru'nunki gibi kendi kendine, "Seni biliyorum... Etrafındaki herkesin nasıl senden etkilendiğini, senin varlığının yanında hissettikleri çirkinlik yüzünden pasif agresif bir şekilde sana nasıl saldırmaya çalıştıklarını, bu ışığının bedelinin yalnızlık olduğunu, bu yalnızlığı sadece Deniz'le paylaştığını ama onun da seni koruması gerektiği gibi koruyamadığını, en sevdiğin yemeğin çiporta* adlı bi yemek olduğunu, doğduğun yeri, hatta saati, annenle babanın geçirdikleri trafik kazasını, babaannenle o evde dört sene yaşadığını, babaannenin mezarına her ay gittiğini, uyurken ayaklarını örtünün altına iyice sokmak istediğini, Turkuaz adlı dans ekibine katılmak istediğini ve istersen kesinlikle dünyanın gördüğü en yetenekli dansçı olacağını... Seni biliyorum. Ait olduğun adamın ben olduğumu biliyorum. Bana ait ama aynı zamanda hiç kimsenin olmadığını biliyorum," dedi.

Duru duyduklarından ürpermişti çünkü hepsi doğruydu, kendisiyle ilgili araştırma yaptırması aslında şaşırılacak bir şey değildi ama ayaklarını örtünün altına sokarak uyuduğunu nerden biliyordu? Bunu da salak Deniz'den öğrenmişti kesin! Ürpermesinin nedeni Can Manay'ın kendisine olan ilgisinde blöf yapmadığını net bir şekilde anlamasındandı. "Ne istiyorsun benden?" diye mırıldandı. Adamın ne istediği ortadaydı ama bundan başka sorusu kalmamıştı aklında.

Can düşünmeden, "Benimle uyumanı," diye cevap verdi. Duru şaşırmış, ona döndü. Can Manay, "Bir kez... Sana dokunmayacağım, asla! Benim yanımda uyu ve uyan, ondan sonra sen ne istersen itaat edicem, istersen sonsuza kadar yok olucam," dedi. Bir süre hiç konuşmadan devam ettiler yola, sahil yolunu takip ederek artık binaların falan olmadığı bir yere, şehrin çok

* Otlardan yapılan bir ege yemeği.

dışına çıkmışlardı. Tek tük restoranlar da bitmişti şimdi, ıssız sahil şeridinde gidiyorlardı.

Duru uyanması gereken bir rüyanın devamını görmeye çalışırcasına oturuyordu bu arabanın koltuğunda. Can Manay'ın ne hissettiğini anlamak istiyordu. Birisine karşı bu kadar ihtiraslı olabilmek nasıl bir şeydi acaba? Nasıl bir duygu bir insanı bu kadar saplantılı, hem de kırılgan yapıyordu? Can daha önce kimseye böyle hissetmediğini söylemişti, belki de doğruydu, doğru olmalıydı, böyle bir adamın bu ölçekte yaşadığı ilişki kesin basına sızardı. Adamla ilgili internette var olan hemen hemen her şeyi okumuştu ve bir kadınla bile ciddi bir ilişkiye rastlamamıştı. Acaba nasıl bir rahatsızlığı vardı? Belki şu penisi küçük, kompleksli adamlardan biriydi bu Can Manay. Ama o tip adamlar bırak böylesine saplanmayı, kendisiyle küçük bir sohbet bile edemezlerdi. Duru biliyordu bir kadın olarak ne kadar güçlü olduğunu, erkekliğinden şüphesi olan ya da en ufak bir şekilde kendi erkekliğini sorgulayan hiçbir adam yaklaşamazdı yanına. Peki neden evlenmemiş, hatta ciddi bir ilişkiye bile girmemişti bu adam daha önce? Hissettirdiği kadar çekici bir adam olsaydı mutlaka başka bir kadın ona sahip çıkmaz mıydı? Sessiz bir şekilde yolda giderlerken, Duru bu adamın, bu tuhaf ısrarcılığında tiksindirici bir şeyler olduğunu düşündü, isteyerek bu düşüncede yoğunlaştı, rahatladı. Kendine ısrarla yapışan bir şey gibiydi. Can Manay'dan tiksinirse işler çok kolay olacaktı. Deniz gibi bir adamdan sonra böyle başkasının kadınının peşine düşen ve Deniz'e de arkadaşmış gibi davranan bir adamdan etkilenemezdi herhalde. Çok kişiliksiz, insanı arkadan bıçaklayan bir yaklaşımı vardı bu adamın. Kendisine âşık olan herkes bu cüretle davransa, Duru sürekli peşindekilerden kurtulmaya çalışmaktan yaşayamazdı hayatını.

Neden etkilenmişti ki bu adamdan! Tamam, bu adamın tuhaf bir çekiciliği vardı, merak uyandıran, dokunma... daha doğrusu dokunulma isteği veren biriydi ama o kadar! Can Manay'ın kendisine verdiği telefona baktı Duru, bir saatten fazla geçmişti. Ne yani şimdi sırf bu adam istiyor, ağlıyor diye onun mu olacaktı!

Parasını kullanıp hakkında bir de bilgi toplatmıştı, ruh hastasıydı, apaçık ortadaydı. Böyle saçmalık olmaz diye düşündü ve ciddi bir ses tonuyla, "Çok sıkıldım ben, şimdi hemen dön ve beni eve götür yoksa gerçekten Deniz'i arayacağım!" deyip elindeki telefonu sıkı sıkı tutup kaldırdı.

Can, Duru'nun sesindeki kuruluğa, ciddiyete ve tiksintiye şaşırdı. Son beş dakika içinde ne olmuştu da Duru aniden bir makine gibi tam ters bir enerjiyle konuşmaya başlamıştı? Biraz önce göz göze geldiklerinde emindi Can, onunla arasında bir bağ olduğuna ama şimdi bu kupkuru sesinde sıkılmışlık ve ilgisizlik vardı. Can Manay aniden arabayı sağa çekip durduğunda, Duru elindeki telefonu sıkıca tutup ani frenin sarsıntısından korudu kendini. Can arabayı durdurur durdurmaz, el frenini çekip kendini atarcasına indi ve hızla ıssız yolun toprağında denize doğru yürüdü. Sinir krizi geçirdiğinin bilincinde, kendini kontrol etmeye çalışan biri gibi hızla yürürken elleri saçlarının arasındaydı, 500 metre uzaklaştıktan sonra denizin kıyısında durdu. Duru, Can'ın gidişine bir an baktıktan sonra arabanın anahtarına döndü, Can inerken almıştı. Bu kadar seri hareket etmeyi nasıl başarmıştı? Duru elindeki telefonla Deniz'i aramayı düşündü ama ne diyecekti ki, vazgeçti. Bir süre arabada bekleyip Can Manay'ın bir aşağı bir yukarı yürüyüp deniz kıyısında dikilmesini izledi. Eninde sonunda sakinleşecek ve geri gelecek diye düşündü. Ama zaman geçiyordu, epey bir süredir hiç kıpırdamadan duruyordu Can. Ona seslenmek geçti aklından ama hemen vazgeçip sessizce beklemenin daha doğru olduğuna karar verdi. Can denizin kıyısında öylece dikilirken Duru arabanın içinde bekledi, elindeki telefon sanki ağırlaşmıştı. Şu anda Deniz'in onu aramasını ne kadar isterdi.

Oturmaktan yorulmuştu, Can Manay'ın daha ne kadar orada öylece dikilebileceğini düşününce tek hamlede emniyet kemerini açıp arabadan indi. Bu saçmalığa son vermeliydi. Deniz'e karşı ne hissediyor olursa olsun, onurlu bir insan olarak kendini bu durumdan kurtarmalıydı. Sakin adımlarla Can Manay'a doğru ilerlerken suratındaki sıkılmışlık ifadesinin çok da sert olmamasına dikkat ederek yaklaşmaya karar verdi. Arabadan birkaç adım uzaklaşmıştı ki, Can Manay aniden döndü Duru'ya. Sanki onun gelişini hissetmişti. Rüzgârın etkisiyle Can'ın gür saçları aslan yelesi gibi dalgalanıyor ve siyah kısık gözleri kaşlarının altında parlıyordu. Duru adımlarını yavaşlattı çünkü adamın yüzündeki kararlılığın hangi fikre ait olduğunu anlamaya ihtiyacı vardı. Bu kadar etkileyici gözükmek zorunda mıydı bu adam! Can Manay'la konuşmaktan vazgeçip arabaya dönmenin iyi bir fikir olduğunu düşündüğü anda Can Manay dikildiği yerden hızla Duru'ya doğru yürümeye başladı. Duru şaşkınlık içinde ancak iki adım geriye atabilmişti ki, Can Manay çoktan yanına gelmişti bile.

Can, Duru'yu incecik belinden bırakmamak üzere kavrayıp kendine doğru çektiğinde, Duru ancak narin elleriyle ittirebildi Can Manay'ı ama bu ittiriş hiçbir işe yaramadı. Can, Duru'yu kavradığı gibi tüm gücüyle kendine çekti ve onun dolgun dudaklarına ağzını kilitledi. Duru, bir eli beline, diğer eli boynuna kilitlenmiş Can Manay'ın kollarından kurtulma umudunu, Can Manay dudaklarını koparırcasına emmeye başladığında yitirmeye başlamıştı. Can Manay'la kendi vücudu arasında sıkışan elleriyle onu ittirmeye çalıştı ama Can iyice yapışmıştı. Durumun korkunçluğuna rağmen dudakları çok yumuşaktı.

Can sanki içindeki açlığı dindirmek istercesine Duru'nun dudaklarını emerken, sertleşen erkekliğini Duru'nun iyice hissetmesi için onun uyluğuna dayadı. Duru'nun kendisinde yarattığı basıncı hissetmesini istiyordu. Sanki patlamak üzereydi. Duru önce dudaklarını aralamamakta ve elleriyle Can'ı ittirmekte bir süre dirense de, öpüşmeye, ağzını kıpırdatmamaya çalışıp tepkisiz kaldığını göstererek karşı koyabildi ancak. Can'ın bedenini kendi bedeninden ittirmesi işe yaramayınca, sağ elinin tırnaklarını Can'ın omzuna sapladı. Can Manay'ın ne olursa olsun bir an sonra kendisini bırakacağını düşünüyordu ama o an bir türlü gelmiyordu. Kendi uyluk bölgesinde Can'ın penisini hissetmeye başladığında

Duru tüm gücüyle geri adım attı, çünkü Can Manay'ı durdurmak için bir şeyler yapmazsa onun durmayacağını anladı.

Duru'nun ani geri adımıyla, kavrayışını anlık kaybeden Can'ın dudakları bir an Duru'nunkilerden ayrıldı ama Can aralarındaki boşluğu hızla ona yaklaşarak doldurdu. Duru'yu incitmek istemiyordu ama gitmesine izin veremezdi, bundan başka şansı yoktu, biliyordu. Kendi kısrağını ehlileştirmek zorunda hissedercesine yapıştı yine dudaklarına. Duru'yu daha da sıkı kavradı boynundan ve Duru her geri çekilmeye çalıştığında bedenlerinin ayrılmaması için iyice ona kenetlendi. Arabanın yanındaydılar şimdi, Duru'nun geriye gideceği yer kalmaması için hızla Duru'yu arabaya doğru ittirdi ve kızın yukarı kalkan dizini kendi bacağıyla kenara alıp bacaklarının arasına girdi. İşte Duru bu an ciddi bir hata yaptığını anlayıp bacaklarını kapatmak için olanca gücüyle bacaklarını kastı çünkü Can'ın penisini şimdi tam bacaklarının arasında hissediyordu. Neyse ki Duru, güçlü bacaklara sahip olan ve onları nasıl kullanması gerektiğini bilen güçlü bir balerindi. Bacaklarını kapayabildi. Ama Can'la boğuşurken nefes almak için ağzını aralamak zorunda kalmıştı ve şimdi dudaklarının iç kısımlarında gezinen Can'ın dilini hissediyordu. Bunca şiddetin arasında Duru bir an da olsa aklını durumdan alıp o an hissettiği duyguya verdi, Can Manay'la öpüşmek güzeldi, tecavüze uğramak üzere olması dışında.

Duru, Can'ın omzuna geçirdiği tırnaklarının nihayet gömleğin kumaşını yırtıp ete girdiğini hissettiğinde bir an durakladı ama Can şimdi sadece onu öpmüyor, aynı zamanda da sürtünüyordu. Tırnağını daha da derine gömmek için parmaklarını iyice kastı Duru, bu adam ne kadar iyi öpüşüyor olursa olsun kendisine tecavüz edemeyecekti. Can'ın dudaklarını emen nefesi bir anda mırıltıya dönüştü. "Sen benimsin," dedi ve Duru'yu aniden bıraktı.

Duru, Can'ın geri çekilişini fırsat bilerek kollarıyla onu ittirip ona vurmaya başladı ama Can iyice geriye çekilmişti artık, Duru'nun yumrukları havada savruluyordu. Can üç adım kadar geriye gittikten sonra ancak Duru kendine gelebildi ve Can'ın bir sonraki atağının olmayacağını anladı. Şimdi karşısında durmuş sadece ona bakıyordu. Duru elindeki kanın adamın omzundan geldiğini gördü. Tırnakları resmen derisini delmişti ama Can'ı uzaklaştıran şeyin acı olmadığına emindi çünkü Can Manay boşalmıştı. Pantolonunun önü ve Duru'nun eteğinin bir kısmı ıslaktı. Bir an karşı karşıya sadece birbirlerine baktılar. Duru şoktaydı, Can'a doğru iki adım attı tereddütle ve bir an bekleyip son bir adımla yaklaşınca hiddetle onu tokatladı. Birinci tokadı attıktan sonra Can hiç kıpırdamadan karşısında durdu öylece ve Duru ikinci tokadı da attı şaşkınlıkla ama Can tepkisiz, teslim olmuş kendisine bakıyordu, gözlerinden başka bir şey göremiyordu Duru. Can sakince avcunun içinde tuttuğu araba anahtarlarını uzattığında Duru önce almakta bir an tereddüt etti ama sonra hemen anahtarları aldı, arabaya binerken dönüp, "Sapık!" diye haykırdı yüzüne.

Duru gitmişti ve Can ne hissettiğini, hissetmesi gerektiğini bilmiyordu. Uçsuz bucaksız karşısında uzanan denize bakarken aklındaki tek şey Duru'nun muhteşem teniydi. Dudaklarının hissi geldi aklına... O dudaklar her şeye değerdi. Bunca bekleyişten sonra ona dokunabilmiş olmak bile önemliydi. Kendini galip gibi hissetmiyordu ama yine de zafer sigarasını yakmak istedi, cebinden çıkardığı sigarayı yaktı, derin bir nefes aldı. Dumanı ciğerlerine çekerken pantolonundaki ıslaklığa baktı. Resmen boşalmıştı!.. Duruyu zorla öpmüş ve bacaklarının arasına girip boşalmıştı! İçine aldığı duman kalbini kapladı, zehri dışarı verirken iyice kendine geldi. Duru bir daha asla onu görmek istemeyecekti. Kimbilir nasıl korkmuştu, kimbilir nasıl bir şoktaydı. Nasıl yapabilmişti? O an her şey ne kadar da doğal gelmişti ama az kalsın tecavüz edecekti. Hayır! Asla Duru'yu incitmezdi!.. Ama incitmişti. Çiçek geldi aklına. Eti haklıydı, bir an bile kendini bırakmamalıydı. Elindeki sigarı parçalayıp yere attı. Ayağıyla yere vurdu, tekmeledi. Kendine çok kızgındı, etrafı tekmelerken yerden kalkan toprağın tozunda kendine olan nefretiyle savaştı.

Duru aracı nasıl çalıştırdığını, ne hızda U dönüşü yaptığını hatırlamıyordu ama Can'ın o ıssız yerde öylece durduğunu, dikildiği yerden hiç kıpırdamadan kendisine baktığını hatırlıyordu. Bir süre hızlı bir şekilde aracı kullandıktan sonra ancak biraz kendine gelebildi. Yaşadığı şeyi analiz edebilmek için durmalıydı, durdu ve düşündü. Düşündükçe kalbi iyice hızlandı. Eteğinin üzerindeki ıslaklığa baktı dikkatle, adam resmen üzerine boşalmıştı. Belki de erken boşalma sorunu vardı. Ama asıl tuhaf olan kendisinin de ıslanmış olmasıydı. İç çamaşırındaki kayganlık o kadar yoğundu ki, sevişmeye ne kadar hazır olduğunu anladığında da kendinden tiksindi. Eve varmak için en az bir saate yakın yolu vardı ve Deniz hâlâ aramamıştı.

- 5 -

Deniz eve girdiğinde, nihayet doğru arazinin seçilmiş olmasından dolayı çok mutluydu. Tüm ölçümler yapılmış, projeye uygunluk testleri tamamlanmış ve Deniz'in onaylamasıyla araziye karar verilmişti. Bu Can Manay nasıl bir adamdı! Söylediği her şeyi gerçekleştirmek için elinden geleni yapan birinin varlığı dünyayı yaşanır kılmaya yetiyordu. Deniz her zaman sözünün eri olmak için çok çalışmış, ağzından çıkanları uygulamaktan başka bir seçenek bırakmamıştı kendine. Ya yapardı ya da konuşmazdı. Nihayet kendisi gibi birilerinin var olduğunu görmek rahatlatıcıydı. Can Manay'ın kaynakları ve kendi vizyonuyla daha neler yapabilirler diye düşününce, yaşadığı dünyanın cennete dönüşmek üzere olduğunu sanan herkes gibi gülümsedi, umut dolu. Eve girip dosyaları masanın üzerine bırakırken Duru'nun merdivenlerde öylece oturduğunu fark etmedi, mutfağa su içmek için girdiğinde de fark etmedi Duru'yu çünkü alışkın değildi onun sessizliğine, görünmezliğine. Duru yukarı çıkan merdivenlerin iki basamak yukarısında oturmuş öylece duruyordu. Deniz ancak yukarı çıkmaya karar verdiğinde gördü Duru'yu. Eli kan içinde, merdivende dalıp gitmişti.

Deniz'in heyecanlı bir şekilde kendisiyle konuştuğunu anlar anlamaz kendine geldi Duru, ne kadar zamandır öylece oturduğunu bilmiyordu. Kendini eve attığında yığılmıştı o merdivenlere ve hiç kıpırdamaya fırsat bulamadan kaybolmuştu kendi düşüncelerinde. Deniz'in, elindeki kana bakarkenki endişesi onu uyandırdı, donuk bir ifade ve soğuk bir ses tonuyla, "Ben kanayınca mı fark ediyorsun yaralandığımı!" derken elini çekti sakince, kalkıp yukarı çıktı. Deniz elindeki kan yerine yaşadığı şoku fark edebilseydi, her şeyi anlatırdı ona.

Artık önceki dünyasından kopuktu, paylaşmak, anlatmak istediği hiçbir şey kalmamıştı içinde, tek istediği yalnız kalıp birkaç saat önce yaşadıklarını tekrar tekrar kafasında canlandırmaktı. Üzerindeki elbiseleri çıkarırken eteğinde Can Manay'dan kalan lekeye baktı dikkatle ve elindeki kan lekesinin kurumuşluğuna. Elini kaldırıp banyonun ışığında inceledi, Can Manay'dan parçalar bulaşmıştı bedenine diye düşündü. Can Manay'ın öptüğü dudaklarına baktı aynada, parmak uçlarıyla dokundu dudaklarına ve kendi yüzünün yansımasında uyanarak bir şokta olduğunu anladı. Ne kadar garip, kopuk görünüyordu. Deniz fark etmemişti... Aslında fark etmemesine imkân yoktu, basbayağı artık onu umursamıyordu. Besbelli Deniz'in gözünde önceliğini kaybetmişti Duru. Kendini görünmez hissediyordu. Onunla konuşmalıydı.

Kafasındaki notlarla savaşması yetmezmiş gibi Duru'nun hırçınlığı da eklenmişti. Kendini stüdyoya atmasa yukarı çıkıp bir büyük kavganın daha başlamasına neden olacaktı. Sinirliyken Duru'yla konuşmak imkânsızdı. Konuşmaya çalışarak onun kendisini yine sokaklara atmasını istemiyordu, kafasındaki müziğe sığınarak çalmaya başladı.

Duru, suyu dahi kapatmadan çıktı banyodan, elini bile yıkamamıştı. Deniz'in müzik yaptığını duydu. Kafasındaki müziği kâğıtlara yazar, kolay kolay çalmazdı ama şimdi bir parça çalıyordu. Duru yavaşça indi merdivenleri, yaklaştıkça müzik yoğunlaştı. Müziği bölmeye karar vermişti, ne olursa olsun olanları anlatmalıydı, kendini temizlemeliydi ama müziği dinlemeye başladığında müziğin yoğunluğuyla içinde uyanan duygular onu kapıyı açmaktan alıkoydu. Müziği böleceğini düşünmesi ne kadar da komikti, aslında hiç bölebilmiş miydi ki?.. Yalnızlığı içini acıttı.

- 6 -

Burası evi değildi artık, Duru'dan bu kadar uzakta olan hiçbir yer evi olamazdı Can'ın ama helikopter için ancak bu evin çatısında bir pist vardı ve mecburen buraya inmişlerdi. Yarın ilk iş, yeni evinin çatısındaki pisti tamamlatmak olacaktı. Piste inip içeri girdiğinden beri kendini koltuğa bırakmış ve hiçbir şey yapmadan öylece kalmıştı. Üzerindeki kanlı gömlek, altındaki meniyle ıslanmış pantolon ya da Duru'nun tokadıyla suratına bulaşan kendi kanının normalde rahatsız edici kalıntısı şimdi umurunda bile değildi. Duru'ya dokunduğu anı tekrar tekrar kafasında canlandırdı ve dilini Duru'nun ağzına sokarken onun küçük bir dudak hareketiyle nasıl da kendisine karşılık verdiğini düşündü. Gerçekten karşılık vermiş miydi yoksa tüm bunlar Can'ın manyak bilincinin uydurmaları mıydı yine?.. Olamazdı, Duru kendisine tokat atarken gözlerinde görmüştü tanınırlığı. İki ten birbirini tanıdığında gözlerin de tanışıklığı değişirdi ve Duru'nun gözleri de değişmişti. Emindi. O gözler kesinlikle tanımışlardı Can'ı. Çiçek'in gözleri geldi aklına. İrkildi. Gözlerini kapatıp aklını temizledi. İçindeki denge tamamen bitmişti. Duru'ya odaklandı yine, yaşadıklarının detaylarını kafasında canlandırdıkça yine erekte oldu Can ama önemsemedi, beyninin içinden çıkıp bedeniyle oynayacak kadar kendinde değildi. Acaba Duru nasıldı? Ne yapıyordu? Nasıl hissediyordu? Oturduğu koltuğa vurarak fırladı ayağa Can. Nasıl bu kadar aptal olabilmişti! Nasıl böylesine kontrolsüz davranabilmişti! Lanet olsundu! Can Manay'a lanet olsun!

Evden çıkmak, Duru'ya koşmak istedi, belki düzeltebilirdi. Ona ne kadar değerli olduğunu, aklını başından aldığını anlatabilirdi... ama henüz pantolonu bile kurumamışken Duru'nun yüzüne nasıl bakabilirdi? Tek ihtiyacı olan biraz daha zamandı. Duru onundu. Vazgeçilmeziydi.

Tüm gücünü kendini cezalandırmamak için kullanırken çalmaya başlayan ev telefonuyla irkildi. Nerdeyse kimsenin bilmediği bu numara yıllardır hiç çalmamıştı. Sehpanın üzerindeki telefona uzandığında arayan numarayı tanıdı, Eti'ydi. Eli titredi. Açamazdı, açmadı. Telefonu hemen fişinden çekip koltuğun üstüne fırlattı. Eti'nin numarasını görmek bile gerçekliğe dönüş gibi sarsıcıydı.

4. BÖLÜM

- 1 -

Mezuniyet Gecesi...

Yerlerine oturmakta biraz oyalanan seyircilerin uğultusu ve sahneyi ilk defa net bir şekilde inceleme fırsatı bulan okul müdürü Mustafa Bey'in dikkatini çeken su sistemi nedeniyle çenesine vuran endişesi, ince ince yükselen davulların ritmiyle kesildi. Işıklar da tamamen kararmıştı. İzleyiciler ne olduğunu anlamak için dikkat kesildiler, çünkü kimse programın başladığını anons etmemişti, sadece ışıklar aniden kararmış ve davulların senkronize sesi atağa geçen bir ordu gibi alçaktan ama yükselen bir ritimle başlamıştı. Sahnenin yavaşça artan nokta ışıklandırması planlanan kıvama geldiğinde, inceden inceye yağan yağmurun içinde, havada asılıymış gibi duran davullar ve davullara vuran parlak sopalar sanki kendi kendilerine ritimlerini tutuyorlardı. Işıklandırmanın ve sahnede yağan ince yağmurun etkisi izleyenlerin iyice odaklanmasına neden olmuştu. Davulların yükselen ritminin altından sızarak başlayan keman hâlâ görünmezdi. Müzik belirlenen referans noktasına geldiğinde siyahların içinde kamufle olmuş Ada, arkasını seyircilere dönerek sakladığı kemanın görünmesini sağladı dönerek. Gösteriyi seyreden herkes, Mustafa Bey bile, bu kadar ustaca bir açılış olmasına şaşkındı. Beklentilerin çok ötesinde, hatta daha önce gittikleri hiçbir gösteride izlemedikleri kadar ustaca bir gösteriydi bu.

Oluşturmaktan başka hiçbir amacı olmayan insanların bir araya gelmesiyle oluşan her şey gibi ilham vericiydi. Gösterinin görsel gücüyle Ada'nın müziğinin işitsel etkisi o kadar kafa kafaydı ki, bu durum izleyenler üzerinde aşırı bir uyarılmaya neden oldu. Herkes seyrettiği şeyin detaylarına dikkat edemeden, bir fotoğrafını bile çekmeyi düşünemeden kilitlenmiş bir şekilde izledi. Müziğin dans ettiren etkisi, kemanın ağlayan notalarıyla kafa karıştırıcı olsa da, sonuç tek kelimeyle muhteşemdi. 2 dakika 20 saniye süren bu açılış ülkenin gördüğü en iyi açılıştı.

Davullar, keman ve sadece tuşları parlayan piyano, aniden var oldukları gibi yok olduklarında müzik bitti ve yağmur kesildi. İzleyiciler açılışın şokunu üstlerinden atamadan boşalan sahne tek tük ritimli elektronik müziğin başlamasıyla yavaşça aydınlandı, sanki güneş doğmuştu. Müziğin yükselen ritmine aldanıp sahnede bir şeylerin olacağı beklentisine giren izleyiciler, sahneye odakladıkları gözlerini hiç kırpmadan beklediler ama hiçbir şey olmadı. Gözleri yoracak kadar aydınlanan sahnenin boşluğu izleyiciye huzursuz bir bekleyiş yükledi. Hâlâ hiçbir şey olmamaktaydı. Gözleri kamaştıracak kadar aşırı aydınlık içindeki bu beyaz, boş sahne ve kademe kademe yükselen rahatsız edici elektroniklikte bir müzik, kötü bir gösterinin ya da en doğrusu, yanlış yapılan bir şeylerin habercisi gibiydi.

Tam olarak ne yaptığı bilinmese de, ülkenin en sevilen sanatçısı Şadiye Reha'ya yaptığı saygısızlıkla kulaktan kulağa dolanarak nerdeyse ünlenen ve Şadiye'nin resmen savaş açtığı bu haddini bilmez Deniz denen adamın organizasyonunu merak edip de gelen sosyetik izleyiciler, izledikleri güçlü giriş sahnesinden sonra belki ciddi bir başarısızlık skandalına tanıklık edebileceklerinin olasılığıyla heyecanlanıp birbirlerine bakmaya başlamışlardı bile. İzledikleri boş sahneden diğerlerinin bir anlam çıkarıp çıkarmadıklarını yoklarlarken, yokuşu hızla çıkmaya başlayan bir Lamborghini'nin motoru gibi yükselen müzik aniden kesildi, bu bir anda olan sert kesiliş, sahnenin tepesinden birinin sahneye çakılmasının şiddetli sesiyle akıllardan tamamen silindi. Yukarıdan bir şey, biri düşmüştü. Sahnenin tam ortasında yere çakılan bedenin durumuna kısa çığlıklarla tepki gösteren kalabalık, bedenin parçalanmışlığının ne boyutta olduğunu görmek için ayağa fırladı. Sahneye doğru atılan üç beş kişinin sahne önünde konuşlandırılmış güvenlik tarafından sahneye çıkması engellenirken, bir anda müzik başladı yine ve sahnenin yorucu aydınlığı loşlaşırken sahnenin ortasına çakılan beden kıvrılarak hareket etmeye başladı. İzleyenlerin, bedenin dans ettiğini algılamaları neredeyse bir dakikalarını almış olsa da, hissettikleri korkunun yerini meraklı bir izleyişe bırakması hemen oldu. Ayaktakilere oturmaları gerektiği oturanlar tarafından hatırlatılırken, elektronik ritimle başlayan müzik, davulların ve viyolonselin gücüyle değişime uğradı ve kendi içinden doğarak tüyleri ürperten müthiş bir müziğe dönüştü.

Ne olduğunu hâlâ algılamaya çalışan izleyici şimdi tamamen ayaktaydı, sahnenin ortasında yatan bedene kilitlenmiş, nefeslerini tutarak izlemekteydiler. Yerdeki bedenin yarı çıplak, kaslı vücudu, sanki her bir kastaki hayatı yoklarcasına yavaş yavaş kıpırdamaya başladı. Yerde yatan vücut müziğin etkisiyle hayat bulmuş gibi kıvrılmaktaydı. Beden şimdi yerde, bütün bir kalp gibi atmaya başladı. Her ritimde yerden 10 santim sıçrıyor ve sonra yine yere yapışıyordu. Önce kollar içeri geldi sert bir hareketle, yere uzanan bacaklar kendi içlerine çekilerek sırtı yükselttiler, beden saldırıya hazır bir boğa gibi yükselmişti ama kafası öne düşmüş, cansız, öylece durmaktaydı. Davul ve viyolonselin arasına giren vokal mırıldanmaya başladığında bedenin kafası da aniden canlandı. Kafa dimdik kendini kaldırdığında, izleyenler ilk defa bu bedenin suratını ve daha da ilginci boynuzlarını görme fırsatı buldular. Gözlerinin etrafı dikdörtgen bir şeritle kırmızıya boyanmış bu surat, kırmızının içinde kalan siyahla belirginleştirilmiş bu gözler, tek bir şey için her şeyi feda edebilmiş, göze alabilmiş Tanrısal bir yaratığı hatırlattı izleyenlere.

O yaratığı hatırlamaktan rahatsız olan bir toplumda yaşadıkları için, izleyiciler akıllarına gelen ikinci düşünceye sarıldılar: Boğa.

Mırıldanan vokalin ne dediğini ilk dinleyişte anlamak neredeyse imkânsızdı. Sözler, davullar tarafından korunmuş, viyolonsel tarafından özenle saklanmış gibi aktı kulaklardan. İzleyiciler, boğaadam kafasını hedefe kilitlenmiş bir yaratık gibi yavaşça önce sağa, sonra sola doğru küçük küçük hareket ettirmeye başladığında müziğin nakarat yerine geçebilecek bir cümlesini anlayabilmişlerdi ancak.

"Ruhların yok olduğu bu yerden sadece sen doğabilirsin," diyordu.

Boğaadam tek bir hamleyle havaya sıçrayıp ters takla attı ve yere iner inmez yine zıplayıp kendi vücudunun etrafında havada yuvarlana yuvarlana sahnenin sağına kaydı. İzleyiciler, izledikleri şeyin imkânsızlığını, istemdışı bir şekilde aldıkları derin nefesin çıkardığı küçük çığlığa benzeyen seslerle ifade edebilmişlerdi. Boğaadam sahnenin sağında attığı son takla ile yine yere yapışmış ve şimdi ancak bir timsahın yapabileceği çeviklikte tüm bedeni yerdeyken, yerden sadece 5 santim yüksekliğindeki vücudunu bir sürüngen çevikliğinde hızla sahnenin ortasına doğru getirmişti. Sonraları ülkenin çeşitli sporcuları tarafında yapılmaya çalışılan bu garip hareketin, aslında kaykayla yapıldığı söylentisi bile çıkacaktı ama işin aslı Göksel'in kendi ağırlığıyla çalışarak farkındalığa varmış kaslarından başka bir şey olmamasıydı. Göksel bir timsah gibi sahnenin ortasındaydı ve topuklarını güçlü bir hareketle başının önüne fırlatarak tersten kalktığında bacakları iki yanda, dizlerinden kıvrılmış, boyun kasları gerilmiş, kolları iki yanda yarım açılmış başını kaldırıp izleyiciye baktı. Bu beden, sahnede canlandığından beri ilk defa durmuştu. Durağanlığı çok uzun sürmedi, geriye doğru attığı taklalarla sahnenin gerisine ulaştığında, izleyen tüm kadınlar ve erkeklerin de bir kısmı, o an oracıkta bu adama ait olmayı dilediler. Bu boğaadamın kim olduğunu, nasıl olup da böyle bir güce, esnekliğe, çevikliğe, bedene sahip olabildiğini merak ettiler, ta ki sahneye Duru inene kadar.

Sahnenin tepesinden sarkıtılan kırmızı ipek bir kumaşın ucundan dolana dolana sahneye düşermiş gibi inen Duru, parıldayan beyaz ipek kostümüyle cennete ait bir yaratık gibi sahneye çarpmasına 5 santim kala asılı kaldı kırmızı kumaşa. Kumaşın ucunda baygındı. Boğaadamsa krem rengi düşük belli paçavradan başka hiçbir şey giymemiş vücudu, boynuzları, kırmızı kalın boya içinde parlayan siyah çerçevelenmiş gözleri ve hayvaniliği temsil eden vücut hareketleriyle sanki ateşle kaplı bir yerden gelmiş, yarı insansı bir hayvandı. Toplumun yok etmek için yüzlerce yıldır savaştığı ama insanın özünü oluşturan, onu diğer hayvanlardan ayrıştıran eşsiz bir hayvan.

Bu cennet yaratığının sahneye inmesinin ardından etrafında dolanmaya başlayan boğaadam temkinli yaklaştı kumaşın ucunda asılı kalmış baygın kıza. Havayı kokladı, etrafında döndü, önce boynunu uzattı, sonra vücuduyla takip etti, kıza iyice yaklaştı, koreografinin orijinalinde Duru'yu koklamak için yaklaştığı bölüm geldiğinde Göksel kendisine söylenenden daha da yavaşlayarak sahnenin arkasında, gösteride çalışanlara baktı. Gölge içinde kaybolmuş bir grup insan siluetinden başka bir şey görememiş olsa da, Ada'nın orada kendisini seyrettiğinden emindi, hissetti ve devam etti. Göksel koreografinin orijinalinde Duru'ya yaklaşmalı, onu ayaklarından başlayarak boynuna kadar koklamalı ve kuşaktan son dolanmayı da açıp Duru'yu çıkarmalıydı ama o öyle yapmadı. Bir an burnunu uzatmış olsa da hemen ardından ağzından çıkan sivri diliyle önce ayak bileğine dokundu, kafasını hafif hafif sağa sola boynundan oynatarak uzun dilini Duru'nun bileğinden baldırlarına kaydırdı, yoluna gelen kumaşı koklayarak geçti, Duru'nun boynuna ulaştığında ağzındaki dili bir yılan gibi kıvırırken elleriyle Duru'nun asılı olduğu ipek kumaşı yırttı vahşice, Duru'yu kopardı içinden.

Yalandığının farkındalığıyla sinirlenen Duru, baygınlığını devam ettirmekte zorlanmaya başlamıştı, kumaştan dolanarak çıkartılmayı beklerken kumaşın yırtılırken çıkardığı sesle iyice gerildi. Deli Göksel'in ağzına sıçacağını düşünüyor ama o an verebileceği herhangi bir tepkinin kendisini aptal gibi gösterirken, gösteriyi de kötü yapabileceğinin bilincinde, sabırla, sıranın kendi uyandığı ana gelmesini bekliyordu. Koreografinin orijinalinde Göksel onu sahnenin ortasına koyacak ve etrafında onu koklamaya devam ederken Duru uyanacaktı ama yine öyle olmadı. Kumaşı yırtması yetmemişti Göksel'e, şimdi de Duru'yu sahnenin ortasına koyup etrafında dolanmak yerine Duru'yu koyduğu yerde boynunu yalamıştı. Duru daha fazla dayanamadı, gözlerini açtı. Müziğin ritmine uyarak aniden sahnenin önüne doğru yuvarlanıp üzerine eğilmiş Göksel'den kıvrakça kurtuldu. Daha fazla katlanamazdı bu gerizekâlının salaklıklarına, tacizine. Duru'nun narin ve çevik vücudu yanında, Göksel çok daha yapılı vücuduyla iri ve güçlüydü. Bu iki insan yaşamın farklı çağlarından, hatta evriminden gelmiş iki yabancı ruh gibiydiler, ancak ikisi bir aradayken tamamlanmışlığın etkisini yaratabildiler izleyici üstünde. Duru yuvarlanarak aniden sahnenin o kadar önüne gelmişti ki, izleyiciler bu cennet yaratığının sahneden düşeceğine endişelendiler bir an ama Duru düşmek yerine uzandığı yerden bir hamlede üst vücudunu döndürerek doğruldu. İki bacağını 180 derece birbirine paralel dümdüz açıp tüm vücudunu yerin pürüzsüz ahşap zemininin üzerine yapıştırması, insanda sadece izleme isteği uyandıran bir görüntüydü. Hayvansı vahşi boğa-adam sanki sahneyi bu narin, esnek Elf'e* bırakmıştı. Zemine yapıştırdığı vücudunu aniden döndürüp ayağa kalktı ve döndü Duru. Döndü, döndü, döndü... Parlayan ahşap zemin üzerinde parlayarak dönen bir bilyeymişçesine hızla ve aralıksız dönmeye devam etti. Atkuyruğundan örgülü uzun, kalın saçı her dönüşle birlikte havayı kamçılıyordu. Duru'nun dönüşleri seyredenlerin

* Yüzüklerin Efendisi adlı eserdeki bir ırk.

nefesini tutmalarına neden olacak kadar kesintisizleşip serileşince, Göksel kimsenin nasıl yaptığını anlamadığı bir hamleyle, Duru'nun kolunu kavrayıp Duru'nun dönüşüne katıldı. Bir girdabın içine doğallıkla dahil olan bir bedendi bu.

İzleyiciler gibi sahne arkasında gösteriyi hazırlayanlar da sessizce seyrettiler Duru ve Göksel'in gösterisini. Birbirlerinden bu kadar nefret eden iki kişinin bu kadar uyum içinde dans edebilmeleri mucize gibi geldi Deniz'e. Ne komik, hiçbir şey gerçekten de göründüğü gibi değildi. Gerçekleştirmek için aralıksız bir yıldır çalıştığı, çalıştırdığı bu gösteri, en sonunda olmuştu. Dikkatini sahneden alıp izleyicilere çevirdi, hipnotize olmuşçasına sahneye kilitlenmiş insan sürüsü, izlediklerinin gerçekliğine inanamayarak seyrediyorlardı. Her mezun için aslında basit bir veda gecesi olarak kutlanması planlanan bu gece, Deniz'in vizyonuyla öğrencilerin kendilerini, yeteneklerini sergileyecekleri bir gösteriye dönüşmüştü. Kimse henüz bilmese de bu gece, ülkenin kültürel geleceğini değiştirecek bir gece olacaktı. Çünkü sahnede izlenen bir sürü yetenek, Deniz'in öğretileri sayesinde kendi özgünlüklerini koruyarak ülkenin sanatını tohumlayacaklardı. Deniz çok çalışmıştı, başarmak için çok çalışmanın yeterli olmadığını bildiği halde çok çalışmış ve istemişti. Gösterinin bitmesine az kalmıştı, her şeyin yolunda gitmesi için şimdi dikkatini izleyicilerden ve sahnedeki danstan almalı, işine devam etmeliydi.

Bu dansın sonrasında Ada'nın viyolonsel konçertosuyla kapanış yapacaklar ve Ada'nın müziğinden sonra ikinci sınıflardan yetenekli bir çocuğun kurduğu Dj setine teslim edeceklerdi ortamı. Gösteride emeği geçen herkesin Dj'in müziği eşliğinde izleyenlerin arasına karışıp onları dansa kaldırmasıyla, gece bitmek yerine tam tersi yeni başlayacaktı. Herkesin dans ettiğinden emin olunana kadar izleyenler bırakılmayacaktı. Plan buydu.

Deniz sahne arkasına geçip Dj için ses sisteminin hazır olduğunu kontrol etti hızlıca, her şey yolundaydı. Sırasının gelmesini bekleyen Ada, Deniz'in kendisine doğru geldiğini görünce içinde yükselen heyecanı dizginlemek için bakışlarını kaçırdı. Milyonlarca kişiye çalabilirdi müziğini ama bu adamın suratına bakmak bile altüst olmasına yetiyordu. Deniz, Ada'nın elinde viyolonsel yerine gitar görünce program kâğıdına bakıp emin olmak istedi ama Ada, "Viyolonsel değil, gitarla çıkıcam," diye kesti Deniz'in arayışını. Deniz her zaman güvenirdi Ada'ya, yeteneğini yönetebilen usta bir zekâsı vardı kızın ama son anda viyolonselden gitara geçişi biraz sıkıntı vericiydi. Sorgulamak istemiyordu ama yine de, "Niye?" diye sordu.

Ada yanaklarına hücum eden kanı hissediyordu, o kadar küçük bir sesle, "Hazırladığım şeyi dinlemeniz şart," dedi ki, Deniz kızın ağzından çıkan kelimeleri duymak için ona doğru hafifçe eğilme gereği duydu. Ada'yı duymak için yaptığı sadece amaca yönelik bu hareketi, Ada'nın kalbinin nerdeyse iki kat daha hızlı çarptırdı. Deniz'in bronz teninden yayılan o güzel sabun kokusunu solumamak imkânsızdı. Deniz anlamak için, "Daha önce çalışmadığın bir şey mi?" diye sordu, içinde hissettiği telaşı gizleyerek. Ada, Deniz kendisine bu kadar yaklaşmışken daha fazla konuşamazdı, konuşursa sesinin ciddi şekilde titreyeceğini biliyordu, sadece kafasını hayır anlamında sallayarak cevap verebildi ama Deniz bu hareketin ne anlama geldiğini anlamadı, kafasını geriye atıp, "Evet mi, hayır mı?" diye sordu. Bu sefer sesi çok daha direkt ve sorgulayıcıydı. Ada gözlerine her baktığında kendini kaybolmuş hissettiği bu adama bakmak zorunda kaldı, göz göze geldiler. Konuşurken gözlerini Deniz'inkilerde tutmakla ilgili kendisini öyle zorluyordu ki, sesinin titrediğini fark etmiyordu bile. "Çalıştım tabii... Sizi tanıdığım ilk günlerden beri çalıştığım bir parça bu... Benim için çok önemli. Dinler misiniz lütfen?" dedi. Deniz rahatlamıştı ama yine de son dakika değişikliklerinin sırası olmadığını belirten bir tarzda, "Riske girmeye gerek yok, çıktığında parça aniden kafanda şekillenmezse hemen provadaki parçaya dön, o da çok iyiydi," dedi. Deniz yükselen çılgın alkıştan, sahnedeki gösterinin bittiğini anladı, dikkati sahne arkasına kayarken tamamen Deniz'e konsantre olmuş ve etrafındaki dünyayı unutmuş Ada, kendisinden uzaklaşmak üzere olan Deniz'i kolundan tutup, "Lütfen dinle!" dedi. Deniz, Ada'nın bu hareketini, gereksiz bir ısrarcılıkta olmasına rağmen komik bulmuştu, kızın heyecanını anlayışla karşılıyordu, tabii ki dinleyecekti, bu gösteride olan her şeyden o sorumluydu ve dinlemek onun işiydi. Ada'ya duyduğu sempati şimdi daha da büyümüştü, o da yaptığı işi en iyi şekilde yapabilmek için sancılar yaşayan bir sanatçıydı, Ada'nın sıkıca örülmüş saçını bozmadan okşadı ve gülümseyerek, "Tabii ki dinliycem," dedi. Kızı sakinleştireceğini düşündüğü bir sevecenlikle, "Her şey yolunda, telaşlanma," deyip onu alnından öptü.

- 2 -

Sahnedeki hayvansı erkeğin Duru'ya bu kadar yakın olması, onu yalaması, onu kollarına alıp döndürmesi, kaldırması... Tüm bunlar baş edilmesi zor duygular doğurdu Can Manay'ın içinde. Deniz'e daha fazla sinir oldu. Nasıl bir salaktı bu böyle, sahip olduğu kadını böyle bir koreografinin içine sokan. Nasıl izin vermişti bu saçmalığa! Ama şimdi sadece Deniz değildi düşman, herkes olabilirdi. Peki kimdi bu adam? Böylesine hayvani, böylesine erkek, böylesine kusursuz gözüken birinin Duru'yla nasıl bir ilişkisi vardı acaba? Duru adamın kollarından kurtulup sahnenin önüne fırladığında, Can da sahneye fırlamak istedi. İçinde hissettiği bu istek o kadar güçlüydü ki, refleks halinde bir an kalkar gibi oldu, bu hareketini sanki oturuş şeklini değiştiriyormuş gibi yaparak kamufle etti ve hemen etrafında kendisini izleyen birileri var mı diye hızlıca gezindi gözleri. Yoktu. Kimse ama hiç kimse, ilk defa Can Manay'a bakmıyordu. Herkes pür dikkat sahnedeki duyguya bırakmıştı kendini ve bu iki dansçının performansı içinde kaybolmuşlardı. Can kalkıp gitse kimsenin fark etmeyeceğini düşündü. İçi sıkıldı, bu gösteri Duru'nun diğerleri tarafından resmen keşfedildiği gösteriydi, biliyordu.

Şadiye Reha'ya lanet okudu içinden, onun karalama kampanyası yüzünden bu okulla ilişkisi bile olmayan bir sürü insan gösteriyi izlemeye gelmişti. Hakkında çok konuşulan Deniz'in nasıl biri olduğunu görmek, anlamak ve dandik bir okul gösterisi üzerine dedikodu yapmak için buradaydılar. Ama kimsenin hesapladığı gibi olmamıştı bu gece. İzledikleri şey çok profesyonelce yapılmış ve aynı zamanda tazeliğini de tamamen koruyabilmiş bir gösteriydi. Bu gece Duru'nun keşfedilmemesi imkânsızdı. Can'ın Duru'da gördüğünü şimdi onu izleyen herkes görüyordu, herkes âşıktı, herkes onu istiyordu ve herkes teslim olmuştu ama bir tek Can ısrarcılığını sonsuza kadar koruyacak güçteydi ve işte bu yüzden Duru onundu. İstemeyerek sahneye baktı yine, Duru şimdi korku verecek hızda dönüyordu. Uzun örgülü saçı bir halat, bir kamçı gibi Duru'nun dönen vücudunu takip ediyordu. Hayvansı adam bu dönüşün dışında kalmıştı ve hızla dönen Duru'nun etrafında avının yavaşlamasını bekleyen bir avcı gibi dolanıyordu ve işte o an Can'ı gerçekten hayrete düşürecek bir şey oldu. Adam Duru'nun hortum hızındaki dönüşüne önce kolunu, sonra vücudunu dahil ederek bir kâğıt gibi katıldı, izleyicilerden yükselen hayret sesi bir an atmosferde yayıldı ve sonra yine sessizlik hâkim oldu. Duru bu hayvanın kollarında hızla dönerken Can yine ayağa kalkmamak için kendini zorla tutmaması gerektiğini, bunun basit bir gösteri olduğunu, başka hiçbir anlamı olmadığını, bu hayvansı adamın muhtemelen salak bir gey dansçı falan olduğunu kendine söyleyip durdu. Hissettiği kıskançlık öldürücü olabilirdi.

Dansçıların dönüşü bir girdabın dansından suyun akışı gibi yavaşladığında izleyenler ancak anlayabildiler Duru ve Göksel'in vücutlarının nasıl bir pozisyonda olduğunu. Göksel, Duru'yu arkasından kavramış, bir elini beline koyarken diğer elini uzun bir halata benzeyen saçına dolamıştı. Dönüşleri tamamlandığında asıl dönenin aslında Göksel olduğu ve Duru'yu kavrayıp yerden sadece birkaç santim yukarıda tuttuğu görülüyordu ama o girdaba nasıl girdiği ve girdabı nasıl ele geçirip ehlileştirdiği izlenmeye değer bir dans mucizesiydi. Dansın sonunda müzik dindi, ışıklar eriyip söndü ve iki dansçı sahneye düştüklerinin tam tersi bir efektle sessizce yok oldular. Can Manay başka dans olmaması için dua ettiğini fark ettiğinde kendine geldi, Duru'yu herhangi birine, böylesine yakın bir temas içinde, bu kadar uzun seyretmeye dayanamazdı. Bu bir işkenceydi... Her şeye rağmen gelmişti buraya, fırsatını bulduğunda binlerce kez özür dileyecekti Duru'dan ama izlediği bu gösteriden sonra içinde hissettiği kızgınlık, kendine olan öfkesini geçmişti. Böylesi bir işkence beklemiyordu.

Deniz nasıl yapıyordu?! Bu gösteri onun organizasyonuydu, bu dansı daha önce biliyor olmalıydı, nasıl olur da böyle bir şeye seyirci kalırdı, onaylardı! Deniz tam bir salaktı! Duru'yu kaybetmeyi hak eden bir salak!

- 3 -

Işıkların kararmasıyla birlikte, görünmezliğin rahatlığı içinde Göksel, Duru'nun saçını tek bir hamlede bıraktı ve göğüs kafesiyle Duru'nun terli vücudunu kendisininkinden yavaşça ittirip daha Duru ona dönmeye fırsat bulmadan sahne arkasına fırladı. Fırlayışı koşar adımlarla değildi ama attığı büyük ve ritmik adımlar Göksel'in yürüyüşünün fırlama gibi durmasına neden olmuştu. Göksel sahne arkasına attığı her adımda Ada'nın orada bir yerde kendisini beklediğini hayal etti. Duru'yla danslarını seyretmiş ve şimdi Duru'ya haddini bildirdiği için kendisini onaylamak üzere orada bir yerlerde bekliyor olduğunu umut etti ama perdelerin orada yoktu. Belki buradaydı ve müziğin bitmesiyle Duru'yla çakışmamak için arkaya geçmişti. Göksel, gözleri Ada'nın varlığını arayarak sahne arkasına geçti. İşte nihayet oradaydı! Biriyle konuşuyordu, konuştuğu adamı kolundan tutup durdurana kadar Ada'nın kimle konuştuğunu anlamamıştı Göksel ama o kol Deniz'e aitti. Deniz'in durması, gülümsemesi, Ada'ya bir şeyler fısıldaması! Saçını okşaması! Onu alnından öpmesi!!! Göksel donmuştu, sahne arkasının girişinde donup kalmış ve etrafındakilerin varlığından tamamen kopuk, o anın anlamını algılamak için kendi içinde kaybolmuştu. Suratına yediği sert tokata kadar donuk kaldı.

Duru, kendisinden hızla uzaklaşan Göksel'i nasılsa sahne arkasında yakalayacağını biliyordu ama onu hemen girişte bulacağı aklına gelmemişti. Bu sefer çok ileri gitmişti bu piç ve şimdi de gerizekâlı gibi orada öylece dikiliyordu. Duru yaklaştı sakince, Göksel'e doğru yürürken elini incitmemek için parmaklarını gerip açtı ve onun kendisini görmemesini sağlayacak bir açıdan yaklaşarak daha önce hayatında hiç atmadığı hızda ve sertlikle bir tokat çaktı suratına. Duru'nun tokadı o kadar sertti ki, Göksel'in makyajı resmen tokadın çarptığı yerde dağıldı ve Duru'nun eli net bir şekilde algılanacak kadar Göksel'in suratında izini bıraktı. Ama Göksel hiç kıpırdamadı. Ne Duru'ya baktı ne de yediği tokatın acısıyla sıçradı. Kıpırdamadan öylece durdu, gözleri uzaklarda bir yerde.

Duru durumun garipliğini algılasa da, Göksel'den gelebilecek herhangi bir karşılık ihtimaline karşı tokatı atar atmaz uzaklaşmaya, hatta gerekirse koşmaya karar vermişti. Koşmasına gerek kalmamıştı ama yine de tokattan hemen sonra birkaç adım geriye sıçramış, Göksel'in donduğunu ancak ondan sonra anlayabilmişti. Göksel'in daldığı yere baktı, Deniz ve Ada'yı gördü. Ada kendisiyle göz göze gelmemeye özen göstererek ezik bir fare gibi geçip gitti yanından. Duru, Deniz'e doğru ilerlerken arkasında duran Göksel'in, sahneye çıkan Ada'yı bir köpek gibi tıpış tıpış takip etmesine baktı. Göksel sanki şoktaydı, keşke birkaç tane daha çaksaydım diye düşündü.

Deniz elindeki program kâğıdına bakarak yaklaştığında, karşısında Duru'yu görünce kocaman gülümsedi. Duru, "Seyrettin mi?" diye sordu sakince, sakinliği bir tuzaktı. Deniz'in, Göksel'in tacizlerini görüp görmediğini anlamaya çalışıyordu. Deniz tabii ki seyretmişti, Duru'nun neden kızgın olduğunu da, kızgınlığını gizlemeye çalıştığını da, kendisine kurduğu tuzağı da biliyordu. Bıkmıştı bu çocukça çekişmeden. İkisinin arasındaki yoğun duygu birlikte iyi dans etmelerine neden oluyordu, bu duygu nefretten kaynaklansa bile. Deniz buna saygı duyacak kadar geliştirmişti kendini, böylesine güçlü bir duygunun izleyici tarafından da algılandığını ama nefret olarak değil tutku olarak hissedildiğini biliyordu. Göksel'in aslında Duru'yla hiçbir işi olmadığını, gerçek amacının Duru'yu taciz etmek değil, egosuna dersini vermek olduğunu da biliyordu. Bazen bu dersi kendi de vermek istemiyor değildi. Sakince, tüm bunlardan haberi yokmuş gibi, "Kusura bakma canım, bir sorun çıktı ses sisteminde, onu halletmek zorunda kaldım," diyerek kafasını hayır anlamında salladı. Ada son şarkısını çalmaya başlarken Duru içindeki öfkeyi Deniz'in empati kurabilmesi için öyle bir saldı ki, Deniz'e yalanan yerlerini gösterdi, nasıl da iğrenç bir şekilde tacize uğradığını, üstelik Göksel'in koreografiyi kendi kafasına göre son dakika nasıl da değiştirdiğini, gösteriyi kurtarmak için nasıl da zorlandığını anlattı öfkeyle. Deniz onu sakinleştireceğini bildiği tüm empati kelimelerini ve hareketlerini uygulayarak onu sakinleştirip soyunma odasına kadar uğurladı. Ada'nın şarkısı bitmek üzereydi, söz vermişti, sonuna yetişmek için hızla sahne arkasına geri döndüğünde, Ada'nın sesini duydu. Şarkı söylüyordu. Deniz şaşırdı, bu bir ilkti. Tedirginlikle dikkat kesildi. Kendisi için yazıldığını bilmediği bu muhteşem şarkıyı beğenmişti.

-4 -

Bu nasıl bir veda gecesiydi böyle? Deniz nasıl bulmuştu tüm bu sanatçıları? Bunlara öğrenci denemezdi. Her biri kendi dalında çok başarılıydı. Deniz'i küçümsemişti. Salak bir esrarkeş "müzisyen" olduğunu, güzel görünümü yüzünden abartıldığını düşünmüş ve adamın yapabilme, "gerçekleştirebilme" kabiliyetini hiç hesaba katmamıştı. Bu adamı küçümseyerek ona nasıl da yardım ettiğini düşündü. Şadiye Reha'yla olan tartışması bunca insanın meraktan buraya gelmesine neden olmuştu. Açılması planlanıyormuş gibi yaptığı gösteri merkezi yüzünden adam iyice ayılmış, uyuşturucudan bile uzaklaşmıştı. Şu hale bak dedi Can kendi kendine, yitip gittiğini görebilmek için neler neler vermeye razı olduğu bu adamı her anlamda besliyordu. Ya Duru, Deniz'deki bu gelişmeleri analiz edebilecek farkındalığa gelince ne olacaktı? Deniz'in meşguliyetlerinin tek bir iyi yanı vardı, önemli bir yan, Duru'ya vakit ayıramaması. Ama bu daha ne kadar sürebilirdi ki, gösteri bu gece bitmişti. Adam nerdeyse başarılı, ciddi başarılı olmak üzereydi diye düşündükçe içi sıkıldı Can Manay'ın.

Kafasındaki düşünceler sahnede şarkı söyleyen kızın kelimeleriyle bölündü bir an. Kız, "hayat kötü bir rüya olurdu, sadece pişmanlığı hatırlardım; içtiğim su içimde kururdu ama ağırlığını taşırdım; soluduğum hava kalbimi sıkardı, beni boğardı; eğer ruhum parmaklarının ucunda bir nota olmasaydı," diyordu. Tam bir yetenekti, sesine güzel ya da değil demek imkânsızdı çünkü ses sanki müziğin bir paçasıydı. Sanki çaldığı gitardan çıkan bir şey gibi geliyordu kulağa. Şarkının sözleri tuhaftı ama kimin umurundaydı ki. Adamın etrafı yeteneklerle doluydu.

Can, Deniz'in bir sürü değerli madene ulaşılabilecek bir damar olduğunu anladı. Korku kapladı yine içini. Kendisi bu kadarını görüyorsa yetenek açı bu ülkede, başkalarının ilhamından fayda sağlayarak var olan ilham kısırları hemen alacaklardı buradaki kokuyu. Vampirin atan bir damarı hissetmesi gibi onlar da sömürebilecekleri yeteneklerin farkına varmakta uzmandılar. Can, nah alırlar bu adamdan bir şey diye düşünürken, farkında olmadan kendi kendine güldü. Deniz'in yarattığı şeyler konusunda ne kadar cimri olduğunu biliyordu. Kimler var diye etrafına dikkatle bakındı, dedikodu köşelerini kapan tüm büyük başların yardımcıları buradaydı, herkes Şadiye Reha'ya kafa tutan bu adamdan daha da fazla dedikodu malzemesi toplama umuduyla gelmişti. Salak Şadiye diye düşündü Can, çenesini kapalı tutsaydı, bu gösteri ne kadar muhteşem yapılmış olursa olsun Şadiye'nin meraklandırdığı kitle bu gece burada olmasaydı, basit bir okul gösterisi olarak kalırdı. Bu ülke, ne yetenekleri sindirmişti de kimsenin haberi olmamıştı. Can etrafına bakınırken gösteriyi kayda alan kameralara dikkat etti. Seyircilerin gerisinden sahneyi üç ayrı açıdan sürekli çeken üç kamera vardı. Bu kayıtlar dışarı çıktıkları anda Deniz önce bir şehir efsanesine dönüşecek, sonra da yapmak istediği gösteri merkezine yatırım yapmak isteyenler sıraya geçecekti. O zaman nah alırım Duru'yu diye düşündü Can. Keşke biraz daha zamanı olsaydı diye düşündü.

Duru'nun hâlâ olanları Deniz'e anlatmamış olması harikaydı. Birbirlerinden giderek uzaklaşıyorlardı, bundan emindi Can, sonuçta psikologdu, işi buydu, insanların neyi neden yaptıklarını analiz etmek. Kadınlar ancak vazgeçtiklerinde paylaşmayı bırakırlardı, Duru vazgeçmişti Deniz'den ama bu Can'a gelmesini garantileyen bir şey değildi, hele Can'ın yaptığı delilikten sonra. Deniz'in Duru'ya umursamazlığı, kafasının inşaat projesi ve bu gösteriyle meşgul olmasından kaynaklanıyordu belki ama şükürler olsun ki Duru'nun kendisinden uzaklaştığını fark etmemişti ama fark etmesi an meselesiydi, fark eder etmez ona yoğunlaşıp onu geri alabilirdi. Acaba bu aralar hiç sevişmişler miydi? Midesi bulanarak analiz etti kafasındaki soruyu, garip bir şekilde Duru'nun böyle bir şeye izin vermeyeceğine emindi. Çok az zamanım var diye tekrarladı içinden.

Rayından çıkmış olan her şeyin akışını baltayla kesebilmeyi isterdi, aklına bir şeyler geliyordu ama yapabilmesi için kendisi dışında bir tampon bölgeye ihtiyacı vardı. Keşke Kaya'yı işten çıkarmamış olsaydı. O, Can Manay'ı karıştırmadan ortalığı temizlemeyi ya da dağıtmayı iyi bilen biriydi. İşte o sırada aklına eski bir hastası geldi, kendisine borcu olan bir hastaydı bu. Parayla ödenemeyecek bir borç. Can Manay, Ada'nın şarkısı sırasında tek kıpırdayan kişi oldu. Yerinden kalkıp telefonla konuşurken kimsenin onu duymayacağı bir yer bulmak için salondan çıktığında sahnede şarkısını söyleyen Ada dışında kimse fark etmedi Can Manay'ın telaşlı çıkışını. Ada 'sana teşekkür ederim, çünkü sen bana müziğimi verdin' diye şakırken Can Manay aklına gelen son fikri uygulamak için her şeyi göze alarak salondan ayrıldı. Umuda yürüyüş aynen böyle bir şeydi.

- 5 -

Kopan alkış o kadar güçlüydü ki, gösteriyi izlemeye gelenlerin sayısını düşününce bu kadar yüksek alkış çıkması şaşırtıcıydı. Duru suratındaki ağır makyajı öfkeyle silmiş, üzerine geçirdiği elbisesi ve porselen cildiyle sanki peri kızına dönüşmüştü. Siyah elbisesi ışıkta parıldayan bir kumaştan yapılmıştı. Straplez elbise vücudunun kalçaya kadar olan bölümüne yapışıyor ve kalçadan bollaşarak dizlerinin beş parmak aşağısına kadar uzanıyordu.

Aldığı duşun etkisiyle ıslak saçlarını geriye doğru taradı Duru ve alkışları görmek için salona doğru ilerledi. Yol boyunca yanından geçtiği öğrenciler başarının verdiği sevinçle Duru'nun yanından hoplaya zıplaya geçip gecenin geri kalanında izleyicileri dansa kaldırmak için hızla hazırlanıyorlardı. Duru bu dansa kaldırma saçmalığına katılmayacak kadar güzeldi ve çok gelişmiş bir egosu vardı. Deniz'in yanında duracak ve gecenin akışını izleyecekti. Dj müziğine başlamak üzereydi ki, Duru sahne arkasına vardı. Ada etrafına toplanan diğer öğrencilerin ortasında bir kahraman gibi duruyordu, şarkısını dinlememişti Duru ama görünen o ki şarkı bayağı etkiliydi. Ağlayanlar bile olmuştu. Duru o tarafa bakmamaya dikkat ederek geçti topluluğun önünden.

Ada etrafında toplananlara rağmen Duru'nun uzaktan gelişini fark etmişti. Nasıl fark etmezdi ki! Duru resmen karanlıkta parlıyordu. Siyah elbisesi beyaz tenini saran koruyucu bir kalkan gibi hareket ettikçe parıldıyordu. Ada, Duru'yla göz göze gelmemek için hemen bakışlarını kaçırdı ve etrafında kendisini tebrik eden insanların yanında korunaklı hissetti. İlk defa başında toplanmıştı insanlar. Duru yanlarından geçerken Ada kendini ona bakmaktan alıkoyamadı. Duru, Deniz'e doğru ilerlerken, bu yaratığın hayatı boyunca yerinde olmak isteyeceği tek şey olduğunu düşündü Ada ve etrafında onu tebrik edenler hemen anlamlarını yitirdiler. Kendi çirkinliğiyle yalnız kalmak için soyunma odasına gitti.

Deniz, Ada'nın şarkısından sonra ancak uzaktan baş parmağını kaldırarak ona iyi olduğunu anlatan bir işaretle onu kutlayabilmişti çünkü izleyenleri dansa kaldırmak için özellikle görevlendirilmiş ekibin başı Göksel ortalarda yoktu ve onu bulmak için acele etse iyi olurdu. Etrafta Göksel'i ararken dolandıktan sonra onu perdelerin arasında öylece dikilirken gördü ve yanına gidip Göksel'e programı hatırlattı kısaca. Göksel'in ifadesiz suratıyla konuşurken, kuzuları dansa kaldırması için bir aslandan yardım isteyen biri gibi hissetti kendini. Neler geçiyordu bu çocuğun kafasından? Bu düşünceyi kurcalamanın tehlikeli olduğunu biliyordu ama konuşması öyle bir tıkanıklığa geldi ki Deniz, "İyi misin?" diye sormak zorunda kaldı. Kendi sorusunun düşünmeden ağzından çıkışına şaşırırken, Göksel'in cevabına daha da şaşırdı. Göksel hayır anlamında başını sallamıştı. Deniz, "Niye?" dediğinde Göksel, "Ada'ya âşık mısın?" diye sordu dümdüz ama içinde acı olan bir ifadeyle.

Deniz şoktaydı, sorunun absürtlüğü enteresandı ama bu soruyu Göksel'in sorması inanılamazdı. İstemdışı gülerek, "Saçmalama, o benim kızım gibi!" diye cevap verdi.

Göksel, Deniz'in yalan söylemediğini biliyordu, aslında Deniz'in Duru'ya bağlı olduğunu da biliyordu ama çok sık yalnız görmüştü Deniz'le Ada'yı ve diğerlerinin nasıl olup da Ada'ya karşı kendisinin hissettiği bu duyguları hissetmiyor olması ona hiç de doğal gelmiyordu. Deniz, Göksel'in donukluğunu elini onun omzuna koyup omzunu sıkarak bozmak istedi ama Göksel duyduğu cevap karşısında ilk defa kendisini minnettar hissediyordu birisine ve Deniz'in eli Göksel'in omzuna değer değmez Göksel sarıldı ona. Sıkı sıkı ve samimi bir sarılıştı bu. Ada'ya âşık olmadığı için teşekkürle dolu, içten bir sarılış.

Duru, parıldayarak Deniz'e yaklaşırken onun Göksel'le konuştuğunu fark etti, Göksel'in allak bullak surat ifadesine bakılırsa Deniz sıkıştırmıştı onu köşeye. İçi huzurla doldu Duru'nun, korunduğunu bilmenin huzuruydu bu. Onlarla arasında mesafe bırakmaya özen göstererek yaklaştı. Dikkatle Göksel'in mahvolmuş suratına odaklandı, Deniz ne demişti acaba bu psikopatı böylesine yıkacak. Oh olsun, ağzına sıçıyordu!

Deniz'in eli Göksel'in omzuna değdiğinde ve Göksel aniden Deniz'i kucakladığında telaşla onlara doğru üç adım attı Duru. Birbirlerine saldırıyor olduklarını düşünerek atmıştı bu adımı, bu kenetlenmenin bir saldırı değil kucaklaşma olduğunu anlaması üç adımını almıştı ama anladığında durdu ve durduğu yere çakıldı kaldı.

Hayatı boyunca en nefret ettiği, tek nefret ettiği adam, Deniz'in, hayatı boyunca tek sevdiği adamın kollarında huzur bulmuştu. Hissettiği ihanet duygusu çok büyüdü ve vücudundan taşıp tüm dünyasına bulaştı. Nefret ediyordu, sadece Göksel'den değil, Deniz'den de nefret ediyordu. Göksel'e vereceği zevki düşünmeden hızla yürüdü Deniz'e, kafasına, vücuduna vururken ağzına gelen küfürleri sıraladı önce. Göksel, Duru'ya müdahale etmek için onu kolundan yakalayınca, Deniz onu ittirip, "Dokunma ona!" diye bağırdı. Duru kendini bir adım geri çekip hissettiği tüm nefreti gözlerine yükleyerek, "Hainsin sen! Pis, aşağılık bi hain!" diye haykırdı ve siktirip gitmesini söyleyerek hızla yürüdü gitti. Deniz refleks olarak Duru'nun peşinden gitti bir an ama sonlandırması gereken bir gösteri vardı ve Duru'ya gördüğünün düşündüğü gibi olmadığını anlatabilmesi için önce onu yakalaması gerektiğini biliyordu ve bu en az iki saat alırdı, zaten yetişemeyeceğini bildiği için birkaç adımdan sonra durdu, durmak zorundaydı. Gösteriye dönmeliydi! Hemen Göksel'e dönüp hiddetle, "Topla herkesi, dans etmeyen kimse kalmasın şu salonda!" diye emir verdi burnundan soluyarak. Müzik setinin başına geçen DJ'in çalmaya başlaması için onay vermek üzere sahneye doğru ilerlerken, Göksel'in diğer dansçıları topladığını kontrol etti, müzik hafif bir bossa nova ritmiyle başladığında Göksel ve diğer dansçılar salona yayılmaya başlamışlardı bile.

Deniz'se bir an önce işini bitirip Duru'ya ulaşmanın telaşıyla huzursuz, tükenmiş, motivasyonunu yitirmek üzere sahne arkasında eserini izledi. Bu gece, Deniz'in diğerleriyle paylaştığı ilk eseriydi.

- 6 -

Duru hiddetle yürüyordu, ağlamamak için zor tuttuğu gözyaşları burnundan yavaşça sızmaya başlamıştı bile, neyse ki makyaj falan yoktu suratında. Burnunu hızla eline silip, elini de parlayan elbisesine kurulayıp yürümeye devam etti. Sert adımları o kadar da hızlı değildi, çünkü bu sefer Deniz'in kendisini yakalamasına ihtiyacı vardı.

Neydi bu kucaklaşmanın anlamı? Göksel resmen taciz etmişti kendisini ve Deniz nasıl karşılık veriyordu bu tacize, ona sevgi göstererek mi?! Nasıl bir erkek bu? Böyle mi koruyordu kadınını! Can Manay olsa öldürmüştü herhalde o psikopatı, kendisi yapmasa da icabına baktırmıştı bir şekilde. Duru okulun önüne açılan bahçeye vardığında, geride bıraktığı kalabalığa baktı. Deniz peşinden gelmiyordu. Duru inanamıyordu, yaşadıkları şeye rağmen Deniz ortada yoktu! Ondan nefret etti, ona gününü gösterecekti, sonrasında ne kadar yalvarırsa yalvarsın asla kendisine dokunmasına izin vermeyecekti. Resmen ihanetti bu, Göksel'e sarılmasındansa bir kadınla onu aynı yatakta yakalamayı tercih ederdi. İçindeki öfke o kadar kabarmıştı ki, bir şeylere vurmak istiyordu, geri dönüp Deniz'e saldırmak, ona bir daha asla kendisini göremeyeceğini söylemek istiyordu. Öfkesinden sıkılan yumrukları kolunu aniden birinin tutmasıyla anında gevşedi. Kendisini durduran kişinin Deniz olduğunu sanarak umutla döndü Duru ama değildi.

- 7 -

Can ayarlamalarını henüz bitirmişti ki, gösterinin yapıldığı ormanlık bölgeden okulun bahçesine uzanan toprak yolda sert adımlarla yürüyen Duru'yu fark etti. Gördüğünün Duru olması inanılamaz gelse de, bu parıldayan elbiseden bile daha parlak bir ten başka kimse olamazdı. Bu gece Duru'yu tek başına görebileceğini hiç düşünmemişti. Can hayretle Duru'yu izlerken, onun ağlamak üzere olduğunu fark etti. Gördüğü bir şeyden değil, Duru'nun ona hissettirdiği bir duygudan geliyordu bu anlayış. Duru'ya yetişmek için okulun girişindeki merdivenlerden üçer beşer indi. Ama Duru'nun adımları şimdi hızlanmıştı. Artık arkasına bakmak için yavaşlamıyordu da. Can Manay, Duru'yu kolundan tutarak durdurmak zorunda kaldı, yoksa yanında koşmak zorunda kalacaktı.

Duru kendisini tutanın Can Manay olduğunu algılar algılamaz önce hiddetle kolunu çekti kurtardı, sonra refleks halinde iki eliyle Can Manay'ı göğsünden ittirerek haykırmaya başladı. İçindeki öfke Can Manay'ın varlığıyla patlamıştı. "Sapık! Dokunma bana! Nereye baksam sen çıkıyosun, bu ne be! Siktir git karşımdan! Sen aşağılık bir sırtlansın. Deniz'in yüzüne gülüyor, sonra da benim peşime düşüyorsun. Kim yapar bunu ha! Kim?! Aşağılık bir sırtlandan başka kim yapar?" dedi ve tokadı Can Manay'ın yüzüne indirdi.

Birinci tokat sert inmişti ama ikincisi kesinlikle daha da sert olacaktı. Can, saliseler içinde tokadı yiyip yememeye karar verdi. İkinci tokat gerçekten de daha sertti. Sonuçta bir sporcuydu Duru ve kendini kaldırabilen ellere sahipti, tabii ki tokadı sert olacaktı. Üçüncü tokadı yerken Can karar verdi; bu şiddetin tamamı Can'la aralarında geçenlerden kaynaklanıyor olamazdı. Duru resmen kendini kaybetmişti. Bu öfke tazeydi. Yaşananlara bu kadar kızmış olan biri, olanları Deniz'e anlatır, hatta polise bile giderdi.

Duru'yu öfkesinin içinde kaybolan birine dönüştürecek ne olmuştu? Neden yalnız başına yürüyordu? Nereye gidiyordu? Neden gidiyordu?! Deniz neredeydi? Duru ağlamak üzereydi...

Dördüncü tokadın havada olduğunu görünce Duru'nun elini yakaladı Can. Elini indirirken Duru'nun diğer eli ona vurmak için kalktı bu sefer ve Can onu da yakalayıp, "Kızgın olduğun kişi ben değilim!" dedi. Duru kollarını kurtarmak için çekiştirirken Can, "Bana istediğin kadar vur ama seni üzen kişinin ben olmadığımı bilerek vur bana," diyerek Duru'nun kollarını bıraktı. Duru aniden boşta kalan ellerini indirmekte tereddüt etti önce, sonra sağ elini bir daha vurmak için kaldırdığında karşısında hareketsiz duran Can Manay'ın suratındaki teslimiyetle çarpıştı gözleri. Tereddütle birkaç saniye eli havada asılı kalırken Can mırıldanarak, "Seni bu kadar üzen şeyi öldürebilirim," dedi. Duru havadaki eliyle Can Manay'a bir tokat daha attı ama bu seferki yumuşaktı. Tokattan sonra kısa denemeyecek kadar uzun, uzun denemeyecek kadar kısa bir an birbirlerine baktılar. Duru dönüp hızla yürümeye devam ederken, Can Manay onu takip etmemek için ölesiye savaşmak zorunda kaldı içindeki tüm açlıkla. Duru okulun bahçesinden çıktığında, Can Manay önce Ali'yi arayıp parlak elbiseli kızın gittiği yere sağ salim vardığından emin olmasını istedi, sonra Deniz'le ilgili planının başarılı olması için son haber vermesi gereken kişiyi aradı.

- 8 -

Müzik ulaşması gereken dans ritmine ulaştığında, etrafındaki dansçıların kendilerini dansa davet etmek için orada olduğunu anlayan izleyiciler, zincirlerinden kurtulmuş, kendilerine verilen dans etme izni için müteşekkir bir halde, şeker dükkanındaki aç çocukların şekere saldırması gibi saldırdılar müziğe. Deniz sahnenin tepesindeki köşesinden kıpırdamadan izledi. Dansçıların dans ederek yaklaşması ve izleyenlerle göz göze gelmeleri bile insanların kalkıp dansa katılması için yeterli olur hale gelmişti. Herkes hazırdı özgürleşmeye. Bu saatten sonra ters gidebilecek tek şeyin Göksel'in kısa toleransından kaynaklanabileceğini bildiğinden, gözlerini Göksel'den ayırmadan tüm sahnenin bir ayine katılır gibi kalkıp dans etmesine tanık oldu Deniz.

Göksel kendini bir küçükbaş sürüsünün içindeki kurt gibi hissederek ilerledi kalabalığın içinde. Atmosfere yayılan müziğin arkasına gizlenebileceğinin bilincinde, suratında Duru'nun tokadıyla dağılan makyajını önemsemeden bir ilah gibi yürüdü. Göz göze geldiği herkes ayağa kalkıyor ona doğru yaklaşıyordu. Göksel kendisine yaklaşmak isteyen kişilere elini uzatıyor, onları müziğin ritminde bir kez döndürüp vücudunun çevikliğini bir avantaj olarak kullanarak sıyrılıyor, kalabalığın içinde kamufle oluyordu. O gece kimse yakalayamadı bu boğaadamı, eline kartvizit sıkıştırmak dışında bir an bile hâkim olamadılar onun varlığına, ne durdurabildiler ne de onunla dansa devam edebilirdiler, onu bir an gördüler ve sonra kaybettiler. Birçoğu, boğaadama ulaşamamanın verdiği hayal kırıklığı içinde ellerinde kartvizitleriyle bitirdi geceyi.

Deniz durduğu yerden Göksel'in insanlar üzerinde yarattığı etkiyi izlediğinde kendi kendine gülümsedi. Suratındaki gülümseme, narin ellerin saçlarına arkadan dokunmasıyla dondu, ancak Duru'ya ait olabileceğini düşündüğü ellere doğru döndüğünde hissettiği şaşkınlık sarsıcıydı, hem Deniz hem de Ada için. Deniz'in suratındaki şaşkınlığın iğreti olmuş bir insanın surat ifadesiyle birleştiğini gören Ada, Deniz'in suratına uzanmak üzere olan elini hemen indirdi. Deniz sert bir şekilde, "N'apıyorsun?" diye çıkıştığında, Ada yok olmak istedi ve oldu.

Hızla başını öne eğip Deniz'i geçti ve kalabalıkta dans edenlerin içine karışıp yok oldu. İçinde hissettiği utanç kızgınlıkla öyle ayrılmaz bir şekilde birleşmişti ki, Deniz'in durduğu köşeden hâlâ kendisine bakmakta olduğunu düşünerek dans etti, o köşeye hiç bakmadan hayatında ilk defa dans eden biri için umursamazca ve doğallıkla dansına devam etti.

- 9 -

Deniz yorgun gözlerle saatine bakıp gecenin son müziğinin çalması için zamanın geldiğini kontrol ettiğinde, müziği duyabilen herkes dans ediyordu artık, Can Manay haricinde. Uzaktan selamlaştılar.

Deniz, müziğin yükselen ritmine rağmen Göksel'in kendi kendine sallanan Ada'ya, çevikliğinden arınmış bir şekilde sakince yaklaştığını gördüğünde rahatladı. İzlenmeye değer bir şey diye düşünerek dikkatle baktı bu iki genç insana. Ada kendi kendine iki yana sallanırken Göksel ürkek denilebilecek sakinlikte, kızın etrafında ona gereğinden fazla yaklaştığını düşündüğü herkesi uzaklaştıran enerjisiyle meydan okuyarak bir kez dolandı ama

Ada bu dolanışı fark etmedi bile, galiba gözleri kapalıydı. Göksel oluşturduğu bu boşluğun ortasında çok değerli bir şey varmış gibi Ada'yı izlemeye başladı, dakikalar sonra Ada aniden sallanmayı bırakıp önce etrafındaki boşluğu, sonra arkasında kendisini izleyen Göksel'i fark ettiğinde Deniz izlediği şeyin özelliğini anladı. Ada'nın tuhaf hareketi, Deniz'in kafasında mazide bir saçmalık olarak kalmıştı bile. Ada kendisine bakan Göksel'i görünce gözlerini yine kapadı, sallanmaya devam etti. Göksel'in orada öylece durup kendisini sonsuza kadar seyredebileceğini biliyordu, kafasından Deniz'i atabilmek için bundan daha fazlasına ihtiyacı vardı. Gözleri kapalı sallanırken çok küçük bir hareketle sadece kollarını Göksel'e doğru uzatması yeterli olacaktı.

Göksel, Ada'nın kendisine doğru uzanan kollarının davetine katılırken hiç tereddüt etmedi. Kaslı kolları ve çıplak vücuduyla Ada'yı kollarının arasına alırken, etrafta ikisini izleyen kalabalık bu büyülü boğaadamla, muhteşem müzik yapan çirkin kızın birbirleri için yaratılmış olduklarını düşündüler.

- 10 -

Uyumak imkânsızdı. Deniz'in iğrençliği, içinde tamamen nefrete dönüşmüştü ama uyumasını engelleyen o değildi. Attığı onca tokattan, ettiği onca hakaretten sonra Can Manay'ın son bakışı çıkmıyordu aklından. Siyah gözlerini kırpmadan anlayışla bakmıştı yüzüne. O gözler bir şeylerin anahtarıydı, güzel olduklarından ya da çok anlamlı olduklarından değil, derinliklerinde kaybolacak kadar korku verdiklerinden bakılasıydılar. Cesaret eden, bekleyen, dingin, savaşçı gözler bir an da olsa Duru'nun sorgulayan, merak eden, hırçın gözleriyle karşılaşmış ve Duru'ya geri kalan her şeyi önemsiz kılacak duygular yüklemişlerdi. Can Manay'ın şimdi, gecenin bu saatinde bile, yan evde uyumadan kendisini beklediğini biliyordu. Şu an yataktan kalksa ve kapısına gitse, sorgulamadan içeri alırdı onu. Bu düşünce önce bir olasılık gibi yayıldı beyninde, sonra bir güdüye dönüştü bedeninde. Duru yataktan kalkarken, kendini test eden bir kobay gibi hissetti. Kendi deneyinde, denekti. Yavaşça merdivenlerden indi, salonda, açık televizyon karşısında iki büklüm kıvrılmış uyuyan Deniz'e baktı. Koltukta kıvrılmış haline hissettiği anlık acımanın yerini, kendisine ihanet eden birine bakıyor olduğunu düşünür düşünmez öfke aldı. Kendisiyle konuşmaya çalışmamıştı bile, yukarıya çıkmış, yatak odası kapısının kilitli olduğunu görünce biraz kapıyı zorlamış, Duru'nun küfürle onu kovmasının ardından konuşmadan aşağıya inmişti. Eskiden olsa belki o kapıyı kırar ama ne olursa olsun böyle bir duygunun yayılmasına, etrafa sinmesine izin vermezdi.

Sokak kapısına doğru gittiğinde eğer dışarı çıkacaksa ayakkabı ya da terlik gibi bir şey alması gerektiğini düşündü, zaten sokağa çıkmaya niyeti yoktu aslında, bu basit bir testti. Yalınayak dışarı çıktı, hâlâ kendisini denek olarak kullandığı deneyin devam ettiğini düşünerek. Bahçe kapısına doğru ilerlerken nerede duracağını sordu kendi kendine, büyük ihtimalle bahçe kapısında duracaktı. Bahçe kapısının merdivenlerine geldi, aşağı indi ve işte kapıdaydı. Orada öylece durdu, geri dönmesi gerektiğini, eve geri döneceğini bilerek bekledi. Kapıyı açtı kendine şaşırarak. Kafasını sokağa uzattığında sabah ayazının soğukluğu ürpermesine neden oldu. Bu kadar üşümekte bir zarar yoktu, nasılsa birazdan eve geri dönecekti, bu sadece bir testti. Can Manay'ın kapısına bakmak için bir adım dışarı çıktı, bir bakıp kesinlikle geri dönecekti ama maalesef Can Manay'ın kapısı ardına kadar açıktı. Bir dakikadan biraz fazla onun kapısının önünde öylece durduktan sonra, temkinli bir şekilde bahçeye attı adımını. Merdivenin ilk basamağına geldiğinde yukarı çıkmak yerine bekledi, bir dakikadan biraz daha az zaman sonra, bir adım daha attı basamağa. Yaklaşık 10 basamağı çıkmasının ne kadar sürdüğünü hatırlamayacak kadar kendini merakına bırakmıştı, şimdi Can Manay'ın bahçesinde yalınayak, geceliğiyle öylece dikiliyordu. Kendine iyice şaşırdı, ne işi vardı burada? Deniz'i düşünüp pişmanlık duymak istedi ama hiçbir şey hissedemedi. Zaten bu sadece deneydi, birazdan eve dönecekti. İçinde bir şeyler ölmüştü ve canlandırmaya çalışmak bir ölünün kalbine yumruk atarak kaburgalarını kırmak gibiydi. Gerçi kaburgalarını kırma kısmı kendini iyi hissetmesine yarayabilirdi. Bahçedeki divana benzeyen perdeli çardağın yanına geldi. Hava bu kadar serin ve aydınlanmak üzere olmasa buraya uzanmak iyi bir fikir olabilirdi. Eve dönüp, yatağına girip kafasını boşaltmalı ve bir süre Can Manay'ı düşünmemek için beynini terbiye etmeliydi. Duru kendi deneyinin tek deneği olarak Can Manay'ın bahçesinde öylece baktı etrafına. Eve geri dönüp bu deneyi sonlandırmanın zamanı çoktan geçmişti. Bahçeden çıkmak için geri döndü. Kendisinin girmesi için özellikle açık bırakıldığından emin olduğu evin kapısının önünden sessizce geçti. Sokağa açılan kapının merdivenlerine geri döndüğünde irkildi, çünkü kapı kapalıydı. İçeri girdiğinde özellikle açık bıraktığı kapı şimdi tamamen kapatılmıştı. Kafasındaki düşünceler hissettiği şokla sessizleşirken, kolundaki elin sıcaklığını hissetti. Eli hissettiği anda, Can Manay'la tekrar göz göze gelmemek için dönmemesi gerektiğini söyledi kendine ama Duru'nun refleksleri çok güçlüydü, beyninin karar vermesini beklemeden harekete geçirdiler vücudunu ve kolunu tutan ele doğru döndü Duru. Yine o derinliklerinde kaybolacak kadar korku veren gözler, aynı cesaret ederek, bekleyerek, dingin bir savaşçı gibi bakıyorlardı kendine.

Can Manay'ın eli kolundan kayarak Duru'nun eline ulaştı ve Can duraksamadan Duru'yu elinden tutup eve doğru yavaşça ilerledi. Ne Duru'yu çekiyor ne de elini sıkıca tutuyordu. Duru'yu takip etmeye yönelten şey Can'ın eli değildi, içine girdiği histi. Rüyada gibi takip etti Can'ı, elinin sıcaklığından güç alarak ama özgürce. Bu adamın yapmayacağı tek bir şey vardı, Duru'yu incitmek. Hissettiği şeyin güven olduğunu anladı Duru. Can önde, o hemen arkasında hiç konuşmadan Can Manay'ın evine girdiler. Yine hiç konuşmadan merdivenlerden çıktılar.

Can özellikle dikkat etti Duru'ya bakmamaya, yapacağı en ufak bir hareketin onu kaçırmasından, fikrini değiştirmesinden korkuyordu. Bu bir şey değil diye düşündü, asıl otokontrol aynı yatakta uyumaya çalışmasıyla başlayacaktı. Sessizce çıktılar merdivenleri. Duru, yatak odasına girdiklerinde Can Manay'ın yatağının henüz bozulmadığını görünce tuhaf hissetti kendini, Can resmen onu beklemişti. Can komodinin üzerindeki kumandayla bir hamlede kapattı panjurları. Panjurların küçük deliklerinden süzülen ışığın sarı karanlığı vardı loş odada, huzurlu ve uykulu.

Duru kendini hiç yabancı hissetmeden uzandı yatağa, hâlâ kendi deneyinin deneği gibi hissederek. Duru'nun ardından olabildiğince yavaş ve hafif bir şekilde yatağa girdi Can. Duru, Can'a sırtını döndüğünde Can aralarındaki mesafeyi korumaya özen göstererek yaklaştı ona, sarılmak için uzak, koklamak için yakındı. Can kollarını kendine saklayarak kafasını Duru'nun beyaz tenine, ensesine doğru uzattı. Duru'yu tedirgin edebilecek her türlü temastan uzakta, öylece kıpırdamadan uzandı. Aldığı sessiz nefeste Duru'nun beyaz teninden yükselen meyve kokusu içine aktı Can'ın. Burada, bu an, bu kokunun içinde ölebilirdi, huzurla. Gözlerini kapamaya çalışıyor, bu anın bozulmaması için hareketsiz öylece yatması gerektiğini kendine tekrarlayıp duruyordu ama imkânsızdı, gözleri kendiliğinden açılıyor ve bir nefes uzaklıktaki Duru'nun tenine baktıkça daha da derin nefes alması için beynine sinyal gönderiyordu. Dakikalar dakikaları kovalarken Can'a sanki saatler geçmiş gibi geldi ve içinde yaşadığı açlığı kontrol edemeden burnunu Duru'nun tenine dayayıp çok derin bir nefes aldı. Daha nefesi alırken pişman olmuştu. Nasıl böyle bir riske girebilmişti? Duru her an kalkıp gidebilir ve bir daha asla ona bu kadar yakın olmayabilirdi. Hissettiği pişmanlığın daha da değerli yaptığı bu nefes, Can'ın ciğerlerine doldu ve oradan tüm hücrelerine yayıldı. Duru hiç kıpırdamadı. Can bir daha asla onu koklamaması gerektiğini kendine söyleyerek tuttu nefesini ama bu öyle kolay kontrol edilebilir bir şey değildi. Yine dakikalar saatler gibi geldi Can'a ve yine Can doldurdu Duru'yu ciğerlerine, sonuna kadar. Kollarının Duru'nun bedenini sarmaması için resmen savaş veriyordu, vermeliydi, yoksa bu beden çekip gidebilirdi. Can tuttukça kendini, Duru'nun kokusu sardı her bir hücresini. Dakikalar saate dönüştüğünde Duru'nun aldığı ritmik nefesle Can onun uyuduğunu anladı. Nasıl uyuyabilmişti, kendi hissettiği ateş bedenini acıtırcasına yakarken Duru nasıl da uyuyabilirdi? Can'ın hissettiği hayret rahatlamaya dönüştü hemen, Duru uyuyordu. Huzurlu bir şekilde Can'ın yanında uyuyordu. Kendisi de uyumaya çalışmalıydı, bu imkânsızlık içinde öylece bekledi Can. Kendi hesabına göre saatler, gerçekliğe göreyse sadece dört dakika geçtikten sonra Duru'nun uykusunu sarsmamaya ekstra özen göstererek sakince sokuldu ona. Sağ elini yavaşça onun geceliğinin üzerinde kaydırdı ve kolunun ağırlığını Duru'nun bedenine bırakmadan koluyla Duru'nun göbeğini kavradı. Duru uyanmamıştı, hiç kıpırdamadı. Bu incecik bel, kendisini saran pamuklu kumaş parçasının altında, Can'ın nerdeyse bir elinin avucuyla sarabileceği küçüklükte öyle narindi ki. Can bu beli eliyle tutup iyice kendine çekmeyi düşündü ama yapmadı. Yine kendisine saatler gibi gelen bir zaman dilimi içinde birkaç dakika kıpırdamamak için kendini zor tuttuktan sonra kalçasıyla bedenini kaydırarak Duru'ya doğru iyice yaklaştı. Şimdi Duru'nun kalçaları Can'ın uyluğunun tam önündeydi ve aralarında sadece birkaç santim boşluk vardı. Duru'nun her nefes aldığında alçalıp yükselen bedeninin kendisine ne kadar yakın olduğunu düşünür düşünmez penisine akın eden basınç, kasıklarına ağrı verecek şiddete geldi ve Can ereksiyonunu engellemek için gözlerini sıkıca kapatıp her zaman düşündüğü ölü annelerinin memesinden süt içmeye çalışan yavru köpekleri düşündü, fayda etmedi. Duru'nun bedenine bu kadar yakınken manyetiğine kapılmış bir mıknatıs gibiydi, çekildikçe çekiliyordu, bunu değiştirmek imkânsızdı. Kendi arzusu bedenini sararken aklına Duru'nun uyandığı ve yataktan fırlayarak kalktığı düşüncesi geldi ve hemen çekti kalçasını Can.

Ona bu kadar yakın olup da, bu kadar dışında olmak kalbini acıttı ama Can dayandı kıpırdamadan, hissettiği tüm basınca rağmen Duru'nun yanında, olmak ve yitmek üzere olan bir ereksiyon arasında, dünyanın en huzurlu anında sıkışıp kalmıştı. Ta ki Duru kalçasını Can'ın uyluğuna yapıştırana kadar.

- 11 -

Sokak kapısının ani çarpış sesi öyle yankılanmıştı ki, Deniz aniden uyandı. Koltukta iki büklüm yatmak, kısa uykusuna rağmen bu sefer kaslarını epey yormuştu. Yorgunluk o kadar keskindi ki, hızla kapanan kapıya doğru hamle yaparken nerdeyse vücudu kendini taşımakta zorlandı. Belki de bu koltuktan ilk defa ayık bir şekilde kalktığı içindi yorgunluğu. Kapının üstündeki nazar boncuğu, ipinin ucunda hâlâ sallanıyordu, Duru'nun biraz önce kapıyı çarpıp çıktığını düşünerek kapıyı açıp bahçeye çıktı. Bahçede kimse yoktu, hızla sokağa açılan kapıya doğru ilerlediğinde kapının ardına kadar açık olduğunu görüp merdivenleri üçer beşer atlayarak indi aşağıya. Sokak bomboştu. Vücuduna yayılan adrenalinin etkisiyle uykudan kamaşmış gözlerini açabildiği kadar açarak, Duru nerede diye dikkatle baktı sokağa ama üç metre ileride yerleri süpüren çöpçüden başka kimse yoktu. Can Manay buraya taşındığından beri belediye bile daha bir ciddi ilgilenir olmuştu bölgeyle. Deniz yalınayak hızla çöpçüye doğru ilerlerken Duru'nun bir köşeye saklanmış olabileceği umuduyla etrafına bakınarak attı adımlarını.

- 12 -

Duru kendi belgeselini çeken biri gibi girmişti yatağa, her an kalkabilecek güçte ve özgürlükte. İstemediği hiçbir şeyi yapmayacağını biliyordu, neyi isteyip istemediğini bilmiyordu. Can'ın hemen kendisine sokulup sarılabileceğini düşünmüştü ama Can uzak durunca, bu davranış hoşuna gitti. Daha yukarı çıkarken Can'ın kendisini arsızca sıkıştırması durumunda onu ittirip koşarak bu evden çıkmayı planlamıştı öyle olmasını umarak ama Can tam tersine saygılı bir şekilde mesafeyi korudu. Yanında yatarken Can'ın kendisini sessizce kokladığını hissetti, neydi kendisini bu kadar değerli yapan şey? Bu adam neden bu kadar kafayı takmıştı Duru'ya? Can kendisini koklarken tuhaf bir şeyler hissetmişti, hissettiği duyguyu düşündü. Değerliydi, kendini değerli hissediyordu bu adamın yanında, en değerli. Asla yeri doldurulamayacak değerde bir şey gibi ve o kadar güçlü. Can'ın bu dikkatli davranışının nasıl da zor olduğunu düşünüp kendi içinde eğlendi, eğer onu sıkıştırmaya kalkarsa hemen doğrulup yataktan fırlayacağı konusunda kararlıydı, bu sadece bir deneydi o kadar. Aradan ne kadar zaman geçtiğini bilmiyordu, burada böyle yatmış neyi beklediğini de bilmiyordu, ne istediğini bilmiyordu işte tam o sırada Can burnunu aniden Duru'nun boynuna sokup derin bir nefes aldı ve hemen kafasını geri çekti. Duru, Can'ın boynuna değen yüzünü hissedince bir an irkildi ama o kadar kısa bir zamanda yapmıştı ki bu hareketi tepki vermedi. Can'ın kendisini ne kadar istediğini düşününce kalbi hızlandı, birini bu kadar istemek nasıl bir şeydi? Peki ya bu kadar istediğin biriyle sevişmek nasıldı acaba? Can Manay'ın yerine koydu kendini ve ona acımayla karışık hayranlık duydu. Bu kadar cesaretli olduğu için hayran, kendisine bu kadar tapındığı için acıyordu ona. Birazdan yataktan kalkacaktı ama içinde hissettiği bu duygularla biraz daha oynamaya ihtiyacı vardı. Bu evden çıktığında bir daha asla dönmemesi gerektiğini biliyordu, oyunu birazcık uzatmanın şimdilik zararı yoktu. Gözlerini kapayıp ritmik bir şekilde nefes alarak uyumaya çalıştı, uyumuyordu, bu halinin Can Manay tarafından uyuyormuş varsayılacağını da biliyordu ama umursamadı. Bu, yataktaki varlığını sadece kolaylaştırıyordu. Can Manay da kendisi gibi bir denekti bu deneyde, onu da deniyordu o kadar, en ufak bir harekette nasıl olsa kalkıp çıkacaktı bu evden.

Can'ın kolunu kendi karnının üstünde hissettiğinde gerçekten de uyumak üzereydi Duru, bu yatağı bu kadar konforlu yapan teknolojiyi merak etmişti. Hayatında yattığı en rahat yataktı. Can'ın eli karnının üstünde kıpırdamadan duruyordu şimdi ama Duru nefesini bozmadı, uyuyor gibi olmak deneyi kolaylaştırıyordu. Nasılsa birkaç dakika sonra çıkacaktı bu odadan ve Can Manay'ın hayatından. Bu hareketten sonra uzun bir süre Can Manay'ın hareket etmeye cesaret edemeyeceğini düşünürken Can'ın bedeni iyice yaklaştı kendisininkine. Duru bu hareketin devamını bekledi ama gelmedi. Bu odanın içinde sanki zaman yoktu, kapalı kepenklerden kaç saat geçtiğini anlamak imkânsızdı. Öylece yatıyorlardı yatakta. Duru bir süre daha böyle duramayacağını düşündü, sıkılmıştı ve kalçasını Can Manay'ın kasıklarına dayayarak onunla biraz oynamaya karar verdi. Nasılsa birazdan kalkıp çıkacaktı bu odadan.

Duru'nun tek bir küçük hareketi Can'ın kollarıyla onu sıkıca kavramasına, Duru'nun bedenini kendisine çekip vücuduna iyice yapıştırmasına ve kafasını boynuna yaklaştırıp onu derin derin koklamasına neden olmuştu. Bu kapanın içinden birazdan çıkması gerektiğini düşünen Duru, Can Manay'ın daha da sıkı sarılmasıyla nasıl kurtulacağını geçirdi kafasından ve tam kalkmak için hamle yapmak üzereydi ki durum çığırından çıktı. Çünkü Can yüzünü Duru'nun boynundan kaydırıp aniden dudaklarına yapışmıştı.

Duru, Can Manay'ın kendine kenetlenmiş kolları, hatta üstüne attığı bacağının ağırlığı içinde hapis hissederek Can'ın öpüşüne, bir anlık şaşkınlık ve delalet içinde karşılık vermeden durdu ama Can şimdi arkasında ona sürtünmeye başlamıştı ve karnındaki eli yukarıya, göğüslerine doğru kaydı. İşte o an Duru kendine geldi, önce Can'ın ellerini engelledi kendi elleriyle ama Can biraz daha doğrulup yarım bir şekilde Duru'nun üstüne çıkmıştı. Elleri Can'ın bedeni altında sıkışan Duru gözlerini açmak zorunda kaldı. Suratını Can'ın ağzından çekmeye çalışırken, "Bırak," diyebildi ama Can öylesine iştahla öpüyordu ki, duymadı ya da önemsemedi, dudaklarını öpmeye, emmeye devam etti. Can'ın engellenen eli Duru'nun geceliğine inmişti şimdi, geceliği bir hamleyle yukarıya çekmeye çalışırken, Duru bu sefer gerçekten işin ciddiyetini kavramıştı ve Can'ı tüm gücüyle üstünden attı. Duru'nun bu hamlesi Can'ın sadece dudaklarından uzaklaşmasına yaradı ve Can çevik bir hamleyle şimdi Duru'nun bacaklarının arasındaydı. Duru, Can'ın kendisini öpen dudağını ısırdı, acıtacak kadar. Can yılmadı, Duru'nun uygulamaya çalıştığı şiddete dudaklarını bu ısırığa daha da bastırarak karşı koydu. Duru, savaşarak kurtulamayacağını anladığında, Can'ın erkekliğini tam uyluğunun üstünde hissediyordu artık ve bir anda kendini tamamen bıraktı, savaşan bedeni ölmüş gibi yatağın üstüne yığıldı, Can'ı ittiren kolları iki yana düştü. Duru gözleri açık öylece bakıyordu Can'ın kendi dudaklarına gömülmüş suratına. Can hemen durdu, önce sürtünmeyi kesti, sonra kafasını Duru'nunkinden kaldırıp dikkatle baktı onun gözlerinin içine. Duru dümdüz bakıyordu bu derin gözlere ve "Ne yapıyorsun?" diye mırıldandı hayal kırıklığı içinde. Can, Duru'nun bedeninin teslimiyetinden yararlanıp kendi vücudunu Duru'nun bacaklarının arasına, külotunun üstüne iyice yerleştiririrken sakince mırıldandı. "Seni benim yapıyorum." Duru, "İstemiyorum," dedi sakince, savaşmadan ama kararlı. Can eliyle Duru'nun külotunu sıyırırken, "Önemli değil," dedi ve Duru'nun içine girmeye hazırlanırken, "Beni hatırlayınca isteyeceksin," diye ekledi.

Duru uyguladığı taktiğin Can Manay'da hiçbir işe yaramadığına anladığında Can Manay'ın ağırlığına rağmen bacaklarını iyice açıp kalçasını bir hamlede yukarı kaydırdı. Bacaklarını Can Manay'ın karnının üstünden onun beline iyice doladığında, Can bir an Duru'nun aniden kendisine katıldığını düşündü, ta ki Duru uzun bacaklarını iyice sıkmaya başlayana kadar. Can omurgasının etrafında dolanan bu güzel bacaklar için ölebilirdi ama bu bacaklar tarafından öldürülebileceğini hiç düşünmemişti. Bacakların basıncı önce midesinin kasılmasına, sonra hemen diyaframının ve ciğerlerinin sıkışmasına neden oldu. Duru'nun bacaklarını iyice sıkmasıyla gittikçe artan basınç içinde, Can resmen nefes alamıyordu artık. Almak için içine çektiği nefes, sıkışmış ciğerlerine girmeden geri çıkıyordu. Göz göze geldiklerinde Duru'nun suratındaki güç, kendinden eminlik ve parlayan gözlerindeki zekâ Can'ın beynine öyle bir kazındı ki, Can bundan sonra her Duru'yu düşündüğünde onu hep bu anki ifadesiyle hayal edecekti, kendisini öldürebilecek güçte.

- 13 -

Çöpçü, Deniz'in telaşla yataktan fırlamış haline garip garip bakarken yoldan geçen birkaç araba dışında kimseyi görmediğini anlatmıştı Deniz'e. Deniz, kendisine verilen bu cezanın ağırlığını taşımaya alışmış, kızmadan, sakinliğini koruyarak ve Duru'nun iyi olması dışında başka hiçbir beklentisi olmadan eve geri döndü hemen.

Açık bırakılan her kapıyı kapattığından emin olarak girdi eve, hemen üst kata çıktı, daha da dikkatli şekilde aradı. Duru yoktu, yatakta uyumuştu ama telefonu dahil her şey, tüm eşyaları evdeydi. Duru'nun kıyafetlerini inceledi, hiçbir eksik yoktu. Evin diğer odalarını Duru'yla yüksek sesle konuşarak gezindi. Duru'nun kendisine kızgın olduğunu biliyordu, kızdığında her zamanki gibi çekip gitmiş olabilirdi, normalde bunu yadırgamazdı ama sanki buharlaşmış gibi yok olması tuhaftı. Ayakkabıları, ayağına giyme olasılığı olan her şey buradaydı. Deniz tüm evi en ince detayına kadar aradı. Duru yoktu. Kendisine lazım olabilecek her şeyi bırakıp yok olmuştu.

Çaresizlik, pişmanlık, korku öylesine derin yayılmaya başlamıştı ki bedenine, Deniz midesinden kanına karışmaya başlayan asidin içinde, kendi bedeninde resmen yandığını hissetti. Duru'nun saklanmadığından emindi, bir şeylerin ters gittiğinden emindi. Bundan sonraki iki saat, Duru'nun tanıdığı herkesi ararken, Duru belki dönebilir umuduyla evde onu beklemekle kâbus gibi geçti. Sonraki sekiz aysa tam bir cehennemdi.

- 14 -

Can geri çekilmek yerine, elini Duru'nun ipeksi saçlarına uzattı, sakince ve çok değerli bir şeye dokunduğunun bilinciyle okşadı Duru'nun saçını. Yine sakince Duru'nun yüzüne yaklaştı ve önce burnunu, sonra yanaklarını, oradan da alnını öpmeye başladı. İçindeki son oksijen kırıntısı da bitmek üzereyken Can narince Duru'nun yüzünü öpüyor ve saçlarını sakince okşuyordu. İçindeki karbondioksiti dışarı çıkartırken Duru'nun kulağına fısıldadı, "Anlamıyor musun, bu benden daha üstün bir duygu... Elimde değil." Vücudunda dolaşamayan kanın yarattığı basınca, içine alamadığı oksijenin eksikliğine, bacakların sıktığı etinin acısına ve omurgasındaki ağrıya rağmen kalçasını son bir hamleyle kaldırdı, aşağıya kaydırdı ve Duru'nun içine girdi.

Can'ı içinde hisseder hissetmez, Duru'nun karşı koymak için çok direndiği tüm duygular yayıldı bedenine. Can'ın yavaşça içinde ilerlediğini hissetti tüm farkındalığıyla ve bacaklarını ne kadar sıkmış olsa da aslında vajinal kaslarını Can'ın girebilmesi için nasıl açtığına şaşırdı. Çok ıslanmıştı. Bu ıslaklığı Can'ın fark ettiğini bilmek çok utanç veriyordu. Vücudu istiyordu Can'ı, mantığı çığlıklar atarak ona yataktan çıkmasını söylese de, vücudu denemek istiyordu. Merakı getirmişti onu buraya ve şimdi merak ettiği şeyin içinde, daha ilk saniyelerinden itibaren bu deneyimin kendisini nasıl da etkilediğini hissediyordu. Geriye dönüş yoktu. Duru'nun bacakları Can'ın bedenini kademe kademe kıskacından bıraktı, Can hissettiği kademe rahatlıkla bozulan tansiyonunun yerine gelmesi için derin nefesler aldı ama Duru'nun içinde ilerlemeyi bırakmadı. Duru'nun bacakları tamamen gevşediğinde, Can o an Duru'nun içindeyken hissettiği duygudan daha güçlü bir duygunun var olmadığını biliyordu. Bedeninde hissettiği tüm haz sanki ruhuna akıyordu, ait olduğu yere varabilmiş bir ışık kümesi gibi hissetti kendini. Kaynağından çıkıp evreni dolanmış ve nihayet yaratıldığı yere dönmüştü. Bu haz, Duru kalçasını oynatana kadar sanki olabileceği en tepe noktada gibiydi ama Duru'nun Can'ın ince ritmine katılması tahammül edilemez daha büyük bir hazzı doğurdu. Nihayet tüm vücudu oksijensizlikten kurtulup bu hazza hizmet edebilecek güce kavuşmuştu. Can ve Duru'nun ritimleri senkronize olurken, Can onun dudaklarına yapıştı ve Duru, Can'ı devirip kendisi üste geçerken ağzının içinde dolanan dili yumuşakça emerek, Can'ın öpücüğüne cevap vermeye başladı. Can yine Duru'yu yatırıp üste çıkarken bu ilk gerçek öpücüğün içinde tüm hazları barındıran gücüne bıraktı kendini. Duru ve Can için, her öpüşmelerinin, içinde tüm bu hazları barındıran çok güçlü duygular oluşturması işte bu yüzden olacaktı. İki kişinin yaşayabileceği her türlü zevk bu ilk öpücükle beraber deneyimlendi, bütünleşti. Dudakları birbirlerinden hiç ayrılmadan üç saat seviştiler. Can bu saatler içinde Duru'nun içinden hiç çıkmadan dört kez boşalmış ve her anında orgazm olmuştu. Duru bu kadar istenilmenin yoğunluğu içinde yükseldi. Birinde bu kadar açlık yaratmanın verdiği tatminin, aynı zamanda onu bu kadar doyurabilmekle nasıl da büyüdüğünü deneyimlerken başka hiçbir şey düşünmedi. O sabah Duru'nun önceki hayatına dair her şey, Can içine aktıkça, Duru'nun bedeninden, beyninden, düşüncelerinden çıktı gitti, birkaç aylığına da olsa. Deniz'den geriye hiçbir şey kalmayana kadar Duru'yla sevişti Can. Ona hissettirdiği hazzın, onun her hücresinde bir farkındalık yaratmasını dileyerek durmadı, duramadı. Çünkü bu Can Manay'dan daha güçlü bir duyguydu.

İyi bir hikâye asıl bittiğinde başlar.

'Çi'

www.akilah.co

SONSÖZ

Sabah saat 06.00, hava soğuk.

Durakta otobüsün gelmesini beklerken uyku hâlâ bedenimde geziniyor. İlkokuldayım. Ellerim üşüyor. Sırtımdaki çanta o kadar ağır ki, dünyayı sırtımda taşımaya hazırlıyor beni sanki. Çocuklar neden dünyayı sırtlarında taşıyorlar?.. Bilmiyorum.

Otobüs geliyor. İlk binen benim. 08.30'da açılan okuluma ulaşmak için yola çıkıyorum. Caddeler boş ama duraklar kalabalık. İnsanlar beklerken hayat akıyor... ve ben izliyorum.

Sabahın köründe sıklıkla gördüğüm kamyonun arkasındaki yazıyı hâlâ hatırlıyorum: "Hayat bir yangın!" Ama ben yanmak istemiyorum.

Yangını izliyorum.

Her sabah çok kutsal, biliyorum, çünkü uyku herkesin bedeninde hâlâ gezinirken maskelerin ifadelere yapışmasını engelliyor. Ne giymiş olurlarsa olsun insanlar bu saatte genellikle maskesiz, çıplak oluyorlar.

Uykunun maskeleri kovaladığını fark ettiğimden beri, birini gerçekten tanımak istediğimde onunla uykusuz kalmayı seçeceğimi henüz bilmiyorum, ama bildiğim başka şeyler var.

8 yaşındayım ve şunları biliyorum:

Herkes sevilmek istiyor, herkes sevecek bir şeyler arıyor.

Yaklaşık 9 milyon farklı tür yaşıyor bu gezegende ama insan kendi türü tarafından kabul görmek için en çok çabalayan tür... Ben bu türün üyesiyim, henüz kimseden kabul görmemişim. İnsanım, ama yeterince değil. 8 yaşındayım ve yeterince insan olmadığımı, kaç yaşında olurlarsa olsunlar yeterince insan olmamış milyonlarcasıyla hayatı paylaştığımı biliyorum. Ukalalıktan değil, yalnız başına hayatla savaşmaktan, savaşın ortasında olmaktan, ihtiyaçtan biliyorum. Yangını izliyorum.

"Hayat bir yangın!"

Açlıktan zayıflamış, soğuktan titrek, sokakta yaşayan görünmez hayvanlar sanki sadece bana görünüyorlar. Yoksa ben de mi görünmezim? Emin değilim. Ellerim hep üşüyor.

İlgisizlik, anayasanın ilk maddesi gibi sokaklarda.

Sürekli kendi kendime mırıldanıyorum: Acı çekmeden öğrenemiyor bu tür.

Etrafımdaki herkes acı çekiyor... Annem, babam, abim, öğretmenim sürekli çektikleri acılarla, hayatla boğuşuyorlar, ama ben acı çekmek istemiyorum.

8 yaşında karar veriyorum: Hayatla boğuşmak yerine onunla arkadaş olacağım!

Yangını söndürmek istiyorum.

İşte bu kitap, *Fi*, benim kendimce yangını söndürme yolculuğumun ilk adımıdır.

İnsan doğasını bir araç gibi kullanmak için oluşturduğum karakterler, çiğ bir açıklıkla anlattığım cinsel sahneler, ihtirasın peşine takılmış olay örgüsü... *Fi*'yi okuyan herkesi dürtmek, silkelemek, bazen tiksindirmek, bazen mest etmek, kısacası her birinizde duygu fırtınaları oluşturarak her birinizi *Çi*'ye götürmek ve oradan *Pi*'ye varan, BİZ'e hazırlamak için kendi acizliğimde bulduğum yöntemler. Hepsi eleştirilebilirler... Peki ya niyet?

Niyetimi anlamanız umudu, yöntemlerimin işe yaraması duası ve BİZ'de buluşmak dileğiyle...

Akilah.

http://www.khanacademy.org.tr
Her şeyi öğrenebilirsin!

Evrenin bilgisini araştırıp derslere çeviriyoruz.
Matematik, Kimya, Fizik, Biyoloji... evreni anlayabilmemiz için tasarlanmış bir sürü ders var ama maalesef bu derslerin içerikleri öylesine sıkıcı ve anlaşılmaz bir şekilde yapılandırılmaya başlandı ki öğrenmez, sadece ezberlediklerimizi kusar olduk.
Konuların daha içselleştirilerek ve öğrenmeyi başlatacak bir şekilde anlatıldığı, herkesin ücretsiz olarak yararlanabileceği bir internet sitesidir Khan Akademi.
Derslerinde zorlanan yeğenlerine konuları daha güzel anlatabilmek için emek vermiş bir amcanın,
Salman Khan'ın, hiçbir maddi amaç gözetmeksizin kurduğu ücretsiz bir videolu eğitim sitesidir.

Benim gibi, öğrenci olmanın keyfini sürmek isteyen herkese, ücretsiz olarak kullanabilecekleri Khan Akademi'yi tavsiye ediyorum.

http://www.khanacademy.org.tr

Her şeyi öğrenebiliriz!
Her şeyi öğrenebilmek için dizayn edildik.
Kendinizi kullanın!

AKİLAH
AZRA KOHEN
Pİ
3. KİTAP
BU HİKÂYE BURADA BİTECEK
VE SEN BAŞLAYACAKSIN.
§
275.000
ADET